NICOLAS D'ESTIENNE D'ORVES

Nicolas d'Estienne d'Orves, trente-quatre ans, est journaliste et écrivain. Il est chroniqueur au *Figaro Magazine*, à *Jasmin*, au *Spectacle du Monde*, à *Classica* et sur France Musique. Son premier roman, *Les Orphelins du Mal* (Éditions XO, 2007), mène l'enquête dans les racines du mal nazi. Le deuxième, *Les derniers jours de Paris* (Éditions XO, 2009), donne une vision fascinante de la capitale française. Il vit à Paris.

**Retrouvez l'auteur sur son blog
http://neo-leblogdeneo.blogspot.com**

LES ORPHELINS
DU MAL

NICOLAS D'ESTIENNE D'ORVES

LES ORPHELINS
DU MAL

XO
EDITIONS

Le papier de cet ouvrage est composé de fibres naturelles, renouvelables, recyclables et fabriquées à partir de bois provenant de forêts plantées et cultivées durablement pour la fabrication du papier.

© XO Éditions, 2007.

ISBN 978-2-266-18109-9

à
de
par
pour
en
vers
Myriam

et pour Sébastien

« Dans ce qu'ont fait les Allemands, il y a peut-être quelque chose qui exerce sur nous tous une fascination morbide — quelque chose qui ouvre les catacombes de l'imagination. »

Stephen King, *Apt Pupil.*

AVERTISSEMENT

S'il s'enracine dans une vérité historique, ce roman est une œuvre de pure imagination.

Toute ressemblance avec des personnages existants, ou ayant existé, serait aussi fortuite qu'effrayante.

Prologue

Elle était parfaite : front haut, yeux écartés, oreilles discrètes, menton volontaire, lèvre esquissée, dents rectilignes, chevelure longue, soyeuse, plus dorée qu'un bretzel.

— Ouvrez grands les yeux, *Fräulein*, s'il vous plaît, demanda le médecin, en se penchant sur la jeune femme.

— Comme ça ?

Elle fit une mine de hibou, presque comique, roulant les yeux dans leurs orbites. Cette grimace arracha un sourire à l'homme en blouse blanche, pourtant célèbre par son austérité dans le travail. Mais il y avait là matière à joie ! Rarement il avait vu un tel dégradé de cyan, turquoise, lapis-lazuli…

«Deux améthystes…» songea-t-il, en écartant la paupière de ses doigts pour en jauger l'élasticité. La parturiente se laissait faire, un animal chez le vétérinaire.

— Et le père ? demanda le docteur.

La femme enceinte haussa les épaules avec un sourire d'impuissance. Une infirmière lut alors au médecin une fiche signalétique :

— Ingelheim, Gawain. Vingt-deux ans. *Untersturmführer*. Sorti premier du *Burg* de Sonthofen.

11

Possède un certificat d'aryanité sur douze générations. A «rencontré» *Fräulein* Greve à Halgadøm, dans la nuit du 12 au 13 mai 1938…

— Vous confirmez? demanda le médecin à Mlle Greve, dont il commença de palper le ventre.

Elle hocha du chef et bredouilla :

— Je vous confirme la date… mais vous venez de m'apprendre son nom, *Herr Doktor*…

Le médecin fronça les sourcils. Ses doigts s'enfonçaient doucement dans ce ventre rond, courant du pubis au nombril. Il réalisa alors qu'il pianotait machinalement une *partita* de Bach.

«La troisième…» se dit-il, non sans fierté : hier soir, pour la première fois, il l'avait jouée sans anicroche ! Ses enfants avaient applaudi et sa femme rougi de contentement. Lui-même était ressorti tout groggy de ce petit récital en famille. C'étaient là ses moments favoris. Cette intimité entre l'art et l'humain. Cette symbiose de la création la plus parfaite avec l'espèce la plus pure ! Bientôt ses enfants seront grands. Bientôt ces jeunes aryens prendront la relève. Ils sont le futur, l'avenir de la race !

«Tout comme lui…» songea encore le docteur, en distinguant la tête à travers la peau du ventre. Il dégagea doucement les draps. Le sexe de la femme apparut, encore plus blond, plus solaire que les cheveux.

«Fille d'Ève, sois forte !» récita-t-il en lui-même.

Le médecin passa doucement ses doigts sur les poils, comme s'il les lissait, les lustrait. L'infirmière se raidit, surprise, mais la future mère n'en sourit que davantage. Ses yeux plongèrent dans ceux du praticien, comme la glace se dissout dans le feu. Un choc tellurique. La naissance d'un monde.

— Vous êtes prête ? demanda-t-il alors à *Fräulein* Greve.

— Je suis… prête, répondit-elle, la voix hoquetante, non de peur mais d'émotion.

L'infirmière s'avança d'un pas, en poussant une table roulante couverte d'ustensiles métalliques. Puis elle inclina le lit de la parturiente, et le transforma en table d'opération.

— Alors allons-y… dit froidement le médecin, en enfilant des gants stérilisés.

L'accouchement fut un rêve. La mère croyait entendre chanter les anges. Ce n'étaient pourtant que ses propres cris, ses propres gémissements, mais elle était si engagée, si galvanisée, qu'elle ne ressentait plus la souffrance. Sa conscience avait eu raison de ses nerfs. Elle sentait son ventre ravagé, ses chairs lacérées, mais ce n'était que joie, qu'évidence. Elle se livrait tout entière, aussi immaculée qu'à sa propre naissance.

Jamais elle n'avait connu d'autre homme. Elle était restée pure pour ce soldat qu'elle avait vu l'espace d'une nuit, d'une heure, d'un baiser. Mais en le prenant dans ses bras, en l'accueillant en elle, en le laissant la pénétrer, c'est au *Führer* qu'elle offrait sa virginité ; c'est au Reich qu'elle faisait don de sa pureté, de son innocence, de sa beauté. Elle n'était pas grosse d'un homme, mais d'un pays. Et cette responsabilité la guidait depuis neuf mois.

Ses frères l'avaient reniée, son père l'avait conspuée. Seule sa mère avait eu la vraie, la saine réaction :

— Tu nous montres la voie, Heidi. Ne leur en veux pas, ils y viendront aussi…

Mais elle ne leur en voulait pas. Comment le

pourrait-elle ? Sa vie avait pris un sens, alors qu'eux vivaient dans les ténèbres. Chaque jour de sa grossesse, sa foi avait grandi, comme poussait ce petit être si rare, si vrai, au creux de ses entrailles.

Une dernière douleur. Un cri strident, abyssal. Et la joie de l'infirmière.

— C'est un garçon ! exulta-t-elle, tandis que le médecin tranchait le cordon ombilical.

Heidi pleurait de bonheur. À la pendule de la salle d'opération, elle réalisa que l'accouchement avait duré près de cinq heures.

Elle croisa alors les yeux du docteur : toute joie semblait l'avoir déserté. Les dents serrées, les sourcils froncés, il arracha ses gants avec un air de dégoût.

La jeune mère comprit que quelque chose n'allait pas…

— Que… que se passe-t-il ? balbutia-t-elle.

Mais ils ne l'écoutaient pas. L'infirmière confia l'enfant au docteur, qui le prit dans ses bras malgré sa moue écœurée.

Il le saisit par la nuque et tendit le bras pour le montrer à sa mère.

Le cou tordu, l'enfant mugit.

Heidi n'arrivait plus à parler. Ce bébé, c'était une partie d'elle-même. Elle crut qu'on la saisissait par les cheveux, qu'on l'empêchait de respirer.

Le bébé était de plus en plus rouge, se débattant comme s'il allait exploser. Le docteur venait de passer de l'abattement à une atroce neutralité. Plus rien ne filtrait de son regard d'acier.

Heidi était paralysée. Les mots, la haine, la peur, tout s'engouffrait dans sa conscience, mais elle n'arrivait plus à parler. Seules les larmes ravageaient son visage.

Le visage, justement...

Le docteur affecta l'austérité, comme un policier annonce une mauvaise nouvelle.

Il vint s'asseoir à côté de Heidi, sur le lit, et posa le bébé contre sa poitrine. Instinctivement, le bébé tendit ses lèvres haletantes vers le sein rose de sa mère, mais elle n'osait plus toucher l'enfant. Comme si elle redoutait de trop s'y attacher, de ne plus jamais vouloir le lâcher.

Elle se contentait de fixer la figure du bébé, qui semblait effaré par la douleur, le bruit, la lumière ; le monde s'ouvrait à lui de façon si atroce. Surtout, il y avait cette plaie rose, monstrueuse, au milieu de la figure.

— *Equarta labia*, assena le médecin.

La mère restait interloquée.

— Vulgairement, on appelle cela un « bec-de-lièvre », expliqua le docteur d'une voix encore plus neutre, comme s'il faisait un cours. Division de la voûte palatine, absence de la luette... Classique, n'est-ce pas ?

Heidi ne savait quoi répondre. Lentement, son corps se détendait, et elle retrouvait l'usage de ses mouvements.

Elle réussit à bouger la main jusqu'au bébé, mais elle surprit alors le geste de l'infirmière.

Celle-ci était en train de remplir une seringue, l'œil concentré.

Sans même poser de question, Heidi avait compris...

Sa main frôla l'enfant, mais le docteur se recula, gardant le bébé contre lui.

L'infirmière lui tendit la seringue.

15

— Merci, *Schwester*, lui dit-il. Prenez l'enfant dans vos bras, je ne voudrais pas qu'il se débatte.

— NOOOOOOOOON !!!! hurla la mère, sans parvenir à se redresser, comme si on la maintenait prisonnière d'une cuirasse de plâtre.

D'une main, le médecin caressa la tête de l'enfant. On aurait pu croire qu'il allait y poser un baiser, tant ce geste était doux et tendre. De l'autre main, il approcha la seringue du haut du crâne.

La mère était bouche bée. Ses lèvres poussaient des cris muets. Elle vit l'aiguille se poser sur la fontanelle. L'enfant ne criait plus. Toute la pièce baignait dans un silence atroce. Le grand calme avant la mort.

Lorsque l'aiguille pénétra dans son crâne, l'enfant n'eut qu'un sursaut. Ses yeux s'arrondirent et, instinctivement, il les tourna vers sa mère.

Le médecin enfonça davantage puis pressa la seringue.

L'infirmière elle-même se retenait de trembler. Elle sentait le petit être se relâcher entre ses bras.

Mais le bébé restait pétrifié. Figé dans une tentative de dévisager sa mère ; de la reconnaître ?

Heidi essayait de s'abstraire, d'oublier, de ne pas comprendre. Mais les yeux de l'enfant étaient si grands, si avides.

« *Les mêmes que moi…* »

En dardait un mélange de reproche et d'apaisement.

— La première génération doit être saine, dit le médecin sans passion, avec une résignation épuisée, tandis qu'il retirait la seringue.

— Donnez-le-lui, maintenant, fit-il à l'infirmière.

— *Jawohl, Doktor Schwöll !*

16

Celle-ci posa le bébé dans les bras de sa mère. Malgré son visage défiguré, malgré la petite rigole rouge qui lui barrait le front, un calme étrange baignait le nourrisson.

Heidi le prit, comme une porcelaine. À nouveau leurs yeux se croisèrent. Ceux de l'enfant étaient maintenant voilés de beige. Son regard s'éloignait, repartait d'où il était venu.

Il eut un soubresaut, une sorte de petit hoquet, puis il laissa valser sa tête en arrière.

La mère était anéantie. Elle ne sentit même pas les mains de l'infirmière qui lui reprit le bébé. Elle entendit à peine la voix du médecin, douce, posée.

— Après un mois de convalescence, vous serez à nouveau transférée à la maternité de Halgadøm. Il y aura là-bas de superbes officiers qui vous feront oublier ce petit… incident de parcours…

Le médecin flatta la joue de Heidi avec un rictus de maquignon et ajouta :

— Vous êtes jeune, *Fräulein* Greve, et le Reich a encore besoin de vous !

Première partie

ANAÏS

« *Le nazisme a été un des rares moments, dans l'histoire de notre civilisation, où une porte s'est ouverte sur autre chose, de façon bruyante et visible.* »

Louis Pauwels et Jacques Bergier,
Le Matin des magiciens.

2005

Paris, 29 août – 17 h 45

— Tu connais un peu l'histoire du nazisme, le IIIᵉ Reich, tout ça ?

Clément pose sa main sur la mienne, mais je la retire aussitôt. Trop sèchement, comme d'habitude.

— C'est pour me parler d'histoire que tu m'as donné rendez-vous ici ?

Je le fixe de mon regard « tranchant ». Le bleu électrique des yeux sous mes cheveux noirs. Ce que Clément appelle mes « yeux de squale » ; un regard auquel il n'a jamais pu résister. Il se contorsionne et recale sa chaise pour laisser passer un couple d'Américains qui s'assied dans notre dos en jappant des « *How nice !* » d'être dans le saint des saints du Paris « *oulala !* ».

Quelle idée de me donner rendez-vous ici… Clément sait pertinemment que je déteste *Le Flore*. D'une manière générale, Saint-Germain-des-Prés m'inspire une méfiance instinctive, presque paysanne. Mon côté « province », j'imagine.

— Bon, d'accord, concède Clément, j'ai quelque chose à te demander…

Il se reprend et corrige :

— En fait, j'ai quelque chose à te *proposer*…

Je ne peux m'empêcher d'être narquoise :

— Tu vois, tu caches toujours ton jeu.

Devant son sourire peiné, je réalise que – comme d'habitude – je suis allée trop loin. Tu t'emballes, Anaïs, tu t'emballes ! Mais c'est plus fort que moi. Ce que Léa, ma meilleure amie, appelle mon « orgueil de femme seule ». Et je n'ai que vingt-cinq ans !

Pour être tout à fait honnête, depuis notre rencontre, il y a sept ans, sur les bancs de l'école de journalisme, j'ai toujours lu une grande sincérité dans les yeux de Clément. Cet air de vieux cocker. Et moi, avec ma cuirasse d'ironie, mon bouclier de cynisme. Cette façon de toujours prendre la vie comme une attaque ou un canular. Jamais rien de bien réel, pour moi ; le triomphe du second degré. Nous sommes trop différents : je ne suis qu'un bull-dozer à la morgue maladroite, Clément reste un fils à papa en rupture de ban, toujours à cheval entre son carcan et ses rêves de liberté. Deux déracinés. Et puis on se connaît trop, maintenant. On se devine, on se flaire au moindre souffle.

— Un diabolo grenadine et un verre de lait !

Le serveur vient de briser le malaise.

Clément et moi le remercions d'un ton hésitant, comme s'il nous épargnait la noyade. Soyons sport, c'est à moi de relancer le dialogue. Je me renfonce dans ma chaise et empoigne mon verre de lait en lâchant d'un ton faussement jovial :

— Bon, je t'écoute.

Mais Clément ne semble pas pressé. Comme s'il voulait me faire payer ma petite tirade, il pose délicatement ses lèvres sur sa paille et aspire son diabolo jusqu'à la dernière goutte, dans un gargouillis

horripilant – il sait que ce genre de bruit me hérisse.
J'en grince des dents.

— J'ai un boulot pour toi, dit-il alors à mi-voix.

— Un boulot ?

— Un travail de nègre.

Ma réaction doit être éloquente, mais Clément
s'explique :

— Une sorte de document historique, à écrire
avec un type qui n'a jamais fait de bouquin. C'est
FLK *lui-même* qui m'a demandé de trouver quelqu'un.

J'affecte une moue impressionnée, Clément ne
sait si je me moque.

— C'est un *très* gros boulot, *très* bien payé,
insiste-t-il.

— Et pourquoi moi ?

Le jeune homme pose ses coudes sur la table et
se penche vers moi. Son haleine sucrée de grenadine.
Et ce parfum un peu suave, qu'il porte depuis toujours. Le même que son père : *Habit Rouge* de
Guerlain.

— L'auteur a demandé quelqu'un de jeune, si
possible une fille…

Je glousse :

— Une fille ? C'est quoi cette blague ?

Clément garde son sérieux. Ses pupilles se dilatent.

— À cent mille euros, la blague est juteuse.

J'en lâche ma cuiller !

— Cent mille euros ! Tu te fous de moi ?

Clément retrouve son ton narquois.

— Tu vois que ça t'intéresse…

Je suis effarée. Cent mille euros pour un « négri-
fiage » ! C'est l'à-valoir d'un auteur à gros tirage. Je
connais les tarifs : l'an dernier, j'ai rédigé une

enquête sur le marché des best-sellers français, pour les pages livres de *L'Express*. FLK est connu pour être un éditeur parmi les plus généreux ; mais à ce point-là, c'en est presque douteux !

— Et qui est l'auteur avec lequel je dois… je *devrais* bosser ?

— Je l'ai croisé une fois, mais je ne peux rien te dire. Le patron me l'a interdit. Il tient à tout t'expliquer lui-même…

— Parce que tu lui as déjà parlé de moi ?

— Tu as rendez-vous au siège des « presses FLK », 11, rue Visconti, demain matin, à 10 heures.

— Aimez-vous les chasses au trésor, mademoiselle Chouday ?

Qu'est-ce que vous voulez répondre à ça ? Voilà un quart d'heure que François-Laurent Kramer, président des très lucratives « presses FLK », tourne autour du pot. Autant dire que le pot, c'est moi !

« Un écrivain, c'est un peu un explorateur, non ? reprend-il, en pivotant dans son fauteuil de cuir rouge.

Toute la pièce est rouge : papier peint, meubles, bibliothèques, tableaux, moquette. Jusqu'à la tenue du patron – un camaïeu de rose, fuchsia, vermillon, prune – assez écœurante au petit matin. Il me rappelle ma tartine de gelée de groseille, avalée en catastrophe avant de sauter dans le métro.

Je trempe mes lèvres dans ma tasse de thé, dubitative. Sur le bureau brûle une bougie parfumée trop raffinée. Malgré ses soixante ans et ses cheveux clairsemés, FLK est à son aise dans les pages *people* des hebdomadaires féminins. Son divorce, son *coming out* et cette relation orageuse avec un *designer* hollandais ont fait la joie des tabloïds (en particulier leur mariage illégal sur une île privée des Maldives). Du pain bénit pour les journalistes !

Mais cet arlequin mène d'une poigne de fer l'une des plus grosses maisons d'édition indépendantes de France, refusant d'intégrer un grand groupe, malgré les offres répétées de nombreux potentats.

— Parce que c'est une vraie chasse au trésor que je vous propose là… me dit-il en se levant pour aller à la baie vitrée.

— J'ai peur d'être un peu vieille pour ce genre de jeu, dis-je avant de me mordre la langue.

Je ne sais sur quel pied danser avec ce ludion… et il en joue.

Matois, l'éditeur ne me répond pas.

Il tapote du pied contre la vitre et contemple la vue sur ce grand jardin enchâssé entre les immeubles. Certains arbres ont pris leurs teintes d'automne. Quelques étages plus bas, un jardinier tond la pelouse en zigzaguant entre les buis taillés.

FLK se retourne comme un spectre.

— Ce n'est pas un jeu, Anaïs.

Je ne peux m'empêcher de frémir. L'homme est devenu perçant, presque agressif. Comme si sa belle veste grenat cachait une armée de rasoirs.

Je déglutis et me pétrifie sur mon siège, en me demandant ce que je fais ici.

FLK arpente maintenant son bureau et, du revers de la main, caresse amoureusement ses rayonnages de livres. Muette, de plus en plus mal à l'aise, je distingue les nombreux best-sellers publiés par les « presses FLK » : les romances féminines d'Éve-lyne Schänkl ; les thrillers des jumeaux Leclerc ; les romans historico-sentimentaux de Marjolaine

Papillon ; les polars de Cédric Meillier… Toute cette littérature dont mon père raffole. Ou raffolait, car lit-il encore ?

— C'est un travail de fond, poursuit l'éditeur en regagnant son fauteuil. Un travail *très* bien payé, comme n'aura pas manqué de vous le dire Clément…

Je songe aux cent mille euros en jeu et dois rougir malgré moi ; aussitôt l'éditeur retrouve sa mine joviale et esquisse un sourire.

— Vous êtes jeune, Anaïs. Vous avez du talent, vous savez écrire. Votre ami Clément m'a vanté vos mérites. Ce job est fait pour vous !

Persuasif, le bonhomme ! Encore un qui devrait faire de la politique : il passe du hachoir à la guimauve avec une aisance confondante. Tentant pourtant de garder mon calme, j'objecte :

— Vous ne m'avez encore rien dit…

FLK ouvre un tiroir de son bureau. Il en tire une revue qu'il pose sous mes yeux, en s'éclaircissant la gorge.

— *Der Spiegel*, grand hebdomadaire allemand, articule-t-il d'une voix étouffée, comme s'il s'apprêtait à me livrer un secret d'État.

Je baisse la garde et prends le magazine avec précaution. L'illustration de couverture me fait frissonner. Ce dessin représente quatre cadavres dans une morgue ; derrière eux, on distingue l'ombre d'un homme au bras tendu. Hitler, sans doute. En surimpression, un gros point d'interrogation s'achève en croix gammée. Le journal est daté du 23 juin 1995.

L'ensemble me laisse une impression poisseuse. Je n'ai jamais éprouvé aucune attirance, encore moins de fascination, pour la période nazie. J'ai plutôt tendance à la considérer comme une ère repoussoir, un aperçu des enfers. Comme tous les lycéens, j'ai vu *Nuit et Brouillard* en cours d'histoire pour vite ranger ces images dans le tiroir des horreurs indépassables. Mais, si je considère le nazisme comme un dragon depuis longtemps foudroyé, je dois avouer que cette couverture est très dérangeante. Est-ce sa couleur criarde ? Ces cadavres ? Cette croix gammée ouvragée, presque élégante ?

Jetant un œil méfiant alentour, FLK se penche vers moi et commence à voix basse :

— En mai 1995, le même jour, dans quatre lieux différents du pays, la police allemande a découvert quatre cadavres.

— Des meurtres ?

— Non, rétorque FLK, perçant : des *suicides…*

Sa façon de prononcer ce mot ferait pâlir un mort !

— Jusque-là rien d'étonnant, dis-je pour masquer mon trouble.

FLK pince les lèvres.

— Si ce n'est qu'ils se sont donné la mort exactement à la même heure, et de la même manière…

— C'est-à-dire ?

Il plisse les yeux, ne me laissant voir que des billes sombres et luisantes.

— Tous les quatre ont été retrouvés nus, enroulés dans une couverture militaire, des débris de verre entre les dents… Les débris d'une ampoule de cyanure…

FLK s'interrompt pour guetter ma réaction, mais je m'efforce de ne pas broncher. Où veut-il en venir, avec son cinéma ?

— Malgré les recherches, poursuit-il, on n'a pu établir aucun lien entre les quatre suicides ; ça ne pouvait pourtant pas être une coïncidence…

— Pourquoi pas ? dis-je, prise au jeu.

L'éditeur rosit, enchanté de me voir mordre à l'hameçon.

— Parce que les cadavres ont été retrouvés dans quatre lieux très… particuliers.

Il ouvre le magazine et montre les photos.

— Munich, Berchtesgaden, Nuremberg, Spandau…

Je fronce les sourcils : autant me parler d'astrophysique !

— C'est-à-dire ?

— Munich : berceau du nazisme ; Berchtesgaden : nid d'aigle d'Hitler ; Nuremberg, ville symbole du régime où furent jugées et pendues ses grandes figures ; Spandau : le quartier où furent emprisonnés les condamnés de Nuremberg, jusqu'à la mort du dernier d'entre eux, Rudolf Hess, en 1987…

Je lève les yeux au ciel ; cette affaire n'est vraiment pas de mon ressort.

— Écoutez, je ne suis pas historienne. Je ne connais rien à la Seconde Guerre mondiale. Il y a sûrement des gens bien plus compétents que moi pour…

— Laissez-moi finir !

L'éditeur m'a coupée violemment. Il me considère avec autorité, comme pour me rappeler qui est le patron… et je ne parviens pas à soutenir son regard.

— Il y a *autre chose*… Ces quatre hommes approchaient tous des soixante-dix ans. La police a découvert qu'ils vivaient tous les quatre sous des identités d'emprunt, mais que leurs origines se confondaient avec l'organisation la plus secrète du IIIᵉ Reich : le *Lebensborn*…

— Le quoi ?

— Littéralement, ce mot signifie « fontaine de vie », mais…

FLK tapote de l'index sur son bureau d'acier, comme s'il cherchait le mot exact.

— Mais… ?

— Vous n'avez jamais entendu parler des… haras nazis ?

— Des élevages de chevaux ?

— Non, Anaïs… Je vous parle de *haras humains*…

Je déglutis. À nouveau l'éditeur s'interrompt comme un acteur jauge son public.

— Dans les maternités du *Lebensborn*, reprend-il sans me quitter des yeux, on accouplait de jeunes aryens à de jeunes aryennes, pour créer la race des seigneurs.

Je me recule dans ma chaise. Bien sûr que j'ai déjà entendu parler de ce mythe des haras nazis.

— J'ai toujours cru que c'était une légende…

— Une légende… ricane-t-il en frottant son menton rasé de près.

— Et vos quatre suicidés seraient nés là ?

— On n'en sait rien, mais un détail commun a attiré l'attention de certains historiens.

— Quel détail ?

— Un tatouage, dit-il, feuilletant le magazine jusqu'à une photo des cadavres.

C'est un gros plan… Sur cette peau pâle et bleutée, on distingue au niveau du rein droit des numéros : « SS-459-224 ».

— Eh bien ?

— Ce ne serait pas un tatouage, mais un pedigree… reprend l'éditeur. Lorsque des historiens s'en sont rendu compte et ont voulu en parler, l'Allemagne a aussitôt stoppé toute enquête pour conclure au non-lieu.

— Les Allemands ont un gros problème avec cette période ; et puis…

— Je ne vous parle pas d'un complexe historique, mais d'une *omerta* ! rétorque-t-il, s'emballant brusquement. Depuis le non-lieu, trois émissions de télévision ont été annulées une heure avant leur diffusion. Une dizaine de journalistes ont reçu des menaces de mort. À croire que des fantômes du IIIe Reich sont venus en personne étouffer l'affaire ! Même les stocks du *Spiegel* ont mystérieusement brûlé.

Agressif, FLK brandit le magazine allemand.

— J'ai mis plusieurs semaines avant de dénicher celui-ci. Et je peux vous dire que j'ai mes entrées dans la presse européenne. Non, Anaïs, cette affaire cache un secret bien plus grave ! Un secret bien plus dangereux…

Il saisit mon poignet à travers la table et plante ses yeux dans les miens.

— *Un secret qui tue…*

Mon estomac se fige. FLK affiche une mine gourmande.

— Ce secret pourrait fort bien être lié au butin colossal amassé par les nazis pendant la guerre, et qu'on n'a jamais retrouvé.

Nouveau silence. Je suis épuisée par ces douches froides, et ne sais plus où finit le danger et où commence le boniment.

— Ce trésor fascine nos lecteurs depuis des années, reprend-il en désignant sa bibliothèque. Vous avez bien lu au moins un roman de Marjolaine Papillon ? Ils sont parmi nos meilleures ventes et tous ses romans sont fondés sur les mystères du IIIe Reich. Le public *adore* ça…

Je tente de garder la tête froide. Allons droit au but !

— Mais vous voulez quoi, au juste ? Un roman ?

FLK claque la langue.

— Je veux une *enquête*. Reprenez l'affaire, comme un flic. Remontez la filière ; allez en Allemagne, plus loin s'il le faut. Cette affaire cache un secret, c'est évident. À l'heure de l'Europe, certaines choses restent à éclaircir…

Je suis effarée par son culot.

— Vous voulez que je déterre ces cadavres, alors que vous-même venez de me parler d'*omerta*, de menaces de mort, de fantômes nazis, de secret qui tue !

FLK redevient matois.

— Rhétorique, Anaïs… Je parlais par métaphores. Nous ne sommes plus sous le IIIe Reich.

Sur ces mots, l'éditeur décroche son téléphone, compose un numéro et met le haut-parleur. La tonalité retentit dans toute la pièce.

— J'ai branché mon téléphone sur la chaîne hi-fi, explique FLK d'une voix farceuse, en désignant des petits baffles Bose, aux angles de la pièce, masqués par leur peinture rouge.

La sonnerie continue.

Je fronce les sourcils, car le son est bien trop amplifié. Il me rappelle ces boîtes de nuit atroces où je dois chaque année accompagner Léa, le soir de son anniversaire.

On décroche.

Voix d'homme, suave :

— Allô ?

— Vidkun ?

— Oui ?

— FLK.

L'éditeur marche dans la pièce, concentré.

— Alors ? fait cette voix de ténor qui monte dans les aigus.

FLK se tourne vers moi et me fusille du regard.

— La demoiselle est là, je crois qu'elle est intéressée.

J'ai beau faire « non » de la tête, vigoureusement, l'éditeur me signifie de rester assise et met son index sur ses lèvres. J'en suis tellement abasourdie… que je lui obéis !

— C'est parfait, dit la voix. Passez-la-moi…

— Elle est devant moi, elle vous écoute…

— Anaïs ?

Je suis tétanisée.

Cette voix d'homme me glace ; cet accent indéfinissable ; il me rappelle celui de certains acteurs des années 1930. Un parler pointu ; châtié, maniéré, mais parfaitement naturel.

— Anaïs, vous êtes là ?

— Oui…

— Nous allons travailler ensemble, alors ?

L'éditeur mime des moulinets, pour me faire signe d'enchaîner.

— Euh… je…

— Parlez plus fort, je ne vous entends pas…

L'éditeur est écarlate.

Alors, presque malgré moi, hurlant pour être entendue :

— Oui !

« Mais qu'est-ce que je fous, bon Dieu ? » me dis-je, tandis que FLK croise les bras contre sa poitrine, hilare. Le piège est en train de se refermer sur moi ! Tout va beaucoup trop vite !

— François-Laurent vous a parlé de l'à-valoir, qui est très généreux…

L'éditeur approuve du chef.

— Avec cent cinquante mille euros, vous avez de quoi voir venir, non ?

FLK bondit en même temps que moi.

— HEIN ?

Je happe aussitôt la situation au vol. C'est cinquante mille euros de plus que prévu ! Mon interlocuteur cherche-t-il à faire monter les enchères ? Autant jouer le tout pour le tout. Comme au poker, je réplique :

— Oui, cent cinquante mille euros ; monsieur FLK est *très* généreux.

L'éditeur vacille jusqu'à son fauteuil et je lui décoche un regard victorieux.

— Bien, reprend la voix onctueuse et douce, dans laquelle il me semble déceler une pointe d'ironie. Maintenant que nous nous sommes entendus, il peut éditer les contrats.

Dans ma tête, tout se bouscule et les calculs s'enchaînent :

« Cent cinquante mille euros, putain ! Finies les piges au rabais ; un nouvel appartement, une vraie vie, un vrai travail, peut-être un vrai mec… »

Effarée par mon propre culot, je pose sur l'éditeur des yeux acides et demande à la cantonade :

— Quand pouvons-nous commencer ?

FLK a retrouvé son calme. Il m'observe avec une certaine complicité, et me rend hommage en hochant du chef. Il pianote quelques touches sur son ordinateur et lance l'impression du contrat.

— Que diriez-vous de venir demain matin chez moi ? propose la voix inconnue.

Brusquement, je me cabre. L'immédiateté de la chose me terrifie. Ça y est, tout va trop vite.

« Je ne sais pas, je ne sais plus… » me dis-je. Il

serait si simple d'appeler Léa pour lui demander conseil ; de passer la tête dans le bureau de Clément, à l'étage au-dessus. Mais déjà l'éditeur glisse sous mes yeux le contrat, posant son index sur le chiffre colossal : « Cent cinquante mille euros. »

Prisonnière de cette décision inconsidérée, instinctive – ne jamais faire marche arrière, c'est un principe de vie ! –, je balbutie :

— Demain matin… d'accord… très bien.

— François-Laurent vous donnera l'adresse. Je vous attends à dix heures, pour le *Frühstück*…

Et il raccroche…

Silence. FLK me scrute avec acuité.

— *Frühstück*, ça veut dire « petit déjeuner » en allemand, dit enfin l'éditeur, en me tendant son Montblanc.

Sans trop y croire, je paraphe le bas du document, et constate qu'un autre nom persille les pages : « Vidkun Venner ».

— Vous recevrez le premier virement dans le courant de la semaine, ajoute FLK d'une voix aigre.

— Mais c'est qui, ce type ?

FLK griffonne une adresse sur un post-it qu'il colle sur mon exemplaire du contrat, avant de me le remettre.

— Maintenant, à vous de jouer, Anaïs.

Je me mords l'intérieur des joues et relis le post-it :

« Vidkun Venner, 16, impasse du Castel vert. Paris 18e. »

En sortant de chez l'éditeur, je tangue jusqu'à la place Saint-Germain-des-Prés. Ma conscience geint : « Un taxi !… » comme on supplie : « De l'air !… »

Je devrais papillonner de béatitude, rendre grâce à l'humanité, faire des compliments aux passants, aux SDF, aux contractuelles. Mais non, le malaise est en train de monter : je me sens coupable…

« Pourtant, tout baigne ! » me dis-je en m'engouffrant dans une Audi gris métallisé.

— Rue Paul-Bourget, à la porte d'Italie…

Malgré le confort du véhicule, la musique à la radio – un vieux tube de Michel Fugain, sur Nostalgie –, le nœud d'angoisse se resserre.

« Oh non, merde ! Pas maintenant, quand même ! »

C'est trop injuste ! Je me renverse sur la banquette et froisse le contrat entre mes mains, comme un talisman. Les immeubles défilent par le pare-brise arrière.

J'ai beau être consciente que toute émotion forte – bonne ou mauvaise – me fait toujours le même effet, ce sentiment d'illégitimité, d'imposture, me donne envie de disparaître sous terre, de ne plus exister. C'est plus fort que moi.

Le taxi s'arrête.

« Déjà ?… »

— Et voilà ! blatère le chauffeur, ça fera onze euros.

Sans réfléchir, je tends un billet de vingt euros, et bredouille :

— Gardez la monnaie…

Le chauffeur émet un sifflement admiratif, mais ne prend pas la peine de me remercier et repart aussi sec (qui sait, j'aurais pu revenir sur ma générosité).

Je regarde disparaître la voiture et songe : « Comme dit Clément, au diable les varices… »

Mais la boutade ne m'apaise pas. Au contraire, je me sens de plus en plus oppressée.

Il a commencé à pleuvoir. Une pluie fine, tiédasse, lourde de pollution. Une de ces pluies de fin d'été qui rappellent aux Parisiens les aigreurs de la rentrée. Bientôt les pulls, les rhumes, les *Oscillococcinum*.

J'avance tête baissée. Surtout ne croiser aucun regard !

Sourcils froncés, je marche en tentant de m'abîmer dans le rythme de mes pas.

« Une… deux… une… deux… »

Voilà des mois que je n'ai pas connu une crise de cette ampleur. Dans ma tête, tout s'emmêle. Je pense alors à Léa, qui me conseille d'aller voir un psy depuis des années : « Ça réglerait quelques-uns de tes problèmes, ma cocotte ! »

Généralement, je ferme toute écoutille. Mes démons sont à moi ; ils sont mon secret, ma poche de liberté, d'intimité, aussi invivable soit-elle. Me les retirer relèverait du viol. Toutes objections que Léa n'a d'ailleurs jamais voulu admettre.

« On se trouve toujours des excuses, ma cocotte ! »

Me voilà devant mon immeuble. Le nœud pèse maintenant sur mon estomac.

Tandis que je tape le digicode, je songe à Clément. Le problème, c'est que je n'ai jamais su lui dire clairement non. Lorsqu'il fait ses yeux de chien battu, sa mine de « *poor little rich boy* », je ne peux pas résister. Dans quoi m'a-t-il encore embarquée ? Un secret qui tue ? Des nazis en 2005 ? Mais jamais Clément ne m'aurait jetée en pâture à ce renard de l'édition.

« Et puis, cent cinquante mille euros ! »

Le hall. L'ascenseur.

«Encore en panne!»

Curieusement, l'idée de gravir mes douze étages à pied ne m'effraye pas. Au moins aurai-je une vraie raison d'être essoufflée. Et n'est-ce pas Léa qui, une fois encore, me bassine avec le sport?

«Viens faire de l'aviron avec moi; ça aussi, ça nettoie l'esprit.»

Elle sait pourtant que je déteste toute forme de vie collective : le bureau, le sport d'équipe, les foules, tout ça me rebute.

«Ouf! Douzième étage.»

J'y suis presque; mon appartement, le 304, est au bout du couloir.

La porte couine. Odeur du deux-pièces, familière. Déjà, je me sens mieux. Tout du moins je respire.

Une ombre se faufile entre mes chevilles et miaule.

— Salut, toi!

Je caresse la seule personne qui n'ait rien à me reprocher – Graguette, une panthère noire de gouttière qui a élu domicile chez moi. Je ne sais plus qui a écrit que les chats sont des animaux qui ne disent jamais bonjour.

Je pose mon cartable à côté du téléphone. Tiens, mon répondeur clignote…

Peu m'importe, je file vers le frigo, verse un peu de lait dans le bol du chat et finis la bouteille au goulot. Le liquide glisse en moi comme la plus saine des médecines. Il infuse, adoucit, masse; et tout s'égalise. Lait, calme et volupté. Plutôt que des calmants, je peux en avaler des litres. Non que j'en aime le goût – l'idée même de cette liqueur animale, fermentée dans le ventre d'un bestiau, me met mal à l'aise –, mais ça calme mes nerfs.

Haletante, je m'essuie d'un revers de manche,

laissant une trace blanche sur mon pull noir. Pas très sexy !

« Et alors ? J'ai de quoi m'acheter un lave-linge, maintenant… »

Je jette le carton dans l'évier et retire mes chaussures. Sur le mur, face à moi : la grande plaque de liège qui me tient lieu d'agenda. Des feuillets de toutes les couleurs y dressent le plan des semaines à venir, de mes articles à rédiger.

D'autres en auraient le vertige, j'y trouve ma colonne vertébrale.

Quatre axes, quatre couleurs : *« à rendre »*/ *« rendu »*, *« à payer »*/*« payé »*. Puis la liste – assez longue – de mes activités du moment. Critiques de livres, de films, de disques, enquêtes, interviews, portraits… Depuis maintenant quatre ans, après l'école de journalisme et pas mal de galères, je jongle avec les piges, les rédactions (*L'Express, Elle, Technikart, Marie-Claire*, parfois *Paris-Match*…), les pseudonymes (outre Anaïs Chouday, Clémence Anis, Anne Clémine, Annie Clémens ; et même Clélie Anus, pour un mensuel érotique).

Mais ce contrat risque de tout changer.

« Cent cinquante mille euros… » devient un mantra que je bredouille en m'affalant sur mon vieux futon Ikéa. Mon premier achat, en arrivant à Paris, il y a sept ans. Payé grâce à ce petit boulot de serveuse dans un café de la Butte aux Cailles.

Je ne peux alors m'empêcher de songer : « Je vais pouvoir m'acheter un *king size* au Lit National ! » Je me surprends même à glousser de satisfaction anticipée…

« Ma cocotte, tu t'embourgeoises ! » raillera Léa.

Et alors ? Je vais peut-être enfin m'occuper de moi, m'acheter des fringues ailleurs qu'au Monoprix, oser jouer les minettes. Ne plus me planquer derrière mes lunettes de soleil, mes pulls trop larges, mes vieux jeans.

Dans les rédactions, les rares fois où je passe – je préfère travailler par e-mail –, j'ai une réputation de fille asexuée. N'ai-je pas entendu murmurer dans mon dos, au service livres de *L'Express* : «Elle est mignonne, Anaïs, mais on croirait une bonne sœur en civil»?

Dire qu'en terminale, on me surnommait «la bombe» (ou, moins chic, «la bombasse»…). Mes copines étaient jalouses de mon tour de poitrine et les mecs me reluquaient en cours de sport. Une fille normale aurait joué les Cléopâtre, j'en ai conçu une gêne étrange, une sorte de rejet de mon corps.

— Vingt-cinq ans, pas de vrai boulot, pas de vraie famille, pas de vrai mec… Quel gâchis! dis-je tout haut, en jouant avec la queue de Graguette, lovée sur mes genoux.

Voilà que remonte le spleen. Je respire un grand coup et me concentre sur mon rendez-vous de demain.

«Il va falloir être forte et persuasive, avec ce… Vidkun Venner. Quel nom étrange!»

J'allume mon Mac et me connecte à Google.

— Alors, alors… Vidkun Venner…

L'ordinateur mouline une demi-seconde. Puis… rien : pas d'entrée, pas de photo.

Un inconnu.

«Un fantôme», me dis-je, avec une étrange appréhension.

Mais un fantôme juteux! Un spectre très rentable! Un ectoplasme à cent cinquante mille euros! À ce prix-là, je peux mettre ma trouille au placard…

Qui donc est ce type qui peut faire augmenter un à-valoir déjà généreux, sans que FLK moufte ?

Je repense à Clément. C'est aussi grâce à lui, quand même. Je lui dois une sacrée chandelle… Et il saura me le rappeler !

Bien qu'il m'agace, ce garçon est mon rempart. Je sais qu'il aimerait être plus que cela, mais nos rares étreintes – les soirs de cuite, ou lorsque je l'aidais à achever la correction d'un manuscrit – ont toujours été ma faute : je me suis laissé faire.

« Clément, on est amis, c'est tout. »

Combien de fois Clément l'a-t-il entendue, cette phrase, au réveil.

Il ne répond jamais, se contentant de hausser les épaules, un peu résigné, un peu ironique. D'une certaine manière, il aime cet entre-deux. Il sait que je suis trop sauvage, trop hostile, pour me laisser séduire par un autre, alors il grappille ces instants d'intimité, comme autant d'étincelles volées au demi-jour. À notre façon, on est ensemble. Par intermittence, par paresse.

Le « bip » du répondeur me tire de ma rêverie.

Toutes les heures, il rappelle le nombre de messages.

Voix mécanique, horripilante :

« Vous-avez-reçu-un-messa-ge. »

Le malaise revient. Plus insidieux. Comme une vague.

Les mains moites, je presse le bouton du répondeur.

« Nanis, c'est ton père. Je voulais juste t'embrasser, comme toutes les semaines. Tu sais que tu peux m'appeler quand tu veux. Que je serai toujours là pour toi. Que… »

— Ah non ! dis-je en écrasant le récepteur.

« Message-effacé. »

Aussitôt ma culpabilité revient au galop. Mon père est le pire des déclencheurs. Il faut penser à autre chose ! Vite ! Je me dis alors qu'il serait de bon ton de me renseigner un peu sur le sujet avant de rencontrer ce mystérieux M. « Venner ».

D'un même mouvement, j'enfile ma veste, saisis mes clés et ouvre la porte.

En redescendant à pied les douze étages, je fige ma pensée en répétant : « *Lebensborn, Lebensborn, Lebensborn...* »

— *Leben...* quoi ?

— *Le-bens-born.*

Pianotant sur son ordinateur, le vendeur à gilet bleu prend une mine fataliste.

— Rien du tout, me dit-il en repoussant une pile de livres pour s'accouder au comptoir. Mais allez fouiller dans les rayons « IIIe Reich » ou « Holocauste ». Les index des bouquins feront peut-être mention de votre... « *Leben*-machin ».

— Merci.

Je suis étonnée. « Normalement, on trouve tout, chez Gibert », me dis-je en parcourant les étiquettes des rayonnages : « Histoire... Europe... Allemagne... République de Weimar... IIIe Reich... Holocauste... »

Les volumes concernés sont au niveau du sol. Je m'accroupis et frôle les mollets d'un étudiant qui me retourne un œil grivois. Pauvre pomme ! Je l'ignore et me tords le cou pour déchiffrer les tranches.

Les titres défilent : *Journal de Spandau* ; *Les Femmes d'Hitler* ; *Les Entretiens de Nuremberg* ; *La*

Cour de Lucifer ; *Au cœur du IIIe Reich* ; *Hitler, une carrière…*

D'un geste sec, je prends un volume au hasard, *Le Grand Livre de la déportation*. Je consulte l'index.

Mais à nouveau les mots s'emmêlent dans ma tête ; les lettres défilent devant mes yeux, incohérentes, vides de sens, car la voix de Venner résonne dans ma mémoire : « *Je vous attends à dix heures, pour le* Frühstück…»

Le *Frühstück…* Je ne parle pas un mot d'allemand, moi ! Et je m'en fous, des Allemands. Je n'ai aucune opinion sur eux. Mes convictions m'ont toujours poussée vers la tolérance, l'ouverture d'esprit, mais je préfère la neutralité.

« Je suis contre les injustices dès qu'elles m'empêchent de vivre ! » dis-je souvent à Léa, histoire de faire enrager cette suffragette, au garde-à-vous de tous les combats. Combien de fois mon amie m'a-t-elle entraînée dans des manifs ? Pour les sans-papiers, contre le Front national, la réforme des intermittents, les « lois scélérates de la droite fascisante »… toutes ces salades. J'y suis allée par curiosité. Pour voir des tronches, surprendre des scènes de vie, des incongruités. Ça me tire la tête du boulot et puis ça lui fait tellement plaisir.

« *On va peut-être faire quelque chose de toi*, me dit-elle alors d'un ton soupçonneux, en enroulant une banderole dans un grand sac, *ce n'est pas comme ton ami le Petit Riche.* »

Le Petit Riche… C'est comme ça qu'elle appelle Clément. Ou encore le « fils à papa », l'« enfant gâté », « Richie Rich »… Je suis pourtant moins proche des idées de Léa, si rudes, si bornées, que de celles de Clément… qui n'en a pas !

D'une manière générale, je me méfie des idéaux

rigides, des principes inflexibles… de tout ce qui me rappelle mon père, en fait. Je hais ce sentiment d'être coincée par des règles ou un carcan. D'où mon indépendance à tous crins, qui fait de moi un esprit libre (du moins je l'espère…).

Brusquement, tous se tournent vers moi, clients et vendeurs, aussi agressifs que des vigiles. Je tressaille et comprends : mon portable vient de se mettre à sonner. La *Marche de Radetzky* de Strauss (je n'ai jamais su changer cette sonnerie !) hurle dans la librairie.

Les mains tremblantes, je suis bien obligée de décrocher pour le faire taire.

— A… allô ?

— C'est Clément.

— Ça va ?

— Et toi ? Tu as une drôle de voix…

Je chuchote :

— Je suis dans une librairie.

Près de moi, une quinquagénaire me jette un œil agacé. Je me détourne, coince le portable sous mon menton et ouvre machinalement d'autres livres.

— Alors ? demande Clément. Ça s'est bien passé ? Tu aurais pu venir me voir après ton rendez-vous…

Je repense à mon coup de poker, ce matin, et retrouve un peu de contenance.

— Ça s'est très bien passé, dis-je en feuilletant un nouvel index. Je vois le type, Venner, demain matin…

— Le patron t'a un peu parlé de lui ?

— Il n'a rien voulu me dire.

Clément ricane et précise :

— Je l'ai vu une fois. Il a une réputation assez… étrange.

43

Je l'écoute distraitement, et parcours l'index :
« Auschwitz, Boorman, Dachau, Furtwängler,
Goebbels, Himmler... »

— Comment ça : « étrange » ?

— Ben, il paraît que...

« Lebensborn »

— Je te rappelle !

Je raccroche sans le laisser finir.

La note renvoie à un cahier photo. J'ouvre à la
page. Le cliché est en noir et blanc : dans des
berceaux, des bébés sont entourés par des infirmières et des officiers SS. Tout le monde sourit
malgré une insondable tristesse. Des nuques raides,
des yeux translucides, comme morts. En dessous,
cette légende : « Foyer de Steinhöring, Bavière,
5 avril 1940. »

Je sens monter un malaise qui n'a plus rien à voir
avec ma culpabilité.

« Dans quoi je m'embarque, moi ?... »

Je tourne les pages et me crispe davantage. Le
chapitre suivant est consacré aux expériences médicales dans les camps de concentration. J'y retrouve
les mêmes officiers bonhommes, les mêmes infirmières replètes. Mais ils sont ici entourés de corps
suppliciés, lacérés. Ce qui me frappe le plus, c'est
que les seuls yeux humains sont ceux des victimes.

« Dans quoi je m'embarque ? Dans quoi je m'embarque ? »

— L'impasse du Castel vert ?... C'est la troisième à gauche.

La haute femme noire me gratifie d'un grand sourire puis s'assombrit pour ajouter d'un ton étrange :

— On ne va jamais par là, vous savez ?

— Et pourquoi ?

— C'est la maison de l'ange…

— De l'ange ?

La dame éclate de rire et s'éloigne, semblant glisser sur le trottoir dans son boubou multicolore.

— Il paraît que c'est un ange, glousse-t-elle encore, en se tournant vers le soleil. Mais moi, je ne crois pas aux anges…

La fin de la phrase se perd dans le vacarme de la rue et je la vois se fondre au milieu des silhouettes. Avec la chaleur, ce quartier est une vraie fourmilière : des voitures à touche-touche ; des fenêtres sans vitres d'où l'on s'interpelle d'un immeuble à l'autre ; des marchands à la sauvette qui vendent des fruits, des objets électriques ; des gamins qui jouent à cache-cache entre les poubelles ; des gens qui prennent le frais sur le pas des portes et posent sur moi des yeux surpris.

Je n'étais jamais venue dans cette partie de Paris, entre la Goutte d'Or et la porte de la Chapelle. C'est le règne de la tunique rouge, verte, jaune, bleue, orange, rose ; c'est le triomphe du parler haut, du rire sonore, d'une joie hirsute, éclatante, chaleureuse, envahissante, et pourtant désespérée.

Ça me regonfle, me redonne du courage. Je suis bientôt au seuil de l'impasse et songe : « Mais qu'est-ce que ce type fout dans ce quartier ? »

Tandis que je m'engage dans l'impasse, trois enfants surgissent d'une porte et me bousculent en poussant des cris d'Indiens.

— Bounga ! Bounga !

Leurs hurlements se perdent vite dans les rues et, soudain, me voilà seule.

Brusquement, le décor change. Dépourvu de ses

acteurs, ce théâtre devient désolant. Les murs m'apparaissent alors lépreux, tous ces volets disjoints, ces vitres brisées.

Je frissonne.

« Sinistre ! »

Au fond de l'impasse, un haut mur est percé d'une petite grille derrière laquelle je distingue des feuilles. Sur le mur, un panneau : « le Castel vert ».

Je m'approche d'un pas timide. Derrière la porte de métal, entre les barreaux, j'aperçois des arbres, une pelouse, des massifs de fleurs. Je n'en reviens pas. Un vrai paradis végétal en plein Paris !

Tandis que mes doigts effleurent les barreaux, la porte s'ouvre brutalement, me faisant sursauter.

Un objectif de caméra articulé, encastré dans le mur, se tourne vers moi.

« Tout droit au fond… » m'indique une voix métallique.

« Mais je n'ai même pas sonné… » me dis-je en entrant dans le parc.

Dans un claquement d'os brisé, la porte se referme derrière moi.

La tête que fera Léa, lorsque je lui raconterai ça !

Si j'en reviens…

Le jardin est admirablement tenu. De petits sentiers de gravier serpentent entre des massifs de fleurs et des arbres fruitiers. À droite, un potager. Au centre, un véritable puits de granit au-dessus duquel je ne peux me retenir de me pencher.

Ici, tout semble si zen. Fascinée par le parc, je n'avais pas vu la maison.

« Eh bé ! » me dis-je instinctivement, imitant les vieilles du marché d'Issoudun de mon enfance.

Je suis devant une sorte de pavillon de chasse du XVIIIe siècle, auquel un architecte prétentieux a ajouté deux tourelles, dont l'une est surmontée d'une girouette en forme de coq. Trois étages, une façade blanchie à la chaux mais couverte de lierre et de rosiers, un fronton orné d'un bas-relief figurant un lion qui avale le soleil. Je déglutis comme une étudiante avant un grand oral, car je viens d'apercevoir une silhouette.

L'entrée de la maison est rehaussée d'un petit perron, qui donne sur une porte vitrée… où m'attend un homme.

« Venner… »

Je n'ose plus avancer. La panique remonte, galopante.

Je me retourne, tentant de repérer la porte du jardin, mais tout est fondu dans la verdure. Vu du parc, le mur est également couvert de lierre. Et l'on ne distingue plus les autres maisons de l'impasse.

— Mademoiselle Chouday !

J'avale encore ma salive et finis par marcher vers la maison.

L'homme s'avance sur le perron. C'est un petit quinquagénaire tassé, carré, le menton ceint d'un collier de barbe rousse. Je jurerais qu'il est maquillé, car ses grands yeux de fille ont des cils étonnamment longs et délicats. Je suis surprise par son costume : il porte une cravate sous un tablier.

— Bonjour, dit-il en s'inclinant. Je suis Fritz. M. Venner vous attend dans la bibliothèque.

À l'inverse du jardin, la maison est plongée dans la pénombre. Il fait froid. Les pièces embaument l'encaustique, le vieux cuir et le feu de bois. Une odeur de long hiver ; comme un parfum de secret de famille. Au début, je ne parviens pas à distinguer grand-chose. Juste des ombres de meubles, de bibelots, des tapis entassés les uns sur les autres. Un rayon de soleil se pose alors sur un tableau, près de la porte, et je retiens un cri : c'est un portrait d'Hitler.

— Suivez-moi, dit Fritz.

Il avance d'une démarche précieuse, et ouvre une porte grinçante, au fond de la pièce.

Nous voilà dans un couloir. Je manque me cogner aux meubles, me prendre les pieds dans les tapis.

— Vous n'avez pas l'électricité ? dis-je dans ce silence de plus en plus pesant.

— Oh si ! assure Fritz, sans s'arrêter. Mais tenez-vous à moi, si vous avez peur de tomber.

Cette phrase est dite sans second degré, avec une pointe d'accent allemand, le timbre d'une vieille duchesse bavaroise.

Après un temps d'hésitation, j'agrippe la cordelette du tablier, et suis le domestique dans un dédale de couloirs, d'escaliers, de pièces sombres…

« C'est la maison hantée de la Foire du Trône ! » me dis-je, tandis que nous descendons. J'ai beau crâner, je suis de moins en moins rassurée.

— C'est encore loin ?

— Nous y sommes presque, répond Fritz sur un ton doucereux. La maison est bien plus grande qu'il n'y paraît. Elle est construite en profondeur…

Il ouvre une dernière porte et je suis surprise par l'odeur. Une très forte odeur de chlore.

— *Meinherr, die junge Frau ist hier…* articule le domestique, en s'effaçant à nouveau devant moi.

— *Ach, gut !*

Je n'en reviens pas ! Je suis au sommet d'un escalier de métal, qui descend en colimaçon jusqu'à une vaste pièce circulaire, dix bons mètres plus bas. Le plafond est une grande voûte peinte. Certains murs sont couverts de rayonnages de livres, d'autres ornés de tableaux, de miroirs, d'objets étranges. En bas, un homme est assis à un grand bureau d'acajou, et compulse des planches de dessins. Il semble nous sourire.

— Venez, Anaïs ; venez…

Cette voix. Depuis mon rendez-vous avec FLK, je redoutais de l'entendre… et j'éprouve à nouveau cette envie de fuite. Un instinct de survie ! Mais Fritz ferme la porte, dont le cliquetis métallique se répercute dans la pièce.

— Tenez-vous bien à la rampe…

« Continuons d'être docile, me dis-je en commençant à descendre. Ce n'est que du décorum, après tout… »

Mes chaussures résonnent sur les lattes d'acier.

— Cette pièce est très ancienne…

L'homme se lève et avance vers l'escalier. Mais je dois me concentrer sur les marches, car mes talons se coincent dans les grilles de métal.

— C'est une grotte, poursuit-il, une grotte préhistorique qui fut utilisée par les premiers chrétiens du temps où ils étaient pourchassés.

Je commence à distinguer le « décor ». Il y a peu de lumière dans la pièce : juste une grosse lampe sur le bureau et des petits abat-jour verts contre les rayonnages.

— Au Moyen Âge, c'est devenu la cave d'un couvent. Puis la maison a été abandonnée jusqu'au XIXe siècle, quand un riche marchand du quartier qui se disait alchimiste a fait construire ce qu'il appelait son « Castel vert ».

J'arrive aux dernières marches. Comme s'il jouait avec moi, l'homme fait deux pas en arrière, à l'abri de l'ombre.

— Tout a été réquisitionné pendant la Seconde

Guerre mondiale, et la pièce fut transformée en bunker, avec des souterrains ralliant les couloirs du métro et les catacombes…

Il glousse avant d'ajouter, sur le ton de la confidence :

— Le Castel vert était une maison de plaisir pour les officiers de la SS…

J'en ai assez de son petit jeu. Prenant mon courage à deux mains, je fronce les sourcils et avance d'un pas décidé.

L'homme sort alors de l'ombre et s'incline en claquant des talons.

— Bonjour, Anaïs, je suis Vidkun Venner.

« L'ange », me dis-je, frappée par l'évidence, tandis qu'il me baise la main.

1987

Paulin (Tarn), 18 octobre – 8 h 25 du matin

Manifestement, le corps a été brûlé. Et puis pendu. La chair, noirâtre, ressemble aux belles rainures sombres qui ornent les entrecôtes. Ces stries juteuses, luisantes, qui font saliver. Mais là, le cadavre semble aussi sec qu'un saucisson de montagne. Une grande lamelle charbonneuse, vidée de sa sève, plus inerte qu'un roseau mort.

Le visage – peut-on parler de visage ? – est un trou opaque, immense, d'où jaillit une langue bleue.

— C'est pas possible d'ouvrir aussi grand la bouche ! dit un des hommes, en se grattant le coude (des tiques ; par cette saison, les bois en regorgent).

Même les dents sont noires de suie. Des chicots de cendrée.

— Et les yeux, nom de Dieu ! rétorque un autre, écœuré.

Les yeux… façon de parler, une fois de plus. Des litchis pris dans un étau.

— Incroyable qu'ils aient pas pété dans les orbites ! remarque un troisième.

— On se les caille, ici ! J'espère que les flics vont se magner… Sinon, on n'aura jamais le temps de

51

marcher jusqu'à la ferme de Paschetta. Même les chiens en ont marre !

L'homme dit vrai : les cinq épagneuls semblent tourner en rond, à l'orée de ce bois du sud-ouest de la France. Ils s'arrêtent parfois sous le cadavre calciné pour grogner, comme s'il menaçait leurs maîtres.

Ce sont d'ailleurs les chiens qui ont trouvé le corps. Il n'était pas six heures du matin et ils ont flairé depuis les champs un fumet de chair cuite, avant de se ruer dans le bois.

Encore mal réveillés – les premières passées sont les plus dures ; après, on s'habitue à ces aurores dominicales –, les chasseurs ont bien dû les suivre.

Lorsqu'ils ont vu le cadavre, les hommes ont hurlé :

— Pétard de bois !

— Vérole de moine !

Puis ils ont envoyé le plus jeune appeler la police.

— C'est ce qu'il y a de mieux à faire, non ? a demandé l'un d'eux, à la cantonade.

— Comme ça on fait une pause, a rétorqué un autre, en sortant de sa musette une bouteille de gaillac et un tire-bouchon.

Depuis, ils attendent, accroupis sur la mousse. À vrai dire, le mort ne les dérange pas.

Mais la rosée finit par passer à travers les vestes de chasse ; et la tranche de cantal, dans la cuisine de la ferme, au petit jour, est de plus en plus lointaine. C'est pourquoi l'aîné sort de sa musette une saucisse de foie qu'il découpe au Laguiole.

— On a tué le cochon la semaine dernière… c'est du tout frais ! dit-il en distribuant ses tronçons.

Bientôt, tout le monde a la bouche pleine et les épagneuls jappent d'appétit.

— Ta gueule ! maugrée l'homme au Laguiole, avant de lancer un rogaton de saucisse en l'air, sur lequel se jettent les chiens.

Puis il tend son verre en direction du cadavre et brame :

— Allez, mon gars, c'est quand même grâce à toi qu'on se tape la cloche !

Et il éclate de rire.

Mais les autres perdent leur bonne humeur.

— Ben quoi, j'ai dit une connerie ?

Personne ne répond, mais tous contemplent la colline, derrière eux. L'homme se retourne et comprend.

— Et merde, la fête est finie…

Deux individus descendent maladroitement ce vallon du Tarn, enjambant les vignes pourpres.

— Tiens, les poulets ! tente de galéjer l'homme au Laguiole ; sans succès.

— Messieurs, bonjour ! lance le plus âgé des deux flics, vêtu d'un imperméable crasseux. Commissaire Chauvier, de Toulouse…

Sans parler, un chasseur lui tend un gobelet de gaillac.

Chauvier remercie d'un clignement de cils et l'avale d'un trait.

Il ferme ses grosses paupières. Son front dégarni, sa face carrée, rustaude, mal rasée, semblent gagner en couleur.

Dans sa bouche, le goût âcre du vin de soif se mêle au vieux café du commissariat.

Le flic tousse et désigne son comparse.

— Et voici l'inspecteur Linh Pagès.

Les chasseurs fixent le jeune policier eurasien, maigre et si grand qu'il en est voûté.

— Pagès ? C'est un nom du pays, ça…

Linh se renfrogne, habitué. Comme s'il se sentait obligé de se justifier, il répond, à contrecœur :

— Mon père était toulousain, mais ma mère est vietnamienne…

Chauvier s'approche du cadavre.

— Lequel de vous l'a trouvé ?

— C'est pas nous, répond le moins ivre, c'est les chiens. D'habitude on contourne les vignes et on ne passe jamais par le « bois cathare »…

— Ce sont les terres de monsieur le maire, précise un autre, en se grattant le coccyx.

Sous sa ceinture de cartouches saillent des pans de peau blême et Chauvier aperçoit des traînées de crasse entre les plis du ventre.

— Il était quelle heure ? demande Linh.

— 6 heures, 6 h 15…

Tous les chasseurs confirment par un hochement de tête.

— On part toujours de chez moi, poursuit-il. C'est la grosse ferme, en direction de Paulin, là-bas.

L'homme indique une bâtisse carrée, au sommet d'une colline, dans le lointain. Une fumée s'en échappe. Le jour est levé. La nuit dernière, on est passé à l'heure d'hiver. Une aubaine pour ces chasseurs, qui gagnent une heure, au petit matin.

Au même moment, une bourrasque glacée s'engouffre entre les vignes et les frappe de plein fouet.

— Quand les chiens ont commencé à gueuler, on était de l'autre côté du bois. Mais on a compris que c'était pas normal.

— Sinon, coupe l'homme au blanc bide, vous pensez bien qu'on ne serait pas allés sur les terres du château de Mirabel ; monsieur le maire déteste ça…

D'un geste respectueux, il désigne un château qui

domine la vigne et le bois. C'est une de ces solides bâtisses de brique rose, à quatre tours, typiques du pays cathare. Un châtelet couleur chair, qui prend la lumière avec une tendresse de jeune fille. De part et d'autre du bâtiment, des pins parasols et des cèdres lui tiennent lieu de remparts. Le soleil d'octobre vient d'apparaître et illumine l'ensemble.

Chauvier avance vers le cadavre. Les pieds lui arrivent au nez et oscillent au rythme du vent.

Les chasseurs se rasseyent. Après un instant d'hésitation, quelqu'un débouche un nouveau gaillac.

De son côté, Chauvier fait signe à Linh de le rejoindre sous le corps. Tous deux enfilent des gants de caoutchouc pour palper le cadavre.

— Le feu a fondu la peau et le vêtement, note l'Eurasien.

Chauvier se pince le nez, ce qui n'est chez lui qu'un tic nerveux. L'odeur ne le gêne pas. Il a connu bien pire.

Linh remarque :

— On dirait presque qu'il sourit…

Un sourire, certes, mais crispé. Figé dans un cri muet. Et puis ses dents ! Incisives et canines se détachent du visage comme une lune d'hiver.

Les policiers restent plantés devant le corps, qui se balance avec une régularité de métronome.

Une voix brise leur contemplation :

— Eh bien, je vois qu'on m'envahit !

Un ton tranchant, sans accent du Sud, presque précieux.

Tous les chasseurs se lèvent d'un bond.

— Bonjour, monsieur le maire !

Penché sur le cadavre, Chauvier ne se donne pas la peine de se retourner vers le nouveau venu. Linh pose une main sur son épaule.

— Commissaire ?

Mais Chauvier se dégage, d'un mouvement maladroit, comme s'il rechignait à affronter un obstacle.

À nouveau cette voix, ricanante :

— Un *commissaire*. Quel honneur !

L'homme contourne le corps et vient se jucher face au vieux flic.

Chauvier se contracte.

« Dieu qu'il est vieux ! se dit-il. Au moins quatre-vingts ans. Et ce canotier sur la tête ; en plein automne ! »

Petit, sec et vigoureux ; les cheveux argentés, tirés en arrière, mettant en valeur le bleu de ses yeux, le maire tend la main :

— Claude Jos. Vous n'êtes pas du département, n'est-ce pas. Je ne crois pas vous avoir jamais rencontré, commissaire… Commissaire ?

— Chauvier. Je dépends de Toulouse.

Jos prend une pose de patriarche.

— J'imagine que vous avez des questions à me poser… autant vous le dire tout de suite : je n'ai aucune idée de ce qui a pu se passer dans mon bois. Ma propriété s'étend sur plus de 350 hectares et elle n'est pas entourée de barbelés.

Machinalement, avec un respect archaïque, tous se tournent vers le château.

Linh est intrigué. Moins par le cadavre que par l'attitude de son patron. Lorsque Claude Jos est arrivé, Chauvier a pâli. Instantanément ! Linh en donnerait sa main à couper ! Il jurerait même que le commissaire s'est mis à trembler, comme s'il venait de croiser un mort…

Puis il a grommelé : «J'ai oublié ma montre dans la voiture, je reviens…»

Mais voilà un bon quart d'heure qu'il est parti, alors que la R5 est garée sur la route, en contrebas du bois !

Jos l'a regardé partir avec une ironie un brin circonspecte, et Linh s'est chargé des questions rituelles.

Mais l'interrogatoire de routine a vite été interrompu par le médecin légiste, qui est lui aussi apparu entre les vignes, les pieds lourds d'humus.

«Idéal pour un dimanche matin !» a-t-il grommelé en approchant du cadavre sans saluer personne.

Et depuis cinq minutes il palpe le corps, sous les regards perçants du maire.

Les chasseurs, eux, n'ont pas bougé. Leurs bouteilles jonchent le sol et leurs yeux dissèquent le jeune policier. Linh sait ce qui les intrigue : ni son métier ni même ce cadavre, mais sa peau olivâtre, ses yeux bridés, malgré son accent du Sud-Ouest.

«Des pauvres ploucos racistes qui n'ont jamais connu autre chose que leur cambrousse et leurs fêtes du bœuf gras…» se dit-il en gardant son calme.

— Tu aimes le canard laqué ? demande un chasseur à son voisin.

— Non, je préfère les rouleaux de printemps.

Tout le groupe éclate d'un rire sonore. Le maire est trop loin pour entendre.

Linh choisit pourtant de les ignorer. Il a tellement l'habitude, il lui en faut plus pour être poussé à bout.

Dans son quartier, au collège, au lycée, à l'école de police même, il a reçu ces quolibets qui ont construit sa carapace. Et à vingt-sept ans, il lui semble avoir déjà eu plusieurs vies.

«Je ne vais pas me laisser bouffer par la bêtise

ambiante », se dit-il chaque fois. Et il laisse couler ce qui, avec un autre flic, serait une « insulte à agent ».

Linh respire un grand bol d'air et se tourne vers le médecin légiste.

— Alors ?

— C'est une femme, aidez-moi à la décrocher.

Les deux hommes allongent le corps sur une bâche, à même le sol.

La main du médecin palpe les brûlures. Des débris noirâtres se déposent sur son gant de caoutchouc puis tombent au sol.

— Elle a d'abord été brûlée, probablement ailleurs, puis on l'a transportée ici et pendue à ce chêne. Comme une sorte de… rituel.

— Violée ? demande Linh par réflexe.

— Je n'en sais encore rien… En tout cas, ce n'est pas une jeunette. Et puis il y a cette marque.

— Une marque ?

— Oui, sur le corps…

— Et ?

— J'aimerais bien en parler au commissaire. Où donc…

— Il arrive, le commissaire ! fait Jos, qui s'approche d'eux en leur désignant une silhouette trébuchante, cinquante mètres derrière.

Haletant, Chauvier boitille entre les vignes, peinant à maîtriser les battements de son cœur.

— Il y a un âge où il faut penser à la retraite, mon vieux ! assène le maire. Ou alors faites du sport.

Chauvier ne dit rien mais semble toujours fuir du regard le vieil homme au canotier.

Puis Jos tape dans ses mains et s'adresse aux chasseurs :

— Messieurs, la sieste est finie !

Docilement, les cinq hommes se relèvent. L'un d'eux rote et rougit en baissant les yeux :

— 'scusez-moi…

Ils sifflent leurs chiens, saisissent leurs fusils et s'enfoncent dans les bois, non sans avoir baissé leur béret en grommelant :

— 'sieur le maire…

Jos les considère de ses yeux turquoise. Un sourire vague aux lèvres, il chuchote :

— Des porcs… sympathiques, mais des porcs quand même…

Au même moment, Chauvier s'extirpe des vignes en soufflant.

Linh pose sa main sur son épaule.

— Patron, il faut que vous voyiez ça…

Le légiste salue Chauvier d'un hochement de tête et explique :

— Comme je le disais à votre collègue, il s'agit d'une femme.

Il soulève le tissu carbonisé pour exhiber un entrejambe saumâtre, dont les poils semblent agglomérés au pubis. Puis il retourne le corps.

— Une partie a été moins brûlée que le reste, reprend-il en dégageant un autre pli de tissu violacé au niveau des reins, sous lequel la peau est restée jaune.

Le médecin est concentré et continue, doucement, de remonter le tissu.

— Vous voyez ?

— Il y a quelque chose, sur la peau, non ? dit le maire, qui semble perdre un instant sa contenance.

Chauvier s'accroupit près du cadavre.

— Oui, dit le commissaire, c'est une inscription.

— Un tatouage, corrige le médecin. Et, si j'en crois la teinte de l'encre, un tatouage *très ancien*.

Aussitôt le maire se cabre, comme s'il devançait toute attaque.

— Vous pouvez m'expliquer ce qu'un cadavre mutilé, calciné et tatoué fait dans mes bois, monsieur le commissaire ?

— Et si c'était vous qui déteniez la réponse, *monsieur le maire* ? rétorque Chauvier, prenant sur lui pour affronter son regard. J'ai d'ailleurs une ou deux questions à vous poser.

Jos lève les yeux au ciel, impatient.

— Je vous écoute…

Linh remarque que son patron a de nouveau pâli.

— Vous vivez seul ?

Jos fait « non » de la tête.

— Je vis avec Aurore, ma petite-fille.

Chauvier se pince la lèvre.

— Son âge ?

— Vingt ans.

Le commissaire hésite avant de demander :

— Du personnel ? Des gardiens ?

Jos semble agacé par ces questions qui n'ont plus grand rapport avec l'enquête, mais il répond docilement :

— Il y avait des régisseurs du temps de mes beaux-parents, mais j'ai transformé leur logement en bibliothèque…

Chauvier met les mains dans les poches de son imperméable, comme s'il voulait y cacher un objet. Linh est de plus en plus surpris par son attitude.

— Et sinon, reprend Chauvier à mi-voix, de la famille ?

— Mon fils et ma belle-fille, les parents d'Aurore, sont morts dans un accident de voiture quand la petite avait cinq ans.

Le commissaire croise les mains. Plus personne

ne bouge. Seul le légiste, de grosses lunettes sur le nez, picore le cadavre avec une précision d'aigrette.

La voix de Linh tombe alors comme un couperet :

— Et votre épouse ?

Regards brûlants du maire et de Chauvier fixés sur le jeune flic. Jos prend une mine défaite et va s'adosser à un arbre.

— Ma femme est morte…

« Et merde, se dit Linh dans un frisson penaud. C'était *la* question à ne pas poser… »

— Je suis désolé, balbutie l'Eurasien.

Le maire s'attendrit, noyé dans ses souvenirs.

— Oh, ça fait déjà deux ans… Anne-Marie est morte d'un cancer des reins, en quelques mois.

Chauvier n'a pas bougé, mais Linh l'entend respirer bruyamment, comme sa vieille R5 lorsqu'il la conduit sur une route escarpée.

Jos avance maintenant vers les vignes.

— D'abord mon fils, ensuite ma femme, dit le maire. J'ai survécu à tout le monde. Heureusement qu'Aurore est là…

Silence.

— Voi-là ! fait le médecin légiste, d'un ton satisfait.

Le docteur a achevé de retirer les vêtements du cadavre.

— Je devrais faire ça à la morgue, mais vous aviez l'air si intrigués par cette marque.

Nu, le gros bubon charbonneux a perdu toute forme humaine. Écrasée au sol, la bouche, hurlante, laisse passer sa langue opaque, comme un oiseau de marée noire.

Linh, Jos et Chauvier s'approchent.

Le commissaire s'agenouille. Il met des gants en

caoutchouc et caresse le tatouage d'une main hésitante.

— Coup de bol que la marque ait été épargnée
par le feu, dit le légiste, content de son travail.
Comme ça, j'ai réussi à dégager tout le tatouage…

Chauvier reprend pied et tente de déchiffrer l'inscription :

— Ce sont des numéros, dit-il, une combinaison.

Jos fronce les sourcils. Il semble embarrassé.

Linh s'accroupit à côté du commissaire et lit à
voix haute :

— SS-457-209.

Tous entendent alors dans leur dos un bruit de
broussaille.

— Mon petit cœur, tu es là ! dit le maire.

Les deux flics se retournent.

— Bonjour, messieurs, dit joyeusement une
jeune femme, comme si elle leur proposait à la cantonade une partie de volant.

Jos s'avance vers elle et la prend dans ses bras.

— Aurore, ma chérie, tu es déjà levée.

Piquante, la petite-fille de Jos désigne le château.
Ses cheveux blonds, remontés en chignon, lui donnent quinze ans de plus que son âge. Quant à sa
tenue, elle semble sortie d'un film d'époque : chemise de nuit en dentelle, robe de chambre de soie…
et grosses bottes de caoutchouc, pour descendre dans
le vallon en traversant les vignes.

— Tes chasseurs sont passés sous mes fenêtres
en hurlant, dit-elle sur un ton de reproche enfantin.
Ils avaient l'air ivres.

Ses joues sont roses, presque laquées. Le soleil se
pose sur ses pommettes de poupée, ainsi qu'il le faisait, tout à l'heure, sur les briques du château.

Chauvier mime l'impassibilité, comme s'il se renfermait. Il ne regarde pas vraiment la jeune femme. Mais ses pupilles luisent d'étrange façon.

Aurore s'avance alors vers le cadavre, fascinée.

— Qu'il est beau !

Penché sur le corps, le médecin légiste regarde la jeune fille avec perplexité.

— Vous me le montrez, ce tatouage ? demande-t-elle.

Le docteur marque un temps d'hésitation, puis désigne le pan de peau. Aurore se penche. Son nez frôle les chairs carbonisées, mais elle conserve cette bonhomie innocente.

— C'est bien un tatouage de la SS, constate-t-elle, mais il est très étrange. Je n'en ai jamais vu de semblable… Tu ne trouves pas, bon-papa ?

Elle semble si enchantée de sa conclusion, si naturelle, si évidente, que Jos en a une grimace gênée. Aurore est comme une bonne élève qui veut impressionner son maître.

— Comment savez-vous cela ? demande Chauvier d'une voix engourdie.

«Enfin…» se dit Linh, soulagé de retrouver son patron.

Aurore tourne alors la tête vers son grand-père, étonnée.

— Les nazis se faisaient toujours tatouer leur groupe sanguin sur le corps, au cas où il fallait les transfuser. Mais d'habitude ils faisaient ça sous l'aisselle. Tout le monde sait ça, non ?

Le maire semble de plus en plus embarrassé.

— Euh, oui… enfin… euh…

— Bon-papa a été un grand résistant, reprend Aurore, affectueuse. Pendant la guerre, il a combattu les nazis. C'est comme ça qu'il connaît tous leurs «trucs», et qu'il me les a enseignés…

Chauvier pose sur Jos des yeux écœurés, mais le maire se détourne.

— Bon, dit Chauvier, je crois qu'on en a assez pour aujourd'hui.

Il pointe le vieux maire et ajoute d'une voix glaciale :

— Monsieur Jos, vous ne quittez bien évidemment pas la région.

Le maire ne répond pas. Ses yeux bleus sont plus tranchants qu'un rasoir.

— Vous en pensez quoi, de ce tatouage, patron ?

— Ne m'appelle pas comme ça !

Chauvier déteste ce mot de « patron ». Dans « patron », le vieux entend « papa ». L'Eurasien considère pourtant Chauvier comme un second père ; pendant la guerre d'Indochine, le caporal Émile Pagès, son vrai père, était un ami du capitaine Gilles Chauvier. Émile est mort il y a une dizaine d'années, alors que Linh sortait à peine de l'adolescence. Kinésithérapeute, il a été poignardé dans un faubourg de Toulouse, où il venait masser une vieille dame.

Lorsque Linh a décidé d'entrer dans la police, Chauvier l'a parrainé, à la demande de Toan, la veuve d'Émile. Depuis, ils font souvent équipe.

Voilà comment, ce matin, Chauvier l'a appelé aux aurores pour filer à Paulin.

« Un dimanche, putain ! » s'est dit Linh, en voyant le radio-réveil sur cette table de nuit qu'il garde depuis l'enfance. Mais le vieux semblait tout excité, malgré une certaine appréhension dans la voix.

Ensuite, la matinée a été si *bizarre*… Une

ambiance lourde, inhabituelle. Un non-dit permanent, dont Linh se sentait exclu. Comme si ces deux vieillards, Jos et Chauvier, se tournaient autour, se guettaient.

Linh met ses mains en position de prière et y appuie son menton. Le pare-brise de la R5 vibre sous les cahots de la route.

— Gilles, j'ai l'impression qu'il y a quelque chose que vous ne me dites pas…

Chauvier ne répond pas.

Le commissaire ne parvient pas à calmer les battements de son cœur et le volant de la R5 glisse entre ses mains.

Il voudrait répondre, mais ses lèvres refusent de se dessouder.

Ils traversent des villages aux noms colorés : Verfeil, Ramel, Fiac… Toulouse n'est qu'à une trentaine de kilomètres. À leur gauche, la crête des Pyrénées s'estompe peu à peu. Des grappes de nuages s'accrochent encore aux sommets.

Mais Linh se moque du belvédère. Il pose sur son patron des yeux inquiets : jamais il ne l'a vu si sombre.

— Vous connaissiez cet endroit, n'est-ce pas ? insiste-t-il. C'est pour ça que vous vouliez vous occuper de cette affaire ?

Chauvier se tourne vers Linh. Le jeune flic y lit un désarroi intime. Une blessure jamais refermée.

— Vous connaissiez Claude Jos ?

Chauvier secoue la tête et répond à mi-voix, perdu, presque plaintif :

— Je ne sais pas…

« Anne-Marie est morte ! Et moi qui pensais la revoir, la retrouver quarante ans plus tard. Quel abruti ! »

Depuis que Chauvier est rentré chez lui, dans son bruyant trois-pièces de la rue Ozenne, cette révélation le hante.

— Anne-Marie est morte, nom de Dieu ! rugit-il en envoyant valser tout ce qu'il vient de poser sur la table du petit salon.

Les photos s'envolent aux quatre coins de la pièce. L'appartement de Chauvier est d'ordinaire un vrai bric-à-brac, une sorte de musée colonial avec des myriades d'objets rapportés de ses « guerres », comme il dit – dagues, masques, sabres, fétiches… – ; mais aujourd'hui, avec ces piles d'archives, l'endroit vire au capharnaüm.

Voilà deux heures que le commissaire a ressorti les vieux cartons. Ceux de la cave, auxquels il n'avait jamais osé toucher, depuis plus de quarante ans.

En quarante ans, Anne-Marie avait-elle changé ?

Il ne parvient pas à se la figurer vieille, ridée, le regard fané, la démarche hésitante ; les rhumatismes, les maladies, les faiblesses.

Anne-Marie ne peut qu'être Anne-Marie : mutine, légère, enfantine. La même sérénité que cette Aurore. Une commune grâce, hors du temps.

Chauvier n'avait jamais classé ses photos. Lorsqu'il avait décidé de tirer un trait sur sa jeunesse, il avait tout remisé dans ces cartons. Puis il était parti. Loin : Berlin, Saigon, Alger ; ses « guerres »… Une seconde vie, pour oublier la première.

« Pourtant, j'ai eu une jeunesse ! J'étais quelqu'un d'autre », grogne une petite voix, au fond de lui-même, tandis qu'il retrouve sa vieille carte d'identité.

Il la déplie... et elle se disloque entre ses doigts tremblants, s'effritant sur les vieilles dalles et tombant en neige pâle sur le bout de ses babouches.

— Quarante ans ! scande-t-il encore.

Il se penche pour ramasser d'autres photos, et se fige. *Elle* est encore là. Sous ses yeux. Il croyait avoir perdu ce cliché. La photo a été prise dans le bois. Ils n'avaient pas plus de douze ans : lui, le « petit Gilles » ; elle, Anne-Marie de Mazas, dans ses robes de princesse ; et l'autre, cette jeune Allemande, qui était venue peu de temps avant la guerre, et dont ses souvenirs ont toujours été imprécis.

« Comment s'appelait-elle ? se demande Chauvier, et qui était-elle ? » Mais il ne se souvient plus. Tout est si loin. Il s'est habitué à oublier cette vie antérieure, à la nier. Comme il nie encore ce qui a suivi. Ce qu'il n'a jamais osé affronter ; un *black-out* par survie.

Renoncer à Anne-Marie, c'était effacer ses racines. Apaiser la douleur, la culpabilité qui lui dévorait les entrailles.

Et ce matin, lorsqu'il a intercepté l'appel de la gendarmerie du Tarn, tout lui est remonté comme une lame de fond.

« Paulin, Mirabel, le bois cathare »...

Ces mots lui ont tiré la tête de l'eau, à croire qu'il avait vécu en état d'hypnose pendant près d'un demi-siècle.

Le commissaire s'assied sur le canapé et prend machinalement la télécommande.

Le poste hurle. Chauvier quitte sa transe mais n'a pas la force de bouger.

Les actualités. Le timbre onctueux de Jean-Claude Bourret, sur la Cinq ; ses dents du bonheur ; son air de boucher replet.

« *Nouvelles révélations sur le suicide de Rudolf Hess, dans sa prison de Spandau, en Allemagne, il y a maintenant deux mois.*

« *Le dauphin d'Hitler aurait laissé un journal qui a mystérieusement disparu. Les autorités russes, anglaises, américaines et françaises se renvoient la balle. Et l'opinion allemande s'interroge sur le contenu de ces textes.*

« *Quelles pourraient être les révélations du dernier grand chef nazi ?* »

Depuis ce matin, Chauvier a vraiment l'impression de naviguer dans une forêt de signes. Il retrouve Jos l'année même de la mort du dauphin d'Hitler.

Le flic se rappelle alors la grande forteresse de Spandau, lorsqu'il faisait partie des troupes d'occupation françaises, à Berlin, à la fin des années 1940. À l'époque, il lui est arrivé d'entrer dans la citadelle, de voir ces sept prisonniers nazis, emmurés dans leur sanglante défaite, et à qui nul ne devait parler.

Ça aussi, ça fait près de quarante ans…

— Quarante ans ! se lamente encore Chauvier, avant d'éteindre le téléviseur.

Au même instant, le téléphone sonne.

Il décroche :

— Commissaire, c'est Linh. Je suis à la morgue…

Linh hésite puis reprend :

— On… On a un gros problème…

— Quel problème ? grogne Chauvier.

— Le mieux ce serait que vous veniez voir…

— Tout de suite ! résonne en écho la voix du médecin légiste, paniquée.

Dès qu'il entre dans la pièce, le commissaire respire l'odeur acide du formol. Lavé – « poncé ? » se demande même Chauvier –, le cadavre est posé sur une table de métal.

— Alors ?

Linh ne répond pas et dresse le menton en direction du docteur. Celui-ci marmonne et se décale vers les paillasses carrelées pour se laver les mains. Il semble très embarrassé. Le robinet est entouré de vasques métalliques où reposent des viscères aussi blafards que les pommettes du docteur. Au-dessus d'eux, comme dans toutes les salles de l'hôpital, l'affiche la plus en vogue du moment : *« Le sida ne passera pas par moi »*.

— Je vous écoute… relance Chauvier.

Le médecin s'essuie les mains dans un linge stérile.

Linh s'impatiente :

— Eh ben dites-lui ; vous n'y êtes pour rien, quand même ?

Virant écarlate, le légiste pose sur Linh des yeux furieux.

— « Pour rien » ? Bien sûr que j'y suis pour quelque chose. Ce cadavre était sous *ma* responsabilité.

Il s'approche du corps avec un mélange d'humiliation et de repentance.

— C'est *mon* cadavre, et je n'aurais pas dû *les* laisser le toucher…

Chauvier se durcit. Il ne comprend pas ce ping-pong.

— C'est quoi, cette blague ? Qu'est-ce que vous me cachez, tous les deux ?

Le médecin retient un frisson, incapable d'articuler un mot.

Linh prend alors Chauvier à part et lui dit à mi-voix :

— Cet après-midi, quatre types se sont présentés à la morgue. Ils ont dit qu'ils étaient envoyés par le parquet.

Chauvier se tourne vers le légiste.

— Leurs papiers étaient en règle ?

Le médecin confirme d'un clignement d'yeux.

Chauvier fronce les sourcils.

— C'étaient des flics ?

— Non, des médecins légistes, comme moi.

Le vieux policier serre les dents.

— Et ils voulaient quoi ?

Le docteur marque un temps d'hésitation.

— Ils voulaient… *compléter* mon autopsie.

— Vous leur avez donné vos premières conclusions ?

— J'étais bien obligé : victime inconnue de sexe féminin. Mort par arrêt cardiaque, puis brûlure, puis pendaison. Mais je n'avais pas eu le temps de faire grand-chose. Ils sont arrivés trop vite.

Chauvier avance vers le cadavre. Il laisse traîner ses doigts sur les chairs carbonisées.

— Ensuite ?

Le docteur n'ose pas répondre, visiblement humilié.

— Ensuite, ils lui ont demandé de sortir du labo, ajoute Linh.

Incrédulité de Chauvier :

— Vous voulez dire que vous avez laissé *notre* cadavre aux mains de parfaits inconnus, sans nous prévenir ?

— J'ai essayé de vous appeler, implore le médecin. Mais même chez vous ça ne répondait pas…

Chauvier retient un juron. Il se revoit, déboulant

de la cave avec ses cartons poussiéreux. Au moins huit fois, le téléphone a sonné ; mais il ne pensait qu'à ses maudites photos !

— Alors j'ai appelé votre assistant…

Le vieux garde son calme.

« Dans ce cas, tout le monde est fautif », se dit-il, en croisant les bras.

— Tu les as vus, les quatre médecins ?

— Ils venaient de partir quand je suis arrivé, répond Linh.

— À quoi ressemblaient-ils ? demande Chauvier au légiste.

Le docteur manipule nerveusement une paire de ciseaux.

— Ils avaient le même âge et le même genre de physique : grands, les cheveux blond-blanc, les yeux très bleus, la soixantaine. L'un d'eux avait une cicatrice au cou.

Chauvier se pince le nez.

— Ils sont restés longtemps ?

— Trois bonnes heures.

Le commissaire se tourne vers Linh, furieux.

— Trois heures ! Et tu n'es pas arrivé tout de suite ?

Embarrassé, l'Eurasien s'entortille :

— Le dimanche, vous savez bien que je m'occupe de maman.

Le commissaire ne relève pas. Toan, la mère de Linh, est dans un fauteuil roulant depuis la mort de son mari. Le lendemain de l'enterrement, ses jambes n'ont plus voulu la soutenir.

Le médecin vole au secours de Linh.

— Mais c'est *vous* que je cherchais à joindre, commissaire. Parce qu'on a *vraiment* un problème…

71

Le médecin avise Linh, qui serre les dents.

Alors le docteur soulève le cadavre et dégage le bas du dos. À l'emplacement du tatouage SS, un carré de chair semble avoir été découpé, comme une pièce de tissu.

2005

Vidkun Venner remplit la tasse que je lui tends.

— Saviez-vous qu'Hitler buvait beaucoup de thé, Anaïs ? C'était conseillé par son médecin particulier, le docteur Morell, cet homme qui lui faisait des injections d'héroïne, comme on l'a souvent prétendu…

Il se rassied au bureau et tranche, d'une voix irritée :

— Mais on a raconté tant de bêtises, sur cette période !

Je suis pétrifiée.

Venner est tel que je l'imaginais – grand, émacié, des yeux bleus crus et des cheveux blond-blanc –, mais quelque chose en lui me dérange ; comme un détail qui cloche, un « défaut de fabrication ». Est-ce sa veste d'intérieur autrichienne ? Ses lunettes en demi-lunes dorées sur son nez aquilin ? Son accent étrange, pas vraiment germanique ? Ou ce regard enfantin lorsqu'il glisse sur moi ?

« Vidkun Venner doit être un homme très seul », me dis-je, aussitôt surprise par ma remarque, car j'en oublie presque où je me trouve en ce moment.

L'homme pose sa tasse sur le bureau et repousse

une dizaine de gravures, qui représentent des ruines romantiques.

— Ce sont des dessins réalisés par Albert Speer en prison, après la guerre, pour tromper son ennui.

— Albert Speer?

Venner fronce le nez avec une sécheresse de précepteur.

— Je vois que nous avons quelques petits ajustements à faire.

Cette acidité; me juge-t-il? Est-ce un test? Un sourire imperceptible naît au coin de sa lèvre droite, mais il conserve sa mine doctorale.

— Albert Speer était l'architecte en chef d'Hitler, et l'un de ses disciples favoris. C'est Speer qui a construit la chancellerie de Berlin. Il avait pour projet de transformer toute la capitale. La ville se serait appelée *Germania*...

Venner ouvre des yeux de fakir.

— À la fin de la guerre, Hitler l'a nommé ministre de l'Armement. Puis, en 1947, le tribunal de Nuremberg l'a condamné à vingt ans de prison. Il a donc rejoint ses petits camarades à la forteresse de Spandau, comme bien sûr Rudolf Hess, qui s'y est suicidé en 1987, à plus de quatre-vingt-dix ans...

Je me sens vite ébouriffée par ce flot d'informations. Comme si je venais de vider un verre de gnôle (celle du père de Clément, une horreur!), la tête me tourne. Sans compter ce parfum de chlore, entêtant. Je ne comprends qu'une partie de tout cela, mais j'écoute en hochant du chef. Et comme si cette litanie avait rompu le charme qui me vissait à ses yeux, je suis attirée par la pièce : ces livres, ces objets, ces tableaux... Je les vois tous distinctement maintenant et me dompte pour ne pas montrer mon trouble : la plupart sont siglés d'une croix gammée, ou de la double rune des SS. Un terrifiant musée nazi, en plein Paris. Même le bureau est « historique »…

— C'était celui d'Hermann Goering, dans sa maison de Karinhall, a précisé Venner, lorsqu'il m'a fait signe de m'asseoir. Je l'ai déniché dans une vente publique en Allemagne de l'Est, au début des années 1980…

Au bout d'un certain temps, l'homme interrompt sa leçon car il remarque mes yeux paniqués ; très naturellement, sa main se pose sur la mienne.

Je tressaille, mais Venner conserve une calme assurance.

— Anaïs, j'imagine que FLK ne vous a rien dit sur moi.

Je fais « non » de la tête. Un nouvel éclair de complicité enfantine traverse Venner.

— Bon, alors je vais être très clair…

Il prend sa respiration et attaque, comme un plaidoyer :

— Je ne suis *pas* allemand mais norvégien. Je suis né en 1942, donc je n'ai *pas* fait partie de la *Hitlerjugend*. Je ne fais *pas* de politique. Je ne milite pour *aucun* groupuscule… mais j'ai une passion dans la vie, c'est…

D'un grand geste du bras il désigne la gigantesque bibliothèque, les tableaux d'Hitler, de Goebbels, d'Himmler ; les tapis à croix gammée, les fanfreluches rouge et noir…

— … tout ceci !

Je ne bouge pas, tente de demeurer inexpressive, mais mon esprit s'affole. Je ne puis alors me retenir de demander :

— Et comment en êtes-vous… arrivé là ?

Soumis, Venner écarte les bras.

— La passion de l'Histoire.

— À ce point ?

— J'ai touché un gros héritage et j'ai été pris par le virus du collectionneur…

Cette explication ne me satisfait pas et le tour pris par notre dialogue me regonfle ; le duel devient équitable.

— Mais vous auriez pu vous passionner pour d'autres périodes…

— Je sais, c'est ce que m'ont dit beaucoup de mes amis… Ceux avec qui je me suis brouillé, en tout cas, ajoute-t-il l'œil rieur mais nostalgique.

Il se lève, glisse les mains dans les poches de sa veste et se juche sur la pointe des pieds.

— Je n'ai pas d'autre explication à vous donner, Anaïs : le nazisme me passionne, en tant qu'objet d'étude ; cette période si proche de nous, où l'homme a repoussé les limites du mal ; la négation de la morale, de l'humanité ; ceux qu'Hermann Rauschning a appelés les « nihilistes révolutionnaires »… et tout cela en brandissant l'héritage culturel de la vieille Europe, de la civilisation…

Il hésite avant d'ajouter :

— De la science…

Brusquement, son front s'éclaircit. Il se rassied et plante ses yeux dans les miens.

— FLK vous a au moins parlé du thème de notre futur livre, n'est-ce pas ?

— Les *Lebensborn* ?

En prononçant ce mot, je revois les photos du livre, chez Gibert. Mon éphémère assurance chancelle sur ses chevilles et je serre à nouveau les dents pour ne pas laisser paraître mon trouble.

— Exactement, répond Venner. Et il vous a parlé des quatre suicidés, la nuit du 23 au 24 mai 1995 ?

Je cligne des yeux.

— Vous a-t-il dit que cette date correspondait à celle d'un autre suicide, cinquante ans plus tôt ?

— Non…

Venner est exalté : le voilà dans son monde. Éclat passionné, étrange allure de premier de la classe. Ses joues se creusent, lui donnant un air de momie tout juste tirée du sarcophage. Alors il chuchote :

— Himmler…

Je ne relève pas, de plus en plus mal à l'aise devant l'allure presque sorcière du collectionneur. Cet air gourmand, avide, avec lequel il vient de prononcer ce nom !

— Oui, reprend-il, Heinrich Himmler… Le chef suprême de la SS s'est suicidé dans un camp de prisonniers, en 1945, dans les conditions précises où furent retrouvés les quatre hommes : le corps nu, enroulé dans une couverture de cheval, les débris d'une capsule de cyanure dans la bouche.

« Ma cocotte, reste concentrée ! Tu fais ton boulot, c'est tout », me dis-je en me resservant du thé pour occuper mes mains.

J'en inonde la soucoupe…

Venner reste affable, comme s'il s'attendait à ma réaction. Je tâche de faire bonne figure en l'interrogeant :

— À ce que m'a dit FLK, ces quatre suicidés faisaient partie de ces enfants conçus par les nazis dans un haras humain…

Venner se cabre.

— Olah, olah ! Je vois que l'éditeur a simplifié le jeu pour vous appâter.

M'appâter ! M'appâter… Pour qui me prend-il ? Je m'en fous, moi, de tous ces fachos ! Tout cela devient désagréable. Mais le spectre des cent cinquante mille euros vient adoucir ma colère. Je me retiens. Attendons de voir où ça nous mène…

Venner est tout à son exposé :

— Ces quatre individus seraient effectivement issus des *Lebensborn*, mais…

— Mais ?

— Il y a un détail qui cloche. *Un détail qui change tout…*

Le collectionneur prend une pose menaçante, et balaye d'un geste tous les documents sur sa table, comme si nous rentrions dans le vif du sujet. Les dessins volent au sol, s'éparpillant dans la pièce. Venner pose ses mains à plat sur le bureau, en émettant un soufflement rauque.

— Vous et moi allons nous enfoncer dans l'une des zones les plus secrètes de l'histoire ; un territoire affranchi de toutes lois, fondé sur des secrets souvent mortels…

Mes mains se referment sur les accoudoirs. Ce type commence à me foutre la trouille !

— Là où nous allons, personne ne pourra venir nous chercher ; nous serons seuls. Tout seuls, vous et moi…

Je dresse ma nuque d'un coup sec et tente de trouver un ton ferme, malgré ma gorge serrée.

— On est en 2005 ; le nazisme est mort depuis soixante ans. Arrêtez votre cinéma et dites-moi ce que vous attendez de moi !

Œil piquant de Venner.

— Vous me plaisez, Anaïs…

— Enchantée de l'apprendre !

— Et je suis sûr que notre petite… odyssée va vous amuser.

Je crois alors comprendre comment agir avec lui ; comme tous les tyrans, il adore qu'on le rudoie.

Dès que je me tais, je me retrouve dans la position du chaperon rouge prisonnier du grand méchant loup. Alors il faut parler, meubler par mes mots cette pièce effrayante.

— Bon, quel est ce « détail qui change tout » chez vos quatre suicidés ?

Venner s'assombrit. Il retrouve sa voix de professeur :

— L'organisation des *Lebensborn* a été fondée le 12 décembre 1935… alors que les quatre suicidés seraient nés en… 1926.

— Eh bien ?

— Presque dix ans plus tôt !

— Ce qui signifie ?

— Ce qui signifie que dix ans avant sa fondation officielle… le *Lebensborn* existait déjà !

Venner ne parle plus. La bouche entrouverte, il fixe un point du sol.

— Ce qui voudrait dire que le nazisme trouve ses racines bien plus loin que l'Histoire a voulu nous le laisser croire !

Le collectionneur relève ses yeux vers moi ; des yeux ronds, hantés par une vie d'obsession, de recherches compulsives, d'acharnement.

— Une théorie qui est la mienne depuis longtemps – brisure dans le regard – bien que je ne sois pas historien…

Vidkun tourne autour du bureau en se frottant les mains, tel un scénariste qui vient de trouver un ressort décisif à son histoire.

— Comment expliquer que le gouvernement allemand ait aussi vite laissé tomber l'affaire, et que le secret d'État entoure ces suicides ? Pourquoi aucun livre n'existe-t-il à ce sujet ? Pourquoi la plupart des documents qui traitent de l'affaire ont-ils disparu ?…

Il s'arrête et tape des poings sur le bureau.

— Quel secret cache cet escamotage ?

Je pose la main sur la théière, qui menace de tomber sur le carrelage. Les yeux de Venner sont perdus dans son rêve.

— Nous allons déterrer l'affaire, tenter de comprendre ce qui s'est *vraiment* passé…

Je me refuse à l'admettre, mais je suis impressionnée par la stature du Norvégien, cette volonté de puissance.

Il aurait soixante-trois ans ? Il en paraît cinquante…

Vidkun marche derrière moi et pose ses mains sur mes épaules. Je me raidis.

— J'ai des relais en Allemagne… beaucoup.

Doucement, ses doigts commencent à me masser. Je tente de rester crispée mais, insensiblement, mes muscles se décontractent.

— Nous allons enquêter, comme des détectives… des petits Sherlock Holmes contre la croix gammée, ajoute-t-il sur un ton espiègle.

Malgré mes défenses, de plus en plus étouffées, je me laisse couler. Les mains de Vidkun sont diaboliques. Toutes mes angoisses, mes frayeurs, tous mes nœuds intimes, disparaissent dans un vide cotonneux, où seule surnage la voix de Venner, enflammée.

— Nos recherches peuvent donner un autre éclairage à l'enchaînement des événements historiques, à *toute* la géopolitique contemporaine.

Mes paupières deviennent lourdes. Mes yeux tentent de se poser sur les objets, de s'accrocher au décor, mais j'ai de plus en plus de mal à les garder ouverts.

C'est absurde : je me sens fatiguée ! La voix de Venner prend toute la place. L'odeur de chlore m'enivre.

— Vous rendez-vous compte que nous allons peut-être réviser toute l'histoire du xxᵉ siècle ?

Mon regard mi-clos se pose alors sur un portrait d'Hitler. Il me semble même qu'il a bougé… qu'il m'a souri ! Et lorsque la bouche du Führer s'ouvre et susurre : « Nous allons beaucoup nous amuser, Anaïs ! », je crois recevoir une décharge électrique et m'extirpe du fauteuil en couinant :

— OK ! OK !

Venner est étonné. Ses mains restent en l'air, comme un automate figé en plein mouvement.

— Quelque chose ne va pas ?

Je marche déjà à reculons vers l'escalier et balbutie :

— Si, si, tout va bien ! (Je consulte mon portable.) Mais j'ai un rendez-vous dans une demi-heure de l'autre côté de Paris.

Venner sourit, conciliant.

— Très bien.

Il presse un interrupteur sous le bureau.

Au sommet de l'escalier, la porte blindée vient de s'ouvrir. Fritz apparaît sur le seuil.

— Reconduisez Mlle Chouday, s'il vous plaît.

Le majordome claque des talons.

— *Jawohl, mein Herr !*

Je gravis lentement les marches, mais un sentiment nouveau infuse alors dans mes veines : une sensation de manque ; *je n'ai pas envie de partir…* La douceur de ses mains ; cette sensation d'abandon, de grand départ, d'adieu au monde…

— À demain, Anaïs, fait la voix de Venner, replongé dans la pénombre.

— À demain…

— Et tu es partie ? Juste comme ça ?

Léa conserve ses yeux inquiets et allume une nouvelle cigarette. Le cendrier est déjà plein.

— Je peux te dire que ça m'a fait bizarre de me retrouver porte de la Chapelle en sortant de chez lui... dois-je avouer d'un ton embarrassé, avant de picorer mon tajine.

Mais je n'ai pas faim. Le thé de Venner m'est resté en travers de l'estomac, et la carte du *Café de l'Opprimé*, rue de la Butte-aux-Cailles, ne m'a jamais passionnée.

Je suis pourtant attachée à cet endroit. C'est ici que j'ai connu Léa, il y a sept ans. J'étais alors serveuse pour payer mes études, et Léa habitait le quartier. De 7 heures du soir à minuit, je jouais les « garçonnes » de café. Jamais je n'ai reçu autant de remarques obscènes. Le patron exigeait que je m'habille en tenue sexy (« Tu es bonne, montre-le ! » disait-il avec élégance) et je portais un tee-shirt moulant et une minijupe. « Tu as déjà de la chance d'avoir trouvé ce job, tu ne vas quand même pas chipoter pour une histoire de fringues ! »

En revenant du boulot, j'étais soulagée de remettre mon vieux jean, mes pulls trop grands. Jamais je n'ai pu supporter le regard des autres sur mon corps. Cette impression d'être de la viande, un poulet tout beau, tout rôti, prêt à être dépecé. Une chair juteuse. J'en suis alors presque devenue ennemie de ma beauté. Être réduite à deux seins et un cul, non merci ! Ma tête aussi, elle fonctionne. Et hop, l'addition pour la huit !

Depuis, me voilà journaliste ; fini de tortiller du

croupion pour les beaux yeux des clients ; quant à Léa, elle a quitté la Butte aux Cailles pour emménager à Oberkampf. Mais le *Café de l'Opprimé* est toujours notre QG.

Chaque jeudi, nous y dînons en tête à tête. C'est l'un de mes rituels les plus immuables.

Léa me dévisage. De trois ans mon aînée, elle s'est toujours sentie responsable de moi, la « petite provinciale ». À l'époque, combien de fois a-t-elle engueulé des clients aux mains baladeuses ? Et aujourd'hui, mon histoire de livre ne lui semble guère plus honorable.

— « *Réviser l'histoire du xxe siècle…* » Putain ! Anaïs ! Tu ne vas quand même pas bosser avec ce nazi ? dit-elle en soufflant la fumée de sa Marlboro light vers le plafond noirci du café.

Je suis assez désarmée, d'autant que je demeure fermement décidée à continuer l'aventure. En dépit – ou à cause ? – de toutes ces folies, de cette bouche sombre et béante qui s'ouvre devant moi.

En sortant de chez Venner, j'ai pris conscience que je n'avais jamais ressenti une telle impression de vie, comme si j'étais en train de devenir moi-même, de me « réaliser » pour parler psy. Toutes mes hantises se fondaient, pour faire front contre une peur réelle : celle de l'inconnu. Alors que maintenant, face à Léa, à nouveau je me sens coupable. D'une faute, d'une trahison. Ce que me reproche toujours le silence de mon père, à la fin de ses messages. Et c'est justement ça – cette blessure, cette plaie à demi ouverte – que je veux éradiquer. Venner sera peut-être mon antidote.

Léa pose sa cigarette sur le rebord de la table de zinc et prend mes mains.

— Anaïs, ces gens sont dangereux. Et même si

ce boulot est fantastiquement bien payé, tu ne sais pas à qui tu as affaire. Rappelle-toi, la réunion où je t'avais emmenée, l'année dernière. Ça ne t'a pas suffi ?

Je m'attendais à ce sermon. Léa resserre son étreinte.

— Tu te souviens des photos, des témoignages ? Tu te rappelles les articles qui sont passés dans la presse, après le 21 avril 2002, quand Le Pen est allé au second tour ?

Je hoche la tête d'un mouvement las. Léa est adorable, mais elle est si prévisible. Dans ses tenues noires, avec ses poses de *pasionaria*, elle porte les maux du monde sur son dos. Léa est de tous les combats. Et sa plus grande névrose, son varan intime, est d'être chargée de production pour une grande chaîne de télévision privée, qui (de son propre aveu) « abrutit les âmes ». Mais elle n'en est plus à une ambiguïté près. Gagner beaucoup d'argent la vrille de contradictions. Elle rachète donc cette aisance financière en descendant dans la rue défendre les droits de ceux qu'elle « abrutit ».

— Tu ne peux pas jouer le jeu de ces assassins. Car *ce sont* des assassins…

Dans le café, des clients se retournent. Quand Léa a un coup dans le nez, elle parle avec une finesse de bétonneuse.

— Les Allemands sont tous des assassins !

— Il n'est pas allemand, il est norvégien !

C'est ridicule : je viens de grogner sur un ton d'enfant puni.

Léa aspire compulsivement sa Marlboro.

— C'est un nazi, point barre ! Tu m'as suffisamment décrit sa… « déco ».

Elle sort alors le *Libé* du jour et me montre un

article concernant cette atroce affaire de kidnapping d'enfant, qui secoue l'Allemagne depuis dix-huit mois.

« Un 48e enlèvement, dans la région de Cologne ».

— Ça fait bientôt deux ans que des gamins sont kidnappés, dans tout le pays. Et la police n'a aucune piste, rien.

— Je sais… Moi aussi, j'écoute les infos…

— Et ce sont tous des enfants mongoliens, qui ont entre six mois et cinq ans ! Après ça, ne va pas me seriner que les Allemands sont des gens normaux…

Je me recule violemment, heurtant mon voisin de derrière.

— Parce que selon *toi*, *toi* la « tolérante », *toi* l'« âme généreuse », il faut ranger les gens par catégories : normaux, anormaux ; gentils, méchants…

Avec une petite lueur de perversité, j'ajoute :

— Tu ferais un très bon cadre pour le Front national, en fait !

Léa suffoque, s'étouffe avec sa cigarette et l'écrase dans le cendrier.

Mais déjà nous éclatons de rire. Cent fois on a eu ce débat.

Je ressers un verre de morgon à Léa.

— Ce fric peut changer ma vie… Ce n'est pas toi qui me diras le contraire !

Léa a une petite moue résignée et ricane, complice :

— À ce moment de la conversation, tu sais ce que je te conseille de faire…

Je lève les yeux au ciel.

— Appeler mon père, faire la paix, lui demander ce que je veux savoir depuis toujours…

Léa claque dans ses mains.

— Et pourquoi pas ? Ce serait une bonne occasion. Tu peux lui demander conseil sur ce choix. C'est peut-être l'un des moments les plus importants de ta vie, ma chérie. Et puis tu lui parles... du reste.

Je prends à mon tour les mains de mon amie, d'une poigne douce mais ferme.

— Léa, lui dis-je avec une tendresse amusée, mon père me *fait chier*. Pendant dix-huit ans il m'a *fait chier*. Hier encore, il a laissé un message sur mon répondeur. Et ça me *fait chier*...

— Mais, et ta mère ?...

Je me durcis. Léa sait que c'est là le sujet sensible. Elle ne le déclenche qu'en dernier recours.

— Mon père mourra avec ses silences.

— Et tu es prête à l'accepter ?

— Toute mon enfance, j'ai vécu avec ce fantôme.

Cette impression de toujours ressasser les mêmes obsessions.

— Maman, sa photo sur la cheminée, les yeux rouges de papa lorsque je lui posais la question. Ses « Plus tard, ma chérie, quand tu seras plus grande, je t'expliquerai. Tu es trop jeune pour comprendre. »

Je vois mon reflet dans les yeux de Léa. Mes traits se sont durcis. Je redeviens la provinciale, la fugueuse, la révoltée.

— Et puis notre engueulade, le soir de mes dix-huit ans, lorsque j'ai fini par tout lui balancer à la figure...

Ces images m'étranglent et je secoue la tête.

— Enfin, je t'ai raconté ça cent fois.

— Je sais bien : il n'a rien voulu te dire et tu t'es barrée.

— Je ne lui ai quasiment pas parlé depuis ce soir-là. C'est fini. *Mon père est mort pour moi*.

Léa conserve son air d'institutrice laïque.

— Si tu ne règles pas ce problème, tu n'arriveras jamais à avancer.

— Si, dis-je d'une voix intimement déterminée, grâce à ce bouquin.

Léa se recule sur sa chaise et jette l'éponge.

— Fais ce que tu veux, ma cocotte. Mais tu connais mon opinion : parle à ton père, trouve-toi un mec et tout ira mieux. Et ce n'est pas en jouant à cache-cache avec Clément que ta vie sexuelle va…

— JE SAIS !

Léa dépasse toujours les bornes. Mais au bout de sept ans, le disque est usé. Ma conclusion est claire, nette, tranchante :

— Léa, une chose est sûre : je t'adore, tu es ma meilleure amie, la seule personne en qui j'ai confiance ; mais tu n'es pas ma mère. Maman est morte et personne ne la ressuscitera…

— Elle est bonne, n'est-ce pas ?

La tête de Vidkun vient d'émerger de l'eau. Après quelques mouvements de brasse, il pivote sur un dos crawlé.

Je suis debout dans le petit bain, de l'eau jusqu'à la taille, entre rêve et réalité. Ce maillot deux pièces trop étroit moule mon corps. Je vois le reflet de mes seins dans l'eau bleutée.

— Le sport est une nécessité absolue, reprend Venner. L'hygiène corporelle comme condition de l'hygiène mentale. Les socialistes nationaux avaient compris ça. Ce sont eux les inventeurs de l'idéologie bio, et les politicards à bicyclette sont leurs héritiers…

Il ressort de l'eau, contourne la piscine et monte au plongeoir.

Fritz, le maître d'hôtel, attend, raide, deux ser-
viettes-éponges sous le bras.

Je n'en reviens pas d'être là. Ce parfum de
chlore ; si épais, si suave…

Sur le plongeoir, Venner s'immobilise. Je
contemple ce corps mûr mais aussi parfait qu'une
statue de musée antique. Un pincement me noue
l'estomac. Une sensation de vertige, d'admiration
coupable.

Il plonge.

Une heure plus tôt, Venner m'attendait, assis à
son bureau, en peignoir. J'étais en retard, car mon
réveil n'avait pas sonné (ou alors pas assez fort : le
morgon de Léa est un écume-cervelle !). Je suis
donc partie en catastrophe, m'attendant à me faire
engueuler, comme si j'étais en retard en cours.

Lorsque je suis apparue, en haut de l'escalier de
métal, Venner a juste crié :

« Ne descendez pas, c'est encore plus spectacu-
laire de là-haut ! »

Puis il a pointé une petite télécommande et pressé
un bouton à infrarouge.

Le crissement m'a déchiré les oreilles et les vibra-
tions m'ont forcée à saisir la rampe de métal. Une à
une, les bibliothèques se sont encastrées dans le mur
avec un bruit de poulies, puis d'immenses écrans se
sont déroulés sur toute la hauteur de la pièce. La
bibliothèque est devenue une salle de projection
circulaire.

J'en étais abasourdie !

D'en bas, Vidkun guettait mon regard. J'étais
pétrifiée, incrédule, mais me suis finalement décidée
à descendre.

— Non, ne bougez pas.

D'un clic de télécommande, le sol de la pièce s'est dérobé sous les pieds de Venner, dégageant une piscine ronde.

Ça tournait au délire hollywoodien !

— Et maintenant… la touche finale !

Dernier « clic » : la salle fut plongée dans le noir. Le noir absolu.

Je n'ai pu retenir un cri :

— Mais !…

— Ne vous inquiétez pas, Anaïs…

Subitement, il était près de moi. Ses doigts se sont posés sur mon épaule. Mes muscles se sont tendus, mais je n'ai pas dit un mot.

— Regardez, le jour se lève…

J'étais bouche bée ! Lentement, je distinguai des crêtes, des brisures. Les montagnes se découpaient dans le petit jour. La lumière se posait sur les neiges éternelles. Des massifs de sapins, des prairies, des villages naissaient sous mes yeux.

— C'est l'aube, Anaïs, a-t-il chuchoté dans mon oreille.

Et c'était vrai ! Les oiseaux venaient de se réveiller. Ils faisaient déjà un vacarme du diable. J'étais même prête à jurer qu'un choucas était posé sur la rampe de l'escalier, devant nous !

— Venez, a dit Venner en me prenant la main.

Je n'ai pas rechigné et il m'a entraînée vers la piscine.

— Mais où sommes-nous ?

Venner n'a pas répondu mais m'a tendu un maillot de bain pendu sur un paravent, en retrait de la piscine.

— Je vous attends, Anaïs…

Et maintenant, nous voilà tous deux barbotant dans cette extravagante piscine souterraine.

Le contact de l'eau m'a tirée de la torpeur, et je pointe le fabuleux paysage, sur le grand écran qui nous encercle.

— Vous ne m'avez toujours pas dit où c'était… réclamai-je en m'appuyant à la margelle du petit bassin.

— À votre avis ?

— Les Alpes ?

— Bien vu !

Venner replonge, nage jusqu'à moi et ressort la tête juste devant mon ventre. Ses cheveux éclaboussent ma poitrine.

Je ne peux retenir un mouvement de recul, mais Venner laisse pointer un sourire.

— Ne vous inquiétez pas, je ne vais pas vous violer.

Aussitôt coupable, je croise les bras pour cacher mes seins.

— Je n'ai jamais dit ça…

— J'ai trop besoin de vous, poursuit Vidkun, mystérieux, en plaquant ses cheveux en arrière.

Beau mec, quand même !

Il pose un regard très bref mais incisif sur mon corps, puis il contemple à nouveau son panorama.

— C'est moi qui ai fait ce film, l'été dernier, avec une caméra conçue spécialement pour ce type de projection.

Vidkun frappe des mains et Fritz s'approche de la berge pour lui tendre la télécommande.

— *Danke, mein Freund !*

Le majordome allemand claque des talons et repart dans l'ombre. Je suis toujours aussi intriguée par ses cils de jeune fille. Et cette raideur militaire.

Est-il lui aussi trop jeune pour avoir « goûté » au nazisme ?

Venner tape des doigts sur la télécommande pour capter mon attention. Puis il me désigne le belvédère, qui baigne maintenant dans le soleil d'un matin d'été.

— Nous sommes au sommet de l'Obersalzberg, Anaïs. À la frontière de la Bavière et du Tyrol, à Berchtesgaden, près de Salzbourg.

Je nage quelques brasses vers le grand bassin mais reste près du bord. La piscine est tellement profonde qu'on n'en voit pas le fond (et je déteste ne pas avoir pied !).

Admirant encore la vue, je hasarde :

— Cet endroit me dit quelque chose…

— C'est là qu'Hitler avait sa fameuse villa Berghof ; et tous ses proches s'y étaient fait construire une maison.

Vidkun a un claquement de langue.

— FLK ne vous paye pas grassement pour faire du tourisme. Il faut que nous rentrions au… cœur du sujet.

Avant que je n'aie le temps de répondre, Venner a déjà appuyé sur sa télécommande.

— Et maintenant, un peu d'histoire…

Sous mes yeux, fini le belvédère ; je découvre à présent des poilus hagards, accroupis dans des tranchées, avec leurs grands yeux perdus face à l'objectif. Cent fois j'ai vu ces images au lycée.

— Comme vous le savez, commente Vidkun, la Première Guerre mondiale décima les hommes dans toute l'Europe. Dès l'armistice, il fallut donc refaire des enfants…

Venner se tourne brusquement vers moi, dans un

clapotis. Ses yeux brûlent de passion, comme s'il allait me dévoiler une chose rare et secrète.

— *Refaire des enfants* fut une des priorités de la politique nationale-socialiste, dès l'arrivée d'Hitler au pouvoir…

«Nous y voilà…» me dis-je, en voyant maintenant des photos de jeunes femmes blondes, en costumes traditionnels, offrant des gerbes de blé au Führer. La tête d'Hitler sur dix mètres de hauteur ! Un goût âcre me monte à la bouche.

— Officiellement, sous le chancelier Hitler, l'Allemagne reste un pays de tradition chrétienne, ancré entre le luthérianisme prussien et le catholicisme bavarois…

Nouvelle œillade complice, où je crois déceler un soupçon de perversité.

— Mais le 28 octobre 1935 est instauré par et pour les SS le concept de «mariage biologique».

Ce mot me fait tiquer. Venner bombe le torse, affichant une posture volontairement ridicule.

— L'accouplement n'est alors plus un plaisir : il devient un devoir !

— Un *devoir*?

Le collectionneur approuve du menton et s'approche de moi. Ma peau se hérisse. Je ressens un étrange nœud au ventre.

— La SS est vite devenue un État dans l'État, Anaïs. Ils sont l'avant-garde du nazisme.

Sa voix prend alors un ton tragique, comme si elle allait basculer vers le chant.

— Ces hommes en noir savent qu'un jour ou l'autre ils vont devoir combattre. Alors, il leur faut des soldats. Beaucoup de soldats !

Le collectionneur fait de grands pas sous l'eau, comme un politicien harangue la foule.

— Des soldats acquis à leur cause. Formés par eux, élevés par eux…

Venner est tout près de moi. Je sens à nouveau son souffle sur mes épaules et il susurre :

— Des soldats *conçus* par eux…

Électrisée par ce contact, je m'éloigne d'une brasse. Ce type me joue un rôle, il *se* joue un rôle ; il en fait trop.

Venner tend à nouveau la télécommande. Encore une photo : un homme anguleux, strié de cernes et mal rasé.

— Voici Max Sollmann, l'âme damnée du programme *Lebensborn*.

J'observe avec dégoût cette face hagarde et creusée. Une gueule de bagnard.

— À partir du 12 décembre 1935, Sollmann dirige un ensemble de maternités où les filles mères «racialement valables» peuvent accoucher au lieu d'avorter.

Je commence déjà à m'emmêler.

— Mais… les *Lebensborn* sont des maternités ou des… haras ?

Venner lève les yeux au ciel.

— Laissez-moi finir !

Je ravale ma remarque et affecte un air ronchon.

Cette petite humiliation se dissout bien vite dans le spectacle d'une nouvelle photo, désagréablement familière.

Sur ce cliché, je retrouve les maisons fleuries, les médecins en blouses blanches, les infirmières à cornette, les landaus. Et toujours ces officiers SS, jeunes et joyeux dans leurs costumes noirs.

Les images du livre chez Gibert…

Venner guette mes réactions, comme s'il me jaugeait.

— La première maternité s'ouvre à Steinhöring, à une demi-heure de Munich. Dachau étant à deux pas, ce sont les prisonniers du camp qui ont construit la plupart des bâtiments…

— Ben voyons !

Autres photos, autres maisons fleuries, mêmes visages, mêmes médecins, mêmes bébés ; mêmes SS… Je ressens vite une lassitude écœurée devant tous ces clones.

— Le système est partout identique : on entoure les propriétés de hauts murs, de rangées d'arbres. Les maisons sont gardées par des maîtres-chiens. Les pensionnaires sont prises en charge longtemps avant la naissance de leur enfant…

Ma concentration commence à vaciller, car le froid me gagne par décharges glacées. Nous sommes toujours dans la piscine et je ne sens plus mes mollets ; ou à peine. Je réalise alors que l'eau n'est pas chauffée. La stupeur m'avait tenu lieu de combinaison thermique… et tout mon corps grelotte.

Vissé à sa télécommande, Venner ne remarque rien.

— Des maternités *Lebensborn* ont été mises en place dans toute l'Europe ; en Hollande, en Belgique, en France, en Norvège et même dans les îles Anglo-Normandes…

Je n'écoute plus. Congelée, je bondis hors de la piscine et marche vers Fritz, qui me tend une grande serviette-éponge. Lorsque je la déplie, je proteste :

— Ah non ! Faut pas exagérer !

En son centre se déploie une énorme croix gammée…

Où s'arrête la curiosité historique ? Où commencent l'obsession, la complaisance ? Je me tourne vers Venner : toujours debout dans le petit bain, il débite ses « données » comme un cicérone. La tête me tourne et je m'enrobe dans la serviette. Je ne parviens pas à me réchauffer. Et puis la vision de ces vieilles photos m'a glacée.

Lentement, Venner se tourne vers moi et me sourit. Un sourire exquis ! Un sourire qui ferait fondre les glaciers de l'Antarctique.

— Vous avez froid, Anaïs ?

Il me couve des yeux, comme s'il venait de se rappeler que je suis un être humain. Son bras se tend vers l'écran.

Nouveau clic de la télécommande : nous revoilà au Tyrol.

Cette vision me libère les poumons. Je respire. Je tente alors de retrouver mon rôle.

— Et toutes vos histoires, ça nous mène où ?

Venner est d'une intensité presque cruelle. Son sourire disparaît comme un masque, et il ressemble à s'y méprendre aux personnages des photos… Cet œil blanc, cette sécheresse de squale.

« Un SS… » me dis-je, la gorge nouée.

D'une main il se hisse hors de l'eau mais garde la télécommande en l'air.

— Toutes mes… « histoires » nous mènent ici… dit-il en arpentant la margelle de sa piscine.

Ses pieds laissent des marques éphémères sur le dallage.

— … Au matin du 23 mai 1995.

Clic

Mon cri résonne sous la voûte de métal.

J'ai reconnu les quatre suicidés.

Mais les photos du *Spiegel*, que m'a montrées FLK, étaient des clichés « autorisés ». Ici, en projection panoramique, les quatre hommes ont les yeux exorbités, prêts à exploser ; leurs têtes semblent des figues passées sous un marteau. Grandes ouvertes, les bouches laissent apparaître des langues noircies par le sang figé, encore lourdes de bave sèche. Les photos ont dû être prises peu de temps après le décès, car je distingue même des larmes de douleur qui ont laissé sur les joues des traînées luisantes.

— Contrairement à ce qu'on dit, le poison ne dispense pas ses victimes d'une mort atroce. Même le cyanure…

Venner zoome sur les lèvres des morts. Crevassées, elles laissent apparaître des débris de verre que les convulsions ont plantés dans la chair. Un gros plan ignoble !

— Je vous en prie !

Venner s'assombrit et les désigne un à un :

— Karsten Beer, veilleur de nuit au *Kaufhof* de Munich, le grand magasin situé à la place des bureaux administratifs du *Lebensborn*.

« Ulf Schwengl, homme de ménage au palais de justice de Nuremberg, où fut jugé le IIIe Reich.

« Bruno Müller, menuisier, chargé des petits travaux dans la ville de Spandau, près de Berlin. C'est là que se trouvait la prison où furent enfermés les grands pontes du IIIe Reich, et qui fut détruite par les Alliés après le suicide de Rudolf Hess, en 1987. On a retrouvé Bruno Müller gisant dans un jardin public… à l'emplacement même de la cellule de Hess. Signe particulier : une vieille cicatrice au cou, comme si on avait tenté de l'égorger dans sa jeunesse.

« Werner Mimil, gardien du *Kehlstein*, le fameux nid d'aigle d'Hitler, le seul bâtiment encore debout datant de cette époque ; maintenant, c'est un restaurant d'altitude… et c'est là que j'ai tourné ce film… »

D'un clic, Venner remet le film montagnard et s'assied à son bureau. Sur le siège de cuir, le maillot humide provoque un bruit de succion.

Je me sens lessivée. Je sors d'un marathon, ou d'une plongée au milieu d'un banc de requins !

Le collectionneur me fait signe de prendre place face à lui. Il a retrouvé sa mine affable et un air de mystère, comme un vieil oncle raconterait des légendes abominables, par nuit de grand vent, au coin du feu.

— Je suis persuadé que la concomitance de ces quatre suicides ne doit rien au hasard…

Fritz m'apporte une tasse de chocolat chaud. Le parfum sucré me regonfle.

— Qu'est-ce qui vous fait croire ça ?

— La date de leur suicide : le 23 mai, mais aussi celle de leur engagement.

— Leur engagement ?

— Oui, leur engagement professionnel. À Spandau, à Berchtesgaden, à Munich, à Nuremberg… Chaque contrat a été signé le 20 avril précédent.

— Et… ?

— Durant le IIIe Reich, le 20 avril était la date la plus importante de l'année.

Je fronce les sourcils.

— L'anniversaire d'Hitler, assène Venner, comme une évidence.

— Ce qui prouve quoi ?

— Mais ça prouve que tout cela est un rébus !

Je m'adosse à la chaise. Ma tempête intérieure est retombée. Mon cœur ne bat plus la chamade.

Un instant, je lève mes yeux vers l'écran – le grand escalier de métal, les reflets de la piscine sur les hautes bibliothèques – et savoure le silence. Puis je finis par lâcher :

— Et vous comptez faire comment pour le décrypter, votre « rébus » ?

Venner m'observe avec une joie étrange. Il brandit sa télécommande et presse le bouton central.

Sur les murs de la bibliothèque apparaît une immense carte de l'Europe. Çà et là, des drapeaux nazis marquent les stations d'un itinéraire surligné en jaune fluo.

Venner se penche sur le bureau et m'agrippe la main. Toute sensualité s'est envolée.

— Rentrez chez vous, chuchote-t-il comme un garnement qui fomente une fugue. Préparez votre valise pour deux semaines. On vient vous cueillir demain matin, à 8 heures.

Je dois lui sembler totalement perdue.

— Demain soir, reprend Vidkun, nous dormirons en Alsace…

— *Drang nach osten !* exulte Fritz, dans la pénombre.

— Tu veux bien *checker* sur Internet le temps qu'il fait en Allemagne ?

Essayez donc de parler au téléphone portable tout en jouant les toupies ! Voilà une heure que je mets à sac mon appartement pour faire ma valise.

Partir ? Ne pas partir ? À quoi bon hésiter ? Il faut se jeter dans l'action et évacuer les doutes. Je suis en vie, après tout !

J'entasse un à un mes soutiens-gorge sur le futon.

— *Tu as de la chance,* me répond Clément, *il va*

faire très beau. Trente degrés, plein soleil. En tout cas dans le Sud…

Je tente alors de descendre un gros sac de voyage du haut d'une armoire, mon portable coincé contre l'épaule.

— *C'est bien dans le Sud que tu vas ?*

Le sac cède, je valse en arrière, m'effondre sur le canapé-lit. Graguette miaule de terreur et mon portable glisse sous la table de nuit.

— Et merde !

Je me fige. Dans ma tête, tout bouillonne : les nazis, l'éditeur, Himmler, Léa, les enfants kidnappés, la piscine, Venner, sa rudesse, sa courtoisie, les cent cinquante mille euros, mon père… et puis Clément.

— *Anaïs, qu'est-ce qui s'est passé ?* couine le téléphone, sous la table de nuit.

Je n'ai ni le courage ni la force de me pencher pour le ramasser. Trop, c'est trop !

Je m'allonge sur le futon, au milieu des vêtements épars. La pendule indique huit heures et demie.

— Déjà…

Par la fenêtre, le soleil a disparu derrière les tours de la porte d'Italie. Je tente de faire le vide dans mon esprit.

En quelques jours, ma routine professionnelle – commandes, rédaction, publication – vole en éclats, et je ne sais même pas où je dormirai demain soir.

En Alsace.

Pourtant, et c'est bien ça qui m'inquiète, Venner ne m'effraye pas.

Au contraire…

Comme on se prend d'affection pour un vieux comédien, un cabot, ses excès désamorcent l'ambiguïté de ses passions. Mais est-ce que je ne lui cherche pas là des excuses ? Allez savoir... Reste que Venner possède un indéniable pouvoir de fascination, et pas seulement à cause de son hôtel particulier, sa piscine souterraine et son Kinopanorama.

La sonnerie de l'entrée me tire de mes hantises.

Oula ! plus de 21 heures ! Dehors, il fait nuit.

Un halètement derrière la porte.

— Anaïs ? t'es là ?

Je me redresse.

— Clément ?

— Tout va bien ? J'ai eu les jetons !

Je défais un à un les verrous de la porte (j'ai été cambriolée il y a deux ans) et découvre un Clément en nage, écarlate, quasi débraillé. Dans la main, il tient un sac en plastique blanc où s'entrechoquent deux bouteilles.

— Putain, ce que j'ai eu peur ! J'ai vraiment cru qu'il t'était arrivé quelque chose...

Je voudrais rire ou m'énerver – Clément m'a si souvent fait le coup de la crise d'angoisse –, mais ses yeux inquiets, sa mine défaite plaident pour la sincérité.

— Entre...

Clément respire un grand coup et sort les bouteilles du sac.

— Tiens, je t'ai apporté du *gewurztraminer* ; c'est l'occasion ou jamais, non ?

J'éclate de rire et l'embrasse sur les deux joues.

— Je suis com-plè-tement pom-pette !

Je parviens à peine à articuler et me balance sur

ma chaise. La pièce semble prête à valser et je m'agrippe aux pieds du siège.

Clément ne répond pas et me dévore des yeux.

Sur la table, devant nous, les bouteilles sont vides.

— Tu veux que je descende en chercher une autre ? demande Clément.

— Non ! Il faut que je finisse ma valise.

Je me lève, tente de trouver un équilibre et titube jusqu'au lit, couvert de vêtements. L'alcool a cela de bien qu'il estompe les angoisses et les doutes. Plus question de jouer les autruches : demain, je pars !

— Alors, tête de linotte ! dis-je pour moi-même, en me grattant le front.

Clément n'a pas bougé. Il m'observe, indolent. L'alcool le désinhibe mais le rend un peu mou.

— Tu veux de l'aide ?

Je suis penchée sur mes piles et fais « non » de la tête. Mes vêtements me semblent aussi hermétiques que des mots croisés.

Clément s'approche de moi. Il s'appuie sur mon épaule et pouffe devant le sac ouvert.

— Tu as besoin d'une *valise* de soutiens-gorge ?

Je me relève et lui caresse doucement le visage. Sa peau est aussi douce que celle d'un enfant.

— Tu ne sais vraiment pas ce que c'est qu'une fille, toi, hein ?

Clément m'enlace la taille.

— Ça dépend…

Je fais « Tsss ! tsss ! tsss ! » mais déjà Clément m'embrasse le cou, les joues, le front. Je tente encore de me dégager ; mollement.

Clément pose ses lèvres contre les miennes et nous tombons sur le lit.

Il commence à déboutonner ma chemise et je gémis, sans aucune conviction :

— Clément, c'est pas sérieux ! Ça ne va pas recommencer… On est juste copains, on a dit…

— Copain coquin ! chuchote Clément, en disparaissant entre mes seins.

Il dit encore :

— Tu es si belle, si belle…

Son souffle chaud sur mon ventre achève de me désarmer.

Je rejette ma tête en arrière et le laisse descendre. Loin.

— Je finirai ma valise demain matin, dis-je dans un souffle, avant de tendre le bras pour éteindre la lumière.

Je me sens bien.

Il est 2 heures du matin. La pièce a des allures de vide-grenier. Des vêtements partout. Sur le lit, parmi les draps froissés, Anaïs est lovée contre Clément. Ils sont nus. Elle dort, il fixe le plafond. Voilà une heure qu'il cherche le sommeil ; sans succès.

Il n'ose pas se retourner, changer de position, trop heureux d'avoir Anaïs pour lui, à lui. Ces « débordements » arrivent deux ou trois fois dans l'année, après il vit de leur souvenir.

Anaïs est un animal sauvage ; elle cherche la stabilité morale, mais toute forme d'engagement la fait fuir. Clément n'en revient d'ailleurs pas qu'elle ait accepté ce contrat d'édition.

Et jamais il ne l'avait connue si exaltée, si nerveuse. Comme si elle ne pensait pas à lui ; comme s'il n'était qu'un prétexte.

— Ce n'est pas grave, chuchote-t-il en lui caressant les cheveux. Parce que moi je t'aime. À ma façon.

— Hein ? fait Anaïs, entre deux rêves.

Clément rougit.

— Dors, mon cœur. Dors…

Il lui caresse à nouveau les cheveux.

Mais Anaïs se dégage et prend la télécommande de la télévision.

— Tiens, dit-elle dans un demi-sommeil. Vas-y, ça ne me dérange pas…

Elle se rendort aussitôt.

Pendant dix minutes, Clément zappe sans marquer de pause. Variétés, docus, sujets de société, films vus et revus, pubs… Pourtant, au canal 235, il se fige. C'est la chaîne Ciné-Nanar.

« Un film de cul !, se dit-il, en reposant la télécommande près de la tête d'Anaïs. Ça m'aidera à m'endormir… »

Le spectacle est banal : une jeune femme attend dans un salon, assise sur un canapé Chesterfield. Une porte s'ouvre. Mais au lieu de l'habituel plombier, apparaissent six officiers SS.

— Tiens donc, ricane Clément, sans oser réveiller Anaïs.

Les soldats commencent à se déshabiller. De son côté, la femme retire sa robe, qui couvrait son corps nu. Puis elle se penche, retirant de sous le canapé fouets et menottes.

« Ouah le cliché ! » se dit Clément, qui n'a plus sommeil du tout.

S'ouvre alors une porte à double battant, laissant entrevoir un homme. Il est nu mais porte un brassard à croix gammée, une casquette de SS à tête de mort, et des bottes de cuir noir.

Il s'avance vers la caméra.

Quand il sort de l'ombre, Clément pousse un cri.

— ANAÏS!!!

La jeune femme se redresse d'un bond, comme tirée d'un cauchemar.

— Non mais ça va pas?

— Regarde, dit Clément, halluciné.

Anaïs fronce les sourcils.

À l'écran, le grand officier s'est penché entre les jambes de la femme.

— T'es vraiment malade? Tu me réveilles pour un film de...

Elle s'arrête net. Sa main agrippe celle de Clément.

Il est plus jeune, plus blond, plus maquillé, mais c'est lui : Vidkun Venner...

1987

— Ça faisait combien de temps que vous n'étiez pas venu dans ce village, patron ?

Le commissaire Chauvier se mordille nerveusement la langue.

— Longtemps… grommelle-t-il.

Linh n'insiste pas. À quoi bon ?

Depuis leur retour en voiture, hier, il n'a pas osé poser de nouvelles questions. Il a pourtant compris que Chauvier n'était pas ici par hasard. Cette affaire relevait d'Albi, pas de Toulouse, mais Chauvier avait insisté pour s'en occuper lui-même. Premier étonnement. L'escamotage du cadavre, à la morgue, n'a fait que renforcer le mystère. Et les voilà de retour à Paulin, pour interroger commerçants et habitants.

« Paulin, c'est la France… » se dit Linh en contemplant les rues de la bourgade méridionale. Les murs en brique rose, les maisons à encorbellement, l'odeur rance des ruelles. Ici, tout suinte quelque chose de clos, de confortablement renfermé sur soi. Ce que Linh déteste, en fait. S'il a appris à vivre avec (et contre) le regard des autres, il ne s'y est jamais fait : ces yeux incrédules lorsqu'il montre sa carte de police ; les regards ambigus des passants sur sa mère, lorsqu'elle fait ses courses en fauteuil roulant et baragouine dans son accent tonkinois. À Paulin, la vieille Toan ne survivrait pas une semaine.

Chauvier, en revanche, semble dans son élément.

Une bruine tiède commence à tomber.

Linh remonte le col de son imperméable et enfonce les mains dans ses poches.

Au contraire, Chauvier retire son chapeau. Il se cambre sous la pluie et respire profondément.

Linh l'observe avec gêne, comme s'il surprenait un moment d'intimité.

Les gens ne prêtent pas attention à eux : ce matin, les Paulinois ont d'autres chats à fouetter : c'est jour de marché. Malgré la pluie, tout le monde se dirige vers les allées de platanes qui ceinturent cette vieille cité cathare.

Chauvier se sent regonflé par le babil rocailleux de ces villageois à béret, ces femmes à fichu, ces jeunes qui font ronfler leurs vélomoteurs lorsqu'ils passent devant le banc des vieux ; ces étals de saucisses, blouses multicolores, casques coloniaux, clous, pinces, scies, pièges à blaireaux, treillis militaires, jouets au rabais, vasques d'olives, viennoiseries un peu molles…

« Rien n'a changé, ici, sinon les visages », se dit-il.

— Commissaire, regardez !

Linh lui désigne une échoppe, à l'angle d'une ruelle, accolée à une chapellerie.

« L'Étape cathare, agence de tourisme. Visites guidées, circuits, conseils. »

Sur une vitrine opaque, une main maladroite a dessiné un croisé en armure et un château fort.

Linh pose son front contre la vitre et place ses mains en œillères.

— C'est fermé.

— Et dedans, y a quoi ?

— Un bureau, des chaises, des prospectus. Et puis des photos.

Chauvier se penche à son tour.

Linh a raison. Rien de bien passionnant. Toutefois, il distingue au mur une photo de Claude Jos ; le maire y paraît bien plus jeune, en tenue de guide montagnard, au pied du château de Montségur. Il est encadré par quatre gaillards à l'air viril, harnachés de cordes et de piolets, et par un groupe de touristes japonais.

— Ils étaient combien, les médecins fantômes de la morgue ? demande Chauvier, sans quitter la photo des yeux.

— Quatre…

Le commissaire pousse un soupir de lassitude.

— Je crois qu'il va falloir qu'on retourne voir ce « bon monsieur le maire », grogne-t-il, sans du tout rire.

— Le lundi, c'est facile, il est sur le marché toute la matinée…

Les deux policiers se retournent. Sur le seuil de la chapellerie, un petit homme noiraud, la septantaine, engoncé dans un costume bon marché, les observe d'un air amusé.

— Alors, reprend-il, vous allez nous le trouver, l'assassin ?

Ses yeux sont piquants, comme s'il jouait un rôle.

— Parce que Paulin est une ville tranquille, reprend-il ; on n'a jamais de problèmes, ici. Le maire a dû vous le dire…

Les policiers contemplent ce curieux personnage, qui semble à deux doigts de se moquer d'eux.

L'homme désigne le chapeau du commissaire et émet un grognement de spécialiste.

— Joli, ce feutre, mais trop usé. Vous ne voulez pas voir nos derniers modèles ?

Ses yeux sont insistants.

Chauvier ne comprend pas.

— Qu'est-ce que vous savez de cette affaire ?

Mais le chapelier oscille à droite, à gauche, et saisit le bras du commissaire.

— Vraiment, il faut que vous voyiez mes nouveaux modèles, dit-il, avant de pousser Chauvier dans son magasin.

Les voilà au milieu d'étals poussiéreux, où s'amoncellent feutres et bérets.

Debout, face au commissaire, le chapelier le scrute comme s'il cherchait à le déchiffrer. Chauvier n'ose parler. Le faciès du commerçant commence à s'éclaircir. Son ventre s'arrondit, lui donnant des airs de boudin de viande, avec son veston trop serré.

— Ballaran… dit-il en prenant Chauvier par les épaules. Gilles Ballaran… J'en étais sûr !

— Hein ? glapit Linh.

Le vieux flic sent ses jambes vaciller.

« Évidemment… » se dit-il, en tentant de garder bonne figure.

— Même de dos je t'ai reconnu. Tu as la même position que ton père. Exactement…

Le commissaire tressaille. Le chapelier prend Linh à témoin et ajoute :

— Les mêmes épaules larges ; et le cou de taureau… – ton grivois – Les filles adoraient ça, mon salaud !

Chauvier titube jusqu'à une chaise d'osier et s'y effondre.

— Tu sais, je me rappelle le jour où les Boches

ont tué ton père, poursuit le commerçant. J'ai vu le cadavre. J'ai même aidé à le remonter au château. Tout le réseau Mirabel était descendu dans le bois cathare, pas loin de là où les chasseurs ont trouvé votre pendu…

Le chapelier s'accroupit devant Chauvier et approche son visage du sien.

— Ça n'a jamais été très clair, cette affaire…

Chauvier aspire un grand coup devant le chapelier, sans trop y croire.

— Marc Pinel ?

— Alors comme ça tu as pris le nom de ta mère ? Mais où es-tu passé pendant toutes ces années ? Tu n'as jamais cherché à revenir, alors que tu travailles à cinquante kilomètres d'ici ?

Marc Pinel, le vieux chapelier, est intarissable. Il n'attend même pas de réponse de la part de Chauvier. Tassé sur la chaise en osier, le commissaire serre à le briser le verre de poire servi par le marchand.

— Ah ! s'enflamme Pinel en se tournant vers Linh, si vous aviez connu « maman Chauvier », c'était la plus belle femme du pays…

Linh est très embarrassé. Ses yeux font la navette entre un chapelier nostalgique et un Chauvier terrassé par le souvenir.

— Tout le monde a été jaloux quand Claude Ballaran, le père de Gilles, a fini par l'épouser. Même le curé était fou d'elle !

Nouvel éclat de rire. Le commerçant semble rajeunir à vue d'œil.

Chauvier ne bouge toujours pas. Il ne parvient pas

à reprendre son équilibre et enroule ses chevilles autour des pieds de la chaise. Il chasse les images de son père ; surtout les dernières, celles que Pinel vient de faire ressurgir.

— Ton père a été plus finaud que les autres. Il n'a pas cherché à la conquérir. Il n'a pas dévalisé tous les fleuristes de la région, comme le fils Paschetta… Ce n'était pas un romantique. Juste un paysan. Comme mes parents. Comme nous tous, à Paulin…

Le chapelier fronce alors les sourcils et lève son verre.

— Quel beau couple ! conclut-il.

Plus personne ne parle. Le chapelier fait tourner son verre entre ses gros doigts. Linh s'adosse à un présentoir, bousculant une colonne de casquettes.

— Laissez ! dit Pinel en se précipitant pour ramasser. Le magasin est si petit…

Chauvier sort de sa léthargie. Ses yeux sont rouges, mais il respire profondément.

— Le maire, tu le connais bien ?

— Comme tout le monde ici, répond le commerçant, évasif. Il est maire depuis quarante et un ans ! Pour ça, la Résistance l'a bien servi.

Chauvier marche jusqu'à la porte vitrée. Il y presse son front, comme un gamin par jour de pluie.

— En quarante et un ans, rien de bizarre ?

— Rien de rien. La vraie vie de campagne. *Im-pec-cable*. Mais toi, Gilles, tu as dû en voir du pays depuis que tu…

— Parle-moi de son entreprise de « tourisme cathare », puisque ce sont tes voisins… l'interrompt Chauvier.

— Oh ! Jos a dû créer ça au début des années 1960, quand les touristes ont commencé à venir dans le pays… quand ils se sont subitement intéressés à toutes ces histoires de cathares, de trésors cachés, de machins… – il cherche le mot – *ésotériques*.

— Ce sont des randonnées ? demande Linh.

— Je ne l'ai jamais fait, mais je crois qu'il y a des visites toutes simples, en voiture, des randonnées d'une journée, et puis des virées d'une semaine, à pied, avec camping à Montségur. Quelque chose de très physique.

— Ça marche bien ?

— Cet été, il y avait encore du monde, mais les guides se font vieux…

— Ce sont les mêmes depuis le début ? demande Chauvier, reprenant peu à peu son ton incisif.

Le chapelier réfléchit avant de répondre :

— Je crois, oui. Ils ne vivent pas au village mais au château, et ne parlent à personne. Ils ont un accent pas de chez nous…

Linh l'interrompt :

— Ce sont les hommes à côté de Jos, sur la photo, dans le magasin ?

Pinel confirme d'un pincement de lèvres.

— Oui… des sales types… d'ailleurs ils sont partis…

— Comment ça ?

— Ils ont pris leur retraite la semaine dernière, et ont quitté la région… Bon débarras ! Au village on ne les a jamais aimés. Et puis on dit des choses…

— Quelles choses ?

Le chapelier devient rouge. Il hésite.

— Quelles choses ? répète Chauvier, sur un ton policier.

Pinel tente d'avoir un œil amusé, mais sa parade sonne faux.

— Tu ressembles vraiment à ton père, tu sais.

Chauvier reverdit.

— Enfin, s'il avait vécu jusqu'à ton âge…
poursuit le chapelier. Je me rappelle, quand il tombait sur un « braco », il…

— Le commissaire vous a posé une question…

Linh a parlé d'un ton exagérément grave.

Le chapelier déglutit.

— J'avais oublié, vous êtes flics…

Il secoue la tête d'un air peiné :

— Le fils de maman Chauvier, dans la police…

— Quelles choses ? demande une dernière fois le
commissaire, gardant son calme.

Le chapelier n'ose plus reculer. Il répond d'un ton
faussement dégagé :

— Eh bé, on dit que ces guides étaient des
anciens soldats…

— Des militaires ? demande Linh.

— Des soldats allemands…

Dehors, la pluie a cessé. Un rayon de soleil fait
briller les pavés de la rue.

— Et vos soldats allemands, demande Linh, ils
avaient fait la guerre ?

— On n'a jamais su. Ils étaient peut-être un peu
jeunes. Mais j'ai toujours entendu dire qu'ils
auraient appartenu à la SS. La pire : celle qui formait les enfants…

Il hésite puis ajoute :

— Ce serait de là que l'un d'entre eux tiendrait
sa grande cicatrice au cou…

— Où vivent-ils ? fait Chauvier.

— Je vous l'ai dit : avec Jos et sa petite-fille, au
château de Mirabel.

Chauvier grince des dents.

— Tu m'as tout dit ?

— Écoute, Gilles, balbutie Pinel, j'ai de bons

rapports avec le maire. Je lui fais même un peu de comptabilité quand sa secrétaire est malade et je…

Chauvier s'est figé.

— De la comptabilité ?

Pinel sent qu'il a trop parlé. Il jette un œil sur son comptoir et, bêtement, tente de recouvrir un dossier jaune d'une foule d'autres papiers, mais Chauvier a repéré son manège. Il saisit le dossier sous les gémissements du chapelier.

— Oh non ! Si Jos apprend ça, je…

— « Tu » quoi ? Tu as peur de finir brûlé et pendu dans le bois cathare ?

Chauvier a crié. Il presse le dossier jaune contre lui avec des yeux de fou.

Puis il se lève et ouvre la porte du magasin. Au moment de la refermer, il se retourne vers le chapelier.

— Je compte sur toi, Pinel. Pas un mot de notre conversation au maire… Ce dossier relève de la justice ; ce n'est pas une petite vindicte de village…

Le chapelier opine, inquiet, et feule :

— Si ton père te voyait… Gilles Ballaran !

— Encore une chose, dit le commissaire en faisant signe à Linh de quitter le magasin.

Il se penche contre Pinel… Cette vieille haleine de soupe à l'ail !

— Je m'appelle Gilles Chauvier.

Les deux flics montent en silence dans la Renault 5. Linh n'ose rien dire.

La voiture s'engage dans les rues mais se retrouve vite coincée par le marché.

— Et merde ! grogne Chauvier, las, en frappant du poing sur le volant.

D'un violent coup de pédale, il part en marche arrière, manquant renverser un homme en chaise roulante qui éclate de rire et cogne le trottoir des allées.

— Hé là ! crie Linh.

Mais la voiture se rétablit et les voilà bientôt dans un dédale de ruelles.

Chauvier est vissé à son pare-brise.

« Il connaît les rues par cœur… » constate l'Eurasien, tandis que la R5 débouche sur une jolie route de campagne.

Maintenant, il fait beau. Les nuages ont presque disparu, donnant à cette matinée d'octobre un air d'été de la Saint-Martin.

Ils serpentent dans un vallon, entre des champs.

Appuyés à leurs tracteurs, deux hommes bavardent, les pieds dans la glaise, et observent, placides et narquois, cette petite voiture qui roule si vite.

Mais Chauvier vise droit devant lui. Ils arrivent au pied d'une colline.

Alors qu'ils s'engagent sur un chemin raide, entre deux platanes, Linh a le temps de lire un panneau : « Château de Mirabel, propriété privée, défense d'entrer ».

En face d'eux, en hauteur, la bâtisse se découpe sur le ciel. Les toits humides brillent sous le soleil.

Alors que la Renault 5 parvient en haut de la côte, Linh demande :

— Est-ce que vous allez m'expliquer, maintenant ?…

Chauvier ne dit rien. La voiture arrive face au château et ils se garent devant un grand porche. Le commissaire sort de la voiture tandis que Linh ouvre sa portière.

— Non, toi, tu restes là. Je crois que tu as compris que c'était une affaire entre lui et moi…

Au même instant, une petite porte s'ouvre en contrebas du porche… et c'est Aurore qui apparaît.

— Commissaire, dit-elle d'un ton surpris. Je suis désolée, bon-papa est sorti, il doit être sur le marché.

Chauvier sourit à la jeune femme.

— C'est à vous que je suis venu poser quelques questions…

D'abord surprise, la demoiselle finit à son tour par sourire et saisit le bras du commissaire.

— Ça vous ennuie qu'on aille dans le parc ? J'avais justement envie de prendre l'air…

Le policier et l'étudiante déambulent dans les allées du parc, et chaque pas entraîne le commissaire Chauvier à remonter dans le temps. Il redevient le petit Gilles Ballaran, un gamin espiègle et débrouillard, élevé par ses parents dans l'ombre du château de Mirabel. Une enfance de feux de bois, de plats mijotés, de bourrasques hivernales et de chaleurs en été. Le parc est identique. Ses buis taillés à la française, ses allées hautaines. Ses grands pins parasols marquant l'entrée du domaine, que l'on voyait depuis les crêtes alentour.

« Moi, j'habite là ! » disait-il fièrement aux autres enfants.

Généralement, ses petits camarades – eux aussi fils de fermiers ou de domestiques – rétorquaient avec dédain et jalousie :

« Toi, tu n'es que le fils des gardiens… »

Le petit Gilles rougissait mais grognait, pour lui-même :

« Pour l'instant ; mais un jour j'épouserai Anne-Marie et je deviendrai le maître du château, comme le comte de Mazas… »

Comment leur expliquer ses journées avec Anne-Marie ? Leurs jeux, dans les bois, au parc, sous les buis. Rien d'ambigu. Juste la fraîcheur d'un sentiment sans ombre : l'enfance partagée.

Et la douceur de ce partage, Chauvier croit la retrouver aujourd'hui, tandis qu'il avance dans les allées tondues, jonchées de feuilles mortes. Les pieds d'Aurore envoient valser les pommes de pin comme le faisait sa grand-mère, cinquante ans auparavant.

Il la laisse parler. Aurore lui explique le château, le rôle de Mirabel pendant la croisade cathare, les centaines de corps suppliciés.

« Les cadavres qui n'ont pas été totalement réduits en cendres ont été enterrés dans le bois, en face de la forteresse… C'est pour ça qu'on l'appelle le "bois cathare". »

Les yeux de la demoiselle deviennent étincelants. Elle est fascinée par cette histoire. Tout comme la fascine l'histoire de sa famille, les Mazas, authentiques descendants des grandes lignées occitanes converties au catharisme qui ont réussi à échapper aux bûchers de l'Inquisition.

Mais Chauvier n'écoute pas. Le vieux flic est hypnotisé par les lèvres d'Aurore.

— Vous comprenez ce que je veux dire ? fit-elle brusquement.

Silence.

Aurore éclate d'un rire qui résonne contre les cèdres.

— Je vois que l'histoire de cette maison vous passionne, commissaire, badine la jeune fille.

Chauvier vire écarlate.

— Je… je suis désolé…

Il se passe la main sur le visage et tente de changer de sujet pour masquer son trouble.

— Vous faites des études de quoi ?

— D'histoire médiévale. J'étudie l'histoire de la région aux XIIe et XIIIe siècles, et plus particulièrement le catharisme.

Elle désigne le parc et le château d'un vaste mouvement du bras.

— Je transforme mon enfance en TP grandeur nature.

Gilles Ballaran tente de redevenir le commissaire Gilles Chauvier et sort un calepin, comme un comédien amateur trouve sa contenance en utilisant une canne, une pipe. Un accessoire.

— Vous avez été élevée ici ?

Aurore fait une mine étonnée lorsqu'elle voit le flic prendre des notes, mais elle n'a rien à cacher.

— J'ai d'abord vécu à Paris, avec mes parents, mais ils sont morts quand j'avais cinq ans. Alors mon grand-père m'a fait venir ici.

Ils gagnent les limites du parc. Le ciel se charge de nuages sombres. Dans leur dos, le château semble une menace. Il est un vrai miroir : gris par temps maussade, flamboyant sous le soleil.

Chauvier retient sa respiration comme s'il prenait son élan et finit par demander, presque à voix basse :

— Et votre grand-mère ?

Aurore se tourne vers lui et l'observe. Le flic y découvre une profonde tristesse.

— Elle est morte, il y a deux ans…

Chauvier serre les dents à les broyer, mais il doit se montrer impassible.

— Je sais, dit-il. Elle était malade, c'est ça ?

— Un cancer des reins, ajoute Aurore, la voix tremblante. Elle est morte en quelques semaines.

Chauvier se détourne. Des flots lui montent aux yeux. Mais Aurore ne remarque rien, trop occupée à retenir ses propres larmes.

Pendant un quart d'heure, ils marchent en silence. Aurore se contente de désigner du doigt un arbre, un banc au milieu des herbes, une grille mangée par les broussailles…

Chauvier se laisse promener.

Ils finissent par s'asseoir sur les souches de deux arbres fraîchement coupés, de l'autre côté du parc.

— Vous ne posez pas beaucoup de questions, pour un policier… remarque Aurore en étirant ses jambes.

Elle se penche en arrière et bombe le torse. Ses seins pointent sous sa jolie robe de lin et Chauvier s'étonne qu'elle ne soit pas frigorifiée par la bruine d'octobre.

Il se recroqueville dans sa canadienne et songe : « Anne-Marie était pareille, insensible au froid… »

— Et vos études, elles vont vous mener à quoi ?

Aurore s'illumine.

— Je vais faire une thèse sur les liens entre le catharisme et la politique du XXe siècle…

Chauvier ouvre de grands yeux tandis qu'Aurore mime une lassitude amusée.

— Je sais, ça surprend toujours un peu, mais il y a de nombreuses correspondances entre la tradition cathare et, par exemple, l'idéologie du IIIe Reich…

— C'est votre grand-père qui vous a mis ces conneries dans la tête ? dit le flic avec agressivité.

Aurore s'assombrit aussitôt et perd toute confiance.

— Mais c'est dans plein de livres tout à fait sérieux !

Chauvier fronce les sourcils et dit, d'un timbre neutre :

— C'est pour ça que vous sembliez tellement au courant, pour le tatouage sur le cadavre ? Le tatouage SS…

Aurore est devenue distante. Elle se lève et fait quelques pas, puis se retourne vers Chauvier. Ses yeux sont translucides.

— Bon-papa est un grand résistant. Il a beaucoup souffert, pendant la guerre. Il a été déporté et s'est échappé d'un camp de concentration. C'est lui qui m'a appris qu'il faut toujours connaître ses ennemis !

Chauvier est estomaqué par l'incroyable cynisme de Jos. Mais il voit cette jeune fille, si pure, à l'indignation si sincère. Comment lui dire ? Le mensonge est trop intime, trop profond.

Les yeux vissés au sol, il demande avec froideur :

— Que pouvez-vous me dire sur ces quatre guides qui ont travaillé pour votre grand-père pendant des années ?

Aurore hésite, puis ouvre la bouche ; mais…

— Encore vous ?

Dans les allées, furieux, Jos s'avance vers eux.

— Je veux que vous laissiez ma petite-fille tranquille ! grogne le vieux maire. Aurore n'a rien à voir avec cette affaire !

119

— Parce que vous, en revanche… ? ironise Chauvier.

Les deux hommes sont directement montés au premier étage, dans le bureau de Jos. La pièce baigne dans une pesante odeur de tabac froid. Sur les murs, entre des tableaux au romantisme appuyé, des rayonnages d'acajou sont lourds de milliers de livres.

— Commissaire, vous commencez à devenir encombrant…

Jos se fait menaçant.

— Pourquoi donc, monsieur le maire ? continue Chauvier. Vous vous sentez coupable de quelque chose ?

Jos lève les yeux au ciel mais prend un air conciliant.

— J'allais moi-même vous appeler, dit-il, j'ai fait ma petite enquête : il s'agit d'un règlement de comptes entre gitans. Votre cadavre, c'était une romano d'une tribu du Gers. Elle a eu un différend avec les manouches qui vivent sur ma commune et ils ont réglé ça entre eux, voilà tout.

À nouveau, Chauvier est béat du culot de Jos.

— Et *voilà tout* ? Ça vous semble normal qu'on s'étripe chez vous ?

Jos pose sur Chauvier sa mine lourde de mépris.

— Mon pauvre ami, voilà cinquante ans que je gère cette région. Ce n'est quand même pas un vieux flic au bord de la retraite qui va m'apprendre mon métier…

Chauvier avale sa salive. Il s'adosse à un tableau, et se retrouve contre la crosse de saint Dominique, en plein exorcisme.

Dédaigneux, Jos reprend :

— Vous avez fait quoi de votre vie, à part rou-

piller derrière un bureau et éponger des contre-
danses ?

La voix de Jos monte peu à peu dans les aigus.
Un étrange accent fait surface. Saccadé, tranchant.

— Vous avez des amis ? Une famille ?

Il toussote avant d'ajouter :

— Une femme ?…

Chauvier en a assez ; il donne un coup de coude
contre le cadre du tableau, qui émet un bruit d'orage.
Le vieux politicien reste interdit, puis grince en
retrouvant son sourire :

— Je vois que j'ai touché le point faible.

Le commissaire prend mentalement son élan et
riposte :

— Et moi, je vois qu'il se passe des choses
étranges, chez vous, *Herr Jode…*

Jos exulte.

— Enfin les masques tombent… ricane-t-il,
avant de planter ses yeux dans ceux du flic. Je savais
bien qu'on se connaissait… Ballaran !

2005

« Mais oui… c'est vraiment lui ! » me dis-je, lorsque sa Mercedes limousine surgit au coin de ma rue. L'immense voiture se gare en double file devant la petite porte de la rue Paul-Bourget. Une vraie bagnole de maquereau… ou de producteur porno.

Vidkun baisse sa vitre.

— Bravo, j'aime les gens ponctuels !

Cette voix, ce regard… les mêmes que dans le film, cette nuit !

Fritz sort aussitôt pour mettre mes bagages dans le coffre (claquement de talons, *« Fräulein ! »*), puis il m'invite à pénétrer dans le « salon ».

Au moment de monter, je me retourne une dernière fois vers mon immeuble et lève les yeux jusqu'au douzième étage. J'imagine la fenêtre du salon, et Graguette qui doit se baigner dans le soleil. C'est son heure. Elle est si bien, si calme. Elle se fout du reste du monde. Elle ne dépend de personne…

Une dernière fois, je me dis : « Et si je faisais marche arrière ? » La découverte de cette nuit était l'ultime cerise d'un gâteau déjà trop chargé : une pincée de malaise, une tranche de nazisme, une couche de fascination, une bonne louche de complaisance, quelques litres de natation.

122

— Vous venez, Anaïs ?

« À chacun son Rubicon ! » me dis-je avec fatalité, en m'inclinant pour entrer dans l'automobile.

Je découvre alors, éberluée, deux banquettes face à face, en cuir bordeaux. Au milieu, une table basse est vissée au sol. Les parois de la cabine sont couvertes de boiseries. Quant aux vitres, elles sont masquées par des rideaux cramoisis à pompons. Enfin, outre un écran plasma, la « pièce » dispose d'un réfrigérateur et d'une vitre coulissante pour parler à Fritz.

Le « confort moderne »…

Pour me couler jusqu'à ma banquette, je dois frôler mon « hôte », qui émet un grognement gêné. Je respire son parfum – une eau de Cologne musquée, trop forte mais enivrante. Mettait-il la même avant de tourner une scène ?

Lorsque nous nous retrouvons assis l'un en face de l'autre, nul n'ose plus parler, brusquement gênés de cette intimité. Surtout, je ne puis m'empêcher de le dévisager.

Tout, dans ses haussements de sourcils, ses battements de cils, ses gestes, me rappelle le film, cette nuit.

Ce profil d'aigle, ces cheveux blonds, ce corps musclé, luisant… Et ce nom, au générique de fin : le Viking…

Après le film, Clément et moi avons passé une partie de la nuit sur Internet. C'était tellement extravagant ! Comment ne pas chercher à savoir ? Ce que nous avons trouvé m'a paru aussi bref que troublant : le Viking était un acteur scandinave. Personne ne mentionne son vrai nom, mais il fut une étoile filante du porno des années 1970, célèbre pour sa vigueur

(187 films en trois ans), avant de disparaître brutalement des écrans…

« Cent quatre-vingt-sept films ! a gloussé Clément, effaré. Si on compte une moyenne de trois partenaires par film, ça fait 561 coïts ! Il est fort, ton bonhomme ! »

J'ai senti pointer chez Clément la jalousie.

À tort ? À raison ?

Comment savoir ?

La voiture file vers l'est et je suis bientôt bercée par la litanie sans grâce des panneaux de l'autoroute, tandis que nous quittons Paris : Meaux, Reims, Metz, Nancy, Strasbourg…

Le sommeil ne va pas tarder.

Hélas !…

— Anaïs, nous avons du travail.

Je me redresse et constate que Venner reste agrippé à une petite mallette, posée sur ses genoux comme un carlin de chaisière.

Je fais « oui » de la tête, puis sors stylo et calepin.

— Je vous écoute…

Vidkun retrouve son air bonhomme et gourmand.

— Vous m'avez demandé l'autre jour si les maternités *Lebensborn* étaient de vrais… « haras ».

Venner manipule ses mots comme autant d'objets précieux. Il prend une mine de conspirateur.

— Tout porte à croire que oui… Mais les archives du *Lebensborn* ont été brûlées par ses chefs pendant la débâcle et les témoignages sont rares ; à croire qu'il reste une sorte de silence tacite entre les survivants.

Vidkun ferme les yeux, cherchant à visualiser la scène.

— Toutefois, il y aurait bien eu une « procréation

dirigée». Des candidates aryennes postulaient pour être engrossées.

— On ne les y obligeait pas ?

— Pourquoi donc ? Hitler avait besoin de jeunesse, et ces femmes aimaient leur Führer.

— On dirait que vous trouvez ça normal !

— Il n'est pas question de normalité ou d'anormalité ! Nous sommes là en historiens, pas en arbitres de la moralité…

— Comme vous voudrez… dis-je, bien décidée à ne pas lâcher si facilement le mors.

— Je disais donc que ces postulantes passaient devant des «conseillers à la procréation», qui les orientaient vers les bons lieux de reproduction… et les bons géniteurs.

Vidkun parle lentement. Il teste sur moi l'effet de chaque donnée : *procréation*, *reproduction*, *géniteur*... Je simule la décontraction.

— Une fois enceintes, ces jeunes femmes étaient transférées dans de grandes propriétés où on les choyait jusqu'à l'accouchement.

Pour retrouver ma contenance, je griffonne sur mon calepin.

— Et une fois nés, les enfants connaissaient-ils l'identité de leurs parents ?

— Bien sûr que oui. Le père, c'était Hitler, et la mère, l'Allemagne !

Difficile de savoir combien de temps je pourrai supporter son humour. Adepte du cynisme, je viens de trouver mon maître !

— Mais qui étaient les *vrais* pères ?

— Uniquement des membres de la SS. Sitôt nés, les bébés étaient pris en charge par la SS et envoyés dans des écoles spéciales, qui dispensaient une éducation du corps et de l'âme. Ils devenaient d'abord

Hitlerjugend puis, à dix-huit ans, ils pouvaient choisir la SS.

— Où se trouvaient ces écoles ?

— Dans toute l'Allemagne. Les SS avaient l'habitude de récupérer des châteaux du Moyen Âge, pour y instaurer une mentalité de chevalier. Himmler lui-même, le chef de la SS, se prenait pour la réincarnation de plusieurs souverains médiévaux...

« Des cinglés ! » me dis-je en tournant la tête vers le paysage.

Nous venons de passer Reims. La plupart des autres véhicules vont en sens inverse : c'est la rentrée, la course pour les fournitures scolaires, les souvenirs de vacances, les bonnes mines, les pincées de sable dans les chaussures. La routine...

« Au moins, ils savent où ils vont, eux... »

Je me ressaisis.

— Que se passait-il, quand les bébés n'étaient pas normaux ?

Vidkun a un geste bref de la main, sans équivoque. Il voit aussitôt ma réaction écœurée.

— De toute manière, précise-t-il, 8 % des gamins mouraient à la naissance... Quant aux anormaux, lorsqu'ils n'étaient pas « euthanasiés » dès l'accouchement, ils étaient envoyés à l'hôpital de Brandenburg-Görden... une ancienne prison transformée en bloc médical, où l'on « traitait » les enfants de moins de trois ans.

Je blêmis encore plus.

— On les... *traitait* ?

Vidkun perd toute ironie.

— On les laissait mourir à petit feu en leur injectant de la morphine ; et ensuite...

Je retiens un haut-le-cœur en écoutant la fin de sa phrase :

— … ensuite, leur petit corps était disséqué au titre de la « recherche scientifique des maladies héréditaires et constitutionnelles graves ».

— « Des cobayes », dis-je pour moi-même, en repensant à ces kidnappings d'handicapés en Allemagne, dont la presse fait ses choux gras.

— Légalement, un délai de deux semaines devait être respecté entre la naissance et la mort du nourrisson. Mais lorsque l'enfant était jugé « inapte », on rédigeait son certificat de décès avant même de l'envoyer à l'hôpital de Görden…

Venner n'a cessé de m'observer, d'un air narquois, comme si tout cela n'était qu'un exercice préparatoire.

— Autant vous prévenir tout de suite, Anaïs, ce voyage ne va pas être une promenade de santé.

Dans le reflet de la vitre, je distingue mon expression impuissante, presque démunie. Une belle tête de victime !

— Ce que je vous raconte là n'est qu'un « avant-goût ».

— Je sais, il faut juste que je m'habitue.

Très lentement, Venner se renfonce dans son siège et pose sa mallette sur la table.

— Dans ce cas-là, on va *vraiment* tester votre résistance…

Je me raidis.

— Car il est un détail de nos quatre suicidés que je n'ai pas mentionné.

Le Viking entrouvre sa mallette et en tire une enveloppe de papier calque, qu'il me tend sans un mot.

J'ai un instant de recul, mais je saisis finalement la pochette et, hésitante, en sors quatre photos.

— Ce sont d'autres clichés pris par les médecins légistes, explique Vidkun.

Je constate alors que chaque bras droit est bandé au niveau du poignet. Plus de main.

— Accidents ?

— À nous de le trouver. Mais voyez ce que j'ai reçu par la poste, ce printemps, le 24 mai 2005 : dix ans jour pour jour après les quatre suicides ; soixante ans après celui d'Himmler…

Venner ouvre l'attaché-case et je pousse un tel hurlement que Fritz en donne un coup de volant.

— La mallette, l'enveloppe, les photos… reprend le Scandinave, tout m'est arrivé de Norvège, sans indication postale.

— C'est pas possible ! C'est pas possible !

Je cherche à tâtons la commande de la fenêtre, mais Vidkun me devance et fait descendre la vitre. La brise m'aide à retoucher terre… et la vision n'en est que plus ignoble !

Sous mes yeux, momifiées, noircies, jaunâtres, tranchées net au poignet : quatre mains humaines.

Voilà deux heures que nous roulons en silence. Venner s'est assoupi sans m'en dire plus, car il ne sait rien. L'expéditeur de ce colis atroce lui est inconnu.

La mallette est toujours posée sur la table, entre nous deux. J'ai beau coller mon front à la vitre pour distraire mon attention, ces mains m'attirent irrésistiblement, comme si je m'attendais à voir un doigt bouger, se crisper, me faire un signe ! Je me rappelle cette nouvelle de Maupassant : *La Main d'écorché*, et frémis.

Si ces mains sont celles des quatre suicidés, pourquoi Venner les a-t-il reçues ? Me dissimule-t-il des choses ? Lui-même parle de rébus. Cela signifie-t-il qu'il soupçonne une dimension occulte à notre enquête ? Dans ce cas, pourquoi avoir attendu pour m'en parler ? Voulait-il m'avoir totalement sous sa coupe ? Prisonnière ?

En bonne solitaire, j'ai une tendance à la paranoïa. Et puis FLK est un éditeur sérieux. Il ne se lance pas au hasard dans un projet littéraire ; surtout à ce prix… Mais peut-être Venner l'a-t-il également embobiné… Qui sait ?

Je secoue la tête pour évacuer tous ces doutes.

« Les voyages dans le temps n'existent pas, me dis-je avec une fermeté de méthode Coué. On est en 2005 ! »

Tâchons de penser à autre chose… si c'est possible.

À l'avant, Fritz a mis le CD d'un comique teuton. Je l'entends rire au volant.

Nous roulons encore une grosse demi-heure. Au moment d'arriver en Alsace, la voiture quitte l'autoroute à Phalsbourg et les noms sur les panneaux claquent : Wasselonne, Molsheim, Schirmeck…

Je repose aussitôt mon front contre la vitre et m'abîme dans la contemplation de paysages grandioses. La limousine grimpe maintenant de grandes collines de sapins, sombres et majestueuses, où l'on imagine volontiers des divinités païennes. Un paysage romantique, comme ces tableaux allemands du XIXe siècle. Une nature luxuriante et souveraine, proche des rêves enfantins de sorcières et de fées.

À Rothau, la voiture s'engage sur une petite route de montagne, qui serpente parmi les sapins. Nous y croisons bientôt d'autres véhicules, à touche-touche dans les virages. Les plaques d'immatriculation viennent de l'Europe entière.

« On va où, là ? » me dis-je avec une appréhension nouvelle, tandis que la limousine ralentit et se gare sur un parking.

C'est un de ces terre-pleins de montagne ; une plate-forme de goudron au milieu des sapins.

— *Meinherr !* fait Fritz en toquant à la vitre de séparation.

Venner ouvre un œil puis s'ébroue. Bientôt jovial, il s'étire les lèvres comme un chanteur d'opéra et me sourit.

— Bien dormi ?

— Où sommes-nous ?

Venner m'observe un bref instant. Une lutte éclair traverse ses iris, mais il se détourne presque aussitôt, sans me répondre.

Toujours circonspecte, j'ouvre ma portière et reçois une bouffée de vent tiède ; s'y mêle une odeur de sève et d'asphalte chaude. Un parfum de montagne et de bitume.

À côté de nous, sur le parking, une famille du Vaucluse entoure une voiture rouge ; le père a déplié une carte Michelin sur le toit, la mère grignote un sandwich, les deux enfants – un garçon, une fille – se chamaillent dans les jambes des parents. Lorsqu'ils nous voient apparaître, les provençaux ont des mines effarées.

— Maman, y a le président ! couine la fillette avec l'accent de Carpentras.

— Malvina, tais-toi ! dit la mère, en tentant de lui envoyer une taloche.

Mais la gamine esquive et court vers la limousine.

Elle déboule devant Venner au moment précis où il s'apprête à refermer sa mallette.

— Mamaaaaan ! hurle-t-elle en revenant se jeter dans les bras de sa mère ; le président il a plein de doigts dans son cartable !

La femme serre sa fille avec un air penaud.

— Excusez-la, monsieur, mais on vient de faire la visite et la petite a été un peu… troublée.

Vidkun lui fait un grand sourire et parle sur un ton de seigneur.

— Je comprends, madame ; et je vous félicite d'emmener vos enfants ici plutôt qu'à Disneyland. C'est un acte citoyen.

La femme en rosit.

Mais déjà Venner s'éloigne à grands pas et me fait signe de le suivre. Demeuré devant la voiture, Fritz tente un sourire d'encouragement, comme un dernier adieu avant le grand départ.

Je ne comprends pas.

— Mais on va où, là ? C'est quoi, cette « visite » qui a troublé la petite fille ?

— Surprise… dit Venner sans se retourner.

Il accélère le pas. Instinctivement, je me sens obligée de l'imiter.

Nous gravissons bientôt un petit sentier au milieu des herbes, bordé par des rangées de sapins.

— Voilà… dit Venner d'une voix étouffée.

Je reçois une décharge.

— Oh mon Dieu ! Non…

J'aurais dû m'y attendre. Tout cela est si logique.

— Venez ! insiste le Viking, vous n'avez rien à craindre.

Mais je suis figée sur place, enracinée. Le spectacle me bouleverse bien plus que je ne l'aurais imaginé.

Devant nous, serpentant le long de la colline, maintenue par des poteaux noirâtres, une double rangée de fils de fer barbelés encercle des baraquements de plain-pied. Posé sur une étendue de sable pâle, l'un d'eux est surmonté d'une haute cheminée noire. Plus loin, mes yeux tombent sur une potence, dont la brise fait valser la corde.

Je déglutis péniblement, les joues en feu, et observe les nombreux visiteurs – des familles, des gens seuls, de tous âges – qui quittent l'endroit ou s'y rendent. Tristesse, désolation, atterrement…

Sans effet de manches, Vidkun me désigne alors un panneau cloué au-dessus des barbelés, marquant l'entrée des lieux : « *Konzentrationslager Natzweiler-Struthof* ».

D'abord je n'ose parler, mais je finis par balbutier :

— Un camp de concentration ?… En France ?

— Et l'un des pires… répond Venner en entrant dans le camp. Venez, je vous dis…

J'hésite encore un instant, puis je lui emboîte le pas.

Cette herbe rase. Ces maisonnettes sordides. Cette cheminée noire de suie. Au milieu de ce paysage d'une beauté presque insultante !

Avisant les autres visiteurs comme des ennemis, Venner me dit à voix basse :

— Le camp du Struthof était spécialisé dans la recherche scientifique.

Je déglutis.

— C'est-à-dire les expériences médicales ? Les cobayes humains ? Comme les bébés anormaux de… Görden ?

Vidkun cligne des yeux avec satisfaction : la petite connaît sa leçon.

— Les médecins de l'infirmerie du Struthof travaillaient sous les ordres d'un anthropologue de Strasbourg, le docteur Hirt.

— Quel genre de docteur ?

— Hirt voulait fonder un musée de l'homme et de la race, où il aurait exposé les différents types de crânes, de squelettes...

Un couple passe près de nous, lourd de chagrin. Venner me prend aussitôt par le bras et s'éloigne, comme si ces visiteurs voulaient voler ses secrets, piller ses connaissances. Malgré la chaleur, je grelotte.

— Hirt entendait démontrer l'inégalité biologique des races en exhibant des crânes de juifs, de bolcheviques, de Gitans...

— Et ces crânes, il les trouvait où ?

Venner désigne les baraquements.

— Il venait se servir ici...

Je ne cache même plus mes haut-le-cœur et redresse la tête pour me rappeler que le ciel est bleu, qu'il fait beau, et que tout cela s'est passé il y a plus d'un demi-siècle.

Venner n'y prête aucune attention et trépigne étrangement.

— Venez, maintenant il faut que vous voyiez l'intérieur.

Le Viking a cette excitation des enfants fiers d'exhiber à leurs parents un dessin, un poème. Il me prend par la main pour gagner la porte d'un des baraquements. Lasse, je me laisse entraîner.

— Oh ! monsieur Venner, ça faisait longtemps... s'écrie un gardien, avec un gros accent alsacien, au centre d'une pièce vide.

133

Il se lève mollement de sa petite chaise et se met au garde-à-vous.

Venner lui serre la main, un brin gêné, et l'autre se rassied.

Je reste interdite par cet échange. Le gardien semblait sincèrement content de voir Vidkun.

— Je m'arrête souvent ici, sur la route de l'Allemagne, se justifie Venner, à mi-voix.

Bien décidée à me montrer impavide, je serre les dents et nous passons dans la salle voisine.

Mais toutes les pièces sont identiques : des lits, des objets usés, noircis ; des chaussures ; des photographies accrochées aux murs, à la mémoire des victimes du camp ; et ces listes de noms infinies, vertigineuses. La masse anonyme des morts.

J'imagine les milliers d'ombres qui ont dû arpenter ces couloirs, il y a soixante ans.

Nous arrivons à l'« infirmerie ». Mais là, c'est trop dur pour moi. Devant la porte du bloc médical, mes muscles se contractent.

— Écoutez, je ne sais vraiment pas si je vais pouvoir…

Venner semble tout à coup surgir d'un rêve : l'équarrisseur quitte sa routine et entrevoit l'œil de la bête, qui reflète le marteau. Ébauchant un sourire, il susurre d'une voix doucereuse :

— Je ne vous oblige à rien, Anaïs…

Je m'apprête pourtant à faire bonne figure. Je ne suis pas une « mauviette », comme me disait papa. Mais mes belles intentions s'effondrent quand surgissent devant nous un vieillard et sa femme. Tous deux viennent de visiter l'« infirmerie »…

Bouleversés, ils titubent près de moi et avancent, nez levé, en quête de ciel bleu. Le vieillard est hagard. Sa femme le console dans une langue inconnue, doucement, et lui caresse le crâne.

Venner et moi les suivons des yeux. Alors qu'ils s'éloignent, le vieillard s'effondre dans les bras de sa femme et pousse un gémissement atroce.

Aussitôt, le malaise monte en flèche. Mon cœur s'emballe, je revois les photos des cobayes, et ma respiration se bloque comme si on écrasait mes poumons.

— Ça ne va pas ?

— Pas très…

Me sentant ramollie, je me rue dehors au milieu de la cour.

Venner se précipite à ma suite et me cueille alors que je manque glisser sur le sol.

Son eau de Cologne me saute au nez, mais le contact de son corps a perdu toute équivoque. Le Viking s'en veut de m'avoir conduite ici.

— Venez. On s'en va… Je suis désolé…

Sans cesser de me soutenir, il me conduit hors de l'enceinte du camp, sur un petit belvédère qui domine les collines.

— Voilà, on est sortis…

Ma vue est brouillée. Je sens sa main passer dans mes cheveux tandis que, les yeux mi-clos, je respire par petites goulées. Mais le bourdonnement dans ma cervelle est encore là.

— Ça va aller, vous êtes sûre ?

Je fais « oui » de la tête. J'essaye de me redresser et ouvre les yeux. Le panorama est sublime, beau à pleurer ! Des collines vert sombre, presque bleues, qui s'étirent à l'infini. Des grappes de nuages. Une brise caressante. Un soleil de fin d'été.

Un endroit si beau, à deux pas de…

Je me serre contre Venner.

— Ce n'est qu'une crise d'angoisse… ça m'arrive de temps en temps…

— Je suis désolé…

Les arbres, les collines, la douceur de l'air, tout me regonfle lentement, comme si je retrouvais l'usage de mes poumons.

— C'est beau, n'est-ce pas ?

Je hoche du chef et mes angoisses se perdent à nouveau dans les cimes. Ce sentiment de honte, de n'avoir jamais si bien respiré.

— Oh oui, c'est beau ! *Atrocement beau…*

— Foie de canard en croûte de sel aux herbes, lentilles vertes et chou frisé…

Le maître d'hôtel retire la cloche de métal et le fumet monte jusqu'à mes narines, qui tressautent d'appétit.

— Vous allez voir, dit Vidkun, c'est délicieux !

Je n'en reviens pas d'avoir faim ! Mais je me sens aussi affamée qu'après une épreuve sportive ; un besoin physique, organique d'absorber de la nourriture. Et je dévore mon entrée comme si je digérais l'épreuve du Struthof.

Je devrais être rongée de honte à l'idée d'être le soir même devant une assiette fumante. Mais non… L'Anaïs d'hier n'est déjà plus celle d'aujourd'hui. Ce soir, pour venir dîner, j'ai mis un petit haut moulant et un jean taille basse. Comme pour m'ancrer dans mon époque.

« Anaïs, vous êtes ravissante », a dit Venner, l'œil brillant, dans le hall de l'hôtel.

Qu'ils sont loin l'infirmerie du Struthof, les chaussures usées, la potence, le désespoir du petit vieux dans les bras de sa femme... Je me laisse envelopper par cette douce atmosphère feutrée et protectrice de la province, cette ambiance familiale, cette bonhomie si... française.

— Encore une fois, je suis désolé pour cet après-midi, Anaïs, insiste Venner, qui n'en finit pas de faire amende honorable.

Je balaye ses excuses d'un revers de fourchette, l'air dégagé.

— C'est bon, c'est bon ! N'en parlons plus... Il faut aussi que j'apprenne à me maîtriser. Donnez-moi plutôt le programme de demain.

Vidkun doit se demander si ce zèle subit ne relève pas de l'autosuggestion.

— Demain, nous filons à Munich. Vous savez que c'est le vrai berceau du nazisme ?

Je préférerais savourer mon foie gras, mais il faut bien donner le change.

— Hitler était de Munich ?

— Il était de Braunau-sur-Inn, une petite ville autrichienne à la frontière de la Bavière. Mais le Tyrol autrichien et les Alpes bavaroises sont un même pays. Une même mentalité. Un esprit montagnard...

— C'est-à-dire ?

— Ce sont des gens qui vivent plus près du ciel, avec le sentiment qu'ils n'ont pas besoin d'aller ailleurs pour être élus des dieux. D'autant que la Bavière, tout comme l'Autriche, est une terre catholique. Le nazisme est donc le parfait exemple du fantasme petit-bourgeois ; une sorte de Clochemerle macabre, élevé au rang de carnage planétaire !

— Vous ne simplifiez pas un peu les choses, là ?

— Mais la morale des nazis était simpliste. Ils s'estimaient plus beaux, plus forts, plus intelligents que leurs voisins. Et ils l'ont prouvé de la plus atroce façon…

Tandis que le serveur retire nos assiettes, le Viking hésite et ajoute :

— Vous avez vu le résultat cet après-midi…

L'image du vieillard en larmes surgit à nouveau devant mes yeux. Je serre les poings et avale, d'un trait, mon verre de tokay.

— Les grandes familles d'officiers prussiens ne sont arrivées qu'après… reprend Venner. Leur morale protestante leur a plus ou moins servi de garde-fou. Pendant un temps, du moins…

— Mais tout le monde a fini par collaborer, non ?

— Évidemment ! dit Vidkun d'un ton gourmand. Ils ont beau s'en défendre aujourd'hui, tous les grossiums, les industriels, les patrons ont trempé dans le marigot national-socialiste. Ne serait-ce que par intérêt financier.

Venner s'emballe.

— Et pas seulement en Allemagne, dit-il avec ardeur. Si vous connaissiez les interactions, dès les années 1920, entre les gros financiers américains et les nazis, vous seriez effrayée.

— Les Américains ?

— Bien sûr, rugit-il, de plus en plus exalté, pour eux, aider le IIIᵉ Reich, c'était établir un rempart contre le communisme. Sans compter qu'un homme comme le constructeur automobile Henry Ford fut un admirateur d'Hitler, et que les banques Morgan et Rockefeller ont copieusement arrosé les nazis pour développer des usines en terre allemande…

Je fronce les sourcils. Venner s'emballe.

— Le plus cocasse, c'est la collaboration scientifique ! Les fabricants de médicaments américains étaient liés au fameux consortium chimique IG Farben, dont dépendaient par exemple les laboratoires Bayer, les inventeurs de l'aspirine et de l'héroïne.

Il s'interrompt, comme s'il hésitait, mais sa passion est trop forte.

— Sur qui croyez-vous qu'ils faisaient leurs tests ?

Mes yeux le foudroient. Venner réalise qu'il parle *très* fort. Les clients des tables alentour se sont tournés vers lui, exhalant ironie et agacement.

Deux serveurs attendent, pour nous servir, plats en main, que le Scandinave achève sa harangue.

Vidkun rougit et se recroqueville.

— Je suis désolé, mais quand je suis lancé…

Il adresse un clin d'œil pénitent aux maîtres d'hôtel, qui apportent le plat de résistance.

— Turbot rôti et polenta crémeuse à la truffe.

Enchanté par son assiette, Vidkun émet un « mmm… » de contentement.

— Heureusement que la gastronomie alsacienne sauve l'Allemagne de sa nullité culinaire.

Décidée à profiter du silence, je m'absorbe dans mon turbot.

— Vous mangiez bien, dans votre enfance ?

« Pourquoi il me demande ça ? ! »

N'ayant aucune intention de me confier à ce type, je repousse mon assiette devant moi en signe d'opposition, et lâche d'un ton agressif :

— Convenablement.

— Qui faisait la cuisine : votre père ou votre mère ?

— Je suis désolée, mais ça ne concerne que moi.

Venner est un collègue, un collaborateur, un patron à la limite, mais pas un ami !

— Vous savez, Anaïs, nous allons passer beaucoup de temps ensemble.

Il prend une pose de séducteur.

— J'aimerais juste en savoir un peu plus sur vous...

Je me sens prête à mimer les idiotes pour le décourager.

— Je vous ennuie, n'est-ce pas ? dit-il.

— Un peu, oui...

Le Viking semble enchanté de ma franchise.

Il pose alors sa main sur la mienne et je sens aussitôt monter une douce chaleur.

— Vous avez raison, je suis un vieux con. Et les vieux cons...

Il prend son verre de tokay et se le vide sur la tête.

— ... À la douche !

Mon propre rire me surprend.

Toute la salle contemple Venner, ahurie. Le vin dégouline sur son front, son col de chemise, sa veste de lin clair. Mais ses yeux m'observent avec tendresse et je ne peux retenir un frisson. Un frisson de surprise et de satisfaction. Un frisson d'inquiétude et de plaisir.

C'est vraiment lui... Dans ce regard bleu azur, lumineux, presque éblouissant, je viens de retrouver les yeux du Viking.

Trois serveurs arrivent avec des serviettes et épongent Venner, qui se laisse faire en riant sous les chatouilles.

— Merci pour le massage. L'Alsace, c'est mieux que la Thaïlande !

Je repars aussitôt d'un fou rire irrépressible, suivie par Vidkun. Hilares, nous n'arrivons plus à reprendre notre respiration, sous les mines effarées des serveurs et de toute la salle.

Clément n'a pas bonne mine. Son corps endormi est couvert de taches sombres, exhalant un fumet de gibier. Il se retourne. Son dos colle à l'oreiller, y laissant une traînée gluante. Sa peau s'imprime dans les draps. Ses chairs sont à vif. Je distingue l'ombre pâle des os, tandis qu'il tend les bras.

« Embrasse-moi, mon amour. »

Cette voix. Ce n'est pas celle de Clément. Venner parle par sa bouche. Déjà je me penche vers Clément. L'haleine du jeune homme, soufrée, acide, écœurante, un remugle de cercueil, me retourne l'estomac. Mais comment résister ?

« Anaïs, mon amour, nous avons tant de choses à apprendre l'un de l'autre… »

La voix de Venner m'hypnotise. M'excite. Une chaleur monte entre mes cuisses. Je prends le bras de Clément et le guide sous ma chemise de nuit. Un moignon caresse mon ventre : il n'a plus de main droite.

Ton penaud de Clément :

« Excuse-moi, mon cœur ; *ils* me l'ont arrachée… »

Ravagée d'indignation, je me jette sur Clément et l'embrasse encore et encore.

Nos corps se mêlent. Il me pénètre. Je ne sais plus avec qui je fais l'amour – Clément ? Vidkun ? le Viking ?

Tout à coup, il ne bouge plus. Mes doigts deviennent poisseux. Mes mains s'enfoncent dans le corps, percent les taches brunes.

Je hurle : « Clément ! ! ! »

Mais je suis couchée contre un cadavre. Un cadavre toujours sur moi, *en* moi.

Je tente de me dégager, mais, vampire, il s'agrippe.

Alors je vois son visage. Raviné, strié de marques, de cicatrices. Comme s'il avait été torturé : mon père.

« NON ! ! ! »

Je me réveille d'un bond. Autour de moi : rien. Le calme de ma chambre d'hôtel.

Je me lève, fébrile, et gagne la salle de bains.

Sans réfléchir, j'entre dans la baignoire, tire le rideau de douche et m'inonde d'eau glacée. Le jet me fait retoucher terre. Suffisamment pour constater que je n'ai pas ôté ma chemise de nuit.

Mais je m'en moque. L'eau me lave de ces images que je ne parviens déjà plus à identifier, mais dont je garde un sentiment d'horreur sourde.

Je respire profondément. La notion même de cauchemar s'estompe et je sors de la douche. Glacée, je retire la chemise de nuit qui me colle, et m'emmitoufle dans un grand peignoir blanc.

« C'est le tokay, me dis-je en retournant dans la chambre pour brancher le convecteur à fond. Ou alors le foie gras… »

Pourtant, voilà longtemps que je n'avais pas piqué un tel fou rire.

Qu'y avait-il de si drôle, après tout ?

Mieux vaut ne pas chercher à analyser et me concentrer sur mon travail. Mais au fond de moi, les visions du Struthof, des mains coupées, des expériences médicales… ricanent avec une laideur de faune.

« Ce serait si simple de ne pas avoir de conscience… » me dis-je, en me collant au radiateur électrique accroché sous la fenêtre de la chambre.

Comme dans la voiture, j'appuie mon front contre

la vitre. Découpée dans la nuit, j'aperçois la cathédrale de Strasbourg. Le clocher vient de sonner trois coups.

Dans la rue, personne. Une ville calme, tranquille.

« La province… »

Je me rappelle l'ennui courtois de ma jeunesse. Les dimanches d'Issoudun. Ces mêmes bobines, revues à l'infini, chaque jour, dans les ruelles quiètes qui suaient leur routine suicidaire.

Mais Strasbourg est une ville bien plus grande.

« Et très belle ! »

J'observe les façades, les toits, les porches.

Passe alors une silhouette. Un chapeau, un imperméable, des chaussures épaisses. Elle avance sur le trottoir et s'arrête pour contempler la façade de l'hôtel.

« Encore un vieux ! »

Suis-je condamnée au troisième âge ?

Le passant doit avoir près de quatre-vingts ans. Il semble avoir remarqué ma silhouette, dans l'encadrement de la fenêtre. Un instant, il m'observe, curieux, avant de reprendre sa route.

« Et lui, que faisait-il il y a soixante ans ? »

Autant éviter ces raisonnements, dont le vertige s'avère toujours stérile ; mais c'est plus fort que moi.

« Peut-être qu'il a croisé le docteur Hirt ; le collectionneur de crânes… Peut-être que le dimanche, il allait avec ses parents se promener sur les collines de Natzweiler, pique-niquer en forêt… »

Je secoue la tête, pour en expulser ces idées. Mais elles ne partent pas.

Dans la rue, le vieux s'est immobilisé.

« Peut-être que tous haussaient les épaules, qu'ils disaient *"De toute manière, on ne peut rien faire,*

alors…", en se resservant un verre de Riesling…
pour penser à autre chose.»

D'un geste de la main, il me fait un petit salut
militaire puis disparaît dans l'ombre.

Je retourne dans la salle de bains et prends deux
cachets de Lexomil.

Des zones piétonnes dans un décor d'opérette ;
des hypermarchés C&A sous des églises baroques ;
des BMW laissant passer des cyclistes en cravate :
nous sommes à Munich !

— Vous avez des courses à faire ? Qu'est-ce
qu'on fait dans ce supermarché ?

Voilà dix minutes que Venner furète, passant de
rayon en rayon.

— Ici se trouvait le centre administratif de l'office *Lebensborn*. Mais c'est surtout ici que Karsten
Beer, le premier de nos quatre suicidés, s'est donné
la mort…

Il me prend le bras et m'entraîne entre les rayons.

— Il en survit forcément quelque chose. Une
mémoire des objets, des lieux.

— Si je suis votre raisonnement, Munich reste
une ville nazie.

— Et comment !

Venner s'appuie à un présentoir de Compact Disc.

— Munich est une ville bourgeoise et Hitler était
un bourgeois. Un petit-bourgeois, même. Si vous
aviez vu des photos de son appartement, c'était d'un
goût…

— Mais Hitler n'était pas riche ?

— Riche, un fils de douanier ? Il est *devenu*
riche, richissime même, grâce à deux choses… *Mein*

Kampf s'est vendu à des millions d'exemplaires ; et tout nazi se devait de l'avoir en bonne place sur sa cheminée, à côté d'un portrait du Führer et d'un drapeau à croix gammée.

— Et l'autre source de ses revenus ?

— Il percevait des droits d'auteur sur chaque timbre à son effigie…

— Et tout cet argent, où est-il passé ?

— Ah là, ma chère, vous posez une question qui passionne les chasseurs de trésor depuis plus d'un demi-siècle… Mais nous, nous cherchons un autre trésor ; tenez, le voilà…

Vidkun me fait signe de rester en retrait et s'approche d'un vieux vendeur, en tablier rouge.

— *Grüssgott*, lui dit-il, avant de se lancer dans un long exposé en allemand.

Je ne comprends rien mais vois le vendeur se décomposer et faire violemment « *nein* » de la tête, les yeux butés.

D'un geste flegmatique, Venner tire de sa veste quelques billets.

Aussitôt le vieillard se déride et commence à parler. Phrase après phrase, il se sert par à-coups : dix euros par-ci, vingt euros par-là. Enfin, lorsque Venner a les mains vides, le vieux a déjà disparu entre les rayons.

— Quand je vous dis que les Bavarois sont âpres au gain…

— Il vous a raconté quoi ?

— Pas grand-chose. Il a connu Karsten Beer, le suicidé. Mais celui-ci parlait peu et travaillait de nuit. Tout ce qu'il a pu me dire, c'est que Beer n'avait apparemment aucune famille, qu'il vivait seul dans un appartement attenant au grand magasin, et qu'il s'était fait engager un mois avant sa mort, ce fameux 20 avril 1995.

— Rien de neuf, en fait ?

— Rien de bien neuf, non…

La fin de notre journée est touristique. Vidkun profite du beau temps pour me promener dans les jolis quartiers de la ville.

— Nazie ou non, c'est une ville charmante, n'est-ce pas ?

— J'en conviens…

Nos pas nous mènent sur l'inévitable Marienplatz ; nous allons prendre un jus de fruits dans le Jardin anglais ; et nous faisons même la fermeture du temple de l'élégance bavaroise : le magasin Loden-Frei.

Là, je m'avoue refroidie par cette avalanche de tenues en peau, vestes de velours, chapeaux à plumes.

— C'est ici que j'achète beaucoup de mes vestes, dit Venner d'un ton affectueux, en caressant les boutons de corne, les martingales.

— Avec mon tee-shirt et mon jean taille basse, je détonne.

— Question de style…

« En voilà, des *bonnes sœurs en civil* », me dis-je en contemplant les clientes. C'est ça l'effet que je fais aux mecs, quand j'arrive dans les rédactions, avec ces anciens cols roulés de Léa, trop larges pour moi ?

Quand nous parvenons au rayon « femme », Venner me contemple avec une application de modiste, puis dégage une veste typiquement autrichienne.

— Essayez ça.

— Vous voulez rire ?

— Quand je plaisante, ça se voit.

Je ne sais comment réagir mais préfère éviter l'esclandre. J'endosse la veste et le Scandinave semble enchanté.

C'est un fait, cintrée, bien coupée, colorée, cette veste me va à merveille.

— Une vraie Bavaroise ! s'exclame Venner, aux anges. Je vous l'offre.

— Mais…

Il se penche à mon oreille et susurre, comme un conspirateur :

— Vous devez faire honneur à notre hôtesse, ce soir. Et dans cette tenue, vous ferez une parfaite petite Eva Braun !

— *Hallo Mausi !*

— Vidkun !

Les deux amis se tombent dans les bras.

La vieille femme a l'air bouleversée. Ses cheveux blonds teints, tirés en arrière et ramenés en chignon ; ses petits yeux de fouine, son nez busqué, sa bouche sévère ; tout cela vibre du plaisir de retrouver un ami perdu depuis longtemps…

« Qu'est-ce que c'est que cet animal-là ? » me dis-je, de moins en moins rassurée. Fritz s'est garé devant cette petite maison bourgeoise et Venner n'a, une fois de plus, rien voulu me dire.

Vidkun et la vieille Munichoise se serrent avec tendresse. Ils échangent quelques mots d'allemand puis, finalement, Venner se retourne vers moi et poursuit, en français :

— Mausi, je te présente Anaïs Chouday ; nous travaillons ensemble sur les recherches dont je t'ai

147

parlé… Anaïs, je vous présente Helga Stock, une *très* vieille amie.

Je grimace un sourire timide.

— *Matemoiselle*… dit la vieille femme avec un accent tranchant, en s'inclinant comme un homme.

— Bonjour, madame…

— Appelez-moi Mausi.

Je tente de faire bonne figure, mais cette femme est aussi revêche qu'une sorcière de campagne ; d'elle se dégage une dureté, une sorte de rigueur froide, malgré son allure de grand-mère.

Elle avise Fritz, garé en double file.

— Ton chauffeur ne vient pas ?

— Il va dormir chez des cousins… sa famille est de la région.

Aussitôt Fritz saute au volant et disparaît dans les rues munichoises.

La vieille suit la voiture des yeux, avec nostalgie.

— Ah ! les Mercedes…

Puis elle se ressaisit et affecte une franche bonhomie :

— Entrez, entrez !

C'est idiot mais, au moment de passer la porte, une sueur glacée me cisaille les omoplates.

Heureusement, devant cet intérieur tristement étriqué, je m'avoue soulagée : ici, rien de nazi !

« Bienvenue chez les nains de jardin ! » me dis-je, devant une myriade de petits bibelots, statuettes, animaux de céramique, poupées en vitrine.

Nous montons un escalier étroit et grinçant et je me laisse envahir par cet univers confiné. Des vieilles photos de famille – toujours ces vestes bavaroises ! –, des tableaux de paysages, des meubles lustrés à l'écœurement ; et cette odeur d'encaustique ! Suave, enivrante : elle semble chez les vieillards un prélude à la morgue.

Nous voilà bientôt dans un couloir où deux portes se font face.

— Vos chambres…

Mausi ouvre la première.

— Tenez, mademoiselle, c'était ma chambre de jeune fille…

Comme une gamine, je balbutie :

— Merci, madame.

— Appelez-moi Mausi…

Je pose ma valise sur le lit. Comme partout dans la maison, la pièce est envahie de figurines, de petits cerfs en verre de Murano, de basse-cour en plâtre peint. Mon lit, étroit, est construit dans le même bois que les tables de chevet, l'armoire, les chaises, le bureau. Et tout cela de très petite taille.

La vieille semble me guetter. D'une voix blanche, elle me jette :

— Nous dînons dans une demi-heure.

Puis elle ferme la porte avec une violence froide.

— *Gut, gut…* dit l'hôtesse, d'un ton satisfait, en me surveillant manger son poulet.

Je suis morte de timidité, avec le sentiment d'être l'intrus de ces retrouvailles. Et Venner ne fait rien pour me mettre à l'aise. Il est fuyant, presque indifférent…

Lorsque je suis descendue dîner, bonne fille, j'ai mis ma veste bavaroise. Me voyant arriver, Mausi et Vidkun ont échangé un regard entendu. Puis ils ont repris leur conversation. Je me suis alors sentie bête et seule, assise dans un coin du salon, avec ma chope de bière, moi qui déteste ça ! Puis nous sommes passés à table, pour attaquer la spécialité de Mausi : son *fameux* poulet rôti.

— Le poulet est une viande saine, insiste la vieille, en français. La meilleure qui soit ! Mais parle-moi plutôt de tes recherches, Vidkun…

L'exposé est long, car le Viking raconte toute l'histoire : les quatre suicides, le fantôme du *Lebensborn*, l'omerta sur cette affaire, le livre pour FLK.

Je suis étonnée par la délicatesse de Vidkun qui prend d'infinies précautions à dresser son récit. Craint-il de brusquer Mausi, de la choquer ?

Quand Venner achève son discours, la vieille femme est blême. Elle coupe nerveusement un blanc de poulet qui éclabousse toute la table.

— Et pourquoi as-tu choisi cette histoire pour écrire sur le IIIe Reich ? Il y a d'autres points de départ que ces affreux suicides, tout de même ?

Venner ne s'émeut pas. Calme, il évoque le colis. Lorsqu'il décrit les quatre mains momifiées, Mausi ne tique pas. Au contraire, elle retrouve ses couleurs et lève un sourcil.

— Tu les as apportées ?

Vidkun se penche et tire de sous son siège la mallette, qu'il ouvre sur la table. Je ne peux retenir un haut-le-cœur.

— Très joli travail… susurre alors Mausi, en chaussant ses lunettes avant de saisir une main.

« Je suis chez les fous ! »

J'ai surtout le sentiment que Mausi change à vue d'œil. La vieille femme observe ces momies avec une acuité de spécialiste. Un intérêt profond, intime.

« Mais qui est-elle ? Une ancienne infirmière des camps ? Une élève du docteur Hirt ? »

Elle manipule les mains puis lâche d'un ton péremptoire :

— On a dit beaucoup de bêtises, sur le *Lebensborn*…

Plutôt que d'analyser l'extravagance de cette scène, je tente de me raccrocher à la conversation.

— On a parlé de recherches raciales, poursuit-elle, de manipulations génétiques. Mais à l'époque, tout cela était de la science-fiction.

Venner prend une mine carnassière.

— Peut-être n'étais-tu juste pas au courant ?

La vieille s'empourpre, blessée.

— Moi ?

— Tu étais si jeune…

— Peut-être, mais j'étais… au centre de tout.

Je me cabre :

— Hein ?

Comme si c'était un fait de gloire, Mausi se redresse et bombe le torse.

— J'ai fait partie des BDM, parmi les plus jeunes de Bavière !

— Les BDM ? dis-je.

La vieille semble renaître ; sa figure rosit. Elle perd dix ans.

— Les BDM étaient l'équivalent de la *Hitlerjugend* pour les filles.

Son regard s'abîme dans ses souvenirs et elle se met à réciter :

— « *Nous pouvons toutes, aujourd'hui ou demain, nous abandonner à l'expérience riche en émotion spirituelle qui consiste à procréer en compagnie d'un homme jeune et sain, sans nous soucier des entraves dont s'encombre la désuète institution du mariage.* »

Je ne comprends rien à ce charabia, mais Venner s'est aussitôt concentré.

— Qu'est-ce que c'est ?

— Une dictée de l'époque : « *Le mariage biologique* ». C'était si beau !

« Charmant », me dis-je, en cherchant à tâtons la carafe d'eau gazeuse.

Venner croise les bras et tente de capter l'attention de Mausi.

— Tu admets donc que les nazis désiraient créer une race parfaitement pure ?

Figure lasse mais amusée de la vieille femme.

— *Évidemment.*

Sans vraiment réfléchir, j'enchaîne :

— Et les médecins des *Lebensborn* accouplaient bien des aryens et des aryennes ? Pour avoir des... enfants parfaits ?

Elle recommence à réciter :

— « *Blond, grand, dolichocéphale, visage étroit, menton bien dessiné, nez mince, implanté très haut, cheveux clairs non bouclés, yeux clairs et enfoncés, peau d'un blanc rosé.* »

« Une vieille folle agressive ! » me dis-je. Venner voit ma mine désarçonnée et m'adresse un sourire complice. Puis il hoche du chef, d'un air entendu, en demandant :

— C'est la description du « *Germain parfait* » selon Hans Günther, n'est-ce pas ?

Mausi lève les yeux au ciel. Je vois perler une larme au coin de sa paupière.

— Quelle époque, mon Dieu ! Et quel beau rêve...

Comment peut-on *à ce point* regretter le nazisme ?

— En quarante ans, reprend Mausi, qui se balance sur son siège, l'Europe aurait dû être peuplée de 120 millions de Germains. L'État SS devait réunir l'ancien comté de Bourgogne, la Suisse romande, la Picardie, la Champagne, la Franche-Comté, le Hainaut et le Luxembourg ; vous imaginez ?

Ses pupilles se dilatent à mesure que ma gorge se resserre.

— Il aurait eu son armée, sa monnaie, ses lois, ses services postaux, jubile-t-elle. Un pays à part entière, uniquement composé d'hommes, de femmes et d'enfants SS. Ç'aurait été fabuleux !

Je frôle la syncope lorsque, après une profonde respiration, elle ajoute, défaite, la voix puérile :

— Et j'aurais été la princesse de ce royaume…

Un piolet de glace me traverse de part en part et je couine :

— Qu'est-ce que ça veut dire ?

Les deux vieux se tournent vers moi. Je garde Vidkun en joue et balbutie, écumante d'indignation :

— C'est quoi cette histoire de princesse ? Pourquoi elle ?

Helga m'observe alors d'un air étonné et presque amical. Puis elle se tourne vers Venner.

— Tu ne lui as pas dit ?

— Je n'ai pas osé…

Je suis de plus en plus effarée.

— Vous me cachez quoi, là ?

L'hôtesse saisit une photo posée sur une console.

— Stock était le nom de mon mari. Mais regardez plutôt ça…

Brusquement, je voudrais être à mille lieues de ce salon sordide.

« Loin d'ici ! loin de… ça ! » me dis-je en contemplant la jolie petite fille aux jolies nattes blondes, sur la jolie photo. L'œil étonné, elle est assise sur les genoux d'un SS.

Je manque laisser glisser la photo sur le dallage.

Ce type ! Cette moustache ! Ces yeux de myope, presque mongoloïdes !…

Je ne parviens plus à respirer. Dans ma tête, une petite voix me grignote la cervelle :

« Ma cocotte, tu manges un poulet chez la fille d'Himmler ! »

1987

— Je ne t'ai pas reconnu tout de suite, Ballaran, dit Jos en recouvrant son self-control. Je dois vraiment vieillir…

Il arpente la pièce et affiche un air jovial, où Chauvier lit un mélange d'ironie et de nostalgie sincère. Jos s'avance vers la fenêtre et s'absorbe dans le lointain : les collines, les crêtes. On aperçoit la cathédrale de Paulin.

— Tu te souviens combien il était beau, ce pays ?

Chauvier refuse d'être pris au piège des souvenirs. Il glisse pourtant, d'une voix étranglée :

— Le paradis…

Après un silence, Chauvier remonte au front :

— Rappelez-moi d'ailleurs comment vous y avez débarqué, dans ce « paradis », monsieur *Jode* ?

Jos fronce les sourcils, puis réplique d'un ton las :

— Tout le monde le sait : j'étais un de ces « malgré-nous » alsaciens enrôlés de force dans l'armée allemande… Une fois dans le pays, je me suis engagé dans la Résistance, ça aussi tu dois le savoir, puisque c'était dans le réseau de ton père !

Silence.

— Un brave homme, ton père, n'est-ce pas ?

flamboie le maire. Un héros ! Victime de la canaille nazie !

Sur ces mots, il éclate d'un rire carnassier sans quitter Chauvier du regard.

Le flic branle du chef puis fixe les motifs du tapis.

— Vous êtes fort, concède Chauvier. Klaus Barbie a été moins habile que vous… Sans parler de Rudolf Hess… Les vendanges 1987 sont un cru très nazi, non !

Vissé à la fenêtre, Jos ne relève pas la provocation. Il caresse la vitre.

— J'ai toujours su m'organiser… souffle-t-il, et j'ai eu de bons auxiliaires… D'ailleurs, je ne te remercierai jamais assez…

Chauvier se dégage du coin du bureau et vient se planter près de Jos, face à la vitre. Dehors, le temps a fraîchi. Leur souffle dessine deux auréoles troubles sur le double vitrage.

— Tu cherches quoi, Ballaran ? chuchote le vieux député. Tu sais pourtant que tu as perdu…

Il lui pose la main sur l'épaule.

— Ça fait plus de quarante ans que tu as perdu…

Chauvier dégage la main du maire comme on époussette un vêtement.

— Au moment où vous êtes entré dans la Résistance, reprend le flic, on disait beaucoup de choses sur vous.

Jos est bonhomme ; il observe Chauvier avec une mine de zoologiste.

— Tiens donc…

— Des *choses*, dit Chauvier. Vous auriez par exemple bien connu cette fameuse division de Waffen-SS qui a campé plusieurs semaines dans les bois du château de Mirabel, début 1944.

Le sourire de Jos se fige et il serre les dents.

Chauvier poursuit, impassible :

— Cette division qui est ensuite remontée vers le nord, en passant par Oradour-sur-Glane…

Le maire pianote nerveusement sur la vitre. Mais Chauvier ne s'arrête pas.

— C'était la division *Das Reich*, n'est-ce pas ? Celle qui détruisait tout sur son passage. Qui violait les femmes, brûlait les enfants, décapitait les maris… La plus sanglante, la plus atroce, la plus…

— C'est pour me parler d'Histoire que tu débarques chez moi ? Que tu soûles ma petite-fille avec ta nostalgie de palefrenier ?

Le flic se tend mais gagne en dureté.

Il sait que Jos est ébranlé ; ça y est : le socle se fissure.

— C'est moi que tu soupçonnes du meurtre, Ballaran ? reprend le maire. Mais dans cette pièce, je ne vois pourtant qu'un criminel…

Chauvier accuse le coup et reprend, de plus en plus blême :

— Et ces quatre guides, qui viennent de partir mystérieusement ; ils faisaient aussi partie de la *Das Reich* ?…

Jos explose :

— Tu veux remuer toute cette merde pour régler tes vieux comptes, c'est ça ? Anne-Marie rigolerait bien de nous voir encore nous chamailler pour elle, un demi-siècle plus tard.

Chauvier s'immobilise ; il voudrait frapper, cogner, mais il ne bouge plus.

— On en reparlera, dit le commissaire, en relevant machinalement le col de son imperméable car une bourrasque vient de gifler la vitre.

Chauvier se dirige vers la porte, mais Jos lui barre le passage.

— Le passé est le passé, Ballaran. Ne va pas déterrer ce qui ne devrait pas l'être ; tu ne sais *vraiment* pas à quoi tu t'attaques.

Chauvier repousse Jos, qui titube jusqu'à son bureau.

Le flic observe le vieil homme. Il aimerait tant lui écraser la gueule à coups de talon. Ça fait si longtemps qu'il en rêve.

Alors que Chauvier va passer la porte, Jos lance encore, d'un ton guilleret :

— Tu es le mieux placé pour savoir qu'il n'y a plus *rien* à déterrer contre moi…

Linh ronge son frein. Il ne comprend pas pourquoi son patron joue à cache-cache avec lui. Comme hier, ils roulent entre Paulin et Toulouse. La route des crêtes est toujours aussi belle.

L'Eurasien voudrait feindre l'indifférence, mais la curiosité le dévore. Chauvier a passé une heure dans le parc, avec Aurore ; puis il est ressorti lessivé de son entrevue avec Jos.

— Mais alors, vous vous connaissiez vraiment ? finit-il par demander, tandis qu'il tourne le volant pour s'engager dans la courte partie d'autoroute qui mène à la rocade est de Toulouse.

Le vieux flic a un geste évasif.

— Mes parents étaient les régisseurs du château de Mirabel. J'ai été élevé ici. Mais j'ai connu Jos plus tard, pendant la guerre. On a fait partie du même réseau de Résistance…

— Le réseau dont vous avez parlé avec le chapelier ? Celui que votre père a créé ?

À ces mots, Chauvier ferme les paupières et

acquiesce. Il se tourne vers la vitre et regarde passer les panneaux.

— Mon père n'a jamais fait de politique. Mais il avait ce vieux fond paysan qui se méfie de tout ce qui est étranger… Alors, face aux Boches, il a commencé à s'organiser…

— En quelle année ?

— Fin 1940, ou début 1941…

Chauvier hésite puis ajoute :

« En fait, il y a toujours eu beaucoup d'Allemands dans la région. Même avant la guerre. Le comte de Mazas, pour qui travaillaient mes parents, en recevait souvent chez lui. J'étais gamin et je ne faisais pas attention, mais je crois qu'ils s'intéressaient au passé cathare du château…

— Ils faisaient quoi, ces Allemands ?

— Des espèces d'archéologues mandatés par le IIIe Reich pour fouiller la région.

Linh lève les sourcils, intrigué.

— Et c'est comme ça que vous avez connu Jos ?

Le commissaire entrouvre la fenêtre et semble lutter intérieurement.

— Je ne sais plus à quel moment Jos est apparu. Personne ne sait. *Plus personne…*

— Il ne pouvait pas venir de nulle part ?

— Jos a établi sa version, parfaite et bien huilée. Il s'appelait Klaus Jode, et se faisait passer pour un de ces Alsaciens engagés de force sous l'uniforme allemand. Puis il est passé dans la Résistance sous le nom francisé de Claude Jos. À l'époque, on l'a tous cru.

— Il a été un bon résistant ? demande Linh, qui tente de s'imaginer le vieux maire au maquis.

Chauvier s'assombrit.

— De la pire espèce… Jos a liquidé à tour de bras.

— En temps de guerre, c'est normal, non ?

Chauvier souffle comme un cheval épuisé. Sa voix s'emballe :

— Normal ? Normal de débarquer en pleine nuit, après l'armistice, chez des supposés collaborateurs, pour tout détruire au lance-flammes ? Normal de voir des silhouettes en feu hurlant pour se jeter dans la rivière et s'y noyer ? Normal de laisser ses hommes violer des femmes, des fillettes… des bébés ? Normal de truquer les archives municipales pour acheter sa place à la mairie et rester assis sur ses secrets pendant plus de quarante ans ? Normal de duper tout le monde, y compris sa propre femme ?

Il s'arrête, à bout de souffle. Linh est abasourdi. Chauvier a presque hurlé. Il dégouline de sueur, halète, peine à se calmer.

— Et il n'a jamais été inquiété pour son attitude pendant l'épuration ?

— Penses-tu ! C'était monnaie courante, à l'époque. Je veux dire que c'était partout pareil. « Malheur aux vaincus ! »

— Mais *toute* la France ne s'est pas comportée comme ça…

— Va savoir… fait le vieux flic, fataliste, qui tente alors de se souvenir : Je crois qu'il y a eu près de cinq cents exécutions pour le seul canton de Paulin, dit-il avant d'ajouter, à mi-voix : Femmes et enfants compris…

Linh a verdi. Il ne parvient pas à associer la vision du vieux politicien à l'image du boucher sanguinaire que lui décrit son patron.

Chauvier émet un petit rire.

— Tu es jeune, mon gars. Les choses ne sont pas

simples. On a toujours l'impression qu'à cette période il y avait des bons et des méchants.

Linh s'énerve :

— Ah ! ne me ressortez pas votre tirade du « moi qui ai vécu », « moi qui me suis battu »... Quand un type zigouille cinq cents personnes pour s'acheter une conduite et faire carrière en politique, ça doit bien laisser des traces, non ?

Chauvier adopte un ton étrange, où Linh distingue un mélange de résignation et de douce langueur.

— Trop tard, mon gars. Il n'y a plus rien à lui reprocher. Jos est blanc comme neige...

Puis, sombre et déterminé, il ajoute :

— Si on veut venger ses victimes, il faudra le coincer pour autre chose...

L'Eurasien serre les dents pour faire un créneau devant le commissariat.

— Je vais quand même aller fouiller du côté des archives militaires de la région ; il doit bien y avoir un dossier...

— Ça m'étonnerait vraiment... réplique encore le vieux flic, sur un ton d'une infinie tristesse.

— 3 546 francs, destinés à l'A.P.T., les Autocars du Pays Tarnais, pour des trajets Paulin-Montségur ?

— On s'en moque !

— 1 618 francs, pour Sport 2000, à Albi ; des chaussures de marche ?

— Pareil...

— 4 589 francs, à l'ordre du Trekking Occitan, du matériel de trekking ?

— Rien à secouer...

Voilà deux heures que cela dure. Dans le petit

bureau de Chauvier, au commissariat de Toulouse, Linh et son patron épluchent les comptes de L'Étape cathare, le dossier confisqué au chapelier.

— Tout est normal, constate Linh, en relevant le nez des factures. Il retire ses grosses lunettes de myope – qu'il déteste et porte rarement – et se tourne vers le commissaire.

— Vous savez, patron, j'ai fait des recherches sur votre Jos…

— Et alors ? Tu n'as rien trouvé, n'est-ce pas ?

Linh esquisse un geste d'assentiment.

— Rien, dit-il. C'est inexplicable… Tous les documents sur Claude Jos antérieurs à 1947 ont disparu. Impossible de savoir qui il est vraiment, ni d'où il vient…

Chauvier va s'adosser au mur, les yeux rêveurs et las.

— Ce type est un fantôme. On ne peut rien contre lui…

— Comment pouvez-vous en être aussi sûr ?

Nouveau clin d'œil de Chauvier, mystérieux.

— Parce que je ne crois pas aux fantômes.

— Mais enfin…

— Continue de lire ! tranche Chauvier, en désignant les pages, couvertes d'une écriture de vieil écolier.

— 1 456 francs à l'ordre des Toiles Suquet, à Giroussens, pour des tentes de camping.

— Rien à foutre…

Leur petit jeu s'étire encore pendant deux heures. À la fin, Linh est hagard. Il ne sait même plus ce qu'il lit.

Puis, tout à coup :

— Tiens, c'est bizarre : 8 756 francs à Lufthansa, pour cinq allers-retours Paris-Berlin.

— Répète ? demande Chauvier, comme si on le tirait du lit.

— Ce n'est pas tout, poursuit Linh : 12 465 francs à l'ordre de Scandinavian airlines, pour quatre allers simples Paris-Oslo…

— La date ? demande Chauvier.

Linh se penche sur le document.

— Les voyages ont été payés en avance mais ont eu lieu à deux mois d'intervalle. Mi-août pour Berlin et mi-octobre pour Oslo. C'est-à-dire… la semaine dernière !

Le commissaire croise les bras en signe d'intense concentration.

— Qu'est-ce que ça peut bien vouloir dire ? marmotte-t-il.

— Je ne sais pas, mais venez voir ça, c'est aussi bizarre…

Chauvier se penche sur l'épaule de Linh.

— Après les billets d'avion, il y a une quinzaine de factures, sans justification, à l'ordre d'une société basée à Narvik…

— En Norvège ? demande Chauvier, qui prend la feuille des mains de son adjoint.

— J'imagine…

Chauvier se colle aux notes. Lui aussi a une mauvaise vue. Il cherche ses propres lunettes dans sa poche de poitrine et, ne les trouvant pas, rend la feuille à l'Eurasien.

— Quel est le nom de cette société ?

— Halgadøm…

— Halgadøm ?

Le commissaire pose ses mains sur ses hanches et se penche en arrière, pour s'étirer.

— Je ne sais pas si c'est une piste, dit-il avec un soupçon d'espoir dans la voix, mais au moins on tient quelque chose... d'inattendu. Qu'est-ce qu'une petite entreprise régionale de tourisme aurait à voir avec une boîte norvégienne ? Appelle-moi Paris, pour en savoir plus sur cet Halgadøm, à Narvik.

Linh se réjouit de voir revivre son patron, et tend la main vers le téléphone... lequel se met justement à sonner. L'adjoint décroche.

— Allô ? dit-il d'un ton enjoué.

Linh perd alors tout sourire.

— Oui, monsieur... je vous le passe.

Il tend le récepteur à Chauvier.

— Allô ? Oui, monsieur le préfet...

Après un instant de silence, le commissaire devient écarlate.

— PARDON ? hurle-t-il, mais enfin vous savez très bien que...

À l'autre bout du fil, la voix se fait péremptoire. Linh, figé devant son patron, perçoit un timbre nasillard mais agressif.

Déjà Chauvier baisse la garde.

— Bien, bien... j'ai compris.

Puis il raccroche, comme un couperet de guillotine.

Long silence.

— Alors ? bredouille Linh, effrayé par l'expression de son patron.

L'autre ne répond pas. Il s'affale dans son fauteuil et grommelle :

— Ah le salaud ! Il est fort...

— Qui ? demande Linh, qui voit que le commissaire fait un effort romain pour garder son calme. Mais le flic parle posément, sur un ton presque neutre. Seul son regard brûle de rage.

— Le préfet a reçu un appel du ministère de l'Intérieur...

Chauvier se mord les joues, à les crever.

— C'était un suicide ! rugit-il. Ce salaud de Jos a fait classer l'affaire...

2005

Heinrich Himmler : le cerveau le plus noir du IIIe Reich. L'homme qui rêvait de créer un État dans l'État nazi ; une principauté indépendante, formée d'hommes supérieurs, affranchis de sentiments, de passions, des notions de bien et de mal. Des êtres purs, innocents, inconscients de leur cruauté et donc disposés à la barbarie la plus atroce. Un phalanstère de maîtres-chiens : l'«État SS»…

Tout est né là, derrière cette myopie impassible, inexpressive, désespérément ordinaire.

«Et en plus sa fille lui ressemble, me dis-je en dévisageant Mausi, les mêmes yeux enfoncés, sous leurs paupières bridées…»

Le regard d'Himmler !

Un regard que, désormais, je reconnais partout : sur les consoles, le buffet, la desserte, la cheminée, au mur, dans les armoires vitrées. Cette salle à manger de petit-bourgeois bavarois est un véritable musée à sa gloire ! Et toujours des photos banales : des scènes de repas, des soirées de Noël ; des instantanés de vie, dérobés au passé. Ce que je n'ai jamais connu, en fait : une famille unie.

— Papa a toujours vécu dans cette maison, précise la vieille, en contemplant son intérieur avec une fierté de gardien de phare. Je crois même qu'il y est né…

Je sais que soixante ans ont passé ; que cette vieillarde est le débris d'une lignée éteinte. Mais je peine à me calmer.

Chacun de mes muscles semble figé, comme si j'allais peu à peu me transformer en résine. Mais les deux amis n'y prêtent plus attention. Venner est là pour une raison, une seule.

— Crois-tu que le suicide de ces quatre types soit un hommage direct à ton père ?

— C'est évident : papa est mort dans les mêmes conditions, le même jour, heure pour heure.

Sa lèvre inférieure se met à trembloter, comme si elle revivait la scène, seconde après seconde.

— Peu de temps avant son suicide, il nous avait envoyées nous cacher, maman et moi…

Sa voix se brise :

— Trois semaines plus tard, nous avons appris sa mort…

Mausi tend son verre à Vidkun. Le Scandinave le remplit à ras bord. La vieille l'avale d'un trait et respire bruyamment. Ses iris se troublent, perdus au lointain.

— Nous avons été ballottées pendant des mois, dans toute l'Europe…

Elle prend la main de Vidkun et la serre à la briser.

— Personne ne voulait de nous, tu comprends ?

Vidkun hoche la tête.

La vieille femme devient assassine.

— Subitement, tout était de la faute de papa ! Les SS avaient trompé le *Führer* et dévoyé le nazisme ! C'était commode : tout le monde se défaussait sur lui. Mon père était le diable… et le diable n'a pas de famille… puisqu'il n'existe pas vraiment.

Cette lucidité accroît mon malaise. Un redoutable mélange de puérilité et de clairvoyance.

La vieille appuie son menton sur ses mains. Dans sa voix se mêlent rancœur et résignation :

— La femme et la fille d'Himmler n'auraient pas non plus dû exister. Nous aurions dû mourir, disparaître, pfuiiiit !, comme Magda Goebbels et ses six enfants…

Elle tape sur la table.

— Mais nous étions en vie ! Nous ne voulions pas mourir !

Mausi fait tourner le liquide dans son verre, comme si elle y cherchait une vérité secrète.

— Ces quatre hommes, ces suicides… c'est un *message*.

Vidkun est aux aguets.

— Un message ? Un *code*, tu veux dire ?

Mausi hoche du chef.

— Un message de mon père pour me dire qu'il ne m'a pas oubliée. Que là où il est, au *Walhalla*, parmi tous les grands chevaliers qui l'ont accueilli à leurs côtés, il m'attend.

Venner lève les yeux au ciel, mais la vieille est lancée :

— Papa a enfin trouvé le Graal, Vidkun. Mais il l'a trouvé dans l'au-delà…

Les yeux de Venner m'intiment de ne pas flancher, de tenir encore un peu. Bientôt viendra le temps des explications.

— Le Graal, Mausi ! Ce sont des légendes…

La vieille femme s'empourpre. Elle se redresse sur son siège et foudroie Venner.

— Tu sais très bien que c'est vrai, Vidkun !

L'*Ahnenerbe* a existé. Mon père a envoyé des hommes, des archéologues, des chercheurs, sur la trace de nos ancêtres…

Puis elle se penche pour me prendre la main. Mon sang perd aussitôt vingt degrés et je me crispe pour ne pas me reculer.

— Vous voulez voir d'autres photos de papa ? Sur les traces du Graal, avec ses amis Mazas et Rahn ?

À ce nom, Vidkun l'interrompt :

— Otto Rahn était un imposteur, Mausi ! Un personnage plus ou moins inventé ! Ses livres sur le catharisme et le paganisme européen sont un tissu de niaiseries romantiques !

— Peut-être, rétorque Mausi d'un ton étrange, mais il fut un excellent officier SS, et papa aimait beaucoup ses livres *La Croisade contre le Graal* et *La Cour de Lucifer*…

La vieille s'apprête à continuer, mais je lis dans ses yeux qu'elle se dompte pour ne pas en dire plus.

Elle n'a pas lâché ma main. Miroir de ses souvenirs, je lui rappelle sa jeunesse !

— Ce sont de belles photos, vous savez ? L'album est là…

Me composant un air dégagé, je balbutie :

— Je… je crois que je vais monter me coucher… Je recule vers la porte.

— Bonne nuit, Anaïs…

Lorsque je gravis les premières marches, j'entends encore leurs voix.

— Elle est jeune.

— Elle va apprendre…

— Comment se fait-il que vous connaissiez cette femme ? Comment peut-elle être votre « très vieille amie » ?

Venner croise les bras. Il s'attendait à ces remontrances.

Toute la nuit, ces questions m'ont brûlé la langue. Et je n'ai pas dormi plus d'une heure ! Sitôt la lumière éteinte, les images d'Himmler m'ont hantée. Et lorsque je rallumais, chaque objet de cette chambre pourtant si simple me semblait lourd de sens, affublé d'une signification occulte et maléfique, comme ces maisons maudites, possédées par le diable.

Ce dîner me restait en travers de la gorge. Le cynisme de cette femme ; sa neutralité, tour à tour persillée de haine et d'attendrissement ! Une fois de plus, je me suis demandé s'il ne valait pas mieux tout planter. Me glisser hors de ce pavillon sinistre et rallier la gare, ou l'aéroport. Retrouver ma vraie vie, mes vrais amis. Retrouver Clément.

Clément… comme il m'a manqué, cette nuit ! Comme j'aurais voulu voir sa bonne mine un peu hirsute apparaître dans l'embrasure de la porte, avant de se faufiler dans le lit, pour me susurrer que tout va bien, que je n'ai plus rien à craindre, qu'il est là.

Le sommeil m'a finalement gagnée à 6 heures du matin, une heure avant le réveil…

Je suis maintenant sur la banquette de la Mercedes, qui s'éloigne de cette maison munichoise.

— Vous en avez d'autres, des surprises comme ça ? Chez qui on va ce soir ? Chez le fils d'Hitler, peut-être ?

Le Viking lève les yeux au ciel mais conserve un calme serein.

— Anaïs, si je vous avais dit qui nous hébergeait, auriez-vous accepté ?

— Arrêtez de me parler sur ce ton ! Je ne suis ni une gamine ni une poupée en sucre ! Vous biaisez toujours : comment connaissez-vous cette femme ? C'est une *amie d'enfance*, peut-être ?

Vidkun ne relève pas ma perfidie – il est bien plus jeune que la fille d'Himmler.

— Nous autres, spécialistes du IIIe Reich, nous nous *devons* de rencontrer des gens comme Mausi… Et je la connais depuis bientôt vingt-cinq ans…

— Si vous le dites…

Lasse, je me détourne et appuie ma tête contre la vitre. Mes paupières sont si lourdes ! Ce sentiment de n'avoir pas dormi depuis des mois. Et puis quel contraste avec la vision lénifiante des maisons, des gens, des feux rouges. Le « monde normal »… Alors qu'à quelques rues de là, derrière une porte banale, sous une enveloppe ordinaire, brûle une flamme qui ne s'éteindra qu'avec la mort.

Venner est affalé sur sa banquette. Il a retiré ses chaussures et étalé ses jambes. Comme si lui aussi avait du sommeil à rattraper.

— Les Himmler étaient une famille de gens tout petits ! grogne-t-il en faisant des moulinets avec ses chevilles. J'ai passé la nuit en chien de fusil…

Je ne relève pas, car je suis presque endormie. Mais un cahot de la route cogne ma tête contre la vitre. Juste assez pour me réveiller.

Venner me contemple maintenant avec une douceur d'orfèvre.

— Vous savez, les enfants des dignitaires nazis ne sont pour rien dans les crimes de leurs parents…

— Elle avait pourtant l'air fière de ce qu'a fait son père. Fière de son… de son *œuvre*.

— Mausi était une petite fille ; à l'époque, elle ne connaissait pas ce pan de la personnalité d'Himmler. Pour elle, « papa » était ce monsieur respecté par tous qui parlait devant des milliers de soldats ; un homme vénéré comme un dieu, presque plus que le *Führer*... Et la fille d'un dieu ne juge pas son père ; c'est impossible. Vous jugez votre père, vous, Anaïs ?

L'analogie est d'autant plus perverse qu'elle vient de me traverser l'esprit.

— Merci de la comparaison !

— Mausi est une vieille folle à tendance hystérique, mais inoffensive. Ses propos ont pu vous paraître monstrueux, mais elle appartient à un monde effrayant. Ce n'est pas si simple d'être l'héritière du diable. L'orpheline du mal. Elle vit dans un univers fictif, qui s'est ouvert au suicide de son père, en 1945. Comme elle nous l'a raconté, avec sa mère elles ont parcouru l'Europe, tiraillées entre le besoin de se cacher et la fierté de clamer leur nom.

— Personne ne voulait d'elles ?

Venner fait « non » de la tête.

— C'était très compliqué, il n'y avait aucune charge contre ces deux femmes ; mais Himmler était devenu l'homme le plus détesté d'Allemagne, après avoir été le plus craint. Même dans les camps de prisonniers, on ne voulait pas d'un fardeau aussi encombrant. C'est comme ça qu'elles se sont retrouvées dans ce camp anglais destiné aux femmes, construit dans les studios de Cinecittà...

— Les studios de cinéma, à Rome ?

— Oui. À la Libération, ils ont été réquisitionnés par les Alliés pour y loger des troupes et des prisonniers de guerre. Vous imaginez ? Au milieu des décors de carton-pâte... C'était vraiment la chute de l'Empire romain !

Il éclate de rire puis reprend :

— Mais Mausi et sa mère ont vite été renvoyées. Elles ont échoué à Nuremberg. Toutes les épouses des chefs nazis ont été incarcérées. Durant les procès, on les a mises en cellule en leur posant toujours les mêmes questions, absurdes :

« Combien de fois êtes-vous allée à Auschwitz ? »

« Avez-vous vous-même tiré sur des gens ? »

« Où avez-vous mis les bijoux volés à l'impératrice Marie-Thérèse ? »

« Avez-vous été la maîtresse d'Hitler ? »

« Où est Eva Braun ? »...

— On demandait ça *aux enfants* ?

— Non, aux mères. Les enfants étaient ailleurs... à part Mausi, qui était la benjamine de la prison !

Après avoir jeté un œil sur la route, qui nous éloigne de Munich, Venner explique :

— Comme elle n'était pas véritablement prisonnière, elle avait le droit de se promener librement dans les couloirs de la prison, à condition de ne pas parler aux autres détenus, qui étaient dans des cellules fermées par des portes en Plexiglas. Alors elle allait derrière les vitres, regardait tous ces vieux « amis de papa » : Rudolf Hess, Ribbentrop, Gœring, Hans Franck et les autres... et leur découpait des bonshommes de neige en papier d'argent, couverts d'étoiles de Noël. Mausi : la petite princesse du Reich !

Je dois m'avouer ahurie par ce tableau.

— Mais est-ce que, plus tard, on lui a expliqué ?

— Expliqué quoi ? Que son père a été l'architecte du plus grand crime de l'humanité ? Qu'il a réduit en fumée des millions d'innocents ? Évidemment ;

dès 1945, elle n'a entendu que ça. Mais rien n'est plus facile que de se renfermer sur soi au milieu du vacarme. Plutôt que de condamner son père, Mausi a préféré en faire un héros. Un martyr…

Je suis écœurée. Partagée entre ma compassion pour la fillette et ma répulsion pour la vieille femme. Venner semble satisfait de sa démonstration, comme s'il pensait m'avoir convaincue. Il reprend son évocation des enfants de dignitaires nazis.

— Chacun d'eux a eu sa destinée, son chemin… dit-il, concentré. Martin Bormann junior, le fils de Martin Bormann, est né en 1930 avec pour parrain… Hitler lui-même. À l'époque, tout le monde le surnommait « *Kronzie* », c'est-à-dire le « Prince héritier ». Après la disparition de son père, il a décidé de tout assumer… Il s'est converti au catholicisme et est devenu missionnaire dans l'ordre du Sacré-Cœur…

— Au moins il s'est repenti…

— Mais il n'avait rien fait, le *pauvre gars* !

Cette compassion m'horripile, mais il poursuit :

— Sans compter que d'autres ont été moins généreux : Wolf-Andreas, le petit-fils de Rudolf Hess, a conçu un site Web à la gloire de son grand-père ; Klaus von Schirach, fils de Baldur von Schirach, le maître de la *Hitlerjugend*, est avocat à Munich… et ses études ont été financées par d'anciens membres de la *Hitlerjugend* ; Edda Gœring, l'autre princesse du régime, dont la naissance, le 2 juin 1938, a été célébrée par 628 000 télégrammes, n'a rien renié de son passé familial…

Venner s'interrompt et marmonne :

— Il n'y a guère que Niklas Frank.

— Niklas Frank ?

— Oui, fait Venner, un peu gêné, le fils de Hans

Frank, le *Gauleiter* de Pologne… celui qu'on avait surnommé le « boucher de Varsovie ».

— Eh bien ?

— Niklas Frank vit à Hambourg et travaille au magazine *Stern*, l'équivalent du *Nouvel Observateur*, en France.

Je pense à Léa, grande lectrice du *Nouvel Obs*.

— Ça n'a rien de déshonorant ? !

— Je n'ai pas dit ça mais, dans les années 1980, il a publié au *Stern* une série d'articles de haine pure sur son père. Il y racontait des choses atroces : comment, petit, on l'emmenait dans le ghetto de Varsovie, pour « jouer » à la chasse…

— D'accord, d'accord !

— Il en a conçu une haine viscérale pour la mémoire de son père…

— Ce que je peux comprendre…

— Au point que tous les ans, le 16 octobre, jour de l'exécution de son père à Nuremberg, il se masturbait sur sa photo, dans le grenier familial.

— Pardon ? !

Venner confirme :

— Cette série d'articles a fait scandale en Allemagne, même chez les antinazis les plus farouches. Mais je crois que c'était une forme de thérapie… conclut Venner.

Silence. Vidkun a fini son exposé et ne sait toujours pas comment enchaîner. Il garde sa bouille contrite d'enfant puni par lui-même et détourne les yeux.

Dehors, le paysage est magnifique. Je vois une campagne de fin d'été encerclée de montagnes. Des petits villages, des maisons à colombages, des clochers à bulbes, des fleurs éclatantes.

La fatigue me reprend comme une houle et je m'abîme enfin dans le sommeil.

Malgré les touristes qui piaillent, je suis soufflée par la vue. Je pourrais me croire seule au monde. Un air d'aube des temps. Je marche lentement vers le muret, comme si je craignais qu'on me pousse dans le vide.

— Avancez, vous ne risquez rien… me souffle Vidkun à l'oreille, d'une voix enjouée.

La crête des montagnes, étirée à l'infini ; ces pentes escarpées ; ces précipices qui plongent dans un lac lové comme un lézard, entre les versants d'un vert tournant au brun. Et puis l'air…

« L'air, enfin ! » me dis-je, emplissant mes poumons d'oxygène, à les faire exploser. Je pose les mains sur le muret et me cambre. À croire que la pureté de l'endroit me nettoie l'âme. Tout s'engouffre dans cette formidable spirale de vie.

— Nous sommes presque à deux mille mètres d'altitude, explique Venner, en s'asseyant sur le muret. L'Obsersalzberg est un des plus hauts sommets de la région.

J'aimerais tant ne rien savoir sur cet endroit. L'imaginer vierge de tout. Aussi pur que l'air.

Hélas !…

— Le « nid d'aigle » est tout ce qu'il reste de l'immense complexe qu'Hitler a mis plus de quinze ans à bâtir. Une grosse partie des bâtiments a été détruite dès 1945. Mais on a toujours conservé le Kehlstein, ce « nid d'aigle » où Hitler n'est presque jamais monté, car il préférait le calme de sa villa Berghof, en contrebas. En plus de tout, il détestait la neige…

Vidkun désigne des emplacements dans la vallée. Bonne petite élève, je l'écoute sans regimber.

— Là, vous aviez la villa des Goebbels, ici, celle des Goering, là-bas, celle des Bormann... et au centre, la villa Berghof, le QG du *Führer*.

Venner me montre un gros bâtiment, dans la vallée.

— Voici l'hôtel Intercontinental de Berchtesgaden, dont l'inauguration a fait scandale, l'an dernier. Certains y ont vu une tentative de... « désacralisation » d'un *lieu de mémoire*.

Vidkun a prononcé cette phrase avec un ton légèrement méprisant, comme s'il rechignait à ajouter cette précision.

Je ne sais jamais où s'arrête son cynisme et où commence sa sincérité, sa réalité intime. Vidkun Venner a-t-il des convictions, un sens moral ? La curiosité historique et le goût du bizarre n'excusent pas tout !

— Et vous, ça vous choque, cet hôtel ?

Venner semble embarrassé. Il tortille les mains et se met à gratter le muret.

— Je crois que certains lieux doivent être laissés en paix. Non pour ce qu'ils représentent, mais pour ce qu'ils sont en soi. Pour ce qu'ils *incarnent*...

Je ne suis pas sûre de bien comprendre, mais le Viking m'a parlé sans détour, avec une franchise un peu timide.

— C'est-à-dire ?

Venner émet un soupir et se penche vers le précipice, comme tenté par le vide.

— Nous sommes ici dans un endroit béni des dieux. Un lieu « où souffle l'esprit », comme disait votre écrivain lorrain, Maurice Barrès. Un de ces lieux qui échappent à tous les blasphèmes...

Il désigne ces gens, autour de nous, assis à des tables de pique-nique. Tout le monde bâfre, boit de la soupe à la petite cuiller ou vide des chopes de bière glacée.

— Les nazis n'ont pas plus défiguré l'endroit que ne le font cet hôtel de luxe ou ces touristes.

Il hésite et rectifie :

— Disons que les nazis l'ont *dévoyé*… ce qui n'est pas la même chose.

Ce raisonnement m'apparaît alors redoutablement tendancieux.

— Cela signifie que vous préférez les nazis aux touristes ? Parce que les nazis, au moins, savaient se tenir ?

Venner me sourit. Mes foucades l'enchantent, comme un vieux cerf s'attendrit au spectacle d'un faon.

— J'adore quand vous montez sur vos grands chevaux, Anaïs ! Ce que je veux dire, c'est que les nazis avaient une conception plus aristocratique et mystique de la montagne. Ce n'est pas pour rien qu'ils ont envoyé des missions au Tibet, ou dans le Caucase. La montagne était pour eux une sorte de domaine sacré ; ce qui doit échapper à ces cars de touristes, aussi charmants soient-ils…

Toisant la foule, il lâche, dégoûté :

— Non mais, regardez-les…

À regret, j'observe… et force m'est d'avouer qu'il n'a pas tort. Japonais, Hollandais, Anglais, Espagnols, Italiens, Français… Tout ce petit monde jacasse, prend des photos, ricane.

— Saucisses, cervelas, pâtés, sandwichs, sodas, œufs durs, thon en boîte, *Boulettes mit Pommes Frites*, le nid d'aigle du *Führer* transformé en buvette ! L'Histoire a parfois de ces retournements cocasses, vous ne trouvez pas, Anaïs ?

La logique de Venner ne me convainc pourtant pas, mais Fritz arrive à point nommé pour faire diversion. Le majordome tient un plateau de plastique et nous tend à chacun une bière.

— *Fräulein Anaïs ?*

Tous ces gens qui croient que j'aime la bière ! Alors que je vendrais mon âme pour un verre de lait...

Assoiffé, Vidkun vide sa chope si vite que je m'attends à le voir s'étrangler.

— Ahhhh... fait-il en reposant le verre sur le muret.

Il plante ses yeux dans les miens avec un soupir de troll, puis se tourne vers les montagnes.

Alors il lâche un rot apocalyptique.

J'en suis sans voix ! Je ne pensais pas qu'une telle déflagration puisse sortir d'une gorge humaine. L'écho rebondit longtemps.

Tout le monde s'est tu.

Les gens chuchotent et baissent les yeux, intimidés. Les Japonais sont terrifiés.

Moi, je ne sais plus où me mettre. Entre les tirades nazies et les rots d'ivrogne, tu parles d'un voyage !

— Vous voyez comme le *vrai* silence est agréable, ici ? chuchote Venner en s'essuyant la bouche. Il suffit d'un simple coup de canon...

Un instant, les lieux baignent dans un silence édénique, proche du rêve. Puis, peu à peu, les voix reprennent, gagnant en force, en écho. Comme une fatalité.

— *Gesundheit !* crie un Allemand, hilare, de l'autre côté de la plate-forme, levant sa chope en direction de Vidkun.

Ce dernier s'incline vers le Teuton, avec un mouvement d'une extrême courtoisie.

— Fin du rêve… soupire Venner, qui replonge ses yeux dans le panorama wagnérien.

Passe alors un vieux gardien et Vidkun prend mon bras.

— Au boulot !

Venner aborde le vieil homme à casquette, plus ridé qu'un pruneau. Gestes à l'appui, Venner lui explique ce que nous cherchons. Le gardien marmonne un instant, puis s'incline devant Vidkun et retourne dans la petite cahute où il vend des cartes postales.

— Alors ?

— On n'a décidément pas de chance…

— Rien de neuf ?

— Comme à Munich ; il y a dix ans, un type s'est fait engager parmi l'équipe des gardiens du Kehlstein. On ne savait pas d'où il venait. Il ne parlait à personne.

Venner hésite et fronce les sourcils.

— Il y a toutefois un détail étrange. Il n'avait aucun problème de santé mais, le matin même de son suicide, Werner Mimil est arrivé ici le bras en écharpe.

— Je ne comprends pas…

Venner scrute à nouveau le panorama, comme s'il y cherchait une explication.

— Et s'il s'était fait amputer *volontairement*…

Le soleil vient de disparaître. La montagne l'a avalé, changeant l'horizon en crête pourpre et rose. Une lune timide se fraye un chemin dans l'obscurité

montante. Son cercle pâle annonce une nuit lumineuse.

Assise à table, le menton posé sur mes deux
mains jointes, je ne parviens pas à détacher mes
yeux du crépuscule. Un battement d'ailes passe près
de nous et je baisse instinctivement la tête.

— Une chauve-souris… chuchote Venner.

— À cette altitude ?

Il désigne la pleine lune.

— Une nuit de rêve pour les vampires, non ?

Je me plonge une dernière fois dans l'horizon, qui
passe maintenant du violet au noir.

Jusque-là en retrait, Fritz allume une bougie qu'il
pose entre nous, puis regagne l'obscurité.

— Cet homme est d'une délicatesse… dit Venner, attendri.

Vidkun me semble si serein depuis que nous
sommes au calme.

Au moment où tous les touristes repartaient, il a
parlementé avec le vendeur de cartes postales.

— Nous quitterons le Kehlstein en même temps
que le dernier gardien.

Et nous voilà en plein crépuscule des dieux !

Une bourrasque fait voler les serviettes sur la
table ; la mienne disparaît dans le noir. Venner se
lève, retire sa veste et la pose sur mes épaules. Les
yeux hypnotisés par la flamme de la bougie, je garde
le silence.

Je respire profondément, à m'en faire exploser les
poumons.

Longtemps nous restons face à face, chiens de
faïence abîmés dans la nuit, car Venner ne parle
plus. Son visage flotte au-dessus des bougies, flamboyant, étrange.

Il ne bouge pas d'un millimètre. Tout juste sa

figure prend-elle une teinte plus rousse. À l'image de cette lune, au-dessus de nous.

« Une lune de sang… » aurait dit mon père.

Mais je suis si loin de ma vie d'avant. Si loin du monde. Là, en cet instant précis, plongée dans la grande nuit des montagnes, j'éprouve l'étrange sentiment de flotter.

Nous sommes à la vigie d'un voilier, en route vers un continent inconnu. Affranchi des lois du temps et des hommes. Un drakkar à la recherche du Nouveau Monde.

Et, tandis que je pose mon regard sur Venner, une seule image danse devant mes yeux : celle du Viking…

Venner a tressailli.

Il quitte brusquement le feu des chandelles et je ne distingue plus qu'une ombre, en retrait de la table. Un craquement de chaise.

— Qu'avez-vous dit ? demande-t-il, glacial.

Un spasme me traverse de part en part : j'ai pensé à voix haute !

Venner retrouve sa redoutable acidité. Toute douceur s'en est échappée.

— Bravo, je vois que mademoiselle a fait sa « petite enquête ».

Mais déjà sa figure s'amadoue.

— Remarquez, vous êtes journaliste. C'est bien pour ça qu'on vous a engagée…

Je me retiens de trembler, oublie tous mes griefs contre Venner et ne sais comment rattraper ma bévue. Mais il me tend une perche.

— Comment diable avez-vous pu entendre parler de ça ?

Alors je m'explique en rougissant : la veille du

départ, la télévision, le programme. J'évite toutefois de mentionner Clément.

L'expression de Venner change lentement.

— Alors, comme ça, le Viking n'est pas totalement passé aux oubliettes ? Et… ça vous a plu ?

Maintenant, c'est moi la plus embarrassée !

— Très honnêtement, vous ne m'avez pas trouvé trop mauvais ?

Entortillée sur ma chaise, je suis trop gênée pour éprouver la moindre envie de rire.

— Eh bien… pour un film de… de ce genre… vous étiez très bien…

— Vous le pensez *vraiment* ?

— Bien sûr…

Mais Venner ne m'écoute plus, perdu dans ses souvenirs.

— En ce cas, je vous dois une petite explication, Anaïs…

Vidkun parle alors, comme s'il récitait un texte maintes fois ressassé, sans avoir jamais eu l'occasion – ou le courage – de le dire à quiconque.

— Lorsque je suis arrivé de Norvège, au milieu des années 1960, c'était le triomphe de la «nouvelle vague». Même à Oslo j'avais entendu parler de Truffaut, Godard, Rohmer, Rivette, Resnais, Chabrol, Varda et les autres…

«Il me raconte quoi, là ?»

Mais Venner parle pour lui-même :

— À Bergen, ma ville natale, j'avais fait beaucoup de théâtre. Et j'avais aussi pris des cours de langues. J'ai alors hésité entre Hollywood et Paris ; mais ce qui se passait en France – la cinémathèque de Langlois, les *Cahiers du cinéma* – me paraissait nettement plus… avant-gardiste.

Je suis sur le cul ! Vidkun Venner, le grand collectionneur d'art nazi, le thuriféraire du *Führer*, l'ami de la fille d'Himmler... un disciple de la « nouvelle vague » !

— Évidemment, ça n'a pas été facile. Les places étaient rares, et nous étions très nombreux.

Il écarte les bras, en signe d'impuissance.

— Alors j'ai fait de la figuration. Beaucoup. J'avais parfois une réplique ou deux, rarement plus. Ce qu'on appelle des silhouettes, vous savez ? Godard m'avait dit, sans rire, avec sa voix chuintante : « *Toi, mon petit gars, tu as une belle tête de nazi ; creuse ton sillon.* »

Venner tourne violemment ses yeux vers moi.

— Alors j'ai « creusé mon sillon ». À cette époque, on tournait beaucoup de films sur l'Occupation, la guerre, les Allemands. Et avec ma belle gueule germanique et mon don pour les langues, j'ai enchaîné les films.

Des doigts, Venner mime une caméra qui tourne.

— *La Ligne de démarcation*, *Paris brûle-t-il ?*, *Le Jour le plus long*, *Le Train*, et même *La Grande Vadrouille*...

Je réprime mal un hoquet, car tout ça me semble si effarant. Mais je vois à son expression que tout est vrai.

— Si, si ! insiste-t-il. À chaque fois je faisais un soldat ou un SS.

Comment réagir sans le blesser ? Autant me taire...

— Et puis le vent a tourné... dit-il en baissant les épaules, avec une résignation sèche.

Venner se jette à nouveau en arrière, et donne de petits coups de pied sur les dalles.

— D'autres sont arrivés, plus jeunes, plus beaux.

Les films sur le IIIe Reich ont moins bien marché…
Et puis j'avais besoin d'argent.

— Besoin d'argent ? *Vous ?*

Après un temps d'hésitation, Vidkun avoue à mi-voix, mais sans honte :

— J'ai fait du porno pendant environ trois ans ; beaucoup trop…

Je me rappelle le calcul de Clément : 561 coïts !

— J'étais très sportif, reprend-il, non sans fierté. Et puis c'était beaucoup moins bien payé qu'un Chabrol ! Mais j'ai tout arrêté en 1977, quand j'ai hérité de mes parents… Ça m'a permis de couper tous les ponts avec ma « vie d'acteur »… enfin presque.

— Presque ?

Il me jette un œil ambigu.

— Vous vous souvenez de la remarque de Godard : « creuser le sillon ».

— Eh bien ?

— J'ai continué à creuser… mais de l'*intérieur*…

Venner se lève et s'adosse à la table, tournant sa tête vers la nuit. Les montagnes sont bleu marine, sous les étoiles. Un aboiement de chien monte de la vallée. Une pointe rouge apparaît dans le noir. Une odeur de fumée. Venner vient d'allumer un cigare.

Je dois m'avouer intimidée par sa silhouette, si grande dans l'obscurité.

— Lorsque j'ai touché ce fameux héritage, je me suis définitivement jeté dans ma passion pour le IIIe Reich. Grâce à mes nouveaux moyens, cette lubie est même devenue un mode de vie…

J'hésite et demande, sachant que j'entre là en terrain miné :

— Et vous n'avez jamais voulu vous marier ?

Rictus de séducteur blasé.

— J'ai eu plus de femmes que ne pourraient en rêver la plupart des don juans. Ça m'a suffi…

— C'est un peu rapide, comme explication, non ?

Venner retrouve sa rigueur de chirurgien…

— Personne ne vous force à me juger, Anaïs.

Le timbre est glaçant.

— Je vous demande pourquoi vous semblez si triste et si seule ? Je vous demande pourquoi vous n'avez pas de « petit ami » ? Et vos parents ? Pas de parents ?…

En une seconde, tout s'écroule. Je sens mes jambes vaciller. Mon armure intérieure commence à se fendiller, car le Viking vient de trouver *la* brèche qui mène au cœur. Ses yeux lancent des éclairs ; mais déjà il réalise son emportement.

— Excusez-moi… dit-il sèchement, en posant une main sur mon épaule, mais je n'ai pas l'habitude de me confier ; à *personne*…

Je me dégage dans un couinement animal, comme si la main de Vidkun me brûlait.

Et maintenant, je fais quoi ? Je joue les boudeuses, ou je lui balance mes tristes secrets de famille ?

— Ma mère… ma mère est morte quelques jours après ma naissance.

Venner s'est immobilisé. Il doit comprendre que mon histoire familiale n'a rien de joyeux.

— L'accouchement s'est mal passé et elle n'a pas survécu à une hémorragie.

« À chacun sa confession », me dis-je avec amertume, avant de poursuivre :

— Je ne sais rien d'elle. Je ne connais qu'une photographie posée sur la cheminée du salon, à Issoudun, devant laquelle je devais chaque soir réciter une prière, avec mon père, à genoux.

Aussitôt ma gorge se noue. Les rares fois où j'ai

raconté cette histoire – à Léa, à Clément –, j'en suis ressortie bouleversée. Je dois pourtant le faire… et jusqu'au bout. Alors je déglutis et tente d'aspirer un peu d'air. Vidkun est à l'écoute.

— Toute mon enfance, mon père m'a tenue enfermée dans notre maison d'Issoudun, refusant de me laisser sortir sans lui. Chaque dimanche, on allait au cimetière, passer deux heures sur la tombe de maman. Sinon, je n'avais pas le droit de quitter la maison. Papa m'expliquait que le monde extérieur était « dangereux, vicieux et mauvais ».

En prononçant ces mots, j'écume de haine.

— Je n'ai pas été à l'école avant les dernières années du lycée. Papa me tenait lieu de tuteur… Mais le jour de mes dix-huit ans, en plein été, quelques semaines après avoir été reçue au baccalauréat avec mention « très bien », je me suis enfuie.

— Enfuie ?

— Je suis partie en pleine nuit. Comme tous les soirs, papa s'était endormi devant la télévision, et je suis passée par la fenêtre du salon qu'il avait laissée ouverte.

Vidkun est pendu à mes lèvres. Une nouvelle chauve-souris nous survole, éblouie par la bougie, et disparaît vers les étoiles. Venner reste muet. Nous respirons la nuit, y cherchant une ligne de fuite.

— Mais… votre mère ? Vous n'avez jamais cherché à en savoir plus ?

Je serre les mains l'une contre l'autre, comme si je voulais y écraser mes regrets.

— Une fois à Paris, j'ai tenté d'en savoir plus en téléphonant à des services d'état civil… mais il n'y avait aucune trace de Judith Chouday, femme du colonel en retraite Marcel Chouday, mère d'Anaïs Chouday. À croire qu'elle…

— Qu'elle… ?

— Qu'elle n'a jamais existé.

Mes pommettes sont en feu. Venner ne s'en rend sans doute pas compte, mais ces aveux m'ont vidée. C'est une pièce de ma mémoire où je ne m'aventure jamais, car j'ai toujours l'angoisse d'y rester enfermée. Et pourtant, je n'ai pas tout dit. Il y a cette chose, ce *détail*.

Dois-je le dire à Venner ? À qui plus qu'à lui devrais-je faire cette confidence ?

Un bruit de pas dans la nuit me tire de ma torpeur. La silhouette de Fritz avance, intimidée, vers nous.

— *Meinherr*, *Fräulein*, l'ascenseur va partir…

Nous nous levons tous deux, comme s'ébrouent deux somnambules.

La lune est au beau milieu du ciel. Je me tourne une dernière fois vers la vallée : le lac scintille, comme une tache de lait.

Fritz souffle la bougie.

Que faire ? C'est le moment ou jamais. Tandis que nous marchons vers l'ascenseur, je m'approche de Vidkun et dis à mi-voix :

— La seule chose que je sache au sujet de ma mère, c'est le surnom que lui donnaient les habitants d'Issoudun, lorsqu'elle s'y est installée avec mon père.

— Quel surnom ?

— « La métèque »…

— Pourquoi ?

— Parce que ma mère était juive…

1987

— Vous croyez vraiment que l'affaire va s'arrêter là, monsieur Jos ?

Sitôt après avoir reçu l'appel du ministère, Chauvier a laissé Linh en plan pour se ruer dans sa R5. Jamais il n'a roulé aussi vite. Comme si sa vie, sa raison en dépendaient.

« Un suicide, nom de Dieu ! Un suicide ! »

Arrivé à la mairie de Paulin, il a déboulé dans le bureau de Jos sans se faire annoncer. Et le voilà, pantelant, hirsute, les genoux tachés de café. Un vieux chien de chasse dont les crocs se déchaussent et qui se contente d'aboyer.

Dans sa tenue de *gentleman farmer*, avec son velours côtelé et ses godillots de bon cuir, au milieu de cette grande pièce blanche – le contraire de son bureau du château –, Jos garde son calme. Il décroche son téléphone et chuchote d'un ton las :

— Françoise, soyez gentille de ne pas me déranger pendant un quart d'heure…

Lentement, il lève vers Chauvier des yeux acides.

— Mais bien sûr que l'affaire va s'arrêter là ; d'ailleurs *tout* va s'arrêter là, mon bonhomme, siffle-t-il à mi-voix, tout en vérifiant que la porte de son bureau est bien fermée. Car qui, à part toi, connaît Klaus Jode ? dit-il encore plus bas.

Le maire se penche en arrière, pour faire rouler son fauteuil jusqu'au mur. Il mime l'innocence.

— Même moi, je l'ai oublié…

Chauvier contourne le bureau, s'approche du maire… et saisit le dossier de son fauteuil. Jos tente de se redresser, mais le flic le fait rouler, comme un handicapé, jusqu'à la fenêtre.

— Il n'y a plus aucun document qui prouve l'existence de cet homme… continue le maire, impassible.

Tous deux contemplent la vue, par la fenêtre du bureau. Au loin, ils aperçoivent les tours du château de Mirabel, planté sur son piton, au-dessus du bois cathare.

— C'était là ta dernière preuve d'amour envers Anne-Marie, non ?

Jos a parlé à voix basse, comme au confessionnal, mais sur un ton presque grivois.

Les doigts de Chauvier s'enfoncent dans le cuir du fauteuil.

Jos ne se retourne pas. Il contemple *son* village, sa bonne vieille vie de province, cet équilibre parfait que Chauvier voudrait ruiner.

Alors il reprend :

— Tu ne pouvais rien lui refuser, n'est-ce pas ?

— Tais-toi…

Jos tique. Par ce tutoiement, Chauvier a retrouvé un timbre juvénile et, pour la première fois, le maire reconnaît la voix de Gilles Ballaran.

— Eh oui, ça démange, les souvenirs… ça grignote, ça dévore… Tu veux qu'on parle un peu de ton père ?

Le flic s'éloigne de l'autre côté de la pièce. La tête en feu, il se colle au mur.

Le maire se retourne lentement, sans quitter son fauteuil.

— Pas facile, d'affronter sa mémoire, hein, Petit Poucet ? C'est bien pour ça que je n'en ai plus. Pouf ! Effacée ! Et ce, grâce à toi ; je ne te remercierai jamais assez...

— TA GUEULE ! rugit Chauvier.

Les yeux glacés du maire prennent des reflets d'iceberg.

— Tu te rappelles, notre mariage, dans la cour du château ? Tu en as au moins vu les photos ? Le 18 août 1945...

Le flic ne répond pas. Mais Jos parle maintenant pour lui-même ; son ton se fait rêveur, doucement nostalgique :

— Elle était si belle, si belle...

Le flic ne réagit pas.

— C'est la veille du mariage que vous vous êtes parlé pour la dernière fois, non ? Anne-Marie a toujours refusé de me raconter... C'était son seul secret, et elle y est toujours restée fidèle. Elle t'a demandé de faire quelque chose pour moi, n'est-ce pas ?

Chauvier semble inerte.

— De toute manière, dit Jos, je « vous » avais accordé une dernière nuit. Le matin du mariage, tu partais pour Berlin avec les troupes d'occupation alliées...

Étrange et guillerette nostalgie :

— Je m'enracine, tu t'enfuis... Je deviens français, tu t'exiles en Allemagne... Quels destins !

Chauvier est atterré. Ses lèvres ne remuent que du vide, un vide où s'engouffrent sa vie, ses échecs, ses rendez-vous manqués. Il faut pourtant se ressaisir, là, maintenant, tout de suite. C'est peut-être le moment le plus important de sa vie ! Un moment qu'il attend depuis un demi-siècle. Alors, du plus profond de ses tripes, il finit par marmonner. Jos n'est pas sûr d'avoir bien entendu, mais il perd de son assurance.

— Qu'est-ce que tu as dit ? bredouille-t-il.

— C'est quoi, Halgadøm ?

Jos semble alors en proie à des sentiments contraires. Ses lèvres tressautent, ses doigts pianotent dans le vide. Il s'efforce de garder son impassibilité.

— Je n'en sais rien… répond-il sans conviction. Pourquoi cette question ?

— C'est une société norvégienne, n'est-ce pas ?

— Aucune idée, rétorque le maire, en se tournant vers la fenêtre pour masquer son trouble.

Le commissaire continue :

— Et ces quatre billets Paris-Oslo, le mois dernier, quelques jours après le meurtre ?

— Je ne sais pas de quoi tu parles.

— Après leur crime, tes quatre guides sont partis se planquer en Norvège, n'est-ce pas ?

Jos se retourne lentement. Toute légèreté, toute plaisanterie s'est envolée.

— Écoute, Ballaran, ou Chauvier, ou peu importe… L'affaire est classée, je te dis…

Il s'avance vers le flic et répète, articulant chaque syllabe :

— Cla-ssée ! Déterrer mon dossier… ce serait déterrer le tien !

Chauvier ne répond pas et Jos s'entortille dans ses contradictions.

— Si tu rouvres toute cette merde, tu seras radié,

laminé ! À quelques mois de la retraite, ce serait vraiment trop idiot…

Chauvier se tait. Il observe tristement le vieux politicien puis marche lentement vers la porte.

Lorsqu'il débouche devant la mairie, Jos est à sa fenêtre, comme une gargouille, et l'observe. Avec une révérence de vieux cabot, Chauvier s'incline. Jos grimace.

Il regarde le vieux commissaire monter dans sa R5.

Chauvier s'efforce lui aussi de rester impavide.

Il démarre, descend la vitre et, avant de quitter la place, agite la main en direction du maire.

Dans le rétroviseur, le flic croit distinguer la colère froide de Jos ; et même une ombre de frayeur.

Alors Chauvier roule, roule.

En quittant Paulin, tout son corps se crispe.

Bientôt, tous ses muscles se mettent à vibrer.

Il s'arrête enfin sur le bas-côté et fond en larmes contre le volant.

« Les jeunes… »

Chauvier ne sait plus à quel moment il a commencé à utiliser cette expression. *À partir* de quand.

Sereins, juvéniles, furieux, soucieux, fringants, mal fagotés, les étudiants quittent l'université.

« Ils sont tous si jeunes… »

Sur les murs autour de la fac, les premières affiches pour la présidentielle de mai prochain ont fleuri. Juquin, Lajoinie ; et aussi Jean-Marie Le Pen.

« Jos doit sûrement le connaître, celui-là. »

En septembre dernier, sa sortie à RTL sur le « détail » des chambres à gaz a fait un tollé dans la presse. Mais Chauvier ne s'est jamais intéressé à la politique. *« Un militaire obéit, agit, mais ne juge pas »*, avait-il appris à penser, lorsqu'il était soldat.

« Et eux, à quoi pensent-ils ? Quelles sont leurs opinions ? » se demande le commissaire, adossé à la vitrine de la petite buvette. Face à lui, la fac vomit ses élèves. Chauvier s'efforce de distinguer la silhouette d'Aurore, mais il ne la voit pas.

« De toute façon j'ai le temps », songe-t-il en guettant les nuages ; il va bientôt pleuvoir.

Les étudiants éclatent de rire alors que l'averse commence. Ils se serrent les uns aux autres, les cahiers vissés au corps.

« Qu'est-ce qui se serait passé, si j'avais fait des études, moi ? » rêvasse Chauvier.

Et le voilà déjà qui s'énerve : « Rien ne sert de penser au conditionnel : ce qui est fait est fait... »

Peut-être ; mais devant ces jeunes gens cartable au bras, avenir en bandoulière, il se prend à repenser sa vie de vieux flic.

« Je n'ai pas eu beaucoup d'options, songe-t-il, comme pour se justifier vis-à-vis de lui-même. C'était la guerre, j'étais soldat, je le suis toujours, à ma façon... À cette époque, on n'avait pas le choix ! »

La pluie tombe de plus belle, tous accélèrent le pas, on s'engouffre dans les voitures, dans les magasins. On cherche un abri sous un porche, un auvent. Mais Chauvier ne bouge pas, tout à ses souvenirs.

« Pas le choix ? Pour certains, oui. Mais pas toi, commissaire ! »

Le comte de Mazas n'avait-il pas bloqué une coquette somme d'argent pour financer ses études ? Et, à la Libération, la mort « héroïque » de son père et ses propres faits d'armes ne lui avaient-ils pas

valu de toucher une prime du nouveau gouvernement ? Il aurait pu aller à l'université, lui aussi ;
devenir quelqu'un. Quelqu'un d'autre. Mais il avait
tout rejeté. En bloc. Rien ne devait subsister : il fallait tout effacer. Trop d'humiliations, trop de sang,
trop de mensonges ! Accepter cet argent, ce destin,
c'eût été accepter ce qui s'était passé.

Et ça, Gilles Ballaran ne pouvait l'admettre.

Anne-Marie avait tout gâché. Quant à lui… lui, le
« petit Gilles ». Qu'était-il devenu ? Qu'avait-elle
fait de lui ? Une ordure ! Un vendu ! Un lâche ! Un
traître ! Traître à sa patrie, à ses promesses d'enfance, à ses parents…

Ne lui restait plus qu'à partir, loin, très loin.
Autant changer de nom, de vie, de destin : Gilles
Chauvier serait soldat. Puis flic. Puis rien…

« Une vie de merde, oui ! »

À quelques mètres, un groupe d'étudiantes lovées
sous le même parapluie s'est retourné, car Chauvier
vient de parler à voix haute. Elles rient sous cape de
ce vieux grigou dans son imperméable plissé.

— On dirait Colombo…

« Tu ne crois pas si bien dire, pisseuse ! » songe
Chauvier, en se tournant de l'autre côté. Il découvre
alors son reflet dans la vitrine d'un magasin de
vêtements : hirsute, creusé, les cheveux sales, les
yeux cernés… Pas beau à voir. Pas ragoûtant, le
commissaire !

Une des étudiantes se détache alors du groupe au
parapluie.

— Tiens, bonjour, commissaire !

Chauvier tressaille ; la pluie semble s'arrêter ;
c'est Aurore !

— Je ne vous avais pas reconnu, reprend-elle, de
cet air à la fois inquisiteur et farceur. Mais je croyais

que votre enquête était finie ? Bon-papa m'a dit que c'était classé…

— En fait, j'aurais aimé vous parler…

Aurore est méfiante.

— Comment ça ?

Elle s'approche et avise l'imperméable trempé du vieux flic.

— Venez au moins sous mon parapluie, dit-elle en dépliant un vieux pépin. Ce n'est peut-être pas la tempête de Bretagne, le mois dernier, mais vous allez attraper la mort.

« Ce serait peut-être la solution, finir écrasé sous un arbre, comme ces Bretons et ces Normands… juste retour des choses ! » songe le commissaire, en s'abritant près d'Aurore Jos. Il reconnaît alors la poignée de métal, les vieilles baleines et la toile mauve.

— C'était à votre grand-mère, n'est-ce pas ?

Aurore sursaute et dévisage le flic.

— Comment savez-vous ça ?

Chauvier ne répond pas et continue son inspection, comme s'il radiographiait la demoiselle.

— Ainsi que ce collier et cette broche dans vos cheveux…

La jeune fille observe le commissaire avec un mélange d'effroi et de nostalgie. Oui, ce parapluie était à sa grand-mère, qui s'en servait plutôt d'ombrelle, car elle détestait la pluie et se cloîtrait dans le château à la moindre averse ; oui, ces bijoux étaient à elle aussi ; elle les tenait de sa mère, qui elle-même…

— Bon-papa me les a donnés après la mort de bonne-maman, avoue Aurore en baissant les yeux.

Elle remarque alors que les chaussures de Chauvier sont plus imbibées que des serpillières.

— Ça vous ennuie qu'on aille parler au sec ?

dit-il en poussant la porte de la cafétéria, dans son dos.

Aurore hésite mais, après un dernier coup d'œil sur ses godillots trempés, le suit dans la buvette enfumée.

— Salut, Aurore ! lance le barman.

Musique d'enfer. Vanessa Paradis couine *Joe le taxi*. Bouilles juvéniles, bocks de bière, fumée de cigarettes, odeur de chien mouillé.

— J'imagine que votre grand-père a dû vous mettre en garde contre moi, non ? dit le policier, en tentant de couvrir le vacarme.

Tous deux se frayent un passage entre les dossiers, les nuques chevelues, enjambent des cartables, et atteignent une table au fond de la salle, presque en alcôve.

Aurore est embarrassée et n'ose soutenir le regard de Chauvier. Pourtant, elle demande :

— Pourquoi êtes-vous venu me voir ?

Chauvier hésite, puis désigne le vieux parapluie.

— Pour parler… d'elle…

— Vous connaissiez bonne-maman ?

Chauvier acquiesce, les yeux voilés.

— Nous avons été élevés ensemble…

La jeune femme ouvre des yeux interloqués.

— Ton grand-père ne t'a jamais parlé des Balla-ran ?

Aurore réfléchit.

— C'étaient les gardiens de la maison, je crois. Avant ma naissance…

— Oui, confie Chauvier. Mon père était régisseur et ma mère cuisinière.

Elle est abasourdie.

— Vous voulez dire que…

197

— Anne-Marie et moi avions presque le même âge, nous avons grandi ensemble.

Aurore ne peut s'empêcher de considérer le flic avec plus de tendresse, d'affection. En une réplique, il vient d'entrer dans sa famille.

— Mais alors, vous avez dû connaître mon grand-père au moment où il était dans la Résistance ?

Chauvier ne peut s'empêcher de rougir.

— Ça fait partie des choses que j'ai oubliées.

Il hésite et tente une diversion :

— En revanche, je me rappelle bien les robes de ta grand-mère, dans les allées du parc. Nos promenades dans le bois cathare. Ou lorsque nous nous retrouvions à la messe, le dimanche…

À mesure de ce récit, la jeune femme s'ouvre comme une belle-de-nuit. Ses yeux retrouvent leur lumière.

Le récit du commissaire concorde avec ce qu'elle sait de l'histoire du château, toutes choses apprises de sa grand-mère.

Petit à petit, Chauvier lui-même oublie qu'il parle à Aurore. La demoiselle ne dit rien mais, avec un mimétisme inquiétant, elle se métamorphose en Anne-Marie. Le commissaire évite alors de croiser son regard.

— Mais pourquoi me dites-vous tout ça à moi ? demande enfin la jeune fille.

Le flic relève sur elle des yeux brillants.

— Tu lui ressembles tellement… dit-il d'une voix éraillée.

Aurore devient songeuse.

— Alors, c'est vous ?

— Moi ?

— Quand j'étais petite, à Mirabel, bonne-maman me parlait toujours de cet ami d'enfance qui avait disparu et dont elle n'avait aucune nouvelle. Il lui manquait…

Le commissaire est exsangue.

— Qu'est-ce qu'elle te disait ?

— Je ne sais plus exactement, répond l'étudiante. Mais je crois que ça faisait partie de ses meilleurs souvenirs.

Chauvier sent une boule dans sa gorge. Mais il doit dompter le fait qu'Anne-Marie est morte, que jamais il ne la reverra, comme il en avait secrètement rêvé en retournant à Mirabel pour cette enquête avortée.

— Elle est morte très vite, n'est-ce pas ?

Aurore opine tristement.

— Trop. Mais elle n'a pas eu le temps de souffrir. À la fin, elle ne voyait presque plus personne, à part bon-papa, les oncles Sven et moi…

Chauvier fronce les sourcils.

— Les oncles quoi ?

— Mes oncles Sven, répond-elle, comme une évidence. Ils ont toujours vécu au château, avec nous.

Le flic retrouve son acuité.

— Mais je croyais que vous étiez seuls, toi et ton grand-père.

— Depuis quelques semaines seulement, rétorque la demoiselle. Les Sven ont pris leur retraite et sont rentrés chez eux, en Norvège.

Aurore semble sincèrement surprise. Chauvier l'observe, attendant de voir comment elle va enchaîner.

— Vous n'êtes pas allé à l'agence de tourisme, à Paulin ? Les Sven étaient les quatre guides qui ont travaillé pour bon-papa depuis la création de L'Étape cathare, avant ma naissance.

— Et ils vivaient chez vous ?

— Chez nous, et *avec* nous, réplique Aurore d'une voix peinée. C'était comme ma famille.

— Des Norvégiens ?

— Oui, quatre frères. Et ils portent tous le même nom : un composé de Sven. Sven-Odin, Sven-Gunnar, Sven-Olaf, Sven-Ingmar.

Elle éclate de rire avant de préciser :

— J'ai mis des années avant de les différencier…

— Ils sont partis précipitamment ?

Aurore est perplexe.

— Je ne crois pas. Ils parlaient depuis longtemps de prendre leur retraite. La randonnée, le trekking, ça use ! Et puis ils se sont décidés, le mois dernier.

La mine désolée, elle susurre :

— D'abord bonne-maman, ensuite les Sven ; bon-papa n'a plus que moi sur terre…

Chauvier se retient de prendre des notes.

— D'où se connaissaient-ils ?

— Bon-papa et les Sven étaient toujours évasifs là-dessus. Tout ce que je sais, c'est qu'ils étaient passionnés d'archéologie, et qu'ils ont fait des fouilles ensemble, dans les années 1950.

Aurore prend un air important :

— Il y a eu des articles sur eux, ajoute-t-elle. Des photos dans la presse…

— Ils avaient trouvé quoi ?

— Une sorte de momie.

— En Égypte ?

— Non, non, en France. Dans la région. En Ariège, je crois.

Chauvier sent aussitôt qu'il tient quelque chose ; une piste, un filon. Il doit se dompter pour conserver son ton de confident.

— Et ils ont fait ça longtemps, ces fouilles ?

La jeune femme considère soudain Chauvier avec méfiance.

— Vous faites votre enquête, là, ou quoi ? grogne-t-elle. Je croyais qu'on était là pour parler de bonne-maman…

Pris de court, le commissaire rougit et saisit son verre sans réaliser qu'il est vide. Ce geste de mauvais théâtre confirme les doutes de l'étudiante.

— Mouais, dit Aurore en consultant sa montre. De toute façon, il faut que j'y aille : j'ai des partiels dans trois jours.

Elle se lève et prend son sac.

— Vous attendez ici la fin de la pluie ?

Chauvier fait « oui » sans répondre.

— Ne vous inquiétez pas, ajoute-t-elle en se radoucissant, je ne dirai rien à bon-papa. Ne serait-ce que parce que vous étiez un ami de ma grand-mère…

Chauvier demande alors, sans cacher son ton policier :

— Halgadøm, ça te dit quelque chose ?

Aurore réfléchit un instant puis répond :

— Rien du tout…

Elle regarde encore sa montre.

— Je dois vraiment partir. Au revoir, commissaire.

Ces yeux. Cet œil d'enfant. Ces lèvres…

« Anne-Marie, toujours elle… »

Le Jardin des muses, livres anciens.

La simple vision du magasin de vieux papiers, rue du Taur, donne à Chauvier l'envie d'éternuer. Il

201

vérifie qu'il garde au moins un vieux Kleenex au fond de sa poche et pousse la porte du bouquiniste.

Une cloche tinte au-dessus de l'entrée.

— Il y a quelqu'un ? demande Chauvier, comme s'il pénétrait dans une vraie maison. Le formidable foutoir du lieu, avec ses étagères, ses tables ensevelies sous la paperasse, les vieux journaux, les livres abîmés, est moins une librairie qu'un grenier d'archiviste.

— Commissaiiire, quel plaisiiir… roucoule alors un être pâle et contrefait, accroché à une échelle, comme un faune.

— Monsieur Crau, bonjour ! répond Chauvier, la mine sévère.

L'homme, qui semble lui-même une figurine découpée dans du vieux carton, cale une rangée de livres puis descend de son perchoir pour tendre au flic une main poussiéreuse.

Chauvier éternue aussitôt.

— Toujours votre allergie, n'est-ce pas ? demande le libraire, qui ne saurait finir une phrase sans un « n'est-ce pas ? ».

Le commissaire opine et se mouche.

— Chez nous autres, gens du livre, la poussière est une respiration naturelle, n'est-ce pas ? dit M. Crau avec résignation.

Il passe derrière son écritoire.

— Que puis-je pour vous ?

Le flic ne répond pas tout de suite. Sur le présentoir, devant lui, il remarque plusieurs exemplaires d'occasion de *La Nuit sacrée*, le roman de Tahar Ben Jelloun qui a eu le prix Goncourt, le mois dernier.

— Il faut bien vivre, n'est-ce pas ? Tous les journalistes de la région me refourguent leur service de presse. Et – croyez-le ou non – ce genre de « lit-téraille » se revend fort bien. Surtout à l'approche des fêtes de la Nativité, qui ne sont que des reliquats de mithraïsme, ce que vous savez comme moi, n'est-ce pas ?

« La Nativité, le mithraïsme… » se dit Chauvier, que les logorrhées du vieux libraire ont toujours amusé. Puis il s'explique :

— Vous qui savez tout sur tout…

— Presque… fait le libraire, flatté, presque…

— Bref… Je cherche des informations sur des fouilles archéologiques qui auraient eu lieu dans la région, dans les années 1950.

Le libraire feint l'impuissance :

— Vous n'avez rien de plus précis ? Des fouilles de quoi ? Céramiques ? Architecture ? Verroterie ? Trésors gnostiques ? Masques païens ? Églises sou-terraines ? Fossiles ? Coprolithes ?

— Il s'agirait d'une momie.

— Une momie, n'est-ce pas ? répète le bouqui-niste tandis qu'une lueur s'allume dans son œil. Où donc ?

— Du côté de l'Ariège, je pense…

Crau devient perçant. Sa face rosit. Ses épaules tressautent de satisfaction et il émet un petit « hu ! hu ! hu ! » complice avant de demander :

— Lanta, 1953 ?

— Vous en savez déjà plus que moi, répond Chauvier, évasivement.

Le bouquiniste semble fier de ses connaissances.

— Une histoire étrange, qui impliquait un notable du pays. Un homme qui est, je crois, maire de Paulin, dans le Tarn, n'est-ce pas ?

Chauvier n'en revient pas de sa chance.

— C'est ça !

Tandis que le flic se mouche, Crau disparaît dans sa remise.

— Je crois que j'ai ce qu'il vous faut, dit-il, tandis que Chauvier l'entend déplacer ses rayonnages.

« Hu ! hu ! hu ! » fait à nouveau Crau, en revenant un livre à la main, qu'il tient comme on porte un encensoir.

— C'est un document *très* rare, n'est-ce pas ? dit le libraire.

Il tend au policier un volume carré, peu épais. Sur la couverture, Chauvier découvre la photo jaunie d'une divinité orientale. En bas, à gauche, un numéro : *9*, puis des sous-titres : « Chronique de notre civilisation », « Histoire invisible », « Ouverture de la science », « Grands contemporains », « Monde futur », « civilisations disparues »…

Chauvier lit à voix haute le titre :

— *Planète*…

— C'est une revue, précise Crau, en lui désignant la tranche : « avril-mai 1963 ».

Le commissaire creuse sa mémoire. 1963… Tout ça remonte à ses débuts dans la police, lorsqu'il avait quitté l'armée en revenant de la guerre d'Algérie.

— Ça me rappelle quelque chose, dit Chauvier. Ce n'étaient pas des scientifiques qui tentaient de considérer objectivement des faits paranormaux ?

Crau fait « Ttt ! ttt ! ttt ! », ennemi de l'imprécision en vrai rat de bibliothèque.

— Vous schématisez, commissaire. Cette mouvance fut baptisée le « réalisme fantastique », explique-t-il. Ça a commencé en 1960, avec la publication du *Matin des magiciens* de Louis Pauwels et Jacques Bergier. Ils proposaient une interprétation à la fois concrète et magique de l'histoire… surtout l'histoire contemporaine.

204

Il hésite et ajoute :

— Avec un chapitre entier consacré au IIIe Reich, qu'ils présentaient comme une société secrète maléfique, arrivée au pouvoir par des moyens quasi surnaturels !

Chauvier se retient de marquer son contentement.

« On approche ! On approche ! »

— Et le livre a marché ? demande le flic.

— Un triomphe ! Le succès a été tel que les auteurs ont ensuite fondé un mouvement, le « réalisme fantastique », une revue, *Planète*, et donné des centaines de conférences. C'était la première fois que de vrais intellectuels s'attaquaient au paranormal, avec un esprit critique, intelligent, et presque objectif. Et cela a duré jusqu'à la fin des années 1970. Jusqu'à la mort de Bergier, en fait…

Une ombre peinée couvre maintenant le bouquiniste.

— Ensuite, ça s'est fondu dans les mouvances New Age, l'ufologie et toutes ces fadaises californiennes, n'est-ce pas…

Chauvier feuillette le volume.

Les titres des articles le laissent perplexe : « Une expérience scientifique sur la voyance », « Matière vivante et transmutation », « Les saints et la médecine magique ».

Et soudain, il se fige.

Sous ses yeux, un titre : « Les Momies de l'autre monde… », et une signature : David Guizet.

— Qui est David Guizet ?

— C'est bien là ce que vous cherchiez, n'est-ce pas ? demande Crau.

Le commissaire est incrédule. Sur la gauche de l'article, il découvre une photo en pleine page. Dans une forêt montagneuse, cinq hommes victorieux comme des alpinistes entourent une dépouille gigantesque. Chauvier sent sournoisement monter la nausée.

« Sa belle petite gueule d'ordure ! Son atroce tête d'ange ! »

Jos y apparaît tel qu'il l'a connu avant de quitter Paulin pour s'engager dans l'armée : jeune, volontaire, incisif, sec. À ses côtés, les quatre Sven ont des mines saines de baroudeurs. Le front haut, le cheveu et l'œil clairs, ils se ressemblent de façon troublante ; si ce n'est cette cicatrice au cou de l'un d'eux, qui ressort avec netteté, comme un second sourire. Mais un sourire sinistre, presque cannibale. Tous les cinq sont harnachés de sacs à dos, piolets, outils en tout genre. Le corps noirâtre de la momie semble un fossile.

La légende date la photo de 1953, et interroge les lecteurs : « Nos ancêtres seraient-ils des géants venus de la mythique Thulé ? »

— Je vous le prends… lâche Chauvier, subitement agressif.

— Hep hep hep ! grogne Crau en lui arrachant la revue. C'est sans doute un des seuls exemplaires trouvables de ce numéro. Encore plus rare qu'un incunable ou une édition originale d'*Une saison en enfer*.

— Comment ça se fait ?

Crau joue mystérieux.

— À l'époque, Bergier et Pauwels ont reçu des menaces. Des pressions. Ils ont été obligés d'envoyer toute la série au pilon avant même de la diffuser en kiosque.

Chauvier n'y croit pas un seul instant. L'autre veut le faire casquer, c'est tout !

— Et comment se fait-il que vous l'ayez ?

Le libraire prend une mine rusée.

— Vous aimeriez savoir, n'est-ce pas ?

— Bon allez, Crau ! Je n'ai pas de temps à perdre, s'énerve le flic.

Le bouquiniste reste mystérieux et chuchote sur un ton inquiet :

— Il y a des morts qu'il ne fait pas bon réveiller...

Chauvier en a assez des perpétuelles singeries de Crau. C'est chaque fois la même chose. Le libraire est un homme solitaire. Ses seuls amis sont ses clients, de plus en plus rares, car avec l'âge il devient insupportable.

— Comment avez-vous eu ce putain de magazine ? vocifère le flic.

Crau se cabre. Il déteste les gros mots mais remarque surtout que Chauvier va perdre sa patience.

— J'ai travaillé chez *Planète*, entre 1963 et 1964, pendant un an. Attendez, vous allez comprendre...

Il repart dans sa remise et revient avec le numéro 10 de la revue *Planète*.

— Deux mois plus tard paraissait celui-ci.

Chauvier le feuillette, effaré.

— Mais ce sont les mêmes articles, sous la même couverture !

— Presque... dit Crau d'une voix mal assurée, comme s'il rouvrait une blessure.

Chauvier doit se rendre à l'évidence : dans ce volume identique, ne manque que l'article sur *« Les Momies de l'autre monde »*.

Le flic prend l'air menaçant et tend sa main au libraire.

— Donnez-moi l'autre. Je fais des photocopies et je vous le rends.

Le bouquiniste finit par lui tendre sa « rareté ».

— Vous avez deux jours, pas plus ! N'est-ce pas ?

Mais Chauvier est déjà dans la rue, sans quitter des yeux la photo de ces cinq archéologues. Avec ce port haut, jovial et vainqueur, Jos semblait prêt à conquérir le monde.

— Et hop !

La boule de papier part dans la poubelle et Chauvier éclate de rire. Il ne sait pourquoi, mais il se sent joyeux. Comme si, subitement, tout se mettait en branle. Comme s'il allait retrouver Anne-Marie ; un peu de son parfum, de sa fraîcheur.

Le numéro de *Planète* posé sur la table du salon semble lui faire les yeux doux. Des yeux plus doux que ce pli officiel qu'il vient de trouver dans sa boîte, en revenant de chez Crau.

« Les salauds ! » a-t-il grommelé, avant de froisser la lettre d'intimidation. La préfecture menace de lui supprimer tous ses droits (mutuelle, retraite, etc.) si, « comme nous en avons la preuve », il continue son enquête malgré l'interdiction de ses supérieurs.

Mais la lettre est aussitôt partie dans la corbeille et Chauvier se remplit déjà un grand verre de Jack Daniel's. Voilà longtemps qu'il n'avait touché cette bouteille.

Les glaçons s'entrechoquent et le liquide brun les enserre.

Sur la table, *Planète* l'attend.

Chauvier s'assied et ouvre le mystérieux exemplaire.

2005

À Nuremberg, nous commençons à tourner en rond.

Au palais de justice, nous rencontrons une femme de ménage qui aurait travaillé avec Ulf Schwengl, le troisième suicidé. Encore et toujours les mêmes réponses : la victime fut un homme discret, sans relief, qui arborait un bras en écharpe les derniers jours avant sa mort.

— On n'avance pas, on n'avance pas ! enrage Venner, en arpentant les rues de cette ville rasée en 1945 et reconstruite comme une citadelle de Lego.

Depuis notre descente du Kehlstein, depuis notre « confession chez Hitler », une gêne s'est installée entre nous. Comme si nous étions allés trop loin pour ne pas tout nous dire. Mais voilà : nous nous sommes arrêtés en route… À mi-chemin entre la curiosité et les aveux, entre la courtoisie et l'intimité, entre le travail et la complicité. Et depuis deux jours, nous nous guettons tout en nous évitant.

C'est avant tout ma faute. Lorsque j'ai parlé de ma mère, Vidkun n'a pas relevé ; il a juste pâli, puis a proposé :

« Nous allons peut-être y aller ? »

Je n'ai pas eu la force d'insister. Avouer que ma

propre mère était juive, n'était-ce pas la goutte qui fait déborder le Graal ? Vidkun a enregistré l'information, comme s'il avait besoin de la digérer. Je lui jouais là un bien vilain tour. Il devait brusquement composer avec son cynisme, ses petites blagues, ce mauvais esprit dont il ne pensait pas qu'il pût à ce point me choquer, me blesser. Il lui fallait remonter le temps de notre équipée pour reconsidérer toutes ses phrases déplacées, ses remarques litigieuses : la visite au Struthof, le dîner chez la fille d'Himmler, notre soirée sur le nid d'aigle, n'était-ce pas là autant de provocations ? Pourquoi ne le lui avais-je pas dit tout de suite ? Comment avais-je pu garder aussi longtemps un tel secret, qui changeait forcément la donne ? Toute autre que moi eût aussitôt brandi la judaïté de sa mère comme un bouclier. Moi, je n'y ai pas pensé, tout simplement. Ma mère est une figure si lointaine, presque onirique. Une bonne fée à laquelle je ne crois plus.

Pour être tout à fait honnête, j'ai lancé cette information presque par hasard. Cela n'a pas d'importance réelle. Je ne me suis jamais sentie ni juive, ni catholique, ni rien. De plus, je ne sais strictement rien de ma mère. Rien du tout !

Désormais, Vidkun n'ose plus me poser de questions personnelles, et je suis piégée entre ma pudeur et mon absence de mystère.

C'est donc sans joie que nous décidons de quitter Nuremberg pour rallier le lieu du quatrième et dernier suicide : Berlin.

À l'approche de la capitale allemande, le Viking baisse sa vitre sous le soleil descendant.

— À nous deux, *Germania* !

— Vous parlez de quoi, là ?

Je suis dans cette humeur entre deux qui suit les trop longues siestes. Cette impression que mes paupières sont collées l'une à l'autre, comme une croûte de pain rassis.

— C'est comme ça qu'Hitler voulait rebaptiser Berlin, quand il aurait remporté la guerre.

— Ah !…

Sur la route, les voitures sont à touche-touche, bloquées par des travaux.

— Germania aurait été la plus grande capitale du monde, une ville colossale, immense. À la mesure de la mégalomanie du *Führer*… Et tout cela habité par des jeunes gens blonds, aux yeux bleus, issus de l'élevage…

À ces mots, une ombre passe sur son visage, et il ajoute :

— Quelle horreur…

Une façon de regagner mes faveurs ?

— Tiens donc, vous vous reprenez maintenant ?

— Vous savez bien que je ne suis pas un néonazi, juste un… « collectionneur obsessionnel ».

Mais me voilà lancée, comme je peux l'être avec Clément.

— Vous auriez pu choisir des *obsessions* plus humanistes, monsieur Venner…

Nous passons alors devant un pan de muraille gris, couvert de graffitis multicolores, et Venner remarque :

— Tenez, un vestige du Mur. Vous trouviez ça plus humaniste, peut-être ?

Je me rappelle les images de 1989. Chose rare, mon père avait passé la nuit devant la télévision et m'avait même permis de suivre ça avec lui ; je rever-rai toujours son expression de soulagement et d'ef-froi.

« *Bienvenue dans la nouvelle Histoire…* » disait-il, avec une étrange appréhension.

Venner poursuit son plaidoyer :

— Vous trouvez ça humaniste de couper des familles en deux, un beau matin ?

— Je n'ai jamais dit que c'était mieux ; mais les nazis aussi ont séparé des familles, non ? Et plus définitivement.

— On retombe précisément dans la mission du *Lebensborn*.

Je hausse les sourcils.

— *Ach !* fait Fritz, pour saluer le déblocage de la circulation.

Nous nous engageons alors dans une avenue bor-dée d'arbres aux couleurs d'automne.

— Outre la procréation artificielle, explique Vid-kun, l'office *Lebensborn* s'occupait de recaser des enfants « racialement valables », volés dans les pays occupés.

— *Racialement valables ?*

— Oui : lorsqu'ils arrivaient dans une région, ils écumaient villes et villages pour trouver des gamins encore jeunes, blonds aux yeux bleus. Ils les confis-quaient à leurs parents et les plaçaient dans des familles allemandes, généralement SS.

— Et les vrais parents étaient tués sur-le-champ, j'imagine…

— Pas toujours, répond sèchement Venner, comme si la remarque l'irritait. Il arrivait même que la famille d'accueil garde un contact – en tout cas une adresse – de la famille… biologique.

Nouvel embouteillage.

— *Scheisse !*

— Et en 1945, ils ont retrouvé leurs familles ?

Venner oscille du chef de gauche à droite.

— Très peu.

— Peu ?

— Quitte à choisir, la plupart ont préféré rester dans un pays libre plutôt que de se retrouver sous la botte soviétique. Et cela a donné lieu à des situations croquignolesques, où les enfants ont choisi le camp de l'ennemi… par instinct de survie.

— Mais c'est de la trahison !

— Question de point de vue, et de date… Si vous aviez été volée à deux ans, et placée dans une riche famille parisienne, aimante et généreuse, vous seriez retournée à Issoudun, vous ?

Je m'empourpre aussitôt.

— Pure rhétorique… ajoute Venner.

— Ouais, ben gardez-la, votre rhétorique ! Mon père n'est ni un communiste ni un nazi ; et nous sommes en 2005.

La voiture s'immobilise à hauteur d'un kiosque à journaux. Par la vitre, Venner désigne la une d'un hebdomadaire à sensation.

— Notre époque est-elle pourtant plus brillante ?

J'aperçois alors la photo d'un bébé aux yeux globuleux, dans les bras de ses parents.

— Qu'est-ce que c'est ?

— Encore un enfant kidnappé…

— Un handicapé ?

Venner parvient à lire le sous-titre tandis que la voiture s'éloigne.

— Visiblement, ça s'est passé avant-hier, du côté de Bochum, près de Cologne. C'est le quarante-neuvième… depuis vingt-sept mois !

Sur ces mots, la voiture se gare en épi et je

découvre un joli petit square, verdoyant et presque bucolique, comme une place de village.

— Où sommes-nous ? dis-je, en sortant de la limousine, les jambes engourdies.

— À l'emplacement exact de la prison de Spandau...

— Spandau fut le dernier mausolée du IIIe Reich, explique Venner, tandis que nous arpentons les sentiers de ce square où siégea la célèbre prison. Il fut créé à partir de l'ancien jardin intérieur de la forteresse.

Nous avançons dans les allées, mais Vidkun se comporte comme si nous entrions *dans* la prison : on passe les portes, on découvre les couloirs, on jette un œil derrière les barreaux, les judas des cellules.

— Il faut vous imaginer ici les derniers géants du IIIe Reich...

À jouer les cicérones, Venner regagne sa raideur. À la limite, tant mieux ! Au moins est-il dans son monde. Je tente pour ma part de demeurer neutre, car je ne dois paraître ni distante ni passionnée.

— Qu'est-ce qu'ils faisaient de leurs journées, les prisonniers ?

— Rien, dit Venner, en cueillant une fleur dans un massif pour se la mettre à la boutonnière. Tout juste un peu de jardinage...

— Du jardinage ? !

— Eh oui ! Rudolf Hess, dauphin du Führer, Albert Speer, architecte en chef et ministre de l'Armement, Baldur von Schirach, fondateur de la *Hitlerjugend*, et les autres, Keitel, Sauckel, Raeder, Dönitz... se querellaient pour un râteau ébréché, un plant de tomate abîmé. Ils en arrivaient à se haïr, parce que l'un avait piétiné les myosotis de l'autre…

Je considère ce jardin avec incrédulité. Difficile d'imaginer des lieux clos, et ces quelques vieux prisonniers qui avaient traumatisé des millions d'êtres humains !

— Chacun avait ses lubies. Hess a toujours singé la folie, au point qu'il en est devenu réellement fou. Il lui arrivait de ne pas parler pendant des mois, mais il hurlait toutes les nuits qu'on voulait l'étrangler. Quant à Speer, il a profité de ses vingt ans d'incarcération pour faire le tour du monde.

— Le tour du monde ?

— Speer était de loin le plus cultivé et le plus intelligent de la bande. Ce n'était ni un militaire borné ni une brute sanguinaire. Et puis il avait une excellente mémoire.

Venner s'avance sur l'allée la plus longue et se met à faire des grands pas sur le sable tassé.

— En calculant la longueur de sa démarche, il évaluait le nombre de kilomètres parcourus par jour. Alors, il s'est imaginé partant de Berlin… pour faire le tour du monde. En esprit.

— Et il y est arrivé ? !

— Oui, je crois. En tout cas, il est parvenu jusqu'au Pacifique, exclusivement guidé par sa culture et sa mémoire !

Je serais presque admirative devant une construction mentale aussi titanesque. Comment en arriver là ? Est-ce la marque d'une aliénation complète ou la preuve d'une incroyable liberté ?

Venner me prend le bras pour m'entraîner dans une autre partie du jardin. Un mouvement de rejet naît loin dans mon esprit, mais je le refrène. Venner est juste courtois. Et la chaleur de sa main sur mon bras est assez douce. Il ne pose pas de regard biaisé sur mon décolleté, ni sur ma jupe. Il poursuit sa visite.

— Les quatre forces d'occupation étaient en charge de la surveillance de Spandau. Américains, Britanniques, Français et Soviétiques se partageaient le gâteau.

— Ils étaient nombreux ?

— Quatre-vingts, je crois.

— Pour combien de prisonniers ?

— La prison pouvait contenir six cents détenus, mais ils n'étaient que sept ; du moins au début. Car à partir des années 1970, Rudolf Hess s'est retrouvé tout seul. Le prisonnier le mieux gardé du monde.

Il me désigne un arbre.

— Tenez, ajoute Venner, voici sa cellule. C'est là que le soi-disant menuisier Bruno Müller, l'homme à la cicatrice sur le cou, s'est tué en 1995, huit ans après le suicide de Hess, le 17 août 1987.

Je contemple ce sympathique jardin et tente de me figurer une piécette vide, aux murs crasseux.

— Combien de temps est-il resté ici ?

— Hess ? Quarante années, mais cela faisait déjà six ans qu'il était sous les verrous.

Le Viking pince les lèvres comme s'il faisait un difficile calcul mental.

— Rudolf Hess a donc au total passé près d'un demi-siècle en prison. Personne n'était autorisé à lui parler, surtout pas les soldats allemands. Tout accès aux actualités lui était interdit. Il n'avait le droit qu'à un quart d'heure de musique par semaine et à la visite hebdomadaire d'un aumônier…

— Sévère !

— Vous voyez : vous aussi, vous pouvez éprouver de la compassion.

Aussitôt je me dégage de son bras. Venner n'insiste pas et nous reprenons notre « promenade ».

— Spandau était le musée Grévin du IIIᵉ Reich. Lorsqu'une personnalité étrangère venait en visite à Berlin, on l'amenait ici comme au rocher aux singes. Toutes les portes des cellules étaient ouvertes, les prisonniers devaient être tournés dans la direction opposée, sans bouger, tandis que le général du moment commentait la visite : « *Voici l'amiral* », « *Voici l'architecte…* ».

À cette idée, d'un cynisme atroce, je sens à nouveau monter un malaise. Peut-on pourtant avoir de la pitié pour ces hommes coupables de crimes contre l'humanité ?

Nous arrivons alors devant un petit marchand de journaux.

— Ah ! voici notre « indic ».

— Pardon ?

— D'après mes informateurs, ce vendeur de journaux est un ancien gardien de la prison. Et il y serait resté jusqu'à sa destruction…

Puis il rentre dans le magasin et pose sans grand espoir ses rituelles questions sur le suicidé.

Les deux hommes parlent dix minutes, mais quelque chose se passe. Venner gesticule, insiste, louvoie. Il finit par exhiber sa fameuse pince à billets… en échange d'un morceau de papier !

Aussitôt le Viking accourt vers moi, victorieux.

— Alors ?

— Je crois qu'on tient enfin quelque chose… répond-il, en me tendant le morceau de papier.

Je lis : « Angela Brillo, (030) 566 89 09 », sans comprendre…

Vidkun laisse planer un silence, puis lâche, comme un gamin révèle la solution d'une devinette :

— C'est la sœur de Bruno Müller, le quatrième suicidé…

— *Frau Brillo ?*

Venner hurle dans le récepteur. Deux passants se sont même retournés. Nous sommes dans une cabine, sur l'une des plus grosses artères de Berlin, le Kurfürstendamm. La grande avenue de l'ex-Berlin Ouest, ses Champs-Élysées, une féerie de magasins, enseignes, lumières, restaurants, voitures, klaxons, éclats de rire.

Le vacarme est si fort que Vidkun doit encore hausser le ton. Je m'étonne alors qu'il n'ait pas de portable, lui qui possède une limousine stretch, un écran de cinéma et une piscine souterraine ! A-t-il le même problème que moi : oublié d'étendre son forfait à toute l'Europe ? Ou bien son indépendance farouche lui interdit-elle d'être aux « ordres » d'un téléphone mobile ?

Agrippé à son combiné, le Viking semble peiner. Sa voix prend toutes les intonations, de la sécheresse à la supplique. Il trépigne de façon étrange, comme s'il mimait la conversation.

« Un acteur, indéniablement… » me dis-je devant cette face de caoutchouc, incroyablement mobile, qui peut troquer la noblesse antique pour les plus clownesques facéties. Mais cette conversation téléphonique n'a rien d'une plaisanterie. Depuis le début de notre errance en terre teutonique, c'est même la première piste sérieuse que nous ayons trouvée.

Vidkun est totalement concentré. Le nom de Bruno Müller revient à plusieurs reprises dans la conversation. Puis ceux de Spandau et de Rudolf Hess. Enfin, tout semble s'éclairer.

— *Vielen Dank, Frau Brillo! Vielen vielen Dank!* exulte Venner.

« On tient peut-être *vraiment* quelque chose… » me dis-je, tandis que le Scandinave raccroche.

— Alors ?

Venner ressemble à un tout jeune enfant. Il sautille jusqu'à moi et me saisit par les épaules.

— Alors, dites-moi !

— Demain matin, 9 heures, au café Balitout, dans le nord de la ville !

Il est aux anges et a perdu cette gêne paralysante qui nous figeait ces deux derniers jours. Par écho, je me sens ragaillardie.

— Enfin, ça décolle ! dit-il en prenant mon bras pour m'entraîner le long des vitrines.

La plupart des magasins sont déjà fermés et les Berlinois se pressent devant les restaurants, les bars, les cinémas.

Venner est si excité qu'il fait de grands pas, sans me lâcher. Je perds l'équilibre et m'écrie dans un éclat de rire :

— Eh oh ! Du calme ! Le rendez-vous n'est que demain matin !

Vidkun conserve sa mine de marmot extatique. Nous avançons sur le trottoir de la grande artère berlinoise et son allégresse est si palpable que j'ai l'impression que nous allons finir par nous envoler, comme dans un film de Wenders.

Nous voilà bientôt dans un parc.

— Il va falloir marcher sur des œufs, avec cette Mme Brillo, demain matin. Je doute qu'elle parle français, mais je lui ai dit que vous faisiez une enquête pour la faculté d'histoire de Paris ; je serai votre interprète…

— Ce n'est pas un peu balourd, comme alibi ?

— C'est sorti comme ça, répond Venner d'un air farfelu.

Combien le Viking a-t-il de facettes ? Parfois, il semble changer de personnalité, comme tout à l'heure, au téléphone. Est-ce là le destin des déracinés ? Cette faculté d'adaptation, de mimétisme, qui fait de lui un caméléon ? Pourtant, Venner a un caractère écrasant. Par un simple froncement de sourcils, il peut plomber l'ambiance des journées entières.

Plus il se dévoile, plus il me semble impénétrable.

Mais ne pense-t-il pas la même chose de moi, avec mes rognes de fille seule, mes foucades d'adolescente attardée, mes tenues de minette en chasse ?

Nous ralentissons.

Vidkun adopte alors un ton adulte :

— Notre hôtel est un peu plus bas.

La lune vient d'apparaître derrière les immeubles. Une brise légère, mais fraîche, nous prend par surprise. Venner se rapproche.

— Vous avez froid ? demande-t-il en collant son épaule contre la mienne.

Il vient de retrouver son timbre de l'autre soir, au nid d'aigle. Ce ton de douce attention.

Je m'arrête et lève les yeux vers lui.

— Pas vraiment…

Brusquement, nous voilà si proches. Je sens son souffle sur ma bouche. Vidkun est là, devant moi. Il n'a plus d'âge, plus d'origine. Il n'est ni mon patron, ni mon employeur, ni mon commanditaire, ni ce collectionneur monomaniaque, ni l'ami de la fille d'Himmler... Juste un homme, à mon bras, sous les arbres, par une nuit de pleine lune.

« Un rêve romantique... »

Jamais la présence de Venner ne m'a semblé aussi étrange, aussi lourde de sens.

— On est bien, non ?

Je pose doucement ma tête sur son épaule.

— Je dois dire qu'on n'est pas mal...

J'entends battre le cœur du Scandinave. Mais qu'est-ce qui m'arrive, bon Dieu ? Plus de douleurs, plus d'angoisses. Juste une immense tendresse. Vidkun contre moi. Notre foulée plus lente. Chaque mouvement découpé, décomposé à l'infini.

— Voici notre hôtel...

Vidkun a parlé à mi-voix.

Il passe derrière moi et pose son menton sur ma tête. Son torse contre mon dos, lovés l'un à l'autre. Devant nous, une façade aussi blanche qu'un biscuit viennois. Dans mon esprit, tout s'engouffre, s'emmêle, se perd : les visions du Viking, les recommandations de Léa (« Ces gens sont dangereux »), l'image de mon père (Vidkun *pourrait* être mon père...), le fantôme de ma mère...

Mais là, tout de suite, et pour ce seul instant, je me moque de tout ça...

« Je suis une grande fille, merde ! »

Et je suis si bien. Voilà même des années que je ne m'étais sentie aussi vivante, aussi forte.

Je me retourne alors avec une souplesse de chatte. Vidkun ne bouge pas. Il est si grand, si haut ! Nos yeux se croisent. Il semble encore plus surpris que moi. Il fait une mine coupable mais piquante, et pose

221

un baiser sur mon nez, puis se dégage et recule d'un pas.

— Il faut aller se coucher, chuchote-t-il, la journée de demain risque d'être longue. D'autant qu'ensuite, nous rentrerons à Paris...

Avec douceur, il caresse mes pommettes du revers de la main.

— Bonne nuit, petite fille... dit-il en s'éloignant vers l'entrée de l'hôtel.

Longtemps, je reste sur cette avenue, sous la lune, l'âme en friche. Je me dompte pour ne rien analyser, ne surtout pas réfléchir. Juste laisser flotter cette douceur, cette incroyable sensation de calme.

Lorsque je me décide enfin à entrer, c'est d'un pas de somnambule. Au comptoir de réception, je demande la clé de ma chambre.

— Vous êtes Mlle Chouday ? s'enquiert l'homme aux clés d'or, dans un français presque sans accent.

— Oui...

— Vous avez reçu un appel... ajoute-t-il en me tendant une feuille de papier à l'en-tête de l'hôtel.

Aussitôt mon cœur bat ! Tout palpite ! Vidkun : c'est lui ! Il m'attend dans sa chambre. Ou dans la mienne ! Une chaleur me monte aux joues et s'étend à mon ventre sous une bouffée de plaisir.

— *Danke*, dis-je, évanescente, au concierge étonné.

— *Bitte sehr !*

Tremblante, je déplie le mot de Vidkun.

— Ah non !

Le concierge relève la tête, car j'ai glapi. On me fait tristement retoucher terre. J'étais si bien, si loin de tout ; loin de ma vie, de mes amis, de mes fidélités. Je voulais juste qu'on m'oublie, ne serait-ce qu'un instant. Disparaître. M'engloutir.

C'est un message de Clément, lapidaire.

« Consulte tes mails, c'est très important. »

« Comment m'a-t-il retrouvée ? » me dis-je, consciente de l'injustice d'une telle pensée.

Les dents serrées, je froisse le papier et radiographie ce hall d'hôtel. J'aperçois alors une table garnie de quatre ordinateurs.

« Après tout… »

Je m'efforce de noyer ma déception, de l'évacuer. À quoi tu t'attendais, ma cocotte ? À un message d'amour ? À un rendez-vous galant ? À une folle nuit ? Une romance wagnérienne ? Venner est juste un fantastique affabulateur, qui t'a retournée comme un gant ! Un magicien ! Un illusionniste ! Il sait comment te manipuler.

La liste des messages s'étire alors sous mes yeux.

« Vous avez quarante-huit messages. »

Trente messages viennent de Clément !

Trente messages…

Les titres en sont éloquents : « nuit d'amour », « fuck friend », « alors ? », « t'es où ? », « abonnés absents », « solitude », « oubli », « partie sans laisser d'adresse »…

J'ai si peu repensé à Clément, depuis le début de mon périple. Ce qui s'est passé la nuit avant mon départ se perd dans une brume douçâtre, comme toutes nos autres aventures sexuelles.

D'un geste compulsif, je supprime tous les messages, comme on met un paravent devant un mur lézardé. Un seul échappe à l'holocauste : le dernier en date. Il est intitulé : « *Vidkun Schwöll ?* ».

Il est arrivé il y a deux heures.

Alors je l'ouvre… et sens ruer dans mon ventre un atroce cisaillement.

« Petit cœur,

« Je me suis renseigné sur ton Viking.

« Des collègues de mon père qui bossent à la DGSE ont été fouiner pour moi dans des vieux dossiers. Je suis désolé de te l'écrire comme ça, mais je n'ai pas voulu attendre. Et comme tu ne réponds ni à mes appels ni à mes e-mails, je finis par m'inquiéter…

« Vidkun Venner est inventorié dans les archives de la police comme étant moitié argentin, moitié allemand.

« Il n'a rien de scandinave mais serait le fils d'un certain Dieter Schwöll, qui a été fiché pendant vingt ans sur la liste noire du tribunal de Nuremberg, avant d'être retrouvé par le Mossad, en Argentine, en 1963 ; il a alors été jugé, condamné et pendu à Jérusalem.

« Le dossier ne fait pas état de ce qui lui était reproché, mais je vais continuer à chercher et je te donne la suite dans un prochain mail.

« À très vite. Je… »

— L'ordure !

Je ne lis pas les dernières phrases et ma réponse est compulsive, instinctive.

Je martèle le clavier comme si je voulais en détruire une à une chaque touche.

« Je ne sais pas où tu as trouvé toutes ces saloperies, mais ne m'appelle plus. Tu me dégoûtes ! »

Derrière son comptoir, le réceptionniste devient inquiet.

— Tout va bien, mademoiselle ?

Je réalise alors que je suis en larmes et balbutie entre deux hoquets :

— Oui, oui.

Puis, un ouragan dans la tête, je cours jusqu'à ma chambre.

Les Momies de l'autre monde

par David Guizet

*J'ai cru que mon devoir envers mes
semblables m'obligeait à écrire ce récit
pour les avertir de la venue de la Race
Future.*

Edward Bulwer Lytton
(La Race à venir).

Avril 1963

À l'heure où la collaboration économique
franco-allemande bat son plein ; à l'heure où le
général de Gaulle institue des sommets entre les
deux pays, fondant un Office franco-allemand de la
jeunesse ; à l'heure de la réconciliation, donc, les
décombres de la Seconde Guerre mondiale ne sont
pas encore ensevelis...

Car le IIIe Reich n'est pas mort. Comme Frédéric
Barberousse, il sommeille au creux d'une montagne,
attendant le moment propice pour ressurgir.

Tu penseras, ami lecteur, que je divague. Que le
nazisme n'est qu'un mauvais souvenir ; un cauchemar dépassé, oublié.

Mais oublie-t-on le mal ? Oublie-t-on la souffrance ? Oublie-t-on la fumée des six millions d'âmes sacrifiées sur l'autel des vanités humaines ?

Oublie-t-on les criminels impunis qui depuis bientôt vingt ans se pavanent sous des identités d'emprunt ?

Non ! Ceux-là, on ne les oublie pas ! Il est même de notre devoir – un devoir de citoyens, d'hommes – de les pointer du doigt.

C'est pourquoi je voudrais aujourd'hui pointer un petit village du sud-ouest de la France. Une bourgade bien tranquille, dont le nom fleure bon le terroir : Paulin.

Ami lecteur, laisse-moi te parler de Claude Jos, le maire de cette cité si paisible. Ensuite, comme l'histoire, tu jugeras...

Il faut pour cela, ami lecteur, nous reporter dix ans en arrière, au printemps de l'année 1953. T'en souviens-tu ? Il flottait alors un air léger, avec ce quelque chose de doux dans l'atmosphère qui donne envie de prendre les gens par l'épaule et de leur faire des confidences, leur avouer des secrets. Mais son secret, Amaury Lafaye comptait le garder pour lui ; du moins jusqu'à la publication de son article.

À la *Gazette de l'Ariège*, à Foix, on était habitué aux articles d'Amaury Lafaye. Ce passionné d'ésotérisme voyait du mystère partout. Il écrivait depuis bientôt vingt ans son article hebdomadaire sur les légendes locales, les mythes pyrénéens, et tout ce qui pouvait relever du folklore. Ses papiers avaient un public de fidèles, qui ne prenaient jamais pour argent comptant ses fantasmagories (« Les extraterrestres ont-ils fondé Montségur ? », « Des Martiens sur le mont Canigou ? », « Une chapelle de plus de dix mille ans découverte sous la ville de

Pamiers ? »…), mais s'en délectaient comme on savoure une pâtisserie un peu lourde.

Pourtant, ce 14 mai 1953, Amaury Lafaye était bien plus exalté qu'à son habitude. Pour la première fois depuis des années, ce franc-tireur demanda à rencontrer le directeur, *en privé*.

Il avait cette frénésie des hommes qui ont vu le diable.

Deux jours plus tard, le département était inondé par ce titre étrange : « Les Momies de l'autre monde ».

Sur quatre colonnes, illustré d'une photo sauvage, le chroniqueur décrivait une aventure aussi macabre qu'extravagante.

La voici…

De passage dans le hameau de Lanta, à douze kilomètres au sud de Montségur, une contrée de roches et de broussailles, Lafaye était allé consulter un de ses « informateurs » : une vieille femme vivant comme au Moyen Âge, dans une cabane de bois au milieu de la forêt. Cette demi-sorcière aux longs cheveux gris et filasses se disait en contact avec les esprits de la montagne et les forces telluriques.

Cette fois-ci, elle n'avait pourtant pas de légende à lui raconter, ni fantôme de vieille chèvre ni bergère éventrée. Mais un fait.

Un fait réel.

Depuis deux semaines, un groupe de cinq archéologues était parti camper dans la montagne, et n'était toujours pas revenu.

La vieille les décrivit comme grands, blonds et presque militaires. Ils lui rappelaient ces soldats vus durant la guerre, et dont tout le monde au pays racontait qu'elle en aurait aimé un plus que de raison.

Au grand effroi de la vieillarde, Lafaye décida aussitôt de partir à leur recherche.

Il marcha deux bonnes heures parmi les arbustes et les crêtes, manquant plusieurs fois glisser dans les crevasses qui abondent en cette région.

Il commença à fatiguer, se demandant s'il ne valait pas mieux rebrousser chemin, car il ne voyait ni fouilles ni archéologues en goguette. Quand soudain, à la mi-journée, il entendit des voix.

Des voix qui parlaient *allemand…*

Il ralentit le pas et se cacha derrière un chêne vert. Ce qu'il découvrit alors le glaça…

Sous ses yeux : un véritable campement militaire dont les tentes étaient marquées par de grandes croix gammées !

Cependant, il dompta sa peur et remarqua, non loin, un trou dans le sol, au milieu des fougères. De grands hommes blonds et costauds, la mine concentrée, y disparaissaient l'un après l'autre avec des pelles, pour en remonter des seaux de terre.

Ils étaient cinq. L'un d'eux, plus petit, plus fin, donnait des ordres aux quatre colosses blonds. Il se repérait à l'aide d'un vieux manuscrit, usé et taché, qu'il compulsait au moyen d'une loupe, puis désignait à ses sbires telle ou telle partie du trou.

Lafaye resta ainsi une bonne heure, proprement hypnotisé par ce spectacle hors du temps.

Parfois, le chef donnait des bourrades à ses hommes, des gifles, mais les soldats – pourtant plus hauts et forts – ne regimbaient pas et baissaient la garde, avec un respect craintif.

Puis, soudain, un cri !

« *Ça y est !* »

Lafaye les vit disparaître dans le trou pour, péniblement, en remonter une longue boîte. Le journaliste n'eut pas une seconde de doute : c'était un sarcophage !

Une fois qu'ils l'eurent posé au sol, les quatre sbires se mirent en retrait pour laisser au chef l'honneur d'ouvrir la sépulture.

La scène revêtit alors une solennité étouffante.

Le chef caressait la boîte, qui semblait faite de métal, mais d'un métal inconnu aux yeux de Lafaye, qui se demanda même s'il n'avait pas devant lui le légendaire orichalque des Atlantes ; l'or du continent englouti.

L'archéologue commença lentement de soulever le couvercle.

Alors un frémissement les saisit tous. Aucun n'osa plus parler. Mais tous verdirent, immobiles, car une odeur pestilentielle se répandit dans l'air.

Puis, un à un, ils se penchèrent et commencèrent à sortir le corps.

La momie mesurait au moins deux mètres cinquante. Mais tout était proportionné : les bras, les jambes, la tête. Son corps avait semble-t-il séché, sans perdre de son relief. Comme ces mains d'écorchés dont les sorcières faisaient grand commerce aux temps des sabbats.

« *C'est un homme...* dit le chef, en allemand, *un grand-père de cent mille ans ! Notre grand-père...* »

À cette remarque, les quatre colosses baissèrent les yeux avec respect et posèrent genou à terre, à la manière des chevaliers du Moyen Âge.

Lafaye était fasciné.

Le chef parlait sans discontinuer : en un sabir que Lafaye peinait à saisir, il évoquait de mystérieux « *supérieurs inconnus* », une non moins étrange « *race primitive* ».

Profitant qu'ils regardaient ailleurs, le journaliste réussit à prendre une photo, avant de s'éclipser.

Lorsqu'il repassa devant la cahute de la vieille, celle-ci crut voir un fantôme. Elle le pensait déjà mort.

Mais il ne s'arrêta même pas devant sa maison et lança, d'un ton victorieux :

« Achetez le journal dans trois jours ! »

Et force est d'avouer que lorsque la vieille femme quitta, trois jours plus tard, sa tanière pour descendre au village acheter le fameux journal, elle ne put retenir un cri.

En une de la *Gazette de l'Ariège*, elle découvrit une photo ainsi légendée : *« Cinq archéologues exhibent fièrement leur aïeul de cent mille ans. »*

Hélas, ami lecteur, c'est maintenant que commence le vrai mystère.

Deux semaines plus tard, le corps d'Amaury Lafaye fut retrouvé calciné et pendu à une branche de chêne, à quelques kilomètres de Foix.

Dans le pays, tout le monde s'émut, car Lafaye était devenu une figure aimée et respectée. Plus étrange, l'enquête fut aussitôt abandonnée et la police conclut… au suicide !

Un suicide ? Comment peut-on se pendre *puis* s'immoler ?

Au bout de quelques mois, un journaliste ami de Lafaye décida d'approfondir la chose. Christophe Authier – tel était son nom – n'avait pu se résoudre aux conclusions pour le moins hâtives de la police. Sans être un intime de Lafaye – qui l'était ? – il se sentait investi d'une mission. C'est pourquoi il reprit le numéro de la *Gazette* et en disséqua l'article, dont la photo ne cessait de l'intriguer. Le chef des archéologues lui rappelait quelqu'un. Certes, le cliché avait été pris à cinquante mètres, par un amateur, mais Authier finit par identifier l'individu : il reconnut un certain Claude Jos, alors maire de Paulin, une petite ville du Tarn, à cent cinquante kilomètres au nord-est de Foix ; un homme qui – après renseignements – s'avéra aussi discret que puissant.

Jos était connu dans sa région pour avoir été un farouche résistant, avant de gravir les échelons politiques jusqu'à devenir l'un des plus jeunes députés du sud-ouest de la France.

Quel rapport avec l'archéologie et la momie de Lanta ? Authier n'en savait rien, mais il n'en dormait plus. C'est pourquoi, un après-midi, il décida de se rendre à la mairie de Paulin afin d'éclaircir ce mystère.

On s'en doute, Claude Jos refusa de le voir. Puis, face à l'insistance du chroniqueur, il lui accorda dix minutes… et nia tout en bloc.

« J'ai autre chose à faire que de creuser la montagne, monsieur Authier. Je suis député et maire de ma commune ! »

Ce Jos n'était pas clair, et ses yeux bleu azur cachaient des secrets. Tandis qu'il quittait la mairie, Authier croisa sur le perron quatre hommes blonds et carrés. Il reconnut aussitôt les colosses de la photo !

Il attendit.

Deux heures plus tard, le maire et ses quatre acolytes quittèrent le bel édifice de pierre rose pour s'engouffrer dans une Mercedes. Le journaliste enfourcha sa motocyclette et suivit la voiture noire.

La Mercedes filait à toute allure sur les routes de campagne. Trois kilomètres plus loin, elle gravit une colline au sommet de laquelle était bâtie une vaste demeure. *« Château de Mirabel, propriété privée, défense d'entrer »*, lut Authier, sur le platane au pied de la côte.

Dissimulant sa moto dans un fourré, le journaliste

gagna la maison à pied, en se cachant derrière les haies.

Au même instant, une dizaine de voitures montèrent en procession, pour se garer devant le porche du château. En sortirent des personnes élégantes, qui furent accueillies par Claude Jos.

Tous entrèrent dans le château.

Le jour était presque tombé. La lune se frayait un chemin dans le ciel. Par chance, il faisait chaud, et les fenêtres du château étaient grandes ouvertes. Arrivant sous la façade, Authier entendit l'écho des rires, qui allait se perdre dans le bois mitoyen.

Jouant le tout pour le tout, il s'approcha d'une fenêtre et se cacha dans l'ombre d'un volet.

Ce qu'il vit le crucifia !

C'était un grand salon, lourd de boiseries et de tentures. Comme pour une conférence, des chaises avaient été placées côte à côte. Les quatre colosses étaient installés au fond, tels des cancres.

Mais Authier n'avait d'yeux que pour ce long objet, au centre de la pièce, posé sur une estrade...

« La momie », se dit-il.

Allongée sur une table, la dépouille faisait face à l'assistance. Derrière cette table se tenaient deux hommes ; à gauche, Claude Jos ; à droite, un vieillard malade. Enfin, une femme assez jeune restait en retrait et les contemplait avec admiration.

La conférence commença.

Seul le vieil homme parlait, avec un ton de professeur.

Authier avait du mal à entendre car – intentionnellement, sans doute – le vieux avait actionné un phonographe qui diffusait du Wagner et couvrait les voix.

Le vieil homme prenait des poses de prophète, levait les bras, s'immobilisait, jouait de ses yeux. Et tous couvaient la momie d'un œil craintif et respectueux, comme on contemple une bombe qui bientôt explosera.

Authier cherchait à identifier les autres individus, mais il n'en connaissait aucun.

Puis, brusquement, un détail le frappa comme un coup de poing : sur le revers de leur veste, les quatre colosses portaient l'insigne en double rune de la SS.

« Plus une minute à perdre ! » se dit le journaliste en dévalant les champs.

Le rédacteur en chef de la *Gazette de l'Ariège* sauta sur l'occasion.

Il n'avait pas digéré le pseudo-suicide de Lafaye, et l'échec de sa une sur les momies. C'est pourquoi il décida d'en faire une nouvelle une !

La fin de l'aventure est encore plus étrange... et non moins mystérieuse.

Le journal parut dans l'indifférence générale. Comme par un fait exprès, la majorité du stock disparut avant sa diffusion... car l'imprimerie brûla dans un incendie. Toujours aussi bizarre : la *Gazette de l'Ariège* fut liquidée en un mois, par des créanciers fantômes qui poussèrent le journal à la banqueroute. Enfin, au mois de janvier 1954, Authier, son rédacteur en chef et une grosse partie de la rédaction furent enrôlés sous les drapeaux, expédiés en Indochine... et se perdirent dans la cuvette de Diên Biên Phu !

Ainsi s'achève l'aventure des momies de l'autre monde. Ici commence un mystère qui relève directement d'un réalisme fantastique fortéen, tel que nous l'entendons à la rédaction de *Planète*.

Devant cette avalanche de faits, d'ambiguïtés, de non-dits, de concordances macabres, d'étranges coïncidences, comment se fait-il que personne ne se soit intéressé à l'affaire depuis dix ans ?

Dix ans pendant lesquels Claude Jos, cet homme sans mystère, bon père de famille, ancien résistant, citoyen modèle, maire exemplaire, a tranquillement continué sa petite vie de notable provincial.

Outre ses fonctions municipales, il s'occupe désormais d'une agence de « tourisme en pays cathare » (tiens, tiens !) et refuse toujours de parler.

J'ai moi-même, au nom de *Planète*, essayé de le contacter.

Mais sa secrétaire m'a éconduit.

On ne peut pourtant pas abandonner l'affaire, car tant de questions restent sans réponses !

Qu'est devenue cette momie ? A-t-elle vraiment existé ?

Et qui sont ces anciens SS qui arpentent les forêts françaises, à la recherche de vestiges légendaires dont *eux seuls* semblent connaître l'existence ?

La réponse se trouve dans un petit village occitan, chez un homme affable, bonhomme, chéri de ses administrés… mais qui fuit les curieux comme la peste !

Quel est votre secret, monsieur le maire ? Que cachent vos sourires de circonstance, votre gêne à l'évocation de cette affaire ? Qu'y a-t-il dans ce château où vous vivez toujours, comme un seigneur du Moyen Âge ?

À l'heure où les derniers bouchers du nazisme passent aux assises, qui êtes-vous vraiment, Claude Jos ?

David Guizet

235

Il est minuit.

Chauvier referme le *Planète*. C'est la troisième fois qu'il lit l'article. Il en est à sa seconde bouteille de Jack Daniel's. Tout s'embrouille dans sa tête : la momie et sa sépulture ; cette image du baron de Mazas et d'Anne-Marie ; les quatre colosses aryens… sans doute les fameux oncles Sven. Que cherchaient-ils ? Quel secret tiennent-ils tant à protéger, au point de continuer à tuer, jusqu'à aujourd'hui, en 1987 ? Qui donc est leur dernière victime, cette femme tatouée qu'ils ont tuée, pendue et brûlée le mois dernier, dans les mêmes conditions que ce pauvre Amaury Lafaye ?

Le commissaire décroche son téléphone.

— Toan, dit-il d'une voix pâteuse, je suis désolé de te réveiller, je cherche à joindre ton fils.

Il vient de se rappeler que, le mardi, Linh accueille sa mère pour la nuit, car l'infirmière est de repos.

Linh est furieux.

— Vous avez vu l'heure ? Vous savez bien que maman ne se couche jamais après 9 heures du soir.

Chauvier avise la pendule : 23 h 18. Il prend un ton suppliant, et tente de faire oublier son timbre alcoolisé :

— Linh, il faut que tu m'aides.

Silence au bout du fil.

— Tu dois me trouver des informations sur quelqu'un ; je *dois* savoir s'il est toujours en vie…

— Vous êtes encore dans l'affaire Jos, c'est ça ?

Chauvier ne répond pas et enchaîne :

— Il s'appelle Guizet ; David Guizet. Il était journaliste à la revue *Planète* au début des années 1960.

— Les années 1960 ? !

— C'est pour ça que j'ai besoin de ton aide. Ils

ne me laisseront plus aller fouiner dans les fichiers, maintenant qu'ils savent que je n'ai pas abandonné le dossier…

— Qu'est-ce que vous lui voulez ?

— Savoir comment il a eu certaines informations soi-disant secrètes, en 1963…

Chauvier insiste :

— Je peux compter sur toi ?

Linh déglutit et conclut :

— Je vous rappelle demain dans la journée, mais d'abord je vais dormir. Bonne nuit, Gilles.

— Bonne nuit, mon gars. Et merci…

Pour Chauvier, impossible de dormir.

Et puis il reste du Jack Daniel's…

2005

La vieille femme est là, dans un coin de la taverne. Elle est assise, seule ; paupières mi-closes, peau parcheminée, yeux injectés de sang, mains fébriles, la cigarette à la bouche et le cendrier lourd de mégots. Devant elle, sur la table, une montagne de sous-bocks.

— Angela Brillo ? dit Venner.

Lentement, la femme lève les yeux vers Vidkun. Lorsqu'elle voit la belle stature du Scandinave, un réflexe de coquetterie la pousse à dégager son front de quelques mèches grasses.

— *Jawohl*, répond-elle, en tentant de sourire.

Puis elle nous désigne les chaises, face à elle.

Je m'y assieds maladroitement. Depuis mon réveil, ce matin, mes jambes ne veulent plus me porter. La soirée a été trop riche : la promenade sous la lune, le mail jaloux de Clément.

Absurde ! Ignoble ! Je ne décolère pas. Comment Clément a-t-il pu inventer de telles horreurs ?

Toute la nuit, en me tournant et me retournant sous ma couette, j'ai évacué les soi-disant « informations » de Clément : ce Dieter Schwöll, ces nazis argentins… Non ! Venner est scandinave. À moi – à moi seule ! – il a tout raconté : sa jeunesse, sa carrière au cinéma, son héritage, toutes choses que Clément ne peut pas connaître ! Ce petit con est juste jaloux, incapable de comprendre ce qui peut se passer entre Vidkun et moi !

Ces pensées m'ont obsédée pendant des heures. Et Vidkun m'a réveillée à l'aube.

— Je suis désolé, Anaïs, mais cette Mme Brillo nous a donné rendez-vous à 8 heures…

Nous nous sommes retrouvés dans le hall de l'hôtel, et je me suis dominée pour ne pas penser aux calomnies de Clément, ni à la tendresse de Venner, hier soir. Tout ceci est du boulot, bordel !

Nous avons mis une bonne heure à trouver cette taverne, au nord de l'ancien Berlin-Est, dans un quartier à jamais enseveli sous l'idéal socialiste : barres grises, rues écrasantes, faces de cire.

Dans la Mercedes, Venner a revêtu son masque matinal : celui du travail et du sérieux.

Cette taverne est une porcherie ! À 8 heures du matin, la salle est presque vide. Le patron semble perdu dans ses pensées mais, sans que nous en fassions la demande, Vidkun et moi nous retrouvons une pinte de bière sous le nez.

Je retiens ma respiration : allié à l'épuisement, le parfum du houblon, au petit jour, me chavire l'estomac. Mais Venner saisit la chope et la siffle d'une goulée.

Angela Brillo, qui n'a pas encore parlé, observe le Scandinave avec plus de confiance : un homme qui descend une bière aux aurores ne peut pas être totalement mauvais.

En allemand, Vidkun me présente, et je sors mon calepin pour jouer mon rôle d'étudiante en histoire.

— *Che barle bas le vranzais…* s'excuse la vieille.

Lors, c'est un déluge verbal ! Gesticulant, Angela Brillo passe de l'horreur au sourire, de l'inquiétude à l'effroi.

Je découvre un concentré de souffrance. La vieille s'agrippe au bord de la table, pousse parfois des hurlements. Ses éclats résonnent dans la taverne vide. Je happe çà et là des mots, des expressions : « *Lebensborn* », « Führer », « Himmler »…

Muet, Vidkun se contente d'opiner et de la relancer.

Enfin, épuisée, elle s'arrête. Sa bouche mi-close fait un bruit de viande flasque. Elle halète puis vide sa chope. Je suis désarçonnée par l'étrange hystérie de la vieille.

— Alors ?

Venner déglutit et s'efforce de remettre l'histoire dans le bon sens.

— Je crois que nous tenons vraiment quelque chose. *Frau* Brillo se dit menacée.

— Menacée par qui ?

— J'ai du mal à tout saisir. Elle n'en est pas à sa première bière. Difficile de savoir si elle a été *Schwester* – c'est-à-dire mère porteuse – dans un *Lebensborn* ou si elle y est juste née. Car je ne peux pas lui donner d'âge. En tout cas, elle est passée par le foyer de Bad Polzin, en Poméranie.

Venner prend une expression perplexe.

— Mais elle nous exhorte – enfin *vous* exhorte – à changer d'objet d'étude…

La vieille est face à nous comme devant un film sans sous-titres.

— C'est tout ce qu'elle a dit ?

Venner fait « non » de la tête.

— Tenter d'en savoir plus sur l'affaire des suicidés reviendrait à se jeter dans la gueule du loup. Un

loup qui a déjà dévoré son frère, le suicidé de Spandau, et beaucoup d'autres innocents...

Je suis perdue.

— Son frère ? Mais son frère n'a pas été assassiné, puisqu'il s'est suicidé...

— C'est ce que je lui ai rétorqué, mais il n'aurait
pas eu le choix. Il était programmé pour ça depuis
sa naissance... sa naissance dans un *Lebensborn*.

À ce mot, *Frau* Brillo agrippe ma main et reprend
sa logorrhée.

Ses doigts lacèrent ma paume.

— Qu'est-ce qu'elle dit ? ! Qu'est-ce qu'elle
dit ? !

Les yeux de la Berlinoise deviennent aussi profonds que des crevasses. Une trogne de voyante, de
vieille romanichelle en transe. Son haleine de bière
et de mauvais tabac m'agresse.

— Dites-moi ce qu'elle raconte !

Désorienté, Venner tente la traduction simultanée.

— Ils sont toujours là... ils l'ont menacée... ils
lui ont pris son frère, ses enfants, tout... Maintenant... maintenant ils peuvent très bien s'attaquer à
vous, Anaïs.

— À moi ? !

La vieille semble avoir compris. Elle couine un
« oui » en français puis poursuit sa litanie.

— Apparemment, dit Venner, la police ne peut
rien faire. Parce qu'*ils* sont de la police. *Ils* ont été
les plus forts pendant la guerre et le sont restés.

— Mais de qui parle-t-elle ?

Frau Brillo relâche lentement son étreinte puis
s'affaisse dans son siège de mauvais bois. Elle
répète une même phrase, *ad libitum*, de plus en plus
bas.

Prise au jeu, je deviens électrique. Maintenant, c'est moi que le danger menace ?

— Elle dit quoi, là ?

Venner a blanchi.

— « Tout était prévu, tout était prévu… »

Et si c'était une mise en scène ? Et si elle se moquait de nous ? Mais son allure dévastée, ses traits creusés estompent mes doutes.

À nouveau la vieille explique ; plus doucement. Elle caresse la surface de la table comme on tente de calmer un chien frénétique.

Venner traduit :

— *Frau* Brillo me dit que *Stille Hilfe* est encore très influente, et que nous devons nous méfier.

— *Stille Hilfe* ?

À nouveau la vieille opine, en faisant « *Ja ! ja !* », l'œil rond.

— *Stille Hilfe* est une association créée juste après la guerre pour organiser la fuite et la réinsertion des anciens nazis ; partout dans le monde.

— Ça existe toujours ? Je croyais qu'ils étaient tous morts…

Brillo fait « non » de la tête.

— En 1945, explique Vidkun, certains étaient très jeunes. Et puis la plupart ont eu des enfants…

À cette remarque, un frisson me saisit. Le mail de Clément se tortille dans ma mémoire. Et si Venner était vraiment le fils de ce… Dieter Schwöll ? Je déglutis.

— Et… dis-je, ces anciens nazis se sont enfuis dans beaucoup de pays ?

— Essentiellement en Amérique du Sud.

Je serre les dents et songe : « En Argentine, peut-être ? »

— Plusieurs sont allés en France, également…

242

Venner et moi posons des yeux effarés sur la vieille femme.

— Mais vous parlez français ? !

Brillo baisse les yeux d'un air coupable.

— Un peu, dit-elle, sans accent.

La vieille est de plus en plus rouge. Sa mâchoire inférieure semble prête à se déboîter.

— C'est en France qu'*ils* se sont cachés, poursuit Brillo. C'est là que tout a *vraiment* commencé. Et puis…

Les mots meurent dans sa gorge. Prise d'une convulsion, la vieille se retourne violemment et vomit sur le carrelage de la taverne. Je me recule pour éviter les éclaboussures.

— *Angela, Bitte !* fait le barman, d'un ton blasé, sans cesser d'essuyer ses verres.

Lorsque la vieille se relève, je crois voir un cadavre…

Elle essaye encore de parler mais n'émet qu'un cri rauque de sourd-muet.

Elle fouille alors dans son sac et en tire un vieux crayon à papier. Retournant un sous-bock, elle griffonne.

Avant que nous ayons le temps de réagir, la vieille femme s'enfuit en titubant, laissant la porte de la taverne grande ouverte.

Nous n'osons plus bouger.

Dans un effort romain, je tends ma main vers la table et saisis le sous-bock.

— C'est illisible…

Venner se penche.

— Je crois que c'est un nom.

Je parviens à déchiffrer :

— Oui, un nom français : « Claude Jos ».

1987

— Drôle d'endroit pour une rencontre, patron.

— Tu as trouvé ce que je t'ai demandé ?

Chauvier est aux aguets. C'est pourtant lui qui a eu l'idée du *Mc Donald*. Difficile d'imaginer lieu plus neutre. Il y est assis depuis vingt minutes et Linh vient enfin d'arriver, un plateau à la main.

Chauvier paraît exaspéré par cette salle pleine à craquer. Des dizaines de mandibules mastiquent du steak de soja, du cheddar de synthèse et de la frite au pétrole.

— Bon alors ? insiste le commissaire.

— Attendez ! fait l'Eurasien, la bouche pleine. Vous avez voulu venir ici, laissez-moi en profiter...

Linh dévore un Big Mac luisant. Des bouts de salade tombent sur le plateau. Chauvier n'a pris qu'un café. De toute manière il n'a pas faim. Comme s'il souffrait de décalage horaire.

Ce matin, lorsqu'il s'est réveillé, le flic a cru sa tête dans un étau. Au moindre mouvement : coup de gong.

Les yeux embués, Chauvier a marché à tâtons vers la salle de bains et, sans se déshabiller, a mis sa tête sous un jet d'eau glacée.

Linh achève son hamburger, puis il s'essuie la bouche, les mains, et sort de son cartable une feuille tapée à la machine.

Chauvier la lui arrache.

— Doucement !

Le commissaire y lit une adresse, à Paris, dans le cinquième arrondissement.

— Ça veut dire quoi ? demande alors Chauvier.

— Apparemment, répond l'assistant, votre David Guizet, votre soi-disant «journaliste», a coupé tous les ponts avec le monde réel, depuis 1963.

— L'année du *Planète…* ajoute Chauvier.

— Ça fait vingt-quatre ans qu'il mène une vie de reclus, dans une communauté religieuse, à Paris.

— *L'institut Saint-Vincent* ? complète le commissaire en lisant la feuille.

Linh acquiesce.

— Je leur ai téléphoné ce matin, poursuit-il. On m'a répondu que «frère David» ne recevait plus de visites depuis des années. Il semble qu'il soit vieux, malade… et paranoïaque. Je ne sais pas si ça va vous servir à grand-chose. Mais maintenant ne me demandez plus rien, je tiens à mon job, moi !

2005

— Ce Claude Jos serait né à Obernai, en Alsace, en 1904 ; et mort à Paulin, dans le Tarn, en 1995…

— La même année que nos suicidés…

— Ce qui ne nous avance pas à grand-chose…

J'ai mal au crâne, je suis épuisée. Ma courte nuit me revient en pleine face et voilà bientôt une heure que nous surfons sur Internet, dans le hall de notre hôtel berlinois. Le moins qu'on puisse dire, c'est que nous piétinons ! Car les données sont toujours les mêmes : Claude Jos était un politicien du sud-ouest de la France, député-maire de sa commune pendant plus d'un demi-siècle. Point barre !

Je suis résolument perdue : pourquoi cette vieille folle d'Angela Brillo a-t-elle lâché le nom de Jos comme si elle s'arrachait un membre ? Ses yeux révulsés, avec un mélange de trahison et de soulagement ! Et qu'est-ce que le maire d'une commune de dix mille âmes aurait à voir avec nos recherches ?

— Il doit y avoir un lien… rage Vidkun, sombre et fermé. Sa mâchoire contractée indique une concentration proche de la hargne. Qu'il est loin, le Viking romantique de la veille !

Mais Venner a tant de facettes.

Sans grand espoir, je pianote sur un autre moteur

246

de recherche, tape « Claude Jos ; nazisme ; occupation allemande » et demande :

— Comment se fait-il que tant de nazis aient réussi à s'enfuir ?

— Je vous l'ai dit : dès sa création, le IIIe Reich a tissé des liens très forts avec beaucoup de pays capitalistes, qui voyaient en l'Allemagne un rempart contre le communisme.

— Ça n'explique pas tout…

— Certes, mais après l'effondrement de l'Allemagne, et le partage de l'Europe par les vainqueurs, le nouvel ennemi était l'ancien allié : l'URSS. Il y a donc eu une véritable guerre des cerveaux entre Russes et Américains. C'est pourquoi vous retrouvez des scientifiques allemands aussi bien à la NASA que dans les programmes de recherches spatiales soviétiques…

— Vous me parlez des chercheurs ; je vous parle des soldats, des criminels…

Venner devient aussi acide qu'un médicament. Je m'efforce de ne pas montrer mon trouble, mais sa sévérité me noue la gorge. Sa voix se fait tranchante :

— Qui vous dit que ces chercheurs n'avaient pas été des soldats, des criminels ? Tout dépend de la façon dont on fait ses recherches, comment on pratique ses expériences, *sur qui* on les pratique… C'est le cas de Horst Schumann, qu'on a retrouvé médecin de brousse en Afrique, où il s'était spécialisé dans la maladie du sommeil et a sauvé des milliers de vies en bâtissant des hôpitaux.

— Et avant ?

— Il dirigeait les centres d'extermination de Grafeneck et de Sonnenstein… On le surnommait le « castrateur du block 10 », car il travaillait sur la sté-

rilisation en exposant des cobayes aux rayons X…
Il serait responsable de vingt mille euthanasies…

— Et il a été attrapé ?

— En 1966, le gouvernement du Ghana l'a extradé vers l'Allemagne, en échange de 40 millions de Deutsche Mark pour *« aide aux pays sous-développés »*.

— Tout se monnaye…

— Vous ne croyez pas si bien dire…

Ça y est : Vidkun est reparti. Rien ne l'enchante plus que d'expliquer, de raconter, d'exhiber cette science tordue et malsaine, qu'il distille avec une cruauté asiatique.

Je reste sur mes gardes. Du Venner acide ou du Venner flamboyant, je ne sais lequel me trouble le plus.

— Le plus extraordinaire cas de marchandage, poursuit-il, a été celui de la « filière des couvents ». Grâce au Vatican.

— Au Vatican ?

— Bien sûr. Vous n'avez pas vu le film *Amen* ?

— Si, mais c'est un film…

— Un film un peu épais, je vous l'accorde, mais fondé sur des faits réels. Car le Vatican a été le principal organe de blanchiment d'anciens nazis, après-guerre.

— Mais pourquoi ?

— Charité chrétienne, ironise Venner.

Tandis que l'écran affiche un énième *« not found »*, je grogne :

— Aujourd'hui, même le pape est allemand…

À cette remarque, Venner fronce les sourcils comme si j'outrepassais mon rôle.

Tandis que j'interroge un nouveau moteur de recherche, je songe avec aigreur aux « chrétiens »…

C'est plus fort que moi, mais le souvenir des paroissiens d'Issoudun s'impose à ma mémoire. Ces mines replètes, sournoises, rongées de rancœurs et de veulerie. Ces doigts pointés dans mon dos. Ces œillades de comploteurs… Ces voix qui cancanaient : « Tiens, mais c'est la fille de la métèque. »

Pendant la guerre, toutes ces belles âmes auraient dénoncé ma mère…

— Ça ne m'étonne pas des catholiques, vos histoires. Et comment ont-ils fait ?

— C'était une organisation parfaitement rodée. Un certain Walter Rauff, proche de Martin Bormann, s'est rendu en Italie dès 1943, sentant que le vent risquait de tourner. Il y a fait main basse sur des fichiers qui dressaient la liste de tous les membres actifs du parti fasciste. En 1945, il est passé par les Alpes et s'est rendu aux communistes italiens, qui se moquaient des nazis mais voulaient absolument faire le ménage chez eux…

— Il a donc *dealé* son *listing*…

— Au compte-gouttes : le nom d'un Italien fasciste dénoncé contre un Allemand nazi sauvé.

— Et après, une fois en Italie ?

— C'est là qu'intervient le Vatican.

— Mais comment ?

À l'écran, une fois de plus « *not found* ».

— Les fuyards nazis passaient par les Alpes puis, cachés de couvent en couvent, ils étaient envoyés à Gênes, chez le cardinal Siri. Ce dernier était en cheville avec deux autres ecclésiastiques : l'archevêque Hudal, chef de la colonie allemande de Rome et proche de Pie XII ; et Mgr Draganovic, représentant de la Croatie au Vatican…

— Doucement, doucement !

— Peu importe leur nom ou leur poste. L'essentiel, c'est que tous trois procuraient aux nazis des passeports, des visas et des contacts en Amérique du Sud ou au Proche-Orient. Ils n'avaient plus qu'à s'embarquer depuis Gênes et l'affaire était bouclée…

— Et ça a continué… ?

— Jusqu'en 1948 : assez longtemps pour que des milliers de criminels s'offrent une nouvelle vie… une *nouvelle innocence.*

À cette remarque, je retiens un tressaillement. Je repense au message de Clément.

Et si c'était vrai ? Si Clément n'avait rien inventé ? Si j'étais en ce moment même avec le fils d'un nazi ? Cela expliquerait tant de choses…

Mes mains se mettent à trembler.

— Ça ne va pas ?

— Si, si !

Trouver une diversion ! Vite ! Sans réfléchir, je pianote alors sur le clavier pour vérifier mes mails.

Erreur fatale !

La liste s'affiche sous nos yeux…

Je glapis, mais trop tard ! Clément a envoyé un même message toute la nuit. Il n'y a pas moins de dix entrées !

Intrigué, Venner se penche sur l'écran.

— Tiens, tiens…

La panique infuse dans mes veines. Mon cœur semble prêt à éclater.

— Ce garçon tient à vous, dites-moi…

Vidkun s'appuie sur mon épaule. Ça y est ! Il vient de lire le titre du mail ! Dix fois ! *Dieter Schwöll…*

— Tiens, tiens… répète-t-il d'une voix blanche, sans s'émouvoir.

Il tire un siège et le colle au mien.

Je constate avec effroi qu'il sait *très bien* se servir d'Internet.

« Je suis foutue… »

Mon sang se fige : Vidkun vient d'ouvrir un des messages.

Il demande d'un ton glacial :

— Ça dure depuis longtemps, votre petit jeu ?

Je suis tétanisée. Ma bouche ne peut émettre aucun son. Je tente de capter l'attention du concierge, mais il est courbé sur ses registres.

Toujours aussi calmement, avec un ton presque navré, Vidkun lit le message de Clément :

— « Petit cœur, non, je n'invente rien. Voilà ce que j'ai trouvé sur le père de ton Viking. C'est extrait de *Paris-Match*, en 1963. »

Venner s'immobilise. Ses yeux semblent couverts d'une membrane opaque. Je n'ose plus respirer. Dans ma tête, tout hurle.

— Il y a une photo en fichier joint, fait le Scandinave. Vous voulez la voir ?

Je lui jette un œil éploré. Contre toute attente, au fond de moi, le sentiment le plus fort, le plus profond, est une immense culpabilité : j'ai trahi Venner.

Vidkun presse la souris. Il respire par la bouche, comme s'il allait avoir un malaise… et la photo apparaît.

Des griffes se plantent dans mes poumons.

C'est un homme d'une soixantaine d'années. Une silhouette haute, blonde et carrée. Des yeux enfoncés. Une moustache dessinée comme au crayon. Il est assis à côté d'une femme joviale, et tous deux sont entourés de trois hommes blonds aux yeux bleus. Le plus jeune est en retrait et fixe l'objectif avec réticence.

— Je venais d'avoir dix-neuf ans, mais je faisais encore très enfant…

La légende est sans équivoque :

« *San Carlos, Argentine, 20 avril 1961, jour anniversaire de la naissance du* Führer.

« *Dieter Schwöll pose avec sa femme Solveig et ses enfants Gunnar, Hans et Martin.*

« *L'ancien médecin du camp de Struthof-Natzweiler était connu pour avoir pratiqué des amputations expérimentales sur des prisonniers cobayes.*

« *Il a été kidnappé par le Mossad la semaine dernière et sera jugé, à Jérusalem, dans les mois à venir.* »

Je ne peux plus bouger. Je ne réagis même pas lorsque Vidkun éteint l'ordinateur et saisit fermement mon bras.

« Menottée… » me dis-je, tandis que Venner resserre son étreinte.

— Allez !

D'un mouvement du coude, il me force à me lever et m'entraîne vers la sortie.

Le hall est désespérément vide ! Le concierge reste plongé dans ses notes et je n'ose pas crier. La panique fait de moi une automate ! Un robot muet.

Nous nous engouffrons dans les portes à tambour et Venner se resserre encore.

— Pas de mouvement brusque ! Sinon, je vous casse le bras !

Les larmes se figent dans mes yeux : j'ai trop peur pour pleurer…

La Mercedes est là, devant l'hôtel. Fritz me considère d'une mine désolée.

— Je crois que nous avons à parler… dit Vidkun en ouvrant la portière.

Il me pousse dans la voiture et aboie :

— *Nach Paris, schnell !*

1987

Voilà des années que Chauvier n'était plus « monté » à Paris.

« Qu'est-ce que ça a dû changer… » songe-t-il en sortant du terminal Orly-Ouest.

Il hèle un taxi et lance :

— Place de la Contrescarpe, dans le 5ᵉ.

— Bien, monsieur, pas de problème.

Le chauffeur est un vieux harki au langage fleuri qui, branché sur RTL, ne cesse de pérorer. Les plaies du moment lui sont des blessures intimes : le gouvernement de cohabitation, la tempête qui vient de tuer vingt personnes en Bretagne, Le Pen qui se présente aux présidentielles…

Tout l'agace et il prend Chauvier à témoin :

— Je n'ai pas raison, monsieur ?

Le flic réalise alors que, depuis le début de l'« affaire Jos » – et peut-être bien plus longtemps ? – il a quitté le monde réel. L'actualité, la politique, la culture, tout lui semble à mille lieues de ses préoccupations. Il vit dans le passé, entre la croix gammée et la croix de Lorraine, dans cette parenthèse temporelle dont Anne-Marie est l'unique soleil. Et Jos le démon.

Pourtant, la vie continue. Il s'en rend brutalement compte, car Paris s'active, Paris vibrionne.

Les voilà porte d'Orléans. Chauvier pose des yeux avides sur les rues, les magasins, les passants, et le taxi comprend que tout effort de conversation est vain.

Lorsqu'il s'arrête place de la Contrescarpe, devant la petite fontaine, Chauvier lui laisse un copieux pourboire.

— Merci, mon prince ! fait le harki, en s'inclinant sur son volant avant de repartir.

« Voilà, je suis à Paris… » se dit le commissaire, déboussolé.

Heureusement, le quartier du Panthéon a gardé sa patine désormais touristique et Chauvier n'est pas trop perdu.

Il sort la feuille donnée par Linh.

« Institut Saint-Vincent, 5 rue Rataud, 75005 Paris. »

« Je crois que c'est à deux pas… » se rappelle-t-il, en descendant la rue Mouffetard.

Une foule grouillante baguenaude de magasin en échoppe, hérissée de sacs en plastique. Il est loin, le marché de Paulin !

Voici bientôt la rue Rataud. Le numéro 5.

Chauvier s'arrête devant un grand porche de bois, flanqué d'une chaîne de métal à poignée. Gros chaperon gris, il tire la chevillette.

Des bruits de pas. Une bouille rose de novice.

— Monsieur ? demande le jeune homme.

— Je viens voir David Guizet, s'il vous plaît.

L'autre s'entortille dans une gêne onctueuse.

— Il n'y a jamais de visite, chez nous, monsieur.

Comme il s'apprête à fermer la porte, Chauvier la bloque avec son pied.

— Police ! dit le commissaire, en brandissant sa carte.

Sans ouvrir la porte, le novice prend la carte.

— Je suis désolé… commissaire, je n'ai pas le droit de laisser entrer les laïcs. C'est un monastère, vous savez ? Et vous n'avez pas de mandat, je suppose ?

« Bon, se dit le flic, ce petit con serait foutu d'appeler à Toulouse pour vérifier ; j'ai tout intérêt à faire profil bas… »

— Écoutez, jeune homme, je respecte vos règles et je ne veux surtout pas perturber le cours de vos… prières.

Constatant que Chauvier ne fait rien pour forcer le passage, le portier relâche la porte.

— Si je puis vous être utile, monsieur le commissaire…

— David Guizet est bien chez vous ?

Après une nouvelle seconde d'hésitation, le novice concède :

— Frère David est ici, en effet…

Il semble se retenir puis, sur le ton d'un aveu :

— Mais frère David n'a pas prononcé un mot depuis vingt-quatre ans.

Ce disant, le novice s'est contracté, comme s'il abordait un sujet maudit.

— Il s'occupe de la bibliothèque, poursuit le moine.

— Pourquoi ce silence ?

Le novice est de plus en plus circonspect.

— Je pensais que vous saviez…

« Alors ? » semblent dire les yeux de Chauvier à ce moinillon de plus en plus blême.

Le moine hésite encore. Il est apparemment la proie de sentiments contraires.

Finalement, il avise de chaque côté de la rue et fait signe à Chauvier d'entrer sous la voûte du porche.

— Venez par là, s'il vous plaît…

Lorsqu'il ferme la porte, les voilà tous deux presque dans le noir, mais le portier ne cherche pas à allumer la lumière. Chauvier le devine, près de lui, dans la pénombre, comme pour une confession.

— Frère David a eu de grands malheurs…

— Des malheurs ?

— Il n'a pas toujours été religieux, commence-t-il. Il a eu une vie. Une femme, des enfants…

Le ton du moine devient craintif.

— Ils sont morts… assassinés…

Malgré lui, Chauvier est gagné par le malaise du moine. Par ces yeux voilés, ces lèvres pâles.

— Assassinés ? Par qui ? Comment ?

Le novice hausse les épaules, impuissant.

— Personne ne sait…

Il se penche à l'oreille de Chauvier pour murmurer :

— On les a retrouvés au fond de leur jardin de Verrières-les-Buisson.

Le moine vit la scène avec une panique brute.

— Ils étaient pendus, tous les cinq… sa femme, ses enfants… même… même le chien !

Chauvier déglutit.

— Et l'assassin avait mis le feu à la maison… et aux cadavres…

Dans un geste théâtral, le novice se signe en avisant un crucifix, au-dessus de la porte.

— C'est lui qui vous a raconté ça ? demande Chauvier, qui tente d'être rationnel.

Mais le récit du moine l'a ébranlé, et il croit voir partout l'ombre de Jos.

— Je le sais… c'est tout !

Au même instant, le novice actionne le cliquet du porche. La lumière du jour l'inonde comme les foudres du bon Dieu : il a l'expression coupable de ceux qui regrettent d'en avoir trop dit.

— Maintenant, il faut partir, commissaire.

Un rayon de soleil éblouit le flic, qui cligne des paupières.

Il finit par relever les yeux, et avise un petit panneau, près de la porte.

«Office public : chaque dimanche, à 8 heures, en la chapelle de l'Institut».

— Merci, répond le commissaire, avant de s'éloigner dans les ruelles du Quartier latin.

Le Christ fait la tronche.

«D'ailleurs, il a toujours fait la tronche, songe Chauvier, en décryptant le grand crucifix qui surplombe la chapelle. Un râleur, un donneur de leçons… Un empêcheur de vivre, de bouffer, de baiser en rond. Un maître à penser, quoi… »

Mais le vieux flic a le sentiment d'être le seul à s'intéresser à Jésus. Tout le monde, ici, a les yeux baissés vers les dalles.

« Le Seigneur soit avec vous. »

« Et avec votre esprit… »

Les seules silhouettes que Chauvier parvient à identifier sont celles des rares laïcs qui se sont levés tôt pour venir comme lui suivre l'office de la confrérie Saint-Vincent : quelques vieilles, un couple de touristes américains, une petite fille, qui dévore les moines avec une avidité gourmande.

Le petit Ballaran a été enfant de chœur à Paulin,

pendant huit ans. Sa mère avait la foi du charbon-
nier et tenait à ce que son fils eût «un peu de reli-
gion».

«À quoi bon?» se dit-il maintenant.

Il a vu des résistants tués au maquis, des villes
éventrées sous les bombes alliées, des crânes tondus
en 1945, ces corps suppliciés des camps, ravagés en
Indochine, torturés en Algérie… Quant à la police,
elle lui a fait découvrir la criminalité dans ce qu'elle
a de plus veule, de plus médiocre. *Alors Dieu, dans
tout ça…*

Les moines changent de position. Chauvier doit
se lever.

Il ressent alors une brûlure à la joue gauche. Il se
retourne, et aperçoit une figure; ou plutôt, deux
yeux. Dissimulé par un pilier, un homme l'épie.
C'est un moine. Et quels yeux! Acides, corrosifs,
presque douloureux.

L'homme se faufile vers lui.

— C'est vous, n'est-ce pas? dit-il à voix basse.

— Pardon? s'étonne Chauvier, devant cette face
lunaire, dont chaque ride semble avoir été remblayée
par de la graisse de phoque.

Le moine tire la manche du flic et insiste :

— Vous venez pour me protéger?

Chauvier bande ses muscles.

— Vous êtes David Guizet, mais je croyais que
vous ne parliez…

— Chut!

Chauvier se sent tiré en arrière par le revers de
son imperméable. Guizet est appuyé aux fonts bap-
tismaux, dans la pénombre.

— Il faut me protéger, car je reste une menace
pour *lui*, et *il* pourrait me faire tuer. J'ai tous les
documents, vous comprenez? *Tous!*

Guizet pousse alors une porte et les voilà marchant dans un couloir, longé de pièces, comme dans un hôtel.

— Où sommes-nous ? demande Chauvier.

L'autre ne répond pas, et avance d'un pas pressé.

— Suivez-moi !

Ils traversent plusieurs cours intérieures, mais ne croisent personne.

« Tout le monde est à la messe », se dit Chauvier.

— Est-ce qu'*il* sait que vous êtes venu me voir ? demande encore Guizet en s'arrêtant devant une porte de bois, dans un grand couloir.

Il tire une clé de sa manche.

Chauvier est perdu.

— De qui parlez-vous ?

— De *lui*... dit alors le moine en ouvrant la porte de sa cellule.

Alors Chauvier croit étouffer...

Il est là, partout : sur les murs, les tables, les portes, le miroir, au-dessus du lit. Des centaines de clichés, coupures de journaux, négatifs, affiches électorales, municipales...

— Tout est là, précise le moine en refermant la porte après s'être assuré que personne ne le suivait.

— Jos... dit Chauvier d'une voix blanche.

— Mon petit musée, ajoute Guizet, non sans fierté.

Le flic est éberlué.

— Mais comment avez-vous réuni tout ça ?

— J'ai eu le temps... répond « frère David » avec lassitude.

Les yeux de Chauvier arpentent les murs.

Guizet s'approche d'un cliché, près de la porte,

qui représente un bébé dans les bras d'une belle femme blonde.

— C'est lui et sa mère, en 1904.

Plus loin, il reconnaît Jos à dix-huit ans, à côté d'un homme aux sourcils broussailleux et aux yeux pâles.

— Jos, en 1922, à Munich, avec Rudolf Hess…

Car tous les grands nazis sont là : Goebbels, Goering, Himmler, Bormann… À chaque fois ce sont des photos privées, à table ou dans des fauteuils de salon.

Mais la plus glaçante reste cette photo en couleurs où Jos, hilare, est assis entre Hitler et Eva Braun, sur un petit muret qui domine un somptueux panorama de montagne.

— Ça, c'était en 1942, à Berchtesgaden. Une des dernières fois que le *Führer* est monté au sommet de son nid d'aigle…

Mais Chauvier est brusquement tétanisé. Près du lit, il vient d'apercevoir deux photos.

Une sueur gelée lui enserre les tempes.

Il peine à respirer.

La première est un cliché du mariage de Jos avec Anne-Marie, légendé « Mirabel, 18 août 1945 ». Les deux époux semblent si heureux, si amoureux, sous cette voûte du château.

Mais la seconde photo !

« La seconde, nom de Dieu !… »

Elle date de 1944, alors que Jos venait d'entrer dans la Résistance. Ils sont huit, dans le bois cathare. Jos est au centre, avec ce même air vainqueur que sur les photos prises en Allemagne. Une assurance de seigneur médiéval.

À ses côtés, Marc Pinel, le chapelier.

Derrière eux, un seul homme ne sourit pas. Il est

plus jeune et porte un brassard de deuil, car son père vient d'être tué par un commando SS.

La voix de Guizet est sépulcrale :

— Je vous ai tout de suite reconnu...

— C'est vous qui avez fait disparaître le dossier «Claude Jos» des archives militaires, n'est-ce pas ? Parce que Anne-Marie de Mazas vous l'avait demandé...

Le moine est étrangement complice.

— Avec ce qu'il savait de vous, reprend-il, vous n'aviez pas vraiment le choix, j'imagine...

Chauvier en a le vertige.

— Mais alors, vous... vous savez *tout* ?

Guizet reprend sa mine fataliste.

— Pour mon malheur, oui...

Ce disant, le moine s'agenouille devant son petit lit fait au carré (Chauvier y remarque un curieux ours en peluche, posé sur l'oreiller) et plonge ses bras sous le sommier. Il en tire une cantine de métal rouillée, qu'il ouvre en serrant les dents. Bruit de vieille carrosserie.

À l'intérieur, Chauvier découvre des centaines de fiches bristol, apparemment rangées par ordre alphabétique, comme dans un classeur d'archiviste.

— Alors, alors, alors... chantonne tristement le moine, en laissant ses doigts courir sur la crête des fiches... «Voi-là ! finit-il par dire, en tirant une carte à la lettre «B». *Ballaran, Gilles. Né à Lavaur le 11 janvier 1927, fils de Ballaran Claude, mort assassiné le...*

— D'accord, d'accord, d'accord ! l'interrompt Chauvier.

Il jette à nouveau un regard circulaire sur la cellule et perd pied. Ces photos, ces documents, cette pièce minuscule où un homme vit emmuré depuis vingt-cinq ans !

Constatant son désarroi, le moine lui désigne un siège, où le flic s'effondre.

— Quand je pense que c'est à cause de vous, dit Guizet d'une voix atone, dans laquelle Chauvier croit lire un profond désespoir. Tout ça à cause de votre bourde d'amoureux romantique.

Le moine relève vers Chauvier un visage défait, figé dans un passé atrocement présent.

— Ce dossier contenait des documents essentiels, vous savez ? Des documents qui auraient peut-être tout changé...

Assombri, il ajoute d'un ton voilé :

— Je ne serais sans doute pas ici, aujourd'hui. Je pourrais encore être à Verrières, avec ma femme – il saisit la vieille peluche et la serre contre son cœur –, mes enfants... mes petits-enfants, peut-être...

Mais il se redresse d'un bloc et se ressaisit :

— Enfin, je comprends vos raisons. Vous risquiez le lynchage, à l'époque...

Chauvier verdit.

— En tout cas, j'ai dû faire sans ce dossier.

Chauvier est dépassé. Il ne comprend plus rien. Face à lui, le moine semble lui-même pris d'un immense découragement. Il s'assied sur le bord de son lit et plonge le visage dans ses mains.

— Je suis désolé, dit-il entre ses doigts. Mais on a dû vous dire ici que je ne parlais jamais.

Il relève la tête.

— Après leur mort, ajoute-t-il en pressant l'ours en peluche avec tendresse, le silence a été mon refuge.

Il observe Chauvier un instant puis attaque, comme on entre en bataille :

— Je sais que vous avez lu l'article du *Planète*. Philippe Crau, le libraire de Toulouse, m'a envoyé un mot aussitôt après.

— Crau ? Lui aussi ? dit Chauvier.

« Ne te laisse pas écarter par tes souvenirs, commissaire ! se dit-il. Ce que tu veux savoir est là, devant toi… la vengeance, commissaire, la vengeance ! »

— Dans ce fameux article, poursuit Guizet, je n'ai pas mis le quart de ce que je savais *réellement* sur l'affaire des momies et les recherches archéologiques de Claude Jos, vous savez ?

— Pourquoi ?

Guizet lève un sourcil.

— À l'époque, mon rédacteur en chef a eu peur des représailles.

— Des *représailles* ?

Guizet hoche le menton.

— Mais j'en avais déjà trop dit. Jos a eu vent de l'affaire et a fait interdire le journal avant même sa sortie.

Voix étouffée :

— Et pour bien enfoncer le clou, il a fait… ce que vous savez…

Le moine revit le drame, seconde après seconde. L'atmosphère s'alourdit, l'air devient gluant.

Après un long moment de silence, Chauvier insiste :

— Mais si vous n'avez pas tout dit dans l'article, qu'est-ce qui manquait ?

— Vous aimeriez savoir, hein ? dit Guizet. À quoi bon ? Nos cadavres sont tous enterrés, maintenant.

— Moi aussi, j'ai des fantômes à venger...
rétorque Chauvier.

Guizet pose une main amicale sur le genou du flic.

— Je sais... La trahison se digère mal. Même
après un demi-siècle.

Le moine et le flic se sentent si vieux, brusquement. Deux poilus de Verdun un matin de
11 Novembre.

— Vous tenez vraiment à tout connaître ?

Le commissaire fait « oui ».

— Parce que si je vous dis tout, il ne vous laissera plus *jamais* en paix, vous en êtes bien
conscient ?

— Je n'ai plus rien à perdre...

— C'est toujours ce qu'on dit ; *avant*...

— Je vous écoute, dit Chauvier d'un ton déterminé, alors que le moine prend une pose de conteur.

Ambiance étrange. Comme si le décor disparaissait. Comme si, tout à coup, Gilles se retrouvait petit
garçon, devant la cheminée familiale, alors que son
père mettait des châtaignes sous les braises avant de
lui conter des légendes oubliées. Le maître et l'élève.
Le père et le fils.

— Tout a commencé à Heidelberg, au début
des années 1940.

— Heidelberg ?

— Oui, la patrie de Kant, cette grande ville uni-
versitaire allemande. Quatre très jeunes étudiants y
suivaient alors des cours d'archéologie et étaient
considérés comme les plus brillants de leur promo-
tion.

Clin d'œil entendu.

— On les appelait « les Sven » et on ne savait pas
grand-chose d'eux, sinon qu'ils étaient nés en Norvège, au milieu des années 1920.

— Alors ils étaient vraiment très jeunes ? objecte Chauvier, qui fait le calcul dans sa tête.

— Une quinzaine d'années ; mais c'étaient des espèces de surdoués. Ils n'avaient pas suivi le cursus scolaire classique, ils avaient été formés par une sorte de… précepteur.

— Un professeur particulier ?

— Plus que ça, en fait… Un père spirituel, qui les a adoptés peu après leur naissance et leur a servi de guide.

Chauvier fronce les sourcils.

— Dans le cadre de leurs études à Heidelberg, ces quatre archéologues furent alors enrôlés dans ce qu'on appelait l'*Ahnenerbe*…

— Ça me dit quelque chose…

— C'était ce service dépendant de la SS qui se chargeait de démontrer les origines supérieures, pour ne pas dire divines, du peuple allemand, en dénichant des preuves archéologiques de cette ascendance partout dans le monde.

Chauvier est effaré. Il pensait que ces délires étaient une fantaisie des cinéastes d'aventures, comme dans ces ridicules *Aventuriers de l'Arche perdue*, que Linh l'a traîné voir, il y a quelques années.

— C'est tout à fait véridique, ajoute le moine. Les nazis étaient persuadés de leur supériorité biologique, culturelle et spirituelle.

Guizet désigne la fameuse photo de Lanta, en 1953.

— Pendant toute la guerre, explique-t-il, nos quatre étudiants ont arpenté l'Europe, en retrait des lignes de front. Dès que la Wehrmacht arrivait dans une ville historique, ils débarquaient le lendemain, pour éplucher les musées, fouiller les sites anciens, sans nul respect pour les lieux. Tout ce qu'ils voulaient, c'était trouver des preuves... Ils étaient galvanisés.

— Mais là, vous me parlez de la guerre... alors que l'affaire des momies date de 1953.

Guizet prend un air malicieux.

— Parce que vous croyez que la chute du IIIᵉ Reich les a arrêtés, mon pauvre Ballaran?

Chauvier est impressionné par la troublante froideur du moine.

— Vous pensez vraiment que la guerre s'est terminée le 8 mai 1945?

Le moine fait «non» de la tête.

— Il y a l'histoire officielle... et l'histoire secrète... Car certains ont continué.

— Continué quoi?

— Le combat, les recherches... Au premier rang desquels les Sven, et leur fameux précepteur...

— Qui était...?

Sourire de Guizet.

— C'est vous qui me demandez ça...

Il désigne une photo de Jos en tenue d'officier SS, entouré de ses quatre archéologues, eux aussi en costume noir.

— Vous l'avez d'abord connu sous le nom de Klaus Jode; puis, – *grâce à vous* – il est devenu Claude Jos *sans preuve du contraire*.

Chauvier tousse nerveusement.

— Mais à l'époque, avant et pendant la guerre, il portait encore son vrai nom, celui que les nazis lui connurent, celui qu'Hitler estimait, qu'Himmler adorait, que les Sven vénéraient...

Guizet marque une pause d'orateur, comme si ce récit le galvanisait, lui redonnait vie et sens.

266

— Et ce nom ? couine Chauvier, contaminé par la tension du narrateur.

Le moine articule alors exagérément chaque syllabe, comme si une matière concrète sortait de sa bouche :

— Otto Rahn…

— Otto Rahn ? répète le flic.

Il est persuadé de ne jamais avoir entendu prononcer ce nom. Pourtant, quelque chose en lui, quelque chose de très lointain, de caché, résonne comme une musique familière.

« Otto Rahn, Otto Rahn… »

— Durant toute la guerre, reprend Guizet, Otto Rahn n'a pas lâché ses Pupilles d'une semelle. Les Sven étaient sa chose, sa création. On retrouve la trace de ces archéologues du Caucase au Tibet, du Mexique à l'île de Pâques. Et à chaque fois la SS mettait à leur disposition des moyens de transport qui auraient dû être réservés aux soldats.

Chauvier peine à saisir l'enchaînement des événements.

— Mais comment Jos – enfin Rahn – s'est-il retrouvé à Paulin ?

— Les fouilles, toujours les fouilles, répond Guizet. Otto Rahn était familier de la région et il connaissait *très* bien la famille Mazas, depuis longtemps avant la guerre. Sans le savoir, vous l'avez sûrement croisé, petit garçon, au château de Mirabel…

Voilà bien l'idée qui effraye Chauvier et le poursuit depuis le début de l'enquête.

À nouveau le commissaire réalise combien Guizet l'a percé à jour.

« Ce type sait tout de moi ! »

Souvent, Gilles s'est dit qu'il aurait pu prévoir les

événements, les anticiper. Garder Anne-Marie pour lui, à jamais. Ne pas obéir aux volontés du comte de Mazas, au chantage de Jos, à la trahison subite de sa fiancée de toujours, et la dérober à sa famille pour l'emmener très loin.

Mais toujours, lorsqu'il repasse en arrière le film de sa jeunesse – un film triste et pataud, sans éclats, sans belle âme, comme sa vie de flic –, il semble lui manquer des données, comme un puzzle dont une seule pièce aurait disparu... mais la pièce maîtresse.

Enfin – et surtout ! –, la période couvrant les dernières semaines avant la déclaration de la guerre, en 1939, reste pour Chauvier nimbée d'un flou artistique, alors qu'il était déjà adolescent et n'avait aucune raison de l'avoir oubliée. Il ne se rappelle pourtant aucun fait précis de l'été 1939, juste des images imprécises, sans détails. Mais le nom d'Otto Rahn lui semble lié à cette période insaisissable. Il en est certain.

— En 1944, continue Guizet, Rahn s'est retrouvé coincé par le débarquement allié et a dû se faire passer pour un Alsacien « malgré-nous », avant de pousser le vice jusqu'à jouer les héros de la Résistance...

« Et moi, je lui ai servi sa virginité sur un plateau », songe alors Chauvier, avec un atroce pincement au ventre.

Guizet devine les hantises du flic.

— Je sais que vous n'aviez pas le choix. Et puis vous ne pouviez pas savoir, le rassure-t-il. Cet homme est diabolique.

Guizet déglutit comme s'il reprenait son souffle au milieu d'un marathon.

— Car il ne s'est pas arrêté là. Durant la guerre, il avait amassé de l'argent. Avec ses quatre « Sven », ils subtilisaient des biens archéologiques qu'ils revendaient sur un marché parallèle. C'est comme ça qu'il a si bien pu se retourner à l'heure des règlements de comptes. Il a arrosé de fric tous ceux qui pouvaient le blanchir, et l'aider à continuer ses recherches…

— Parce qu'il a réellement continué ?

— Vous croyez que j'ai tout inventé ? ! s'offusque Guizet d'une voix blessée. Et vous croyez que je n'ai pas assez payé mon honnêteté, mes imprudences… mes folies ?…

Il secoue alors la tête et se ressaisit.

— Excusez-moi… Je vis très seul, vous savez ? Où… où en étions-nous ?

— Les recherches de Jos… enfin de Rahn. Après la guerre.

— Mon article porte sur des fouilles de 1953, reprend le moine. Mais c'est précisément là que ça s'est gâté pour lui. C'était la première fois que des journalistes s'intéressaient à ses recherches, lui qui avait toujours, depuis la fin de la guerre, réussi à travailler dans la clandestinité. De l'archéologie sauvage…

— Et c'est lui qui a fait supprimer Lafaye…

Guizet confirme d'un hochement de tête.

— D'abord Lafaye, puis le démantèlement de la *Gazette de l'Ariège* et l'envoi de sa rédaction sous les feux de l'Indochine…

Le moine semblerait presque admiratif !

— Il fallait tout gommer, vous comprenez ? Racheter les journaux, les détruire, effacer tous ceux qui pouvaient avoir été informés, de près ou de loin, de cette affaire ; même les plus innocents…

Nouveau souvenir brûlant. Guizet saisit l'ours en peluche, sur le lit, et caresse ses oreilles de coton blanc.

— Depuis, tout se passe dans l'ombre… Car les choses ne sont pas terminées… bien au contraire !

— Et depuis, vous vivez caché, de peur qu'il ne vous trouve ?

Tristesse lasse de Guizet.

— Oh ! Jos sait très bien où je suis. Il doit même se douter que nous parlons ensemble en ce moment. Mais nous ne sommes rien, pour lui. De simples détails…

— Pourquoi semble-t-il avoir tellement peur, pourtant ?

Brusquement, le regard de Guizet est traversé d'un éclair. Puis, comme s'effondre un édifice, il se renferme en lui-même.

— Je ne peux rien vous dire d'autre…

— Mais si ! glapit Chauvier. Je dois comprendre ! Tout !

Le moine s'allonge sur son lit, comme un gisant, et fixe le plafond.

— J'en ai assez dit, chuchote-t-il avant de fermer les yeux.

— Mais vous ne pouvez pas me laisser en plan comme ça, bon Dieu ! crie Chauvier.

Guizet n'a pas bougé. La voix de Chauvier se répercute dans les couloirs.

— Je vous en prie… bredouille le moine, en levant la main vers le crucifix, au mur, parmi les photos.

Chauvier entend alors des bruits dans le couloir. Des pas précipités s'approchent.

— Vous n'auriez pas dû crier ! chuchote Guizet, étrangement soulagé.

Il se tourne vers le commissaire et ajoute à voix basse :

— Une seule personne fait peur à Jos.

— Qui ça ?

— *Une femme*, elle connaît tous ses secrets ; elle sait sur quoi il travaille depuis la fin de la guerre.

— Mais qui ? !

— Elle connaît ses projets dans le détail. Et c'est elle qui me protège depuis vingt-cinq ans.

— Son nom ! grogne le commissaire, tandis que quelqu'un frappe à la porte.

« Frère David ? Tout va bien ? »

Le moine se fige. Ses lèvres bougent, mais plus aucun son n'en sort.

— Vous avez sûrement entendu parler d'elle, finit-il par dire, tout bas. Ses romans sont connus…

« Frère David, ouvrez-moi ! »

— Son nom ! insiste Chauvier entre ses dents, prêt à frapper.

— Marjolaine Papillon.

— Marjolaine Papillon ?

— Oui, c'est elle qui détient la clé du mystère. Elle seule pourra vous protéger maintenant. Elle connaît Rahn depuis toujours, même si elle est devenue sa plus farouche ennemie…

Le commissaire entend un bruit dans la serrure.

« Frère David, je vais utiliser mon passe-partout… »

— Et où vit-elle ?

— À Berlin… répond Guizet, tandis que le novice de la veille déboule dans la chambre.

— Mais… mais qu'est-ce que vous foutez là ?

Le jeune moine agrippe Chauvier.

— Eh là ! Eh là ! hurle le flic en se dégageant.

Guizet fait un geste apaisant au portier mais n'ouvre plus le bec. Il signifie juste au novice de raccompagner le commissaire à la porte.

— Venez, dit le moinillon en prenant le bras de Chauvier.

Alors qu'ils s'apprêtent à sortir, Guizet fait signe à Chauvier de se pencher vers lui. Il pose ses lèvres sur son oreille gauche et chuchote si bas que le flic n'est pas sûr de comprendre.

— Pardon ?

Mais déjà David Guizet se rallonge et ne bouge plus, comme s'il attendait l'ultime délivrance.

— Venez ! ordonne le moinillon, effrayé, en poussant le policier hors de la cellule.

Tandis qu'ils marchent dans les couloirs, le jeune moine finit par arrêter Chauvier et lui demande :

— Dites-moi, franchement, qu'est-ce qu'il vous a dit à l'oreille ?

— Je n'ai pas compris, dit le vieux flic, comme s'il parlait pour lui-même.

Pourtant, dans sa tête, pour lui seul, il se répète la dernière recommandation du moine, mystérieuse, inexplicable : « Lisez Halgadøm ! »

2005

— Anaïs, laissez-moi vous expliquer…

Voilà une demi-heure que nous roulons en silence. Sitôt parti, Venner a perdu sa dureté et s'est recroquevillé de l'autre côté de la banquette.

Mon apathie devant l'ordinateur et ma terreur paralysante de l'hôtel se sont muées en une rage froide. Je pose sur Vidkun des yeux de feu et ne sais s'ils brûlent de haine ou de déception. En tout cas, le Viking m'a menti. C'est *lui* qui m'a trahie. Sans compter ce kidnapping ! En bonne et due forme !

Bientôt ma langue se délie et je me vide :

— Ah ! vous cachiez bien votre jeu, « monsieur-le-spécialiste-du-nazisme », « monsieur-l'esprit-apolitique », « monsieur-l'âme-neutre », « monsieur-la-rigueur-historique »… Vous préférez peut-être que je vous appelle « monsieur Schwöll », comme « papa » ? Le gentil médecin, le gentil père de famille ?… Le gentil pendu de Jérusalem ? C'est quand même marrant : ma mère, « la métèque », était juive ; votre père médecin SS dans un camp de concentration… On était faits l'un pour l'autre, non ? Et nous voilà tous les deux en plein pèlerinage nazi !

Venner s'efforce de rester impassible, mais je le

sens atrocement raide, comme s'il se faisait violence. Il finit par hocher la tête puis se retourne pour vérifier que la vitre de Plexiglas nous séparant du chauffeur est bien fermée.

— Parce que Fritz n'est pas au courant, bien entendu ?

Venner garde son teint d'iceberg.

— *Personne* n'est au courant… Et j'espère bien que votre ami Clément ne va pas diffuser sa… « trouvaille ».

— Sinon ?

— Sinon vous pourrez dire adieu à votre à-valoir…

— Je vois qu'avec vous tout se monnaye, monsieur Schwöll. Même les souvenirs…

Venner serre violemment les poings.

Sur son visage immobile seuls ses yeux semblent encore en vie ; il sait qu'il est trop tard : qu'il *doit* me parler.

— Je vous écoute, dis-je en allongeant mes pieds sur la banquette. La route est longue jusqu'à Paris…

Vidkun lève les yeux vers le plafond de la limousine, comme s'il y cherchait une manière de fuir, puis il prend une profonde respiration.

— Je m'appelle Martin Schwöll. Je suis né en 1942, mais je n'ai *aucun* souvenir de la Seconde Guerre mondiale.

— Ça n'excuse rien.

— Je ne cherche pas à m'excuser, Anaïs. Je viens de vous le dire, je suis né en 1942, en Europe. Mais mes premiers souvenirs datent de 1946. Ma famille avait réussi à fuir l'Europe grâce à cette fameuse « filière des couvents », dont je vous ai parlé tout à l'heure. Le Vatican a procuré à mon père, à ma mère, à mes deux frères… et à moi des visas pour l'Amérique latine.

Vidkun lève des yeux rêveurs vers la route, grise en cette pluvieuse journée de mi-septembre. Mais il est si loin de ce bitume luisant et noirâtre. Devant lui renaît son enfance.

— Nous avons fait le voyage dans un cargo de marchandise, qui longeait les côtes africaines, avant de traverser l'Atlantique. Ce sont là mes plus vieilles images : des grands pontons jonchés de pelures de légumes ; des marins noirs, assis dans l'ombre, taillant des bouts de bois ; mes frères qui jouaient avec moi dans les cales ; ma mère qui n'en revenait pas d'avoir échappé à la tourmente ; et mon père… mon père qui prenait des notes dans un calepin.

— Des notes ?

— Toute mon enfance, je l'ai vu prendre des notes dans ce petit carnet. Et lorsque moi ou mes frères lui demandions ce qu'il faisait, il nous répondait invariablement : «Je prépare votre avenir, les garçons… »

Il se durcit.

— La dernière fois que j'ai vu ce carnet, c'était à la télévision, en 1963. Lorsqu'ils ont diffusé des images de son procès. Mon père a refusé de prendre un avocat et s'est défendu tout seul, point par point, en utilisant ces notes prises pendant près de vingt ans.

— Pendant vingt ans il a préparé sa défense ?

— Mon père n'était ni un monstre ni un fou…

Déjà je tique mais, voyant ma réaction, Vidkun enchaîne :

— Il était pleinement conscient de sa faute. Il savait qu'il devrait payer un jour ou l'autre. Mais

275

une chose lui importait, avant tout : nous, ses enfants.

— C'est-à-dire ?

— Il ne voulait pas être capturé avant notre majorité.

— Donc, toute votre enfance, vous avez su qui était votre père, ce qu'il avait *fait* ?

— Justement non. La période de la guerre était *le* sujet tabou à la maison. Mes parents faisaient comme si l'Allemagne était cette charmante ville des montagnes argentines où nous vivions entourés d'autres Allemands.

— D'autres « rescapés » du nazisme ?

— On peut dire ça comme ça…

— Mais alors, si tous ces gens étaient d'anciens SS, ou nazis, comment pouviez-vous ne jamais évoquer la guerre ?

— En 1945, beaucoup d'Allemands ont eu le sentiment de quitter un état d'hypnose dans lequel Hitler les avait maintenus pendant près de quinze ans. Ils ont alors regardé autour d'eux et découvert les dégâts. *Leurs* dégâts…

— Tout est de la faute du chef… Trop facile !

Piqué au vif, Venner devient tranchant, avec une ardeur de mère louve.

— C'était chez mes parents une question de *survie mentale*. Pour beaucoup la culpabilité était là, rampante.

Je ne suis guère convaincue. Mais la réalité de la situation m'apparaît alors dans toute son ignominie.

— Si je vous suis bien, vous n'avez entendu parler de la guerre, d'Hitler, de l'Holocauste… qu'à l'arrestation de votre père ?

— Absolument ! Mais il s'agit d'un enlèvement, pas d'une arrestation. Mon père a été kidnappé, mis dans un sac et emmené en Israël dans un avion fantôme... à l'insu des autorités argentines.

— C'est vrai que lui-même devait s'embarrasser du sort de ses cobayes... lorsqu'il les gazait.

Vidkun donne une pichenette contre la vitre.

— Mon père n'a gazé personne... rétorque-t-il, sans s'émouvoir.

Il est redevenu glacial et médical. Je frissonne, car je viens de capter une vraie lueur de folie dans son regard. Un regard si calme, si posé. Un regard qui contemple l'évidence, un regard qui ne connaît pas le doute.

Venner se masse les tempes.

— Le mieux, c'est que vous me laissiez finir, Anaïs. Sans m'interrompre...

Je cligne des yeux.

— Je n'ai effectivement entendu parler de la Seconde Guerre mondiale qu'à l'enlèvement de mon père. Jusqu'alors, je savais qu'il y avait un pays, loin à l'est, où vivaient des gens parlant notre langue. Confusément, je savais qu'avait eu lieu une sorte de cataclysme, d'apocalypse, qui nous avait forcés à le quitter. Un monde dont nous étions les derniers survivants...

« Effrayant ! » me dis-je.

— Nous vivions en Argentine une vie de village calme et sereine, en vase clos ; nous ne bougions que pour gagner la montagne ou le bord de mer. J'ai donc eu une enfance assez banale et plutôt heureuse. Mes frères et moi habitions dans la grande ferme familiale, chacun s'occupant d'une partie de l'exploitation.

Venner a un petit sourire.

— Une vie si douce, coupée de tout, sans nuages... à part certains jours où...

Vidkun serre les dents. Il cale dans son récit.

— Certains jours où ?...

Vidkun relève la tête.

— Certains jours où mes frères me faisaient des reproches.

— Des reproches ?

— Oui. Lorsque nous étions seuls, ils m'expliquaient que je ne faisais pas vraiment partie de la famille. Que pour maman je n'étais qu'une poupée.

Il plante ses yeux dans les miens.

— Ils m'appelaient l'« étranger »...

L'image de ma propre mère – la photo sur la cheminée – se mêle à la vision de Venner. Mais le rapprochement m'apparaît aussitôt d'un mauvais goût cinglant.

Vidkun croise les mains et se mordille les phalanges, comme s'il s'apprêtait à faire un aveu capital.

— Lorsque le Mossad s'est introduit dans la maison, au milieu de la nuit, tout le monde dormait. Ça s'est passé très vite : j'ai entendu des hurlements dans la chambre des parents, ma mère a crié « *neiiiin !!* », il y a eu des coups de feu, un bruit de voiture, puis plus rien...

Venner est un sorcier : je bois ses paroles comme si ma vie en dépendait.

— On s'est tous précipités dans la chambre. Maman était assise sur le lit, une balafre au front, et le sang lui coulait dans les yeux. Elle a alors dit, d'une voix atrocement neutre : « Ça y est... »

— *Ça y est ?*

Vidkun opine.

— Alors mes frères se sont assis contre maman et l'ont prise dans leurs bras. Ils étaient ensemble, unis. Moi, je suis resté en retrait. Personne ne m'a

demandé de les rejoindre. Ma mère m'a juste désigné avec tristesse et a murmuré : « Martin, il faut que
je te parle… » Mes frères sont sortis l'un après
l'autre, en me jetant un regard étrange. Hans, le
cadet, s'est même penché à mon oreille pour susurrer : « Étranger… » C'est là que maman m'a expliqué…

— Expliqué quoi ?

— Tout. La guerre, Hitler, les camps… J'avais
vingt ans, Anaïs. Tout à coup, c'était comme si on
levait un voile devant mes yeux, et que je découvrais
l'horreur.

Venner déglutit avec gêne.

— Surtout, je découvris l'étendue de l'*imposture* : car j'étais le seul à avoir été maintenu dans
l'ignorance. Mes frères savaient tout, depuis le
début. Ils étaient nés en Allemagne. L'aîné avait
même vécu dans les camps, où il avait… *aidé* mon
père.

— Mais pourquoi seulement vous ?

Il se penche vers moi et dit à mi-voix :

— Je ne suis pas leur enfant…

— Comment ça ?

— Je suis né en 1942, mais j'ai été adopté par la
famille Schwöll en 1944, à la fin de la guerre. C'est
la seconde révélation que m'a faite ma mère, ce
soir-là.

Je suis abasourdie. « Alors, ça change tout… » me
dis-je. Mais n'est-ce pas encore là un tour de
passe-passe pour reprendre l'avantage, se dédouaner
en plaidant l'innocence, les hasards de la vie ?

— Mais alors… qui êtes-vous ?

— Je ne le sais toujours pas… Ma mère m'a juré
ses grands dieux que papa est revenu un soir avec

un enfant dans les bras, en la suppliant de le garder avec eux. J'avais à peine deux ans…

— Et vous n'avez pas cherché à comprendre ?

— Bien sûr que si !

— Et qu'avez-vous fait ?

— Pour comprendre, il fallait partir, retourner en Europe. Le lendemain soir, j'ai vidé les tiroirs à bijoux de ma mère, et deux jours plus tard, je me suis embarqué pour Le Havre…

— Je suis arrivé à Paris le 10 septembre 1963, après un voyage long et chaotique…

La nuit est tombée et Vidkun a tenu à ce que nous fassions une « pause-saucisse » dans un restauroute, passé Francfort. Fritz devait faire le plein de la Mercedes et nous étions affamés. J'aurais pu en profiter pour leur fausser compagnie, m'enfuir. L'idée m'a traversée. Après tout, j'ai été kidnappée, conduite de force dans cette voiture. Mais où aller, en pleine nuit, sur une autoroute allemande ? Je finirais sur la banquette arrière d'un de ces routiers teutons accoudés au comptoir du restauroute. Et là, je ne donne pas cher de mon honneur…

Et puis qu'ai-je à craindre, sinon d'autres révélations pénibles ? Le seul danger, c'est ma lucidité nouvelle : je *collabore* avec un fils de nazi. Un homme tiraillé entre sa mémoire et ses fantômes, entre sa fierté et sa culpabilité. Car il est coupable ! Coupable de m'avoir tout dissimulé, se construisant avec talent une image de vieil excentrique trop cocasse pour être véritablement sérieux. Alors que dans ses veines coule le sang de la trahison, enfant adopté ou pas.

— Bon… dit Venner en s'essuyant les lèvres, je continue…

Tout le monde est tourné vers un poste de télévision qui surplombe la salle ; moi, je ne quitte pas Vidkun des yeux.

— Je n'avais presque rien sur moi, à part quelques vêtements et les bijoux volés à ma mère. Mais ma première mission a été de dénicher une librairie allemande pour me trouver des livres sur la Seconde Guerre mondiale. Je *voulais* comprendre.

— Et vous parliez français ?

— À peine, mais j'ai toujours eu une bonne oreille. Les premiers jours, je marchais dans Paris en écoutant les passants, et je me répétais chacun de leurs mots.

Il rit et avale une gorgée de bière.

— Je devais vraiment faire peur : un grand jeune homme blond, qui arpentait les boulevards en parlant tout seul !

— Et où habitiez-vous ?

Venner balaye ce détail.

— Sitôt à Paris, j'ai filé chez des joailliers pour faire expertiser les bijoux. J'en ai visité plusieurs avant d'en trouver un qui me semblât vraiment honnête.

Venner croque dans une saucisse luisante de *Senf* au miel.

— Par chance, reprend-il la bouche pleine, le marchand parlait allemand. La première question qu'il m'a posée, soupçonneux, était : « Où avez-vous volé ces bijoux ? » J'ai fait l'innocent : « C'est un stock que j'ai trouvé dans une brocante près de chez moi, en Norvège… » C'est à cet instant précis que, par hasard, je me suis improvisé scandinave. Mon nom s'est imposé : Vidkun Venner.

— Et le type vous a cru ?

Venner semble indécis.

— Disons qu'il en a pris son parti. Dubitatif, il m'a dit : « Je pense que je peux vous aider à gagner beaucoup d'argent avec ce… "trésor", jeune homme, à la seule condition que vous vous rendiez quelque part, muni de vos bijoux. »

— Bizarre…

— À l'époque, rien ne me semblait « bizarre ». J'ai dit « oui » au type qui, après m'avoir pris un seul collier et donné en échange une grosse somme en nouveaux francs, m'a fixé rendez-vous le soir même.

Venner fronce les sourcils, creuse sa mémoire.

— Tout l'après-midi, j'ai marché le long de la Seine. Le rendez-vous était fixé quai Voltaire, dans un hôtel particulier. Je m'y présente à 8 heures précises. Je sonne. On met du temps à ouvrir. Enfin, un vieux majordome de bande dessinée, en gilet jaune et noir, me fait entrer dans un immense salon empli de meubles, de tableaux, de miroirs… On peut à peine bouger. Surtout, une simple et unique petite lampe à abat-jour vert est allumée de l'autre côté de la pièce. Tout le reste baigne dans l'obscurité.

« "Je reviens tout de suite", me souffle le majordome, avant de disparaître derrière une tenture.

« J'attends debout un bon quart d'heure. Je n'ose bouger, car au moindre mouvement le parquet craque. Puis, comme le domestique ne revient pas, je finis par m'installer dans un des canapés.

« *Qui vous a dit de vous asseoir" ?* »

Visiblement content de son imitation, Venner poursuit :

— De l'autre côté de la pièce, enfoncée dans un grand fauteuil, une ombre vient de bouger.

« Je me relève aussitôt et bredouille :

« "Le… monsieur était censé revenir et j'attends depuis un quart d'heure que…"

« *"Je sais, m'interrompt la voix dans l'ombre. J'étais là…"*

« Je vois alors une main se tendre vers une cordelette de tissu rose… et le lustre s'illumine.

« Le vieillard ne bouge pas. Je me rappelle encore ses yeux, tranchants, comme ceux d'un géologue.

« *"Vous êtes beau…"* me dit-il, en me faisant signe d'approcher.

« Moi, je suis ébloui. Ébloui par la lumière, beaucoup trop forte. Ébloui par la beauté de tous ces objets entassés autour de moi. Ébloui, enfin, par la noblesse du vieil homme. D'ailleurs il n'est pas vieux. Mais il paraît fatigué, malade. Perdu dans sa robe de chambre de cachemire pourpre, son long corps émacié semble celui d'un survivant… »

J'ai beau lutter, je suis envoûtée par le récit de Venner. Tout s'est évanoui : le décor, l'heure, les sons. J'en oublie la station-service, les chauffeurs routiers affalés sur les tables de formica, la télé qui braille, le glouglou de la bière en pression, le fumet du houblon, des saucisses, des bretzels…

Venner reprend :

— « *Asseyez-vous* », me fait l'homme en désignant un petit pouf à ses pieds.

« J'hésite un instant et pose une fesse sur ce tabouret, trop bas pour mes longues jambes.

« Le vieil homme m'observe encore.

« *"Vous êtes vraiment très beau. Samuel ne m'a pas menti. Montrez-moi vos trésors…"* dit-il en me tendant la main.

« Je sors de sous mon manteau une sacoche.

« Lorsqu'il voit les bijoux, il semble fasciné et

plonge ses doigts dans les colliers, les bracelets, les bagues. Ses yeux sont de plus en plus rouges.

« "*Quel âge avez-vous ?*" balbutie-t-il, en manipulant un gros camée.

« "Vingt et un ans…"

« "*Et où avez-vous trouvé ces bijoux ?*" »

Je réexplique mon histoire de brocante scandinave. Le vieil homme ne bronche pas. Aujourd'hui encore, je ne sais toujours pas s'il m'a cru, mais il se lève et me prend par le bras.

« "*Venez,* dit-il, *vous allez comprendre.*"

« Sans me lâcher, il me conduit dans une pièce voisine, encore plus grande, encore plus lourde de meubles.

« "*Regardez !*"

« Il me désigne un portrait, accroché au-dessus d'un canapé. On y voit une femme hautaine, laide et élégante.

« "*Ma mère…*"

« Je ne sais quoi répondre, mais je viens de comprendre : le collier, le camée, les boucles d'oreilles ; tout y est.

« "*Nous avons été déportés en même temps. Mais elle n'a pas supporté le voyage et a été gazée aussitôt arrivée au camp. J'ai eu plus de chance…*"

« Il se tourne alors vers moi et s'incline.

« "*Je suis le baron Nissim de Roze.*" »

Venner prend une profonde inspiration et continue, d'un ton nostalgique :

— Alors, tout est devenu simple, tout s'est enchaîné : le baron de Roze a récupéré les bijoux de sa mère mais m'a pris sous son aile. Le soir même, il m'installait dans une chambre, à l'étage de son hôtel particulier. Vêtements, repas, argent de poche… il me fournirait tout.

Je fronce les sourcils.

— Mais... il vous demandait quoi en échange ?

Venner hésite, comme s'il cherchait ses mots.

— Pas grand-chose. Il voulait juste que je sois là, près de lui. Toute sa famille était morte en déportation. À son arrivée au Lutetia, en 1945, il n'avait plus rien. Alors, pendant vingt ans, il a décidé de *tout* retrouver, de récupérer *tout* ce que les nazis – et surtout les Français – avaient volé à sa famille.

— Et vous, dans tout ça ?

Vidkun devient allusif :

— Oh ! moi... Moi, j'étais sa récréation, son dernier petit plaisir avant le grand départ. Il avait ramené de son séjour dans les camps une insuffisance respiratoire qui l'obligeait à passer plusieurs mois de l'année à la montagne. Je l'y accompagnais.

— Vous étiez son... homme de compagnie ?

— On peut voir ça comme ça. C'est grâce à lui que je suis entré dans le milieu du cinéma. C'est lui qui m'a présenté aux jeunes loups de la «nouvelle vague». Il lui arrivait d'ailleurs de mettre lui-même un peu d'argent dans des films, en échange de quoi les réalisateurs se sentaient obligés de... m'employer pour un petit rôle, une figuration.

— Et ça a duré longtemps ?

Une ombre passe sur Vidkun. Il laisse traîner son regard dans le restauroute, sur les bocks vides, les trognes hâves des routiers, le serveur, le grand écran de télévision qui trône au mur derrière nous, puis répond, peiné :

— Le baron de Roze a fait une embolie pulmonaire en 1966. Quelques jours après sa mort, les créanciers se sont jetés sur son hôtel et tout a été liquidé en quelques jours. J'ai alors compris qu'il avait racheté ses biens familiaux au triple de leur valeur…

— Et vous ?

Mine déconfite.

— Moi, je me suis débrouillé… Je parlais désormais le français couramment et j'avais quelques contacts. À partir de là, ma vie correspond à ce que je vous en ai dit au nid d'aigle.

Brusquement, mon attention est aimantée par un visage. Un visage connu. Je pointe l'écran de télévision.

— REGARDEZ !

Toute la salle s'est retournée vers le poste.

Ce sont les actualités. Un présentateur lit son prompteur en allemand ; à sa gauche, en insert : la photo d'une femme. *Une femme que j'ai vue ce matin…*

Mon cri est encore plus aigu.

— Angela Brillo !

Venner reprend ses esprits. Il serre les dents et se rue sur le poste pour augmenter le son.

Je ne comprends rien à ce charabia.

— Qu'est-ce qu'ils disent ?

Venner est blafard.

— Elle est morte…

— Morte ? !

— Oui.

— Où ? Quand ?

— Taisez-vous ! me lance Venner, car un nouveau journaliste vient d'apparaître à l'écran, en direct depuis la forêt de Grünewald. On voit des phares de police, des ambulances, une ambiance affairée, effrayée…

Venner se lève d'un bond et pose vingt euros sur le comptoir.

— On va y aller, dit-il, angoissé.

— Mais qu'est-ce qui s'est…

Il agrippe mon bras et me parle à l'oreille.

— Angela Brillo a été assassinée cet après-midi. Je frémis.

— Des promeneurs l'ont trouvée, dans la forêt de Grünewald près de Berlin, vers 6 heures. Elle a été tuée, brûlée, puis on a pendu son corps à un chêne…

— Mais qui a pu la tuer ?

— Je n'en sais rien ! Mais c'est bien la preuve que nos recherches n'ont rien d'une plaisanterie…

La voiture fonce sur l'autoroute. Les lampadaires offrent à la chaussée une lueur de nécropole. J'entrevois mon reflet – blafard, défait – sur les vitres fumées alors que monte en moi une panique corrosive. Allons-nous devenir le gibier d'une nouvelle chasse à l'homme ? Voilà deux semaines que je nage dans le délire, il fallait bien que cette folie nous prenne à la gorge !

— On nous a sûrement vus ! Le patron du bar, ce matin ! Le portier de l'hôtel ! Le marchand de journaux, hier, à Spandau ! C'est lui qui nous a mis sur la piste, non ? Les flics vont l'interroger ! Ils peuvent très bien remonter jusqu'à nous…

Venner garde son calme, comme si rien ne le surprenait.

— Ça m'étonnerait…

— Comment ça ? !

Je suis abasourdie par son flegme. Cet air de vieux sage redouble mon inquiétude.

— Tout va se passer comme pour les suicidés

de 1995. L'affaire va être étouffée ; un simple fait divers…

— Mais nous sommes en 2005 ! Comment pouvez-vous être sûr de…

— Laissez-moi finir !

Ma peau se hérisse, mais je me renfrogne et croise les bras.

Le Viking prend alors une teinte étrange, presque pastel, comme si, l'espace d'un instant, il s'était désincarné, avait quitté son corps, s'était envolé de lui-même. Cette impression, fugitive et onirique, est effacée par une sonnerie de téléphone.

Gênée, je sors le portable de mon sac et balbutie d'une voix ridiculement repentante :

— On… on doit être repassés en France. J'ai plein de messages, depuis cinq jours.

Venner ne dit rien, mais ses yeux retrouvent leur tranchant, comme si nous avions été interrompus pendant une confession.

Voix de la messagerie : « Vous avez vingt-huit messages. »

« Normal… » me dis-je en découvrant la liste : Léa ; mon père ; le journal ; Clément.

Pour une fois, cette avalanche me réconforte. Retour à la vraie vie !

Je constate alors que, depuis hier soir, Clément a déjà appelé treize fois. Je pense aussitôt à mon injustice, à ma méchanceté envers lui. Blessée par ses découvertes, je lui ai écrit des horreurs. Et pourtant, c'est lui qui avait raison…

Comme si je voulais boire ma faute jusqu'à la lie, je me force à écouter chaque message de Clément, dont les logorrhées semblent de plus en plus paniquées : « Mais t'es où ? », « Ton portable ne capte jamais ! », « Personne n'a de vos nouvelles », « J'ai reçu ton mail, je n'invente rien ! Tu dois me croire ».

Lorsque je raccroche, Venner n'a pas bougé depuis plus de vingt minutes. Comme une figure de cire, il attend, immobile. Puis, lorsque mon portable retrouve sa place dans le sac à main, le Viking repart dans ses souvenirs ; à croire que la mort d'Angela Brillo est un détail déjà évacué !

— Comme je vous l'ai dit au nid d'aigle, ma carrière d'acteur s'est… *dégradée*. Et après trois ans de prouesses dans le cinéma « de charme », je me suis littéralement effondré. C'était trop !

— Effondré ? Vous ?

— Ma dépression a commencé à l'automne 1975. Je suis entré en clinique en octobre… et là tout se brouille. Comme si j'avais dormi pendant deux ans…

— Vous êtes resté deux ans à l'hôpital ? !

La lumière des phares creuse son visage comme celui d'un cadavre.

— C'est le noir total. Tout ce dont je me souviens, c'est la venue, un matin, d'un notaire argentin. Il était depuis une semaine en France mais avait eu un mal fou à me retrouver. C'était au printemps 1977. En mai, je crois…

« Le type venait m'annoncer la mort de ma mère. Il m'apportait également un chèque, des portefeuilles d'actions, des actes de propriété pour douze exploitations agricoles en Amérique latine et vingt-quatre immeubles à Buenos Aires… »

Mine hallucinée, comme s'il était drogué.

— J'étais si riche que je n'aurais plus jamais à travailler ; je pouvais me concentrer sur ce qui m'intriguait depuis toujours, et qui s'était mué en obsession durant ma dépression : comprendre.

— Comprendre… comprendre quoi ?

— Tout. Ce qui s'était passé pendant la guerre. Comment mon père, et toute l'Allemagne, en étaient arrivés là. Ce qu'était vraiment le nazisme. Je suis devenu un obsessionnel compulsif. J'ai acheté l'hôtel à la porte de la Chapelle, où j'ai fait des travaux colossaux, et je me suis emmuré dans ma passion.

— Et quand êtes-vous retourné en Argentine ?

Venner baisse les yeux.

— Jamais…

— Vous n'êtes pas retourné voir vos frères, toutes vos possessions ? Vous n'êtes pas allé sur la tombe de votre mère ?

— Ce n'était *pas* ma mère…

Imperceptiblement, Vidkun a pâli.

— Ce n'était *pas* ma mère, ce n'étaient *pas* mes frères… Quant à cet argent, je ne voulais pas savoir d'où il venait. Je l'imaginais trop bien…

Son raisonnement m'apparaît alors dans toute son hypocrisie ; une mentalité d'autruche, mais d'autruche plus soucieuse de confort que de moralité.

— Vous l'avez quand même accepté, ce pognon. Vous auriez pu tout refuser…

— Bien sûr, mais il serait allé à un autre de ces nazillons. Moi, je m'en suis servi pour la bonne cause…

— Vous vous foutez de moi ?! La « bonne cause » ? Construire une piscine et collectionner des drapeaux à croix gammée ?

La mauvaise foi a ses limites. Je ne suis pas comme Léa, mais ce « cynisme sincère », sans arrière-pensées, dépourvu de tout sens moral, est effarant !

— Je me suis laissé entraîner par ma passion du kitsch et du décorum. Mais si j'ai accumulé tout ce matériau, ces connaissances, c'est pour en arriver à ce projet ; à *notre* projet. Ce livre que nous écrivons ensemble. Vous et moi, Anaïs.

Venner retourne trop facilement la chose à son avantage. Cette complicité tactique m'écœure presque autant que sa fausse innocence.

— À travers cette enquête, je cherche à savoir qui je suis, d'où je viens. Je *sais* que ces suicides sont liés au passé des survivants du nazisme, à *mon* passé. Je *sais* que quelque chose est caché derrière ; quelque chose que vous et moi allons découvrir. Ce livre est pour moi, et pour tous les Allemands, un travail et un *devoir* de mémoire… On nous cache des choses, depuis un demi-siècle ! La guerre n'est pas terminée. C'est un combat souterrain, secret. Le meurtre de cette femme, aujourd'hui, est bien la preuve que ce secret continue de tuer !

Je ne sais plus quoi penser. Venner est-il sincère ? Puis-je croire un homme que j'ai vu trinquer avec la fille d'Himmler ? Comment ose-t-il brandir la notion de « devoir de mémoire », lui qui a poussé comme une fleur en serre, sous un soleil à croix gammée ?

— Réfléchissez, reprend-il, je suis né en 1942, j'ai été adopté par la famille Schwöll deux ans plus tard. C'est évident : je suis moi aussi un enfant des *Lebensborn* ; comme les quatre suicidés…

— Mais vous n'en savez rien ! Vous n'avez aucune preuve.

Venner désigne sa mallette comme une évidence.

— Et les mains ? Ces mains que j'ai reçues par la poste ! Vous croyez que c'est un hasard si on me les a envoyées ? À moi ?

Tout s'entrechoque dans ma tête. Une vraie tempête intérieure !

Et cette bonne femme zigouillée le jour même où

nous la rencontrons. Ça aussi, c'est un signe ? Sommes-nous les premiers suspects... ou les prochaines victimes ? Trop, c'est trop... Si je continue avec ce type, je vais devenir aussi folle que lui. Je suis tellement secouée que je ne réalise même pas que de grosses larmes coulent sur mes joues.

— Vous êtes cinglé ! Que vous soyez nazi, orphelin, juif ou tout ce que vous voulez, vous êtes un taré !

Mon ton s'emballe :

— Et moi, j'abandonne...

Vidkun ne bouge plus et se tait. Sa mallette sur les genoux, il garde la tête baissée, comme s'il attendait sa punition.

Mais elle n'arrive pas. C'est inutile, maintenant. En se livrant, Venner s'est puni lui-même.

Prise d'un sanglot, je me recroqueville sur moi-même.

Paris n'est plus qu'à cinquante kilomètres.

À l'heure qu'il est, le cadavre d'Angela Brillo doit être sur la table du médecin légiste.

Le pavé parisien, les numéros des rues, les feux rouges, les magasins fermés : enfin !

Nous nous garons au pied de mon immeuble et je quitte la Mercedes sans trop oser y croire. Jamais la sinistre rue Paul-Bourget ne m'a paru si riante, si idyllique. Un éden !

Venner n'a toujours pas bougé. Assis sur la banquette, les mains à plat contre sa mallette, il m'adresse un petit signe de tête courtois. Mais je n'y réponds pas.

Désormais, tout est accompli. L'enterrement fini, chacun peut rentrer chez soi.

« Ma maison ! Ma maison, putain ! »

Premier signe d'espoir : l'ascenseur est réparé.

Tandis que je m'engouffre dans la petite cabine, je réalise que je ne parviens pas à haïr Venner. Il y a quelque chose de blessé, une souffrance à nu, chez cet homme. Si ce qu'il dit est vrai – comment en être sûre ? – sa vie a basculé à plusieurs reprises. Et il n'est pour rien dans le parcours de sa famille, surtout s'il n'a tout appris qu'à vingt ans.

Mais faut-il le croire ? Que penser ? En qui avoir confiance ? Lors, qui craindre : Venner ? les assassins de Brillo ?

À moins que ce ne soit une seule et même personne ?

Cette avalanche de doutes me donne le vertige, et l'ascenseur parvient au douzième étage.

— Ouf ! dis-je dans un souffle, en faisant glisser mon sac sur le linoléum.

Évidemment, la minuterie est en panne !

J'arrive à tâtons devant ma porte et mes pieds cognent une matière molle.

— Hé ! maugrée une voix pâteuse.

Mon hurlement électrise le couloir.

— Anaïs ? C'est toi ?

— Clément ?

La silhouette du jeune homme se déplie dans la pénombre. Ma peur est encore plus forte que ma surprise. Je ne parviens plus à parler et cherche compulsivement mon trousseau.

— Je...

Clément me prend alors délicatement la main et la guide vers la serrure.

— Laisse-moi t'aider...

Sa voix ! Sa douceur ! Je suis revenue ! Tout ça est fini ! Fini ! J'en pleurerais de soulagement.

La lumière de l'appartement nous éblouit.

— Graguette ? dis-je en baissant machinalement la main pour caresser le chat.

— Tu l'as laissée à Léa…

Clément est livide, hirsute, mais je dois l'être encore plus.

— Depuis combien de temps es-tu ici ?

Air penaud du jeune homme.

— Je ne sais pas ; ce soir, j'ai dû arriver à neuf heures et demie…

— Comment ça, « ce soir » ?

Clément baisse les yeux et je prends ses mains pour les poser contre mon front.

— Ça fait combien de nuits que tu dors ici ?

— Depuis que je n'arrive plus à te joindre, en fait…

Je le serre dans mes bras.

— Oh ! mon cœur, mais tu es complètement cinglé !

— On peut dire ça comme ça… dit-il avant de m'embrasser doucement les lèvres.

« Enfin, enfin ! » me dis-je, tandis qu'il m'enlace et m'entraîne vers le canapé. Mes mains passent sous son pull, comme un noyé retrouve l'air libre.

— Attends, dit-il d'une voix étouffée.

— Attendre quoi ?

Je suis à bout de nerfs. Mon désir est là, brutal, immédiat. Je veux tout oublier, tout engloutir dans le plaisir.

— Juste pour te dire que j'ai bien travaillé : promis, je ne t'emmerderai plus avec les origines de Venner, mais ton Claude Jos est une piste très intéressante. Je me suis renseigné et…

— Tais-toi !

Oublier, je veux tout oublier…

Je plaque Clément contre le canapé et me juche sur lui en bloquant ses bras.

— Tais-toi, tais-toi, tais-toi…

Je suis là, dans ses bras, pour lui seul.

Et tout le reste peut attendre…

1987

— J'ai eu un mal fou à trouver les coordonnées de votre romancière…, dit Linh, sur un ton de reproche. Les documents concernant Marjolaine Papillon sont en partie dans un « dossier K », donc ultraconfidentiel…

— Je t'écoute, le presse Chauvier, en serrant l'écouteur du téléphone car la pluie tambourine sur la cabine.

Le vieux flic est debout dans cette cage de verre, sur les Champs-Élysées, à 8 heures du soir. Une heure où l'avenue n'est qu'un long embouteillage. En sortant du rendez-vous avec le moine, Chauvier a erré dans Paris, sous la pluie, ressassant ces mots qui lui semblent autant d'énigmes : « Otto Rahn », « Halgadøm », « Marjolaine Papillon »…

Puis il a fait appel à Linh, en lui donnant l'après-midi pour lui dénicher une piste.

— J'imagine que vous savez qui est Marjolaine Papillon ? demande l'Eurasien.

— Maintenant, oui, répond le flic. J'ai vu tous ses livres chez Jos… et chez Aurore. Et je suis allé faire un tour au Drugstore des Champs-Élysées.

— On trouve ses livres partout : elle est l'une des romancières françaises les plus lues…

— Et qu'est-ce qui explique ce succès ?

Linh fait un petit bruit de bouche.

— Sa constance, je crois. Ça fait plus de vingt ans que, chaque automne, elle publie un roman de la même taille chez le même éditeur – les presses FLK, la maison du très puissant François-Laurent Kramer –, avec les mêmes thèmes…

— Ses thèmes ?

— Des histoires d'espionnage, toutes situées pendant la Seconde Guerre mondiale. Il y a toujours une romance impossible entre une jolie résistante et un bel officier allemand, généralement SS.

Chauvier glousse :

— Je vois le genre. Bon, mais qu'est-ce que tu peux me dire sur elle ?

Linh prend un ton embarrassé :

— C'est là que ça coince, patron. On ne sait à peu près rien d'elle. Son âge, sa nationalité, tout est opaque. Elle accorde une interview unique, chaque année, à Alexandre Bertier pour son émission « Point Virgule », sur Antenne 2. À part ça : rien…

— Rien ?

— Rien du tout ! Elle a signé avec FLK une clause de confidentialité presque totale et je vous ai dit que son dossier était classé K…

— Mais tu as l'adresse ?

— J'ai *une* adresse ; celle que m'a donnée mon copain des archives de la police. Mais allez savoir si c'est la bonne… En plus, c'est en Allemagne…

— Ben tiens ! Donne toujours…

— Il semblerait que Marjolaine Papillon habite à Berlin, dans le quartier de… je ne sais pas si je prononce bien, à Spandau. Vous connaissez ?

Le commissaire reste coi. Évidemment qu'il le connaît, ce quartier. Il l'a même arpenté pendant près de cinq ans, entre 1946 et 1951. Après son engagement dans l'armée, il a fait partie un moment de ces troupes qui surveillaient pendant un mois les caciques du IIIe Reich : Hess, Speer, Schirach et les autres… à la prison de Spandau. Les nations occupantes alternaient : un mois français, un mois américain, un mois anglais, un mois russe. Il arrivait même au futur commissaire de porter leur pitance aux prisonniers, qui – hormis Albert Speer, toujours courtois – le recevaient en domestique.

Le flic tente de garder son calme, même si tout semble se mettre en place, comme une mécanique impeccablement rodée.

Car l'adresse de Marjolaine Papillon est celle… de la prison de Spandau elle-même !

2005

Deux semaines ont passé et je n'ai aucune nouvelle de Venner, parti aux États-Unis pour une vente d'« objets nazis ». J'ai tenté de mettre cette pause à profit pour faire le vide, relativiser, reconsidérer mon aventure. Ce périple en Allemagne m'a lessivée, physiquement et moralement.

Je l'ai constaté sur le Net : la mort de Brillo est bien un « suicide » ! Une telle aberration judiciaire est-elle acceptable ? N'est-ce pas là l'occasion rêvée pour tout laisser en plan, tout abandonner ?

J'ai pourtant tenu bon. Je veux écrire ce livre ; je suis déjà allée trop loin. « Ne jamais faire marche arrière, Anaïs ! » J'ai juste demandé à Clément de m'épauler dans le projet… et à Vidkun de garder ses distances.

Il n'est cependant pas une heure sans que je pense à Vidkun, sans que je tente de comprendre ce qui a pu se passer dans sa tête, comment il est devenu ce qu'il est. Pour moi, cet homme reste une énigme. Mais le drame, c'est que je ne parviens pas à lui en vouloir réellement, à lui tenir rigueur de ses secrets, de ses mensonges. Peut-être ces garde-fous sont-ils une barrière inconsciente que je m'impose pour ne pas le haïr ? Car si je me mettais à le haïr vraiment, ce travail deviendrait un calvaire, je serais incapable de bosser. Mais il me passionne, ce job ! Je dois bien l'admettre.

— Ce boulot va te rendre complètement dingue ! m'a dit Léa, lorsque nous avons dîné ensemble dans notre cantine de la Butte aux Cailles, trois jours après mon retour d'Allemagne, pour que je récupère mon chat. Non mais, tu as vu ta tête ?

À cette attaque, j'ai répondu d'un ton faussement serein :

— C'est la chance de ma vie. Je ne peux pas laisser passer ça…

Léa a croisé les bras d'un air renfrogné, avant de commander une seconde bouteille de vin.

Elle a joué les vierges offusquées, mais je ne lui ai pas raconté le quart de ce qui s'est *réellement* passé avec Vidkun. J'ai passé sous silence les détails les plus « incorrects » : ma rencontre avec Mausi ainsi que la véritable identité de Martin Schwöll. Sinon, Léa aurait déjà improvisé une descente de la LICRA à l'hôtel particulier de la porte de la Chapelle, avant d'exiger la réouverture du tribunal de Nuremberg… et là, c'est Vidkun qui se serait retrouvé à Spandau !

Venner n'est pourtant coupable de rien, sinon d'une passion tordue et de vues obscures. Ce n'est même pas du délit d'opinion : cet homme n'a pas d'opinions, seulement des questions sans réponses. Il éprouve cette fascination étrange pour le mal absolu.

Mais comment expliquer cela à Léa, pour qui tout est forcément blanc ou noir ?

Je me suis donc contentée d'allusions, de phrases détournées ; suffisamment éloquentes pour que mon amie vire au rouge vif.

— Mouais… c'est pas clair, ton histoire…

En revanche, Léa a applaudi lorsque je lui ai avoué qu'avec Clément…

— Ouaouh ! On va peut-être faire quelque chose de toi, finalement. Vous baisez souvent ? C'est *très* important !

Là, c'est moi qui ai rougi ; mais je n'ai pas répondu…

Pourtant, Clément et moi ne nous quittons plus. Nous passons nos journées ensemble à arpenter librairies, bibliothèques, archives. L'un et l'autre s'efforçant d'obtenir des passe-droits, des justifications, pour accéder aux ouvrages les plus inaccessibles. La piste Claude Jos nous occupe depuis maintenant quinze jours, mais elle est inextricablement verrouillée. Ce nom est un cadenas. Dès que nous le prononçons, tous se ferment, l'air inquiet ou absent.

— Désolé, mais nous ne pouvons pas vous aider…

Clément débarque toutefois un soir, l'œil vitreux, arguant qu'il a une « idée ».

Je suis en train de recopier des informations sur son ordinateur depuis trois heures, et dois avoir une gueule de somnambule.

— Hein ?

Clément hoche la tête.

— J'en ai parlé à mon père…

À ce mot, je fronce les sourcils. Des images me viennent à l'esprit, souvenirs sinistres et humiliants : Clément en larmes au téléphone ; Clément verdâtre le lendemain de Noël ; Clément penaud, Clément blessé, Clément avili…

J'ai toujours détesté Michel Bodekian !

— Je suis désolée de parler comme ça de ton père, mais tu sais ce que je pense de lui : c'est un mec qui te méprise, qui ne t'a jamais compris. Dès que tu le vois plus de dix minutes, tu restes hystérique pendant une semaine. Il te dit toujours *la* chose blessante, *le* détail que tu n'as pas envie d'entendre… Pourquoi l'embringuer dans notre histoire ?

— Il ne s'agit pas de l'embringuer, mon cœur, répond Clément, en passant une main dans mes cheveux.

Je me recule d'un bloc, pour marquer ma désapprobation.

Clément m'explique alors posément qu'André Cruveliet, l'homme de confiance de son père, une sorte de chauffeur-garde-du-corps-factotum, doit prendre sa retraite. Tout en travaillant pour Michel Bodekian, il n'a cessé d'entretenir des contacts avec sa première affectation, les « Services ». C'est pourquoi ses anciens collègues organisent une manière de vin d'honneur, dans leurs bureaux, pour son départ.

— Ce sont des gens *très bien* renseignés…

N'ayant d'autre option, je concède, sombre :

— Très bien, très bien… on y sera…

Ainsi nous retrouvons-nous deux jours plus tard dans les locaux de la DGSE, rue Nélaton, à Paris.

— Vous saviez que ce bâtiment a été construit à l'emplacement du Vél' d'Hiv ? demande le père de Clément, tandis que nous nous engouffrons dans un ascenseur blindé.

Je fais « non » de la tête, déjà sur mes gardes. Le père claque la langue et lâche :

— Compte tenu de vos recherches, c'est assez rigolo, non ?

« Rigolo… » me dis-je sans relever. Décidément, ce type ne change pas.

Les portes de l'ascenseur se ferment.

J'ai beau me faire violence, je ne peux m'empêcher de trouver chez cet homme droit, racé, tout ce qui manque parfois à Clément : une sorte d'assurance mâle, exagérée mais envoûtante. Michel Bodekian est connu pour son charme, ses conquêtes, sa réussite. Cinq de ses six enfants travaillent dans la banque familiale, fondée par leur grand-père, à son arrivée d'Arménie, en 1921. Seul Clément a échappé à la lignée. Mouton noir de sa famille, il ressemble physiquement à sa mère ; à la tignasse sombre paternelle il oppose ses pâles cheveux blonds et son teint de pêche. Ses cinq frères sont des *golden boys* hâbleurs et braillards, piliers de boîtes de nuit mais féroces négociateurs ; lui est grouillot dans l'édition. Il mériterait tellement mieux, tellement plus que ces boulots d'archiviste, de gratte-papier. Mais il n'a jamais assumé son enfance, ses humiliations de petit dernier, de « fillette », comme l'appelait son père.

Souvent, depuis sept ans, j'ai eu envie de lui botter les fesses. De le rabrouer, de lui faire des remarques cinglantes, pour qu'il réagisse, se prenne en main. Mais toujours il m'a fait cette réponse, désespérément sincère :

« Arrête, Anaïs ! Tu parles comme mon père… »

L'ascenseur s'ouvre sur un long couloir.

— Suivez-moi, les enfants…

— Vous êtes gentil, mais on n'est plus des enfants, dis-je en emboîtant le pas au grand homme.

Il se retourne vers moi, hilare. Il adore être bousculé ; surtout par les femmes. Il avise alors d'un œil professionnel mon allure – mon voyage en Allemagne a eu cela de bon qu'il m'a poussée à porter des tenues plus féminines ; comme ce petit haut décolleté et ce jean moulant. Je me suis même maquillée !

— C'est vrai, fait Bodekian, j'avais d'ailleurs oublié à quel point vous pouviez être sexy. Je crois que je ne l'avais jamais remarqué, en fait…

Il tourne sa tête vers Clément et ajoute :

— Pour une fois que tu fais preuve de goût…

Je me sens prête à exploser, mais Clément a baissé la tête.

Nous traversons maintenant une petite passerelle, qui nous amène dans un autre bâtiment, puis un nouveau couloir. Au fond, une porte ouverte. Un brouhaha joyeux nous parvient. Des bruits de verres qui s'entrechoquent, des éclats de rire, des chansons.

— Nous y voilà, dit le père de Clément, qui entre en premier.

— Aaaaahhhhh ! fait le chœur des convives.

Clément et moi entrons dans la salle et je suis déçue : c'est une bête cantine de bureau dont on a repoussé les tables contre les murs pour dresser des buffets. Une trentaine de personnes – que des mecs – boivent du mauvais champagne dans des flûtes en plastique. Trois femmes en blouse bleue proposent des pains-surprises. Une grande baie vitrée donne sur la tour Eiffel, qui surgit derrière une barre d'immeubles.

— Monsieur, comme c'est gentil d'être venu ! s'exclame un petit homme trapu, en costume noir et cravate, qui se faufile jusqu'au père Bodekian.

— C'est bien normal… répond-il, sur un ton d'empereur romain, avant de s'éloigner pour saluer sa cour.

Le petit homme s'approche alors de moi. Ses lèvres rougeaudes fleurent le crémant.

— Soyez la bienvenue, mademoiselle, dit-il avec une vraie gentillesse. Les amis de monsieur sont mes amis…

Ce disant, il prend Clément dans ses bras et le serre à l'étouffer.

— Et toi, mon pédé, ça me fait bien plaisir de te voir !

— Anaïs, je te présente André Cruveliet.

Le bonhomme me sourit à nouveau, mais ses yeux ne peuvent s'empêcher de s'égarer entre mes seins. (« Quelle idée, aussi, de porter ça pour aller chez les flics ! »)

— Si André n'avait pas été là quand j'étais petit, ajoute Clément, je ne sais pas où je serais aujourd'hui…

Cruveliet baisse les yeux, flatté. Puis il couve Clément d'une affection sincère, qui gomme mes réticences.

— Ne dis donc pas de bêtises et venez plutôt prendre un verre…

Nous voilà bientôt flûte en main, saluant les policiers les uns après les autres :

— Bonjour ! Sarriou, Jacques, répression du terrorisme.

— Bonjour ! Reix, Julien, répression des fraudes.

— Salut ! Dadouère, François, brigade des stups…

Je hoche la tête et m'efforce de sourire à tous ces hommes rougeauds et joviaux. Je n'ai d'ailleurs pas à me forcer. Si le père de Clément joue les potentats, tous ces braves types sont adorables, certes bourrus mais tendres et bonhommes. Ils passent leur temps à s'envoyer des piques, puis se réconcilient en débouchant une bouteille. Le crémant me monte vite à la tête et j'en oublierais presque la raison de ma présence dans le QG des services secrets français.

Au bout d'une demi-heure, Michel Bodekian demande le silence.

— Messieurs, je n'ai pas amené mon fils juste pour qu'il vous présente sa… petite copine.

Tous les yeux se tournent vers moi. Je décoche une flèche de haine au père Bodekian, qui reprend :

— Tous deux travaillent sur un projet de livre concernant la Seconde Guerre mondiale… et les nazis.

Clément et moi sommes alors surpris par l'élan de sympathie que provoque cette nouvelle.

— Ça, c'est un bon sujet !

— Il y a tant de choses à raconter… dit Cruveliet.

— Justement, réplique Michel Bodekian. Ils voudraient solliciter votre mémoire, éventuellement vos dossiers, pour faire avancer un peu leurs recherches…

Il se tourne vers son fils :

— Clément, tu ne m'as pas dit *exactement* sur qui ou quoi tu travaillais.

Mon ami déteste parler en public. Impossible de chasser cette sensation que les yeux du monde entier sont braqués sur sa pomme d'Adam. Il déglutit et répond, d'une voix faussement détachée :

— On cherche le plus de documents possible sur un homme politique du sud-ouest de la France, mort en 1995 ; un certain Claude Jos…

Réaction immédiate : un vent de panique sur les flics, qui baissent les yeux, gênés.

Le père Bodekian regarde alors son fils, interloqué, et grogne entre ses dents :

— Mais… mais pourquoi ne m'as-tu jamais dit que tes recherches portaient sur *cette* affaire ?

Une chape de plomb est tombée sur la salle. Les flics semblent gênés, comme si on venait de les surprendre sous la douche. Clément et moi ne savons pas comment sauver la situation car, fuyants, tous ont baissé d'un ton.

Quel lourd secret cache le cas de Claude Jos pour provoquer une telle bérézina ?

Après un temps d'hésitation, André Cruveliet prend Clément par l'épaule pour l'entraîner à l'écart. Il semble embarrassé, comme s'il allait commettre une trahison. Il se penche à l'oreille de mon ami et s'apprête à parler, mais il remarque au même instant que Michel Bodekian le surveille, depuis l'autre côté de la salle. Le père de Clément garde un œil sur eux, rieur mais acide, comme s'il interdisait à Cruveliet de mouiller son fils.

— Tu sais, mon gars, il y a chez nous ce qu'on appelle les « dossiers K ». Des sujets qui ne sont pas dangereux pour la sécurité de l'État et des citoyens, mais qui doivent rester totalement verrouillés.

Bien décidée à ne pas lâcher le morceau, je fais irruption dans leur conversation :

— Et pourquoi ?

Un instant, Cruveliet recule. Après tout, il ne me connaît pas. Mais Clément le rassure :

— Tu peux parler devant elle…

— Bon… concède Cruveliet, non sans hésitation.

À l'autre bout de la pièce, Michel Bodekian se tord le cou, mais Cruveliet baisse d'un ton :

— Les « dossiers K » sont plus que du top secret.

Nous-mêmes n'avons aucune idée de ce qu'ils contiennent. Ce sont des sujets archiconfidentiels qui ne concernent qu'un groupe très restreint d'individus.

— Il y en a beaucoup ? demande Clément.

Cruveliet est faussement évasif.

— Une vingtaine. Tout le monde en connaît plus ou moins la liste – même ton père –, mais quasiment personne n'y a accès, au risque d'avoir de sérieux emmerdements. Et votre… Claude Jos fait partie de ces dossiers…

Clément et Cruveliet restent sombres, perdus dans leurs pensées, ne sachant comment enchaîner.

Un grand échalas rubicond s'approche alors de nous en titubant.

— Arrête ton char, André ! Tu sais comme moi ce qu'il y a à dire sur Jos !…

Cruveliet rougit aux phrases de ce soûlard.

— C'est un « dossier K » : ni toi ni moi ne sommes censés le divulguer.

Il éclate d'un rire forcé qui s'achève dans une toux grumeleuse, et s'agrippe à moi.

— Fous-moi la paix, faut qu'je parle à la petite.

Je n'ose repousser ce grand flic, qui menace de s'effondrer à chaque mouvement. Ce type est peut-être notre dernière chance !

— J'ai bossé sur l'affaire Jos, moi aussi.

Il semble reprendre ses esprits et se redresse. Je m'efforce de garder mon calme et lui demande :

— Parce qu'il y a vraiment une « affaire Jos » ?

— Tu parles, Charles ! Un collègue a même disparu quand il s'est intéressé d'un peu trop près au bonhomme – c'était il y a bien vingt ans maintenant ; un commissaire toulousain…

— Christian, s'il te plaît ! insiste Cruveliet.

Mais Christian est en roue libre.

— Jos reste un mystère pour nous : on a dit qu'il était résistant et collabo, français et allemand, héros et nazi. Il…

— Ta gueule !!!

Le soûlard s'effondre sur le sol, la bouche en sang. Cruveliet lui a envoyé son poing en pleine tronche, faisant éclater la lèvre supérieure. Mais l'homme est tellement ivre qu'il hurle de rire, allongé sur le linoléum.

— Tu ne les empêcheras pas de chercher, glousse-t-il, en s'étouffant dans son sang.

Devant ce spectacle, je retiens un haut-le-cœur. Une rigole rouge glisse jusqu'à mes Converse. Clément me prend la main.

Une ombre passe derrière nous.

— Les enfants : on va y aller…

La voix de Michel Bodekian est sinistre. Il pose un œil navré sur l'assemblée ; un œil d'autant plus navré que personne ne songe à relever le soûlard. Tous sont dans le même état.

Cruveliet s'approche de nous.

— Je suis désolé, monsieur, mais je n'avais jamais imaginé que ça allait tourner comme ça…

— Ça va, ça va ! grogne l'homme d'affaires en agitant le bras.

Comme des serres, il pose ses mains sur Clément et moi, et nous dirige vers la sortie.

Mais je réalise alors que j'ai oublié quelque chose dans la salle.

— Merde, mon sac !

— Faites vite ! grogne le père Bodekian en me voyant retourner vers le buffet.

Alors que je passe devant une grande plante d'intérieur, une main surgit des feuilles.

— Mademoiselle Chouday, appelez ce numéro demain matin. J'ai des informations sur Claude Jos. Beaucoup…

Deux doigts me tendent une carte du ministère de l'Intérieur, sur laquelle un numéro de portable est griffonné. Avec ce mot : « Demain. 15 heures. Bar de l'hôtel Nikko ».

— Surtout n'en parlez à personne !

— Mademoiselle, vous désirez quelque chose à boire ?

Le serveur se penche vers moi avec une courtoisie sèche. Je viens de m'asseoir sur une banquette, devant une table basse.

— Euh, un café ?

— Très bien…

Le serveur – un grand Asiatique maigre et voûté – disparaît en trois entrechats.

Je n'ose pas tout de suite « radiographier » les lieux. Autour de moi : des couples, des groupes, des voyageurs seuls, prennent leur petit déjeuner, sirotent une bière, grappillent des cacahuètes. Clients, serveurs, grooms, liftiers, chauffeurs… ils sont tous japonais.

Je me sens un peu ridicule. À force de vouloir passer inaperçue, j'ai le sentiment que tout le monde m'épie. Et si c'était un piège ?

Si je veux aller jusqu'au bout, ce n'est pas le moment de flancher. Plus tard, la trouille. Je ne suis que dans le bar d'un hôtel parisien ; pas au siège de la Gestapo !

Une petite idée me chatouille l'esprit ; une idée

toute simple, toute bête. N'importe qui peut prendre une carte du ministère, et y inscrire un mot.

Mais j'évacue mes angoisses, car un homme vient d'entrer dans la salle. Un Occidental. Ses yeux le ramènent toujours vers moi, qui n'ose quitter mon siège.

Dans un demi-sourire, nos regards se croisent.

Il s'approche. Je me lève à moitié.

— Non, non, restez assise…

Il est debout devant moi, un peu gêné.

— Les autres ne sont pas encore là ?

— Les autres ?

L'homme est décontenancé.

— Vous deviez être trois. Vous, vous êtes la brune et je…

L'homme est interrompu par le serveur qui me tend un café avec insistance. L'homme est devenu écarlate. Mais je ne le regarde plus. Tandis qu'il balbutie un « Je crois que je me suis trompé… », je déplie un papier que le serveur vient de déposer sous la tasse : « Chambre 614 »…

« Chambre 614 »… me dis-je, avant de frapper.

Mais ma main s'arrête devant la porte, comme si tout allait se figer. Brusquement, le doute m'assaille. Le doute et l'angoisse. Est-il bien raisonnable de me jeter ainsi dans la gueule du loup ? Ça pourrait effectivement être un piège, un traquenard pour me faire taire. Le secret de Claude Jos est-il donc si grave ? Et que voulaient dire les élucubrations du pochard, rue Nélaton ? Résistant et nazi… N'est-ce pas là s'approcher trop près des arcanes du pouvoir ? Ne suis-je pas en train de marcher dans les pas d'Angela Brillo ?

Mais je *dois* savoir. C'est plus fort que moi. Les secrets de Venner m'attendent peut-être là, derrière cette porte. Peut-être vais-je comprendre ce que lui ne sait pas encore… Cette seule idée contracte mes doigts, qui cognent la paroi blindée, comme doués d'une volonté propre.

— Entrez, c'est ouvert… répond une voix qui résonne familièrement.

Et je suis surprise de me retrouver nez à nez avec… le serveur du bar.

— Je suis désolée, mais je crois qu'il y a eu une méprise…

— Non, non, non, répond le serveur d'une voix presque agressive. C'est bien vous que j'attendais, mademoiselle Chouday… Asseyez-vous !

Autour de moi, la chambre est nue. Pas de valises, pas de vêtements. Juste une petite sacoche élimée, posée sur une table basse.

— J'ai préféré qu'on se voie ici, c'est plus discret. Je m'appelle Linh Pagès et je ne travaille *pas* ici.

Je l'observe avec inquiétude, mais l'autre fouille dans sa veste pour me tendre une carte de police.

— Je suis flic… à Toulouse.

Je décèle une pointe d'accent méridional.

— Pourquoi tant de mystères ?

Linh se rassied et décapsule une bouteille de Chateldon pour en remplir deux verres. Je suis sur mes gardes, mais l'homme n'a pas l'air d'un affabulateur, ni d'un maître chanteur.

Encore un qui cherche à comprendre…

Il tente de me sourire.

— J'ai entendu parler de vos recherches alors que

j'étais de passage à Paris. Votre coéquipier, Clément Bodekian, a fait des pieds et des mains pour obtenir des documents sur Claude Jos.

En prononçant ce nom, la bouche du flic semble se figer, comme s'il peinait à articuler. Il garde le silence puis me regarde. Des yeux sombres, d'une profonde tristesse.

— Avez-vous la moindre idée de l'aventure dans laquelle vous vous embarquez ?

— Je crois que je commence seulement à m'en douter.

Monte en moi une angoisse sourde qui emprisonne ma gorge dans un étau.

Linh sort de sa sacoche un gros tapuscrit taché, aux pages disjointes.

J'aperçois juste le titre, écrit en grosses lettres gothiques : « Halgadøm ».

Intriguée, je m'apprête à saisir le texte, mais Linh le remet aussitôt dans sa sacoche d'un air jaloux.

— Il faut d'abord que je vous explique… Je ne suis pas ici par hasard. Disons que j'ai un petit compte à régler avec ce M. Jos.

— Mais… mais je croyais qu'il était mort depuis près de dix ans ?

— Claude Jos est décédé au printemps 1995, quelques jours avant vos quatre suicides.

Il plonge dans mes yeux un regard épuisé où je ne lis aucune lueur d'espoir.

— Je pense que vos recherches peuvent recouper les miennes. Du moins en partie…

Je suis perdue. Toute mon attention est portée sur cette sacoche, d'où dépasse le coin du mystérieux tapuscrit.

Le policier toulousain se recale dans son fauteuil.

— J'ai fait tout le début de ma carrière aux côtés

d'un flic qui a aussi été un père adoptif pour moi :
le commissaire Gilles Chauvier…

Son débit s'accélère. Ses yeux deviennent brillants.

— Après me l'être longtemps interdit, je veux
savoir ce qui lui est arrivé…

— Il est mort ?

— C'est une histoire assez longue, et vous allez
devoir m'écouter. Vous avez du temps ?

J'avise ma montre : onze heures et demie du
matin.

— J'ai la journée.

— Il faudra ça, répond Linh en étirant ses jambes
comme s'il s'apprêtait à courir un marathon. Il sort
de la sacoche une lettre qu'il pose sur la table.

— Tout a commencé par un meurtre, un dimanche
matin d'octobre 1987. J'étais alors un tout jeune inspecteur et j'avais accompagné Chauvier, mon patron,
sur les lieux du crime. Un cadavre brûlé et calciné
avait été découvert dans un bois qui appartenait à
Claude Jos ; le bois cathare…

1987

Berlin, le 24 décembre

Mon cher Linh,

    Tu le sais, je t'ai toujours considéré comme un fils. Lorsque ton père est mort, il m'a fait promettre de ne jamais vous abandonner, toi et ta mère. Et cela fait déjà plus de vingt ans. J'espère avoir rempli ma mission, ne pas avoir été trop pesant, trop péremptoire ; mais qu'attendre d'autre d'un commissaire de police ?

    Tu le sais également, je ne suis pas quelqu'un de très bavard en matière de sentiments ; trente ans dans la police n'arrangent rien à l'affaire. Cette lettre doit donc te sembler bien étrange, et j'ai moi-même du mal à mettre en mots tant de choses si intimes. Mais si je ne le fais pas pour toi, pour qui le ferais-je ?

    Il est 2 heures du matin. Je suis dans un petit hôtel de Berlin-Ouest. Cette enquête, dans laquelle nous nous sommes plongés il y a deux mois, a, tu l'auras compris, fait ressortir des fantômes qui me hantent depuis l'enfance et qu'un jour ou l'autre je devais finir par affronter.

C'est chose faite…

Mon plus gros fantôme, je l'ai affronté cet après-midi, à la prison de Spandau.

Il y a des secrets qui tuent et ne cesseront jamais de tuer. Un pressentiment étrange me dit que cette lettre est notre ultime poignée de main, la dernière fois que je te prends dans mes bras.

Considère-la comme mon testament.

Laisse-moi te raconter…

En arrivant à Spandau, avant-hier, je ne savais pas exactement à quoi m'attendre. Tu ne m'avais trouvé qu'une adresse, celle de la prison. Me voilà donc à faire le planton devant une citadelle dans laquelle j'ai passé quelques mois, à l'époque de ma vie militaire.

Mais maintenant que Rudolf Hess est mort, cet endroit n'a plus de sens. Une prison vide, muette, renfermée sur ses mystères… et que les Alliés ont prévu de bientôt détruire.

Je fais plusieurs fois le tour du bâtiment en tentant de me rappeler par où je rentrais, il y a quarante ans. Rien n'a changé. Mais personne ne me laissera entrer. Ces soldats, russes pour la plupart, sont aussi fermés que les lourdes portes de la prison elles-mêmes.

Ai-je effectué tant de recherches, parcouru tant de kilomètres pour me retrouver devant une porte close ?

Tout à coup, une voix dans mon dos. Une voix sans accent.

— Chauvier… Gilles Chauvier ?

Je me retourne. Un petit homme grassouillet,

d'une soixantaine d'années, me sourit. Il semble réellement me connaître.

— Tu ne me remets pas ? demande-t-il en me tendant la main.

Je dois balbutier quelque chose de pas très clair, car il éclate de rire.

— Je sais que ça fait longtemps, mais quand même : Dehane... Arthur Dehane !

Je n'en reviens pas ! Lorsque je l'ai connu, il était soldat-cuistot à la prison. Il est maintenant propriétaire d'un restaurant dans le quartier de Spandau.

— Un restaurant français ! précise-t-il avec fierté.

Tu t'en doutes bien, je lui demande aussitôt s'il a gardé des contacts avec l'administration de la prison, mais il m'annonce qu'il a rompu les ponts au milieu des années 1970.

— Il n'y avait plus que Hess, m'explique-t-il, et j'avais l'impression de servir un empereur. Alors j'ai tout plaqué pour ouvrir ma propre gargote...

Il me voit tourner autour du pot, hésiter.

— Toi, tu n'es pas ici par hasard... devine-t-il.

Je ne peux pourtant rien lui dire, et j'invente une enquête sur des proches de Rudolf Hess qui se seraient cachés dans la région de Toulouse.

Nous marchons dans les rues de Spandau et Dehane devient très sérieux.

— Écoute, me dit-il, j'ai quitté la prison depuis plus de dix ans, mais ça ne veut pas dire que je ne sais plus ce qu'il s'y passe...

Il m'indique alors une vitrine où je lis : « Au grand gosier, cuisine française ».

— C'est moi qui t'invite, dit-il en ouvrant la porte de son restaurant.

Le dîner est délicieux. Dehane fait la navette entre

la cuisine et ma table, comme s'il ne s'occupait que de ma pomme. Au moment du café, il s'assied en face de moi.

— *Qu'est-ce que tu cherches à savoir, au juste ?*

Il s'agit de jouer cartes sur table, sans pour autant dévoiler tout mon jeu.

— *Je cherche une certaine Marjolaine Papillon, une romancière qui vivrait ou aurait vécu à Spandau.*

— *Dans la prison ?*

— *En tout cas dans le quartier...*

Dehane se concentre.

— *Ça ne me dit rien. Et depuis toutes ces années je connais à peu près tout le monde, ici. C'est une Française ?*

Je lui dis que je le crois, mais que je ne sais même pas à quoi elle ressemble. Car il n'existe aucune photo d'elle et je n'ai jamais vu ses interviews à la télévision.

— *Avec ça nous n'irons pas bien loin...*

J'insiste :

— *C'est une femme qui doit avoir dans les soixante ans, comme nous.*

Tout à coup, le cuisinier s'illumine.

— *Mais c'est de Leni que tu parles...*

— *Leni ?*

— *Mais oui : Leni Rahn...*

Au nom de Rahn, je tressaille ; a-t-elle un rapport avec le fameux Otto Rahn dont m'a parlé Guizet, qui serait le vrai nom de Claude Jos ?

Je demande :

— *Et... qui est-ce ?*

Dehane réfléchit :

— *Je ne la connais pas bien. Personne, d'ailleurs, ne la connaît vraiment. Pourtant ça fait des*

318

années qu'elle fait partie du paysage. Elle a plus de soixante ans et elle vient au moins une semaine par mois à Spandau.

Il hésite et ajoute :

— *Mais ça fait des mois qu'on ne l'a pas vue.*

— *Et qu'est-ce qu'elle fait, quand elle vient ici ?*

Dehane réfléchit.

— *Leni Rahn avait un droit de visite exceptionnel dans la cellule de Rudolf Hess.*

Je sens qu'il hésite à continuer.

— *Tu ne me dis pas tout...*

Dehane se gratte les joues. Il est embarrassé.

— *On raconte des choses, à son sujet.*

— *Au sujet de Leni Rahn ?*

Le cuistot cligne des yeux.

— *Oui, dit-il, il y a des bruits qui courent depuis le suicide de Hess. Des gens qui parlent...*

Dehane vérifie les alentours et baisse d'un ton.

— *Comme j'étais cuisinier dans la citadelle, je suis devenu la cantine de tous les militaires du quartier ; et j'entends des choses...*

Je jette aussi un œil autour de moi et prends conscience que je suis le seul civil de la salle. Dehane parle encore plus bas.

— *Leni est venue à la prison, l'été dernier, juste avant la mort de Hess. Et elle a passé avec lui bien plus de temps que d'habitude.*

Il fronce les sourcils.

— *Surtout, ajoute-t-il, elle n'est pas venue seule. Elle a amené quelqu'un... un Français, un vieux. Un Français du Sud, qui est venu un jour déjeuner ici avec quatre hommes qui se ressemblaient comme des jumeaux. À part l'un d'eux...*

— *... qui avait une cicatrice au cou... dis-je en lui coupant la parole.*

Le cuisinier opine, surpris.

— Mais alors, tu sais déjà…

— Pas tout. Tu te rappelles le nom de ce Français ?

Il fait « non » de la tête et reprend.

— Apparemment, Hess le connaissait. Les deux hommes se sont engueulés, très fort. Toute la prison résonnait de leurs cris. Il paraît que Leni essayait de les calmer mais qu'ils hurlaient. Jamais Hess n'avait autant parlé depuis qu'il était prisonnier. C'est-à-dire depuis quarante-six ans !

Dehane semble effrayé par la présence de ses convives. Il me prend le bras et m'entraîne derrière la cuisine, dans un petit bureau où il fait sa comptabilité.

— Leni et le Français sont allés voir Hess plusieurs jours de suite. C'était à chaque fois les mêmes engueulades, les mêmes hurlements. Hess parlait de « trahison », de « revanche ». Chaque fois, le vieux nazi en ressortait plus affaibli que la veille. Son médecin a voulu faire interdire les visites, mais Hess a insisté pour que Leni et le Français continuent à venir.

Arthur semble vraiment peiné.

— Ça a duré comme ça pendant dix jours. Et puis, un matin, Leni est venue seule. Le Français était reparti.

— Où ça ?

— Personne ne sait. En revanche, tout le monde connaît la conversation entre Hess et Leni, car un soldat les a épiés.

J'entends les clients qui quittent peu à peu la salle du restaurant. Arthur se détend.

— De quoi ont-ils parlé ?

— Ils ont parlé d'un homme que Leni devait

absolument retrouver ; un homme qu'ils appelaient l'« élu »…

Je ne suis pas très convaincu par ces ragots, mais j'insiste quand même :

— Et puis ?

— À la fin, poursuit Dehane, Hess aurait supplié Leni. Il lui aurait dit : « Tu dois écrire un roman, notre roman. Maintenant, je n'ai plus rien à perdre. Mais il faut que l'élu se reconnaisse, qu'il comprenne avant les autres, avant ceux d'Halgadøm. Ton roman doit être un code, un message secret. Un chemin qui le conduise à la vérité d'Halgadøm, au grand secret, celui que nous gardons depuis toutes ces années…»

« Alors, poursuit Dehane, Leni a serré le vieux nazi dans ses bras.

« "Tout est déjà écrit depuis longtemps, a-t-elle dit, Halgadøm a déjà son roman." »

Arthur avale sa salive avant d'ajouter :

— Le lendemain matin, on a retrouvé Hess pendu dans sa cellule.

Quant à Leni, elle avait disparu. C'était l'été dernier, elle n'est pas revenue depuis.

Voilà, mon Linh. Voilà où j'en suis…

Ma tête est pleine de questions, mais je tente de rester calme. T'écrire m'a apaisé. J'ai mis des mots sur mes angoisses.

Je ne sais rien de Marjolaine Papillon, mais je vais tout faire pour la retrouver. Maintenant, il en va de ma vie, de mon honneur. Ce n'est pas pour moi que je le fais, mais pour Anne-Marie. Comme un dernier adieu.

Pourtant, au fond de moi, pointe la certitude que tout va bientôt s'arrêter. J'en sais trop. Beaucoup trop, même si des pans entiers de l'histoire m'échappent encore. Je ne sais pas si j'aurai le temps de les découvrir. Les hommes de Jos doivent déjà être à mes trousses.

Tu vas penser que je t'entraîne dans ma chute en t'envoyant cette lettre, mais c'est tout le contraire. Je veux te prévenir, t'éviter de plonger comme moi. Car, je le répète, j'en sais trop… et pas assez. Qui est vraiment Claude Jos? Qui est Otto Rahn? Autant de questions sans réponses, mais ne pas t'écrire serait revenu à te mentir. Et ça, je ne l'aurais pas supporté.

De ma pauvre vie foudroyée, ratée, tu es la seule personne que je regretterai sincèrement.

Ne m'oublie pas.

Ton Gilles.

2005

— Deux mois plus tard, achève Linh d'une voix assourdie, en février 1988, le corps de Gilles a été retrouvé, pendu et brûlé, dans une propriété des Yvelines, à Montfort-l'Amaury. « Un suicide », a conclu la préfecture, qui s'est empressée de classer l'affaire…

Je suis bouleversée.

Fébrile, je tends à Linh la lettre de Chauvier, qu'il range dans son enveloppe. L'Eurasien est au bord des larmes. Devant moi, il vient de tout revivre et peine à reprendre son souffle. Il déglutit puis se masse les tempes comme on lutte contre la migraine.

— La même semaine, le frère David Guizet se donnait la mort dans sa cellule du Quartier latin.

Sous mes yeux, le chagrin de Linh se mue en une sorte de neutralité administrative, comme s'il lisait un rapport de police.

— Les Sven sont restés introuvables, tout comme Marjolaine Papillon dont les romans annuels continuent de se vendre avec le même succès… Quant à Claude Jos, il est mort dans son lit, le 23 avril 1995, à l'âge de quatre-vingt-onze ans. À Paulin, la place de la mairie a été rebaptisée : *« Esplanade Claude-Jos (1904-1995), héros de la Résistance, maire de*

Paulin (1947-1995), député du Tarn ». Ironique, non ? Et c'est Aurore, sa petite-fille, qui a repris le château de Mirabel…

Linh se frotte les yeux, engourdi.

— Voilà… vous savez tout…

Je suis incapable de répondre, muette, abasourdie. Dans quoi ai-je mis le doigt ? Que signifient ces secrets à tiroirs, ces mystères en chaîne ? Vais-je moi aussi subir le sort de Chauvier… et d'Angela Brillo ? Un suicide providentiel ? Suis-je vraiment en danger ou Linh n'est-il qu'un policier dépressif, rendu à moitié fou par la mort de son père adoptif ?

— Et après, qu'avez-vous fait ?

Le Toulousain baisse la garde, comme on avoue une lâcheté.

— J'ai décidé de ne rien dévoiler à mes collègues…

Sa voix devient lointaine.

— En répandant les cendres de Gilles dans l'océan Atlantique, à Mimizan, j'ai pris la ferme résolution d'attendre. Il en allait de ma vie, et de celle de ma mère.

Il se redresse dans le fauteuil.

— J'occupe maintenant le poste de Chauvier, à Toulouse…

Ses mains tressautent. Dehors, il fait presque nuit. Aux fenêtres des grands immeubles du 16ᵉ arrondissement, je devine des silhouettes, des enfants courant dans de grands salons, des pères qui s'habillent pour le dîner, des mères qui achèvent de mettre la table.

« Quel est le vrai monde ? » me dis-je, en marchant jusqu'à la vitre pour l'ouvrir d'un geste sec. Le leur ? Le nôtre ?…

Un vent acide, lourd d'humidité, entre dans la

pièce. Bientôt la saison des rhumes, des grippes, des fièvres.

Silencieux, Linh reprend son souffle. Il a beaucoup parlé.

C'est la première fois qu'il raconte toute l'aventure, depuis son commencement. Une histoire qu'il a recomposée, remise dans l'ordre, à partir de ce qu'il savait de Chauvier, des confidences éparses du commissaire, de carnets de notes retrouvés après sa mort, et de ce qu'il a fini par deviner, les années aidant.

Linh allume la lampe de chevet. Sur la vitre, je ne distingue plus que l'intérieur de la chambre, et le reflet du policier.

Il se frotte les joues, les yeux, et ouvre le minibar.

— Vous voulez quoi?

Sans réfléchir, je saisis une mignonnette de gin que je décapsule et vide à moitié, au goulot. L'alcool me brûle les entrailles.

Prise d'un vertige subit, je m'effondre sur le bord du lit. Mon timbre est hésitant :

— Mais si Jos est mort en 1995, pourquoi avoir attendu si longtemps avant de reprendre l'enquête?

— J'avais la trouille…

— Trouille de quoi?

Linh baisse la garde. Il ouvre une canette de bière et la respire comme de l'encens.

— Dans les semaines qui ont suivi la mort de Claude Jos, j'ai effectivement commencé à me replonger dans l'affaire. Ça me travaillait depuis plus de six ans! J'ai ressorti des dossiers, des ébauches d'enquêtes, toute une série de données avortées.

Je lis alors dans ses yeux la marque d'une peur atroce. Une peur primale, celle de l'homme contre la bête.

— Un soir, un homme masqué est entré dans l'appartement de ma mère et l'a menacée avec un rasoir…

Je frémis.

— Et votre mère a appelé la police ?

— Non, enfin, si… elle m'a appelé, *moi*. Mais je ne pouvais pas prévenir les collègues. J'étais en infraction : ressortir une enquête sans autorisation de mes supérieurs est un délit.

Nouvelle expression d'épuisement.

— J'ai préféré abandonner…

Je hoche du chef et porte à nouveau la bouteille de gin à mes lèvres ; cette fois, le liquide me brûle tant la gorge que je m'étrangle.

— Ça va ? demande Linh, qui se penche vers moi.

Je lui fais signe de ne pas me toucher et réponds, vaseuse :

— Mmm, mmm… J'imagine que ça va. Je suis juste en train d'apprendre que j'ai mis le doigt dans l'engrenage d'une conspiration néonazie ; mais sinon tout va bien. Et pourquoi avez-vous décidé de reprendre l'enquête, maintenant ?

L'Eurasien me verse un verre de Chateldon.

— Ma mère est morte il y a deux mois.

— *Ils* l'ont tuée ? !

— Pas eux. Depuis deux ans, sa paralysie avait atteint les poumons. Elle est restée sous respirateur mais, l'année dernière, elle a perdu conscience…

Il se tait et je n'ose compléter : « … Et vous l'avez débranchée… »

Je songe que si jamais j'ai des enfants, j'exige qu'ils fassent pareil.

— Je n'ai donc plus rien à perdre, reprend l'Eurasien.

— Et qu'est-ce que vous attendez de moi ?

— Une sorte de… *collaboration* : vous me tenez au courant de vos recherches, je vous aide avec mon accès aux archives. Et cela, sans en parler ni à votre éditeur, ni à votre ami Clément, ni même à M. Venner.

Je me ferme instantanément.

— Avec « M. Venner », mes rapports sont réduits au minimum.

— Il va pourtant falloir que vous le revoyiez…

Fataliste, je hausse les épaules.

— Je sais bien…

Linh tape alors dans ses mains, comme pour se tirer de l'apathie.

— Nous sommes dans une forêt de questions sans réponses ! Quel secret a poussé Hess au suicide ? Qui est vraiment Claude Jos ? Quel est le lien avec Vidkun Venner ?

Je me redresse et me laisse prendre au jeu :

— Vous oubliez d'autres choses : qu'est-ce que Halgadøm ? Qui est vraiment Marjolaine Papillon ?

Linh prend une expression mystérieuse, une ombre de sourire.

— Sur ce point, je crois que je peux vous aider.

Il tourne ses yeux vers la table et je me rappelle le tapuscrit.

Je saisis la grande enveloppe kraft et en sors le gros paquet de feuilles non reliées.

Leni Rahn

Halgadøm, l'archipel maudit

roman

— C'est le fameux roman mentionné par Rudolf Hess, quelques jours avant de mourir ? Ce texte dont Guizet avait parlé à Chauvier, lorsqu'il a dû quitter le monastère ?

Linh ne répond pas.

Fascinée, je commence à le feuilleter.

— Mais... mais comment l'avez-vous récupéré ? Où l'avez-vous trouvé ?

— Il y a des choses que je ne peux pas vous dire. Du moins pas tout de suite... C'est une copie, elle est pour vous.

Il saisit alors mon bras et serre très fort.

— Ne le montrez à personne ! Prenez ce texte, étudiez-le, je crois qu'il vous permettra des recoupements. Mais...

Il s'arrête, haletant. J'ai l'avant-bras en charpie.

— Mais... ?

— Mais... si ce roman ne relève pas de la science-fiction, alors nous avons toutes les raisons d'avoir peur...

Deuxième partie

LENI

« *Mes ancêtres étaient païens, et mes aïeux hérétiques.* »

Otto Rahn, *La Cour de Lucifer*.

Leni Rahn

Halgadøm,
l'archipel maudit

roman

Avertissement

Spandau, 17 août 1987

La chute des civilisations est le plus frappant et
en même temps le plus obscur de tous les phéno-
mènes de l'Histoire. Voilà des années que j'hésite
à publier ce « roman ». Écrit il y a près de quarante
ans, il dort depuis dans un coffre. Rares sont les
étrangers qui ont pu le lire.

Il ne s'agit pourtant pas d'un roman ; ou si peu !
Je n'ai rien inventé. Tels furent mon enfance, ma
jeunesse, mes premières passions, mes premiers
rêves. Chaque lieu est réel, chaque personnage
authentique. Certains vivent encore aujourd'hui. Et
c'est d'eux – de leurs réactions, de leur mémoire –
que je me suis défiée pendant quarante ans. Mais,
je le répète, Halgadøm n'est pas une œuvre d'imagination. Tout est vrai !

Ces pages virent le jour peu de temps après la
Seconde Guerre mondiale, mais je me suis toujours
interdit de les publier. Ma raison ? Une étrange nostalgie d'Halgadøm. Pire : un respect imbécile pour
mes premiers maîtres ; en hommage absurde envers
les Sven, envers le docteur Schwöll, envers Otto

331

Rahn, surtout. Otto ! Otto ! Tous ses mensonges, ses trahisons !

Hélas ! les derniers événements me forcent à réviser ma position. La longue conversation que j'ai eue hier soir avec Rudolf Hess a achevé de me convaincre : le monde doit savoir !

Cette nuit même, après avoir laissé le prisonnier de Spandau regagner sa cellule, je viens de tout relire. Il n'est pas une ligne à changer de cette « aventure ». Tout juste y ai-je ajouté cet avertissement, comme pour me persuader du bien-fondé de ma démarche. Pour me donner du courage…

Car, encore maintenant, j'hésite.

Je sais pourtant que j'ai raison. Je sais pourtant qu'il faut tout faire pour endiguer leur progrès. Qu'il faut les stopper avant qu'ils ne reviennent et s'installent à jamais !

Toute ma vie, je n'ai connu que des temps troublés, mais Halgadøm est là, à nos portes, prêt à bondir. Le royaume d'Otto n'est plus un fantasme : il est une menace atrocement réelle.

Et, pour la première fois depuis toutes ces années, un sentiment s'instille en moi ; une sensation diffuse, malsaine, insidieuse ; malgré tout ce que j'ai vu, malgré les horreurs que j'ai contemplées, malgré les carnages auxquels j'ai assisté et mis la main ; pour la première fois de ma longue et folle vie, j'ai peur à en mourir.

L.R.

1938

Norvège, automne, 8 heures du matin

Chaque enfant était assis à son pupitre. Ils n'avaient pas le droit de parler. Le dos raide, l'œil fixe, chacun attendait.

Ils étaient cinq : quatre garçons, une fille, et portaient les mêmes vêtements : pantalon bleu marine, chemise blanche, cravate turquoise, blazer à écusson avec cette devise brodée : « *Meine Ehre heisst Treue* » (« Mon honneur s'appelle fidélité »).

« Comme dans les écoles anglaises », leur avait dit Oncle Otto.

La fillette regarda par la fenêtre, mais il faisait nuit.

« De toute manière, se dit-elle, la nuit dure six mois. »

Une lumière pâle entrait dans la grande bibliothèque, nimbant les rayonnages d'une douce tristesse.

Elle tourna alors ses yeux rêveurs vers les deux soldats. Leurs deux gardiens semblaient encastrés dans les bibliothèques. Cet uniforme noir. Ces iris si bleus, ces cheveux blonds tirant vers le blanc.

« Que fixent-ils ? » se demandait-elle en tentant de

percer leur impassibilité. Le portrait du *Führer*? Le grand tableau noir, accroché à la bibliothèque centrale, en face d'eux?

Ils attendaient depuis un quart d'heure. Tous se tournaient de temps à autre vers la grande pendule, à droite de la pièce, près de la cheminée.

« *Il* est en retard… »

Dehors, le vent redoubla. On entendait le bruit des vagues, qui se cassaient contre les rochers. On respirait cet air saturé de sel, qui pénétrait dans la bibliothèque et se mêlait à la bonne odeur du feu de bouleau.

Tout à coup, la petite fille sursauta : un claquement de porte, un coup de vent dans la pièce, une forte odeur d'algues.

— Excusez-moi, les enfants, mais avec ce vent la traversée est difficile…

« Oncle Otto ! » se réjouit-elle.

Les enfants se dressèrent d'un bond et tendirent le bras. Se tournant vers le portrait du *Führer*, ils scandèrent d'une même voix :

— *Heil Hitler !*

— C'est bien, c'est bien, asseyez-vous…

Déjà à son bureau, oncle Otto tapa dans ses mains.

— Bon ! Où en étions-nous ? demanda-t-il en chaussant de fines lunettes dorées avant d'ouvrir un grand cahier.

Silence dans la salle…

Il sourit à chacun des enfants puis posa ses yeux sur l'un des garçons.

— Toi ?

L'enfant rougit.

— Euh, beuh… balbutia-t-il, on étudiait le mythe de Thulé ?

Oncle Otto pinça les lèvres.

334

— Monte au tableau me réciter ta leçon…

L'enfant devint écarlate. Il chercha autour de lui une ombre de compassion, une bouée de sauvetage, mais tous gardaient les yeux vissés à leur pupitre, attendant la fin de l'orage.

— Qu'est-ce que tu attends ? demanda Otto, qui était descendu de l'estrade pour laisser la place à l'enfant.

« Le pauvre ! » se dit la fille, presque malgré elle, en voyant le front rougi du garçon. Il se tortillait dans son uniforme, oscillait sur lui-même, sans pouvoir parler.

Oncle Otto serra les dents, agacé.

— Voilà qui commence bien…

Il avança dans la bibliothèque et marcha entre les pupitres, d'un pas mécanique, faisant bien sonner les fers de ses bottes noires.

— Je me demande parfois à quoi je vous sers…

Il se pencha vers un des garçons et lui hurla :

— Je pourrais très bien vous envoyer à la caserne, comme les autres…

Machinalement, les enfants se tournèrent vers les soldats, qui n'avaient pas bougé.

— Vous ne vous rendez pas compte de votre chance, ajouta oncle Otto, en faisant signe au garçon de quitter l'estrade pour regagner sa place.

Il maugréa alors d'un ton las :

— Leni, au tableau.

Vous en conviendrez : je n'ai pas eu une enfance banale.

Je m'appelle Leni. Les auteurs de jadis commençaient sereinement leur récit à la naissance du héros ;

335

je n'irai pas jusque-là car, au commencement de ce récit, en 1938, j'avais déjà douze ans et n'étais guère développée pour mon âge. Je n'avais presque pas de seins et je ne perdais pas encore de sang. Physiquement, les Sven étaient plus adultes. Nous avions le même âge, mais certains avaient déjà commencé à muer.

Nous vivions tous dans l'archipel des Håkon, au nord de la Norvège. Les Håkon se trouvent au-delà du cercle polaire arctique, sur l'Atlantique. Inutile de chercher sur une carte, vous ne trouverez pas. Les Håkon n'y apparaissent jamais. Nous étions la partie la plus septentrionale de cette région : au-delà, c'était la banquise !

Vous allez ouvrir des grands yeux et me dire : « Mais il devait faire très froid ! » Je vous répondrai : « Non, pas trop. »

Oncle Otto nous avait expliqué que ce courant marin baptisé Gulf Stream longeait la côte norvégienne, nous évitant les glaces, car le froid du grand Nord était tempéré par la douceur de l'Océan.

Aux Håkon, le soleil se levait pour ne plus bouger pendant des mois : nous appelions ce phénomène la « lueur jaune ».

L'hiver, à l'inverse, les ampoules étaient toujours allumées. Nous appelions « lueur bleue » cette ambiance feutrée et glaciale.

Les Håkon étaient un groupe d'îlots plats, entourés de hautes falaises noires et volcaniques qui plongeaient dans la mer et nous encerclaient comme une arène. Toujours se dressaient devant nos yeux les « murailles aux oiseaux » : des pans de montagnes verticaux, plantés dans l'Océan, dont le plus grand dépassait les cinq cents mètres de hauteur. Personne n'y vivait, c'était le royaume des mouettes, des macareux, des guillemots et des lichens. Cette barrière naturelle nous protégeait du vent, et nous faisait vivre dans une cuvette de dix kilomètres de diamètre.

Il était très difficile d'accéder aux Håkon en bateau, car le chenal était semé de récifs. C'est pourquoi oncle Otto prenait un hydravion.

« Vu de là-haut, nous disait-il, cela ressemble vraiment à un cercle parfait entourant une poignée d'îles. Comme un village fortifié. »

Selon les légendes du grand Nord, nous habitions l'une des dernières parties émergées de l'Atlantide, un vestige de la légendaire Thulé.

Je me suis souvent demandé comment les premiers habitants étaient parvenus jusqu'ici, tant les Håkon semblaient loin des autres îles. Il fallait pour les atteindre dépasser un énorme tourbillon d'eau, que les gens appelaient le *Maelström*. Ils l'avaient aussi baptisé le « cimetière marin », car des milliers de bateaux avaient été happés par ce trou d'eau, et tapissaient le fond de l'Océan.

Pendant des siècles, l'archipel avait vécu du poisson. Plusieurs fois dans l'année, les plus braves des pêcheurs se rendaient au continent pour vendre leur morue, séchée et salée. Beaucoup n'en revenaient pas, car ils découvraient le vrai monde ou bien finissaient dans les entrailles du « cimetière marin ».

Ce qui a tout changé, c'est l'arrivée d'oncle Nathaniel.

Oncle Nathaniel était très riche. Ici, tout le monde l'appelait « *Herr* Korb », mais je préférais « oncle Nathi ».

Il avait acheté les Håkon une vingtaine d'années auparavant.

« Je suis ici chez moi, disait-il souvent lorsque des gens – pêcheurs ou soldats – venaient le déranger. Et je peux très bien vous mettre dehors ! »

Nathaniel Korb était viennois et avait bâti sa fortune sur les décombres de la Première Guerre mondiale. Il avait racheté l'archipel à l'État norvégien en 1924, mais, en devenant propriétaire de ces îles, il n'en avait exclu aucun habitant. Certaines familles étaient là depuis des siècles et y vivaient dans des conditions très précaires. Nathaniel Korb leur accorda aussitôt un salaire mensuel, et leur fit construire de vraies maisons équipées de cuisines, de salles de bains, ainsi que des serres...

De ces îlots arides, il fit un oasis.

Il s'était pour cela fait aider par les « hommes en noir ». Je sais qu'il faut dire « SS », mais je préfère « hommes en noir » (ça fait plus chevaleresque !).

En échange de leur aide, il leur avait permis de s'installer ici. C'étaient eux qui, sur des plans d'oncle Otto, avaient bâti l'énorme maison de Nathaniel Korb.

Le milliardaire ne voulait pas de château, mais une maison de plain-pied, dans la partie la plus sableuse de l'archipel. Il avait même toujours rêvé de ce réseau de plates-formes sur pilotis, reliées les unes aux autres par des pontons et des coursives. Un grand serpent de bois, dont on ne trouvait jamais la tête ni la queue. Une suite infinie de pièces, salons, chambres à coucher, où il vivait seul, entouré de ses domestiques ; les Håkon étaient son château en

Espagne, son jardin d'Éden, et nul ne devait l'y déranger.

La seule partie de sa maison où nous, les enfants, avions droit de cité était la bibliothèque dans laquelle oncle Otto nous donnait ses leçons.

Bien sûr, moi, oncle Nathi me permettait beaucoup plus de choses, puisque j'étais sa « petite princesse ».

Suis-je de sang royal ? Je ne saurais dire, mais je suis née ici. Mes parents faisaient partie des premiers Allemands venus aider à la construction des nouvelles maisons. Je n'ai aucun souvenir d'eux, car ils sont morts à la suite d'une tempête qui a dévasté les îles en 1927. J'avais un an.

« La tempête est arrivée d'un coup, m'a souvent raconté Ingvild, notre chère nourrice. C'est la malédiction des Håkon. On dit qu'une fois par siècle, l'Océan réclame des victimes en échange de sa clémence. Alors le vent s'engouffre entre les îles et joue avec les courants jusqu'à faire se dresser l'eau. Nous ne pourrions être plus vulnérables… »

La vague a tout dévasté. Les deux tiers des habitants périrent dans ce cataclysme. Oncle Otto, oncle Nathi et d'autres échappèrent à la mort. Pas mes parents…

Par chance, lorsque les adultes travaillaient, les bébés de la communauté étaient placés dans une crèche, l'un des rares bâtiments à ne pas avoir été balayé par les vagues. C'est ainsi que les Sven et moi nous sommes retrouvés orphelins ; c'est ainsi qu'oncle Nathi choisit de nous adopter ; c'est ainsi qu'oncle Otto décida de faire de nous ses élèves…

Depuis, personne ne parlait du « cataclysme ». Et si notre chère Ingvild l'évoquait à mi-voix, elle s'assurait toujours que personne ne rôdât dans les parages avant d'entamer son récit.

Moi, je ne connaissais rien du monde, mais je m'en moquais.

Pouvait-il être aussi beau que nos veillées de solstice, nos marées d'équinoxe ? Oncle Otto nous l'avait bien dit : aux Håkon, nous vivions dans l'âge d'or.

L'archipel des Håkon était divisé en trois grandes îles, assez éloignées.

L'île principale se nommait Yule. S'y trouvait le « palais » d'oncle Nathi. À quelques centaines de mètres, le milliardaire avait fait construire un bâtiment austère et laid : la « caserne ». C'était la maison des « hommes en noir », le repaire des SS. Ils étaient la garde rapprochée des Håkon, et chaque été, une nouvelle troupe nous était envoyée d'Allemagne pour un an de formation.

Notre maison à nous, le « dortoir », était le troisième bâtiment de l'île de Yule. Une construction qu'Oncle Nathi avait voulue à flanc d'eau, au bout d'un promontoire, comme ces *piers* des stations balnéaires anglaises. Une sorte de bateau immobile au-dessus de l'eau.

La nuit, nous entendions les poissons passer sous le plancher. Parfois même les orques. Leur queue cognait les grandes barres de métal plantées dans l'eau, qui nous servaient de fondations.

Quant à oncle Otto, il possédait ses propres appartements au dernier étage de la caserne, dans une petite tour d'angle. Il l'avait surnommé le « donjon » ou la « vigie », car c'était le point le plus haut de l'île de Yule.

Hormis le palais d'oncle Nathi, la caserne et notre dortoir, Yule n'était qu'un caillou plat, au centre de l'archipel. Un sol si aride qu'il était impossible d'y faire pousser quoi que ce fût. Tout juste avait-on trouvé une source naturelle qui nous approvisionnait en eau douce. Mais pour la nourriture, il y avait Ostara.

L'île d'Ostara était bien plus vaste et moderne. Aussi plate que Yule, elle était recouverte par une bande de terre suffisamment profonde pour y établir une agriculture. Le climat des Håkon et l'absence de lumière pendant six mois avaient forcé les ingé- nieurs du Reich à travailler sur un système de serres et de panneaux solaires. Ainsi l'île était-elle parse- mée de grandes bulles de verre, comme les larves d'un insecte gigantesque. Nous pouvions manger de tout, aux Håkon ; y compris des fruits exotiques comme des bananes, des maracujas, des noix de coco ou des tamarins.

Autre règle en vigueur dans l'archipel : seules les femmes pouvaient travailler à Ostara.

Toutes avaient le type nordique : grandes, les yeux très bleus, les cheveux blonds tirant vers une sorte d'albinisme sain, qui tranchait lorsqu'elles res- sortaient épuisées, bouillantes et écarlates de ces serres surchauffées. Un tableau étonnant : au plus profond de l'hiver, ces walkyries venaient respirer l'air marin, à moitié nues, sans ressentir la morsure du froid. Une sensualité étouffante se dégageait alors des corps. C'était sans doute pour cela que l'île avait été réservée aux femmes qui, dans la langue des Håkon, étaient appelées les *Schwester*, c'est-à-dire les « sœurs ». Elles ne quittaient pour ainsi dire jamais l'île, et vivaient dans leurs propres baraquements, en contrebas des serres.

Nous les apercevions parfois depuis les fenêtres du dortoir.

Reste l'île la plus étrange, la plus mystérieuse : Halgadøm.

Située de l'autre côté de l'atoll, plein nord, au pied des « murailles », cet îlot me fascinait depuis ma petite enfance, car il nous était interdit d'y aller, et même d'en parler. Nous savions seulement qu'il s'y construisait des bâtiments…

— Un jour, vous connaîtrez Halgadøm, nous répétait souvent oncle Otto. Mais vous êtes encore trop jeunes…

Impossible d'en savoir plus…

Si Nathaniel Korb régnait en empereur sur notre royaume, oncle Otto était son prince, son éminence noire. Entre eux, les soldats l'appelaient le « régent ».

Qui était-il ? D'où venait-il ? Quelle avait été son enfance ? Avait-il une famille ? Autant de questions qui restaient sans réponses.

Bien qu'il fût officier de la SS, oncle Otto ne ressemblait guère aux Aryens de la caserne : ni grand ni fort. C'était un petit homme fluet, énergique et presque juvénile.

Malgré sa trentaine d'années, ses yeux d'un bleu profond donnaient des ordres avec la douceur implicite des vrais despotes. Il était de ces personnes qu'on cherche à séduire, dont on veut conquérir l'amitié, la confiance.

Ainsi, il obtenait tout. Surtout des Sven…

Du plus loin qu'il me souvienne, j'ai toujours connu les Sven. Ils étaient comme moi, orphelins du cataclysme ; comme moi, ils suivaient l'enseignement d'oncle Otto. Tous les cinq, nous faisions partie des « élus ». Oncle Otto ne manquait jamais de nous expliquer les victoires du *Führer*, là-bas, dans *notre* pays. Il évoquait avec passion le génie du chancelier, le talent de ses proches, et la rigueur fabuleuse de sa garde rapprochée, future élite du monde de demain : la SS.

— Mais, ajoutait-il, la seule élite, le véritable sang royal, c'est le vôtre, mes enfants. Et les « hommes en noir » ne seront jamais que vos domestiques...

À ce moment précis, ses yeux étaient toujours plus brûlants que le soleil invaincu du solstice.

Bien qu'ils fussent nés de parents différents, les Sven semblaient jumeaux. Le même physique aryen, ce même œil buté, cette commune dureté.

Je n'ai jamais su qui avait décidé de leurs prénoms (Sven-Odin, Sven-Olaf, Sven-Gunnar, Sven-Ingmar), mais leur parfaite gémellité nous les faisait appeler « Sven », sans plus les différencier.

Les Sven et moi avions des rapports délicats. J'étais le « quota féminin » de notre petit pensionnat, alors que les Sven possédaient un cynisme prématuré qui leur faisait tout dénigrer. Autant dire qu'avec ma tête d'ange et mes minauderies de fille modèle, je fus souvent la cible de leurs farces.

Combien de fois me suis-je réveillée dans un lit trempé d'eau de mer ou couvert de crottes de macareux ? Il arrivait aussi que mes affaires disparaissent, et qu'un SS éboueur les retrouve dans les poubelles de la caserne. Détail plus pervers, les Sven aimaient aussi venir me surprendre sous la douche. Alors que je m'abîmais sous le jet fumant, j'apercevais leurs visages de l'autre côté du rideau, comme des soleils dans la brume. Certaines fois, sous prétexte de jeu, leurs mains passaient de mon côté et palpaient mon corps, touchaient mes jambes… jusqu'à ce que je crie et m'enrobe dans mon peignoir en les traitant de « *Schwein !* ». C'étaient là des farces sans gloire, mais quotidiennes, et qu'un sens de l'honneur imbécile me retenait de dénoncer à oncle Otto.

Quand bien même, Otto savait, j'en suis sûre. Cela devait faire partie de notre formation.

« À moi d'être patiente », me disais-je alors, en m'enfouissant sous mes draps, sous l'œil vicieux des quatre jumeaux.

Et c'est bien ce que je me répétais, ce jour de décembre 1938 où les Sven et moi étions allés marcher au bord de la falaise, de l'autre côté de l'île de Yule.

C'était la seule falaise de notre îlot, et nous n'étions pas censés y aller. Mais notre chère Ingvild avait dû abandonner sa surveillance pour partir en urgence, car Björn, son mari, venait d'avoir un accident de pêche.

— Soyez sages, les enfants, je reviens pour le dîner !

— On va en profiter pour aller sur la falaise, décréta un Sven en suivant l'ombre d'Ingvild qui disparaissait sous la lueur.

J'objectai :

— Mais c'est interdit...

Alors les Sven se regardèrent en souriant, et me poussèrent devant eux.

— Avance, la gamine !

Nous marchâmes à travers la lande, butant sur les cailloux qui saillaient des lichens, et arrivâmes bientôt à la falaise. Le vent nous ébouriffa et un cri de guillemot se mêla au son des vagues qui s'écrasaient sur les rochers.

— C'est haut... dit un des Sven, presque malgré lui.

Certes, cette paroi est bien moins haute que les îles escarpées qui enserrent l'archipel (nos « murailles aux oiseaux »), mais quiconque en tomberait se fracasserait sur les rochers.

— On va voir qui est vraiment un homme, ici ! décréta celui qui avait décidé l'expédition.

À cinq mètres, devant nous, le précipice était là, bouche d'ombre béante, prête à vous engloutir.

L'un après l'autre, les Sven se consultèrent puis, se domptant pour ne pas montrer leur frayeur, ils se penchèrent et verdirent. À chaque fois ils se rejetaient en arrière et riaient d'un air gêné.

— Ce n'est pas si haut que ça... dit le premier.

— C'est rien du tout, répliqua le second.

Les deux autres se contentèrent de marquer leur mépris. Mais tous peinaient à retrouver leurs couleurs.

Vint mon tour.

— Vas-y !

— Non ! glapis-je, car j'avais toujours atrocement souffert du vertige et la simple idée de la falaise suffisait à me faire vaciller.

— Vas-y, on te dit !

Leurs yeux étaient menaçants.

Alors j'avançai.

L'air me semblait glacé. Tout était plongé dans la pénombre. La lueur bleue, le soleil de minuit, baignait l'archipel depuis quelques jours… et pour des mois. J'apercevais des ombres d'oiseaux, qui plongeaient dans l'Océan avec un cri horrible… comme s'ils attendaient le mien !

Brusquement, tout me sembla poisseux, irrémédiablement gluant.

Et le bord n'était plus qu'à deux mètres !

— Je peux pas… lâchai-je, mes genoux jouant des castagnettes.

— On te dit d'avancer ! répliqua un Sven, juste derrière moi.

Au même instant, je sentis sa respiration contre ma nuque. Sa main frôla mon dos.

« Si je n'avance pas, il va me pousser », me dis-je, alors que les garçons ricanaient.

Malgré l'obscurité, j'aperçus le grand vide, à un pas de mes pieds. Une bourrasque m'assaillit, droit montée de l'Océan, envoyant son parfum d'algues et de guano.

Énivrée par ces odeurs, je perdis pied et vacillai.

— Eh là ! hurla le Sven derrière moi, qui me rattrapa au vol mais se colla à mon dos et me bloqua contre le bord de la falaise.

J'étais épouvantée.

— Non, non ! Je t'en supplie !

Tous hurlèrent de rire, mais mon bourreau peinait de plus en plus à glousser. Car nous étions l'un contre l'autre, et il suffisait que j'avance pour que nous tombions tous les deux.

Je sentis son corps frémir contre le mien, ce qui

me regonfla. Il avait peur mais ne devait rien en montrer aux autres. Ce serait perdre la face. Et puis il semblait tout à coup embarrassé d'être vissé au corps d'une fille. Deux funambules.

Je serrai les dents mais ne bougeai pas, consciente que tout ne dépendait plus que de moi.

« Sautera ? Sautera pas ?... »

Derrière, plus un bruit. Tous se taisaient, car ils commençaient à comprendre.

Le Sven respirait plus vite. Il se pressait contre moi. Le précipice était là, sous nos yeux. Il haletait. Ses lèvres touchaient ma nuque, ses mains caressaient mes joues, descendaient dans mon cou. Doucement, il se frotta à moi, montant sa jambe contre mes fesses.

— Lâche-la... fit une voix.

Le Sven sembla alors recevoir une décharge électrique.

— Lâche-la ! reprit la voix.

Mais le garçon se redressa si violemment que je fus propulsée en avant. En un éclair, je vis tout : le précipice, les nuages d'algues, l'écume blanche, presque phosphorescente, sur les vagues bleu nuit. L'odeur de varech monta, encore plus forte, plus écœurante.

Je fermai les yeux, prête à hurler dans ma chute, mais une main me rattrapa par l'aisselle et me tira en arrière.

Longtemps je gardai les paupières fermées, ne sachant quel cauchemar serait le pire.

Puis j'entrouvris les yeux.

Les bras d'oncle Otto me serraient contre sa poitrine. Nous étions étalés sur les rochers, mais il ne relâchait pas son étreinte.

Otto m'observait avec une tendresse amusée, que

je n'arrivais pas à déchiffrer. Quant aux Sven, ils ne bougeaient plus, mais je vis leurs quatre fronts écumer de peur sous la lueur bleue.

— Qu'est-ce que vous auriez fait, si elle avait glissé ? demanda Otto d'une voix calme, sans me quitter des yeux.

Il caressait mon front d'un revers de la main, et jouait avec mes mèches blondes.

Les Sven étaient pétrifiés. Malgré la pénombre, je distinguais leur peau laiteuse devenue écarlate. Ils respiraient par saccades, terrifiés de ce qui risquait d'arriver. Mon bourreau était en retrait. Il semblait cacher son pantalon trempé avec ses mains, et attendait sa punition.

Mais Otto ne s'énerva pas. Il se dressa et m'aida à me relever.

Ses yeux se perdirent dans le large.

— Je suis assez fier de vous… dit-il à mi-voix.

Les Sven ouvrirent des yeux interloqués ; pas tant que les miens !

— Ce que vous avez fait est la preuve d'un certain courage… Mais vous vous êtes trompés de victime…

Otto ne parlait plus qu'aux Sven. Sa voix était sinistre, d'une profonde dureté :

— Bientôt, les garçons, vous pourrez jouer avec de vraies poupées. Elles vont arriver par centaines, et ne seront qu'à vous…

Il se tourna vers le large. Au loin, on distinguait l'île d'Halgadøm.

— Les travaux avancent, dit Otto, comme pour lui-même. Et bientôt je vais pouvoir vous y emmener.

Les Sven perdirent aussitôt toute frayeur et admirèrent Otto avec des yeux émerveillés.

— C'est vrai ?

— Ce n'est qu'une question de temps. L'opéra est presque terminé…

Nous tressaillîmes.

— Le quoi ? demandai-je, interloquée.

— Un opéra ? firent les Sven, en écho.

— Oui, mes enfants, répondit Otto, comme une évidence. C'est une grande salle d'opéra qu'on est en train de construire sur Halgadøm.

— Un théâtre ? demanda un Sven, dissimulant mal sa déception.

Otto acquiesça :

— Un grand théâtre au bord de l'eau, ouvert sur l'Océan.

— Mais… pour y jouer quoi ?

Otto s'avança vers le bord de la falaise, narguant à son tour le précipice.

— Depuis qu'il s'est installé ici, reprit-il, oncle Nathaniel travaille à un grand opéra mythologique, à la gloire du nouveau Reich : *Les Enfants de Thulé*…

Nous répétâmes tous, comme des perroquets :

— *Les Enfants de Thulé* ?

— Ce sera un opéra fabuleux, un nouveau classique, continua-t-il d'une voix désincarnée. L'opéra des temps futurs… Oncle Nathi en écrit le livret et la musique est composée en Allemagne par la fine fleur des musiciens du Reich…

Alors il se retourna vers nous et désigna le large, la main tendue, comme pour un salut militaire :

— Maintenant, vous connaissez la mission secrète d'Halgadøm…

— Mais oui, petit ange, mais oui ! Une grande salle d'opéra, et l'une des plus belles du monde, j'espère…

Le cours venait de se terminer et j'étais allée voir oncle Nathi, au fond de la bibliothèque, dans son grand fauteuil club.

Le vieil homme m'avait pris la main et s'était tourné vers la fenêtre. D'ici aussi on apercevait Halgadøm. Sa crête se découpait, sombre, dans la « lueur bleue », et le milliardaire la dévorait de ses grands yeux pâles. Des yeux gris clair. De ses yeux qui ont renoncé au monde pour choisir le rêve.

Les Sven étaient encore au tableau et bavardaient avec Otto. Mais quand l'un d'eux remarqua que je parlais à Korb, tous s'approchèrent.

— Il sera prêt quand, votre opéra, oncle Nathi ? demanda un Sven, mielleux.

Le milliardaire se refroidit aussitôt. Il n'aimait guère les Sven et se méfiait d'eux.

— Je ne sais pas de quoi tu parles, répondit le vieux, avec hostilité.

Alors que les Sven regagnaient le dortoir en haussant les épaules, un SS glapit :

— C'est l'heure de votre injection, *Herr* Korb…

Au même instant, et sans un regard pour nous, le médecin entra dans la bibliothèque. De dos, près de la fenêtre, il commença à remplir une seringue en fredonnant :

— *O du mein holder abendstern…*

— Dieter ! s'écria oncle Nathi en marchant vers lui. Je suis désolé, mais j'allais presque oublier ma piqûre…

— Vous savez bien que le *Vril* n'attend pas, *Herr* Korb.

Le médecin, un grand homme blond-roux aux fines lunettes de métal, se retourna.

— Tiens, mais c'est la petite Leni… grimaça-t-il en me voyant.

Le vieillard s'affala dans un canapé, en remontant le bras droit de sa chemise. Il ferma la main et le médecin lui fit un garrot avec une ceinture de nylon.

— Serrez le poing, dit Dieter d'un ton neutre.

Le docteur leva la seringue et pressa pour en faire sortir l'air. En fusa un jet vermillon.

— J'espère qu'il est bien frais ? s'assura oncle Nathi, dont les yeux roulaient de gourmandise.

Le médecin étouffa son agacement.

— Mais oui, mais oui… grommela-t-il. Il a été tiré ce matin.

— J'aime mieux ça, répondit le vieil homme en tendant sa saignée au docteur.

L'aiguille pénétra la veine.

Je ne pus retenir une grimace : je n'avais jamais bien supporté les piqûres ; ni pour moi ni pour les autres. Et trop souvent j'assistais à l'injection quotidienne d'oncle Nathi.

C'était là sa lubie la plus folle : par jalousie envers les beaux soldats blonds qui peuplaient « son » archipel, Korb avait exigé de se faire injecter, une fois par jour, un peu de « sang aryen ». Il se doutait bien qu'il n'en serait ni plus blond ni plus jeune, mais il voulait que cette liqueur d'essence supérieure passât dans son corps, irriguât son cerveau.

Dans l'archipel, chacun gloussait de cette toquade !

— C'est comme un rêve d'enfant, m'avait-il avoué, un jour que je le voyais serrer un coton à la creusée du coude. Quand j'étais petit, on me racontait toujours la légende du *Vril*.

— Le *Vril* ?

— Le *Vril* est un fluide magique qui te donne la vie éternelle en te passant dans le corps. Comme l'élixir de longue vie des alchimistes…

Il s'était persuadé que le « sang aryen » était doté d'un tel pouvoir.

Y croyait-il vraiment, ou n'était-ce que pour satisfaire son rêve d'enfance ? Nul ne le savait. Mais chaque matin, sur les coups de 11 heures, oncle Nathi se faisait transfuser une ampoule de sang, compatible avec le sien, pris sur l'un des jeunes SS de l'archipel. Nathaniel ne demandait pas à connaître ses donneurs et vouait une confiance aveugle à son docteur.

— Dieter, comme chaque matin, je vous dois la vie, dit oncle Nathi en donnant une tape amicale sur le dos du médecin.

Le docteur ne se dérida pas et répondit, d'un ton sec, en rangeant la seringue dans sa sacoche :

— Allons, allons ! Vous êtes en pleine forme…

— *Grâce à vous*, rétorqua Korb. Lorsque j'ai quitté Vienne, il y a plus de dix ans, j'avais un cancer du foie. Aujourd'hui, je me porte comme un charme…

Le médecin leva imperceptiblement les yeux au ciel, et je lus sur ses lèvres un « *Mein Gott…* » affligé. Mais oncle Nathi était tout à son rêve : il s'était approché de la fenêtre et regardait passer une colonne de soldats, noirs comme les rocs, blonds comme la lune.

Il était si loin de leur ressembler…

— Il pense vraiment devenir comme eux ? demandai-je au médecin, alors que nous quittions le palais d'oncle Nathi, resté abîmé dans ses fantasmes aryens.

Nous étions seuls sur le chemin de sable. Les soldats étaient rentrés à la caserne, et j'aperçus, au large, un couple d'orques. Il faisait si froid, tout à coup.

Le médecin referma sa blouse blanche.

— Dans les ampoules, je mets un mélange d'eau et de colorant. Si je lui injectais du vrai sang, il ne tiendrait pas un mois… m'avoua-t-il en repliant ses lunettes dans un étui de corne à ses initiales : D.S.

Tout le monde savait que le docteur Schwöll grugeait oncle Nathi – pour son bien –, mais jamais il ne me l'avait déclaré aussi directement.

J'observai alors avec curiosité sa haute silhouette rousse et carrée, ses yeux enfoncés, sa moustache dessinée comme au crayon qui devait cacher tant de secrets !

Dieter Schwöll était la troisième figure de l'archipel.

Ami de longue date d'oncle Otto, il s'était installé aux Håkon, dès le début, pour devenir le médecin privé d'oncle Nathi. Mais le docteur Schwöll n'avait rien d'un simple praticien à stéthoscope. S'il sacrifiait une visite quotidienne à l'injection absurde du milliardaire, il passait ses journées sur l'île d'Halgadøm. Il y partait chaque matin et en revenait le soir, mais la nature de ses activités était protégée par le « secret militaire », et seuls des soldats étaient autorisés à l'y accompagner.

Autant dire que nous nous livrions à toutes les conjectures… lesquelles ne cadraient pas vraiment avec l'idée d'une salle d'opéra.

La famille Schwöll vivait sur Yule, dans une maison près de la caserne et entourée d'un jardinet assez sinistre : le « *cottage* ». Le docteur était marié à une Norvégienne dont la famille avait immigré en Allemagne cinquante ans plus tôt. Ainsi Solveig Schwöll avait-elle été enchantée de ce retour au pays.

Les Schwöll avaient deux fils de treize et vingt ans.

Le cadet, Hans, d'un an mon aîné, était aussi blond et sportif que les Sven. Mais il avait (heureusement !) pour lui une intelligence plus vive et une sorte de charme étrange, qui le rendait différent de tous les habitants de l'archipel.

Très naturellement, dans ce monde paramilitaire où tout n'était qu'ordre, consignes, règles et lois, il était devenu mon allié. Nous avions une même vue sur les choses, une commune curiosité qui n'était pas dénuée de doute. Et puis nous avions été élevés ensemble et nous nous étions toujours bien entendus… à tel point que les Sven nous surnommaient les « amoureux ».

Qu'opposer à ces quolibets, sinon un mépris affiché ? Mais il est vrai que nous aimions à nous promener tous les deux, main dans la main, sur les rivages de Yule, le bout des chaussures léché par l'écume, loin du bruit et de l'excitation des Sven.

Si nous aimions par-dessus tout les vertus du silence – ce silence épais de l'enfance, où tout respire, tout bruisse –, Hans et moi pouvions aussi parler pendant des heures. Nous nous comprenions à demi-mot. Et Hans enviait ma vie alors que je guignais la sienne.

— Tu as de la chance, me disait-il : pas de parents pour te donner des ordres ; une vraie vie de grande personne.

— C'est toi qui ne te rends pas compte, rétorquais-je. Toi, tu as une mère qui t'aime, un père qui te respecte…

Nous étions un miroir l'un pour l'autre mais avions besoin de ce reflet, comme s'il était la preuve fugitive de notre existence. C'est pourquoi nous étions si inséparables.

Son grand frère, Knut, était déjà un adulte qui, comme son père, voulait devenir médecin. Il avait d'ailleurs pour Dieter Schwöll une vénération confinant au ridicule, allant jusqu'à prendre en note les sentences paternelles sur un calepin. C'est pourquoi, depuis le début de l'automne, Knut accompagnait le médecin sur Halgadøm, Dieter sachant que son fils serait plus muet qu'une tanche.

Et nous eûmes beau le presser de questions, le jeune homme fut inflexible :

— Je ne peux rien vous dire, c'est un « secret militaire »… nous répondit-il un dimanche, alors que nous jouions au ballon sur le terrain plat derrière le palais d'oncle Nathi.

Les Sven continuèrent pourtant à bombarder de questions ce maigre jeune homme aux airs fats.

— Allez, dis-nous !

— C'est quoi, cette histoire d'opéra ?

Mais Knut hocha du chef de droite à gauche et avala sa salive :

— Franchement, bredouilla-t-il, si vous le saviez, vous n'en dormiriez plus…

2006

— Rien n'indique que Marjolaine Papillon ait écrit votre… Halgadøm, grogne FLK. Et puis ce texte est inachevé. Il s'arrête trop abruptement ! Lorsque Otto Rahn meurt sous les bombes, durant la destruction de l'archipel. Et puis cette lettre qu'il laisse ; ces histoires de momies sont grotesques ! Du mauvais roman de gare, voilà tout !

— Mais enfin ! Vous savez pertinemment que ça ferait avancer nos recherches…

L'éditeur s'est refermé comme une palourde, mais je suis décidée à insister. J'ai besoin de lui ! Je me suis trop investie, j'ai pris trop de risques pour que tout s'effondre sur du vide. J'ai menti à Linh en faisant lire ce texte à Vidkun, à Clément, à FLK, mais il le fallait ! Hélas ! à part une mini-bio de cinq lignes, parfaitement creuse, il n'existe aucune information sur Marjolaine Papillon. Ni sur Internet ni dans les bibliothèques : nulle part ! Le seul à pouvoir nous aider est son éditeur ; à savoir : *le nôtre*…

— Je suis désolé, Anaïs : c'est non !

FLK croise les bras, s'enfouit dans son grand fauteuil de cuir et se tourne vers la baie vitrée. Il fait gris. L'hiver est là. Sur la pelouse, le jardinier a troqué sa tondeuse contre un râteau.

Je sens l'éditeur déstabilisé, ce dont il ne doit pas être coutumier. On ne peut quand même pas abandonner une piste aussi évidente !

Il y a trop d'indices dans ce roman, trop de clés. Pourquoi Marjolaine Papillon ne l'a-t-elle jamais publié ? Parce qu'il raconte son enfance réelle ? Mais où s'arrête le roman et où commence l'histoire ? Et Vidkun ? Est-il présent dans ce texte ? Le monstrueux docteur Schwöll est-il bien son père adoptif ? Tout cela n'est-il pas une fantasmagorie romanesque ?

Je me lève et avance vers les grandes bibliothèques couleur sang de bœuf qui enserrent la porte. FLK semble enseveli sous ses mensonges, les yeux dans le lointain, comme si Clément et moi étions déjà sortis du bureau. N'est-ce pas là une manière de nous congédier ? Ce serait mal me connaître.

— Ils sont tous là ? dis-je d'un ton faussement guilleret, en désignant un des rayonnages.

Avec une expression résignée, FLK fait « oui » de la tête, sans émettre le moindre son.

Moi, je ne bouge plus.

Clément observe son patron avec gêne. Il déteste ce genre de situation. Il ne supporte pas de remettre en question ses figures d'autorité. Et là, FLK lui semble si démuni que Clément voudrait presque lui tendre une perche.

« Qu'est-ce qu'elle a pondu ! » me dis-je en déchiffrant les tranches de tous les Marjolaine Papillon. Des dizaines de livres, tous de la même taille. Encore une stakhanoviste de l'écriture.

— Et vous me dites qu'elle a tout publié en français ? dis-je en saisissant un livre au hasard : *Souviens-toi de Dantzig*, daté de 1971.

— Aucun éditeur allemand n'a jamais voulu de ses romans.

— Trop… nazis ?

— Pas seulement. Mais Marjolaine a cette façon très *romanesque* de traiter l'Histoire. En Allemagne, certains lecteurs pourraient prendre ça pour du révisionnisme. Et je n'aime pas trop les procès…

« Pour ce qui est d'être romanesque… » me dis-je, encore fascinée par l'aventure de la petite Leni, par cet îlot onirique, ces murailles aux oiseaux, ces orques, cet opéra magique, à deux pas de la banquise…

J'avise un à un les titres des romans de Marjolaine, variations autour d'un même thème, des « Harlequin » dévoyés : *Les Amoureux de Dresde, La Grande Passion du Führer, La Vestale de Mauthausen, Reviendras-tu à Berlin ?*…

— À part les anciens combattants, ça intéresse encore les gens, ces histoires ?

— Le nazisme n'est qu'une métaphore, Anaïs…

— Une métaphore ?

— Cela renvoie à quelque chose qui nous concerne tous ; quelque chose de bien plus enfoui : le mal absolu, la peur de l'ogre. Mais un ogre séduisant, presque attirant…

— La beauté du diable, je sais, je connais ce discours. Et ça se vend toujours aussi bien ?

FLK caresse le bois de son bureau.

— Marjolaine représente à elle seule 20 % du chiffre d'affaires de ma maison. Sans elle, nous coulons…

FLK remarque la lueur d'ironie dans mes yeux, puis ajoute, presque mielleux :

— Bien sûr, nous comptons également sur nos

nouvelles plumes pour donner du sang neuf à notre catalogue.

— Mais alors aidez-nous, bon Dieu ! Son adresse, son téléphone, quelque chose qui nous permette de prendre contact avec elle…

— C'est *précisément* la seule chose que je ne peux pas faire ! Autant demander au patron de Coca-Cola la formule de son soda. Ma discrétion est contractuelle. C'est la condition même de mon exclusivité avec Mme Papillon.

Ce jeu de cache-cache devient absurde.

FLK se lève et me rejoint au pied des rayonnages.

— Si au moins vous me disiez comment ce texte est arrivé entre vos mains, peut-être que je pourrais…

L'éditeur ne finit pas sa phrase et pose une main hésitante sur mon épaule. Je suis alors surprise de le voir debout à côté de moi. Il est petit.

— Vous me prenez pour une conne, c'est ça ?

L'éditeur se braque. Sa surprise me regonfle.

— Dois-je vous rappeler combien vous investissez dans ce putain de livre ? Vidkun Venner et moi vous coûtons très cher !

Sensible à l'argument, FLK fronce les sourcils. Toujours en retrait, Clément souffre le martyre.

L'éditeur se frotte le menton avec douceur, comme s'il vérifiait son rasage, puis se tourne vers Clément.

— Je vois que Mlle Chouday a un… *putain* de caractère, mon petit Clément. Vous ne devez pas vous ennuyer…

Clément blêmit, mais je l'attrape au vol.

— Jouez pas les instits ! Clément est comme moi : il veut comprendre. Il fait partie de l'équipe au même titre que moi, désormais… Il est même persuadé qu'il existe une suite à Halgadøm, et qu'elle pourrait se trouver ici, dans vos bureaux, cachée quelque part…

— Ah ! vous pensez ça, Clément !

Clément s'apprête à nier, mais j'agrippe sa main en y plantant les ongles.

— Que vous le vouliez ou non, on va trouver.

Je danse sur le fil du rasoir, consciente de bluffer. Clément a certes lancé le vieux chauffeur de son père André Cruveliet sur la piste Papillon, mais le dossier est classé K, comme celui de Jos.

Clément ne bouge plus. Il m'observe maintenant avec une dévotion presque puérile…

— J'ai peut-être une solution… finit par lâcher FLK.

Je lève un sourcil.

— Oui ?

L'éditeur hésite puis ouvre un petit meuble bas en acajou teinté et en sort une pile de DVD qu'il pose sur la table.

Intrigués, nous nous approchons.

— Vous savez que Marjolaine n'accorde jamais qu'une seule interview, pour chacun de ses livres… Elle exige d'être filmée chez elle, et d'être la seule invitée. Et ce, depuis plus de quarante ans.

— Alexandre Bertier, pour l'émission « Point Virgule ». On a essayé de le joindre aussi, celui-là. Il est toujours en vacances, à croire qu'il est mort !

FLK hoche du chef.

— Non, non… Il n'est pas mort… Il est juste tenu par la même exigence de discrétion que moi…

L'éditeur livre manifestement un vrai combat contre lui-même.

— Tout est là. J'ai fait mettre ça sur DVD, depuis

360

sa première interview, en 1964, jusqu'à la dernière, diffusée il y a trois mois…

— Ce n'est pas une manière de vous défiler ?

— À vous de voir…

— Ça ne va pas nous empêcher de trouver son adresse, vous savez ?

FLK mime l'impassibilité, mais il accuse le coup. D'un ton qui se veut dégagé, il précise :

— Visionnez-les *toutes*. Croyez-moi, Anaïs, Marjolaine ne vous en dira jamais autant que ces interviews.

« C'est donc elle : Leni Rahn !… »

Ces traits secs, ce regard de métal, ce port raide. Marjolaine Papillon ressemble à ces anciennes danseuses étoiles devenues d'inflexibles dragons qui terrorisent les petits rats. Tout en elle contraste avec le cadre des interviews : le bon fauteuil d'osier ; la tonnelle qui, malgré l'arrivée de l'automne, bruisse encore de phalènes, de papillons de nuit ; la présence de marais, dont on semble, dans les moments de silence, entendre les soupirs ; cette belle maison du Sud-Ouest, où Marjolaine Papillon accorde son unique interview annuelle. Et les questions lentes et douces d'Alexandre Bertier, routier du petit écran, qui chaque année insiste sur les mêmes points, s'incline aux mêmes inflexions, se cogne aux mêmes impasses.

À peu de chose près, n'était la différence d'intrigue des livres, chaque interview est rigoureusement la même. Un atroce pensum !

Clément vient de charger le troisième DVD. On a déjà vu huit entretiens, parmi les plus anciens. Nous

nous apprêtons maintenant à visionner ceux des dernières années (2000-2005).

Clément se renverse dans son fauteuil.

— J'en peux plus…

Hélas, la nouvelle interview commence.

« Madame, monsieur, bonsoir ; Point Virgule vous parvient comme chaque premier vendredi d'octobre en direct de la Coufigne, la propriété de Marjolaine Papillon dans le sud-ouest de la France… »

Nous n'écoutons plus. Ou à peine.

— Moi aussi, je suis épuisée… dis-je en me lovant sur Clément.

Au moins on n'a pas visionné ça sur ma télé timbre-poste.

Le « salon télé » des parents Bodekian, dans leur triplex de l'avenue du Président-Wilson, est d'un faste impérial. Grands canapés de cuir, table basse de prix, et cette gigantesque télévision qui trône avec une vanité de bey.

C'est Clément qui a proposé de venir ici.

— Mes parents passent une semaine à Marrakech. Autant aller regarder les DVD sur leur écran plasma…

En arrivant à l'appartement, nous avons même retrouvé l'ancien chauffeur flic André Cruveliet, reconverti depuis sa retraite en maître d'hôtel. Se sentant coupable de ne pas avoir pu nous aider dans nos recherches, il est d'une servilité de camériste.

— Je vous fais un petit plateau, les enfants ?

Dix minutes plus tard, le Lapsang, les clubs sandwichs et les boudoirs allaient accompagner notre marathon.

Mais maintenant, trop c'est trop !

À la longue, le ton d'Alexandre Bertier paraît

terriblement mécanique. Personne n'y croit ; ni elle ni lui.

« Ce qui est extraordinaire avec vous, Marjolaine Papillon, c'est la prodigieuse fécondité de votre imaginaire, qui parvient chaque année à se renouveler.

— Je suis une travailleuse. J'ai appris la rigueur très tôt, dès l'enfance. Mes parents étaient très sévères…

— C'est eux qui vous ont enseigné le français ?

— Oui.

— Et jamais vous n'avez pensé à écrire directement dans votre langue, l'allemand ?

— Je ne suis pas allemande, je suis scandinave. Ma langue maternelle est le norvégien. Mais j'ai été élevée en Bavière… »

Je tente de me l'imaginer petite fille, de me la figurer en « Leni ». Ce qui est assez simple. La romancière garde un air d'écolière modèle ; une allure de tête à claques, de première de classe. Une de ces femmes qui sont passées du tableau d'honneur au concours général, avant de devenir elles-mêmes institutrices.

Devant ses airs sentencieux et un brin supérieurs, je comprends presque l'agacement des Sven.

— On dit que vous avez écrit certains textes dans votre langue maternelle, mais que vous auriez interdit leur traduction en français…

— On dit beaucoup de choses sur moi : que je publie de la littérature de gare, que je n'écris pas mes livres, que j'ai été nazie… mais après plusieurs dizaines de romans, je garde ma carapace de crocodile ! »

Clément lève les yeux au ciel.

— Le coup du crocodile, elle nous le fait à chaque fois.

J'ai un spasme de fatigue et me resserre contre Clément.

— Je peux venir là ? dis-je en désignant le creux de son épaule.

Ses yeux sont injectés de sang. Voilà plus de huit heures que nous sommes devant l'écran plasma.

Je me love sur Clément et presse mon nez dans son cou. Je ressens des bouffées de tendresse pour lui, comme si lui seul me maintenait la tête hors de l'eau.

— Si tu n'étais pas là, dis-je dans un souffle, je crois que j'aurais tout laissé tomber…

Clément ne répond pas et me caresse doucement la tête. Puis il pose un baiser sur mon front bouillant.

— Tu as de la fièvre ?

— C'est la télé…

Clément se renfrogne et saisit la télécommande.

— Ces conneries vont nous rendre malades ! maugrée-t-il en coupant le lecteur de DVD.

Apparaissent alors les informations du soir.

— Putain, on a commencé à midi et il est huit heures et quart !

Patrick Poivre d'Arvor, la mine pénitente, évoque un récent drame allemand :

« *À Tübingen, un nouvel enfant handicapé a été kidnappé dans la nuit de vendredi à samedi. Les ravisseurs se seraient introduits dans la maison pendant le sommeil des parents, qui n'ont réalisé la disparition de Tobias, leur fils trisomique de trois ans, que le lendemain matin.*

« *Le nouveau chef du gouvernement, Angela Merkel, s'est aussitôt rendue sur place et compte bien régler ce dossier qui scandalise l'Allemagne depuis bientôt deux ans.* »

— À quelle heure est le rendez-vous ? demande Clément, qui n'était pas venu au musée de l'Homme depuis des années.

— On a vingt minutes d'avance, dis-je en caressant un squelette.

Ce réseau osseux me fascine. Je n'ai jamais compris comment tout ça pouvait tenir ensemble. Surtout les pieds.

« Il y a plus d'os dans le pied que dans tout le reste du corps », me rappelait souvent mon père, lorsqu'il m'expliquait les « sciences naturelles », sur la grande table de la cuisine, à Issoudun. Les cahiers étaient étalés à même la toile cirée, et nous étions assis sur des chaises en osier raides et bancales. Les livres, les dictionnaires et les cahiers se mêlaient aux pelures de navets, aux bottes de haricots à écosser dans de vieux journaux.

Pour moi, les premiers souvenirs d'école ont une odeur d'oignon cuit, d'eau de Javel et de papier tue-mouches. Car mon père avait décrété que la cuisine serait ma salle de classe.

« C'est le laboratoire de l'âme, Nanis. »

C'était surtout la seule pièce qui donnât sur une courette, alors que le salon ou ma chambre donnaient sur la rue… et sur l'école élémentaire, en face de notre maison.

Chaque matin, j'entendais les enfants passer sous mes fenêtres, éclater de rire, pleurer dans les bras de leurs parents. C'était pour moi un autre monde.

« Pourquoi je ne peux pas aller avec les autres ?

— Parce que tu n'es pas comme les autres,

Nanis. Tu es meilleure qu'eux. Avec moi, tu iras plus vite, plus loin… »

En fait, mon père et moi étions comme Leni et Otto !

— Cet endroit est sinistre ! dis-je d'un ton mauvais, en pensant aux collections de crânes récoltés par les médecins SS. Dieter Schwöll en possédait-il une, lui aussi ? Vidkun a-t-il joué avec de vrais osselets, quand il était gamin ?

Je prends la main de Clément.

— Je ne sais vraiment pas où tout ça nous mène…

Panique immédiate de Clément.

— « Tout » quoi ?

— Tout ça : cette enquête, ses impasses.

— Mais on va y arriver !

— On est pourtant mal partis, avec ce fils de nazi qui se fait passer pour un Scandinave…

— Mais maintenant tu sais qui il est, et votre relation est saine.

— *Saine ?* On ne communique plus que par e-mails, alors qu'on est censés écrire ce livre à deux.

— Mais c'est toi qui as proposé cette solution.

— Je sais, je sais… J'ai eu les jetons. Brusquement, tout ça m'a fait peur. Mais ce n'est peut-être pas lui le plus dangereux dans l'affaire…

— Ce n'est pas moi qui te fais peur, quand même ?

Je compte machinalement les dalles du sol.

— Mon chéri, tu ramènes toujours tout à toi… En cela, tu es comme ton père.

Pique acide. Clément ne bronche pas.

— Je crois juste que toute cette affaire est dangereuse, *vraiment* dangereuse. Ce flic vietnamien qui apparaît comme un fantôme pour me confier le texte. Cette société Halgadøm, soi-disant basée en Norvège mais qui n'existe nulle part, sur aucun registre commercial. Ce maire du Sud-Ouest qui serait un des cerveaux de la médecine nazie. Cette romancière introuvable, dont rien ne nous dit qu'elle soit réellement Leni Rahn, laquelle n'a peut-être jamais existé ailleurs que dans son imagination… J'en ai marre…

— Marre de quoi ?

— Marre de tout !

Ma voix a résonné dans le musée.

Clément prend une mine penaude. Il tient trop à moi ; en quelques semaines, il s'est trop vite habitué à ne plus me quitter, pour supporter la seule idée que je puisse remettre en question notre relation.

— Mais moi… Tu en as marre, de moi ?

— Toi, toi, toujours toi, dis-je en lui caressant tendrement la joue. Tu prends de plus en plus de place, *toi*, tu sais ?

Clément respire.

— C'est vrai ?

— Heureusement que tu es là, toi…

Alors nous nous enlaçons doucement, fermant les yeux et nous laissant bercer par le silence.

Tout à coup, un bruissement près de nous.

— Mademoiselle Chouday ?

Je repousse Clément.

— C'est moi.

Une petite demoiselle guère plus âgée que nous, mais vieillie par ses lunettes, son tailleur taupe et son air soumis, nous observe avec une jalousie dévorante.

— Monsieur le conservateur vous attend dans son bureau…

— Ah, les fameuses « momies nazies » !

Le conservateur s'est rejeté en arrière sur son vieux fauteuil, avec une expression rêveuse.

— Si vous croyez que vous êtes les premiers à venir me parler de cette affaire…

L'homme ne doit pas avoir plus de soixante ans, mais il possède cette tête de caniche à lorgnon du début du XXe siècle.

Dans ce bureau massif du Trocadéro, tout semble figé par le temps. Comme si les squelettes avaient contaminé le personnel du musée.

— J'ai régulièrement des gens, de tous âges, qui viennent me poser des questions à ce sujet, reprend le conservateur, en jouant avec un coupe-papier.

— Vous en avez donc déjà entendu parler ?

— C'est même une scie de notre profession.

— Et vous admettez que les nazis ont engagé un programme de recherches archéologiques ?

Le conservateur fait tourner le coupe-papier autour de son index.

— Le IIIe Reich a sans doute soudoyé quelques scientifiques, paléontologues, archéologues, que sais-je. Mais ça s'arrête là.

Petit gloussement de mépris.

— Cette légende doit surtout à Pierre Benoît et son roman *Montsalvat*, à la fin des années 1950.

— *Montsalvat* ?

— Un joli livre, d'ailleurs. Poétique, comme souvent chez Pierre Benoît. C'est vraiment lui qui a inauguré le mythe des nazis chassant le Graal…

— Pour vous, ce serait donc une invention complète ?

Mais le conservateur suit le fil de sa pensée :

— Le relais a été pris par ces films hollywoodiens des années 1980. Rappelez-vous ce que disait Adorno : « L'occultisme est la métaphysique des imbéciles »…

Il semble avoir oublié qu'il ne parle pas pour lui-même, et commence à délicatement s'introduire le coupe-papier dans le nez, comme une sonde.

Nous nous retenons d'éclater de rire. Le conservateur réalise d'un coup que nous sommes toujours là… et le retire d'un geste sec, affectant un ton dégagé.

— Quant à cette affaire des années 1950, poursuit-il d'une voix de trompette, ce n'est qu'un fait divers plus ou moins inventé et monté en épingle par des plumitifs de province.

— Ce ne seraient ni des nazis ni une momie ?

— Quelque squelette médiéval retrouvé par des déséquilibrés en uniforme. Après tout, personne ne les a jamais vues, ces momies. Aucun scientifique, en tout cas.

— Aucun scientifique *que vous connaissiez…* corrige Clément.

Le conservateur le toise.

— Jeune homme, nous sommes très peu dans notre profession. Et tout se sait. Si de telles choses existaient, vous pensez bien que nous serions au courant bien avant des petits journalistes…

Moi, je renchéris :

— Et l'article du *Planète* ? « Les Momies de l'autre monde » ?

À cette mention, le conservateur retrouve une certaine bonne humeur. Son regard semble empreint de nostalgie.

— J'en ai souvent entendu parler, mais je ne l'ai

jamais eu entre les mains. Ce doit encore être une fumisterie de ce vieux farceur de Bergier. Je l'ai bien connu. J'ai même écrit les rares articles sérieux concernant la préhistoire et l'archéologie dans *Planète*. Mais pour ce qui est de la rigueur scientifique…

Le conservateur se penche sur son bureau, comme s'il venait de retirer un masque pour se montrer tel qu'il est : raviné, las, poussiéreux, mais lucide.

— Mes enfants, il y a tant de belles choses dans le monde. Ne faites pas comme moi, ne vous enfermez pas dans le passé, dans les livres. Croyez-moi, je sais de quoi je parle… Sortez, vivez ; ces recherches ne vous apporteront que des déceptions et de la tristesse…

1939

Sept heures. Sonnerie du clairon. J'ouvris les yeux, sous l'immuable lueur bleue. Le solstice d'hiver approchait.

Comme chaque matin, je m'extirpai de mon lit et gagnai le couloir du dortoir. Dehors nous attendait un soldat armé d'un tuyau.

Nous étions encore sous le jet glacé de nos ablutions matinales lorsqu'un vacarme assourdissant explosa au-dessus de nos têtes. Instinctivement, nous nous accroupîmes et le soldat dirigea son jet vers le ciel, comme un canon aérien.

C'était un hydravion.

— À cette heure-ci ? chuchota un Sven à ses frères, en se frottant la poitrine pour – vainement ? – la réchauffer.

— Ce sont peut-être les Anglais qui viennent nous bombarder, répondit un autre, répétant les inquiétudes à demi formulées d'oncle Otto tout en mordant ses doigts bleus et gourds.

Mais l'avion tournait au-dessus de l'île, à très basse altitude, sans lâcher de projectile. La vigie de la caserne le pointa avec un gros projecteur, et tout le monde respira : il était marqué d'une croix gammée.

— Ouf! lâchèrent les Sven.

Enfin l'appareil amerrit.

Nous n'avions pas bougé, presque oublieux de la violence du froid.

— *Heil Hitler! Heil Hitler!* cria une voix dans notre dos.

Dans la pénombre, nous aperçûmes la silhouette d'oncle Otto qui se précipitait vers l'embarcadère, tandis que l'avion libérait ses passagers.

Sans ralentir, Otto claquait dans ses mains afin qu'on éclairât le dock, l'avion, les visiteurs.

Quant à nous, dévorés de curiosité, nous nous approchâmes. Un pilote et trois hommes en tenue de ville étaient sortis de l'appareil.

Le troisième homme tourna sur lui-même, et scruta l'horizon, l'ombre des falaises, la lune pâle, la masse noire des bâtiments.

— Depuis le temps que j'entends parler de cet éden! dit-il en étirant ses jambes engourdies.

Otto le considérait avec méfiance.

Très jeune, des sourcils noirs sur des yeux perçants, le troisième homme semblait s'arrêter sur chaque élément du décor pour l'identifier, l'analyser, et le ranger dans un tiroir de sa conscience.

C'est lui qui nous aperçut.

— Et qui sont ces petits elfes? dit-il dans un sourire étonné.

Otto se retourna : il ne nous avait pas vus.

— Les enfants?… Qu'est-ce que vous faites là!?

Le « régent » n'osa toutefois pas nous gronder devant les visiteurs.

— Approchez, dit l'homme.

Les Sven et moi ne savions comment réagir, mais Otto nous fit signe d'obéir.

Les visiteurs ouvrirent des yeux éberlués.

— Mais ces enfants sont nus ! s'offusqua le plus vieux.

— C'est parce qu'on sort du jet… rétorqua l'un des Sven, sur un ton naturel.

— Du jet ?

Otto tapa dans ses mains.

— Bon, bon, bon, dit-il d'une voix embarrassée. Puisque vous êtes là, les enfants, autant faire les présentations.

Les trois hommes se renfrognèrent. Leur visite commençait sous de bien étranges auspices.

— Messieurs, dit Otto en nous désignant, voici la future aristocratie du Reich. Le ferment de l'Allemagne à venir.

À ces mots, les visiteurs nous examinèrent avec beaucoup plus d'intérêt.

— Leni et les quatre Sven suivent la formation la plus avancée de la SS. Bientôt, ce sont eux qui nous commanderont…

Habitués aux discours d'Otto, nous n'osions trop y croire et restions raides, le corps de plus en plus gelé.

Otto s'approcha alors des visiteurs.

— Les enfants, permettez-moi de vous présenter quelques-unes des personnalités artistiques les plus importantes du Reich.

Il désigna le plus vieux.

— *Herr Doktor* Richard Strauss, le compositeur le plus fêté d'Allemagne et d'Autriche, le père du *Chevalier à la rose*, de *Salomé*, d'*Elektra*, de…

— Laissez, laissez, souffla Strauss, comblé.

Puis Otto désigna l'homme émacié.

— Voici Carl Orff, un autre compositeur ami du régime, promis à un brillant avenir.

L'homme claqua des talons.

— Enfin, voici l'architecte en chef du *Führer*, *Herr Doktor* Albert Speer…

L'homme aux yeux doux était toujours accroupi.

— Bonjour, les enfants, nous dit-il, affable.

Puis il se releva et s'approcha de nous. Sa main passa sur nos têtes, donna des petites tapes sur nos joues, et il ajouta, d'une voix délicate :

— Dites-leur au moins ce que nous faisons ici, Otto…

Otto jeta un œil autour de lui, comme s'il y cherchait l'inspiration, et l'on vit l'ombre d'un gros poisson passer près de la côte.

« Sans doute une orque », me dis-je.

— Ces messieurs sont venus voir l'avancement de la grande salle d'opéra construite pour la future cantate d'oncle Nathaniel : *Les Enfants de Thulé*…

Les visiteurs perdirent de leur raideur.

— Richard Strauss et Carl Orff en sont les compositeurs ; quant au *Doktor* Speer, il en dessine les décors.

Il y eut alors un long silence.

Nous commencions à grelotter.

Otto le remarqua et y trouva sa diversion :

— Vous êtes gelés, les enfants. Rentrez vite vous habiller.

Les pieds insensibilisés par le froid, nous nous élançâmes sur le chemin caillouteux qui menait au dortoir.

Toutefois, je perçus encore une bribe de dialogue qui m'intrigua durant toute la matinée :

— Que me vaut cette visite-surprise ? demanda oncle Otto.

— C'est moi qui ai insisté, répondit Speer, abandonnant sa douceur pour une sécheresse administrative. La chancellerie s'inquiète : elle a cru comprendre qu'il se passait des choses étranges dans votre archipel…

— Qui prendra des œufs ? demanda Ingvild, complice.

— Moi, moi, moi ! crièrent les enfants, assis autour de la vieille table de cuisine en sapin, rayée, noircie, tachée. Le couvert était déjà mis et le gros poêle ronronnait de satisfaction.

Nous adorions les œufs de guillemot, qu'Ingvild mitonnait à la perfection. Dans la main droite, elle brandissait une grande poêle de fonte, dans la gauche un panier riche de petits œufs ronds et verts. Elle était la reine de cet empire de vaisselle, de casseroles en cuivre, de marmites, de conserves.

— Je les veux brouillés ! déclara un Sven.

— Et moi à la coque ! enchaîna un autre.

Un troisième Sven allait passer commande quand Ingvild prit une mine sévère :

— Ta ! ta ! ta ! les enfants, ce sera omelette pour tout le monde…

— Oooooh, grommelèrent les quatre jumeaux.

— Nous avons un invité aujourd'hui, reprit la cuisinière, qui cassa un par un les œufs dans un saladier. Et c'est lui qui m'a demandé une omelette…

Tous se tournèrent vers Hans Schwöll. Gêné, le fils du médecin de l'archipel vira écarlate.

— Mais si vous voulez autre chose… balbutia-t-il à l'attention des quatre Sven, de plus en plus hostiles.

— De quel droit peut-il exiger quoi que ce soit ? s'étonna – *sincèrement* – l'un des Sven.

Ingvild battait les œufs avec un fouet et n'entendait rien. Elle auscultait l'armoire aux épices pour vérifier la présence de tous les ingrédients.

— Il n'est ni vraiment aryen ni vraiment allemand, puisque sa mère est norvégienne ! enchaîna un autre Sven.

— Vous allez arrêter, oui ? lança Ingvild sans conviction, tout à ses œufs. Et qu'est-ce que vous avez contre les Norvégiennes ? Moi aussi, je suis norvégienne…

Elle versa alors les œufs dans la poêle fumante et une bonne odeur chaude envahit la pièce.

Hans restait calme et, d'un clin d'œil, je l'assurai de ma sympathie… Les Sven n'attendaient que ça !

— C'est vrai que Hansi est le petit fiancé de Leni.

Je me figeai et tentai de ne pas relever. Hans eut un rire nerveux.

— Vous êtes bêtes… fut sa seule réponse.

Mais je le sentis vraiment blessé. À chaque fois qu'il venait déjeuner avec nous, dans la cuisine du palais d'oncle Nathi, les Sven l'asticotaient, lui imposaient un bizutage.

— Et voilà ! dit la cuisinière en nous versant tour à tour une belle part.

Hans commença à picorer son omelette.

— Mmm, c'est délicieux, dit-il à Ingvild.

La cuisinière rosit.

— *Mmm, c'est délicieux…* singea un des Sven. Il faut dire que sa mère cuisine tellement mal !

À quoi son voisin enchaîna :

— Avec ses grosses fesses et ses yeux de vache.

— On dirait un éléphant de mer !

Éclat de rire général. Moi, je ne savais plus où me cacher.

Hans donna un coup de poing sur la table.

Ingvild se retourna.

— Eh bien ?!

Occupée à nettoyer sa poêle, elle n'avait rien entendu du persiflage.

Hans était écarlate. Des larmes lui montaient aux yeux et il se domptait pour les ravaler. Les Sven étaient aux anges, mais ils ne s'attendaient pas à cette rage. Car Hans semblait *vraiment* furieux.

Sous la table, je posai sur son genou une main apaisante.

Erreur fatale !

— Eh bien, vas-y, ne te gêne pas !

— Fais-lui une gâterie, pendant que tu y es…

Les Sven explosèrent de rire.

— Les enfants ! Les enfants ! dit Ingvild, qui voyait Hans se lever lentement, les yeux noirs de haine.

— Oooooh ! firent en chœur les Sven, comme s'ils commentaient un feu d'artifice.

Mais le fils du médecin n'avait nulle envie de rire. Quant à moi, j'étais morte de honte.

Hans était debout. Il tendit sa main vers le plan de travail et saisit un couteau de cuisine.

— HANS ! hurla Ingvild.

Mais il était trop tard !

Il se rua sur un des Sven et posa la lame contre sa carotide. L'autre glapit puis s'immobilisa, comme un mannequin.

— On fait moins le malin, n'est-ce pas ?

Ingvild était paniquée.

— Lâche tout de suite ce couteau !

Mais Hans ne bougeait pas. Il appuya sa bouche contre l'oreille du Sven et susurra :

— Mon petit Aryen préfère ses œufs mollets ou à la coque ?

Les autres Sven n'osaient plus rien dire. Ils considéraient leur frère comme si on les égorgeait eux-mêmes et, instinctivement, protégeaient leur cou.

La lame appuyait de plus en plus sur la peau. Et dès qu'il déglutissait, l'enfant enfonçait le couteau dans sa propre gorge.

Plus personne ne bougeait, n'osait respirer.

«C'est un scandale!»

Tout le monde sursauta. La lame fit une traînée rouge sur la gorge du Sven, mais Hans se recula aussitôt, lâchant l'enfant... qui fondit en larmes.

«Vous nous prenez pour des imbéciles?» reprit la voix.

Les cris venaient de l'entrée. Nous les avions oubliés : nos visiteurs étaient toujours là.

«Ils ont dû revenir d'Halgadøm, où ils ont visité l'opéra...» me dis-je en observant le Sven, qui s'épongeait le cou avec sa serviette. Mais tout le monde était aux aguets; même Hans, car dans l'entrée le ton montait. Nous comprenions qu'il se passait quelque chose d'important, de bien plus grave que nos querelles de gamins.

«Otto, vous vous êtes moqué de nous! fit la voix d'Albert Speer. Je vais en référer au Führer et exiger qu'on bombarde cet archipel de malheur...»

Oubliant nos disputes, nous étions tout ouïe.

Ingvild elle-même, outrepassant la consigne, entrebâilla la porte pour qu'on entendît mieux.

«Et j'imagine que cet imbécile de Korb n'est même pas au courant, fit la voix de Richard Strauss. Vous avez dû réussir à le maintenir dans l'illusion, n'est-ce pas?»

— C'est monstrueux! enchaîna Carl Orff.

— D'autant que nous avons *vraiment* travaillé sur cette partition ! reprit Strauss d'une voix haineuse.

— Eh bien, répondez ! dit Speer, agacé du silence d'Otto.

— Je n'ai rien à répondre… fit oncle Otto d'une voix glaciale. Je ne fais qu'obéir aux ordres du *Reichsführer* SS Himmler.

— C'est ce qu'on va voir ! conclut Speer, que nous entendîmes quitter le bâtiment, suivi des deux compositeurs.

Par la vitre de la cuisine, nous les vîmes rejoindre l'hydravion, lequel s'envola aussitôt.

— Eh bien, eh bien ? fit alors oncle Otto, qui entra dans la cuisine et fut surpris de tous nous voir le nez à la fenêtre. Vous avez déjà fini de déjeuner ?

Nous lui jetâmes un œil effrayé en regagnant nos places. Nous sentions qu'il se passait quelque chose de grave, mais n'osions rien dire…

Otto semblait étonnamment calme. Seul le coin de sa lèvre tressautait par à-coups.

— Qu'est-ce que tu as au cou, toi ? dit-il en désignant la victime de Hans.

Le Sven maugréa :

— Rien, rien ; j'ai glissé sur un rocher…

Surpris, Hans lui sourit avec gratitude, mais les autres Sven écumaient de haine ; l'air de dire : « Mon gars, tu ne perds rien pour attendre… »

J'aurais préféré qu'il dénonce mon ami plutôt que cette clémence ambiguë.

— Otto ! fit alors une voix, dans l'entrée.

Dans l'embrasure de la porte, nous vîmes apparaître la mine endormie de Nathaniel Korb.

— Que se passe-t-il ? demanda le milliardaire. J'ai cru entendre un avion ?

Ses yeux semblaient vitreux.

— Mais non, Nathaniel ; ce sont encore vos problèmes d'oreilles !

Avec un air béat, le vieux demanda sur un ton d'enfant sage, sans se soucier de notre présence :

— Vous croyez que je pourrai bientôt aller visiter le chantier ?

— Soyez patient, Nathaniel, répondit doucement Otto. Je vous jure que vous ne serez pas déçu…

Il examina encore les yeux de Korb et demanda :

— Vous avez bien fait votre injection, ce matin ?

Plusieurs jours passèrent…

Nos mystérieux visiteurs avaient laissé un souvenir présent, dont nul n'osait reparler à Otto.

Nous le voyions souvent, debout sur la falaise, les yeux tournés vers Halgadøm.

« Il faut faire vite… » sifflait-il entre ses dents.

Après cet étrange déjeuner, Hans rentra chez lui sans représailles des Sven.

Comme par un accord tacite, personne n'évoqua cette dispute qui aurait pu si mal tourner. Toutefois, lorsque Hans croisait le chemin des Sven – sur les falaises ou à la caserne –, les jumeaux le toisaient avec une haine froide, comme s'ils avaient remisé leur vengeance pour des jours meilleurs.

La « victime » de Hans dut porter un gros pansement pendant plusieurs jours, qui lui faisait comme une minerve. Et lorsque, la semaine suivante, il fut appelé au tableau pour réciter sa leçon, elle l'empêcha d'articuler.

À la fin du cours, comme chaque jour, j'allai au fond de la bibliothèque, présenter mes respects à oncle Nathi.

— Ma chérie, comme tu es mignonne ce matin !

Je me reculai doucement, ravalant mon dégoût, bien que l'aspect du vieil homme devînt plus repoussant de jour en jour : ses yeux étaient cerclés de rouge, injectés de sang ; ses gencives devenaient plus noires que le plumage des macareux, et sa bouche dégageait un parfum de poisson rance.

Un grand cri retentit alors à l'autre bout de la pièce.

« Ouaiiiiiiis ! »

Je me retournai : les Sven trépignaient près d'Otto, au pied du tableau noir, comme on célèbre un héros. Le précepteur me regarda avec une expression désolée.

Mais déjà les Sven se ruaient sur moi, bousculant oncle Nathi pour m'entourer de leurs cris de victoire.

— Demain matin, oncle Otto nous emmène visiter le chantier d'Halgadøm !

— C'est vrai ? dis-je, aux anges.

Mais le « régent » se détourna tandis que les Sven se durcissaient.

— *Nous*, pas toi. Oncle Otto a dit qu'il ne pouvait emmener là-bas que des hommes…

Mes joues bouillirent devant l'injustice.

Je m'avançai vers Otto.

— Et moi ?

Oncle Otto s'accroupit et passa ses mains sur mes joues.

Dans mon dos, les Sven ricanaient.

« Pauvre bébé ! »

— C'est une affaire d'hommes, dit Otto avec douceur.

Je lus dans ses yeux l'expression d'une tendresse

réelle, mais j'étais ravagée de tristesse et ne pouvais me résoudre à ce favoritisme.

— Mais pourquoi ?

Otto se releva d'un mouvement sec. Il s'était durci.

— Parce que j'en ai décidé ainsi… conclut-il.

Puis il quitta la pièce, suivi des Sven, qui allèrent jouer au ballon devant le palais.

J'étais plus bas que terre. Je me sentais insultée, humiliée, délaissée.

— Tu sais, moi non plus je n'ai pas le droit d'y aller…

Oncle Nathi était toujours dans son fauteuil et semblait avoir retrouvé un peu de sa lucidité.

Je retournai vers lui.

« En fin de compte, n'est-il pas le seul en qui je puisse avoir confiance ? » me demandai-je.

— Ça fait des semaines qu'Otto m'incite à la patience, me disant que « sinon, je serais déçu », qu'il faut « attendre le bon moment ».

Ce disant, il agrippa le bras de son fauteuil.

— À croire que je ne suis pas ici chez moi, que je ne finance pas toute cette entreprise, toute cette île, tous ces maudits soldats ! !

Oncle Nathi s'énervait. Il respirait avec difficulté. Semblant manquer d'air, il se massa compulsivement la saignée du bras gauche, en jetant vers la porte d'entrée des œillades implorantes.

Il s'illumina d'un bloc.

— Bonjour, Leni…

La blouse blanche du fidèle Dieter Schwöll venait d'apparaître dans l'encadrement de la porte. Haletant, oncle Nathi contemplait son sauveur.

Le médecin sortit sa seringue et me dit d'une voix calme :

— Tu veux bien aller jouer dehors, s'il te plaît ?

Le lendemain matin, à mon réveil, les Sven étaient partis. Oncle Otto avait dû venir les chercher au petit jour, pour les conduire à Halgadøm, sans affronter mon œil accusateur.

Je m'étirai sous mes draps de vieux lin et avisai la pendulette sur ma table de nuit en métal : bientôt 10 heures !

Aujourd'hui, pas de clairon. J'avais dormi très longtemps et j'étais seule dans le bâtiment.

« Abandonnée ? » me demandai-je, en regardant par la fenêtre pour voir si l'île avait été désertée. Mais je vis les habituelles colonnes de soldats, qui patrouillaient en bordure de falaise.

« Orpheline, en tout cas », grommelai-je en sautant du lit pour enfiler mon uniforme.

Un soldat m'attendait devant la porte.

— *Fräulein Leni ?*

C'était un nouveau – aussi jeune et blond que les autres – et nous ne nous connaissions pas.

Je fis « *Ja…* » d'une voix endormie et il me tendit une lettre, cachetée avec une croix gammée.

« Ma Leni,

« Je t'en supplie, essaye de ne pas m'en vouloir. Toi aussi bientôt tu sauras ; et tu en sauras tellement plus !

« Sois patiente, mon cœur, et <u>fais-moi confiance</u>.

« Tu es attendue pour passer cette journée un peu spéciale chez les Schwöll.

« À ce soir.

O. »

Otto disait vrai : la journée fut… *spéciale*.

Heureusement, Hans était là. Mon seul ami.

Nous passâmes notre matinée à nous promener sur l'île de Yule en parlant d'Halgadøm.

— Certains soirs, dit Hans, lorsque mon père et Knut, mon frère, rentrent d'une journée passée à Halgadøm, ils sont incapables de parler. On dîne en silence, et lorsque j'essaye de poser des questions, de savoir, on m'intime de me taire.

Je hochai la tête, reconnaissant ce sentiment de curiosité inassouvie.

— Il se passe quelque chose, là-bas, continua Hans. Quelque chose qui empêche mon père et mon frère de parler. Et je veux comprendre !

Il serra ma main, à me faire mal.

— Je *dois* comprendre !

Alors il se tourna vers moi.

— Si je trouve un moyen d'y aller, tu viens avec moi ?

Autant me proposer la lune !

Dans un souffle, je répondis « Oui ! » et sentis ses lèvres frôler le bout de mon nez.

— Alors fais-moi confiance. Je ne sais pas conduire un bateau, mais je dois pouvoir me débrouiller… me dit-il en voyant passer les petites embarcations de pêcheurs, qui naviguaient entre les récifs pour nous apporter notre ration quotidienne de poissons, de fruits de mer, d'œufs sauvages…

— Il faut aussi connaître la route, objectai-je. Même Otto refuse de la faire seul…

— À moins d'avoir une carte…

Mais les cartes étaient gardées par les soldats.

Tout nous semblait impossible, insurmontable, et jamais je ne m'étais sentie aussi démunie, aussi vidée. Cette sensation était d'ailleurs renforcée – il faut bien l'avouer ! – par l'absence des Sven qui, malgré leurs railleries, leurs bassesses, étaient l'immuable repère de mon quotidien.

Le déjeuner fut étrange.

Nous n'étions que trois : Hans, sa mère et moi, dans la salle à manger du *cottage*. Pour l'occasion, Solveig nous avait même préparé ses (délicieux) filets de morue aux algues.

Mais ce fut bien la seule chose délicieuse de ce calvaire !

Car dès notre arrivée, en ouvrant sa porte, la Norvégienne se figea dans sa grande robe de laine rouge et grinça avec méfiance :

— Ah ! c'est vrai qu'elle est là…

— Maman, s'il te plaît ! répliqua Hans.

Puis la mère leva les yeux au ciel avant de nous laisser entrer.

Pendant le repas, personne ne parla. Nous n'entendions que les mastications de nos dents sur la morue pas assez cuite, le bruit de nos lèvres sur les verres, les fourchettes qui cliquetaient sous le lustre de bois doré.

Je tentai parfois des : « C'est délicieux ! », à quoi Solveig répondait par des « Merci… » aussi joyeux que des requiems.

À côté de moi, Hans était muet. Dès qu'il s'apprêtait à prendre la parole, sa mère posait sur lui des yeux brûlants… alors il se taisait. Une ambiance épouvantable !

Pourtant, à la fin du repas, Solveig se recula sur sa chaise et me demanda :

— Tu es heureuse ici, Leni ?

Je ne sus que répondre et répliquai, presque par défiance :

— Oncle Otto dit que les Håkon sont le paradis sur terre.

— *Le paradis*… grimaça Solveig, songeuse.

Elle semblait une bête acculée.

— Je ne sais pas… reprit-elle.

Hans était confus, mais Solveig était lancée :

— Tu les as vus partir, ce matin ? me demanda-t-elle. Tes quatre frères et ton « bon » oncle Otto ?

Je fis « non » de la tête en ajoutant :

— Je dormais encore.

— Ils sont passés ici, continua la grande Norvé-gienne, les yeux dans le vague. Ils sont passés pour prendre Dieter et Knut, mon mari et mon fils aîné.

J'hésitai puis demandai :

— Mais vous, vous savez ce qu'il y a sur Hal-gadøm ?

Plus blanche qu'un hôpital, elle ne répondit pas. Personne ne bougeait. Solveig finit par se lever pour aller chercher une bouteille d'aquavit, dont elle se remplit un grand verre.

— Mais maman ! s'offusqua Hans, lorsque sa mère l'eut vidé d'un trait.

Les iris de Solveig devinrent aussi vitreux que ceux d'un poisson mort et elle m'ausculta avec une acuité de zoologue.

— Est-ce que tes parents te manquent ?

— Maman ! s'insurgea à nouveau Hans.

Solveig sourit doucement à son fils puis se retourna vers moi : elle attendait ma réponse.

N'osant avouer que je ne pensais jamais à eux, je m'inventai une tristesse d'orphelin.

— Oui, bien sûr… dis-je avec une moue étudiée.

— Que sais-tu d'eux ? Qui étaient-ils ?

— Des pêcheurs, mais allemands, pas norvégiens, répondis-je comme une évidence. Des gens de l'archipel, qui ont été tués par le grand cataclysme…

— Bien entendu, ricana Solveig en se resservant de l'aquavit. Et tu as des photos d'eux ?

Hans se dressa sur son siège.

— Maman, laisse Leni tranquille !

Solveig était de plus en plus rouge. Le niveau de la bouteille descendait.

— Pourquoi ? répondit-elle à son fils, agressive. Tu la protèges, c'est ça ? Alors que je t'ai déjà interdit de…

— Maman ! ! !

Hans était livide. Il n'osait plus se tourner vers moi mais se leva de table en me grognant :

— Viens, s'il te plaît !

Je me dressai, sans quitter Solveig des yeux. Ravagée par le chagrin, l'ennui, elle ressemblait à ces petites vieilles qui n'en peuvent plus d'attendre la faucheuse.

— Ce ne sont pas des enfants comme toi, Hansi… pleurnicha la Norvégienne, agrippée à son verre. Tu auras beau tout faire comme eux, tu ne pourras *jamais* leur ressembler.

Elle eut un hoquet.

— Et c'est tant mieux ! Parce que ce sont des monstres, tu m'entends ? Des monstres !

Puis elle plongea sa tête entre ses mains et fondit en larmes.

« Des monstres », me dis-je, le soir, en voyant revenir les Sven.

Ils arrivèrent sur les coups de 9 heures. J'étais déjà au dortoir, en pyjama, dans mon lit, peinant sur la lecture d'un essai de raciologie qu'oncle Otto m'avait prêté.

Mentirais-je en disant que je ne les reconnus pas tout de suite ? Ou du moins qu'un doute me saisit en les voyant apparaître…

J'étais allongée, le rideau de mon box ouvert sur le couloir, et j'eus la vision d'un spectre. Oui, c'était bien un spectre ! Face à moi, blafard, les yeux morts, il semblait flotter au-dessus du sol. Puis il avança et disparut.

Je n'eus pas à me lever, car les trois autres Sven passèrent ainsi : quatre fantômes livides, ombres d'eux-mêmes.

J'entendis la voix d'Otto, depuis l'extérieur de la maison :

« Bonne nuit, les garçons ! »

Puis il ajouta, d'une voix hésitante :

« Ne vous inquiétez pas : vous allez vous habituer ; n'oubliez pas que vous êtes la race des maîtres ! »

La porte claqua et je l'entendis s'éloigner.

Plus un bruit, sinon le mugissement de la tempête, levée un quart d'heure auparavant.

Mais les Sven ne parlaient pas. Ils ne riaient pas, ne disaient rien. Intriguée par leur silence, je me levai et allai dans leurs box : ils n'y étaient pas.

Un bruit me parvint de la salle de bains.

J'hésitai un instant avant de me laisser guider par les sons étranges et inquiétants.

Arrivée à la porte des douches, je m'écriai :

— Mais… mais qu'est-ce qui vous est arrivé ? !

Pas de réponse.

Les quatre Sven étaient là, nus, raides, chacun devant un miroir. Ils s'observaient, comme s'ils cherchaient à se prouver qu'ils étaient encore eux-mêmes.

— Ça va ? bredouillai-je.

Pas de réponse.

Ils étaient aussi immobiles que des bêtes empaillées.

Alors je vis leurs yeux… Quelque chose y était changé. Une sorte de profondeur nouvelle, comme si on les avait *creusés*.

— Va te coucher ! dit l'un d'eux d'un ton sec.

Sans réfléchir, je lui obéis.

À partir du lendemain, les Sven se rendirent chaque jour sur Halgadøm.

Au petit matin, oncle Otto venait les chercher et ne les ramenait pas avant 9 ou 10 heures du soir. Toutefois, leur panique du premier jour se mua vite en résignation.

Finies les railleries. Pour eux, je n'existais tout simplement plus.

Lorsqu'ils rentraient, le soir, les Sven se couchaient en silence, abîmés dans leurs pensées.

Parfois, il me semblait pourtant lire encore dans leurs yeux le désarroi du premier soir ; mais ce n'était qu'une vision fugitive, l'écho d'un temps enfoui.

Il m'arrivait également de me lever en même temps qu'eux, pour les voir partir.

Et toujours Otto était là, qui m'évitait…

Depuis plusieurs semaines, maintenant, mon père spirituel n'était plus qu'une ombre fuyante. Il avait abandonné ses « Leni, ma chérie », « Leni, mon petit cœur »…

« A-t-il finalement trouvé ses *vrais* enfants ? » me demandais-je en les regardant s'embarquer au petit jour, alors que le soleil commençait son grand retour aux Håkon, prêt à s'installer pour des mois de « lueur jaune ».

Je les voyais marcher sur la grève, sur les rochers, comme une famille unie. Une famille intense, certes ; sans détente ni clins d'œil. Mais en telle osmose ! Si fusionnelle que j'étais prise de bouffées de nostalgie et peinais à retenir mes larmes.

Leur bateau, petite embarcation à moteur barrée par un pêcheur, s'éloignait entre les récifs. Et les cinq soldats conquérants avaient les yeux pointés vers Halgadøm, comme on guigne un trésor.

Mes doigts se recroquevillaient sur le rebord de la fenêtre et je fermais la vitre pour m'effondrer sur mon lit.

« Et moi ? ! Et moi ? ! »

C'est à la fin du printemps que je pus en savoir plus…

Il était 1 heure du matin. Les Sven dormaient comme des gisants, leurs yeux entrouverts, figés par le rêve. Malgré le silence et ma peur, je ne pus m'empêcher d'aller les observer avant de quitter le dortoir.

Voilà longtemps que je n'étais sortie en pleine nuit. Il faisait encore froid, mais le jour était presque total : la lueur jaune était bien installée.

J'avais perdu la notion du temps. Nous devions approcher la mi-juin.

Mes chaussures crissaient sur les rochers. Je butais sur chaque pierre, en écrasant chaque coquillage.

Hormis ces bruits, tout semblait si calme, si paisible !

Notre éden nordique, plongé dans le sommeil, avec ses belles proportions, ses maisons idéales, ses falaises de roche noire et ses étendues vertes, semblait vraiment un paradis perdu.

Mais je ne savais encore rien...

Comme convenu, Hans m'attendait au « petit port », celui des bateaux de pêcheurs. Cinq embarcations flottaient contre le dock, dans un clapotis doucereux.

Je vis alors une silhouette, penchée sur Hans, et je m'immobilisai. Mais Hans me fit signe d'approcher.

— N'aie pas peur, dit-il, tandis que son acolyte ôtait sa capuche.

— Ingvild ? lâchai-je, éberluée de la voir là.

— Chut ! me répondit-elle avant de s'avancer vers moi.

Trois apprentis conspirateurs...

Hans désigna alors un petit hors-bord, accroché à l'embarcadère.

J'étais de moins en moins rassurée.

— On va y aller *là-dedans* ?

Le jeune homme eut un geste fataliste.

— C'est le bateau de Björn, mon mari, souffla Ingvild. Il est petit, mais il fonctionne.

— Et puis j'ai réussi à dérober une carte des récifs dans les papiers de mon père ! ajouta Hans d'un ton faussement enjoué, en me montrant un vieux morceau de papier usé par le vent et le sel.

Pourtant, quelque chose m'échappait...

— Mais... pourquoi ? dis-je en dévisageant Ingvild.

La cuisinière grimaça, avant d'avouer :

— Björn a disparu. Lui aussi, il travaille au

chantier d'Halgadøm. Jusqu'à cet hiver, il était pêcheur, mais M. Otto l'a enrôlé dans les «équipes de construction»…

Elle s'arrêta un instant et désigna Halgadøm, si proche sous la «lueur jaune».

— Au début, reprit-elle, Björn revenait tous les soirs. Un bateau emmenait les ouvriers le matin et les ramenait vers 19 heures…

Lent soupir.

— Puis, au bout de quelques semaines, il a commencé à passer la nuit là-bas, de temps en temps. Parfois plus… Et lorsqu'il revenait, c'était comme s'il avait vu la mort en personne. On ne pouvait pas lui parler, pas lui poser la moindre question.

Ingvild retint un sanglot et s'appuya à mon épaule.

Je croisai les yeux de Hans, qui me fit un geste pressé signifiant : «Il faut faire vite !»

Mais Ingvild était lancée, et je *devais* l'écouter.

— Voilà trois semaines qu'il n'est pas revenu. Et Björn n'est pas le seul. Ici, tout le monde se pose des questions. On a surnommé Halgadøm l'«île aux veuves», car certaines pensent qu'on nous les a tués, nos maris. *Tous*… Mais personne n'ose demander à M. Otto ; ses soldats font si peur, ils sont si…

Sa phrase se termine dans un sanglot.

— Il faut qu'on y aille, dit Hans, d'une voix très douce.

Nous montâmes dans le bateau. Et tandis que nous disparaissions dans la brume, Ingvild eut un haut-le-cœur :

— Non, c'est de la folie ! Revenez ! Je ne vous ai pas tout dit !

Trop tard, nous étions partis…

2006

— Mais enfin, tu ne peux pas m'en dire plus ? Tu n'as plus confiance en moi ?

Comme souvent avec Léa, j'éprouve ce sentiment diffus de passer un conseil de discipline.

— Ce n'est pas ça… Mais une partie des recherches est fondée sur des documents secrets et…

— Ouais, c'est ça, arrête ton char ; j'ai compris !

Léa plante rageusement sa fourchette dans son tagine et considère son verre de morgon d'un œil mauvais. Pour couper court à son interrogatoire, je pose ma main sur la sienne.

— Parle-moi un peu de toi, plutôt… C'est toujours moi qui passe à la question…

La bouche pleine, Léa grommelle :

— Oh ! moi, je bosse. La chaîne est en train de monter un nouveau programme de télé-réalité. Un truc débile, comme d'habitude… Des chanteurs d'opéra et des strip-teaseuses enfermés quinze jours sans lumière dans le gouffre de Padirac ; uniquement filmés en caméra infrarouge. Une connerie, tu peux pas savoir !

— Je ne t'ai jamais entendu dire du bien de ton boulot.

— Parce que c'est un boulot à la con !

La réponse a fusé, mais Léa n'a pas levé les yeux de son assiette. Elle a juste rougi. Léa est malheureuse au travail, bien qu'elle gagne beaucoup d'argent. C'est LE sujet sensible. Et elle déteste en parler.

«Mon boulot, c'est une autre vie, m'a-t-elle pourtant avoué, un soir. Je me mets entre parenthèses et j'obéis. D'une certaine manière, je crois que j'aime ça. Je n'ai pas à réfléchir... et je suis d'une efficacité dingue!»

Était-ce ce même soir que, bien plus ivre que d'habitude, elle m'a embrassée? On était sorties du café, il faisait froid, Léa a insisté pour me raccompagner. Au début, elle a mis son bras autour de mon épaule, «pour te réchauffer, ma cocotte». Et puis, en bas de l'immeuble, elle m'a serrée contre elle et a posé ses lèvres sur les miennes. Tout s'est passé si vite! Un baiser bref, incroyablement intense, dont nous n'avons jamais reparlé. Puis je suis rentrée dans mon immeuble sans me retourner.

«Ça fait combien de temps, maintenant? me dis-je en observant Léa qui sauce méticuleusement son assiette avec un croûton de pain. Trois ans, peut-être?»

Quand bien même, la vie intime de Léa reste un mystère...

Elle qui me reproche de ne pas tout lui dire!

— Alors, les filles, c'était bon?

Le serveur nous tire de l'apathie. Il pose les assiettes en pile sur son plateau, avec une agilité de funambule. Mais il manque trébucher sur ma sacoche.

— Désolée, c'est mon portable...

— C'est pas grave. Tu sais qu'on a le Wi-fi, maintenant?

— Ah bon ? Tu m'excuses une minute, Léa ? dis-je, en sortant aussitôt l'ordinateur.

Emmurée dans sa rêverie, Léa glisse entre ses dents, sans lever les yeux :

— Attention aux miettes.

Je me retiens de glousser et fais «Mmm», pour ne pas briser l'austérité de mon amie.

«Vous avez 1 message.»

Constatant que le mail vient de Vidkun, je ressens une piqûre à la nuque. Comme celle d'un insecte. Nous échangeons des mails tous les jours, mais chaque fois c'est une impression étrange, qui mêle la culpabilité, le dégoût et une sorte d'affection rentrée. Je ne suis décidément pas tirée d'affaire, avec le Viking !

« Chère Anaïs,

*« Comme je vous le disais dans mon mail de ce matin, la lecture d'*Halgadøm *change considérablement la donne de nos recherches. Il faut absolument retrouver cette Marjolaine Papillon, et je ne comprends pas que FLK soit réticent à ce point. Ça en est même inquiétant. Mais si nous n'y arrivons pas par ce biais, il faut en trouver un autre…»*

«Eh bien, cherche, toi, mon coco !»

« Depuis New York, j'ai pour ma part tenté d'en savoir plus sur Otto Rahn, mais tout est brouillé. Il apparaîtrait dans un roman ésotérique des années 1960, Nouveaux cathares pour Montségur, *écrit par Saint-Loup, un ancien Waffen-SS, mais cela ne nous avance à rien. Plus tard, Otto Rahn passe pour avoir disparu en montagne, en 1939. Rien n'indique qu'il ait jamais été en Scandinavie. Rien n'indique non plus qu'il ait eu le moindre rapport avec le* Lebens-

born. *Tout comme rien n'indique que Marjolaine Papillon, si elle est effectivement l'auteur de ce texte, n'ait pas tout inventé…*

« *Nous sommes donc à l'orée de nouveaux mystères, que nous seuls pouvons éclaircir. Par* nous seuls, *j'entends vous et moi, Anaïs ; ainsi que votre ami Clément, puisque vous avez tenu à l'inclure dans notre aventure. Pour le reste, nous ne pouvons avoir confiance en personne et nous devons nous méfier de tout le monde. Y compris de FLK, puisqu'il rechigne à nous donner des informations ; y compris de ce mystérieux policier asiatique qui semble apparu comme un* deus ex machina.

« *Bref, il faut nous faire réciproquement confiance, Anaïs, et j'insiste sur ce point.* »

« Ben tiens, me dis-je, en descendant le curseur, voilà qu'il remet ça… J'y ai droit tous les jours. »

« *Ce plaidoyer* pro domo *doit vous lasser, mais je vous répète encore que je comptais tout vous dire, petit à petit.*

« *Anaïs : il <u>faut</u> me faire confiance. Nous n'arriverons jamais à finir ce livre si nous ne nous parlons pas directement, si nous ne travaillons pas main dans la main. Vous aurez bien compris que, dans ce labyrinthe, je suis aussi perdu que vous ; ce livre est pour moi la seule chance de savoir qui je suis, d'où je viens ; la chance de connaître réellement ceux qui furent mes parents ; aussi atroce cette révélation soit-elle !*

« *Aussi, je vous en conjure, aidez-moi.*

« *Vidkun.* »

— Il m'emmerde, il m'emmerde ! dis-je en refermant l'ordinateur comme une boîte de métal.

Léa a retrouvé ses couleurs, son ton acide mais guilleret.

— Qu'est-ce qui se passe ? demande-t-elle en se resservant du morgon.

Sans entrer dans les détails d'Halgadøm, j'explique ma relation bancale avec Venner, ses mails quotidiens, son besoin de « rachat ».

Léa semble perplexe.

— Il est peut-être sincère, après tout…

— C'est toi qui me dis ça ? !

Léa, *pasionaria* de la gauche bobo, prenant la défense d'un fils de médecin SS ?

— Il t'a peut-être caché la vérité pour ne pas te troubler…

— Ça s'appelle un mensonge !

Je me sens désorientée, perdue dans une forêt. Comme si cette enquête se retournait vers moi, *contre moi.*

— Un petit dessert, les filles ?

Autant parler dans le vide. Nous nous fixons en chiens de faïence, comme si chacune cherchait dans l'autre un sésame.

— Bon ben… je repasserai…

Le serveur s'éloigne en tapant de l'index sur sa tempe d'un geste attendri. Il nous connaît depuis si longtemps.

— Et… Clément ? demande alors Léa, à mi-voix.

Ce seul nom éteint l'incendie, comme un calmant. Une impression de douceur me gagne.

— Oh ! Clément est tellement… *gentil.*

— Gentil ? C'est tout ?

— Non, je l'adore…

— Tu es amoureuse ?

Je déteste ce genre de question. Comme si tout à coup le monde était pendu à mes lèvres. Les sentiments ne se partagent pas. C'est ce que nous avons de plus grave, de plus secret. Voulant faire diversion, je tends mon verre à Léa. Piètre comédienne !

— Tu m'en mets encore un peu ?

— Vous êtes bien, ensemble ? insiste Léa en vidant la bouteille.

— Oui, enfin je crois. Je n'ai pas l'habitude de tout ça…

Je laisse passer un silence.

— En fait, j'ai un peu l'impression de lui tenir lieu de maman.

Léa lève les yeux au ciel.

— Allons bon !

Elle se penche vers moi et me caresse la joue du revers de l'index.

— Anaïs, ma cocotte, tu sais que je t'adore…

— Oui…

— Tu sais que je ne veux que ton bien ; tu me fais confiance ?

De moins en moins à l'aise, j'opine du chef. Léa continue de me caresser le visage.

— Alors, tu vas faire ce que je te dis depuis des années : demain matin, au lieu de te jeter sur Internet pour fouiner chez tes nazis, tu vas aller à la gare d'Austerlitz, prendre un aller-retour pour Issoudun et débarquer chez ton père, sans prévenir.

Je sais bien que Léa a raison. Aujourd'hui plus que jamais. Mon esprit serait tellement plus serein, tellement plus libre, si j'osais affronter mon enfance. Si j'acceptais ce face-à-face, alors je pourrais vraiment avancer. Alors je pourrais envisager de devenir quelqu'un d'autre, et non une demi-mesure, une demi-vie, une personne coincée à mi-chemin entre sa mémoire et ses désirs. Je sais que tous mes nœuds sont cachés là-bas, dans cette petite maison de ville où jamais je ne suis retournée.

— Tu crois que je devrais y aller ?

— Je ne le crois pas : *je le sais…*

Je suis presque seule dans mon wagon pour Issoudun, ce matin. À trois rangs de moi, une vieille dame dépiaute consciencieusement une banane, et l'engloutit par petites bouchées, avec des émois de musaraigne.

L'angoisse de devenir ainsi me prend alors comme une bourrasque.

« Seule… » me dis-je, en disséquant la vieille femme qui a maintenant sorti un livre emprunté à une bibliothèque et en tourne les pages en se léchant l'index.

Je fais mine de laisser tomber mon portefeuille pour lire le titre du volume.

« Ben tiens, Marjolaine Papillon ! »

Dernier départ pour Sobibor, l'un de ses plus vieux livres.

Je nage dans une forêt de signes !

Le train avance maintenant parmi de grandes étendues plates et champêtres. La campagne dans ce qu'elle a de plus triste. Pâleur des terres retournées, des bosquets moroses, scandés de ces zones industrielles qu'on traverse comme des cauchemars.

Le soleil perce à travers la brume et me tombe dans l'œil. Défi absurde, je me force à ne pas battre des cils. Ma mémoire prend alors un scintillement de kaléidoscope et des images bombardent mon esprit.

Je me rappelle le regard des autres, ce premier lundi de septembre, en 1995.

« Il y a dix ans… »

Je rentrais en classe de seconde, mon père avait enfin consenti à me laisser intégrer le lycée. Ce revirement était-il la conséquence de cette lettre reçue pendant l'été, postée de la mairie d'Issoudun et signée par l'association des parents d'élèves ?

J'étais arrivée en retard et il ne restait qu'une place, au fond de la classe, à côté d'un gros garçon qui ne s'était pas essuyé la bouche après avoir fini son chocolat.

Une trentaine d'yeux m'ont suivie tandis que je traversais la classe. Surprise. Inquiétude. Avidité.

« C'est elle ! La voilà ! la fille de la métèque. »

Une boule d'acier ravageait mes tripes, mais je gardais la tête haute. Ces figures, je les connaissais toutes. Une par une elles étaient liées à un souvenir, une image entrevue, volée à la sévérité de mon père : car tous ces adolescents avaient été à l'école en face de chez nous ; tous, ils s'étaient penchés à nos fenêtres, essayant de voir à travers les vitres si le « colonel » avait effectivement eu une fille avec la « métèque », cette femme bizarre dont nul ne parlait sans sous-entendus.

Les premiers jours, personne ne m'a adressé la parole. Même les professeurs rechignaient à faire participer aux cours cette jeune fille qui n'avait pas suivi le cursus normal ; une privilégiée, élève de son propre père.

Puis, lorsqu'on nous a rendu les premiers devoirs et que j'ai eu les meilleures notes, dans toutes les matières, je n'en suis devenue que plus douteuse. Personne n'osait me détester, car les mythologies adolescentes me disaient dotée de pouvoirs ; un peu comme la Carrie de ce film d'horreur. J'étais la sorcière du lycée.

Chaque soir, je rentrais chez moi sans parler à personne, l'esprit vissé à mes études. À vrai dire, le travail était ma seule poche de liberté. Il me permettait de me couper de mon père, qui n'avait alors plus de prise sur moi.

« Je suis désolée, papa, mais j'ai un contrôle demain… »

À m'en croire, j'avais des examens tous les jours. Belle excuse ! Le travail était devenu ma forteresse.

Parfois, le colonel explosait :

« Mais tu ne me parles plus jamais ! Qu'est-ce qui t'arrive, bon Dieu ? »

Je relevais alors sur lui un œil délibérément vitreux, comme s'il me dérangeait. N'était-ce pas lui qui m'avait enseigné cette rigueur à la tâche, cette obsession du travail fini à temps ?

Durant trois ans, nous avons vécu tels ces couples de vieux qui communiquent par gestes interposés : la vaisselle, la lessive, le ménage.

Au fond, mon départ n'a pas dû changer grand-chose, puisqu'on vivait depuis plusieurs années dans des mondes parallèles.

Le matin même, j'avais reçu les résultats du bac : mention bien.

Mon père avait grimacé :

« Je m'attendais à mieux… »

Alors, pour la première fois, j'avais explosé. Tout était sorti, comme s'écoule un abcès. Dix-huit ans de rancœurs, de colères secrètes, de rages contenues s'étaient déversés sur le carrelage de la cuisine, pendant plus de trois heures. Mon enfermement, cette discipline militaire, l'interdiction de voir les autres, ma vie sous cloche, coupée de tout.

Et le pire, c'est que papa n'en revenait pas. Il tombait des nues. Sincèrement !

« Mais c'est pour toi que j'ai fait ça. Pour te protéger. Ta mère… »

Il n'avait pas pu finir sa phrase, car je m'étais engouffrée dans la brèche.

Ma mère… Je ne savais rien d'elle, à cause de lui. Il m'avait tout caché depuis toujours. Il m'obligeait seulement à aller passer une heure sur sa tombe, chaque dimanche après-midi, quel que soit le temps. Et lorsque papa était fatigué (fatigué de quoi ? je vous le demande !), je devais y aller seule. Combien de fois ai-je surpris la pitié des autres gens, dans le cimetière ?

Ma diatribe a duré tard dans la nuit.

« Mais alors… a fini par dire mon père en s'affalant dans son fauteuil. Tu dois me détester ? »

Épuisée, haletante, j'ai fondu en larmes en geignant :

« Si seulement… »

Car c'était ça le pire. J'aimais mon père. Farouchement.

Deux heures plus tard, j'avais décidé de partir, pour toujours, et j'étais sur le quai de la gare d'Issoudun.

Cette même gare dans laquelle mon train vient de s'arrêter.

« Déjà ! »

Mon ventre se noue dès que je pose un pied sur le quai vide.

Bientôt les odeurs me chavirent. Je quitte la gare et un parfum de feu de bois, de vieilles pierres, de boulangerie me monte aux narines. Tout revient alors si fort, si violemment, que j'en refrène un haut-le-cœur.

Cette vue hivernale, d'une tristesse abyssale.

Je me rappelle très bien où est la maison, mais y aller tout de suite me semble insurmontable. Je décide de commencer par une sorte de tour de ville, comme une reconnaissance de terrain.

Alors, je m'enfonce dans les rues, et tout m'y semble si figé !

« Une ville morte. »

Une photographie du temps. Les choses ont vieilli, c'est tout.

Croisant des silhouettes, je réalise un détail étrange : c'est la première fois que je regarde les gens *en face*. Petite fille, mon père m'avait appris à baisser les yeux. Et à l'école, je gardais la tête courbée, ce qui me faisait passer pour sournoise.

« J'ai grandi… »

Devant moi, un portillon semble ricaner.

Mes pas m'ont naturellement menée au cimetière !

La porte grince sous la rouille et le froid. Le son de mes talons, sur le vieux gravier, est le même. Sensation glaciale d'entrer dans un autre monde ; un univers de calme, de vide et de secrets. Certaines concessions ont changé, et je mets longtemps avant de retrouver celle de ma mère.

Je ne la reconnais pas tout de suite. À mon époque, le marbre était fissuré, la pierre à l'abandon. Mais aujourd'hui, je suis très surprise de trouver une tombe propre, fleurie, lustrée. L'étoile de David a été redorée et le nom est bien lisible. *Judith Chouday, 1944-1980.*

1980 : l'année de ma naissance…

Maman… Combien de temps avons-nous vécu ensemble ? Quelques heures ?

Je m'agenouille. Le froid du marbre transperce

403

mon jean. Machinalement, je palpe le bouquet posé sur la tombe.

Les fleurs sont fraîches…

Alors je crois défaillir. Je n'avais pas remarqué l'inscription.

Pourtant, elle est là, sous mes yeux, gravée sur la tombe, sous le nom de ma mère.

Une salive âcre envahit violemment ma bouche, me monte à la gorge, et je me courbe en deux pour vomir.

Mais c'est trop tard, car j'ai lu…

Anaïs Chouday, 1980-1998.

— Le salaud !

Ma voix se perd dans les rues humides. Les larmes ravinent mes joues. Mes pas claquent au sol avec une violence de soldat.

Je n'en reviens pas, il a osé ! Il m'a tuée ! Mon père m'a tuée ! Mon propre père !

1998. L'année où j'ai eu mon bac. L'année où je me suis barrée !

Comment peut-on en arriver là ? À ce mépris, cette négation de ce que je suis… Pour éviter le « qu'en-dira-t-on », mon père a fait croire que j'étais morte ! Est-ce qu'il m'a fait de vraies funérailles ? Est-ce qu'il a acheté un cadavre à la morgue, pour m'enterrer dans les règles ?

Tout ça me semble d'une bassesse vertigineuse, mais cette découverte me fouette et je suis bien décidée à régler mes comptes avec le « colonel ».

— *Tous* mes comptes.

Et puis la voilà. Devant moi. Ma maison d'enfance…

Sa petite façade, ses trois étages de fenêtres, son toit de tuiles et ses persiennes toutes closes.

Rien n'a changé. Si ce n'est le rosier qu'il a laissé mourir.

Une paire de volets est ouverte. Ceux du salon…

Le ventre noué, je m'approche de la façade.

«Oh! mon Dieu!»

Il est là, à deux mètres de moi.

Mon père…

Assis dans son fauteuil – toujours le même, usé, râpé, troué –, il feuillette un magazine.

Des magazines, il y en a partout dans la pièce.

Désemparée, je n'ose me concentrer sur papa. C'est si dur de s'avouer qu'il a vieilli!

Un instant, le «colonel» tourne sa tête vers la fenêtre, mais il ne me voit pas.

— Papa, susurrent mes lèvres, imperceptiblement. Papa…

Alors je suis saisie d'un nouveau malaise. Cette pièce a changé. Sur le manteau de la cheminée, la photo de ma mère est toujours là, mais c'est le reste qui est… différent.

Depuis mes premières brèves jusqu'à mes papiers les plus récents, chacun de mes articles est là, encadré dans un sous-verre et accroché au mur. Il ne doit pas en manquer un seul.

Le malaise me vrille l'estomac et je m'agrippe aux persiennes. Mais mon père n'entend rien. Je réalise alors qu'il lit un de mes derniers articles dans *Paris-Match*. Un papier écrit une semaine avant de rencontrer Vidkun Venner.

Le vieil homme affecte même une mine contrainte devant cette lecture, comme s'il étudiait une copie. Je réalise que, grimaçant, il corrige le texte avec un stylo rouge…

« Non, me dis-je, à nouveau au bord des larmes, il n'a pas changé ! »

Écœurée, je consulte ma montre : le prochain train pour Paris est dans onze minutes ; en courant, je l'aurai de justesse.

— Et tu n'es pas entrée ? dit Clément, en portant le bol fumant à ses lèvres.

— À quoi bon ?… Rien n'a changé. Il vit dans sa bulle depuis plus de sept ans. Il croit que je suis encore sa petite élève et il corrige un à un mes articles. Et puis il m'a tuée et enterrée…

Je m'effondre. Clément repose le bol et me prend dans ses bras.

— Mon bébé, je suis vraiment désolé !

— Je ne suis pas un bébé !

Le bol de soupe manque valser au sol.

— Je t'en prie, je me sens toute moche. Je n'ai même pas pris de douche. Sitôt revenue à Paris, j'ai fait les cent pas dans mon appartement pendant toute la nuit. Je suis dégueu !

— De toute façon, dit le jeune homme en désignant les stands de Clignancourt, ici on est dans le royaume de la poussière et de la crasse.

Clément et moi partageons une vieille soupe à l'oignon dans une échoppe saumâtre des puces.

— Mon pauvre amour, dit à nouveau Clément en me caressant la nuque.

Je crois bien que c'est la première fois qu'il m'appelle « mon amour ». Mais je suis trop bouillante pour relever.

— Allez viens, dit-il en laissant un billet à côté des bols de soupe. On va aller marcher un peu.

Sa main dans la mienne est déjà une promesse de douceur.

Clément adore les puces. Il n'achète jamais rien, mais il aime cette ambiance de petit matin, fourmillante, bordélique, où tout s'apprête à naître. Un joyeux foutoir qui le repose de l'ordre maniaque de l'appartement familial. Et puis, Clément est du matin. Sans doute le seul tic qu'il ait pris de son père.

La plupart des stands sont en train d'ouvrir. Les commerçants déchargent les cartons, éclatent de rire dans le petit jour, échangent des gobelets de café fumant. Il fait froid. Une vapeur blanche s'échappe des bouches pâteuses. Tout le monde est embusqué derrière son col de blouson, sa canadienne, et je regrette mon écharpe. Au même instant, Clément m'enroule un foulard autour du cou.

— J'en ai toujours un en réserve.

Le jeune homme salue des vieilles marchandes, des bouquinistes.

— Tiens, Clément !

— Alors, le gamin, fidèle au poste ?

Clément leur sourit, ne sachant quoi répondre. Car ici personne ne se connaît vraiment. Chacun fait partie du décor.

Il remarque alors que je me racornis de minute en minute. Mes yeux, ma mémoire sont toujours du côté d'Issoudun, de mon enfance, de mon cercueil. Et je peine à me replonger dans ses conjectures, qu'il me déballe comme une échappatoire.

— J'ai encore réfléchi à nos affaires. Si cette histoire de momies éternelles n'est pas un complet bidonnage de Marjolaine Papillon, on doit pouvoir remonter la filière autrement que par le seul biais de l'éditeur.

— Mmm…

Je n'ai aucune envie de penser à ça et préfère traîner le long des étals, des vitrines.

Clément semble pourtant décidé à aiguillonner mon esprit.

— Concrètement, pour la simple affaire Jos, nous avons encore des mystères à éclaircir : comment Rahn a-t-il survécu au bombardement ? Comment est-il devenu Claude Jos ? Les quatre suicidés sont-ils effectivement les Sven ?

Je m'éloigne alors d'un pas décidé.

— Mais qu'est-ce que tu fous !

— Je marche, j'essaye de respirer… J'en ai marre de toute cette merde !

Les mots meurent dans ma gorge.

Clément presse le pas pour me rejoindre et trébuche contre un étal de dentelles.

— Oh là !

Le marchand est furieux. Il s'agenouille et ramasse ses bouts de tissu.

— Vous pourriez m'aider, non ? !

Mais Clément garde ses yeux plantés dans les miens. Nous ne parlons plus, mais notre échange est intense.

— Pourquoi es-tu comme ça, mon amour ? Pourquoi…

— Je suis désolée…

Nous sentons tous deux la présence agacée du marchand, dans notre dos.

— Y a des hôtels, pour ça…

Je m'approche de Clément.

— Je suis désolée, je suis désolée. Je…

Je passe ma main sur sa joue, mais il se contracte, toujours méfiant. Alors je le saisis de force et l'embrasse violemment.

— Ben voyons ! fait le marchand.

L'aveu sort alors d'un coup, sans préméditation :

— Je crois vraiment que je t'aime… Mais tu n'as pas hérité d'un numéro facile !

Frémissant, Clément me serre aussitôt dans ses bras.

— C'est pas grave, balbutie-t-il en caressant mes cheveux. Je suis là, maintenant ; je suis là…

Qu'est-ce que je viens de dire ? ! Dans quoi est-ce que je m'embarque ? ! Jamais je n'ai dit ça à personne…

— Je t'aime, je t'aime, je t'aime… dis-je en me resserrant encore contre Clément.

— Bon, les Roméo, je peux récupérer mon magasin ?

Avec son gros blouson d'aviateur et son treillis, le marchand ne peut masquer un certain attendrissement.

Nous nous relevons, tremblants et groggy. Clément s'aperçoit alors qu'il tient encore une dentelle froissée dans la main.

Gêné, il la tend au marchand.

— Combien pour celle-là ?

L'homme au treillis prend un air complaisant.

— Vous sentez pas obligé de l'acheter, j'en ai des tas.

Il récupère la dentelle et ajoute :

— Et puis, c'est vraiment un truc d'amateur…

Il la déplie, nous l'exhibe… et Clément pâlit.

— A… Anaïs… regarde !

— Ça ne va pas ? dit le marchand.

— Où avez-vous eu ça ?

— Mais ça ne vous regarde pas !

— Où ? !

Méfiant, le marchand grommelle mais finit par avouer :

— C'est un type qui vient une fois tous les deux ou trois ans. Un certain Duteil. Il en a un stock dans le grenier de sa baraque, à Lamorlaye, dans l'Oise. Il paraît que c'était une maternité nazie, pendant la guerre. Tenez, gardez-la.

Je saisis la dentelle. C'est une liquette de bébé. Mais sur le revers, brodé au fil noir, je reconnais le sigle de la SS.

1939

La traversée fut si enfantine que nous comprîmes que les rochers, les tourbillons et les périls de l'« inaccessible Halgadøm » étaient des mythes pour dissuader les curieux.

Première découverte…

En vingt minutes – nous n'avions pas tout de suite allumé le moteur, par crainte de réveiller l'île –, nous voilà aux abords de cette côte inconnue.

J'imaginais Halgadøm plus grande, mais l'île est une sorte de petite colline, dont nous n'apercevions jamais qu'un versant.

Nous accostâmes un peu au hasard, sur des rochers, et coinçâmes l'ancre entre deux pierres. Puis nous gagnâmes la terre ferme, de roche en roche. Impossible de refréner une excitation puérile mais irrésistible au seuil de l'aventure.

Mes yeux étaient aux aguets. Halgadøm ressemblait à Yule, notre île : les mêmes landes pelées, les mêmes collines de rocailles. Seulement, nous y étions plus près de l'Océan – les murailles sont ouvertes sur le grand large – et l'air semblait gagner en âcreté. Un mélange d'algues et d'écailles mortes.

Nous arrivâmes bientôt devant un grand bâtiment blanc, de plain-pied comme le palais d'oncle Nathi… mais quatre fois plus grand ! L'immeuble s'étirait le long d'une côte qui devenait une falaise.

À cette heure-ci, tout le monde dormait.

— C'est ici que les ouvriers du chantier doivent passer la nuit, suggérai-je à Hans, Björn doit être là-dedans.

J'hésitai à m'approcher d'une fenêtre, car il me semblait entendre une respiration, mais Hans m'agrippa le bras.

— Plus tard, m'intima-t-il. Regarde !

Il me désigna une immense structure, de l'autre côté de la colline. Quelque chose que nous ne pouvions voir depuis Yule.

Je songeai aussitôt : « L'opéra… »

Comment le décrire ? Jamais je n'avais vu de construction de cette forme. Elle était bâtie sur cette presqu'île naturelle, qui clôt Halgadøm et ouvre sur le large.

La bâtisse elle-même semblait une énorme coquille blanche, comme un œuf géant posé à même la roche.

L'opéra d'Halgadøm était hérissé d'échafaudages, de grues, prisonnier d'une araignée de métal. Il était criblé de hublots verdâtres, lui donnant des allures de sous-marin en construction.

Hans et moi ne bougions plus, fascinés par ce tableau d'apocalypse. Car une impression morbide se dégageait de l'ensemble ; un sentiment sourd, qui flottait dans l'air.

Nos oreilles s'habituaient à ce silence de nécropole… et nous perçûmes alors une rumeur. Elle provenait du chantier lui-même.

Je me rappelai une des rares confidences d'Otto

faite à oncle Nathi : «À Halgadøm, les ouvriers travaillent jour et nuit à notre projet. Plus vite ils auront fini, plus vite nous entendrons *Les Enfants de Thulé*. »

«Jour et nuit», me dis-je en descendant vers le chantier.

Observant la texture même du mur, je ne pus masquer ma déception. Je m'attendais à quelque chose de bien plus… impérial. Oncle Nathi m'avait montré des photos et des gravures des grandes salles européennes : Paris, Milan, Naples, Vienne… Ici, l'«œuf» ressemblait à une météorite blafarde. Un mur lisse, sans caractère.

Mais c'est bien sa couleur blanche qui m'intriguait : brillante, presque lumineuse, chargée d'électricité.

Brusquement, nous entendîmes des voix.

Des voix qui venaient de *l'intérieur*.

Alors la rumeur monta, monta… puis explosa en coup de feu !

Hans et moi étions pétrifiés.

Le bruit des travaux s'était arrêté.

— Qu'est-ce que c'était ? dis-je à mi-voix.

— Je ne sais pas… mais écoute : les bruits recommencent…

En effet, lentement, l'activité avait repris.

— Maintenant qu'on est là, il faut avancer, me dit Hans fermement, en longeant les murs de l'opéra.

Nous le contournâmes, sans parvenir à trouver l'entrée.

J'effleurais parfois de ma main la surface, cette matière douce, qui me caressait la paume.

— On dirait de la soie, dis-je sans trop y croire.

— Tais-toi, répliqua Hans, qui posa son oreille contre le mur.

À l'intérieur, la rumeur avait bel et bien repris : marteaux, poulies, scies, chocs métalliques, moteurs, ordres hurlés en allemand… Je distinguai même une langue inconnue, gutturale.

« Un dialecte norvégien ? » me dis-je, guère convaincue.

Mais je n'en étais plus à un mystère près…

Tout à coup, Hans s'immobilisa.

— Là ! me dit-il en désignant un hublot, plus bas que les autres, qui jetait sur nous sa lueur glauque.

J'objectai :

— Mais c'est encore trop haut !

— Pour toi ou pour moi, dit-il dans un demi-sourire. Pas pour nous deux…

Il me prit alors dans ses bras et me hissa jusqu'au hublot en grognant sous l'effort :

— Alors ? Qu'est-ce que tu vois ?

Je n'arrivais pas à répondre ; pas même à respirer !

— Mais dis-moi ! répéta Hans, déséquilibré, qui se décala entre deux rochers pour me rehausser.

J'étais maintenant au centre de la fenêtre… mais le spectacle était le même : révulsant, abject.

Et moi qui pensais qu'Halgadøm… Oh ! mon Dieu ! Otto ! Otto ! Que nous avait-il fait croire ?…

— C'est… une prison, dis-je, sans conviction, à Hans, qui ne m'avait pas lâchée.

— Une prison ?

— Oui… comme un bagne.

— Mais c'est un opéra ?

— Je ne sais pas. Il n'y a pas de fauteuils, pas de sièges, pas de scène… Juste trois espèces de fusées blanches, verticales, posées sur le sol et qui montent jusqu'au plafond.

— Des fusées ?

Je fis « oui » de la tête.

— Mais pourquoi une « prison » ?

— Parce qu'il y a des gens…

— Des prisonniers ?

— Je ne sais pas. Ils sont nombreux. Des dizaines. Peut-être cent, deux cents…

Je n'arrivais pas à formuler ce que je voyais et tentai de m'en abstraire. Mais c'était impossible.

— Ils font quoi ?

— Ils travaillent, comme des ouvriers. Mais ils sont en pyjamas rayés. Et ils obéissent à des soldats en noir.

— Des SS ?

— Oui, et…

— Eh bien, voilà nos tourtereaux…

Terrifié par cette voix, Hans perdit l'équilibre et nous tombâmes l'un sur l'autre.

Ils étaient là, tous les quatre, au-dessus de nous.

Nous avaient-ils suivis ? M'avaient-ils entendue quitter le dortoir ? Je ne sais pas, mais ils nous observaient avec des rictus de hyènes. Les Sven étaient si loin des jeunes potaches de nos leçons avec Otto. Sanglés dans des uniformes noirs de SS, ils semblaient des mercenaires cruels et inflexibles, qui n'agissent que dans la pénombre.

Le Sven ennemi de Hans arborait maintenant sa belle cicatrice à la gorge comme un titre de gloire. Il fit signe aux autres de me relever mais bloqua Hans au sol en s'asseyant sur son torse.

— Alors, Hansi, on se souvient de moi ?

Hans ne répondit pas, bouillant de haine.

— Petit Hansi n'aime pas qu'on se moque de maman, n'est-ce pas ?

Il lui donna une pichenette sous le nez. Les bras immobilisés, Hans ne pouvait bouger.

— Petit Hansi a fait un beau voyage ?

Nouvelle pichenette, plus forte, sur l'œil droit. Hans laissa perler des larmes, qui coulèrent du globe écarlate, injecté de sang.

— Oooh ! Petit Hansi a un gros chagrin.

Alors ce fut une gifle. Elle claqua comme un drapeau sous le vent et la tête de Hans cogna les rochers.

— Hansi est content de retrouver son ami Sven ?

Hans serra les dents et lui cracha au visage.

— Oh ! vilain Hansi ! Dégoûtant ! grogna le Sven en s'essuyant, avant de lui envoyer un coup de poing en pleine face.

Je hurlai : « Arrête ! » mais les autres Sven me ceinturèrent.

— Vous avez voulu connaître Halgadøm ? dit le bourreau, la main endolorie.

La figure de Hans était en sang.

— Suivez le guide !

Nous entrâmes dans la salle, dont la porte était masquée par une échelle.

— « Vous qui entrez ici… » commença un Sven.

— « … abandonnez tout espoir ! » poursuivit un autre.

Bruit d'enfer, vacarme immense, cataclysmique.

Et cette odeur ! Un mélange de sueur, de métal, de sang et de chair en putréfaction. Hans et moi réalisâmes que la salle était jonchée de cadavres, enjambés sans ciller par les soldats comme par les bagnards. Tout au plus certains repoussaient-ils les corps contre les murs, pour éviter de trébucher dessus.

Nous étions pétrifiés. La pièce était gigantesque.

«L'opéra d'oncle Nathi... me dis-je, effarée par ce cynisme monstrueux. Le secret d'Otto... » Et j'observai ces trois fusées oblongues, verticales, dressées l'une contre l'autre, au centre de la salle. Je me rappelai alors les reproches scandalisés des trois visiteurs, Speer, Orff et Strauss... Leur frayeur ; ce dégoût lorsqu'ils avaient découvert la réalité d'Halgadøm.

— Allez, avancez ! dit un Sven en m'envoyant une bourrade dans le dos.

« Ne regarde pas les cadavres ! Pas les prisonniers ! » me hurlait une petite voix intérieure. Je tentai même de me concentrer sur la dimension *technique* de la chose : les fusées, les travaux.

Sentant monter un désespoir atroce, je me blottis contre Hans.

— Mais qu'est-ce qui nous arrive ? Qu'est-ce qui nous arrive ?

— Qu'est-ce qui *leur* arrive ?... corrigea Hans d'une voix pâteuse, car sa lèvre était fendue.

Nous constatâmes alors tous deux combien les Sven étaient ici dans leur élément, dans leur monde ; diablotins d'un enfer miniature.

Un nouveau spasme de haine me saisit envers Otto.

« Tout ça pour ça ? ! Un camp de prisonniers ? Une arme secrète ? Ces années de cours, d'enseignement, pour devenir geôliers ? »

— D'où peuvent-ils venir ? dis-je à Hans qui, comme moi, considérait ces dizaines d'hommes affairés, dont les yeux avaient depuis longtemps démissionné.

— Je ne sais pas, répondit-il. Encore un secret de *ton* « oncle Otto ».

Nous vîmes alors arriver devant nous un prisonnier qui me sembla aussitôt familier.

Il bredouilla d'un accent étrange :

— Leni… oi-elle Leni…

Un filet de glace perça mes poumons.

— Björn ?…

Le pêcheur fit « oui » de la tête, comme honteux.

Il leva le bras pour me montrer son pyjama rayé, les marques de chaînes à ses poignets, à ses chevilles ; ses vêtements étaient souillés de taches de sang et de crasse. Björn n'était que le lointain souvenir du fier marin qui nous apportait du poisson frais, dans la cuisine d'Ingvild, et saluait sa femme d'un air triomphant.

Aujourd'hui, Björn n'était plus qu'une ombre. Un cadavre sur pied qui prit ma main dans sa patte décharnée, et tenta de me parler.

— Mggg… Leni… vrrr… *gadøm*…

Sa bouche se tordit. Björn esquissa des gestes brusques, comme s'il voulait quelque chose… mais je ne comprenais rien.

Il me sourit encore, avec l'énergie du désespoir, et j'eus envie de pleurer entre ses bras.

Arriva un autre bagnard, qui bouscula Björn et lui murmura des phrases indistinctes, en désignant les Sven.

— C'est normal qu'on ne les comprenne pas, réalisa alors Hans avec dégoût : ils n'ont plus de langue !

Je n'eus pas le temps de réagir, car les quatre Sven étaient déjà sur nous.

Mais ce n'était pas à Hans et à moi qu'ils en voulaient. Ils pointaient Björn d'un air farceur. Je retrouvai alors en eux les quatre garçons potaches et n'en fus que plus épouvantée.

Le prisonnier se mit à gesticuler et balbutia son sabir :

— Brrr... Sven... Leni...

Les Sven éclatèrent de rire et le singèrent :

— *Baga ! Baga ! Baga !*

— Articule, mon vieux !

Humiliation du prisonnier, dont les yeux se chargèrent des dernières larmes qui lui restaient.

Puis, brusquement, Björn se jeta à la gorge d'un Sven et ils basculèrent en arrière.

Grand silence dans la salle. Tout le monde avait vu ; tout le monde s'était arrêté...

Même Björn ne bougeait plus. Allongé sur le Sven, il était conscient d'avoir signé là son arrêt de mort. Le pauvre homme ne savait plus où regarder. Il se décala vers le sol, sans se relever, puis se recroquevilla sur lui-même, attendant la punition...

Elle ne fut pas longue à venir !

— On a voulu jouer les héros ? demanda le Sven qu'il avait renversé, en époussetant son uniforme de SS.

— Tu vas pouvoir jouer les martyrs, enchaîna le Sven à la cicatrice.

Alors, l'un après l'autre, les garçons lui envoyèrent leur pied au visage.

Je voulus me détourner mais restai happée par ce spectacle.

Ils frappaient de plus en plus vite. J'entendais craquer le cartilage, se fendre les os.

Björn ne criait même pas.

Les Sven ne cessaient plus de taper. Pris dans une

419

sorte de transe, ils étaient tous les quatre au-dessus du corps et le rouaient de coups, visant les parties les plus douloureuses.

Lorsqu'ils se reculèrent enfin, Björn était secoué de petits soubresauts. Dans un dernier effort, il se tourna sur le dos, et nous vîmes sa figure. Du sang, des chairs à vif. Même les yeux étaient crevés.

Prête à vomir, j'agrippai le bras de Hans qui gémit de douleur.

Björn poussa alors le cri le plus affreux, le plus atroce qu'il me fût donné d'entendre. Une plainte rauque, montée du plus profond de ses viscères.

Et quand le Sven à la cicatrice sortit son revolver, je ne pus retenir un soupir de soulagement. Avec une sorte de résignation professionnelle, il visa et acheva le prisonnier en chuchotant : « Tais-toi… »

Alors tout se passa très vite.

Un Sven me désigna le cadavre de Björn et ricana :

— Déshabille-le !

J'éructai :

— Pardon ? !

Mais il me gifla et me fit trébucher sur le mort.

— Retire-lui ses vêtements, et enfile-les !

— Fais ce qu'il te dit, m'enjoignit Hans, qui à son tour se vit attribuer la tenue d'un autre cadavre.

J'hésitai encore, mais les Sven armèrent ostensiblement leurs revolvers.

Les tissus semblaient fondus au cadavre. Le corps de Björn n'était plus qu'un amas d'os, de chairs vides, léger comme un bouquet de fleurs mortes. Lorsque je commençai de me déshabiller, les Sven ricanèrent mais ne bougèrent pas. Finis les attouchements du dortoir, les œillades obscènes ; les voilà adultes. Des êtres dénués de sensibilité, de désirs, de sensualité. Des SS…

Comme s'il n'y avait que nous deux ici – après tout, n'étions-nous pas les derniers humains, dans cette pièce ? –, Hans et moi nous tournâmes le dos et enfilâmes en vitesse les pyjamas rayés.

— Mais ça vous va très bien ! s'esclaffa un Sven.

— À croire qu'ils ont été taillés pour vous, reprit un autre.

Je flottai dans le costume ; celui de Hans s'arrêtait au genou.

— Bon allez, au dodo maintenant !

Les garçons nous entraînèrent dans une pièce mitoyenne, noire et puante ; une sorte de grand hangar où je distinguai peu à peu des rangées de lits superposés.

Toutes ces paillasses étaient occupées par d'autres prisonniers ; certains se réveillaient, mais aucun n'osait parler, car ils avaient reconnu les Sven. Ils semblaient dire : « Tiens, des nouveaux ! Les pauvres… »

Les Sven nous désignèrent alors deux lits.

— Leni en haut ; Hans en bas…

Un instant encore ils nous observèrent, rayonnants de joie comme après une bonne farce. Puis ils quittèrent la salle d'un même pas, en gloussant.

Je ne sais pas combien de temps je restai éveillée.

« Otto, me dis-je ; Otto, ce n'est pas possible… »

Le dernier son qui me parvint avant de sombrer fut celui des sanglots de Hans…

— Oh ! mon Dieu !

Le hurlement réveilla tout le baraquement. Vacarme de bottes, branle-bas de combat. Je peinai à me tirer du sommeil. Un instant, je me demandai où j'étais, avant de revoir les corps décharnés, les lits métalliques… et l'odeur de mort me prit à la gorge.

Le cauchemar retrouvait son insupportable réalité. Et il n'était pas fini : les prisonniers qui nous entouraient étaient épouvantés à la vue des militaires zigzaguant entre les lits, les yeux fous. Et je frémis en reconnaissant oncle Otto suivi par six « hommes en noir ». Dès qu'ils passaient devant eux, les bagnards se recroquevillaient dans leurs pyjamas, sur leurs paillasses… Mais Otto ne leur accordait pas un regard.

J'étais presque aussi épouvantée que les prisonniers. Si les Sven s'étaient montrés cruels, que fallait-il attendre de leur maître ? C'était à lui, avant tout, que j'avais désobéi. Et maintenant que je connaissais le sort réservé à ses victimes…

— Ah ! vous voilà… s'exclama-t-il en arrivant à notre lit.

J'aurais voulu disparaître, et détournai la tête, honteuse : cette situation, cette tenue, ma trahison, la sienne…

Un instant, Otto m'observa avec un mélange d'horreur et de soulagement, puis il se jeta sur moi et me serra dans ses bras.

— Ma petite princesse, je suis tellement désolé ! Tellement, tellement désolé !…

Désorientée – désolé de quoi ? d'asservir des gens ou de me dévoiler son secret ? –, je me laissai faire.

Il me caressa les cheveux, m'embrassa le front, les paupières. Je n'arrivais pas à me détendre, mais

Otto n'avait jamais été aussi câlin ; lui d'ordinaire si distant !

Le malaise changeait encore de couleur. Surtout, j'éprouvais une atroce gêne vis-à-vis des prisonniers, qui me considéraient maintenant avec la même crainte qu'Otto ou les SS. En un baiser, j'avais changé de camp. Judas malgré moi.

Enfin, Otto me posa au sol, devant le lit de Hans, qui n'avait pas bougé. Le sang et les larmes avaient séché, laissant de grandes traces sur ses joues. Au-dessus de son œil droit, une plaie luisante semblait plus mûre qu'une quetsche.

— Lève-toi ! lui ordonna Otto, comme s'il était seul fautif.

Hans se dégagea du lit.

Avant qu'il ne puisse parler, je pris la parole :

— C'était mon idée ! C'est moi qui ai demandé à Ingvild de nous prêter son bateau, Hans n'y est pour rien…

Mais oncle Otto n'était pas un imbécile.

— Ingvild m'a tout raconté… m'interrompit-il, en passant doucement sa main sur ma joue.

Je me dégageai, dégoûtée par ce contact.

Puis il toisa Hans avec moins de sévérité, et lui envoya une bourrade aux épaules.

— Et il fallait du cran, un sacré courage même, pour se lancer dans cette expédition… Je suis assez fier de vous deux.

Cette remarque ne m'étonna qu'à moitié. Je savais bien que dans son échelle de valeurs Otto plaçait le courage au-dessus de la trahison. Mais qui, en cet instant précis, était le traître ? Et surtout, pourquoi ? Impossible d'évacuer ces questions qui ne cessaient de marteler ma cervelle en ébullition. Quelle était la signification de ce bagne insulaire ? Comment mon oncle Otto pouvait-il se montrer aussi insensible ?

Otto fouilla alors dans sa poche et tendit deux pilules à Hans.

— Tiens, avale ça, tu te sentiras mieux…

Hans n'osa pas regimber et goba les deux cachets, à la grande satisfaction d'Otto, qui retrouvait déjà sa raideur et nous fit signe de le suivre.

— Venez, je pense que vous avez passé assez de temps ici…

En une minute, j'étais de nouveau la petite Leni et, sans réfléchir, emboîtai le pas à Otto. L'instinct avant tout… Quant à Hans, il semblait si surpris de cette issue qu'il masquait mal son soulagement.

Nous en oubliions presque ces dizaines de corps ahuris, témoins incrédules de nos retrouvailles, qui nous voyaient quitter leur prison si simplement. Pour moi, le cauchemar prenait fin.

« Oula ! » me dis-je en arrivant dehors, au pied de l'opéra.

Les quatre Sven étaient là, encadrés par un véritable petit régiment.

— Nous voilà en famille, feula Otto, posant sur les quatre garçons son œil le plus noir.

Mais les Sven n'avaient d'yeux que pour nous, leurs jeunes corps vibrants plantés dans le sol comme des bâtons de haine pure, prêts à exploser, dont des artificiers distraits auraient allumé les mèches trop tôt.

Otto tapa du pied sur les rochers et ils se mirent au garde-à-vous.

Puis il passa devant eux, comme à la revue.

— Je croyais pourtant vous avoir enseigné une règle de base…

Otto fit demi-tour et les gifla l'un après l'autre en scandant :

— On témoigne du respect pour soi-même en traitant les autres dignement !

Puis, en un clin d'œil, il retrouva sa mine impassible. Il rosit et leva les yeux vers le soleil.

— La récréation est terminée. On rentre à la maison.

Il désigna un petit ferry, en contrebas, qui nous attendait.

Les Sven s'y acheminèrent en clopinant, tandis qu'Otto leur lançait d'un ton jovial :

— Et n'allez pas croire que cette affaire va se terminer par une simple paire de gifles !

Le procès eut lieu le lendemain matin : convoqués à 9 heures, nous nous retrouvâmes tous dans la bibliothèque de l'oncle Nathi… Le vieux milliardaire nous y attendait, comme toujours dans son fauteuil club, mais ses yeux vagues ne comprenaient plus ce qui se passait chez lui, ni quelle nouvelle farce ces petits diables de Sven avaient encore pu inventer.

Pour l'occasion, l'ordonnancement de la pièce avait été changé. On y avait ajouté des chaises et des canapés, afin d'accueillir une grande partie de la communauté.

Tout le monde s'installa devant le tableau noir où se tenait Otto. Le régent était encadré par deux SS et attendait le silence.

Alors, il claqua des doigts en direction de la porte.

— Faites entrer les accusés.

Un murmure de stupeur secoua l'assistance : les

quatre enfants arrivèrent devant nous, enchaînés les uns aux autres, nus comme les singes d'un jardin zoologique.

Humiliés, morts de honte, les yeux rasant le sol, ils remontèrent l'allée centrale en canard pour rejoindre Otto sur l'estrade.

— Bien, dit Otto, puisque tout le monde est là, nous pouvons commencer.

Il prit une longue inspiration puis affecta un ton très magistral :

— Chers amis, vous avez l'habitude de m'entendre vous parler de ces valeurs si rares que sont l'honneur, la fidélité, le respect des races pures, le sang des seigneurs... Sachez pourtant... bla-bla-bla...

Ainsi Otto se lança-t-il dans un long laïus théorique qui n'avait apparemment rien à voir avec la situation présente.

« Un cours ! me dis-je. Il nous fait un cours ! »

Mais un cours qui s'adressait aujourd'hui à tous les maîtres de l'île. Car tous étaient là.

Au premier rang, le docteur Schwöll et son fils aîné, Knut, bombaient le torse, pendus aux lèvres d'Otto.

« Une raideur militaire... me dis-je, comme les Sven, comme cette vingtaine de soldats qui encadrent la pièce, debout le long du mur. »

À l'inverse, Solveig et mon pauvre Hans semblaient effacés, presque transparents. Mon ami était encore couvert d'ecchymoses, lové contre sa mère, le bras gauche en écharpe.

Il croisa mon regard : cet œil perdu, comme si tout – sa douleur, ses blessures, la raison de sa présence ici, ce matin – lui était inconnu. J'en frissonnai !

Avisant une fenêtre entrouverte, non loin d'un

soldat en faction, je m'approchai pour respirer l'air libre. Un instant, je m'immobilisai, m'assurant que personne n'avait remarqué mon petit manège ; mais tous étaient happés par la belle voix d'oncle Otto.

— Lorsque le *Führer* décida de créer cette colonie, en Norvège, il entendait nous faire confiance, car notre mission était sacrée. Accorder sa protection à celui qui est sans défense, avoir une attitude correcte et chevaleresque vis-à-vis des femmes et des jeunes filles sont autant de choses qui vont de soi pour un SS… bla-bla-bla…

Le souffle coupé, je tournai la crémone et m'appuyai à la fenêtre. Dehors, c'était un autre monde. Il faisait un temps exquis. Les oiseaux chantaient. Des mouettes se battaient pour un poisson. Des pêcheurs rentraient au port. Leur bateau était suivi par un couple d'orques, qui semblaient jouer avec le sillage comme deux enfants dans la mousse d'une baignoire.

« L'innocence ! » me dis-je comme si le sens même de ce mot me semblait aujourd'hui atrocement ironique.

Au même moment, mes yeux aperçurent les crêtes d'Halgadøm, qui se découpaient dans le brouillard.

« L'innocence n'existe plus… elle est morte ! »

Alors je sursautai : une chose venait de se poser sur ma jambe.

— Tu ne m'as encore rien dit…

Je me retournai : assis près de moi, oncle Nathi me dévorait du regard. Je réalisai alors que, pour monter à la fenêtre, je m'étais appuyée à l'accoudoir de son fauteuil club.

Le milliardaire grimaçait, ses yeux perdus, injectés de sang.

— Qu'est-ce que tu as vu, là-bas ?

Nathi avait-il compris ce qui m'était arrivé ? Me jouait-il la comédie ?

Je ne savais quoi répondre, mais il m'en souffla le canevas.

— Les travaux avancent ? Tu as vu la salle ? la scène ? Les fauteuils sont beaux ? Rouge et or, comme je l'ai demandé ?

Qui se moquait de qui ? Je n'osai pourtant avouer ma visite sur l'île aux prisonniers et choisis de mimer l'innocence. Après tout, qui me dit qu'Otto n'était pas en train de tester mon silence, ma discrétion ?

— Tout est comme vous l'avez demandé, oncle Nathi, et les travaux seront bientôt finis…

Le milliardaire revêtit une luminosité extatique et joignit les mains.

— Quelle merveille ! quelle merveille ! exulta-t-il en levant les yeux au plafond. Comme je suis heureux !

« Non, me dis-je, il ne sait pas. Il ne sait rien. Comme moi, jusqu'à hier… »

J'avais envie de hurler. Mon mensonge me révulsait. Et ce speech d'Otto sur l'honneur, la transparence, la confiance ! Comment pouvait-il ?…

Un murmure traversa alors l'assistance.

— *La sanction*, chuchotaient-ils tous. Je me rendis compte que j'avais cessé d'écouter depuis longtemps.

Otto avait pourtant haussé le ton.

— Mes enfants, brama-t-il, pour cet acte de trahison envers les règles de la communauté et ces libertés prises à l'égard de certains de ses membres les plus… significatifs – ses yeux croisèrent les miens –, j'ai décidé de vous apprendre à faire la différence entre les seigneurs et les esclaves.

428

Ses yeux brillaient d'une joie féroce.

— C'est pourquoi, afin de m'assurer que vous saisissiez cette «différence», vous irez travailler quinze jours sur Halgadøm.

Les Sven eurent l'air soulagé.

— En tant qu'ouvriers…

Ils glapirent :

— Quoi ?!

Mais déjà des soldats leur apportaient quatre pyjamas rayés, qu'ils durent mettre devant tout le monde, sans quitter leurs chaînes.

Spectacle navrant ! Embarrassant plus que pénible, d'ailleurs. Emmêlés dans leurs chaînes, ils étaient si patauds, si maladroits, que l'assistance fut secouée de rires étouffés.

J'étais gênée pour les Sven ; j'avais honte pour eux.

— Et la sanction prend effet immédiatement, ajouta Otto, en faisant signe aux soldats de remmener les Sven.

«Et ça aussi, ça paraît normal à tout le monde ? m'insurgeai-je. Les pyjamas rayés ! Le mot "ouvriers" ? Cette sanction ?

«Que se passait-il ? Mon paradis devenait-il le premier cercle de l'enfer ?»

«Ils étaient donc *tous* au courant», me dis-je, tandis que l'assistance se levait, comme à la fin d'un spectacle.

Otto me prit alors à part, au fond de la bibliothèque.

— Comment te sens-tu ? me demanda-t-il, complice.

Que répondre à cela ? J'étais ballottée entre mon amour pour ce père, ce maître, ce repère unique de ma vie, et un dégoût profond pour le monstre dont j'avais découvert les œuvres sur Halgadøm. Un monstre froid, déterminé, patient. Mais dès qu'une image négative d'Otto me venait à l'esprit, elle était aussitôt submergée par un sentiment de culpabilité encore plus chavirant. Et je ne parvenais à lui formuler aucun reproche.

— Ça va mieux… ai-je fini par souffler à mi-voix.

Mais je ne pouvais m'empêcher d'observer Hans, que sa mère ramenait au cottage. Mère et fils allaient quitter la pièce et Solveig aidait mon ami, qui boitait comme un vieillard. Elle s'arrêta un instant et tira de son tablier une petite boîte de pilules. Hans en avala trois d'un œil morne. Au même instant, elle planta ses yeux dans les miens, comme si elle m'accusait de tous les maux de la terre. Cette rage si farouche !

— Leni, tu m'écoutes ?

Je retouchai terre.

— Va au dortoir, me dit-il, et prépare-toi une petite valise.

Tout s'effondra autour de moi : mon courage et mes belles intentions ; Otto savait si bien me manipuler !

— Je suis renvoyée ? dis-je en retenant un sanglot.

Otto éclata de rire et me serra contre lui.

— Mais non, mon cœur ; jamais de la vie, au contraire ! Je t'emmène en voyage.

Je n'en revenais pas.

— Où allons-nous ?

Instantanément, j'étais redevenue une fillette insouciante, tout excitée par la perspective de ses premières vacances. Je croyais être punie alors que j'allais découvrir le monde !

Otto hésita puis répondit :

— En France, dans le Sud-Ouest. Chez ce vieil ami dont je t'ai parfois parlé : mon professeur d'histoire médiévale, le comte de Mazas. Tu ne t'ennuieras pas : sa fille, Anne-Marie, doit avoir ton âge...

2006

— Ce doit être le Lebensborn de Lamorlaye : la seule maternité SS sur le sol français…

Le ton de Venner. Sa voix. La douce inflexion de son timbre. Son accent étrange.

Vidkun est rentré hier matin des États-Unis et c'est Clément qui m'a poussée à l'appeler.

« Après la découverte des puces, il faut bien le tenir au courant, non ? »

Disant cela, Clément savait qu'il jouait avec le feu. En m'éloignant de Venner, je me suis rapprochée de lui.

Et ma déclaration aux puces, hier matin, n'avait rien d'une improvisation théâtrale. Clément occupe une place de plus en plus grande. Il sait combien j'ai besoin de lui en ce moment, surtout après mon autre « découverte », celle du cimetière.

Mon nom sur cette tombe. Un souvenir que je peine à enfouir…

Et nous voilà tous les trois dans la grande limousine de Venner, au petit jour, sur l'autoroute du Nord.

— *Scheisse !* grommelle Fritz, comme à son habitude, car tout est bouché.

Maintenant que Venner est là, face à moi, jovial

mais vaguement gêné, je comprends que je suis *contente* de le revoir. J'ai beau refouler cette idée : pendant ces trois semaines, il m'a manqué. Et Clément l'a bien compris, qui me prend la main.

— Ça va, mon cœur ?

— Oui, oui. Je suis juste un peu fatiguée.

Silence pesant. Comme si chacun ne savait pas par où commencer.

C'est finalement Vidkun qui brise la torpeur, retrouvant son sourire minéral.

— Avant d'arriver, je voulais vous donner encore deux ou trois indications sur le lieu où nous nous rendons ce matin.

D'une main délicate, il prend la dentelle SS, la caresse comme un talisman et la porte à ses lèvres.

— Nous nous rendons à Lamorlaye, une petite ville à deux pas de Chantilly, dans l'Oise.

— Ça, on le savait… grommelle Clément.

Venner se fait onctueux, comme s'il décrivait une recette de cuisine.

— Ce foyer *Lebensborn* a fonctionné à partir de 1943, mais n'a été fondé officiellement que le 6 février 1944, une date symbolique pour la droite française.

— Symbolique ?

— Dix ans plus tôt, les Croix-de-Feu manquaient renverser le régime. Un an plus tard…

— Bon, et le foyer… coupe Clément.

Venner se renfrogne. Il déteste qu'on l'interrompe.

— Le foyer, *cher Clément*, a été fondé dans une grosse villa de style anglo-normand, très laide mais énorme, qui appartenait aux fondateurs des chocolateries Ménier.

— Et en 1945, tout a été détruit ?

— Le château a été évacué dès le mois d'août 1944.

— Et depuis ?

Venner prend un air espiègle.

— C'est là que ça devient piquant : le château appartient désormais à la Croix-Rouge qui en a fait... un foyer pour orphelins.

— Alors il y a toujours des enfants, là-bas ?

— Toujours. Mais je n'y suis allé qu'une seule fois, il y a longtemps. Tout ce qui concernait le *Lebensborn* a été détruit en 1944.

Il exhibe alors la dentelle.

— Mais si vous me dites qu'on trouve encore ce genre de vestiges dans les greniers de la maternité, je serais bien curieux de rencontrer votre monsieur...

Il cherche le nom.

— Duteil... complète Clément, d'une voix neutre.

Au même instant, la voiture s'engage dans un petit chemin de terre.

— Justement, conclut Venner, nous y voilà...

CROIX-ROUGE FRANÇAISE,
Centre de réadaptation fonctionnelle pour enfants

— Mais on est chez les Schtroumpfs !

Ma remarque est idiote, mais elle est sortie comme un cri du cœur.

Fritz gare la limousine à l'orée d'un terre-plein, contre un talus qui sépare le foyer de la forêt, et nous sortons de la voiture.

L'endroit est aussi sinistre que le temps ! Mal à

l'aise, je remonte le col de mon manteau, car l'air est saturé d'humidité, avec un parfum d'écorce, de mousse et de crottin.

Au loin, nous entendons galoper des chevaux.

— Les pistes d'entraînement sont juste au-dessus, dans la forêt, chuchote Venner.

Cette propriété ressemble vraiment à un hameau de bande dessinée. Plutôt qu'un château, elle rappelle ces maisons biscornues de parc d'attractions, avec tourelles, échauguettes, toits arrondis, cheminées, horloges, fenêtres peintes de couleurs vives, beffrois, petits sentiers de gravier, buis taillés.

— C'était une maison privée ? s'étonne Clément, tandis que nous arrivons au centre d'une grande cour, encadrée par quatre bâtiments rouge, bleu, brun et blanc.

— Avant-guerre, oui, dit Venner, qui considère l'endroit comme s'il y cherchait un détail précis. Son pied joue machinalement avec un mini-trône de bois couvert de peinture dorée, qui gît, désarticulé, au pied d'un mur.

— Mais c'est vide, dis-je, pressée de repartir. Il n'y a personne, ici…

Effectivement, si cette propriété est entretenue, elle semble dénuée de vie. Congelée dans le temps.

Alors une sonnerie stridente retentit dans tous les bâtiments, à nous percer les tympans.

Au même instant, toutes les portes s'ouvrent et des nuées d'enfants surgissent dans la cour, comme s'ils cherchaient à respirer. Je suis effarée par le tableau, car les lieux prennent aussitôt un air d'école maternelle – les enfants se chamaillent, certains se battent, d'autres éclatent de rire.

Vidkun, Clément et moi sommes interdits.

Tous trois avons pensé la même chose : on se croirait projetés dans le temps !

— Qu'est-ce que vous faites là ?

La voix, froidement agressive, nous prend par surprise.

Fendant la foule enfantine, arrive une femme haute et maigre ; tenue de corbeau et allure inquisitrice.

Venner se tourne vers nous.

— Laissez-moi faire...

La femme est déjà devant lui.

— Qui êtes-vous ? crache-t-elle, d'un œil presque dégoûté, comme si elle était face à des pédophiles.

Vidkun s'apprête à répondre, mais Clément le devance :

— Nous faisons une enquête sur la politique nataliste du IIIᵉ Reich, et nous...

— Ah non ! Encore ?

La femme est devenue écarlate. Vidkun toise Clément avec exaspération : voilà bien LA chose à ne pas dire. Moi-même, je ne peux retenir un rictus agacé.

Mais l'infirmière est lancée.

— Vous venez encore nous emmerder avec ces histoires de... *Lebensborn*, c'est ça ?

Clément ne répond pas.

— C'est toutes les semaines, maintenant ! Surtout depuis qu'un soi-disant enfant du foyer a écrit ses Mémoires, il y a quelques années.

D'autres enfants arrivent vers nous.

— Mademoiselle Lemoucheux ! Mademoiselle Lemoucheux !

— Les enfants, vous voyez bien que je parle avec les gens !

Une petite fille avec un gros nœud rose dans les cheveux tente d'amadouer l'infirmière.

— Vous avez vu la voiture, là-haut ?

— Hein ?

Elle avise notre limousine.

— Et avec un chauffeur, en plus ! Les caméras sont dans le coffre, j'imagine ?

Alors que nous nous apprêtons à battre en retraite, une idée me traverse l'esprit. Je souris à la petite fille au nœud rose et m'agenouille devant elle.

— Dis-moi, tu connais un M. Duteil, ici ?

— Bien sûr. C'est le gardien de la duchesse aux clébards !

— La quoi ?

— C'est la maison du dessous, vous pouvez pas la rater.

— Joséphine !

La main de l'infirmière attrape la fillette par le nœud et la tire en arrière. L'enfant hurle de douleur.

— Foutez-moi le camp !

La petite fille n'a pas menti : une propriété jouxte le centre de la Croix-Rouge, en contrebas.

— Ça n'a pas l'air plus gai qu'au-dessus, remarque Clément, tandis que la voiture se range devant une haute grille de fer mangée par le temps, mais harnachée de chaînes et de cadenas.

— Qu'a dit l'enfant ? demande Venner.

— Elle a parlé de « duchesse aux clébards », je ne sais pas ce que ça veut dire…

Peu rassurés, nous quittons la Mercedes.

La propriété semble se trouver au beau milieu de

la forêt. Cette odeur de sous-bois nous assaille de nouveau, mêlée ici d'un parfum de marais.

Je me tourne alors vers Clément : il semble perturbé. Il ne me dira rien, mais je suis sûre qu'il se rappelle les chasses de son père, lorsqu'il était obligé de jouer les rabatteurs. Combien de fois a-t-il observé avec dégoût un cerf s'enliser dans les marais, sous l'œil fasciné des chasseurs ?

Nous nous approchons pour tenter de voir par-delà les barreaux où mène ce chemin de terre. Mais le sentier fait un coude et nous n'avons qu'une vue plongeante sur les sous-bois. Instinctivement, comme des grands singes, nous agrippons alors les barreaux moussus.

Au même instant, un bruit lourd nous parvient des fourrés.

Je ne peux retenir un cri.

Devant nous, un grand cerf a surgi des fougères, comme une apparition. Il est de l'autre côté de la grille à quelques mètres.

Je songe à la légende de saint Hubert.

« Il ne lui manque vraiment qu'une croix entre les bois… » me dis-je, tandis que le dix-cors nous toise avec hauteur, sans crainte aucune.

La scène tourne au féerique ! Personne ne parle, mais tous trois sommes gagnés par un étrange apaisement.

Le dix-cors est maintenant à moins d'un mètre de nous. Ses sabots s'enfoncent dans le chemin de sable avec une élégance de danseur étoile. Nous, les humains, n'avons pas bougé de la grille. Sa tête est là, à quelques centimètres.

Alors le cerf se penche et effleure mon visage, encastré entre les barreaux. Je tressaille mais me dompte pour ne pas bouger. Le souffle de l'animal me semble brûlant. Nos yeux se croisent.

« On dirait qu'il veut m'embrasser… »

Je crois y lire un regard amusé. Comme si l'animal se moquait tendrement de moi. L'air de dire : « Je vous ai bien eue, hein ? »

— Lu-cien !

Nous avons tous entendu. Surtout le cerf, qui a relevé la tête, sans pour autant se retourner.

— Lu-cien, t'es où ?

La voix se rapproche. L'homme doit courir.

— Ah ben t'es là, mon Lucien !

Nous ne l'avions pas vu arriver.

— Qu'est-ce que vous foutez là ? nous dit ce petit homme blafard et entièrement chauve, comme un albinos imberbe. Il est vêtu d'une tenue en daim doré d'une rare élégance, qui contraste avec sa mine torve et la crasse de sa figure.

Difficile de retoucher terre !

Mais le petit homme ne semble guère intrigué par notre présence. Il s'approche du cerf, dont il flatte l'encolure comme on le ferait à un cheval.

— Tu t'es fait des nouveaux amis, mon Lulu !

C'est extravagant : le cerf ronronne comme un chat puis donne un grand coup de langue sur la joue blanchâtre du troll.

Pendant un long moment, l'homme et l'animal se font cet étrange câlin. Je me rappelle une remarque paternelle, au sujet des cerfs : « C'est sans doute l'animal le plus inapprivoisable. » Une fois de plus, mon père avait tort !

— Ça ne me dit pas ce que vous faites là… reprend l'homme, sans quitter son animal. Il a même sorti un canif et lui gratte les bois. Le cerf se laisse faire, les yeux plissés.

Tous trois reprenons aussitôt nos esprits. Fin du rêve !

— Nous cherchons un M. Duteil, dit Venner, qui a lâché ma main et s'est reculé de quelques pas.

À ce nom, l'homme se met à trembler.

Le cerf sent la peur de son maître et se cabre, manquant le perforer de ses bois. Mais l'autre s'en moque. Il observe les trois intrus que nous sommes avec un œil inquisiteur et s'avance lentement vers la grille.

— Et vous lui voulez quoi ?

— Lui poser une ou deux questions.

— Pourquoi, c'est vous ? fait Clément.

L'homme secoue la tête, brusquement perdu, comme si on l'avait pris en flagrant délit de mensonge.

— Je suis le gardien de la propriété… mais je vis seul ici… ils sont tous morts… Lucien et moi, on est tranquilles… On veut pas bouger d'ici…

Son timbre se fait de plus en plus suppliant. Il prend un ton de confession, hagard, et oscille du torse comme un dévot.

— Le château est à moi… je l'ai gagné… à la mort de la duchesse…

— La duchesse ? l'interrompt Venner.

— Quand elle est morte, elle m'a tout laissé… même les chiens…

« La duchesse aux clébards », me dis-je alors.

Cependant l'autre poursuit sa litanie :

— Mais les chiens, je ne pouvais pas les garder… ils ne s'entendaient pas avec Lucien… Lucien n'aime pas les chiens…

À son nom, le cerf s'est avancé vers Duteil, non sans une certaine gêne, comme si son maître risquait de le frapper.

— Lucien… c'est comme mon fils… je l'ai eu tout bébé… il était sur la pelouse, devant le château… hein, mon Lulu?

Nous sommes perplexes. D'un geste du menton, Venner désigne alors la poche de Clément, dont dépasse le bout de dentelle.

— Et ça, demande Clément en dépliant le tissu, ça vous dit quelque chose?

Duteil verdit instantanément. Pris de terreur, il plante ses doigts dans le pelage du cerf, qui se cabre et caracole aussitôt vers les sous-bois.

— Eh bien? insiste Venner.

Mais le troll semble incapable de parler et fait « non » de la tête, les yeux en feu.

À moi d'enchaîner :

— On nous a dit que ça venait d'ici. Et on nous a donné votre nom…

Le petit homme se prend la tête dans les mains.

— Vous n'avez pas le droit d'être ici… je suis chez moi…

J'improvise alors un ton de médecin d'asile.

— Monsieur Duteil, nous savons bien que vous êtes ici chez vous, et nous voulons juste savoir où vous avez trouvé cette liquette…

Mais Duteil est tombé à genoux sur le sol. Voilà maintenant qu'il se cogne le front dans le sable du chemin, de plus en plus fort.

— Il faut bien entretenir… tout ne se fait pas tout seul… J'ai dû vendre des choses… c'est tellement grand…

— Vous avez donc vendu des objets du château, après en avoir hérité?

Duteil reste muet. Sa tête laisse maintenant un vrai trou dans le sol. Ses joues sont grises de sable, ses sourcils lourds de poussière.

— À moi… tout est à moi… j'en fais ce que je veux… Partir… vous devez partir… tout de suite…

Il relève vers nous des yeux injectés de sang, et hurle :

— TOUT DE SUITE !

Un jappement fait alors écho à son cri.

Duteil se retourne vers le chemin et prend une expression d'affolement intime, comme si un monstre allait se jeter sur lui.

Une cavalcade retentit dans les sous-bois. D'étranges petits cris résonnent, comme ceux de divinités maléfiques.

Duteil se rejette en arrière. Appuyé sur ses coudes, il recule dans les fougères.

Et lorsque apparaît le premier animal, j'explose de rire.

— Mais c'est une blague !

Ils sont bientôt dix, vingt, trente, cinquante à entourer Duteil, pour lui lécher joyeusement le front ou se frotter à lui.

— Des king-charles ! dit Clément, effaré par la scène.

Les cinquante petits chiens roux et blanc, aux yeux doux, font une fête à Duteil, qui semble pourtant se tordre de douleur, comme un cerf à la curée.

— Non ! Pitié !

— Eh bien, eh bien !

Arrive alors une haute femme très âgée, en veste de chasse et knickerbockers de peau, qui marche d'un pas décidé au milieu des feuilles mortes, en s'aidant d'une canne autrichienne. Son chapeau taupé hérissé d'une longue plume de faisan lui donne des airs d'illustration pour trumeau. Ne lui manque que le fusil et la besace lourde de grives.

— Encore à faire le clown, mon pauvre Jean-Claude ! Mais qu'est-ce que…

Elle remarque alors les trois intrus, de l'autre côté de la grille.

— Et devant des visiteurs, en plus !

Elle marche vivement vers nous et sort de sa poche un lourd trousseau de clés.

— Je suis confuse, dit-elle d'un ton mondain, en ouvrant un à un chaque cadenas. (Illuminée d'un sourire sec, elle ajoute :) Jean-Claude est im-pos-sible !

Totalement désarçonnés, nous n'osons rien dire à cette vieille femme, dont nous admirons la superbe figure tannée par le grand air.

— Voi-là ! dit-elle, en tirant vers elle le battant de la grille.

Nous restons un instant tétanisés.

— Eh bien, entrez !

Elle avise alors la Mercedes, dont Fritz n'a pas quitté le volant. À vrai dire, il s'y est endormi.

— Le mieux est que vous laissiez la voiture ici, elle risquerait de s'embourber… Les visiteurs deviennent si rares…

Elle semble enchantée de notre présence et nous pénétrons dans l'enceinte de la propriété.

Une fois la grille refermée, la vieille femme se plante devant nous.

— Je sais, je dois vous paraître étrange, mais je suis si heureuse d'avoir de la visite… Je vis seule avec ce pauvre Jean-Claude depuis des années, et il n'a plus toute sa tête… Il est persuadé d'être le seigneur d'un domaine médiéval… Parfois, il croit même que je suis morte…

Elle se cogne la poitrine d'un air triomphant.

— Alors que je suis en pleine forme, merci beaucoup !

Un instant elle hésite, puis elle nous tend une main aussi sèche qu'un squelette.

— Je suis la duchesse de Pochez, soyez les bienvenus à Balagny.

« Un monde englouti », me dis-je en jetant un œil discret autour de moi. Les tableaux, les meubles, les bibelots, tout est recouvert de grands draps. Seuls les deux canapés viennent d'être déhoussés, sous nos yeux, par Duteil.

— Je suis désolée, dit la duchesse, mais je ne viens plus jamais dans le salon... Je n'allais pourtant pas vous recevoir dans la cuisine.

Elle nous désigne les canapés et tout le monde s'assied.

La pièce a dû être somptueuse, mais je serre les dents. Je suis une femme à chats et les chiens sont partout ! Le sol de la pièce grouille de petits animaux, qui se glissent sous les meubles, font valser les guéridons, griffent les housses. L'odeur de meute est presque écœurante, mais la duchesse ne semble pas décidée à ouvrir les grandes fenêtres du salon.

« On aurait été mieux dehors, en fait... » me dis-je.

De l'autre côté du salon, derrière les carreaux sales, je découvre une immense pièce d'eau. Deux cygnes rachitiques s'y ébrouent sans conviction. Une barque moisie est échouée près d'un embarcadère branlant. Mais tout cela dégage une indéniable poésie, comme le dernier soupir d'un animal mythique avant qu'il ne disparaisse de la mémoire des hommes.

Venner croise les jambes et sourit à notre hôtesse.

Du pied, il dégage courtoisement un king-charles qui avait commencé à lui mordiller la chaussure.

— C'est très gentil à vous de nous accueillir…

La vieille fronce les sourcils.

— Je vous l'ai dit : plus personne ne vient me voir. Alors vous ou quelqu'un d'autre…

Mais elle se ravise et retrouve cette assurance racée, où l'on déchiffre même les reliefs d'une beauté enfouie.

— Dites-moi plutôt ce qui vous amène ici…

Clément s'apprête à sortir la liquette quand la porte rouge s'ouvre en grand. Nouveaux jappements. Tous les chiens se précipitent.

Duteil apparaît, en tenue de maître d'hôtel blanche à gants blancs, un grand plateau en main. Il manque trébucher dans les king-charles, et oscille jusqu'au centre du salon.

— Les chiens ! Taisez-vous ! tonne la duchesse.

Aussitôt tous les animaux s'immobilisent et se couchent au sol, les yeux vissés sur leur maîtresse, dans un soupir obéissant.

Je suis impressionnée par leur docilité et songe aux jérémiades de Graguette, lorsqu'elle n'obtient pas ce qu'elle désire.

Duteil pose le thé, les tasses et de petites brioches rabougries sur la table basse, devant nous.

— Merci, Jean-Claude.

Mais lorsque le maître d'hôtel avise Vidkun, il se remet à trépigner.

— Madame la duchesse… madame la duchesse…

Je considère le troll avec surprise et la vieille prend un air horripilé pour le gourmander comme on le ferait d'un petit enfant.

— Ah, vous n'allez pas recommencer, Jean-Claude ! Pas devant nos invités !

Elle désigne le parc, dehors.

— Allez plutôt faire trois fois le tour de l'étang. Ça vous fera du bien.

Il déglutit et hoche du chef.

— Et puis emmenez les chiens, ils n'ont pas assez couru, aujourd'hui.

— Oh non, madame la duchesse ! Je…

— Ça suffit !

Duteil jette un œil dégoûté sur la meute, qui a compris l'enjeu du bras de fer et observe l'albinos avec une instinctive moquerie. Il marche à reculons vers la grande porte-fenêtre qui donne sur la pièce d'eau.

La duchesse fait un sourire narquois. Il faut dire que la scène est très drôle ! La vieille pose même sa main sur le genou de Vidkun – un geste aristocratique, sans aucune vulgarité – et de l'autre lui désigne les chiens.

— Regardez…

Lorsque Duteil ouvre les deux battants, la meute pousse un hurlement de joie et tous se précipitent dehors, déséquilibrant le troll qui part en arrière en s'effondrant sur le gravier.

La duchesse éclate de rire en applaudissant.

— Et fermez-moi cette porte, pour l'amour de Dieu ! Vous savez bien que je crains les courants d'air…

Duteil se relève, toise l'assistance, et referme la fenêtre en grimaçant.

Nous le voyons s'éloigner vers la pièce d'eau en maugréant, puis la duchesse précise d'une voix pointue :

— En fait, Jean-Claude *adore* mes petits amours qui le lui rendent bien… Mais il est si fier !

Elle se penche sur le tapis en serrant les dents et ramasse une touffe de poils perdue dans la bataille.

— Le problème, c'est qu'il est impossible, confie-t-elle en caressant la touffe entre ses mains, comme un petit oiseau. Mais le pauvre, sa vie n'a jamais été très facile… *Comme la plupart de ces enfants*, il est resté un peu déséquilibré…

Aussitôt, tout prend sens.

«Enfin !» me dis-je, car je commençais à vraiment douter de l'intérêt de notre présence chez cette vieille folle.

La duchesse n'a rien remarqué. Ses yeux semblent se perdre dans ses souvenirs. Elle isole un à un chaque poil et les pose sur une petite table d'acajou, dont elle a replié la housse pour dégager le bois.

— Les… enfants ? demande Vidkun à mi-voix.

— Il y en avait tellement ! Près d'une centaine, je crois. Je montais souvent les voir, à côté.

Elle se tourne alors vers moi, comme si seule une femme pouvait la comprendre.

— J'adorais ces bébés. Ils étaient comme mes petits amours : innocents, joyeux, et si doux…

Sa figure s'effondre comme un château de cartes, et elle souffle sur les poils qui s'envolent dans la pièce.

— Et puis un jour ils sont partis : tous !

Sa lèvre inférieure se met à trembloter. Je hoche du chef, pour la relancer.

— Un matin, comme chaque jour, je suis montée voir les petits, à la maternité, mais il n'y avait plus personne. Des tas de cendres fumaient encore au milieu de la cour. Ils avaient brûlé beaucoup de leurs papiers, beaucoup d'archives.

«Je suis allée partout : dans les chambres des soldats, dans l'infirmerie, dans les salles d'accouplement ; pas un chat. Les Alliés avaient débarqué quelques mois plus tôt, mais l'officier en chef de la maternité, qui venait dîner une fois par semaine à Balagny, nous avait assuré qu'il n'y avait rien à craindre. Le *Führer* allait nous régler tout ça…

Nous sentons alors s'installer une étrange moiteur. Surtout Clément, qui n'avait jamais rencontré ce genre de « nostalgique ». Je repense à ma nuit chez Mausi Himmler. Quant à Vidkun, il sait que nous touchons là au cœur du sujet et qu'il ne faut surtout pas la laisser perdre le fil de sa mémoire. Il prend alors une expression concentrée et ne quitte plus la vieille femme des yeux.

Mais la duchesse est à mille lieues de nous. Elle arpente le labyrinthe de ses souvenirs ; nous n'avons servi que de déclencheur.

— Je suis restée près d'une heure, assise au milieu de la cour. Et puis j'ai entendu un cri d'enfant. Il venait d'une des chambres, à l'étage.

La vieille femme déglutit, comme si elle allait pleurer.

— Ils en avaient oublié un – un tout petit – au milieu d'une pièce remplie de linges.

Elle me considère maintenant avec fierté.

— Je n'ai pas hésité une seconde : je l'ai pris dans mes bras et ramené à la maison. Il était encore dans son… uniforme.

— Un uniforme comme ça ? demande Clément, qui exhibe la liquette SS.

J'étouffe un juron : « Oh, le con ! » Quant à Venner, il serait prêt à dépecer Clément… mais il se ravise aussitôt, car la vieille femme vient de retrouver ses couleurs. Elle fait un clin d'œil complice au jeune homme et répond :

— Je savais bien que vous n'étiez pas ici par hasard. Vous êtes venus pour le grenier ?

— Le grenier ?

— C'est là-haut que mon père a tout stocké. Je sais que Jean-Claude arrondit ses fins de mois en chipant çà et là des petits vestiges, pour les revendre. Mais il y en a tellement !

Elle se lève d'un bloc, avec une élégance de vieille statue.

— Mais venez, je vais vous montrer mes trésors…

La duchesse nous a d'abord fait traverser un dédale de couloirs sombres, pièces abandonnées et escaliers tortueux. Mais lorsqu'elle ouvre la porte du grenier et que nous sommes aveuglés par la lumière, le contraste n'en est que plus violent !

— Je ne ferme jamais les volets et Jean-Claude repeint la pièce en blanc tous les trois ans.

Même les poutres sont enduites de cette couleur éblouissante, qui tire sur un jaune presque fluo.

Venner rayonne, comme s'il découvrait la caverne d'Ali Baba. Moi, je me sens mal à l'aise. La pièce semble receler quelque chose de redoutable, d'indicible. Je cherche la main de Clément pour la serrer dans la mienne. Ensemble, nous entrons.

« Reste calme, ma cocotte, après tout ce n'est qu'un grenier ! » me dis-je en levant les yeux vers le plafond. Ce somptueux macramé de bois constitue l'armature de la maison. Certaines poutres doivent être très anciennes, harnachées de tiges de métal plus ou moins rouillées, pour faire tenir l'édifice.

Je garde les yeux levés, redoutant de contempler

le reste. Venner et Clément sont en revanche fascinés par tous ces objets.

Ces objets…

— Je crois que là on tient vraiment quelque chose, susurre Vidkun, prêt à dévorer les lieux.

Je resserre mon étreinte, à en percer les paumes de Clément. Je connais pourtant ça mieux que lui ; j'ai visité l'antre de Venner. Mais là, aujourd'hui, tout me semble différent. Plus neuf, plus vrai. Dans son jus… Immaculé… *D'époque…*

— Venez, venez, insiste alors la vieille femme sur un ton guilleret. Vous pouvez toucher, ça ne me dérange pas. Les *vrais* amateurs sont si rares !

Je déglutis mais comprends qu'elle a tout de suite reconnu chez Venner l'acuité du spécialiste. Sitôt dans la pièce, il a été instinctivement attiré par les objets les plus significatifs, les plus exceptionnels. Il se moque des grandes armoires normandes qui dégueulent de linge, liquettes, blouses, gants, draps, couvertures, tous siglés. Mais ses yeux se sont aussitôt arrêtés sur des détails de prix : ici une dague SS, là une peinture d'Hitler qui n'est pas le portrait officiel du IIIe Reich. Plus loin, des ustensiles médicaux en excellent état, posés sur une petite table roulante en fer.

Je les découvre avec un nœud au ventre tandis que Vidkun s'en approche et saisit délicatement une sorte de pince très large, dont les extrémités semblent les palmes d'une grenouille.

— Je ne peux pas vous dire ce que c'est… fait la duchesse. Mais vous m'avez l'air de vous y connaître…

— Je connais mieux le IIIe Reich que sa médecine.

— L'un et l'autre étaient pourtant si liés… rétorque-t-elle, d'un ton singulièrement nostalgique.

450

« Voilà donc sa vraie nature », me dis-je avec une pointe d'écœurement.

Pour cacher mon trouble, je laisse mes doigts courir sur le linge blanc.

Quant à Clément, il s'avance vers un portant lourd de cintres, et caresse un uniforme noir avec des yeux effarés. Jamais il n'avait vu cela !

La duchesse de Pochez ne prête plus attention à nous. Elle s'adosse à une grande armoire et repart dans ses souvenirs.

— Cette maternité était un paradis, croyez-moi. Ces enfants semblaient si heureux ! Les médecins les choyaient, les infirmières les adoraient. Tous les jours, je montais jouer avec eux. Je leur chantais des vieilles chansons françaises…

Elle fredonne alors tristement :

— *Ces messieurs sont partis, pour chasser la perdrix…*

Ses derniers mots se perdent dans un soupir. Son regard est devenu vitreux. Il ressemble à l'étang, devant le château. Je distingue deux petites larmes au coin de ses paupières.

Mais, comme un cheval, la duchesse lance sa tête en arrière et respire un grand coup.

— Le passé, le passé…

Clément hésite un instant devant ces armoires gorgées de linge, puis demande :

— Vous aviez dit qu'ils avaient tout détruit. Dans ce cas, comment avez-vous pu récupérer tout ça ?

— Mon père était très ami avec le médecin-chef de la maternité. Lorsqu'ils ont décidé de partir, le médecin-officier a demandé à mon père un grand service. Une… preuve de confiance.

— Oui ? souffle Venner, de plus en plus intrigué.

La vieille femme observe Vidkun avec tendresse.

— Le docteur était d'ailleurs un homme dans votre genre, cher monsieur. Grand, blond, raide. Peut-être un peu plus jeune.

Elle désigne le portant qui fascinait tant Clément.

— Si vous passiez un de ces uniformes, vous lui ressembleriez trait pour trait…

Vidkun pousse une toux gênée et Clément ne peut retenir un rire narquois :

— Chassez le naturel… raille-t-il.

Mais sa saillie se finit dans un couinement car, furieuse, je lui écrase les orteils.

— Toi, tu ne commences pas !

Vidkun déglutit puis balbutie :

— Vous alliez nous expliquer comment tout ceci est arrivé chez vous.

— C'est tout simple, le médecin-officier qui dirigeait la maternité a demandé à mon père de conserver tout ce stock ici. Mais je ne l'ai su que plusieurs semaines après l'évacuation de la maternité. Ils avaient fait ça pendant un de mes séjours chez ma grand-mère, à Paris. Ensuite, ils ont été obligés de partir en catastrophe, oubliant même un bébé, dit-elle en désignant par la fenêtre Duteil qui a recommencé un tour de l'étang.

— Et qu'est-ce que votre père était censé faire de tout ce… matériel ? demande Clément, en tirant une liquette semblable à celle trouvée aux puces.

— Rien. Ils devaient passer le rechercher dans les mois suivants. Une fois la paix venue.

Je complète :

— Et puis la guerre s'est terminée.

— Hélas… dit la duchesse, rêveuse.

Venner fait de grands pas dans la pièce.

— Et ils ne sont jamais revenus ?

— Jamais. Nous les avons attendus. Pendant

des années. Et dans l'ambiance... *tendue* de l'après-guerre, nous n'allions pas clamer sur tous les toits ce qui encombrait notre grenier de campagne.

— Vous n'avez pas eu trop de problèmes, pendant l'épuration ?

Gênée, la vieille oscille la tête de droite à gauche.

— Moi, je n'avais que seize ans. Et puis Jean, mon frère aîné, était dans la Résistance. Il nous a donc épargné les... désagréments de ceux que l'on a appelés les « collaborateurs »...

Nouveau silence. Personne n'ose enchaîner.

Je finis pourtant par demander :

— Et parmi tout ça, il n'y avait pas des archives écrites ? Des documents sur l'organisation de la maternité ?

— Si, bien entendu, des tas de dossiers !

Tous trois trépignons.

— Où sont-ils ? fait Venner.

La vieille prend un air désolé.

— J'ai tout vendu il y a une quinzaine d'années. Si j'avais su que ça pouvait intéresser quelqu'un d'autre !

Vidkun, Clément et moi nous regardons avec affliction.

— On ne m'a jamais payé aussi cher pour de simples feuilles volantes. Ça m'a permis de restaurer toute la toiture.

— Vous vous souvenez de votre acheteur ?

— De *mes* acheteurs, vous voulez dire. J'aurais du mal à les oublier. Ils étaient quatre... Des Nordiques. Charmants, au demeurant !

— En quelle année, dites-vous ?

— Ce devait être en 1988, au début de l'année.

Je me souviens : il faisait particulièrement froid. C'était au moment de toutes ces grandes tempêtes. Nous y avons d'ailleurs perdu beaucoup d'arbres.

— Juste après l'affaire Chauvier… me glisse Clément à l'oreille.

— Six mois après le suicide de Hess, enchaîne Venner, presque en stéréo, de l'autre côté.

— Vous dites ? demande la duchesse en se retournant à moitié.

— Rien, rien… dis-je en m'appuyant à la rampe, car le tapis est mal arrimé.

Nous suivons la vieille folle dans les escaliers de son château. Lorsque nous nous retrouvons devant la maison, en plein air, chacun respire enfin.

Nous tournons les yeux vers la forêt : Duteil achève ses tours d'étang. Les chiens ont reconnu la silhouette de leur maîtresse et accourent en jappant.

— Mes a-mours ! se réjouit-elle, en s'agenouillant pour qu'ils la couvrent de leurs langues opaques.

Nous nous consultons et Venner fait signe qu'il est temps de lever le camp.

— Ça m'a fait plaisir de vous rencontrer… dit la duchesse, enfouie sous sa meute.

Duteil reste en retrait, comme s'il n'osait pas s'avancer vers nous, toujours méfiant.

Dans le ciel, une nuée de corneilles poussent des cris perçants, et s'abattent sur le toit du château, prêtes à attaquer.

D'un geste haineux, Duteil mime le chasseur et vise les oiseaux avec une mitraillette invisible.

— Un enfant, je vous dis… s'attendrit la vieille châtelaine, qui se relève en s'époussetant. Laissez-moi vous raccompagner.

— Ne vous donnez pas cette peine, madame, répond Venner avec courtoisie.

— Allons donc ! tranche la vieille, ça fera mon exercice de la journée. Jean-Claude, vous mettrez à chauffer mon andouillette, voulez-vous ?

— Bien, madame la duchesse…

Nous le voyons entrer dans la maison, la mine torve mais soulagée.

Retenant un fou rire nerveux, Clément me chuchote :

— Tu crois que c'est une métaphore ?

Mais je ne me déride pas. Mon ami prend aussitôt l'air penaud.

Nous emboîtons le pas à notre hôtesse, encadrés par la nuée des king-charles.

Bizarrement, la forêt me semble plus profonde qu'à l'aller, plus mystérieuse aussi. Comme s'il avait fallu pénétrer l'antre de la sorcière pour que le bois devienne enchanté.

Au détour d'un talus, nous apercevons Lucien, le grand cerf, qui nous observe avec morgue.

Perçante, la duchesse tape dans ses mains.

— À l'attaque !

Aussitôt les chiens se précipitent sur le malheureux animal qui s'enfonce dans les fougères.

— Ils en ont pour l'après-midi. Je déteste cet animal. Il détruit mes plantations. Jean-Claude aurait pu se choisir un nounours moins encombrant.

— Pourquoi l'avez-vous appelé Duteil ?

— Je ne sais plus. Une idée de mon père. Nous n'allions pas l'appeler Pochez, tout de même !

— Et vous avez gardé des contacts avec le personnel de la maternité ?

La duchesse s'arrête un instant.

— Vous voulez dire *après-guerre* ?

— Oui.

Petit silence concentré.

— En fait… personne.

Elle se gratte le nez et une croûte tombe au sol, laissant un pan de peau rosâtre.

— Enfin, bien sûr, il y a Marjolaine…

— PARDON ? !

La duchesse est surprise par cette réaction hystérique.

— Vous ne connaissez pas Marjolaine Papillon ? Elle écrit ces fameux romans d'amour très mièvres, qui se déroulent pendant la Seconde Guerre mondiale. Je n'ai d'ailleurs jamais pu en finir un. C'est assommant !

— Comment la connaissez-vous ?

— Elle a été pensionnaire de la maternité pendant plusieurs mois. Elle était un peu plus âgée que moi, mais nous adorions nous promener en forêt. Elle me parlait de sa jeunesse, sur une île, en Scandinavie…

Je croise les bras et serre ma poitrine à la faire exploser.

— Et… vous êtes restées amies ?

— Je vous l'ai dit. Elle est d'ailleurs bien la seule. Les autres avaient tous disparu… les lâches !

La duchesse reprend sa marche non sans se pencher pour flatter l'un de ses chiens.

— Là, mon zouille… là !

Nous sommes aux aguets, conscients que nous n'avons plus droit à l'erreur.

Au tour de Clément de monter à la charge :

— Vous la voyez encore ?

La duchesse ne ralentit pas.

— Elle avait l'habitude de venir passer deux semaines ici, pendant le mois d'août, tous les ans. Nous montions souvent à l'ancienne maternité. Et, pour écrire, elle s'installait dans le grenier, au milieu de mon bric-à-brac nazi. « Ça m'inspire », me disait-elle. Mais…

La duchesse s'est immobilisée, et nous avec.

— Mais ?

La duchesse s'approche d'un chêne et, du bout de la canne, en gratte l'écorce.

— Je n'ai plus de nouvelles depuis longtemps. Depuis la fin des années 1980, en fait… Maintenant, elle se contente de m'envoyer certaines années son nouveau livre… Avec ses « hommages les plus cordiaux ». Quelle pitié !

Elle colle alors son corps contre le tronc et respire les mousses.

— L'amitié est une notion bien relative. Comme la fidélité.

Nous nous sentons brusquement très gênés, comme si nous surprenions une scène intime. Mais Venner, après un raclement de gorge, insiste à mi-voix :

— Vous savez donc où elle vit ?

— Jusqu'à ce qu'elle me snobe ? Oui, bien sûr.

Je n'en reviens pas.

La vieille scrute un instant la cime des arbres avant de réciter :

— *Marjolaine Papillon, domaine de la Coufigne, route de la Grande Carlesse, 09881, Belcastel,* dans le Sud-Ouest.

Rayonnant d'une joie cannibale, Vidkun avise la cime des arbres comme on remercie le ciel et éclate de rire.

1939

Nous volâmes pendant près de deux jours.

Jamais je n'avais quitté les Håkon, et ce voyage était une vraie révolution : tant d'images, tant de nouveautés ! L'Océan, les côtes de Scandinavie, de France, d'Aquitaine. Brusquement, le monde existait ailleurs que sur le tableau noir ou dans mon imagination. Immense, complexe, il se déployait sous mes yeux.

En cela, Otto était rusé : ce spectacle était une diversion parfaite. Les premières heures de voyage, j'oubliai de lui poser ces questions qui me brûlaient les lèvres.

Pourtant, quelque chose, au fond de moi-même, me soufflait qu'oncle Otto ne me dirait *jamais* la vérité. Et encore plus profond, une autre voix me susurrait qu'il *devait* en être ainsi… C'était à moi de la comprendre.

Ces visions, ces horreurs entrevues, que je n'aurais jamais soupçonnées, n'étaient-elles pas les étapes d'un voyage initiatique ? Le cheminement vers cette « illumination » dont Otto nous avait si souvent parlé pendant ses cours ?

Tant de contradictions bouleversaient mon esprit !

Et je tentais de me raccrocher à cette idée d'un plan prévu de longue date.

Au milieu du voyage, je tentai pourtant un timide :
— Oncle Otto ?
— Oui, mon cœur, dit-il en s'étirant.

Nous survolions la France ; des champs, des forêts, des villages. La grande paix campagnarde.

Alors je pris mon élan et bombardai :
— Qu'est-ce qui se passe à Halgadøm ? Pourquoi l'opéra cache-t-il ces trois fusées ? Qui sont les prisonniers ? Qui leur a coupé la langue ?

Oncle Otto prit une expression pincée, faisant mine de ruminer sa réponse.

— Leni, petite Leni, petit cœur, tu poses trop de questions...

Il passa sa main sur mon front, d'un geste très doux.

— Ce n'est pas un hasard si je ne t'ai pas emmenée tout de suite sur Halgadøm ; j'ai pour toi des projets bien plus nobles... Peu à peu, tu comprendras.

À vrai dire, je n'y comprenais plus rien, mais me laissai bercer par la voix d'Otto.

— Je vous l'ai toujours enseigné : nous devons apprendre à maîtriser nos sentiments ; à ne montrer ni souffrance ni pitié. Et surtout : aucun plaisir à faire ce que d'aucuns appellent le « mal »... par faiblesse, par ignorance.

Il respira profondément.

— Et c'est en *cela* que les Sven ont péché.

Cette conversation ne m'avait pas donné de vraies réponses, sinon la confirmation que rien de tout cela n'était un hasard. Cette absence de hasard calma pourtant mes angoisses, et je m'assoupis.

Deux heures plus tard, Otto me réveilla.

— Leni, regarde !

Nous survolions les ruines d'un château, qui couvrait la crête d'une falaise escarpée.

— Montségur… souffla Otto, habité.

Il avait fait un signe au pilote pour qu'il plane un instant au-dessus de la forteresse. Tout me semblait prodigieux : ces ruines, cette falaise, ces montagnes austères, noyées dans la brume des crêtes. Et, çà et là, les lointains glaciers qui reflétaient le soleil.

— Je t'ai parlé des cathares, n'est-ce pas ? demanda Otto, en haussant le ton pour couvrir le vacarme.

— Oui, un peu, répondis-je.

Alors, en hurlant plus fort que le vent, il me rappela quelques notions… bien à sa manière.

— Les cathares croyaient que l'homme et le monde avaient été créés par le mal, et qu'il fallait s'élever vers le bien à travers une quête de la pureté…

Otto réfléchit un instant et ajouta :

— En cela nous sommes comme eux. Nous rejetons les passions, nous prônons le détachement, ainsi que je te l'ai enseigné…

« La pureté ? » pensai-je, incrédule, envahie à nouveau par les visions du grand dortoir et de ses futurs cadavres.

Mais Otto était tout à son exposé :

— Au seuil de la mort, les cathares pratiquaient une imposition des mains qu'on appelait le *consulamentum* ; un dernier baiser avant le grand voyage ; certains pensent qu'ils se passaient ainsi leur secret ultime, un secret qui pourrait être celui du monde, de l'humanité tout entière…

Otto fit alors signe au pilote et nous regagnâmes de l'altitude. Je gardai mon front collé à la vitre.

— Hélas, aux yeux de l'Église et du roi de France, les cathares prirent trop de pouvoir, c'est pourquoi fut lancée contre eux l'Inquisition. Mais ils résistèrent et s'enfermèrent dans des forteresses, comme celle de Montségur...

Malgré l'altitude, je distinguai encore des colonnes de visiteurs, qui montaient un sentier escarpé, à l'assaut des remparts en ruine.

— Chaque fois, ces maudits chrétiens finissaient par mettre le feu aux châteaux, comme un immense holocauste en sacrifice à celui qu'ils croyaient le vrai Dieu...

Otto s'exaltait. Il respirait par saccades et couvait les montagnes d'un œil gourmand. Il fit enfin signe au pilote de reprendre son chemin, et nous quittâmes le ciel de Montségur.

Nous volâmes ainsi pendant une demi-heure, puis Otto se dressa et ausculta la vue, avec une concentration redoublée.

— Ici ! finit-il par dire en désignant un grand champ hérissé de poteaux, transformé en piste d'atterrissage de fortune.

C'était une étendue d'herbe, au pied d'une colline où se dressait un petit château de brique rose, qui brillait d'une lueur tendre sous le soleil. Une bâtisse rustique et bourgeoise : rien à voir avec Montségur.

Dans le champ, plusieurs silhouettes nous observaient. L'une d'elles agita des sémaphores, afin que le pilote entamât sa descente.

J'en eus un haut-le-cœur. Otto prit ma main.

— Accroche-toi !

Je me pressai contre lui, de moins en moins ras-

surée. Jetant un œil par le hublot, je constatai en frissonnant que le terrain était court et qu'il allait falloir viser juste.

— Tout va bien se passer, dit Otto d'un ton pas
assez convaincu pour être vraiment rassurant.

Mais je préférai fermer les yeux.

L'avion descendit d'un coup, faisant vibrer sa carlingue. Moi, j'attendais – en nage ! – que le moteur
fût coupé. Ce qui me sembla prendre des années !

Enfin, l'avion toucha terre, ralentit, s'arrêta.

— Leni… souffla Otto.

Mais j'étais figée, les yeux soudés.

J'entendis alors un rire aigu et finis par soulever
une paupière.

Deux enfants m'observaient. Une fille, un garçon.
Ils se tenaient debout devant l'avion, rayonnants.

Puis une voix rauque jaillit de derrière eux :

— Anne-Marie ! Gilles ! Restez pas là !

Apparut alors la silhouette d'un grand quadragénaire, en costume, cravate et canotier, qui cria :

— Ballaran, dites à votre fils de prendre les
bagages de la demoiselle !

— Bien, monsieur ! répondit une voix au fort
accent méridional.

Le jeune garçon empoigna ma valise et se dirigea
vers le château.

Je descendis maladroitement de l'avion, hissée
par celui qu'on appelait « Ballaran ».

— Laissez-moi vous aider, mademoiselle…

L'homme au canotier n'avait pas bougé. Il regardait Otto – encore dans l'avion – avec une profonde
bienveillance et une sorte de soulagement.

Puis il se tourna vers moi, impassible.

— Voilà donc notre petite protégée, dit-il en se

penchant vers moi. Bonjour, mademoiselle, je suis le comte de Mazas…

— Bonjour, monsieur, répondis-je en français.

Il me serra la main de façon étrange : à la fois courtoise et avide.

La fille blonde se tenait derrière lui. Il se tourna vers elle et elle avança d'un pas.

— Et voici ma fille Anne-Marie. Vous devez avoir le même âge, je pense.

— Exactement, maître, répliqua Otto, en sautant de l'avion d'un geste souple.

Le canotier lui adressa un grand sourire.

— Tu as fait vite ! dit-il.

Otto bomba le torse et tendit les bras vers le ciel.

— Ah ! que je suis content d'être dans ce pays. Il me manque tellement ! Je ne supporte plus ces îles sinistres…

Je ne pus retenir un cri devant ce blasphème (surtout venant d'Otto !).

— Ce n'est pas au pôle Nord que tu trouveras le vrai soleil, Otto. Le Graal a besoin de lumière…

Otto hésita avant de demander :

— Mais vous l'avez vraiment, maître ?

— J'en ai bien peur, dit Mazas, d'un ton de prédicateur.

Tout restait nouveau. Jamais je n'avais marché dans un champ. Jamais je n'avais traversé des vignes. Jamais je n'avais même vu de terre si épaisse, si grasse. Aux Håkon, il n'y avait que du lichen et des cailloux.

Les yeux écarquillés devant une nature si généreuse, je les suivais vers le château. Décidément, mon « initiation » me plaisait de plus en plus !

Anne-Marie courait en éclaireuse, suivie de Ballaran, le régisseur, dont j'emboîtai le pas. Derrière moi, oncle Otto et le comte de Mazas étaient plongés dans leurs souvenirs et éclataient de rire, comme deux collégiens. Je les entendais parler « Graal », « cathares », « réincarnation », « conspiration », « alchimie »… mais m'en moquais bien. J'étais trop heureuse et respirais avidement chaque seconde de cet air si… purifiant.

Nous dûmes enjamber des vignes avant d'arriver sur une terrasse, au pied de la maison.

« Gilles » m'attendait devant l'entrée du château, ma valise en main.

Il était incroyablement sérieux.

— C'est beau, n'est-ce pas ? me dit-il, avec un accent fleuri.

— Oui…

Alors il me montra la crête du bois, qui s'étendait de l'autre côté des vignes.

— Cette forêt, en bas, on l'appelle le « bois cathare »…

Puis, sur un ton mystérieux, il ajouta :

— Il paraît qu'il est hanté…

N'osant répliquer que je connaissais des êtres bien plus inquiétants que ses fantômes de conte de fées (à quoi bon vexer ce petit paysan ?), je hasardai :

— Et le domaine est grand ?

— Après le bois cathare, il y a encore des dizaines et des dizaines de champs. Le domaine du comte est le plus gros de la région !

Il parlait avec une telle fierté que je ne pus m'empêcher de dire :

— On croirait que tout ça est à toi…

Il prit une mine rusée et s'approcha de moi.

— Un jour, ça le deviendra !

— GILLES !

L'adolescent se raidit.

— Mademoiselle Anne-Marie ?

La jeune fille arrivait vers nous, sombre, et m'observait avec une jalousie non dissimulée.

— Papa t'a dit de conduire Mlle Leni à sa chambre, pas de lui chanter un madrigal !

Le garçon baissa les yeux.

— Bien, mademoiselle Anne-Marie… dit-il en me désignant la porte.

Il portait sur elle un regard dégoulinant d'amour.

— Après vous, mademoiselle Leni…

Sans ajouter un mot, il me conduisit à ma chambre – un haut baldaquin au centre d'une pièce presque nue – où Otto me demanda de rester jusqu'au soir.

Nous descendîmes dîner sur les coups de huit heures du soir.

Nous nous assîmes tous autour d'une grande table ronde, dans une immense salle à manger couverte de tableaux figurant des scènes de l'épopée cathare.

— Les Mazas, rappela le maître de maison, descendent d'Esclarmonde de Foix, cette cathare légendaire.

Otto ne releva pas et sourit, comme s'il cherchait à détendre l'ambiance plutôt qu'à conserver cette raideur si française.

Nous dînâmes en petit comité, ce qui n'en était que plus intimidant ! Mazas, Anne-Marie, Otto et moi étions devant des myriades d'assiettes, verres, couverts, dans lesquels je m'emmêlais, n'ayant jamais eu qu'à picorer des légumes, du poisson ou des œufs.

Quant à cette nourriture « du terroir », elle m'était si inconnue que je me sentis perdue devant ces pâtés, boudins et autres saucisses de foie. J'hésitai, ne sachant comment couper, quand me servir, quoi manger en premier… Ridicule !

Anne-Marie remarqua ma gêne et je la vis plusieurs fois étouffer un gloussement derrière sa serviette.

Les couverts cliquetaient dans les assiettes, les verres tintaient, la porte de l'office grinçait comme un vieillard ; j'étais aux aguets.

Le service était fait par Mme Ballaran, la cuisinière et mère du petit Gilles. Elle apportait les plats depuis la cuisine, une pièce mitoyenne, où Gilles dînait à table avec son père et notre pilote.

Depuis dix minutes, Otto expliquait à Mazas comment Himmler, par le truchement d'une société nommée *Ahnenerbe*, avait instauré un grand programme de fouilles archéologiques.

Il employait dans ses explications les termes philosophiques de ses leçons de mythologie… et nos cours devenaient subitement des travaux pratiques, de l'histoire en mouvement ; quelque chose de vivant !

Voulant faire mine de m'intéresser au dialogue des adultes, je demandai :

— C'est quoi, l'*Ahnenerbe* ?

Mazas me transperça du regard, comme si je venais de commettre un irréparable forfait. Je me crispai sur mon siège.

— Excusez-la, maître, murmura Otto, elle ne sait pas…

Je déglutis, paralysée.

— Leni, me dit doucement le régent, nous ne

sommes pas aux Håkon. En France, un enfant ne prend la parole que si on la lui donne…

« Un *enfant*… » me dis-je en fronçant les sourcils. Et si je racontais à Mazas comment vivent les « enfants », aux Håkon ?

Mais ç'aurait été là agir comme une enfant ; il fallait justement faire preuve de maturité. Finis les caprices !

« Supporter et s'abstenir », nous avait si souvent répété Otto.

Je gardai donc mon calme et balbutiai :

— Je vous demande pardon…

Déjà le comte s'amadouait et reprit une cuiller de soupe à l'ail.

— Pour répondre à ta question, dit encore Otto, l'*Ahnenerbe* est un département de la SS en charge d'exhumer le passé du peuple germain.

Je hochai du chef, sans plus oser parler.

Au même instant, Mazas se tourna vers la cuisine et ouvrit des yeux gourmands :

— Aaaaaah ! clama-t-il.

Je vis arriver, fumantes et grésillantes, deux côtes de bœuf portées à bout de bras par Mme Ballaran.

« De la viande… » me dis-je avec dégoût.

Je jetai à Otto des yeux implorants, mais il me répondit par un œil sans concession.

Mazas prit un ton de député :

— « Maman Chauvier » fait la meilleure viande de la région ! dit-il en tirant un couteau de sa ceinture.

À ce compliment, la cuisinière esquissa une étrange génuflexion.

— Monsieur le comte sait que je suis mariée, rétorqua-t-elle d'un ton servile. Voilà quinze ans que je ne m'appelle plus Chauvier…

Mazas éclata de rire puis, d'un geste sec, il lui fit signe de retourner en cuisine.

— Cette femme est merveilleuse, dit-il à mi-voix, une fois qu'elle fut sortie. Ses parents, les Chauvier, travaillaient déjà au château quand j'étais enfant. Et elle a épousé Ballaran, le fils de notre ancien régisseur.

Il gloussa.

— Comme ça, ajouta-t-il en attaquant la viande, tout se passe en famille !

Bien obligée, je plantai mes couverts dans ce bœuf sanguinolent. Après tout, le monde entier est carnivore, il fallait bien qu'un jour j'essaye. Enfin, je goûtai mon premier sang… et dus bien m'avouer que la viande était délicieuse.

Je dévorai même mes tranches rouges et luisantes pour le plus grand enchantement du comte.

— Mais elle a bon appétit, cette petite !

Anne-Marie ne parlait pas. Parfois, elle se tournait vers la cuisine, avisant Gilles, qui lui répondait de son sourire béat. Puis, son territoire marqué, elle était satisfaite.

Nous restâmes toutes deux silencieuses mais, au dessert – où Maman Chauvier nous servit un succulent « nègre en chemise » –, Mazas finit par « donner la parole » à sa fille, comme on exhibe un singe savant.

— Anne-Marie, parle-nous un peu du Graal…

Elle se leva de sa chaise et mit ses mains dans son dos. Les yeux vissés au grand lustre, au-dessus de la table, elle récita :

— La tradition nous enseigne que les civilisations ont toujours recherché une chose sacrée et perdue, comme la prononciation du nom de Dieu chez les juifs ou le Graal des chrétiens.

Mazas l'encouragea d'un hochement de tête.

— Le Graal serait une coupe taillée par des anges dans une émeraude à cent quarante-quatre faces, tombée du front de Lucifer durant sa chute. Il aurait été confié à Adam au paradis terrestre, avant qu'il n'en fût chassé. Seth, le fils d'Adam, retourna le chercher et il fut caché par les druides jusqu'à l'arrivée du Christ. Alors Jésus y but le vin lors de son dernier repas, et Marie-Madeleine y récolta le sang de la crucifixion…

Elle eut une hésitation et son père fronça les sourcils.

— Et depuis, où se trouve-t-il ? l'aiguilla-t-il.

Anne-Marie se redressa et reprit :

— Il serait gardé à Montsalvat, le « mont du salut », une terre dont nul ne peut s'approcher. Il aurait d'abord été détenu à Rome mais dérobé par le Wisigoth Alaric en 410, pour être conservé à Carcassonne ; puis, devant les attaques maures, il aurait été caché dans les Pyrénées…

Silence.

Mazas resta figé un instant puis tapa lentement dans ses mains, nous intimant de faire de même.

Masquant mon dédain, j'applaudis la demoiselle non sans songer :

« J'en sais bien plus qu'elle. Elle n'a pas parlé du *Parzival* d'Eschenbach… ni du royaume du prince Jean… ni de la cathédrale de Gênes… »

Mais je me tus. La récréation était terminée : les deux hommes se fixaient avec une intensité croissante, pour ne pas dire *sensuelle*.

— Le Graal… reprit Otto, comme envoûté.

Mazas posa ses yeux sur Anne-Marie et moi.

— Otto, je crois qu'il est temps que nos « fillettes » aillent se coucher.

J'allais rétorquer : « *Fillette* ! *Fillette* ! Plus maintenant ! », mais à nouveau oncle Otto eut son expression lénifiante.

— Tu viens ? m'ordonna la jeune fille. Je vais t'accompagner, sinon tu ne retrouveras jamais ta chambre…

Je fus surprise, car cette phrase ne contenait aucun double sens. Anne-Marie avait même perdu toute dureté. Nous quittâmes la salle à manger.

— Je suis désolée d'être un peu sèche devant mon père, chuchota-t-elle dans un sourire, mais il est très sévère et je dois faire attention.

— Attention à quoi ? demandai-je en lui emboîtant le pas dans le grand escalier.

— À tout : ma tenue, ma position. À ses yeux, je ne suis encore qu'une toute petite fille.

Anne-Marie s'arrêta un instant et s'appuya à la longue rampe de cuivre. Au-dessus d'elle, des portraits d'ancêtres grimaçaient de poussière. Leurs armures n'avaient pas été lustrées depuis les temps cathares !

— Depuis la mort de ma mère, dit Anne-Marie, mon père est persuadé qu'il fait tout mal, alors il en rajoute…

J'hésitai puis demandai :

— Ta mère est morte de quoi ?

Elle se tendit.

— On ne sait pas. Une maladie des poumons. Elle était chanteuse d'opéra.

Anne-Marie avait perdu tout caractère enfantin et, à cet instant précis, elle devait ressembler à sa mère. Terriblement.

— Moi, mes deux parents sont morts… dis-je, comme pour me dédouaner.

Anne-Marie eut un sourire complice.

— Alors on est faites pour s'entendre, dit-elle très sérieusement.

Puis elle reprit son ascension.

Adossé à la porte de ma chambre, Gilles nous attendait en silence.

— Ça y est ? dit-il sans bouger, d'une voix désinvolte. *Mademoiselle Anne-Marie* a bien dîné ?

Anne-Marie eut un air agacé.

— Ça va, mon père n'est plus là…

Le jeune homme me parut soudain plus âgé lui aussi.

— Tu lui as demandé ? dit-il à Anne-Marie.

Les rôles semblaient inversés. La jeune châtelaine se tourna vers moi et répondit :

— Pas encore…

Un instant, tous deux m'observèrent en silence. Puis Gilles s'approcha de moi.

— Tu sais garder un secret ? me demanda-t-il.

Sentant monter la panique, je bredouillai :

— Oui… je crois…

— Tu crois ou tu en es *sûre* ?

Je reconnaissais dans les yeux de Gilles la détermination des Sven.

Alors je le repoussai d'un coup.

— Je ne dirai rien. À personne. C'est promis…

Gilles et Anne-Marie échangèrent un clin d'œil satisfait.

— Alors suis-nous…

La nuit était magnifique. La lune venait de se lever et nous gagnâmes le parc par une petite porte. Sur la pointe des pieds, je suivis Gilles et Anne-Marie, parmi des buis taillés et des allées de charmes, ombres cubiques dans la grande nuit cathare ; un nouveau rêve… Il nous fallut traverser la terrasse qui surplombait le bois, juste sous le château.

— C'est le moment le plus dangereux, me chuchota Gilles.

— Ne fais pas de bruit, et suis exactement nos pas, ajouta Anne-Marie.

Puis chacun se saisit d'une de mes mains et, comme trois danseurs, nous parcourûmes la terrasse en quelques entrechats.

Il nous fallut ensuite descendre vers le bois en traversant les vignes. La terre sèche laissait monter des parfums prodigieux ! Et vu d'ici, le château avait des allures de décor d'opéra.

Mais l'heure n'était plus à la contemplation.

Nous contournâmes notre avion et avançâmes vers la lisière de la forêt.

— Attention, il y a beaucoup de ronces… me prévint Anne-Marie, en s'enfonçant dans le bois.

J'entrai à mon tour dans la forêt, et ce fut la nuit. Noire, complète. Sous ces entrelacs de branches, ronces, fougères, buissons, la lune ne pouvait pénétrer. Nous avancions lentement. Les odeurs s'étaient muées en lourds fumets de mousse et de moisi. La terre collait aux pieds. Par endroits, la lune traversait les arbres, puis nous retrouvions la nuit. Une prison végétale où les deux indigènes semblaient se mouvoir avec une aisance parfaite.

Après ce qui me sembla une longue errance, nous arrivâmes devant une bouche sombre, creusée dans la roche.

Mes guides marquèrent un arrêt solennel.

— À partir de maintenant, dit Gilles d'un murmure autoritaire, plus une parole, plus un bruit, plus un mouvement brusque.

Il s'approcha tout près de moi, et je sentis son souffle aillé.

— Vous me suivez exactement. Ce que nous faisons là est *interdit* !

J'aperçus alors la dévotion d'Anne-Marie pour « son » Gilles.

Elle l'aurait suivi au bout du monde.

L'adolescent alluma une lampe et nous entrâmes dans la grotte.

Noir absolu. J'avançais à tâtons et courbée dans ce boyau de roche. Le faisceau de Gilles me semblait très loin devant nous. Dès que nos têtes frôlaient les murs, nous prenions un shampooing de salpêtre. Tous les sons étouffés. Et cette odeur d'humidité, presque enivrante.

Sans me l'avouer, je commençais à avoir peur.

J'hésitais à demander « Où sommes-nous ? » mais les deux adolescents s'arrêtèrent brusquement.

Gilles pointa la lampe sur le mur. Puis, de manière très fugitive, il balaya l'espace. Tout était trop rapide, mais je venais de comprendre.

À quelques mètres de nous, j'avais aperçu des outils, des marteaux, des pelles… et des tentes. Des tentes militaires marquées de croix gammées.

— *Ils* dorment, chuchota Gilles.

— Ce sont des Allemands, comme toi… me souffla Anne-Marie, tandis que nous gagnions vite un nouveau boyau, plus haut, moins tassé.

« L'*Ahnenerbe* », me dis-je.

Gilles précisa alors, d'une voix presque claire :

— Ça fait des mois qu'ils sont ici.

— Et mon père ne m'en a jamais parlé… ajouta Anne-Marie.

— Mais… il sait que vous êtes au courant ?

— Tu es folle ! dit la demoiselle. S'il savait, il me tuerait !

Elle désigna le fils des gardiens.

— C'est Gilles qui a découvert l'endroit, un jour que son père et lui faisaient une battue dans le parc.

Le jeune homme prit le relais en saisissant sa main :

— Papa a cru entendre un bruit, sous un fourré, et il a tiré en l'air. On a entendu un cri, et un jeune type blond, habillé tout en noir, est sorti des buissons les mains en l'air. Il ne parlait pas français et avait l'air effrayé. En criant « *Ausweis !* », il nous a montré une autorisation, écrite en français et en allemand. La lettre permettait à une troupe d'archéologues de Heidelberg de faire des fouilles dans le bois cathare. Elle était signée du comte de Mazas et d'un certain Otto Rahn.

Je ne dis rien.

Le jeune homme prit une mine de conspirateur pour achever son récit :

— Papa a reconnu la signature du comte et a laissé repartir le Boche… Il m'a demandé de ne rien dire à personne ; surtout pas au comte. Et je suis revenu *seul*, le lendemain matin. C'est comme ça que j'ai trouvé la grotte…

Petit sourire.

— J'ai alors tout raconté à Anne-Marie.

Les deux amoureux se prirent par la main.

— Depuis cinq mois, dit la jeune fille d'un ton doux, c'est notre secret. On vient ici presque tous les soirs.

Ils se resserrèrent. Gilles chuchota :

— Mais personne ne le sait. *Personne…*

— Alors pourquoi moi ? demandai-je.

Avec un ton mystérieux, Gilles dit tout bas :

— Parce qu'aujourd'hui nous *devons* être trois.

J'aurais voulu en savoir plus, mais nous reprîmes notre chemin. Nous ne marchâmes plus bien longtemps, débouchant bientôt dans une salle encore plus vaste et haute que celle des tentes. Je remarquai alentour des tas de terre, des sacs, des outils en masse.

Alors Gilles ramassa une lanterne, sortit une boîte d'allumettes et je découvris la seconde grotte.

Les deux adolescents me reprirent chacun par la main et m'attirèrent au centre.

— Regarde…

D'abord, je ne compris pas. Il s'agissait d'une vaste boîte rectangulaire de trois mètres sur deux, soudée à la roche et apparemment creuse. Elle montait à hauteur de mes épaules, mais semblait si profonde que je ne vis rien en m'y penchant.

— Eh bien ? dis-je, incrédule.

Gilles et Anne-Marie échangèrent un coup d'œil complice puis me tendirent la lampe.

— Attention, ne la lâche pas…

Juste recommandation ! Car je manquai tomber dans le caveau.

C'était une tombe ! Ou plutôt un cercueil…

Je ne sais plus ce que je vis en premier : les pieds, les jambes, le torse, les mains, ou les yeux ? Les yeux sans doute. Un long moment, je restai happée par cette vision, figée dans la nuit.

Des yeux verts, comme l'ensemble du corps. La peau semblait même parcheminée. Nu, le gisant avait les mains jointes au niveau du sexe. Ses che-

veux noirs lui arrivaient aux coudes, comme un voile
funéraire.

Je crispai mes doigts sur le bord de la stalle.

— C'est un géant… dis-je pour moi-même.

— Deux mètres vingt-huit, répondit la voix de
Gilles, je l'ai mesuré…

Je ne pouvais le quitter des yeux. Un long
moment, nous restâmes tous en silence, puis la voix
d'Anne-Marie se détacha à son tour de la nuit :

— Tu as vu son front ?

Une décharge me parcourut le corps.

Oui, j'avais vu son front. Bien entendu ! Évidemment !

Mais je ne comprenais rien. Plus rien du tout !

C'était un tatouage, entre les sourcils. Ouvragée
et délicate, gravée à même la peau, une croix gammée lui servait de troisième œil.

— Nous ne savons rien de lui… dit Anne-Marie.

— Mais, depuis cinq mois, c'est notre protecteur,
ajouta Gilles en se serrant contre la fille du comte.

Elle posa sa tête sur son épaule et me sourit.

— Notre Dieu à nous… dit-elle.

Je me rappelai alors un des premiers cours d'oncle
Otto, aux Håkon. Les Sven et moi ne devions guère
avoir plus de huit ans, quand Otto nous avait parlé
des « Supérieurs inconnus ».

Selon de très anciennes légendes, ces êtres
seraient les derniers descendants de la race primor-
diale et pure, celle-là même qui vivait sur l'île hyper-
boréenne de Thulé, avant sa destruction.

Les fameux *Enfants de Thulé*, c'étaient eux !
Seuls quelques-uns survécurent au cataclysme qui

détruisit leur patrie. Lors, ils restèrent cachés, « inconnus » aux yeux du monde, mais décidèrent de piloter les destinées de l'univers. On les disait géants, et d'une grande pureté de traits... le front marqué d'une croix gammée.

— Mais ce n'est qu'une légende, avais-je dit à oncle Otto, à la fin de la leçon.

— Qui sait, petite Leni... m'avait-il répondu, rêveur. On dit que le jour où l'on retrouvera les Supérieurs inconnus, le monde entamera enfin sa marche vers la pureté. Mais cela se fera au prix d'innombrables vies humaines...

« D'innombrables vies humaines... » me dis-je en contemplant maintenant la momie. Cette dépouille si quiète, si paisible, sans doute morte depuis des milliers d'années, était-elle la raison de tous les meurtres dont j'avais été témoin sur Halgadøm ?

J'étais tellement happée par mes interrogations que je n'avais pas prêté attention à Gilles et à Anne-Marie : tous deux venaient de s'agenouiller devant la stalle et fermaient les yeux.

J'étais éberluée : au fin fond d'une grotte occitane, une jeune châtelaine et le fils de ses gardiens rendaient hommage à une momie inconnue. Un culte païen, instinctif.

Un moment – qui me sembla infini –, tous deux restèrent immobiles, puis ils s'éveillèrent au même instant.

Anne-Marie posa alors sur moi un œil énigmatique.

— Tu dois te demander pourquoi nous t'avons fait venir ici ?

Je fis « oui » de la tête et me dandinai sur mes pieds, mal à l'aise.

Gilles s'approcha et me tendit une feuille de papier couverte d'une écriture appliquée.

— Nous avons compris que tout allait changer…

— À cause de ta venue, et de celle d'Otto Rahn… précisa la fille du comte, triste, soudain.

Elle regardait le sol, comme si elle y cherchait un sens, une logique. Mais comment leur expliquer ce que je croyais seulement deviner ?

— Nous avons vécu ici nos plus beaux moments, continua Gilles, d'un ton désespérément adulte, et nous voulons qu'il en reste quelque chose…

— Un *sacrement*, dit Anne-Marie.

Tous deux me désignèrent la feuille que je tenais entre les mains.

À peine eus-je le temps de poser mes yeux dessus que les amoureux se placèrent face à moi, au garde-à-vous. Je réalisai alors que j'étais dos à la stalle, comme sur une estrade.

— Lis… dit Gilles.

J'hésitai puis ânonnai, sans tout comprendre (je lisais mal le français) :

— *Gilles Ballaran, acceptez-vous de prendre pour épouse Anne-Marie de Mazas, et de lui être fidèle jusqu'à ce que la mort vous sépare…*

Gilles déglutit et dit à mi-voix : « Oui… »

Je n'osai m'arrêter, car le couple semblait envoûté. Ils exhalaient une lumière surnaturelle. Les amoureux resserrèrent leurs mains sans me quitter des yeux.

Je continuai :

— *Anne-Marie de Mazas, acceptez-vous de prendre pour époux Gilles Ballaran, et de lui être fidèle jusqu'à ce que la mort vous sépare…*

La jeune adolescente prit une profonde respiration avant de répondre : « Oui… »

Le texte devenait délirant !

— *Par le pouvoir de la sainte momie ; par la lumière de la divine croix gammée ; par la puissance des grottes du bois cathare, je vous déclare unis par les liens indestructibles du mariage ; pour la vie et pour l'éternité...*

Un instant, les deux fiancés se regardèrent avec dévotion, puis ils chuchotèrent :

« *Amen...* »

Alors Gilles et Anne-Marie s'embrassèrent comme s'ils ne devaient plus jamais se revoir.

Mon rôle était terminé. Pour eux, plus rien n'avait d'importance en dehors d'eux-mêmes.

Dans la lueur de la grotte, à l'ombre de la momie, les amoureux étaient lovés l'un contre l'autre, se chuchotant des mots doux, des phrases ébauchées.

Je les entendais susurrer des « Pour toujours, mon amour ; pour toujours ». « Quoi qu'il arrive, nous serons l'un à l'autre ; à jamais ! » Et ils s'embrassaient encore et encore.

Brusquement ils s'arrêtèrent et jetèrent derrière moi des yeux épouvantés.

Je bredouillai :

— Que... que se passe-t-il ?

Mais j'entendis un bruit provenant des couloirs de la grotte.

Gilles me tira aussitôt dans la partie la plus sombre de la caverne.

— Nous avons des visiteurs, chuchota le jeune Ballaran avec nostalgie, comme si tout venait de se jouer.

« Des visiteurs... », me répétai-je, en voyant arriver Otto et le comte de Mazas. Ils faisaient de grands gestes et se dirigeaient vers la stalle de la momie.

Mais je n'entendais pas ce qu'ils disaient, et me relevai pour tendre l'oreille. Le poing de Gilles s'abattit aussitôt sur ma tête.

— Ne bouge plus ! chuchota-t-il, terrifié.

Comme les lapereaux face au furet, nous nous recroquevillâmes les uns contre les autres, dans notre poche d'ombre.

Les deux hommes étaient maintenant penchés sur le caveau, à un mètre de nous. D'un geste de la lampe, ils pouvaient nous éclairer !

— Le goût du passé ne s'acquiert pas, Otto. Je le sais, je le sens. C'est la race première, ami : *la race première* ! Nous y sommes…

— Je l'espère bien… rétorqua oncle Otto, qui semblait tempérer l'enthousiasme du Français.

— Mais c'est évident ! Nous avons enfin trouvé le premier Supérieur inconnu. Et il était chez moi : *sous mon bois* !

« J'avais raison ! » me dis-je, avec une étrange fierté, prête à me dévoiler pour montrer à Otto que j'étais en train de comprendre, que je partageais l'enthousiasme de Mazas.

Pourtant, Otto semblait hésitant.

— Rien n'indique que nous soyons sur la bonne route…

— Mais tout y est, *mein Freund* ! insista Mazas, avec un engouement d'enfant. La taille, la marque au front, les symboles : tout !

— Je vous l'accorde, à tel point que nous pourrions aussi être victimes d'un canular, répondit Otto, soucieux. Il faut maintenant trouver les huit autres. Vous savez bien que nous ne pouvons rien entreprendre sans les neuf dépouilles…

« Les *neuf* dépouilles ? » me dis-je, incrédule.

— Tes hommes y travaillent, n'est-ce pas ? demanda le comte.

Pensif, Otto se lustra le menton.

— J'ai quatre éléments encore jeunes, qui seront bientôt opérationnels.

Il se durcit, ajoutant :

— Le temps de leur inculquer un peu de… discipline !

Je frémis en songeant aux Sven…

La voilà donc, leur mission, le but ultime de leur formation.

« Mais alors moi… me dis-je. Je suis qui ? Je suis quoi ? »

Mazas enchaîna :

— Et comment comptes-tu les exhumer, ces autres momies ?

Oncle Otto secoua à nouveau le menton. Hésitait-il à trop se confier au comte ?

— Nous avons plusieurs pistes, dit-il. Mais dans des pays ennemis du Reich…

— Vous n'avez qu'à les envahir, dit Mazas, sur le ton de la boutade.

Oncle Otto grimaça et rétorqua, d'une voix rauque :

— Vous ne croyez pas si bien dire, maître…

À cette remarque, Gilles tressaillit et glissa contre un rocher.

— Mais qu'est-ce que… ? ! rugit Otto, tandis que Mazas pointait sa lampe sur le jeune homme, étalé à leurs pieds, la cheville tordue.

Je me mordis la langue pour ne pas hurler de peur, et Anne-Marie broya ma main dans la sienne.

Les deux adultes s'avançaient vers Gilles.

Mazas était sans voix, mais Otto ne pouvait retenir un sourire. Il balaya dans notre direction avec sa torche et nous découvrit, Anne-Marie et moi, serrées l'une contre l'autre.

— Tiens, tiens, tiens… grogna-t-il, je vois que nos demoiselles n'ont pas trouvé le chemin de leur chambre, ce soir…

Le comte était écarlate.

— Petits merdeux ! explosa-t-il en se précipitant sur Gilles. Vous n'avez aucun droit d'être ici !

Le jeune homme se replia sur lui-même et je revis, geste pour geste, la scène avec Björn, à Halgadøm.

Mais Rahn arrêta Mazas avant qu'il ne lève la main sur l'adolescent.

— Maître, attendez…

Otto lui parla à l'oreille. Désignant Gilles et Anne-Marie, il lui glissa dans la main une petite boîte de nacre.

À ce geste, Mazas se retourna vers moi et demanda d'un ton soupçonneux :

— Et elle ?

— *Elle*, dit calmement Otto, je m'en occupe…

Alors le comte s'approcha des « jeunes mariés » et leur tendit à chacun une pilule.

— Avalez-moi ça et retournez au château tout de suite, dit-il sur un ton de fureur contenue.

Gilles et Anne-Marie absorbèrent les pilules avec une grimace étrange.

— Et maintenant, du balai ! grommela encore Mazas, tandis que le couple disparaissait dans l'obscurité.

Cette nuit-là, Otto la passa au téléphone. Sa chambre était contre la mienne et je l'entendis parler avec Berlin, Munich, Vienne, Berchtesgaden…

Lorsque la communication n'aboutissait pas, il hurlait, s'énervait, et raccrochait si violemment que les murs en tremblaient.

Jamais je ne l'avais senti si nerveux.

Quand nous étions remontés de la grotte, il n'avait pas décroché un mot. Tout juste m'avait-il caressé la joue en murmurant :

— Vilaine petite curieuse, va !

Mais je n'avais lu ni hostilité ni sévérité. Tout juste cette pointe de fierté qu'il avait pour moi depuis quelques semaines. Je voyais donc juste. J'étais sur la bonne voie. Ma curiosité n'avait rien d'un défaut ; elle était même une vertu nécessaire à mon cheminement.

Le lendemain matin, lorsque je me réveillai, j'ouvris les fenêtres de ma chambre, qui donnait sur le bois, et aperçus des soldats en noir qui chargeaient une grosse boîte de métal rectangulaire dans la soute de notre aéroplane.

« La momie », me dis-je avec fascination. Le Supérieur inconnu ; un des maîtres secrets des hommes, là, juste là ! Et il était à nous !

Au même instant, Otto déboula dans ma chambre, pressé.

— Leni, habille-toi, on part dans une heure !

— Mais je croyais qu'on passait deux semaines ici ?

Otto se crispa.

— Les choses vont *bien* plus vite que je ne l'avais prévu…

Vingt minutes plus tard, je traînais ma valise dans le grand escalier du château. Elle était lourde et je peinais, marche après marche.

Alors que j'atteignais le second palier, une main en saisit la poignée.

— Laissez-moi vous aider, mademoiselle...

Je me retournai et vis Gilles. Le garçon m'adressa un hochement de tête servile et descendit l'escalier. Je sentis monter un malaise : dans ses yeux, je découvris la même lueur perdue que dans ceux de Hans, durant le procès des Sven. Gilles ne m'avait pas reconnue ; pire : il ne m'avait jamais vue.

J'eus la confirmation de mes intuitions en retrouvant Anne-Marie sur la terrasse, en plein soleil du matin. Coiffé de son canotier, le comte de Mazas était assis à une table de jardin, sur laquelle était dressé un plantureux petit déjeuner. Face à lui, sa fille picorait un œuf coque, et me salua sans conviction. Elle non plus ne savait pas qui j'étais.

Avec une ironie glaciale, Mazas fit les présentations :

— Leni est la fille de M. Rahn, ma chérie, cet ami allemand qui a passé la nuit ici...

— Ah bon !... fit la demoiselle en se penchant sur ses mouillettes.

Pour ma part, je n'eus pas le courage d'avaler quoi que ce fût. Mais Otto apparut bientôt sur le perron pour descendre vers nous.

— Leni, je suis désolé de t'arracher aux bons œufs du comte de Mazas, mais nous devons y aller !

En bas, le pilote était déjà aux commandes, tandis que le père de Gilles lançait l'hélice.

Alors que nous arrivions sous l'engin ronflant, Gilles ne cessait de me dévisager, comme s'il fouillait sa mémoire. J'étais morte de honte, mais je ne pouvais rien dire ; qu'aurait-il compris ? Il n'était pas du côté des élus...

Il finit par articuler, d'une voix sans timbre :

— Bon voyage, mademoiselle...

Je hochai du menton et me tournai une dernière fois vers le château. Anne-Marie et son œuf coque n'avaient pas quitté la terrasse. Elle se tourna pourtant vers nous et je la vis scruter le bois.

Que se rappelait-elle ?

Je frissonnai dans un curieux sentiment de bien-être. Moi, je savais ! Tout... ou presque.

Alors on se salua. Otto prit Mazas dans ses bras.

— Mon ami ! Mon fils ! dit le comte. Nous allons faire de si grandes choses !

Et, tandis que le moteur grondait, nous montâmes dans l'avion.

Mazas ajouta :

— Le monde va changer... grâce à toi, Otto !

Otto adressa une parodie de salut militaire au paysage alentour. Nous vîmes alors une silhouette dévaler les vignes en trébuchant et en criant :

— Monsieur le comte ! Monsieur le comte !

— Coupez les moteurs ! hurla Otto.

« Maman Chauvier », me dis-je en reconnaissant la mère de Gilles, qui arrivait, haletante, devant Mazas.

— Eh bien ? dit-il, sévère.

Elle ne parvenait pas à reprendre sa respiration.

— Monsieur le comte... ahanait-elle, je viens d'écouter la radio... Les Boches ont envahi la Pologne... Ils disent que la France va leur déclarer la guerre...

Mazas verdit et se tourna vers Otto. Et le régent, très calme, dit à son vieil ami :

— Vous voyez, je vous avais bien dit que les fouilles pourraient continuer... et s'étendre.

Le Français retira son canotier et s'épongea le front, comme si tout allait trop vite pour lui.

Mais Otto lui fit un dernier signe amical et plaisanta :

— Quittons-nous au moins bons ennemis...

2006

Clément n'était jamais venu chez Vidkun, impasse du «Castel vert», et il ne s'attendait pas à un tel décorum.

Nous voilà tous trois assis dans l'extravagante bibliothèque du Viking, à l'enivrante odeur de chlore. Cet hôtel particulier, ces portraits de nazis, ces vestiges, ces objets, ces grands drapeaux à croix gammée, tendus comme des rideaux, des dais.

Clément est tétanisé, mais moi, je me sens avide d'action, de mouvement...

C'est décidé : dès demain, Venner et moi filons à Toulouse pour rallier ce mystérieux village de Belcastel où se cacherait Marjolaine Papillon. La tanière de Leni Rahn !

— Votre flic toulousain peut nous y conduire ?

— J'espère, c'est à quatre-vingts kilomètres de l'aéroport !

— Et c'est lui qui nous a lancés sur la piste Marjolaine.

Perdant pied, Clément écoute notre dialogue, comme on regarde un film : en spectateur.

Lorsqu'il tente un timide : «Et moi ?», je sens monter le remords.

Je ne peux pas le laisser en plan. Pas aujourd'hui.

Pas après tout ce qu'il a fait pour moi… Pas après ce que je lui ai dit, hier matin, aux puces.

Ça ne sert pourtant à rien qu'on descende tous à Toulouse…

— Ce serait mieux que tu restes ici… lui dis-je, avec un fond de culpabilité.

Clément blêmit. Il ne sait quoi répondre. Et moi non plus ! Ce n'est guère le moment de mettre ses sentiments dans la balance.

— Je vais même te demander quelque chose d'assez chiant…

Clément relève sur moi des yeux de victime.

— Dis-moi ?

— Tu vas consulter tous les livres de Marjolaine Papillon dont l'intrigue pourrait se rapprocher, de près ou de loin, à celle d'Halgadøm.

— Mais c'est un boulot de titan !

— Je ne te demande pas de les lire… Contente-toi de trouver des indices, des coïncidences. Ça pourra peut-être nous aider.

Je croise à nouveau le regard de Vidkun, conscient de la délicatesse de la situation. Qui sait ? Clément pourrait prendre la mouche et aller tout déballer à FLK. Alors que l'éditeur ne doit *rien* savoir de nos projets.

Clément se lève et marche vers l'escalier d'un pas irrité.

— Ça va, ça va, j'ai compris ! Je vais commencer tout de suite. Vous voulez aussi que je fasse des photocopies et que je vous apporte des cafés ?

Je suis alors prise d'un pincement au ventre.

— Attends !

Je cours jusqu'à lui.

— Je suis désolée…

Figé, Clément me considère avec un mélange de nostalgie et de dédain.

— J'ai compris, ça va ! Ne te laisse pas reprendre, Anaïs, c'est tout ! Ce type ne pense qu'à lui…

Instinctivement, nous nous retournons vers Venner, qui analyse avec acuité ses cartes géographiques. Clément n'a pas tort, et je le sais *très* bien : Vidkun est dans son monde. Un monde qui reprend forme, sous ses yeux. Mais je ne peux évacuer ma fascination pour ce type.

— Il ne pense qu'à lui, reprend Clément, alors que moi…

Il déglutit.

— … *moi*, je t'aime…

Je me retourne aussitôt vers lui, balbutiante.

— Mais… je… moi…

— Bon, c'est fini les adieux de Fontainebleau ? dit alors Venner, autoritaire.

Clément jure entre ses dents et se dégage violemment, manquant me précipiter dans l'escalier. Puis il monte les marches. Le bruit de ses pas rappelle celui d'un soldat.

Je tends encore le bras vers lui et chuchote :

— Attends, je t'en prie…

Mes derniers mots sont étouffés par le claquement de la porte.

— Voilà, monsieur, ça fera trente-sept euros.

Vidkun tend deux billets au taxi.

— Gardez la monnaie…

Bientôt, la voiture disparaît dans l'obscurité.

— Le jour est en train de se lever… dis-je en

pointant une lueur rose, dans le ciel, de l'autre côté de la place du Capitole.

— Votre policier aurait pu venir nous chercher à l'aéroport, tout de même.

Vidkun remonte le col de son manteau anthracite.

Je consulte mon portable : 7 h 30.

— Il ne devrait plus tarder…

Le Viking bat des mains pour se réchauffer.

— Je dois être rentré à Paris en fin de journée…

— Un rendez-vous ?

— J'ai oublié de vous dire : je vois Alexandre Bertier, à 17 heures…

Je n'en reviens pas !

— Le présentateur de « Point Virgule » ? ! Et vous comptiez attendre encore longtemps pour me prévenir ?

— Je l'ai su hier soir ; tard… Mais cette rencontre n'a plus grande importance puisque nous allons voir Marjolaine Papillon *herself*…

Je serre les poings, irritée qu'il ose encore me cacher des choses. Clément a raison : ce type fera toujours cavalier seul.

— Peu importe ! Ce soir, je viens avec vous.

— Impossible. J'ai rendez-vous à son club des Champs-Élysées… un club pour hommes.

Sans répondre, je hausse les épaules et détourne les yeux.

Autour de nous, pas âme qui vive. Quitte à être discret, drôle d'idée que ce rendez-vous sur l'esplanade la plus célèbre de la ville rose.

« À cette heure-ci, il n'y aura personne, m'a certifié Linh, hier soir, au téléphone. Et puis j'habite juste derrière… »

Encore ensommeillés, nous voyons passer un camion d'éboueurs. Hilares dans leurs tenues vertes, deux grands Noirs jonglent avec les poubelles et nous font un clin d'œil.

— Ça va les amoureux ? lance l'un d'eux, au moment de se jucher sur le marchepied.

Venner rit d'un air gêné.

Dans le ciel, le soleil vient de surgir. Un rayon frappe de plein fouet un pan de mur, éclairant la place. Le rose des bâtiments n'en est que plus éblouissant. Un véritable incendie. Des silhouettes apparaissent peu à peu, nées de la lumière. Enveloppées dans des canadiennes et des imperméables, elles affrontent le froid sec de cette matinée d'hiver, le front bombé vers les bourrasques.

— Anaïs ?

Je sens une main sur mon épaule et me retourne : Linh Pagès, dans un épais blouson d'aviateur.

— Je ne vous avais pas dit à quel point il faisait froid, cette semaine, à Toulouse…

Au même instant, je réalise que je suis *vraiment* frigorifiée, mais je m'ébroue.

— Je vous présente M. Venner.

Linh hoche du chef.

— En combien de temps pouvons-nous être à Belcastel ?

— Une petite heure, mais…

Il s'interrompt, car il a vu passer un homme, de l'autre côté du terre-plein.

— Un problème ?

Linh remonte la capuche de son blouson. Il semble réellement anxieux et nous fait signe de le suivre dans les ruelles.

— Il y a une chose que je ne vous ai pas dite, ajoute-t-il, en arrivant devant une petite Clio, garée en double file.

Alors que je m'assieds sur la banquette arrière, je demande :

— Eh bien ?

Venner ferme sa portière et Linh met le contact.

— J'ai reçu des menaces…

— Des menaces ?

— Des coups de fil anonymes, ce genre de choses. Il faut que je fasse attention… Et vous feriez bien d'être prudente vous-même.

— Des menaces *précises* ?

Linh vérifie son rétroviseur avec inquiétude. Derrière nous, une grosse voiture semble prête à cogner le pare-chocs.

— Des appels muets. Des respirations.

— Ça peut très bien être autre chose.

— Je ne crois pas. Quand j'ai commencé à enquêter sur la disparition de Gilles Chauvier, il y a quinze ans, j'ai reçu exactement les mêmes coups de téléphone. Ensuite, ils sont passés à la vitesse supérieure : ils ont menacé ma mère…

À ces mots, il pose un doigt dévot contre un petit saint Christophe asiatique, posé sur le tableau de bord.

Tout le monde se tait.

Bientôt, nous quittons Toulouse et filons plein sud.

Le soleil pose sa boule rouge sur l'horizon. Il surplombe la crête des Pyrénées, dont je vois luire les glaciers. Des nuées de brouillard couvrent les champs, comme autant de petites fumées mouvantes.

— Que c'est beau ! dis-je à mi-voix.

Je réalise alors combien j'aime ce boulot, cette vie, ces choix.

Je devrais être morte de peur, mais une sorte d'euphorie me monte aux joues. Malgré mes angoisses et mes doutes (ou à cause d'eux ?), je me sens gagnée par ce goût de l'inconnu, qui me caresse le visage comme la brise d'hiver.

N'en déplaise à mon père, je suis en vie !

Un panneau abîmé attire alors mon attention. Cloué à un arbre, son inscription est presque illisible :

« Bienvenue en pays cathare ! »

Belcastel est une bastide de brique rose typique de la région. Un village à angle droit, posé au sommet d'une colline. La façade sud de chaque maison bénéficie d'une vue béante sur les Pyrénées. Les toits sont encore blancs de givre. En ce matin de janvier, pas de magasin ouvert, sinon une boulangerie fumante et un minuscule bureau de poste. Presque personne dans la rue, mais des trognes hostiles derrière les fenêtres, masquées par les voilages.

À Belcastel, on a gardé une âme d'assiégé.

La voiture avance au pas, dans ces rues de plus en plus étroites. Ici, un lavoir. Là, une maison à encorbellement, qui s'affaisse sur les passants.

Deux kilomètres plus loin, un panneau planté dans un talus : *« Route de la Grande Carlesse »*.

Le chemin s'enfonce en contrebas de la colline, dans un petit bois vallonné, et je me réjouis :

— Pour une fois, c'était facile…

— Attendons de voir… réplique Venner, sur un ton circonspect.

— Au Vietnam, on dit qu'il ne faut jamais brûler la peau de l'ours avant de l'avoir mangé…

Personne ne relève l'intervention de Linh, et nous nous engageons dans un chemin de terre.

Le sentier n'a pas été carrossé depuis longtemps. La voiture est secouée de cahots, le gel craque sous les pneus, Linh s'agrippe à son volant, Vidkun et moi tentons de nous tenir aux portières, mais nous sommes ballottés dans la Clio comme des haricots sauteurs.

Nous traversons alors un bois très touffu, riche en arbustes.

— Pour ce qui est d'être tranquille, dit Linh, elle a bien choisi sa cachette, notre romancière !

Toutefois, lorsque nous quittons la forêt, plus personne ne comprend.

— Qu'est-ce que c'est que ce bordel ?… grommelle Vidkun, ouvrant rageusement sa portière et manquant glisser, car ses mocassins de ville s'accommodent mal de la terre givrée.

Maladroitement, il s'avance.

— Je ne comprends pas… confesse Linh, qui sort à son tour du véhicule et fait de grandes enjambées pour rejoindre Venner. C'est un chantier.

Dans une gigantesque clairière, le sol est intégralement retourné. Trois camions, des bétonneuses, des petits baraquements de chantier orange s'enlisent dans le froid.

Venner met ses mains en porte-voix.

— Y a quelqu'un ?!

Pas de réponse.

Grelottante dans le froid humide, je constate :

— Ça m'a l'air abandonné.

Venner retire aussitôt sa cape et la pose sur mes épaules.

Je le remercie d'un signe de tête.

L'endroit dégage une profonde tristesse ; un abandon absolu.

Le Viking rougit brusquement et donne un puissant coup de pied dans la terre.

— ET MERDE !

La remarque de Linh tombe alors sous le sens :

— Allons à la mairie du village…

— Ah, vous êtes descendus à la Grande Carlesse ? J'espère que vous avez une bonne voiture !

La grosse femme nous avise d'un œil rond. Car
en elle, tout est rond : la tête, la bouche, le torse, les
mollets, l'accent méridional.

Dans l'unique salle de la mairie, assise sur l'unique
siège derrière l'unique bureau, elle nous observe avec
circonspection, bouffie de son importance.

— Qu'est-ce que vous êtes allés faire là-bas ?

— Nous cherchions l'ancienne propriétaire,
Mme Papillon…

— Connais pas…

Venner lève les bras au ciel.

— Ça devient grotesque !

Je ne puis m'empêcher d'observer la décoration
de cette minuscule mairie : photos de fête du veau
gras, clichés de vieillards, affiches électorales, illus-
trées par des photos d'identité.

Venner se penche sur « la » maire.

— C'est un vieux chantier ?

— Oulà ! je n'étais pas encore élue qu'ils rasaient
déjà la maison.

— Il y avait donc bien une maison, avant ? insiste
Linh.

— Oui… ça s'appelait le « domaine de la Cou-

figne ». Mais c'étaient des Parisiens qui habitaient
là. On ne les voyait jamais...

Je corrige aussitôt :

— Ce n'était pas *un* Parisien, mais *une* Parisienne. Elle s'appelait Marjolaine Papillon.

— Mais puisque je vous dis que ce nom ne me
dit rien !

Ses pommettes ont rougi.

— Et Rahn ? Leni Rahn ?

— Non plus...

Venner s'adosse au mur et tente de maintenir sa
concentration.

— Et qu'est-ce qu'ils construisent, là-bas ?

Chez cette femme, l'imprécision est une seconde
nature.

— Ça fait quinze ans que les travaux sont interrompus. Mais comme la propriété est un terrain
privé, nous ne pouvons rien faire.

— À qui appartient-il ?

— Non mais, de quoi je me mêle ? !

— À QUI ? ! tonne Linh en sortant sa carte de
police et en la claquant sur le bureau.

La vue de la carte bleu, blanc, rouge révulse la
pauvre femme.

Elle s'avance avec dépit vers l'unique armoire de
la pièce et en sort un gros dossier qu'elle pose sur
son bureau. Elle nous jette des coups d'œil inquiets,
comme si elle s'attendait à ce que nous la torturions.

— Alors... la Coufigne... la Coufigne...

Nous nous approchons avidement et elle tente de
dompter son effroi.

— Il semble que l'acte de vente ait été signé à
l'étranger... en Allemagne, je crois.

Venner déglutit.

— Et le rachat ?

— 1990.

— Et le nom de l'acheteur ?

— Oh oui… pardon !

Elle se penche à nouveau.

— C'est une entreprise étrangère… Je ne sais pas si je le prononce bien… Je crois que ça se dit… Halgadøm.

Elle est alors médusée par notre réaction : je pousse un cri de joie et Venner en trépigne sur place.

— Ça a l'air de vous faire plaisir !

— Et vous avez les coordonnées de cette firme ?

Le maire fait « non » de la tête, désolée de devoir assombrir notre joie, mais elle ajoute :

— Mais… je crois que je peux encore vous aider.

Son front luit de sueur.

— Votre… Marjolaine Papillon, en fait, ça me rappelle bien quelque chose.

Elle tire un carton de lettres de sous son bureau.

— Maintenant que j'y pense, on reçoit parfois du courrier à ce nom-là, Papillon…

Sa main farfouille dans les enveloppes.

— Souvent ? demande Linh.

— Oh !… cinq ou six fois par semaine…

« Elle se fout de nous ! » me dis-je.

Alors elle brandit une pile de lettres… toutes adressées à Marjolaine Papillon.

Nous nous efforçons de garder notre calme.

— Qu'est-ce que vous allez en faire ?

— Comme d'habitude…

Elle prend son stylo, barre l'adresse et en recopie une autre, d'une écriture appliquée et presque enfantine.

« *François-Laurent Kramer, villa Les Grands Chênes, 78490, Montfort-l'Amaury.* »

— C'est l'adresse privée de FLK, constate Venner en se massant les joues. Sa maison de week-end…

Linh se frotte également les mains, comme s'il voulait sortir de léthargie.

— Il doit y centraliser le courrier et le faire suivre à Marjolaine.

— On va en savoir plus, dis-je en sortant mon portable.

Venner me l'arrache.

— Vous êtes folle ? ! Il ne faut pas que FLK apprenne que nous sommes ici !

Je lève les yeux au ciel et récupère mon téléphone.

— Vous me prenez pour une conne ? J'allais appeler Clément !

Venner s'efforce de se radoucir mais demeure figé.

— Qu'est-ce qu'il pourra savoir de plus ? objecte Linh. Papillon a déménagé et son éditeur fait écran, voilà tout.

Mais j'ai ma petite idée.

— Peut-être, peut-être… dis-je en pianotant.

J'avais juste besoin d'un prétexte. Voilà des heures que je résiste à la tentation de l'appeler. Savoir s'il va bien, s'il ne m'en veut pas trop. S'il sera là, à mon retour.

« Bonjour, vous êtes bien sur le portable de Clément… »

— Clément… c'est moi… Tu peux me rappeler ? Je crois qu'on a quelque chose de nouveau…

Je m'apprête à raccrocher, mais balbutie encore, à voix basse, presque imperceptible :

— Je tiens *vraiment* à toi, tu sais ?…

J'agis rarement sur un coup de tête, mais là, je n'ai pas hésité un seul instant.

Lorsque, sur le mur de la mairie, j'ai vu que le car de 12 h 08 reliait Belcastel à Paulin, ça m'a semblé évident.

Linh a eu beau tenter de me décourager : « À quoi bon ? Vous ne trouverez rien. Jos est mort depuis dix ans, maintenant… », cette insistance appuyée n'a fait que redoubler ma curiosité.

Est-ce que Linh n'aurait pas quelque chose à nous cacher, après tout, lui aussi ?

Je l'ai laissé reconduire Venner à l'aéroport pour attendre le bus.

« Je suis une grande fille, ne vous inquiétez pas pour moi. »

Le regard de Linh à ce moment ! Fuyant, paniqué, comme s'il perdait tout contrôle.

Oui, ce type ne nous a pas tout dit !

Et me voilà maintenant depuis deux heures dans cette vieille carlingue des Autocars occitans, qui sent le foin et la vieille poule. Dieu soit loué ! le chauffeur finit par crier : « Paulin, rond-point de la Ramière ! »

Je demande alors au chauffeur :

— Le château de Mirabel, vous savez où c'est ?

— Ah, chez la folle ? ricane l'homme à casquette, en s'accoudant à son volant. Vous suivez cette route pendant trois kilomètres et vous tomberez dessus. Mais c'est une drôle d'idée de…

— Merci, monsieur, dis-je en m'extirpant de l'autocar.

À ma grande surprise, je suis en rase campagne.

J'aperçois la cathédrale, à un kilomètre à vue de nez. Je suis à l'orée d'une de ces inévitables zones

industrielles qui bordent désormais les villes françaises.

« Ma cocotte, toi qui voulais maigrir ! »

Mordue par le froid, je croise les bras et prends la
direction de Mirabel.

1939

Le voyage depuis Mirabel me sembla interminable. Otto avait demandé au pilote de s'éloigner de la Terre. Depuis quelques heures, nous étions devenus le premier ennemi de l'Europe.

Mais cette nouvelle – ce conflit qui risquait de devenir planétaire – me laissait aussi froide qu'un bec de macareux.

Ma propre vie bruissait de tant de mystères !

— J'imagine que les questions doivent se bousculer dans ta petite tête, ma Leni, dit enfin Otto en me couvant d'un sourire sincère.

— Alors vas-y, je t'écoute…

Respirant profondément, je hurlai plus fort que le moteur :

— À quoi servent ces pilules ?

Déjà Otto s'assombrit. Il chercha un instant ses mots puis répondit :

— À… *atténuer* les souvenirs.

— Elles rendent amnésique, c'est ça ?

Otto me parut hésitant. Étais-je plus vive qu'il ne le croyait ?

— Tout dépend de la dose. Elles transforment certains souvenirs en rêve. Et comme tu le sais, les rêves finissent par s'effacer…

Je ne répondis pas et il se sentit obligé d'enchaîner :

— C'est une molécule inventée par le docteur
Schwöll à partir d'un lichen des Håkon. Elle doit
servir à l'armée et aux services spéciaux pour le
secret militaire...

— Vous en avez pourtant donné à Hans ? Puis à
Gilles et Anne-Marie ?

Otto se ferma :

— Je n'avais pas le choix...

J'insistai :

— Ces gens, qui sont mes amis, ne vont plus
avoir aucun souvenir de moi ?

Otto se redressa et referma la glissière de sa canadienne. Il commençait à faire froid dans le cockpit.
Dehors, la nuit tombait. L'avion traversait parfois
des grappes de nuages, roses comme des poissons
crus.

— C'est vrai pour Gilles et Anne-Marie, qui ne
t'ont vue que vingt-quatre heures... Et puis je
connais Mazas, il va leur en donner des doses de
cheval. Ils t'oublieront : toi, moi, tout ce qui s'est
passé ces derniers jours...

Otto se frotta la nuque, comme s'il était pris d'une
crampe, et poursuivit :

— En revanche, pour Hans, c'est bien plus doux.
Il sera toujours ton ami, et seule votre petite « esca-
pade » s'est estompée de sa mémoire.

— Mais pourquoi pas moi ? repris-je. Pourquoi
ne m'en avez-vous pas donné ?

Otto eut l'air surpris.

— Tu voudrais tout oublier, *toi* ? Toi qui me
posais sans cesse des questions sur Halgadøm, sur
l'opéra, sur le rôle des Sven, au chantier ?

Il retournait le problème et je corrigeai :

— Pourquoi, *moi*, ai-je eu droit à un traitement de faveur ?

Sa voix s'adoucit encore :

— Parce que tu le mérites, petit cœur ; parce que tu n'es pas comme les autres : tu es d'essence supérieure, et jamais je ne tenterai de modifier ta mémoire.

Il se resserra contre moi et, doucement, inclina ma tête sur son épaule.

— Tu es comme ma fille, tu sais ? Et je veux que tu en saches autant que moi.

Malgré ses belles paroles, Otto resta muet jusqu'à notre retour en Norvège.

Aux Håkon, la vie reprit son cours : immuable, hors du temps, comme si je n'avais jamais quitté l'archipel.

Jamais Otto ne faisait mention de notre aventure française. Je savais simplement que la grande boîte métallique avait été convoyée par bateau jusqu'à Halgadøm, à la fascination incrédule du docteur Schwöll qui prit Otto par les épaules et exulta :

— C'est prodigieux ! Pro-di-gieux !

Qu'est-ce qu'il y avait de si prodigieux ? Cette momie était-elle vraiment le relief d'une ère engloutie ? Et qu'allait-on faire subir à cette dépouille, en la conduisant dans l'enfer d'Halgadøm ?

— Tout ce qui s'est passé dans les grottes du bois cathare doit rester entre nous, Leni ! m'avertit Otto. Et ne dis surtout rien aux Sven... tout cela est bien trop fort, bien trop grave pour eux.

— Mais les Sven sont encore prisonniers à Halgadøm... rétorquai-je.

— Plus pour longtemps...

Otto disait vrai car, quelques jours après mon retour, je vis arriver un petit bateau vers les côtes de Yule.

C'était le soir ; j'étais assise sur un rocher et contemplais les derniers feux du soleil. Nous atteignions la fin de la « lueur jaune » ; mi-septembre, bientôt l'équinoxe.

Le petit bateau accosta non loin de moi, sur un rocher saillant.

« La punition est terminée ! » songeai-je, en frissonnant malgré moi.

Les Sven portaient encore leurs pyjamas rayés. Leurs yeux regardaient autour d'eux avec effarement, comme s'ils ne reconnaissaient rien, comme s'ils retrouvaient le monde.

« Comme s'ils revenaient de l'enfer… » me dis-je encore en les voyant tanguer sur le chemin, pour remonter vers les bâtiments. Spectaculairement amaigris, les vêtements crasseux, troués, tachés de sang, couverts de bosses et de croûtes, ils avançaient sans conviction.

Un grand éclat de rire retentit alors derrière moi et Otto accourut vers eux, jovial.

— Eh bien, voilà nos garnements ! dit-il d'un ton protecteur. Ce n'était pas si terrible, n'est-ce pas ?…

Il claqua alors dans ses mains et gloussa :

— Vous voyez, la punition est déjà levée.

Alors, d'un même mouvement, les quatre garçons se tournèrent vers moi. Avaient-ils été drogués, comme Hans, qui m'évitait sans raison depuis mon retour ? Avaient-ils pris les pilules amnésiques ?

En me voyant, les Sven exhalaient une haine brute.

« Non, me dis-je avec un malaise grandissant, ils n'ont *pas* pris les pilules du docteur Schwöll… »

Malgré leur rancune, les Sven gardaient à mon endroit une distance polie, comme si Otto les avait mis en garde.

Et, contre toute attente, c'est avec oncle Nathi que commencèrent les *vrais* problèmes. Nul ne pouvait nier que le milliardaire sombrait dans la folie. Lui-même ne s'en cachait plus. Il réclamait à tout bout de champ sa « dose de Vril », et pouvait se tordre par terre, dans sa bibliothèque ou devant la maison, sous les yeux des soldats, si le docteur Schwöll arrivait en retard.

— Dieter ! Je vous en suppliiiie !

— Voilà, voilà ! hurlait le médecin en courant vers le vieil homme, dont la bouche écumait. Et les yeux d'oncle Nathi restaient révulsés jusqu'à ce que la drogue se diffusât dans ses veines.

— Vous voyez, Dieter, je deviens un Supérieur inconnu ; ça y est ! Je le sens… Je le sais !

Schwöll se dégageait d'un air dégoûté et repartait séance tenante pour Halgadøm.

« Pour concevoir d'autres pilules d'amnésie ? » me demandais-je en le voyant s'éloigner.

Dans le cas d'oncle Nathi, on ne pouvait même plus parler d'amnésie : le milliardaire délirait, poussait des hurlements, à tel point que chaque soir les soldats devaient l'attacher à son lit.

— C'est parce que je mute, *Schätzl*, m'expliquait-il le lendemain, lorsqu'il avait – pour un temps – retrouvé sa conscience. Je suis en train de devenir un Supérieur inconnu. Bientôt, je serai marqué du troisième œil.

Il guidait alors mon index entre ses sourcils et ajoutait :

— La roue solaire, la croix gammée, va apparaître : *là !*

Tout s'emballa un matin de la mi-octobre. Je lisais un roman d'aventure maritime dans la bibliothèque du palais, quand une camériste de Nathi vint me chercher en bredouillant :

— Mademoiselle Leni, *Herr* Korb a quelque chose de très important à vous dire…

Piquée par la curiosité, je me levai en demandant :

— Où est-il ?

— Dans la… salle aux costumes… me répondit la camériste, qui ne savait comment baptiser cette pièce.

Ne connaissant moi-même pas cette chambre, je suivis la domestique jusqu'à l'orée d'une salle, où elle frappa à la porte.

— Entrez… fit une voix de fausset.

Je pénétrai dans la pièce et ne pus retenir un éclat de rire devant le spectacle.

— Qu'est-ce que tu en penses, *Schätzl* ? reprit la voix de fausset. Dans *Les Enfants de Thulé*, je compte jouer une ondine ; c'est un rôle muet…

Au centre d'une vaste chambre jonchée de piles de vêtements, oncle Nathi me fixait, debout sur un socle. Moi, je le contemplai avec effarement. Je n'en croyais pas mes yeux !

Le corps enrobé de tissus moirés et de dentelles, le milliardaire portait une perruque blonde, des ailes d'ange, une fausse queue de sirène, et brandissait une épée de carton, comme s'il prenait la pose pour une fresque scandinave.

— Alors ? insista-t-il, de sa voix normale.

J'étais muette, incapable d'émettre le moindre mot.

Ainsi travesti, la figure lourde de fond de teint, les lèvres peintes, les cils enduits de noir, il avait l'allure d'un empereur romain en partance pour l'orgie. Alors je vis ses yeux : injectés de sang, ils semblaient plus drogués que jamais.

Oncle Nathi tira de sous sa tenue un tissu, et déplia une sorte de petite robe transparente.

— Tiens, dit-il en me la tendant : c'est pour toi...
Dégoûtée, je me reculai.

— Non...

Oncle Nathi fronça les sourcils en grommelant «Comment ça, non ?!» et descendit de son socle.

Jamais je ne lui avais vu un regard aussi dément, aussi cruel ! Je pris peur et me reculai comme un animal traqué.

Mais Nathi me rattrapa et enfonça ses doigts dans mes bras.

Il devenait livide, ses yeux roulant dans leurs orbites.

— C'est pour toi, je te dis !

Je sentis bientôt les larmes me monter aux yeux, et la panique me saisit. Mais Korb me serra contre lui et posa son gros nez maquillé contre le mien.

— *Schätzl, schätzl !* ahanait-il.

Il était en manque : au coin de ses lèvres coulait une mousse jaunâtre.

— *Schätzl*, dit-il en reprenant sa voix de fausset. Tu vas m'obéir.

Tout était ridicule : sa tenue, sa voix, son maquillage, cette pièce, mais jamais je n'avais eu aussi peur !

Même à Halgadøm, j'avais pu me raccrocher à

quelque chose, à Hans, aux autres prisonniers. Mais ici : rien !

J'étais dans les bras d'un fou, qui me vrillait à lui. Ça ne pouvait plus faire partie de mon initiation ! Otto ne l'aurait jamais permis ! Pas ça !

— Oncle Nathi, je vous en supplie ! Laissez-moi partiiir !

Mais le milliardaire ne m'écoutait pas et ses mains commencèrent à parcourir mon corps.

— D'abord tu vas me retirer tout ça ! dit-il en passant ses doigts sous ma jupe et mon chemisier.

J'avais beau me débattre, il m'enserrait dans ses bras.

— Oncle Nathi ! Arrêtez ! pleurai-je, tandis que ses phalanges caressaient mon torse, mon ventre.

Lorsqu'il atteignit ma culotte, je poussai un hurlement.

— Nooooon !

Nathi ne broncha pas et susurra :

— Tais-toi, *Schätzl* ! Tu vas réveiller mes ouvrières… Elles sont si fatiguées…

« Un fou ! Il est complètement fou ! » hurlait ma conscience, mais je ne parvenais plus à parler.

Le vieux devenait ignoblement poisseux ; ses mains tentaient maintenant de s'introduire entre mes jambes, et de grosses larmes coulaient de mes joues.

Alors je sentis son doigt…

Une douleur atroce, un sentiment abominable. Quelque chose d'inconnu et de très grave. La honte la plus fourbe, la plus pitoyable.

Je me cabrai et, de toute ma force, *de toute ma haine*, lui envoyai mon genou entre les jambes.

Nathi se plia en deux et s'effondra au sol.

— Reste… reste… *Schätzl*… cria-t-il, le souffle coupé.

Mais j'étais déjà à la porte, si paniquée que je n'arrivais pas à actionner la poignée.

Il se releva alors d'un bloc et clopina dans ma direction.

Miracle : la porte s'ouvrit !

Mes hurlements résonnèrent dans les couloirs vides, se mêlant au bruit de ma course.

D'un pas hésitant, Nathi me suivait.

— Leni ! *Schätzl !* Tu *dois* essayer cette robe !

La douleur m'empêchait de respirer, un point de côté me cisaillait, mon ventre brûlait, dévoré par un acide, mais je devais courir.

Tout s'enchaîna violemment.

« Un cul-de-sac ! » me dis-je terrifiée, acculée contre une bibliothèque.

Un éclat de victoire brilla dans les yeux du vieux fou, qui feula « *Schätzl !* » et se jeta sur moi.

Lors, la bibliothèque s'effondra, ensevelissant nos deux corps sous un tombeau de livres, et je ne sais lequel de nous deux s'évanouit en premier.

Lorsque je me réveillai, c'était le matin. Tout semblait rentré dans l'ordre, car j'étais au dortoir, dans mon lit.

Ma première impression fut une sensation de blancheur presque éblouissante. Autour de moi, tout était propre et lisse.

Je cherchai à tâtons ma table de nuit, mais ne la trouvai pas.

« Ils ont changé mon lit », me dis-je dans un demi-sommeil.

J'étais dans un lit à barreaux, sous des draps plus

légers que d'habitude. Ma chambre me parut également plus grande, plus aérée. Mais tout était si flou !

Alors je me retournai et sentis geler mon sang : on avait retiré les rideaux entre les lits… et ils dormaient à côté de moi, immobiles !

Les Sven…

Pourtant les garçons semblaient différents : plus joufflus.

« Ce ne sont pas les Sven, réalisai-je bien vite, avec un étrange malaise, mais des filles… Des filles *inconnues* ! »

Brutalement, tout remonta : oncle Nathi, les costumes ; puis les mains du vieil homme sur mon corps, *dans* mon corps ; enfin ma fuite et l'effondrement de la bibliothèque…

Je me rappelai tout et ma première pensée fut :

« Au moins, ils ne m'ont pas fait avaler leurs pilules amnésiques… »

Mais qui sait ? Peut-être ces souvenirs allaient-ils bientôt s'apparenter à des rêves ? Puis s'estomper ?

Pourtant, je ne dormais plus ; plus du tout ! La curiosité attisant mon esprit, je me redressai sur mes oreillers pour observer mes « compagnes ». Je déglutis. Le son de ma gorge résonna étrangement dans cette ambiance médicale.

Allongées, immobiles, les bras sur les couvertures, dormaient onze jeunes femmes blondes, âgées d'une vingtaine d'années.

Je remarquai alors au bout de chaque lit un nom, un graphique et une date ; le tout écrit en caractères gothiques.

Je déchiffrai celui de ma voisine : « Heidi Greve, 10/03/1939 » et, incrédule, me penchai pour lire les autres. Les noms avaient tous des consonances scandinaves, les dates étaient rapprochées, entre les mois de janvier et de mars 1939.

« Mais je suis où ?! »

Je tournai alors la tête et réalisai que cette chambre possédait une grande baie vitrée. Un pincement me traversa l'estomac, car je reconnus, face à moi, la grande coquille blanche.

« Mon Dieu, compris-je avec horreur, je suis à Halgadøm ! »

Au même instant, cinq ombres passèrent devant la fenêtre : les silhouettes des Sven et d'oncle Otto. Aucun d'eux ne parut toutefois prêter attention à mon regard qui les suivait, le front collé à la vitre.

Concentrés, ils agitaient les bras et avançaient vers l'opéra.

Mais moi, où me trouvais-je exactement ?

Dans une sorte d'hôpital ? D'infirmerie ? Le lieu où le docteur Schwöll s'enfermait tous les jours pour élaborer ses pilules amnésiques ?

Et Otto, me savait-il ici ?

La certitude tomba alors comme un couperet :

« Je dois partir ! » me dis-je, sans raisonner plus avant, en repoussant mes couvertures qui glissèrent sur le dallage.

Machinalement, je portai ma main à ma tête et une douleur me saisit le front. Je réalisai qu'un bandeau m'entourait le crâne.

« Qu'est-ce qui m'est arrivé ? »

Alors la souffrance reparut, brusquement. Comme si je venais de la réveiller. Tous mes membres se mirent à lancer des décharges et, me tortillant sur mon matelas, je constatai que mes jambes, mes cuisses, mon torse étaient couverts d'hématomes. La chute des livres avait dû être si violente que les ecchymoses s'étalaient sur mon corps comme des taches de sang.

« Un léopard… » me dis-je avec dégoût, devant ma peau pâle et mouchetée.

Pourtant, malgré ces blessures, malgré la présence de ces autres femmes, une seule idée m'obsédait : *partir*… Fuir cette chambrée sinistre, où je me croyais entourée de cadavres.

Qui me dit que je n'étais pas devenue prisonnière, moi aussi ?

Hélas, une sonnerie retentit alors dans le bâtiment avec une stridence presque insoutenable. Au même instant, les onze femmes ouvrirent les yeux.

Je sursautai mais me rallongeai aussitôt sur mon lit, faisant mine de dormir. Toutefois, à travers mes paupières mi-closes, j'observais tout. Tout !

Une à une, les onze femmes se levèrent… et je vis leurs silhouettes !

« Elles sont nues ! me dis-je, affreusement troublée. Nues et… enceintes ! Toutes ! »

Sous la lumière des néons, ces onze ventres ronds éclataient de santé, comme autant de ballons de carnaval.

Mimant le sommeil, je balançais entre mon dégoût et ma fascination pour cette souplesse, cette étrange agilité du corps, malgré leurs yeux presque morts.

D'un même mouvement, les femmes avaient entamé une petite gymnastique des jambes, s'asseyant sur le rebord de leur matelas pour pédaler dans le vide.

Pas une ne parlait ; tout juste poussaient-elles des petits soupirs, semblables aux couinements des guillemots, lorsqu'ils couvent.

J'étais si intriguée par ce spectacle que, sans m'en rendre compte, je me redressai. Non, Leni ! Non !

Mais c'était déjà trop tard pour réaliser mon imprudence, car elles se retournèrent vers moi ! Vision terrifiante !

Ces yeux, mon Dieu ! Ces yeux ! Un vide abyssal, décomposé à l'infini. L'impression d'être observée par des animaux, de surprendre une horde de louves en pleine parade nuptiale !

Je me domptai pour garder mon calme, mais elles me semblaient dénuées de toute agressivité.

Un instant, nous restâmes immobiles, incapables de bouger ; puis, soutenant leurs ventres ronds, elles s'approchèrent de moi.

Instinctivement, je me reculai contre les barreaux de mon lit, mais déjà les louves m'encerclaient !

— Bon… bonjour ! balbutiai-je, sentant le sang geler dans mes veines.

Silence.

Leurs figures n'exprimaient ni affection ni haine ; juste une profonde curiosité.

La panique me reprit comme un ouragan : « Partir ! Je veux partir ! »

Lors, domptant ma terreur, je me décalai très doucement et posai mes jambes au sol. À ce geste, les femmes se reculèrent en silence, sans pour autant ouvrir le cercle.

Quand je fus debout, devant mon lit, elles reculèrent à nouveau et froncèrent les sourcils : elles ne semblaient pas comprendre.

Leurs corps nus étaient plantés dans le sol, sur ce dallage blanc, presque laqué.

« Reste calme, Leni… Reste impassible ! »

Lorsque je commençai de marcher, leur respiration s'accéléra, mais elles m'ouvrirent un passage.

« Elles ont compris ! me dis-je avec espoir, en avisant la porte de la pièce. Elles vont me laisser partir ! »

Me forçant à ne pas courir ni les effrayer, je marchai lentement vers la sortie.

Mais quand ma main se posa sur la poignée, je sursautai. Jamais je n'avais entendu un cri aussi strident, aussi malsain.

Un gémissement plus atroce que celui d'une bête éventrée. Comment pouvait-il sortir d'une bouche humaine ? De la bouche de cette femme – la plus grande d'entre elles – qui s'avança vers moi, comme une automate.

Puis, mécaniques, les autres l'imitèrent, poussant à leur tour cette affreuse gésine de nourrisson.

Malgré un moment de panique absolue, je parvins à ouvrir la porte et me propulsai dans le long couloir.

Les futures mères hurlèrent de plus belle… mais toutes s'immobilisèrent au seuil de leur chambre, comme s'il leur était interdit d'en sortir.

M'éloignant à reculons dans ce couloir d'hôpital, je réalisai avec effroi qu'aucune n'avait de langue…

Cette clinique était immense ! Les couloirs se reliaient en une vertigineuse alternance de laboratoires et de dortoirs…

J'avançais au hasard, inconsciente du danger, avec l'impression diffuse d'être perdue dans un paquebot. Malgré la folie de cette aventure, impossible de ne pas scruter chaque vitre, entrouvrir chaque porte.

Par des portes ouvertes ou des baies vitrées,

j'apercevais d'autres femmes enceintes, d'autres ventres ronds, et je croisais les doigts pour être invisible.

«Elles s'en moquent, pourtant!» réalisai-je en contemplant leurs yeux bleus et morts. Qu'elles fussent infirmières, patientes ou enceintes, toutes ces femmes observaient le monde alentour avec une inexpressivité de poupée.

«Comme des aveugles…»

Mais moi, je voyais tout! Et ce spectacle était aussi effarant que cauchemardesque!

«Est-ce une maternité ou… autre chose?» me dis-je en arrivant devant une nouvelle pièce, au début d'un nouveau couloir. Sur le mur extérieur, des képis noirs à tête de mort étaient accrochés à des patères.

Mais c'est à l'intérieur que tout devait se passer.

La pièce était plongée dans l'obscurité et fermée de rideaux noirs, mais je parvins pourtant à voir à travers une embrasure du tissu et distinguai des lits… Des lits et des ombres… Des ombres de corps, qui brillaient dans le noir, comme s'ils écumaient de chaleur.

Une touffeur inconnue monta au même instant entre mes jambes, s'étirant jusqu'au torse. Brusquement, la pointe de mes seins se mit à me lancer, sans que je comprenne pourquoi…

La vision de ces ombres qui poussaient des cris étouffés me remplissait d'un plaisir honteux, comme si je contemplais un interdit…

«Otto, Otto? me dis-je d'un ton suppliant, en m'éloignant de cette pièce comme on fuit le diable. Que veux-tu que je comprenne?» Tout devenait pourtant évident, mais je n'osais le formuler dans ma tête. Ces soldats, ces femmes…

« Et ces bébés ! » me dis-je en arrivant devant une grande baie vitrée. Face à moi, de l'autre côté de cette paroi de verre : vingt berceaux. Au fond de la pièce, une infirmière faisait chauffer des biberons avec une patience de fonctionnaire.

Les futurs enfants de mes voisines de chambre occuperaient-ils bientôt ces berceaux ? Était-ce là la règle, la logique occulte d'Halgadøm ?

Car j'étais dans le Saint des Saints d'Halgadøm ; je l'avais bien compris. Plus que le chantier, plus que l'atroce dortoir des prisonniers, c'est ici que tout se passait *vraiment*.

Tout était en train de se dévoiler, de s'éclaircir. Tout… même le pire.

Surtout le pire…

Et le pire se dévoila lorsque j'atteignis la dernière pièce. Je dus bander mes muscles pour observer cette dizaine de lits, sans draps, sans rien.

Tout juste des femmes. Des femmes allongées à même les sommiers, nues ou couvertes, vêtues de vêtements si fins qu'on distinguait leurs membres, parfois leurs os.

« Des cadavres ! me dis-je avec effroi. Des cadavres vivants ! »

Car elles respiraient. Couvertes de perfusions, de tuyaux, d'ustensiles de métal, ces malheureuses étaient en vie, comme des boules de souffrance à vif. Jamais je n'avais lu un tel désespoir !

Certaines avaient les yeux fermés, d'autres fixaient le plafond, d'autres encore avaient les jambes écartées par des structures d'acier, un tuyau planté dans le sexe ; et toutes ces femmes possédaient cette conscience atroce qu'elles ne quitteraient jamais ce laboratoire.

Plus jamais.

J'étais épouvantée, mon ventre était chaviré, ma tête bourdonnait, mais je ne pouvais détacher mes yeux de cette horreur ! Voilà donc les cadavres sur lesquels pousserait la race future ? Les victimes en sacrifice au règne des Supérieurs inconnus ? C'était là le prix de ce spectacle ignominieux ? !

L'une des femmes avait le corps totalement bleu, comme si le sang n'y circulait plus. Sa voisine était marquée de grandes cicatrices, pas encore refermées, qui coloraient ses draps et coulaient au sol. En face d'elle, trois très jeunes femmes jetaient des yeux perdus. Elles voulaient bouger mais ne le pouvaient pas : elles n'avaient plus ni bras ni jambes.

Mes yeux couraient de l'une à l'autre avec un effroi incrédule.

Je m'aperçus alors que ces femmes n'étaient pas seules dans le laboratoire.

Deux silhouettes en blouse blanche passaient d'un lit à l'autre, vérifiant les graphiques, changeant les bonbonnes.

« Évidemment ! » compris-je sans surprise, en reconnaissant Dieter Schwöll et son fils Knut...

Aussitôt je me recroquevillai, car *eux* pouvaient me voir.

« C'est donc ça..., me dis-je, en boule dans le couloir. Des femmes fécondées, accouchaient puis servaient de cobayes à des expériences. Cela veut dire que... »

— Docteur Schwöll !

Terrifiée, je me plaquai contre le mur.

— Docteur Schwöll, je vous en supplie !

Cette voix !

La porte du laboratoire s'ouvrit, et la silhouette de Dieter Schwöll traversa le couloir pour gagner la chambre en face.

Luttant contre ma peur, je me relevai jusqu'à la baie vitrée de cette pièce.

« C'est bien lui… » me dis-je, écœurée.

Dans un lit, allongé, livide, écumant : Nathaniel Korb.

Comme mes jambes, son visage était couvert d'ecchymoses ; les marques des livres, des rayonnages. Mais il semblait en bien plus mauvais état que moi, car son bras gauche était relié à un cathéter où s'écoulait une liqueur rouge, plus claire que du sang.

Tout ouïe, je tentai de comprendre.

Schwöll restait à l'entrée de cette pièce, et le milliardaire posait sur lui des yeux suppliants.

— Dieter, je vous en prie… gémissait-il en se tordant au point de faire valser la perfusion. Je ne recommencerai plus… C'est promis…

Je remarquai alors une ombre, au fond de la pièce, assise dans un fauteuil. L'homme se leva et avança au-dessus du malade.

« Oncle Otto… »

Malgré moi, la vision du « régent » m'insuffla du courage.

— Nathaniel, dit-il, nous ne pouvons plus vous faire confiance, après ce que vous avez fait à la petite…

À ces mots, les images me revinrent en force : la salle des costumes, l'odeur d'oncle Nathi ; *ses mains…*

Ses mains… aujourd'hui elles étaient là, tristes et frémissantes, agrippées aux draps, à les déchirer.

« Il souffre », me dis-je en observant ce corps ravagé. Nathi souffrait atrocement et trouva pourtant la force de se défendre, soufflant à mi-voix :

— Mais je n'ai rien fait à Leni… Demandez-lui…

« Salaud ! » me dis-je en mordant mes joues.

D'ailleurs Otto ne le croyait pas. Il s'appuya aux barreaux du lit, caressant le chrome.

— Ce n'est plus possible, Nathaniel. Vous devenez incontrôlable… Leni fait partie des élus.

Un éclair de fierté me saisit.

— Mais… mais je suis ici chez moi, hurla Korb, les yeux en feu. Sans mon argent, vous ne seriez rien. Des petits Allemands sans envergure, comme lorsque vous êtes venus me chercher, il y a vingt ans…

Otto et le docteur Schwöll eurent une mine lasse devant le radotage du vieillard. Tous deux se consultèrent. Alors Otto hocha du chef et le médecin pressa un piston du cathéter. Aussitôt oncle Nathi se calma.

— Merci… souffla-t-il d'un ton soulagé.

Mais à son chevet, les deux hommes s'étaient immobilisés avec une rigueur de bourreau.

— Vous êtes allé trop loin, Nathaniel, susurra oncle Otto.

— Vous devenez encombrant, reprit Schwöll, qui pressa à nouveau le piston.

Le milliardaire commença à rougir. À se débattre.

— Mais… mais…

Son plaisir se transforma en une douleur fulgurante. Sa bouche s'ouvrit sans émettre un son. Les yeux exorbités, les veines saillantes, il se pencha en avant, mais la souffrance était trop forte pour qu'il puisse crier.

— Nous y sommes presque, dit froidement Dieter Schwöll.

Quant à moi, malgré l'horreur de cette scène, je ne pus retenir une décharge de plaisir. Otto me vengeait, et moi je m'endurcissais à cette vision.

Le vieil homme se tordit un instant sur son lit, tentant de battre des jambes. Puis ses membres se figèrent l'un après l'autre, et il s'immobilisa…

— Voilà, dit Otto, avec ce qui me sembla être une ombre de nostalgie.

— C'est fini... ajouta le médecin.

— Les choses vont aller de plus en plus vite, reprit Otto.

Il s'approcha alors de Schwöll et dit, presque à voix basse, posant sur la porte des yeux perçants :

— Dieter, que ce soit bien clair : pour tout le monde, Korb est parti en Europe peaufiner son opéra avec ses musiciens ; nous sommes d'accord ?

Le médecin opina puis demanda :

— Mais... et la petite ?

Otto se dérida.

— Vous me la soignez, et vous la renvoyez à Yule dès qu'elle est en état.

— Je vais passer la voir tout à l'heure, conclut le médecin.

À ce mot, je me redressai violemment, prise entre deux feux : devais-je fuir ou entrer dans la pièce pour annoncer à Otto que j'avais tout observé, froidement, sans passion, en adulte ? Très vite, je tranchai pour la discrétion. Si oncle Otto et Dieter Schwöll étaient des virtuoses du mystère, à moi de leur prouver que je savais aussi garder des secrets.

C'est pourquoi, en silence, je regagnai ma chambre.

Souriantes, les onze femmes m'y accueillirent comme leur petite sœur.

Deux jours plus tard, je quittai la maternité.

Alors qu'un canot, piloté par un jeune SS, me

déposait sur la grève de Yule, une silhouette accourut vers moi.

« Hans ! me dis-je avec un mélange de joie et de honte. Que vais-je pouvoir lui dire ? Je suis tenue au silence… »

— Où étais-tu ? me demanda-t-il.

Il n'avait pas recouvré la mémoire et ne savait rien d'Halgadøm.

— J'étais en voyage.

Mais j'étais une piètre menteuse, car il m'avait vue arriver en bateau, depuis l'île au chantier.

Hans leva les yeux vers l'horizon, où le soleil était de plus en plus timide, puis me prit doucement la main et dit d'un ton peiné :

— Tu ne me fais plus confiance, c'est ça ?

Que lui répondre ? J'étais si heureuse de le revoir ! Et je brûlais de tout lui raconter, de tout lui avouer : mon voyage en France, la momie, Halgadøm, l'opéra, l'infirmerie, les prisonniers, les accouchements, oncle Nathi, les expériences médicales du docteur Schwöll.

Mais je ne pouvais rien dire. Rien du tout ! Que se serait-il passé, sinon ? Hans aurait-il été transféré à l'infirmerie d'Halgadøm, pour que son frère lui coupe la langue ? !

Le dilemme était absurde, mais c'est pour son bien, pour sa sécurité que je devais garder le silence !

Mon ami conservait ce mélange de douleur et d'agacement.

— Très bien, grinça-t-il en se reculant. Dans ce cas, j'imagine que nous n'avons plus grand-chose à nous dire…

Il lança alors une dernière flèche, empoisonnée :

— Tu es passée du côté des Sven…

2006

La marche me réchauffe. Le soleil reste encore éblouissant, mais il est plus glacial qu'une lune polaire.

Depuis quelques minutes, j'aperçois nettement les deux grandes tours de Mirabel.

« Ça n'a rien du château de Dracula… » me dis-je, commençant à en avoir plein les jambes.

Mon portable indique 16 h 30.

« Si je n'avale rien, je vais tomber dans les pommes ! »

Décryptant ce paysage si noble, je m'efforce d'en distinguer les détails qui ont pu bercer l'enfance du petit Gilles Ballaran, lorsqu'il n'était encore que le fils des gardiens de Mirabel. Ces fermes, posées sur les coteaux, en vigie. Ces routes de crêtes, qui parcourent les collines comme en Toscane. J'imagine les cris des chiens, au soir venu, qui se souhaitent la bonne nuit en hurlant à la lune.

Le château n'est plus qu'à cinq cents mètres. Un peu plus loin, à gauche de la route, commence la côte qui monte vers la propriété. Deux platanes et un panneau : « *Château de Mirabel, propriété privée* ».

— Je crois que j'y suis…

Le son de ma propre voix me met mal à l'aise.

Était-ce une si bonne idée de venir ici ?

Je sais tant de choses sur cet endroit ! Tant de mystères, de légendes, dont je ne saurais distinguer le vrai du faux. Les fouilles nazies. La momie, dans la grotte. Le mariage symbolique de ces deux enfants : lui, fils des gardiens, elle, châtelaine. Ces découvertes archéologiques, dans les années 1950. Et puis ce cadavre pendu à l'orée du bois, en 1987 !

La tête bourdonnante, je m'arrête à mi-parcours, haletante, pour reprendre mon souffle. La vue est magnifique.

Avant de devenir le triste commissaire Chauvier, le petit Gilles Ballaran a dû connaître cette région sous son âge d'or. Encore aujourd'hui, elle semble préservée. Les fermes restent anciennes. Et seules quelques hideuses maisons-cubes, çà et là, trahissent le monde moderne.

« Des maisons pour nains de jardin », aurait dit Clément.

À cette pensée, je sors mon portable et essaye à nouveau de l'appeler.

— Putain de boîte vocale ! ralé-je en donnant au sol un coup de chaussure rageur.

Je me décide quand même à lui laisser un message.

— Clément, mon cœur, il faut absolument que tu m'appelles. Je ne sais pas ce que tu t'imagines, mais j'ai besoin de te parler. Et ça n'a rien à voir avec le boulot…

À bout de mots, je m'arrête.

Autant me concentrer sur ce qui m'intéresse aujourd'hui.

Me voilà devant une haute grille de fer forgé, qui marque l'entrée du parc. L'atmosphère vire au funèbre.

«Qu'est-ce que je crains, pourtant ?»

D'un doigt hésitant, je presse le bouton de la sonnette.

J'attends.

Pas de réponse.

Je tends l'oreille ; toujours rien.

J'appuie à nouveau mais ne perçois que l'écho de la sonnerie, depuis le château, comme si elle résonnait dans une cave.

— La maison est vide, voilà tout... dis-je à voix haute.

Au même instant, je remarque une brèche dans le mur, à vingt mètres de la grille.

Une décharge me traverse l'estomac, mais je la réprime avec violence et me faufile entre les pierres.

«Mirabel... »

Le château est là, devant moi. Le parc, les buis à l'abandon, les arbres nus et entrelacés, les pelouses sauvages, couvertes de feuilles décomposées, offrent un spectacle flamboyant : celui d'une apocalypse végétale. Domptant ma peur, je contourne la maison.

Pas un volet ouvert, pas un son.

Pour me rappeler que je ne suis pas dans un rêve, je laisse ma main caresser le mur, qui s'effrite au seul contact de mes doigts.

Linh me l'avait parfaitement décrit : le château de Claude Jos est bâti autour d'une cour intérieure. Je la découvre à travers une grille, qui n'a sans doute pas été ouverte depuis des années. Dans la pénombre de la cour, je distingue un puits en miettes et des meubles entassés.

Machinalement, je pousse un « Hého ? » qui sonne atrocement faux et se répercute sur les parois de brique avant de se perdre dans le crépuscule.

J'arrive alors sur la fameuse terrasse. Devant moi, en bas du vallon, le bois semble un animal tapi au creux d'un talus. Une masse sombre, presque inquiétante, qu'un petit chemin rejoint à travers champs.

— Le bois cathare…

Une fois de plus, ma réaction est instinctive, comme si j'obéissais à un ordre : je dois y aller !

Chaque image du roman de Leni Rahn me revient alors en mémoire, comme si je la revivais. La promenade nocturne des trois enfants ; la découverte de la momie ; les tentes des archéologues ; et ce mariage factice, si émouvant…

Hypnotisée par mes souvenirs de lecture, j'avance, dans ma petite tenue de citadine, mes chaussures s'enfonçant dans les flaques et la boue.

« Anaïs, ma cocotte, où cours-tu ? »

Lorsque j'atteins l'orée du bois cathare, le château n'est plus qu'une tache grise dans la nuit noire. L'appréhension pointe son museau. Tout devient inquiétant : cette odeur de mousse et de feuilles mortes ; ce froid polaire, saturé d'humidité ; et ces sous-bois, dans un noir presque total.

— Brrrr…

Mes yeux s'adaptent lentement à l'obscurité. J'aperçois encore des portions de ciel à travers les branches, mais tout vire ton sur ton. La gorge serrée, refusant de faire marche arrière, je parviens enfin à distinguer un chemin, qui serpente entre les troncs et les fougères.

Qu'est-ce que je fous là ?

À mesure que tombe l'obscurité, la folie de cette aventure m'apparaît. Je me dompte pour ne pas y penser et me concentre sur le chemin, sur mes pas, évitant de trébucher.

— Je suis bien cinglée, quand même !

Ma voix ne fait aucun écho. Comme dans une pièce close. À l'inverse, le moindre bruit de la forêt, une branche qui grince, un oiseau qui s'ébroue, une chouette qui hulule, semble amplifié au point de devenir assourdissant… et terrifiant !

C'est l'heure où les choses prennent vie.

Soudain, un bruit de feuilles et de branches brisées me fait bondir de peur. Ça vient de la gauche…

Je me fige.

Plus rien.

Sans doute un animal…

Je reprends mon chemin, au ralenti. Un animal ? Cette idée n'a rien de rassurant.

Je lève les yeux au ciel et ne parviens même plus à distinguer les branches. La cime des arbres semble fondue à la nuit. Quant au bruit de mes pas, il est de plus en plus étouffé.

— Ne pas avoir peur ! Ne pas avoir peur !

Mais la simple idée de tendre les bras pour me repérer à tâtons aux feuilles, aux buissons, me fait horreur. Comme si les végétaux étaient autant de mains gluantes.

Une idée me vient alors à l'esprit et je fouille compulsivement ma poche.

Tremblante, je saisis mon portable et le pointe devant moi, comme une dague ou un talisman. Malgré sa faiblesse, la petite lumière m'éblouit.

Puis, chavirée, je comprends…

— Oh non, c'est pas vrai !

Autour de moi, plus d'arbres, plus de branches, plus de buissons, plus de fougères.

Plus rien !

Juste ces parois de roche couvertes de salpêtre.

— La grotte…

La petite lueur du portable ne parvient même pas à éclairer le plafond. Le sol semble jonché d'ustensiles de métal, de verre brisé. Je crois même voir une vieille seringue.

Les larmes me montent aux yeux, et je gémis de trouille en percevant un couinement.

— Qui est là ? !

Ma voix se perd dans la grotte. Un instant, je me fige, chancelante, comme si je m'attendais à ce qu'on me saute dessus…

Et le couinement recommence…

Mon cœur bat la chamade. Des éclairs passent devant mes yeux.

— Oh non ! C'est pas vrai ! C'est pas vrai !

Je réalise alors que cette voix… ce sont mes propres gémissements.

Mais c'est pire ! Tout s'embrouille dans ma tête, comme si je perdais l'équilibre.

— C'est un cauchemar !

Et je titube tellement que je lâche mon portable, qui roule sur le sol… et s'éteint.

Comme un crabe aveuglé, je tâtonne au sol, et ma main droite rencontre un petit objet.

« Le voilà ! »

Sans pouvoir maîtriser mes gestes, je me relève et presse le bouton d'allumage du téléphone.

Alors mon cri est atroce ! En un instant, une seconde, je crois qu'on déboîte une à une mes vertèbres.

Je suis devant la stalle.

La stalle de la momie !

Allongée dans la tombe, *elle* est là.

Elle ne bouge pas et me sourit.

Vidkun Venner songe alors à Anaïs. A-t-il bien fait de la laisser seule, là-bas ? Une intuition désagréable lui parasite l'esprit depuis son retour à Paris ; comme une odeur de brûlé qui ne disparaît pas. Sitôt sorti de son rendez-vous, il l'appellera.

Le Viking ne vient jamais sur les Champs-Élysées. La foule grouillante, les magasins éclatants, les curieux, les familles, les voyous, les embouteillages, les terrasses de mauvais cafés, les marchands de sous-culture, cette faune clinquante, vulgaire et fabriquée… tout cela lui est insupportable.

— C'est là, dit-il à Fritz, qui se gare contre le trottoir.

La Mercedes le dépose devant un petit hôtel particulier, qui n'est pas sans rappeler le sien, à la Chapelle. Mais ici, cette jolie bâtisse ouvragée et rococo paraît tristement écrasée, entre un cinéma multiplex et une boutique d'accessoires du PSG.

« Signe des temps… » se dit le Viking en passant sous un porche.

Quatre à quatre, il gravit un tapis rouge, pousse une porte à tambour… et change d'époque.

Le hall du club est couvert de lambris passés. Un lustre poussiéreux domine cette haute salle dallée de marbre. Derrière un comptoir, comme dans un palace d'opérette, un jeune homme filiforme en costume noir toise Vidkun.

— Meusssieu ?

— J'ai rendez-vous avec Alexandre Bertier.

Le concierge s'amadoue.

— Moui, moui, moui… dit le jeune homme, qui

semble singer les vieillards pour être au diapason du lieu.

À peine presse-t-il une sonnette qu'apparaît une jeune femme qui serait jolie sans son costume austère et désuet.

— Isabelle, M. Bertier est-il arrivé ?

La jeune femme opine.

— Il est au fumoir.

— Son invité est là... dit le concierge, en désignant Venner.

— Je vais le chercher, réplique Isabelle. Veuillez donner votre manteau au vestiaire, monsieur Bertier sera là dans un instant.

Le concierge lui indique une vieille penderie, lourde de lodens, imperméables et chapeaux de feutre.

Mais Isabelle revient déjà dans le hall, suivie par une silhouette voûtée.

— Vous êtes M. Venner ?

— Oui... répond le Viking en s'inclinant.

Il peine à reconnaître le présentateur vedette de « Point Virgule ». Cela fait pourtant partie des rares programmes qu'il ait jamais suivis à la télévision française.

— Je sais, je suis difficile à identifier... remarque le vieil homme au chic anglais, boudiné dans son trois-pièces de tweed, un monocle à chaîne d'or dépassant de sa poche de gilet.

Il serre la main de Venner et plaisante :

— À l'écran, j'emploie des maquilleurs hors pair, qui me donneraient presque l'air humain.

Venner ne peut s'empêcher d'observer Bertier : ce delta de ridules, ces yeux lourds et humides, cette face qui s'effondre en vieux flan.

— Mais venez, dit le vieux présentateur en pre-

nant son bras. Allons dans la salle de bains ; à cette
heure-ci, il n'y aura personne...

« La salle de bains ? ! » se dit Venner, qui emboîte
le pas de Bertier.

Tous deux montent un somptueux escalier de
marbre, au pied duquel un petit Marocain à tablier
rouge cire les chaussures d'un quinquagénaire en
costume prince-de-galles.

Au premier étage, il ouvre une haute porte de bois
et laisse passer son invité.

Venner doit s'avouer impressionné.

« La salle de bains !... »

Les carreaux d'émail, la rosace au plafond, les
robinets étincelants, et cette immense baignoire, qui
n'a pas dû être remplie depuis des décennies. Au
milieu de cette pièce, trois tables, un canapé et deux
couples de chaises en font un salon intime.

— Avant de devenir un club, cet hôtel fut celui
d'une fameuse courtisane du Second Empire.

Bertier caresse le rebord de la grande vasque à
pieds de lion.

— Napoléon III lui-même serait venu goûter aux
joies de cette baignoire...

Venner est enchanté.

Un maître d'hôtel vient déposer deux cafés sur la
table, entre Vidkun et Bertier.

— En quoi puis-je vous être utile ? demande le
vieux présentateur, qui déboutonne le bas de son
gilet pour s'enfoncer dans le canapé. Lorsque vous
avez appelé mon secrétariat, à France 2, vous leur
avez semblé si persuasif qu'ils m'ont tout de suite
passé le message.

Petit clin d'œil entendu.

— Vous êtes un chanceux, je ne suis pas une bête
aisée à ferrer.

Venner desserre le nœud de sa cravate et s'éclaircit la voix, comme s'il allait faire une allocution.

— Je prépare une enquête sur Marjolaine Papillon…

Bertier n'a pas tiqué, mais Vidkun a remarqué que ses doigts se sont contractés.

— Eh bien ?

— Depuis combien de temps pratiquez-vous cette interview annuelle de la romancière ?

Bertier fronce les sourcils.

— Le début des années 1960, il me semble.

— Et comment avez-vous négocié cette exclusivité ?

Triste allure de star déchue.

— À l'époque, il y avait peu d'émissions, et encore moins de chaînes. Grâce à moi, Marjolaine est devenue très célèbre. Je lui ai juste demandé d'être fidèle à son… découvreur, voilà tout.

Venner trempe ses lèvres dans le café.

— Et depuis, vous n'avez jamais manqué à l'appel ?

— Jamais !

La réponse a fusé. La figure de Bertier se durcit. Venner remarque alors un reflet luisant à la naissance de ses cheveux blancs. Une rigole semble même se former jusqu'à ses grosses lunettes à montures noires.

Mais Vidkun n'a pas fini.

— À l'automne dernier, vous êtes allé faire votre interview au sujet de son dernier livre, *La Vierge d'Auschwitz*, dans sa propriété du sud de la France ?

Bertier rougit davantage.

— Absolument. Il faisait d'ailleurs un temps magnifique ; on le voit sur les images.

Il prend un ton de confident.

— Vous savez sans doute que j'ai arrêté mon émission « Point Virgule » depuis plus de dix ans, et que les interviews de Marjolaine sont le dernier petit plaisir télévisuel que je m'accorde chaque année…

Venner ne répond pas mais cligne des yeux.

— Je profite désormais de ma visite chez la romancière pour y rester une semaine ou deux. Je ne peux hélas ! rien vous dire sur sa maison, cela fait partie de mon contrat avec son éditeur, mais c'est un endroit féerique !

« Féerique ! » songe Venner, ironique, sans ciller.

Vidkun vide son café d'un trait (« Dégueulasse ! Pour un club qui se veut chic… ») et se penche en avant, le menton appuyé sur ses mains jointes.

— Sa propriété est dans l'Ariège, n'est-ce pas ?

Bertier perd son affabilité.

— Je vous ai dit que j'étais tenu au secret…

— La maison s'appelle la Coufigne, chemin de la Grande Carlesse, à Belcastel ?

Bertier se dresse d'un bond.

— Écoutez, monsieur, je ne sais pas qui vous êtes, ni ce que vous cherchez. Mais cette conversation est terminée ! D'ailleurs, elle n'a jamais eu lieu !

Venner retient un petit gloussement de victoire et suggère :

— Nous ne nous sommes même jamais rencontrés, c'est ça ?

Bertier écrase ses doigts contre la poignée.

— Absolument !

Vidkun s'approche de lui. L'autre se colle à la porte. Son costume de tweed se transforme en éponge.

— De quoi avez-vous peur ? insiste Venner.

— Ne me demandez plus rien. Vous avez l'air

532

d'en savoir bien plus que moi… Je… je n'ai pas le droit de parler…

— Qui vous en empêche ? FLK ? Papillon elle-même ?

— Jusqu'à présent, je suis protégé. Mais tout peut changer…

Venner prend les épaules du présentateur et le secoue.

— Mais de quoi parlez-vous ? !

— Tout va bien, monsieur Bertier ?

Ils se retournent.

Le petit cireur marocain est devant eux, l'œil noir. Les jambes en coton, Bertier s'adosse au mur pour ne pas flancher.

— Re… reconduisez M. Venner… balbutie-t-il.

— Bien, monsieur Bertier.

— Et montez-moi un scotch… Un double…

— On se reverra, grogne Vidkun, qui dévale quatre à quatre les marches de marbre vert.

— Réveillez-vous !

J'ouvre les yeux, mais je ne vois rien. Combien de temps suis-je restée inconsciente ? Plusieurs minutes ? Plusieurs heures ?

La tête serrée dans un étau brumeux, je suis incapable de remonter le fil de ma mémoire.

— J'ai vraiment cru que vous étiez morte. Vous étiez si lourde !

J'essaye alors de me redresser, de bouger, mais tout mouvement me semble surhumain, comme si j'étais prisonnière de mon corps. Et lorsque je tente d'ouvrir la bouche, mes lèvres sont collées l'une à l'autre. Seul mon odorat paraît encore fonctionner, car un lourd parfum de camphre me parvient aux narines.

J'entends un bruit de succion et réalise qu'*elle* est en train d'enduire mes tempes de pommade.

— Qu'est-ce que vous êtes allée faire là-dessous, aussi ?

Je ressens maintenant une fraîcheur sur le front. Quelque chose de doux, d'un peu visqueux mais de plaisant.

— C'est tout ce que j'ai pu trouver comme éponge, désolée…

Une odeur de vieille vaisselle se mêle à celle du camphre. Alors le brouillard se dissipe et je tente à nouveau de me redresser.

— Tatata ! Arrêtez de bouger, dit mon hôtesse, qui pose une paume sévère contre mon torse et me force à me rallonger.

Je suis dans un salon. Une grande pièce à moitié plongée dans l'obscurité. Une fragrance de renfermé et de vieux pot-pourri flotte dans l'air, saturé d'humidité.

Je retrouve alors mes esprits… et mes craintes ! Comment suis-je arrivée là ? Et qui est cette infirmière de fortune, à la voix rauque, qui empeste la sueur et l'alcool ? Elle se penche justement sur moi et je parviens à distinguer cette romanichelle, enveloppée dans des tapis et des rideaux. Une partie de sa figure est couverte de petits dépôts, comme après une intoxication alimentaire. Son nez, ses pommettes, le contour de ses yeux ont une teinte de gibier fait à cœur. Son haleine rappelle le parfum de certains chais et ses mains tressautent tandis qu'elle pose une nouvelle compresse sur mon front.

— Voi-là !

L'estomac chaviré, je parviens alors à articuler :

— Qui... qui êtes-vous ?

La femme hausse les épaules.

— Et vous alors ?

Je conserve une circonspection un peu dégoûtée, ne sachant à qui j'ai affaire : la squatteuse d'une maison abandonnée ? Une ermite du fond des bois ? Une cinglée troglodyte ?

— Je... je m'étais perdue...

— Pour arriver jusque dans les grottes, vous avez bien dû passer par-dessus le mur de la propriété ? rétorque la clocharde.

Son œil est inquisiteur mais amusé. Elle écrase son mégot dans le cendrier et sort une vraie cigarette d'un vrai paquet.

— On n'arrive pas là-dessous par hasard, ces cavernes sont très difficiles à trouver.

Alors l'image de la momie me revient en mémoire – ses yeux dévorants, ce rictus atroce, et cette ignoble douceur du regard !

Je frémis.

— Je sais, c'est une drôle d'idée d'aller roupiller dans la stalle, mais c'est mon petit plaisir. Je le faisais déjà quand j'étais gamine. Là, personne ne venait m'embêter...

Je suis frappée par l'évidence : mais oui ! C'est elle !

— D'ailleurs plus personne ne vient ici. Plus jamais. À Paulin, on m'appelle « *la folle* ». Et depuis la mort de mon grand-père, une partie du village doit croire que Mirabel est abandonné.

Aurore Jos ! La jolie Aurore, le sosie de sa grand-mère, Anne-Marie. La charmante étudiante. La confidente du commissaire Chauvier.

Je n'en reviens pas de ma chance ! Je suis en tête

535

à tête avec elle, dans le château de Mirabel. Mais comment a-t-elle pu atteindre une telle déchéance ?

Aurore redresse la tête.

— On dit que je suis folle ; tout ça parce que je ne sors plus… Mais je suis très bien, ici ! Je suis chez moi !

Furieuse, elle balaye compulsivement les objets d'une table basse, qui s'étalent sur le parquet dans un bruit mat. J'affecte la décontraction, car Aurore Jos m'a l'air incontrôlable.

— Ils ont cru qu'ils pourraient m'avoir, me foutre dehors. Mais pas du tout !

Brusquement, elle retrouve forme humaine. L'espace d'un instant, j'entrevois la beauté d'une femme qui n'a pas quarante ans et pourrait être ravissante. Mon malaise n'en est que plus grand. Aurore sourit, prend ma main et dit d'un ton suppliant :

— Vous restez boire un verre ?

La grande cuisine où officia jadis « maman Chauvier » n'est plus qu'un capharnaüm crasseux ; un amas de casseroles, verres brisés, assiettes ébréchées, couverts dépolis aux armes des Mazas. Des piles sont entassées au hasard, sur un coin de table, à même la cuisinière. Une dizaine de sacs éventrés gisent contre le mur, coulant sur le vieux carrelage comme du mucus.

Aurore ouvre une grande armoire, dissimulant des dizaines de bouteilles de vin.

— J'en remonte de la cave une fois par semaine. Alors il faut les boire vite…

Elle enfonce un tire-bouchon et m'adresse un clin d'œil.

— Mon grand-père avait une collection de grands crus prodigieux, qu'il ne buvait presque jamais. À la fin de sa vie, les médecins lui interdisaient l'alcool. Et moi, je ne connaissais pas encore le *vrai* vin.

L'idée d'un verre d'alcool ne m'enchante guère, mais un simple regard vers la tuyauterie me décourage de toute autre tentative.

Le bouchon émet un « plop ! » de tambour tandis que je déchiffre l'étiquette : Romanée Conti.

Si papa savait ça !

Aurore porte alors le goulot à ses lèvres, la tête renversée en arrière. Dans un bruit d'évier, la « folle » avale la moitié de la bouteille, et la repose sur la table, à la briser.

— Aaaahh ! C'est que du bon, tu peux y aller...

L'iris d'Aurore est devenu vitreux. Elle gagne une rive où elle sera dans son monde.

— Je suis désolée, dit-elle en me tendant la bouteille, mais à la longue j'ai cassé tous les verres.

Bridant mon dégoût, je porte le goulot à mes lèvres.

Non, ne pas penser à la bouche de cette femme !

« Mmm ! susurre une petite voix dans mon esprit, à ton avis, depuis combien d'années ne s'est-elle pas lavé les dents ?... »

Compulsivement, j'avale trois gorgées de nectar, et m'étrangle. Je n'ai jamais bu une telle horreur ! Ce n'est plus que du vinaigre ; un vinaigre ignoble, pâteux, comme dilué dans de la vase.

Je repose la bouteille en toussant.

Aurore éclate de rire.

— Ah, quand on n'a pas l'habitude, ça surprend. Mais c'est toujours ça, les grands crus !

Grands crus, tu parles ! Je suis prête à gerber !

L'écœurement monte, monte. Sans réfléchir, je me lève d'un bond et me précipite vers l'évier.

Je tourne le robinet et aspire l'eau comme on retrouve son souffle ; tant pis pour ce goût de vieille plomberie, ces tuyaux rouillés.

Lorsque je me retourne, je me rends compte qu'Aurore vient de finir la bouteille, et qu'elle en débouche une autre. Un château-petrus…

— Encore une goutte ?

— Merci non, dis-je en regagnant ma chaise, l'estomac retourné.

« Bon, il faut se concentrer… » me dis-je d'un ton d'institutrice, tandis qu'Aurore entreprend de déboucher une troisième bouteille.

— Votre grand-père était œnologue ?

Aurore est déjà totalement ivre. Elle éclate de rire et trébuche sur une bouteille, qui roule à travers la pièce.

— Nan. Il était… Il était…

Sa figure tressaute de tics, son nez fronce ; la soûlarde cherche ses mots.

Elle tire à son tour une chaise et se laisse tomber sur l'osier avec une nostalgie poisseuse.

— Il aimait tout ce qui était beau… Mais je n'étais pas assez belle pour lui…

À ces mots, elle s'effondre entre ses avant-bras.

Je pose une main hésitante sur son épaule, mais elle se redresse et perd toute tendresse.

— Il m'a abandonnée, tu comprends ? Il est parti, loin !

— Mais il est mort, non ?

— Bien sûr qu'il est mort. Ça fait dix ans qu'il pourrit au cimetière de Paulin ! Tiens, regarde !

Elle tend son bras à travers la table et dégage la

pile d'épluchures. Dessous, un gros album luisant est posé sur la toile cirée.

— Quand il est décédé, j'ai découpé tous les articles sur lui, dans la presse.

La pocharde tourne une à une les pages et je me concentre sur ces titres si éloquents : *« Mort d'un héros »*, *« La fin d'une grande figure »*, *« Paulin perd son grand homme »*, *« Qui saura remplacer Claude Jos ? »*. Tous les articles sont illustrés par un unique portrait de Jos ; cette photo prise dans les dernières années de sa vie. Un vieillard serein, bonhomme, affable, avec qui l'on serait enchanté de boire un verre de gaillac en contemplant le soleil, là-bas, derrière les Pyrénées.

— Il était beau, n'est-ce pas ? demande Aurore, en caressant les pages.

Mais je me fige, car je viens de voir…

— Attendez !

Le coude d'Aurore est posé sur un article plus long, illustré d'une photo différente.

— Ah oui… celui-là, j'ai hésité à le garder. J'étais furieuse. Je ne sais toujours pas comment ils ont réussi à prendre cette photo. J'avais pourtant interdit aux journalistes de venir à l'enterrement.

Je me dompte pour ne pas exulter.

C'est une photo de l'inhumation. Elle occupe une grande demi-page, en couleurs, avec une parfaite netteté.

Tout le monde est là !

Je plante mes doigts dans mes cuisses pour garder mon calme. Mais c'est presque inespéré !

Au premier rang, à côté des croque-morts, Aurore est en tenue de deuil. Elle a encore l'air d'une jeune fille. Sa tristesse d'ange blessé, intemporel, donne un caractère romantique à la photo de presse.

Derrière elle, quatre silhouettes l'escortent. Quatre hommes aux cheveux blancs, en costume sombre, cachés derrière des lunettes de soleil. Je me raidis : tous les quatre ont la main droite cachée dans l'intérieur de la veste, comme s'ils cherchaient à la masquer. Je me rappelle alors que Jos est mort quelques jours seulement avant les quatre suicides des Sven.

« Ils avaient déjà été amputés… » me dis-je avec effroi.

— La suivante est plus belle, dit Aurore en posant sa main sur l'article.

Oubliant ma règle de discrétion, je la repousse comme un insecte.

— Attendez !

Aurore prend une posture d'enfant honteux, et grommelle :

— Bon, d'accord, d'accord…

Je me repenche sur la photo, car un visage m'étonne. Enchâssé entre deux silhouettes, dans le sillage d'Aurore, ses yeux sont étrangement vissés à cette jeune femme en deuil, comme s'il la convoitait.

Alors, je le reconnais…

— Ah non ! C'est pas possible ! Qui est ce monsieur, sur la photo ?

Aurore prend alors une expression de désarroi profond.

— Je t'avais dit de passer à la photo suivante…

Mais j'ai compris comment il fallait agir avec la petite-fille d'Otto Rahn. D'une autorité dont je me croyais dépourvue, je tonne :

— Qui est ce type ? !

Craintive, Aurore s'enfonce entre ses épaules.

— Un… un ami.

— Comment ça, un ami ? Tu l'as connu où ?

— C'est lui qui est venu me voir.

— Quand ça ?

— Après *ta* mort.

Je suis traversée d'une décharge.

« Elle me prend pour Jos ! »

— Lorsque tu es mort, j'ai dû tout organiser. Tu n'avais pris aucune disposition pour ton enterrement… C'est Linh qui m'a aidée.

« C'est donc bien lui ! Le salaud ! » me dis-je.

Aurore est tout à son rêve :

— Il m'a dit qu'il avait travaillé avec toi, à la mairie. Et c'est lui qui m'a aidée à classer tes papiers. Je comptais sur les Sven, mais ils ne sont apparus que le jour de l'enterrement, pour repartir aussitôt après.

Regard peiné.

— Ils avaient l'air si tristes.

Je m'efforce de tout mémoriser, tandis que cette cinglée me débite ses folies, au beau milieu d'une cuisine en déroute.

Sur le feu, le fait-tout vibre de gris bouillons, plongeant la pièce dans une vapeur d'ail ; mais Aurore me dévisage comme si elle voyait au-delà.

— Sans Linh, je n'y serais jamais arrivée, bon-papa ! Linh m'a consolée ; il m'a… réconfortée.

Expression d'amoureuse bafouée.

— Je lui faisais confiance… Je lui disais tout. Le seul homme à qui j'aie jamais accepté de parler, vraiment…

Je suis abasourdie. Linh se serait vraiment foutu de nous ?

— Et qu'est-ce qu'il est devenu ?

Aurore respire difficilement. Des larmes lui envahissent les yeux. Elle peine à parler.

— Parti… Un matin, je me suis réveillée, il n'était plus à côté de moi dans le lit. C'était deux mois après ton enterrement. Toute la nuit, on avait classé des papiers. Je croyais qu'il était encore dans ton bureau. Mais lorsque j'y suis allée, il n'y avait plus personne. Ton coffre-fort était ouvert…

— L'ordure…

Aurore m'a entendue, et elle saisit mes mains.

— Non ! Bon-papa ! Je t'en supplie : il ne faut pas lui en vouloir !

Ses yeux dégoulinent d'amour.

— Linh m'a rendue tellement heureuse, tu ne peux pas comprendre…

Elle s'effondre à nouveau sur ses avant-bras.

— Depuis dix ans, sanglote Aurore, je pense à lui tous les soirs. Je suis sûre qu'il ne m'a pas oubliée. Qu'il est là, quelque part. Qu'il va revenir !

Linh a utilisé Aurore de la pire façon, lui brisant le cœur ; la rendant folle !

Aurore, elle, ne bouge pas ; les yeux dans le vague, affalée sur sa table, le front collé à la bouteille déjà vide.

En un éclair, je réalise qui elle me rappelle : « Angela Brillo ! »

Cette vieille femme rencontrée avec Venner, à Berlin. La première qui ait mentionné Claude Jos. Une des innombrables victimes de cette affaire maudite. Notre premier filon…

Mais cette ressemblance me paraît absurde, car Aurore est plus jeune. Elle pourrait même être belle, la petite-fille de Jos, qui tend à nouveau ses yeux vers moi, plus dévastée que jamais.

— Bon-papa, je t'en prie, ne lui en veux pas. Linh et moi, un jour, on se mariera…

1940

L'année 1940 commença dans une ambiance funèbre.

Nous ne célébrâmes ni le solstice d'hiver ni le retour de la «lueur jaune». Les jours rallongèrent, sans nos rites.

Chaque journée se ressemblait : vide, mystérieuse, indéchiffrable.

Chacun vivait sa vie, suivait sa route : les Sven n'avaient toujours pas rallié les rangs de l'*Ahnenerbe*, en Europe, mais ils ne quittaient plus Halgadøm. Je les voyais de loin en loin, lorsqu'ils faisaient des visites éclairs pour prendre des vêtements propres, au dortoir.

Otto aussi vivait en autarcie. Emmuré sous les dossiers, il passait des journées entières à écrire, dans sa chambre. Je ne le croisais guère plus que Dieter et Knut Schwöll, qui semblaient forclos dans leurs tâches de savants fous. Quant à Hans, il avait définitivement choisi son camp : désormais, il ne quittait plus sa mère et l'assistait tout le jour dans ses travaux ménagers ou ses heures de peinture.

Et moi, dans tout ça ? Après avoir tenté de comprendre la signification intime, secrète, de ce monde en fusion, j'avais fini par éluder toutes mes interrogations, comme on referme une chambre dont le désordre offusque, sans plus chercher à la nettoyer. Toutes les atrocités entassées dans cette pièce de ma mémoire, une pièce sombre et méphitique, hermétiquement close. Les bagnards, les fusées, les bébés, les suppliciés devenaient autant d'images refoulées dans les tréfonds de l'oubli. Il fallait survivre moralement. C'est pourquoi, jour après jour, je m'enfonçais dans une hypnose, fondée sur les mêmes gestes, les mêmes actions, les mêmes pensées.

Et ma routine était à l'image des Håkon, qui s'enlisaient dans une logique de fourmilière, où chacun vaquait à sa tâche.

Cette routine fut toutefois violemment perturbée au début du mois d'avril, lorsque quatre avions surgirent dans notre ciel.

C'était le matin. J'étais comme souvent assise sur un rocher, près de la rive, et vis ces quatre engins amerrir lourdement, au grand étonnement des rares guillemots restés pendant l'hiver.

« Qui est-ce ? » me dis-je en réalisant que j'étais le seul témoin de la scène.

Les quatre avions avançaient maintenant sur l'eau, sans grâce. Ils se dirigeaient vers le ponton.

« l'Allemagne, l'Autriche, la Russie et l'Angleterre... » me dis-je en reconnaissant les blasons, sur les carlingues. Mais cela ne m'expliquait guère la présence de cette délégation. D'autant que ces pays étaient, entre eux, ennemis !

Un à un, les avions s'amarrèrent, libérèrent leurs passagers et je découvris quatre inconnus.

Ils demeurèrent un instant effarés, debout sur le ponton, scrutant nos îles avec incrédulité.

« S'ils s'attendaient à un accueil en fanfare, c'est

raté ! » me dis-je en observant ces quatre silhouettes perdues, qui guettaient une présence humaine dans ce désert de roc et de varech.

Au même instant, je perdis l'équilibre et glissai de mon rocher. L'Autrichien m'aperçut.

— Toi, viens là !

Après une seconde d'hésitation, je m'approchai, affectant un air dégagé.

— Plus vite ! intima cet homme dont la chemise beige était ornée d'un brassard à croix gammée.

Lorsque j'arrivai devant lui, il me dévisagea sans aménité, de ses yeux bleu azur qui semblaient perdus sous ses sourcils noirs et broussailleux.

— Il n'y a donc personne, ici ? reprit-il, l'air mauvais.

Intimidée, je bredouillai :

— Sais pas…

L'homme rougit et s'avança vers moi.

— Rudolf, s'il vous plaît, dit l'un des trois autres en repoussant poliment le soldat.

Mon protecteur de fortune était un homme sans âge ; ses lourdes paupières de terre-neuve contrastaient avec son immense moustache blanche, qui lui faisait un masque.

Il me demanda d'une voix douce, avec un fort accent slave :

— Comment t'appelles-tu ?

J'hésitai avant de répondre :

— Leni…

Le vieillard eut un hoquet de contentement et, derrière lui, les trois hommes semblèrent aux aguets.

— C'est elle ? dit avec un accent anglais un grand homme chauve et maquillé, le corps enroulé dans une cape pourpre.

— Ça ne peut être qu'elle, répliqua le quatrième

personnage, un haut moustachu aux airs prussiens malgré ses yeux d'enfant.

J'étais de moins en moins rassurée par ces quatre hommes, qui m'observaient avec une dévotion malsaine, et bredouillai :

— Mais… mais qui êtes-vous ?

« Leni, je te présente nos… *commanditaires* », fit une voix dans mon dos.

Tous se redressèrent.

Otto arrivait en trottinant. Les quatre hommes avaient perdu toute humanité. Ils fixaient Otto avec une rage contenue. Le but de leur visite ne devait rien avoir de bien cordial.

— Qu'est-ce que c'est que cet accueil ! s'offusqua le militaire aux gros sourcils.

— Vous étiez pourtant prévenu de notre visite ! enchaîna le Slave à la moustache.

Otto les toisa avec une ironie étrange, presque respectueuse, puis se tourna à nouveau vers moi.

— Tu vois comme ils sont, petit cœur… C'est pour ça que j'aime notre archipel. Nous sommes si loin du monde, si loin de l'agressivité…

Ce disant, il se tourna vers le large et respira l'air marin à pleins poumons.

J'étais aussi abasourdie par sa tirade que par la situation elle-même. Car les quatre hommes commençaient à trépigner, à bouillir de fureur.

— Laissez-moi au moins vous présenter à la petite…

Ce disant, il se tourna vers moi et dit d'un ton serein :

— Petit cœur, voici Rudolf Hess, l'un des plus anciens compagnons de route du *Führer*…

— LE plus ancien, corrigea le soldat aux noirs sourcils, en s'inclinant.

Otto me désigna ensuite le grand moustachu prussien.

— Je te présente le père de la géopolitique et grand maître de la Société de Thulé : *Herr Doktor* Karl Haushofer.

Ce dernier me fit un petit signe de tête. J'étais totalement perdue !

— Mais toutes les nations sont ici, aujourd'hui, ricana encore Otto.

Il avança vers le vieux Russe à la moustache blanche, et lui donna une tape violemment amicale.

— Toujours en forme, maître Gurdjieff ?

Le dénommé Gurdjieff grimaça mais se força à être aimable.

— Toujours, toujours… répliqua-t-il avec son gros accent.

Restait l'Anglais en cape pourpre. Otto s'avança vers lui et le serra dans ses bras avec une étonnante intensité.

Puis la cape pourpre prit les deux joues d'Otto dans ses mains et lui baisa le front.

— Otto, Otto, dit-il à mi-voix.

— Leni, reprit Otto, qui me semblait sincèrement ému par cet échange, je te présente enfin le grand maître de l'*Ordo Templi Orientis*, de l'*Astrum Argentinum* et de la *Golden Dawn* : sir Aleister Crowley…

L'Anglais me souleva alors à bout de bras.

— *I'm so glad to meet you at last !* dit Crowley en me secouant.

Puis, après m'avoir reposée, le Britannique ajouta à l'intention des autres visiteurs :

— Je crois que nous allons devoir mettre quelques petites choses au clair.

— Tu les as prévenus ? lui demanda alors Otto, en désignant Hess, Haushofer et Gurdjieff.

Avec une expression de mystère, l'Anglais sourit à ses compagnons.

— Je préférais que tu le fasses toi-même, dit-il, c'est même la raison de notre visite.

Les trois autres ne comprenaient manifestement rien et commençaient à bouillir.

— Mais de quoi parlez-vous, tous les deux ? rugit Hess, en portant machinalement la main à sa ceinture.

Haushofer grogna à son tour :

— Crowley, qu'est-ce que c'est que cette plaisanterie ? Vous nous cachez quelque chose ?

« Qui sont ces hommes ? » me dis-je devant ce combat de titans.

— Disons qu'Otto et moi avons de petits… changements à vous annoncer, reprit Crowley.

Les trois autres bondirent :

— DES CHANGEMENTS ? !

— Messieurs, messieurs, messieurs… fit Otto, agitant les bras. Ce n'est pas le moment de vous énerver. Vous avez encore beaucoup à voir…

— Et à apprendre… ajouta Crowley, avec son accent cockney.

Hess semblait furieux.

— Mais vous nous avez trahis ? Vous avez tous les deux comploté dans notre dos ? Vous êtes totalement inconscients ?

Je les sentais prêts à se jeter les uns sur les autres, comme une meute d'hyènes. Mais ils se contentèrent de vomir leurs questions :

— Où est Nathaniel Korb ? aboya Hess.

— Que se passe-t-il ici ? grogna Gurdjieff.

« Moi, j'en sais plus que vous… » me dis-je avec une étrange fierté, sans rien laisser paraître.

L'œil noir, Haushofer demanda :

— J'ai même entendu dire que vous seriez allé dans le sud-ouest de la France, chez cette vieille fripouille de Mazas ? !

À nouveau Otto tenta de les raisonner :

— Messieurs : le plus simple serait que je vous emmène en « croisière » en face.

Alors qu'il désignait Halgadøm, un SS arriva près de l'embarcadère, dans un bateau de pêche.

— Après vous, dit Otto.

Un à un, les quatre hommes montèrent dans l'esquif. Au moment de larguer les amarres, j'entendis Crowley demander à Otto, d'une voix forte :

— *Il* est là-bas ?

— Dans la chambre froide. Dieter Schwöll travaille dessus en ce moment même…

— Mais de qui parlez-vous ? demanda Hess, qui ne décolérait pas.

Crowley posa alors son index entre ses deux sourcils et y dessina une croix gammée.

— L'un d'*eux*, dit-il.

Hess en fut abasourdi ; puis, les yeux perdus, il balbutia :

— Blasphème…

Alors que les deux autres fixaient Halgadøm, sans trop y croire, le bateau s'éloigna dans la brume.

— Blasphème, blasphème, blasphème ! hurlait Rudolf Hess en accostant.

Je n'avais pas bougé depuis le matin. Cinq heures s'étaient écoulées ; cinq heures que j'avais passées à

549

remonter le fil des événements, en m'efforçant d'y inclure ces quatre personnages, de leur trouver une place, un rôle.

Je les observais remonter de l'embarcadère, épuisés et effarés.

Gurdjieff avait pris vingt ans et s'appuyait sur l'épaule de Haushofer, tout aussi abasourdi.

Quant à Hess, il ne décolérait pas.

Le mot « blasphème » sortait de sa bouche comme une litanie.

Seul Crowley était serein. Il serrait Otto avec une douceur presque ambiguë, et contemplait l'archipel en démiurge.

— Comment avez-vous osé ? ! vagissait Hess, intarissable, à l'attention d'Otto et de Crowley. Tout fonctionnait à merveille… Les petits venaient au monde, tranquillement, n'était-ce pas suffisant ?

À la mention des « petits », je me redressai sur mon promontoire pour mieux entendre… et Gurdjieff me repéra. Le Russe prit alors la parole et me désigna en insistant :

— D'autant que les prototypes sont très réussis, il n'y avait qu'à suivre la procédure. Elle est parfaite, cette petite, non ?

De quoi parlait-il ? Je n'étais pas un prototype, mais une initiée ! J'en savais autant que ce vieillard hirsute qui sentait la vieille chèvre !

Déjà il se retournait vers Otto, lequel m'avait lancé un œil paniqué, comme s'il avait peur que j'intervienne. Étais-je moi aussi née dans l'infirmerie, du ventre de l'une de ces Aryennes à langue coupée ? Non, c'était impossible !

— Voilà vingt-cinq ans que nous mettons en place le processus, plaida Haushofer, tout aussi déconfit, petit à petit, avec la pointe de la recherche médicale et biologique. *Vingt-cinq années…*

Il se tourna vers Otto et Crowley avant de reprendre :

— Qu'est-ce qui s'est passé dans votre tête, à tous les deux ? Comment avez-vous osé engager ces fouilles archéologiques ? Car j'imagine que ça ne va pas s'arrêter là… Que vous avez l'intention de continuer ? Pour déterrer les autres momies, n'est-ce pas ?

Rictus coupable des deux accusés.

— Nous vous l'interdisons, au nom du Reich ! brailla Rudolf Hess.

Otto se tourna vers lui, hautain.

— L'*Ahnenerbe* dépend uniquement de la SS. Pas du parti nazi.

Le vieux Russe répliqua alors, d'un ton rauque mais calme :

— Mais sans nous, la SS, et votre *Ahnenerbe* pitoyable, n'existeraient pas…

Il marcha vers Otto.

— Vous êtes nos enfants, dit encore Gurdjieff. Tous !

Il se tourna à nouveau vers moi.

— Et pas seulement cette charmante petite demoiselle, si… *réussie.*

J'allais exploser, mais Gurdjieff gagna la terre ferme et s'assit à côté de moi, sur le rocher, soupirant avec avidité.

— Alors toi, il paraît que tu l'as vue ? Tu as vu la momie ?

— Gurdjieff ! cria Otto. Laissez la petite tranquille !

Le vieux passa son bras autour de mes épaules.

— Mais elle aimerait peut-être comprendre,

n'est-ce pas ? Tu aimerais comprendre ? dit-il en me transperçant de ses yeux de thaumaturge.

J'osai un « oui » muet, de la tête, mais Otto se jeta sur moi et m'attira vers lui. Le vieux Russe ne bougea pas.

— Vous êtes pris à votre propre jeu, Otto… feula Haushofer. Nous ne vous laisserons jamais mener ce projet à bout…

— Mais essayez de réfléchir, bon Dieu ! s'énerva Otto. Nous entrons dans une ère nouvelle, celle du Reich, celle de la race supérieure !

Il serra sa main sur ma nuque et ajouta :

— Celle des nouveaux élus… »

Les autres semblaient à nouveau consternés.

— Vous êtes devenu complètement fou ! s'offusqua Hess. Quand je pense que nous vous avons fait confiance pendant toutes ces années. À vous et à…

Il se tourna vers Crowley, qui gardait le silence.

— J'avais toujours su qu'il fallait se méfier de vous… reprit Hess. Un Anglais n'est jamais qu'un Anglais…

Crowley conservait pourtant son piquant, une attitude qui regonflait Otto.

Gurdjieff reprit alors la parole :

— Même si vous arriviez à vos fins, qui vous dit que ces enfants auraient quelque chose de plus ?

— Les momies, Gurdjieff ! Les momies… répondit Crowley, comme envoûté. Vous vous imaginez leur puissance, une fois réunies ?

— La guerre est commencée, intervint Hess. Vous êtes quand même au courant, Rahn ? Même depuis votre tour d'ivoire ?

Otto l'observait, las, sans répondre. Gurdjieff continua :

— Vous savez aussi que la Norvège peut abandonner toute neutralité. Et qu'il nous suffit de donner le feu vert à Churchill pour qu'il lâche sur vous ses bombardiers…

Le Russe se tourna vers Halgadøm et dit d'une voix triste :

— Alors ce sera la fin de votre *beau rêve*, Otto. Finis la «race supérieure», les «nouveaux dieux», les «élus»…

— Cette crise risque de coûter la vie à des millions d'innocents ! reprit Haushofer. Car si le Reich commence à vouloir faire cavalier seul, avec ce guignol d'Himmler et ces deux bandits pour copilotes – il désigna du menton Otto et Crowley –, ça peut être sanglant.

— Oh, ça le sera, soyez-en sûrs, répliqua placidement Crowley.

Hess faisait de grands pas sur le ponton.

— Les SS ne sont qu'une milice… Ils n'ont rien d'une caste divine. Tout ça est absurde…

— C'est ce que nous verrons, dit doucement Otto.

Haushofer ajouta :

— Et puis vous n'avez qu'une momie ; pour bien faire, il vous faut les huit autres…

— … qui sont introuvables, compléta Gurdjieff.

— C'est ce que nous verrons également, fit Crowley, en donnant une tape paternelle sur l'épaule d'Otto.

Il y eut un silence.

Comme des acteurs qui ne savent plus leur texte, ils semblaient incapables d'enchaîner. Ce fut un curieux moment de grâce, où chacun scrutait ailleurs, cherchant un coin de calme, de vide, d'air. En quête de pureté, d'innocence.

Une colonne de soldats passa alors sur la falaise, nous tirant de la torpeur.

Haineux, Hess répéta, de son ton méprisant :

— Des SS, ces pantins grotesques !

Puis il donna un coup de pied dans le vide et grimpa sur le flotteur de son avion en grommelant :

— Tout cela est ridicule…

Un à un, mollement, comme groggy, les autres l'imitèrent.

— Ça n'est que le commencement ! menaça Gurdjieff, à l'intention d'Otto.

Rahn observa le vieux Russe qui escaladait péniblement l'échelle de son hydravion, et répondit :

— Vous ne croyez pas si bien dire…

Quand les quatre avions eurent disparu dans le ciel, je me ruai sur oncle Otto et libérai toutes les questions qui me cisaillaient. Les momies ? Halgadøm ? Oncle Nathi ? Les Supérieurs inconnus ?

Mais il les balaya d'un geste sec et répondit, en se renfermant sur lui-même :

— Tu sauras tout très vite. J'ai besoin de temps. Ce n'est plus qu'une question de jours…

Je m'énervai :

— Mais ça fait des mois que vous me dites ça !

Il me gifla alors si violemment que je valsai en arrière et tombai sur les rochers.

Otto ne bougeait plus. Il m'observait, allongée sur les cailloux. Et malgré sa violence, ses yeux flamboyaient d'affection.

— Tu es ce que j'ai de plus précieux au monde. Mais nous n'avons plus de temps à perdre. Si je te dis de me faire confiance, il *faut* me croire.

Puis il se retourna et gagna ses appartements d'un pas agressif.

Les jours suivants, Otto s'enferma dans son bureau. Je pouvais l'apercevoir par la fenêtre, penché sur des feuilles, qu'il noircissait comme un capitaine lutte contre la tempête.

« Que peut-il écrire ? » me demandai-je, devant cette silhouette si familière… mais si étrangère.

Il était frénétique, à l'image de la vie dans l'île, qui devenait un volcan au bord de l'explosion.

C'en était fini de la douce langueur des Håkon, aussi factice fût-elle. C'en était fini de la raideur froide des soldats, ce calme inhumain. Désormais, les habitants de l'archipel semblaient chargés d'électricité. Les SS eux-mêmes couraient en tous sens, sous les ordres de leurs supérieurs. Quelque chose avait changé. Comme si quelque chose allait se passer.

Notre bel équilibre partait à vau-l'eau. C'était la fin du paradis.

« La fin de l'âge d'or », songeai-je même, lorsque fut décidée, un matin, l'évacuation d'Halgadøm.

Toute la nuit, les soldats avaient fourbi leur matériel et, au petit jour, des canots furent mis à l'eau. Des canots par dizaines !

Une heure plus tard, je vis revenir le premier bateau : il transportait les Sven ainsi que Dieter et Knut Schwöll.

— Ne reste pas là ! me hurla le médecin.

Mais il ne prit pas la peine de me forcer et je ne quittai pas la grève, fascinée par le spectacle. Les bateaux suivants étaient emplis de bébés, qui hurlaient tous sous le ciel gris, faisant fuir jusqu'aux orques ! Pelotonnés dans les bras des infirmières, ils étaient aveuglés par le voyage en mer, la lumière du jour, les bourrasques du vent.

— Passez par là, tous ! hurlait un des Sven, au bord de l'eau.

Il leur indiquait une porte du palais d'oncle Nathi, qui conduisait aux caves.

En une immense file indienne, sinueuse comme un serpent de mer, tous s'engouffraient dans le souterrain. Cela n'arrêtait plus ! Jour et nuit, cette porte semblait devoir rester ouverte, car les convois ne cessaient d'arriver ; toujours aussi effrayés, toujours aussi braillards. Et lorsqu'ils eurent fini de vider Halgadøm et attaquèrent l'évacuation d'Ostara, l'île aux serres, je fus frappée de lucidité.

« Bien entendu, me dis-je avec une fatalité nauséeuse, les prisonniers sont abandonnés à leur sort ! »

Brusquement, cette idée me sembla insoutenable : on ne pouvait pas faire ça, laisser les bagnards livrés à eux-mêmes ! Même le plus inhumain des tyrans n'aurait pas toléré une telle lâcheté !

— Non ! hurlai-je alors en courant sur la grève, ce n'est pas possible, on ne peut pas les abandonner !

C'est pourquoi je me précipitai chez Otto pour tambouriner à sa porte :

— Il faut aller les chercher ! Il faut au moins les libérer…

Mais Otto n'ouvrit pas sa porte et j'entendis juste ces mots :

— Leni, je t'en prie ! Laisse-moi…

Otto ! Otto adoré ! Otto détesté ! Mon père, mon maître !… Il ne me parlait plus. Il m'ignorait, me rejetait. J'étais plus seule que jamais, perdue dans ce cauchemar que j'avais cru pouvoir dompter !

Alors je scrutai le ciel, soudainement assombri : il était noir de bombardiers anglais…

Le premier jour, les avions se contentèrent de nous survoler. Mais ils étaient si bas qu'ils faisaient vibrer les vitres de tous les bâtiments.

Aucun SS ne se serait aventuré à leur tirer dessus, ni même à exhiber une arme, car ce serait là une première attaque… et le début du carnage.

Le lendemain matin, ce furent les Sven qui vinrent me chercher au dortoir, pour que nous allions dans le bureau du docteur Schwöll.

— Viens vite ! C'est très important !

Ils avaient perdu leur dureté et exhalaient une angoisse corrosive. En savaient-ils plus que moi ?

Le médecin nous attendait dans son salon, « escorté » de son fils aîné.

— Entrez… dit Dieter.

La pièce fleurait une odeur étrange et le médecin semblait mal à l'aise.

— Par lequel est-ce qu'on commence ? demanda Knut, en manipulant une sorte de stylet.

— Les dames d'abord, crépita le Sven à la cicatrice, en me désignant.

Avant que je ne comprenne, le médecin m'avait déjà enlacée, comme s'il avait peur que je me débatte. Puis son fils releva le bas de ma chemise.

Je criai :

— Qu'est-ce que ?…

Trop tard !

Sensation électrique ; chaleur piquante, dans le bas du dos. Très brève mais brûlante. Puis cette odeur de viande cuite. Tatouée ! Je venais d'être tatouée ! Comme un animal ! Mais tout allait trop vite pour que je me débatte.

Comme moi, les Sven furent à leur tour tatoués au niveau du rein.

— Nous ne voudrions pas vous perdre… Avec ce « pedigree », nous aurons toujours un œil sur vous, dit le médecin, en avisant le ciel par la fenêtre du salon.

Toute la maison fut alors secouée d'un séisme et je saisis par réflexe la main d'un Sven. Tout aussi surpris que moi, il se laissa faire, resserrant même son étreinte à la deuxième détonation.

— Il faut y aller ! Vite ! hurla le docteur Schwöll en jetant ses ustensiles dans sa sacoche médicale.

Il m'agrippa le bras et me poussa devant lui.

— Avance, Leni ! Tout de suite !

Et nous sortîmes de la maison.

Dehors, le bruit était atroce. La fumée, la poussière, le sable nous empêchaient d'y voir. À croire que tout avait déjà été détruit. Il fallait pourtant courir, en nous repérant dans ce brouillard de poussière et de plâtre.

Et ce ciel noir ! Noir d'avions !

— Ils filent sur Narvik, hurla Dieter Schwöll, mais ils en profitent pour lâcher quelques bombes en chemin. Pour eux, nous ne sommes qu'une « mise en bouche »…

À travers le rideau de poix, je remarquai les deux brasiers qui rayonnaient au large : Ostara et Halgadøm. Les deux îles n'étaient plus qu'incendies, posés sur l'eau. Mon sang se figea alors dans mes veines : sur Halgadøm, je venais d'apercevoir des silhouettes enflammées qui se jetaient dans la mer, comme des langues de flammes.

— Les prisonniers ! hurlai-je.

Mais mon cri se fondit dans le chaos, car au même instant une bombe tomba juste devant nous, réduisant en poussière… la caserne !

Je crus mourir de terreur !

— OTTO !

Debout devant la porte souterraine, un soldat beuglait :

— *Schnell ! Schnell bitte !*

Tout allait trop vite !

— Mais Otto ? haletai-je. Il n'est pas resté à la caserne ?

Personne ne me répondit. Chacun était trop occupé à courir vers la petite porte, jetant çà et là des yeux épouvantés vers le ciel.

À notre gauche, la caserne n'était plus qu'un brasier.

« Il doit déjà être à l'intérieur des caves », me dis-je pour me rassurer. Mon ventre était noué, ma tête martelait une musique infernale.

Les Sven, Dieter Schwöll, sa femme, Knut et Hans, tous zigzaguaient au milieu des gravats, évitant les éclats de feu. Et quand nous atteignîmes enfin la porte, sains et saufs, le SS en faction nous poussa dans l'escalier en répétant son « *Schnell* » d'un air affairé.

Une dernière fois, je me retournai pour contempler mon paradis en fusion… et constater que la caserne venait de s'effondrer dans un fracas flamboyant !

— *Schnell, Fräulein Leni !* implora encore le SS en refermant la porte sur moi, pour nous plonger dans le noir.

Aussitôt le soldat nous tendit des torches avant de nous précéder dans l'escalier.

— *Komm ! Komm !*

— Où sommes-nous ? demandai-je.

— En sécurité, répondit le médecin, d'une voix inquiète, en s'appuyant à la rampe de cet escalier en colimaçon.

Effectivement, nous n'entendions presque plus rien. Et une douce fraîcheur semblait monter vers nous, mêlée d'un parfum d'algues.

— Et Otto ? dis-je encore, levant une dernière fois les yeux vers la porte.

Personne ne me répondit.

N'ayant d'autre choix, je descendis.

L'escalier était très profond et aboutissait dans une vaste salle souterraine, où flottait une escouade de huit gigantesques sous-marins, comme des cachalots.

L'espoir revint. « Otto doit être là-dedans ! »

Alentour s'affairaient une vingtaine de soldats, car les bathyscaphes étaient remplis d'individus qui n'attendaient que nous pour fuir.

— Voilà les derniers, dit le soldat qui nous avait précédés dans l'escalier.

Un autre militaire claqua des talons.

— C'est bon… Nous pouvons y aller.

— Et Otto, où est-il ? dis-je encore. Il est déjà dedans ?

— Tais-toi et entre ! m'intima le docteur Schwöll.

Alors nous entrâmes dans le sous-marin, débouchant dans un long couloir au centre duquel quatre soldats montaient la garde devant une grande boîte d'acier.

« La momie… me dis-je. Le Supérieur inconnu… »

Mais je m'en moquais et voulais juste savoir où était Otto.

Je m'avançai dans les couloirs en appelant :

— Oncle Otto ! Oncle Otto !

Personne n'osait me rattraper et tous m'évitaient.

Alors le vaisseau s'ébranla… et je devins hystérique !

— OTTO ! OTTO ! hurlai-je, sentant monter les larmes.

Tout mon ressentiment contre lui disparaissait, et faisait place à une atroce sensation de manque. Je croyais devenir orpheline une seconde fois…

— Otto… dis-je encore en gémissant, avant de m'affaisser contre un mur de métal.

Longtemps je pleurai seule, recroquevillée dans le couloir du sous-marin.

Mais mes larmes ne servaient à rien, je l'avais compris : Otto était mort ! Désintégré par les bombardements ! Des bombardements qu'il avait sans doute provoqués, comme on tente le diable.

Le chagrin me lacérait les entrailles. Au bout de longues heures, je finis pourtant par me lever et avançai au hasard dans les couloirs du sous-marin.

La douleur s'était éteinte. Elle avait fait place à une douce torpeur, un épuisement cotonneux, une sorte d'hébétude où plus rien n'avait de sens.

Le vaisseau de métal faisait un ronron apaisant, martelé par des éclats de plomberie ou des échos étouffés.

Depuis combien de temps étions-nous partis ? Je n'aurais su le dire et marchais au hasard de ces couloirs infinis, suintant l'huile et l'iode, comme une somnambule.

Mes pas m'amenèrent ainsi devant une cabine

entrouverte, dont les voix familières me tirèrent de la torpeur.

J'appuyai ma tête à l'embrasure de la porte, et vis Solveig et Dieter Schwöll en pleine scène de ménage.

Ils étaient si concentrés qu'ils ne me remarquèrent pas.

— Tu es sûr que nous sommes obligés ? disait la mère de Hans.

— Notre mission n'est pas terminée, mon amour. L'enfant va bientôt naître. Il faut qu'on aille le chercher en Pologne…

— Mais je suis très contente avec les miens, objecta Solveig.

Les traits de Dieter se durcirent.

— Je croyais que tu voulais un troisième enfant, plaida le médecin. Un troisième garçon, pour pouvoir l'appeler Martin, comme ton père…

La grande femme semblait en proie à des sentiments contraires.

— Je ne sais pas. Je ne sais plus… dit-elle d'un ton las mais paniqué. On ne sait rien de cet enfant.

Elle se lova contre le torse de son mari et ajouta :

— Et puis j'en voulais un de toi…

Dieter se dégagea.

— Il va falloir te faire une raison, ma chérie. L'enfant n'est pas encore né, mais il fera bientôt partie de notre famille. Et les Sven ont été formés pour veiller sur lui. C'est ainsi qu'Otto l'a voulu.

— Les Sven, Otto… répéta Solveig avec dégoût. C'est comme Leni, ils me répugnent ! Tous !…

À ce moment, je ne pus m'empêcher de gémir. Les deux adultes s'immobilisèrent et virent ma mine défaite.

— Tiens, dit Dieter, singeant la bonne humeur, la petite a l'air d'aller mieux.

— Eh bien, vas-y, dit Solveig à son mari, tristement railleuse, donne-lui son cadeau, puisque tu as toujours été le chien de garde de ton « grand ami Otto », celui qui nous a tous abandonnés…

— Tais-toi ! dit le médecin. Pas maintenant ! Pas devant elle !

Mais Solveig prit une enveloppe sur une étagère et la brandit.

— Comment ça ? ! dit-elle, tandis que son mari tentait d'attraper l'enveloppe. Maintenant qu'Otto n'est plus là, tu ne lui obéis plus au doigt et à l'œil ?

Elle me tendit alors l'enveloppe, lourde et épaisse, sur laquelle je lus : « *Pour Leni* ».

« L'écriture d'Otto », me dis-je.

— Je ne devais la lui donner qu'en Europe ; une fois chez Heinrich… grogna le médecin, qui n'osa pas me la reprendre.

Mais je ne les écoutais plus et m'assis sur une chaise, fascinée.

« Otto ! Otto ! Enfin, je vais savoir… »

Les mains glissantes, je décachetai l'enveloppe, et en sortis une petite pile de feuilles manuscrites.

« Yule, mai 1940

« Ma Leni, petit cœur blessé. Voici plusieurs jours que tu viens frapper à la porte. Me pardonneras-tu de ne pas t'avoir ouvert, quand tu auras lu cette lettre ?… »

« Enfin, je vais comprendre », me dis-je en sanglotant.

2006

— C'est donc comme ça que vous avez récupéré le manuscrit d'Halgadøm !

Linh ne répond à aucune de mes attaques. Fixant la ligne blanche de la route, qui luit sous ses phares, il accélère dans les virages, dérape sur la chaussée, et jamais ne freine.

22 h 24. Le dernier avion est dans moins d'une heure.

— Vous avez séduit cette pauvre fille… vous lui avez fait des promesses… et vous vous êtes tiré !

— Et alors ? J'ai obtenu ce que personne d'autre n'avait jamais réussi à trouver.

— Mais d'une manière… dégueulasse !

Linh étouffe un gloussement sinistre et avise mes vêtements, couverts de poussière.

— Vu ce que vous m'avez dit d'elle, je ne suis pas près de réapparaître. On a déjà assez à faire à Toulouse, avec nos SDF…

— Si je m'attendais à ce que vous soyez comme ça…

Linh donne un coup de poing dans le volant.

— De quel droit osez-vous me juger ?

— Je sais que vous vous êtes servi d'une femme, comme d'un jouet, pour la voler…

— Mais, vous ne savez rien de mon enfance, de ma famille ! Tout ça ne regarde que moi ! C'est *ma* vie…

— Et la sienne, vous y pensez, parfois ? Vous pensez à elle, quand vous rentrez tranquillement chez vous, le soir ? Lorsque vous vous couchez, il vous arrive de l'imaginer en train de vomir son bourgogne ?… En train de penser à vous… de vous attendre… depuis dix ans que vous lui avez brisé le cœur !

Linh respire profondément.

— Cette conversation n'a aucun sens, souffle-t-il à voix basse.

Long silence.

En quittant Mirabel, j'ai cru fuir l'enfer. Descendant la côte, j'ai aussitôt appelé Clément… qui était encore sur messagerie… Même chose pour Venner, à qui je n'ai pas eu la force de laisser un message.

« Je ne vais pas revenir en stop… » me suis-je alors dit, composant à regret le numéro de Linh.

Lorsque j'ai dit : « Je sors de Mirabel, je viens de voir Aurore Jos… », sa réaction a été immédiate : « Attendez-moi au pied de la côte, entre les deux platanes. Je suis là dans une demi-heure… »

Une demi-heure pendant laquelle mon esprit est entré en ébullition ! Mais plus que l'attitude indigne de Linh, c'est la ressemblance entre Aurore et Angela Brillo qui ne cessait de m'intriguer.

« Sa mère ? Sa tante ? Ou juste un sosie ? »

La coïncidence était trop frappante pour n'être qu'un simple hasard. Et puis c'est Angela Brillo qui nous a justement mis sur la piste de Claude Jos !

Ce Claude Jos dont tout porte à croire qu'il soit Otto Rahn… bien qu'il passe pour mort à la fin du récit de Leni…

« Où faut-il aller, maintenant ? Quelle rivière remonter ? » me dis-je, devant le silence buté de l'Eurasien.

Je m'éclaircis alors la voix, et hasarde :

— Et vous n'avez jamais cherché à refaire le trajet de Chauvier, dans ses dernières semaines ? Depuis Toulouse jusqu'à Berlin ?

Linh ne répond pas. Il accélère.

— Vous n'êtes jamais allé dans ce monastère du 5e arrondissement ? Vous n'avez pas fait le voyage à Berlin, pour voir ce chef cuisinier à Spandau ?…

Linh fait « non » de la tête.

— Je vous ai dit que j'étais suivi. Qu'*ils* me menaçaient ; qu'*ils* sont même entrés chez ma mère… J'ai attendu qu'elle soit morte pour reprendre mes recherches…

Dans cette chronologie, quelque chose m'échappe.

— Pourtant, en 1995, à la mort de Jos, votre mère était encore en vie ?

Pas de réponse.

— Ce qui ne vous a manifestement pas gêné pour séduire la petite Aurore ?

Je me mords aussitôt la lèvre – mon ton était trop ironique –, mais c'est trop tard : Linh donne un nouveau coup de poing sur le tableau de bord.

— Et vous, ça ne vous a jamais traversé l'esprit que j'aie pu *vraiment* éprouver quelque chose pour cette fille ?

J'en ai un hoquet.

— Dans ce cas-là, comment avez-vous pu l'abandonner du jour au lendemain ?

— Parce que c'est *à cause d'Aurore* que nous avons reçu des menaces, avoue Linh sur un ton glacial. J'ai dû choisir entre Aurore et ma mère…

— Vous êtes parti avec le manuscrit… Et ils n'ont pas tout fait pour le récupérer ?

— Ils ont cessé leurs menaces dès que je suis parti de Mirabel. C'est *précisément* ce qui est étrange.

— Avec *Halgadøm* sous le bras ?

— Personne ne semblait connaître l'existence de ce manuscrit. Jos avait dû le cacher à tout le monde. Même aux Sven. Lorsque j'ai découvert le coffre, il était dissimulé derrière une brique amovible de son bureau. Aurore elle-même ne savait pas que son grand-père possédait ce genre de cachette. Et le texte était dans une enveloppe scellée, sans nom…

Linh peine à respirer. Sa voix se perd dans le flot de sa mémoire :

— Je suis parti au milieu de la nuit, comme vous. Les menaces venaient de commencer ; maman était terrorisée. J'ai conduit comme un fou, fuyant les remords, les doutes. Une heure plus tard, j'étais chez ma mère, en train de la consoler.

Presque malgré moi, je suis touchée par ce récit.

— Et Aurore ?

— Elle ne connaissait que mon prénom. Et je crois qu'elle n'a jamais vraiment cherché à me revoir. Elle est de ces personnes qui peuvent vivre quarante ans sur un souvenir de deux mois…

Pris d'un désarroi immense, Linh souffle dans un sanglot :

— J'ai été son Gilles, elle a été mon Anne-Marie…

Je ne sais plus que penser, mais nous voilà bientôt à l'aéroport. Je m'efforce de rassembler mes esprits.

— Mais, maintenant que votre mère est… décédée, pourquoi ne voulez-vous pas remonter le cours de l'affaire Chauvier ?

Linh gare sa voiture devant la porte des départs.

— Les gens me connaissent.

Il considère sa figure dans le rétroviseur.

— Avec ma tronche de Fu Manchu, je suis facilement repérable, non ?

Je n'ose pas rire à cette remarque. De toute façon il ne m'en laisse pas le temps et se retourne vers moi.

— C'est *vous* qui allez partir sur la piste de Gilles.

— Pardon ?

— Vous, vous n'attirerez pas l'attention. Du côté du monastère, il n'y a plus rien à tirer ; je me suis renseigné, ils ont jeté tout ce qui appartenait à Guizet. En revanche…

Il fouille sa poche intérieure d'où il sort un papier officiel, plié en quatre, qu'il me tend.

Je le déplie.

— « *Archives du ministère des Armées* » ?

— C'est une autorisation pour l'accès au dossier de Gilles Chauvier.

— Parce que vous n'y avez jamais accédé ?

— Je vous l'ai dit : j'étais tricard. Ils m'avaient repéré. Vous, vous serez une jeune étudiante travaillant à une thèse sur l'« histoire de la police dans le Sud-Ouest », ou quelque chose dans ce goût-là…

— C'est bizarre, quand même…

— Quoi donc ?

— Et si c'était vous qui me manipuliez, maintenant ?

— Ne vous trompez pas d'ennemi, Anaïs.

Sitôt que j'ai atterri à Paris, je tente de joindre Clément, qui fait toujours le mort. J'hésite même à téléphoner à ses parents, mais les Bodekian sont le dernier refuge chez qui mon ami irait panser ses plaies d'amoureux éconduit.

Car c'est ainsi qu'il s'imagine, mon pauvre amour ! Alors que je me sens de plus en plus attachée à lui…

Durant ces dernières semaines, j'ai atteint avec lui une intimité que ni l'un ni l'autre ne connaissions. Une fusion inattendue, parfois bâtarde, presque composite, mais miraculeuse. C'est pourquoi je crains que la réaction de Clément soit à la mesure de ce nouveau sentiment.

Et, tandis que je gravis quatre à quatre les douze étages de la tour – retour à la normale : l'ascenseur est encore en panne –, je ne cesse d'espérer que Clément soit là, à ma porte, comme à mon retour d'Allemagne.

Hélas ! l'appartement est plus vide qu'une nécropole. Seul comité d'accueil : un miaulement agacé du chat que je surprends en plein rêve.

Aucun message sur le répondeur, sinon l'appel rituel du « colonel ». Comme chaque semaine, Marcel Chouday vient « prendre de mes nouvelles »…

Prise de découragement, je m'affale sur ma chaise de bureau.

— C'est Clément que je veux entendre !

Je me sens si abandonnée, tout à coup. Tout en moi bouillonne, mais que puis-je faire ? Ma tête bourdonne, mon cœur s'accélère, comme celui d'une bête entravée.

Et ce besoin de parler, de me confier ; tout de suite ! Là ! Maintenant !

Instinctivement, je compose le numéro de Léa… Sur répondeur elle aussi.

— C'est moi… ça va pas très fort… tu peux me rappeler, s'il te plaît ?

L'idée d'être seule, de ne pas parler, me cisaille l'estomac. Constatant qu'il est bientôt 1 heure du matin, je finis par décrocher le téléphone pour appeler Venner.

— Lui ou un autre, après tout…

Mais le Viking est très surpris.

— Anaïs ? Vous avez vu l'heure ? Tout va bien ?

Tentant de dompter mes sentiments, j'explique que je viens de rentrer et compte faire mon rapport.

— Il est un peu tard, vous ne croyez pas ?…

Mais il est tout content de me raconter sa rencontre avec Alexandre Bertier, dans la salle de bains de son club.

— Je ne sais pas de quoi il a peur, mais il avait l'air paniqué à l'idée que nous ayons pu remonter jusqu'à la soi-disant maison de Marjolaine Papillon.

— Moi, je suis remontée encore plus loin…

Mon récit sidère Venner.

— Mais comment Linh a-t-il pu nous cacher une chose pareille ?!

— C'est bien ce qui m'inquiète. J'ai l'impression qu'il en sait plus qu'il n'a bien voulu nous l'avouer… Il compte même sur nous pour prendre des risques…

— Que voulez-vous dire ?

J'explique mon plan : filer aux archives militaires afin d'accéder au dossier Chauvier, grâce au passe de l'Eurasien.

— Je viens avec vous…

— Non, j'irai *seule* !

— Je ne sais pas comment vous avez obtenu cette dérogation, mais il est très rare que des civils aient l'autorisation de consulter nos archives… Vous me dites que vous êtes… ?

— Étudiante. Je fais des recherches sur l'histoire de la police dans le sud-ouest de la France.

Du bout des lèvres, le piquet émet un « prrt » et accélère le pas. J'ai beau avoir un sacré coup de talon, difficile de le suivre dans cette enfilade de couloirs, aussi riants qu'un hôpital.

Voilà cinq minutes que nous nous enfonçons dans ce bâtiment tentaculaire. Dès qu'il croise un soldat, le piquet claque du talon et met sa main à la tempe. Les autres répondent à son salut mais semblent toujours prêts à éclater de rire. Malgré sa maigreur, ce quadragénaire aussi sec qu'une racine de mandragore est gonflé de sa propre importance. C'est lui-même qui est venu me chercher dans le hall.

— Ce qui m'étonne, c'est votre sujet de thèse… reprend-il.

« Aïe ! » me dis-je, craignant de m'enferrer. Linh ne m'a donné aucune indication, juste un passe pour les archives de l'armée de terre.

M'attendant au pire, je hasarde :

— Eh bien ?

Le piquet s'arrête et se retourne.

— La police n'est pas l'armée… Vous ne vous seriez pas trompée de service ?

Je songe « ouf ! ».

— La personne autour de laquelle j'ai construit ma thèse a passé vingt ans sous les drapeaux avant d'entrer dans la police.

Pour la première fois, le piquet amorce un sourire. Il lève les sourcils, pour marquer son assentiment.

— Bon esprit, bon esprit…

Nous parvenons enfin devant une porte aussi banale que les autres.

— Bienvenue au paradis, plaisante le piquet, sans pour autant se dérider.

Puis il ouvre la porte…

— Oulà !

Je songe aussitôt à ces films hollywoodiens où des hangars entiers servent de salles d'archivage, étirés sur des kilomètres de rayonnages identiques.

— C'est assez vertigineux, je sais… concède le piquet d'un timbre satisfait.

Dès lors, il change radicalement de personnalité. Sa figure se détend, il prend mon bras et me souffle d'un ton émerveillé :

— Regardez, *ils* sont tous là…

Je suis gênée par ce brusque revirement, d'autant que le piquet aurait presque ce charme des passionnés.

— Là, dit-il en désignant une allée de métal où les dossiers montent jusqu'au plafond, vous avez les J ; ici, les L. Là-bas…

— Mon capitaine ?

Le piquet se raidit.

Nous nous retournons et découvrons une petite souris militaire.

Le piquet retrouve sa rigueur d'automate.

— Un problème, sergent Varax ?

— Le colonel Verdon voudrait vous parler…

Le piquet se dégage assez brusquement, et me désigne d'un coup de menton.

— Sergent Varax, occupez-vous de mademoiselle. Elle a besoin de voir un dossier.

La sergent est glaciale.

— Mademoiselle ! dit le piquet en claquant des talons.

Puis il disparaît dans les couloirs, d'un pas de tambour.

Un instant, nous restons immobiles, face à face. Chattes avant la ruée.

« Est-ce que je serais devenue comme ça, si j'avais été une bonne fille pour mon père ? » me dis-je en observant cette femme qui ne doit guère avoir plus de trente ans, ses cheveux tirés, son absence de maquillage, cet air rogue et ses lunettes de vieille dame.

— Le nom…

— Pardon ?

— Quel nom cherchez-vous, mademoiselle ?

— Euh… Chauvier ; Gilles Chauvier.

Elle dégage d'un rayonnage un épais dossier siglé d'un gros « C », l'entrouvre et marmonne comme une messe basse.

— Alooors… *Capelier… Carabin… Cassignard… Castillon… Causans…* non, je suis trop haut…

Je considère avec fascination ces milliers de rayonnages. Vertigineux !

— *Cérose… Chapier… Chouday.*

Je sursaute.

— Chouday ? Marcel Chouday ?

Après un moment d'hésitation, Varax jette un œil pour vérifier et finit par opiner, me lisant les premières lignes du fichier.

— « *Chouday Marcel, Marie, Germain, né à Saumur le 18 août 1925. Fils du colonel Chouday Honoré, Louis, Marc et de Beauvert Ginette, élève de…*

— Vous… vous pouvez me le photocopier

573

aussi ? dis-je fébrilement. Marcel Chouday a eu affaire au commissaire Chauvier lors d'un gros cambriolage, dans la région d'Albi. Son dossier m'aiderait beaucoup.

Curiosité bien naturelle, après tout. Et puis je serais sotte de ne pas profiter de l'occasion d'en savoir un peu plus sur mon père ; sur cet homme qui ne m'a quasiment jamais parlé de lui ; *sur mon assassin…*

« Mais veux-tu vraiment savoir, Anaïs ? » couine la petite voix dans ma tête.

— Ça ne va pas ? demande Varax, qui m'a vue rougir.

Mais je rétorque d'un ton ferme :

— Si, si… Je… Tout va bien.

Malgré mes hésitations, elle hoche du chef « Très bien, alors », puis pose le dossier Chouday sur la photocopieuse, qui projette ses éclairs électriques dans la grande salle silencieuse. En même temps, elle consulte le déroulé de la liste, page après page, puis finit par tirer une chemise rose qu'elle m'exhibe fièrement.

— *« Chauvier, Gilles. »*

Je hoche du chef, mais mon esprit est ailleurs.

« Papa, me dis-je avec une pointe de perversité, tous tes petits secrets de militaire… »

— En voilà déjà un, dit Varax en me tendant les copies du dossier Chouday. Je vous photocopie l'autre et vous pourrez rentrer étudier tout ça chez vous…

Mais je suis déjà plongée dans les pages encore chaudes.

Alors tout s'effondre autour de moi !

« Ah non ! C'est impossible ! »

Je ne saurais remonter le fil des minutes qui

s'écoulèrent alors, mais, lorsque je me retrouve devant le ministère, je crois sortir d'un rêve… ou entrer dans un cauchemar !

Une pluie rasante agresse les passants, engoncés dans leurs imperméables. À Paris, février est le pire des mois.

Mais je suis si loin de tout, brusquement.

Les mains encore tremblantes de ce que je viens de découvrir, je plie les dossiers Chouday et Chauvier dans mon sac à main, d'où je tire mon portable.

Je suis si fébrile que je mets un temps infini à composer le numéro de Léa, au bureau.

— C'est… c'est moi…

— Ma chérie ! Alors, ta visite chez les militaires ?

Léa a un ton guilleret. Mais je gèle l'ambiance.

— Ça ne va pas. *Pas du tout !*

— Où es-tu ?

— Peu importe… j'ai trouvé son dossier militaire…

— Celui de Chauvier ?

— Non, enfin si. Mais aussi celui de mon père… Écoute…

Compulsivement, je déplie le dossier et tente de retrouver mon calme pour ne pas avaler mes mots.

— *« 1945 : participe à la libération des camps nazis, en Allemagne et en Pologne. 1946 : adoption officielle d'une orpheline de deux ans, Judith. »*

Léa est abasourdie.

— Judith… mais je croyais que c'était le prénom de ta mère ?

— Je le croyais aussi…

Yule, mai 1940

Ma Leni, petit cœur blessé. Voici plusieurs jours que tu viens frapper à la porte. Me pardonneras-tu de ne pas t'avoir ouvert, quand tu auras lu cette lettre ?

Je l'espère, car il m'en a tant coûté d'entendre tes petits doigts de fée marteler la vieille porte de bouleau, de percevoir tes gémissements au seuil de ma chambre. Des gémissements d'enfant abandonnée. D'orpheline.

Mais orpheline, tu ne l'es pas, ma Leni. Ta famille est là. Je suis là. Même si tu ne me vois pas. Même si on te dit que je suis mort, disparu, envolé. Imagines-tu que ton oncle Otto puisse mourir aussi banalement ? À cause de quelques avions, de quelques bombes ? Mais non, voyons ! Toi comme moi savons que je suis bien plus fort, bien plus insubmersible que ça. Toi comme moi sommes des élus, mon cœur, pas des victimes.

Mais si je ne suis pas physiquement présent – et ce, durant quelques semaines, quelques mois sans doute –, c'est que j'ai choisi l'ombre pour mieux retrouver la lumière. Telle a toujours été la règle, ma règle. Les ténèbres sont la source de toute chose, de toute beauté. Retiens bien cela, petit cœur ;

comme tu retiendras les quelques clés de cette lettre, en me promettant de ne jamais en parler. Même aux Sven ; même à Hans. Car le secret doit exister, mon bel ange. Ce n'est pas un vide que l'on cache. Le secret lui aussi est à la source de tous les bienfaits. Et tu es toi, dans ton âme, dans ton corps, dans ton sang, fille de ce secret.

Mes mots te sembleront bien nébuleux, ma Leni. Mais cela aussi fait partie du secret. Un secret qui a ses raisons, ses origines, ses gardiens.

Les gardiens, tu les as rencontrés : ce sont ces quatre hommes furieux arrivés par avion la semaine dernière. Gurdjieff, Crowley, Hess et Haushofer. Je ne te raconterai pas comment ils se sont connus, mais sache seulement qu'au lendemain de la Première Guerre mondiale, ces quatre consciences ont compris que l'Humanité courait à sa perte. Chacun à sa façon (et tu as vu s'ils sont différents !) a réalisé que le monde allait lui aussi s'engouffrer dans une éternelle tranchée, s'il n'était pas régénéré.

Lors, comment régénérer la civilisation, sinon en régénérant l'être humain lui-même ?

C'est pourquoi ces quatre hommes issus de quatre cultures commencèrent à réfléchir à ce projet. Gurdjieff, Crowley, Hess et Haushofer en arrivèrent bientôt à la conclusion qu'il fallait retrouver l'harmonie antique, fondée sur une humanité à deux vitesses : les seigneurs, les esclaves. Mais le métissage ayant à jamais altéré la pureté d'une race originelle (si tant est qu'elle existât jamais…), ils décidèrent de créer cette race.

Ainsi est né le « Projet Halgadøm »…

En exploitant les lubies du milliardaire Nathaniel

Korb, ils ont mis en place cet îlot factice, qui cachait en son sein un projet gigantesque.

Mais à tout seigneur il faut une garde rapprochée ; à toute race neuve il faut un bras armé. C'est pourquoi, au même moment (nous étions encore au début des années 20), les quatre hommes prospectèrent parmi les cercles paramilitaires germaniques. Le désir de revanche et le sentiment d'injustice y étaient si forts que les jeunes recrues en seraient forcément de qualité. C'est ainsi qu'ils rencontrèrent deux amis de collège, deux Munichois un peu perdus dans les décombres de leur patrie en miettes : Heinrich Himmler et moi…

La suite, tu la connais ; ou tu la devines.

Je fus nommé « régent » des Håkon ; quant à Himmler, il dénicha et présenta aux quatre sages un illuminé autrichien qui serait le parfait « golem » pour attirer le feu des projecteurs. Adolf Hitler serait ainsi le premier pantin à accéder au pouvoir absolu. Mais un pantin voyant, un pantin médium. Se dégageait de lui un tel pouvoir de fascination que les quatre sages eux-mêmes prirent peur devant la perfection de leur créature. Mais n'était-ce pas déjà trop tard ?

Ils voulaient circonscrire leur « expérience » à la seule Allemagne. C'était hélas sans compter sur les rêves de conquête d'Hitler, d'Himmler… et les miens.

Car, tu l'as également compris, ma Leni, le conflit qui est en passe d'embraser le monde va bien au-delà de la simple expansion territoriale.

C'est une guerre historique, métaphysique, archéologique ! Une guerre du glorieux passé contre l'odieux présent et le triste avenir. Une guerre de la nostalgie contre la modernité.

Pour retrouver la splendeur de l'âge d'or, il faut en exhumer les derniers vestiges, les ultimes fossiles.

Et toi, petite Leni, cœur merveilleux de ma vie, tu as contemplé un de ces fossiles. Oui, je te parle bien de la momie, de ce cadavre embaumé découvert dans les grottes de Mirabel.

Afin de me faire bien comprendre, il me faut maintenant te dévoiler le secret ultime : la petite société de quatre sages trouve ses racines bien plus loin que le simple xxe siècle. De tout temps, des consciences ont tenté de canaliser les passions humaines, de les modérer, de les exacerber. Cette révélation te semblera absurde, sans doute impensable, ma Leni, mais elle est authentique. Depuis l'aube des temps, quelques esprits ont secrètement veillé à la destinée de l'homme. Des sages qui étaient au nombre de neuf, autant que ces fameuses momies…

Durant des siècles, peut-être des millénaires, ces sages ont tenté de rendre l'homme un peu moins mauvais, un peu moins cruel. Leur savoir était fondé sur une expérience commune, car ces neuf sages furent toujours les mêmes hommes.

Oui, ma Leni, tu as bien lu : les mêmes hommes.

Issus des plus lointains mystères de l'Antiquité, les neuf sages possédaient le secret de l'immortalité, sous la forme d'un élixir. Un élixir qui porte un nom que tu connais bien : le Vril.

Chaque année, les neuf sages prenaient une goutte de cette liqueur de longue vie ; chaque année, ils gagnaient sur la fatalité humaine.

Tu te demanderas dès lors la raison de leur mort.

C'est là une question à laquelle aucun initié n'a jamais pu répondre, ma Leni.

On raconte juste qu'au milieu du xixe siècle, les

neuf sages décidèrent d'un commun accord de cesser le Vril. Ils décrétèrent alors que chacun d'entre eux irait se cacher dans un lieu symbolique des mystères humains (tel le pays cathare) pour y attendre la mort.

Le monde avait trop changé. Sans doute ne pouvaient-ils plus l'appréhender avec justesse et préféraient-ils en laisser les rênes à d'hypothétiques héritiers.

Tous les neuf disparurent donc, mais leur légende était déjà en place. Bien vite, le mythe des neuf Supérieurs inconnus commença à courir parmi les cénacles ésotériques qui pullulaient en cette fin de siècle. Des cénacles dont étaient issus Gurdjieff, Crowley, Hess et Haushofer.

Une légende tenace entourait ces sépultures : chaque Supérieur inconnu aurait conservé, dans son sang, dans sa chair, dans ses tissus, dans ses os, un neuvième de la recette du Vril.

Quiconque les réunirait connaîtrait donc la vie éternelle...

Voilà, ma Leni, tu sais tout. Et tu comprends le reste.

Les quatre sages ont cherché à occulter l'existence possible du Vril ; mais Himmler et moi avons décidé de le retrouver. Notre humanité nouvelle, notre race élue doit être immortelle. Tu dois être immortelle, ma Leni !

Si Crowley a toujours soutenu ce projet, il n'est pas du goût des trois autres sages, qui ont tous violemment fait marche arrière.

Cela explique ta présence aujourd'hui dans ce sous-marin, fuyant un archipel en feu.

Puisses-tu comprendre, mon cœur ; puisses-tu accepter ton destin. Et rappelle-toi bien que je ne suis pas mort. Je suis juste caché, ailleurs, sous le monde, en quête du Vril. Ce Vril qui t'est destiné, chair de ma chair. Ce Vril que je t'apporterai en offrande, bientôt, si vite. Pour que toi et moi abordions, main dans la main, l'éternité.

Ton Otto.

2006

— Anaïs, calme-toi !

Mon père est là, devant moi, légèrement voûté. Sa vieille robe de chambre grenat a pris une teinte opaque. Les bords jaunissent d'usure, et l'éternel mouchoir de soie orne la poche de poitrine.

Le même… exactement le même !

Seuls les cheveux ont blanchi. Une impeccable tonsure lui est venue à l'occiput.

J'entrouvre les lèvres mais n'arrive pas à parler, haletante.

Les mots s'engouffrent dans ma gorge et meurent avant terme.

— Calme-toi, Nanis… répète le colonel, sans émotion.

Je n'ai pas bougé, pétrifiée, encore sur le pas de la porte.

Déjà le jour pâlit. La cloche de l'école vient de sonner la fin des classes.

Mais, aujourd'hui, mon père et moi sommes ailleurs. Séparés de la scène par un écran invisible.

De ses yeux fuse une tendresse sèche et brûlante comme un tison.

Nous sommes là, face à face, figés sur le seuil, comme dans un mauvais vaudeville.

— Entre… dit-il enfin en se reculant, sans me quitter des yeux.

D'un pas maladroit, je pénètre dans la maison ; *ma* maison. C'est absurde, mais je frissonne. Tant d'années ont passé.

L'odeur de la maison, ce mélange de renfermé, de pain grillé, désormais mêlé à des remugles de vieille pharmacie.

— Tu veux du thé ? demande mon père en claquant la porte.

Comme dans mon enfance, ce claquement est suivi du cliquetis des verrous, que le colonel ferme un à un, avec une vigueur de geôlier.

Subitement, je prends peur.

Et s'il allait me capturer ? me garder prisonnière ? m'enfermer à jamais dans la cave, sous la maison, près de la chaudière à fioul, là où je devais dormir quand je m'étais « mal comportée » ?

Mon cœur s'emballe et je clopine vers la porte.

— Je ne peux pas rester…

Mon père bombe le torse et plante ses yeux dans les miens.

— Nanis, calme-toi !

La panique s'infiltre dans tous mes os… mais cette injonction me calme. Comme si l'affrontement prenait fin.

Mon sentiment est alors terrible : Marcel Chouday est mon père, il est dans l'ordre des choses que je lui obéisse. Doucement, mon cœur retrouve son flux naturel, et ma respiration un rythme humain.

« Mais c'est fini, tout ça ! » me dis-je en rejoignant le « colonel », dans la cuisine.

Aujourd'hui, c'est moi qui ai décidé d'affronter cet homme qui est allé jusqu'à me faire passer pour morte ! Jusqu'à *m'enterrer*.

Ce matin, cette découverte dans les archives de l'armée a tout précipité. Léa n'a pas eu à me pousser. Je me suis jetée dans le premier train pour Issoudun, incapable d'imaginer une explication.

Le plus dur va être d'accepter que mon père puisse être quelqu'un d'autre que le tyran héroïque de mon enfance. Car rien n'est plus triste que d'observer ce petit vieux.

— Ça fait sept ans, n'est-ce pas ? demande-t-il.

Le colonel s'est assis sur un des vieux tabourets en formica orange. J'y ai passé tant d'heures, penchée sur la toile cirée, à réviser mes leçons, apprendre des poèmes de Paul Déroulède, lutter sur des problèmes arithmétiques.

— Un peu plus, même…

Sans se lever, il me désigne un tabouret, face à lui.

La cuisine n'a pas changé. Les ingrédients sont tous en place. Jamais le colonel n'autorisait le moindre changement ; en bon militaire, il faisait lui-même le ménage.

Il verse le thé bouillant dans un vieux bol breton, sur lequel le nom *Anaïs* est peint en lettres noires.

Je ne puis retenir un sourire.

— Tu l'as gardé ?

Mon père hausse les épaules, nostalgique.

— Comme le reste. Je pense à toi tous les jours ; je découpe tous tes articles. Je les encadre. Je les…

— Tu les mets en boîte, je sais… *Comme tu l'as fait pour moi*…

— Pardon ?

Je sens une boule monter dans ma gorge et me dompte pour ne pas fondre en larmes devant lui.

— Je suis passée au cimetière, papa…

Papa blêmit.

— J'ai vu ma tombe…

— Écoute, ma chérie. Ce… ce n'est pas pour toi que je l'ai fait… C'est pour ta mère…

— Pour *ma mère* ?! C'est pour ma mère que tu me fais passer pour morte ? Un cadavre ? Tu as tué ta propre fille, papa !

Le vieillard renverse son bol sur la toile cirée. Je suis inondée de thé mais lâche d'un rire sans joie :

— Touché !

Papa se précipite avec un torchon et une éponge, sans oser me frôler. Je me sens d'une cruauté galopante. Il est brusquement si pitoyable, enferré dans sa toile d'araignée, prisonnier de son mensonge.

— Ma chérie, je vais tout t'expliquer…

— Oh ça oui, tu vas tout m'expliquer ! dis-je en tirant une feuille de mon sac pour la tendre à papa.

Le colonel est immobile, l'œil rond.

— Qu'est-ce que c'est…

— Lis !

Il prend la photocopie, et tire des lunettes de sa robe de chambre.

Son cri est atroce.

— Oh non ! Ce n'est pas vrai… Tu n'es pas allée…

Je ne pensais pas que cette vision me ferait tant de peine ! Ma vengeance prend un goût de sang caillé.

Sous mes yeux, mon père s'effondre.

— Non… non… nooon…

D'abord les épaules, puis le torse, puis la nuque. Papa se recroqueville sur lui-même. Le tabouret glisse sans bruit, tandis que le vieillard s'assied sur le dallage.

Jamais je n'ai voulu cela.

Mais c'est sa voix, le plus affreux. Un timbre

aigu, presque imperceptible, comme celui d'un enfant battu.

— Non ! Non ! Non ! Tu ne pouvais pas l'apprendre comme ça...

— Qui est cette Judith ? dis-je en tentant de ne pas m'émouvoir. A-t-elle un rapport avec celle de la tombe... de *notre* tombe ? Est-ce ma mère ?

— Nanis, laisse-moi t'expliquer... Mais pour cela il faut remonter loin... si loin !

Immobile, assise en retrait, je fixe mon père puis me ressers un bol de thé.

— Tout cela est si vieux... dit le colonel en se rasseyant.

Il s'essuie avec un torchon et commence sa confession.

— Comme beaucoup d'adolescents, j'ai pris la guerre de 1939 de plein fouet, car nous ne pouvions imaginer une défaite. Toute mon enfance, j'ai entendu les généraux se féliciter de la ligne Maginot, de notre invincibilité. On croyait sincèrement que la guerre de 1914 serait la dernière...

Dehors, il fait nuit. Une petite pluie se met à perler. Les vitres de la maison résonnent comme de vieilles maracas.

— Tu le sais, chez les Chouday, nous étions tous militaires. Mes frères et moi avions été élevés, à Saumur, par ton grand-père, qui était officier au Cadre noir. Notre jeunesse s'est donc passée entre l'école, l'église et le manège...

Mon père mâchonne nerveusement ses lèvres, comme s'il cherchait ses mots. Ses phrases, lentes, sinueuses, sortent du plus profond de sa mémoire.

Il considère un instant la pluie, par la fenêtre, et reprend :

— Nous avions une très haute idée de la France, et nous avons pris sa chute comme une blessure personnelle… comme un viol…

Je hoche du chef, sans savoir où il veut en venir.

— Tout cela pour dire que, la guerre venue, il a fallu faire des choix…

— Des choix ?

— Mes frères et moi étions adolescents, presque adultes. Notre père nous avait élevés dans le respect de l'ordre militaire. Et nous ne pouvions douter de la bonne foi d'un homme qui avait sauvé la patrie, vingt-cinq ans plus tôt.

Je le vois venir !

— Vous étiez pétainistes…

Mine lasse de mon père.

— Comme toute la France, Nanis, ce qui n'avait rien de honteux… Le pays était écrasé, laminé, vidé de ses forces. L'armée n'était qu'une galéjade, les généraux des guignols. Pétain nous est apparu comme un sauveur…

Je sens remonter la colère.

— Là, en ce moment, je sais que tu me juges, Nanis ; mais c'est par le prisme de l'Histoire. Tu connais l'issue de cette guerre ; nous, nous vivions dans le présent…

L'excuse ne me suffit pas, mais je lui fais signe de continuer et me ressers du thé.

— Ton grand-père connaissait le Maréchal. Ils s'étaient rencontrés dans les années 1920 et gardaient une véritable estime réciproque. C'est pour cela qu'il lui a proposé de… *travailler* pour lui…

Je suis prise au dépourvu. Si je m'étais imaginé ça ! Mon père en est apitoyé.

— Eh oui, Nanis. Nous avons même emménagé à Vichy dès l'automne 1940. Le gouvernement avait mis à notre disposition une belle maison, à quelques kilomètres de la station thermale. Notre mère – ta grand-mère – s'y est installée avec joie. Tous les jours, mes frères, notre père et moi partions à vélo jusqu'à Vichy. Papa nous laissait devant le lycée et continuait jusqu'à l'hôtel du Parc, où se trouvait le Maréchal…

— Mais… qu'est-ce qu'il y faisait comme… métier ?

Le colonel se frotte doucement le haut du crâne, comme s'il voulait lustrer sa calvitie.

— Le Maréchal avait confiance en lui… Il écoutait mon père et prenait bonne note de ses avis.

— De ses « avis » ?

— Pétain était un homme très vieux, Nanis. Un vieillard entouré de gens aux dents longues qui ne pensaient qu'à faire carrière dans la politique. Mon père avait déjà près de soixante ans, et n'ambitionnait rien d'autre qu'une retraite au calme. C'est pourquoi, aux yeux du vieux soldat, il était digne de confiance.

Je suis de plus en plus effarée. Rien, dans le dossier militaire de papa, n'indiquait que son propre père ait été cadre de Vichy.

— En fait…

Marcel Chouday semble peiner à formuler ses idées. Il joint ses mains en prière. Ses émois de tout à l'heure ont disparu. Il a retrouvé son calme, cette sérénité horripilante qui me désespérait lorsque j'étais enfant.

Il est si fort !

— En fait, nous étions *heureux*…

— Heureux ? !

Papa hoche la tête vers sa triste cuisine, comme s'il lui comparait celle de son enfance.

— Nous vivions en vase clos, dans des conditions de rêve, au beau milieu de gens très intelligents qui croyaient reconstruire la France…

Mon père s'assombrit.

— Hélas, les problèmes ont commencé lorsqu'il a fallu donner l'exemple…

— Quel exemple ?

— Nous étions les fils d'un conseiller du Maréchal. D'un conseiller *secret*, certes, dont jamais le nom n'apparaissait, au point que nulle histoire de Vichy ne le mentionne aujourd'hui…

« Dieu soit loué ! » me dis-je.

— Bref, en tant qu'enfants d'un délégué du gouvernement, nous devions servir d'exemple à nos contemporains : c'est pourquoi papa a commencé à nous inscrire partout.

— À vous inscrire ?

— Les chantiers de jeunesse, les réunions francistes, tout ce scoutisme national devait faire partie de notre formation. « Mes enfants, disait notre père, le Maréchal a les yeux rivés sur vous ; vous êtes la France de demain. »

— Et… vous aimiez ça ?

— Pas du tout ! On nous arrachait à une vie de pachas pour nous faire dormir sous la tente, ou organiser des feux de camp qui se finissaient en battue contre des résistants…

Je reste incrédule.

— Et ta mère ?

Nouvelle lueur de tendresse, sous les néons de la cuisine.

— Oh ! ma mère avait depuis longtemps démissionné. C'était une femme de militaire. Elle recevait ; son mari était dans les secrets du pouvoir. Il lui semblait normal que nous obéissions ; après tout, c'est à cela que nous avions été formés…

Il hésite à nouveau. Sa langue caresse les commissures de ses lèvres, comme s'il y cherchait le goût du sang.

— Et puis un jour, notre père nous a réunis tous les cinq dans le grand salon de la maison. Il était encore tôt. Nous devions partir pour le lycée et nous portions déjà nos capelines de velours épais. Je me souviens : j'avais une pompe à vélo à la main. C'était en avril 1943. Il faisait très froid, ce printemps-là, en Auvergne.

« "Mes enfants, a dit papa, baissant la voix pour ne pas éveiller ma mère. Mes enfants, j'ai une grande nouvelle pour vous."

« Nous l'écoutions avec excitation et inquiétude, car il semblait plus nerveux que de coutume.

« "Comme vous le savez, le Maréchal vous aime beaucoup, au point de vous donner votre chance.

— Notre chance ?" avons-nous répondu d'une même voix. »

Papa tentait de garder un œil malicieux, mais on voyait bien qu'il était gêné. Et toujours il se tournait vers la porte de la chambre conjugale, comme s'il espérait percevoir la respiration régulière de maman.

— « Oui, chuchota papa, votre chance : chacun de vous va partir au service du sauveur de Verdun. »

« Mes deux frères aînés, qui avaient déjà quitté le lycée et travaillaient à Vichy, dans l'administration, seraient envoyés faire leur STO en Allemagne. Mes deux cadets iraient quant à eux dans des chantiers de jeunesse, quelque part plus au sud.

« "Quant à toi, petit Marcel, tiens…"

« Il me tendit un béret, auquel était accrochée une broche figurant une boucle. »

— La Milice ?

Le colonel hoche du menton.

Je laisse voguer mes yeux sur les piles de vaisselle ébréchée, sur la vieille affiche du Cadre noir, sur ce poste de radio hors d'âge qui trône près des conserves de cassoulet.

— La Milice…

Au même instant un hurlement retentit dans la pièce. Je sursaute, croyant entendre une sirène ; mais c'est mon portable, dans mon sac. Je le saisis… et reconnais le numéro de Clément ! Mon pauvre amour réapparaît quand je m'y attends le moins !

— Enfin ! dis-je, le cœur battant.

— Je n'ai pas fini, Anaïs…

Mon père m'observe avec agacement. Que faire ?

« C'est aujourd'hui ou jamais… me dis-je en faisant un effort surhumain pour ne pas répondre. Clément… mon amour, ne m'en veux pas. Papa est allé trop loin pour ne pas tout m'avouer. »

Fronçant les sourcils, j'enfouis mon téléphone au plus profond du sac.

Mon père reprend alors :

— La Milice avait été créée trois mois avant, par Vichy, sous la responsabilité d'un ancien légionnaire : Joseph Darnand. Je venais d'avoir dix-huit ans et j'allais devoir intégrer cette armée musclée, qui n'avait pour mission que des basses œuvres…

— Parce que tu as accepté ? Sans rechigner ?

— Comment refuser ? Je me suis même cru chanceux : mes frères aînés partaient en Allemagne ; mes cadets allaient creuser des digues dans le Cantal. Moi, je restais à Vichy… Du moins, je le croyais…

Le colonel se lève et marche jusqu'à l'évier, le

remplit d'eau glacée et, sans un mot, y plonge sa tête.

Puis, impassible, le colonel s'essuie avec un vieux torchon et revient s'asseoir.

Mon estomac est de plus en plus noué.

— En 1943, la politique de Vichy envers les juifs s'était durcie. Il fallait collaborer sans retenue avec l'Allemagne… C'est pourquoi ma division fut envoyée à Paris, prêter main-forte à la police française.

Les yeux du vieil homme s'ourlent de rouge. Dehors, la nuit est tombée. Et la pluie redouble, martelant les vieux carreaux à les briser.

Moi, je tente d'anesthésier mon esprit, de refouler toutes les images de guerre qui me viennent en mémoire.

Je réalise alors que des larmes coulent de mes yeux.

— Nous avions des listes. Chaque soir, souvent avec la Gestapo, nous traquions ceux qui étaient encore cachés dans les caves, les greniers des immeubles parisiens.

« Oui, ma cocotte, c'est ton père qui te parle ! »

— Et… pendant combien de temps ?

— Plusieurs mois… jusqu'à l'été…

Le colonel a retrouvé son calme, car il se concentre pour maîtriser la chronologie des faits.

— Jusqu'au… 13 août 1943.

Il ferme les yeux.

— Qu'est-ce qui s'est passé, ce jour-là ?

Papa déglutit ; il ressemble à ces sourds qui cherchent un signe, une ombre de bruit, un dernier écho dans le vide de leur tête.

— Notre division devait ratisser un quartier populaire, près des Halles, où l'on suspectait une famille juive de s'être cachée dans un entrepôt de légumes.

« Oh, mon Dieu ! » me dis-je en posant mes mains à plat sur la table. J'ai cogné si fort que le meuble vibre comme sous une explosion.

Mon père ne réagit même pas.

— Nous sommes partis à la tombée du jour. Nous les avons trouvés tout de suite, car on nous avait donné la bonne adresse… Les indics étaient redoutablement efficaces.

« Ils étaient là, planqués dans un cabanon, derrière des piles de cagettes.

« Lorsqu'on a ouvert la porte de bois, ils n'ont pas bougé, comme des faons pris dans des phares. Une odeur rance nous a sauté à la gueule, et je me suis demandé depuis combien de temps ils étaient cachés ici : des semaines ? des mois ?

« Sept de nos copains ont emmené la famille vers le camion, qui était garé rue du Louvre. Et moi je suis resté avec Guillaume, le chef de la division, pour inspecter la turne. Ces gens avaient vécu sur des matelas de paille, sans draps, sans couvertures, sans jamais changer de vêtements. Ils s'étaient nourris de débris de légumes, de rogatons de viande, mangés souvent crus.

« "C'est bon, on peut y aller", ai-je dit, troublé par l'atmosphère du lieu.

« Je croyais m'aguerrir en faisant ce "métier", mais depuis que j'étais à Paris, ma ferveur maréchaliste tendait à s'épuiser. J'étais encore sincèrement persuadé que les juifs étaient ces ennemis de la nation qui avaient précipité la guerre ; mais tous ces carnages, tous ces innocents envoyés à Drancy, puis on ne savait où…

« On s'apprêtait donc à sortir, quand Guillaume a retenu mon bras, posant un doigt sur ses lèvres.

« "Attends…" a-t-il chuchoté.

« Il m'a alors désigné un gros carton, enfoui sous des piles d'ordures, et l'a repoussé d'un coup de botte.

« Elle ne devait pas avoir quinze ans…

« Elle nous observait, pas vraiment effrayée, avec la triste certitude de ce qui l'attendait.

« Lorsque Guillaume a défait sa ceinture, elle n'a même pas réagi.

« Elle a lentement remonté sa chemise de nuit miteuse, laissant apparaître un corps parfait, malgré la saleté et la maigreur. Puis elle s'est allongée à même le sol.

« "Elle me mâche le travail, cette salope !" a plaisanté Guillaume en lui envoyant son talon à la mâchoire.

« À nouveau elle n'a pas réagi. Un filet de sang a coulé de sa bouche et elle a fermé les yeux.

« Guillaume a été lent. Il ne pouvait s'empêcher de me parler, de tout commenter, comme si j'étais là pour apprendre.

« "Regarde bien, bonhomme ! Elle aime ça…"

« Je ne pouvais en effet décrocher mes yeux de cette fille si pure. Et ce regard ! Un instant, il est devenu brûlant ; cette haine impuissante et ancestrale des animaux devant la nature déchaînée… Le chagrin, la pitié, la colère, tout me secouait comme un ouragan. »

Papa est bouleversé. La cuisine me semble surchauffée, comme si nous étions tous deux dans cette cahute des Halles.

Mon père reprend :

— Lorsqu'il a eu fini, Guillaume s'est relevé et

m'a désigné la fille, immobile sur le sol de terre battue.

« "Vas-y, bonhomme, elle est à toi…"

« Retenant ma répulsion, j'ai fait "non" de la tête.

« Guillaume a haussé les épaules et dégainé son revolver.

« La fille a pris une expression soulagée : elle n'attendait que ça.

« Alors, je ne sais si c'est par lâcheté ou héroïsme, j'ai envoyé mon poing dans la figure de Guillaume et empoigné son flingue.

« "Ça ne va pas, non ?" a-t-il grommelé, sans vraie colère.

« "On devait en ramener six, on en ramènera six !" ai-je assené, en redressant la fille.

« "Toi, alors, pour ce qui est d'être zélé… on voit bien le fils de militaire !" a soufflé Guillaume, impressionné.

« Mais déjà je le devançais, soutenant la fille.

« Lorsqu'ils m'ont vu arriver devant le camion, les copains ont émis des sifflements admiratifs.

« "Eh bé dis donc, le petit Chouday est verni !"

« Je me suis contenté de soulever la bâche et de pousser la fille, à demi nue, vers les siens. Alors que j'allais rabattre la paroi de cuir, j'ai encore croisé son regard.

« La haine y était décuplée. Elle attendait la mort et je venais de la lui voler. Elle m'a craché au visage.

« Je me suis reculé d'un bloc et j'ai vomi aux pieds des camarades, qui ont éclaté de rire sous les étoiles.

« "Eh oui, bonhomme ! C'est ça de jouer les héros !"

«La nuit même, je me suis enfui de Paris pour m'enrôler dans la Résistance. »

Je suis abasourdie. Étreinte par une sorte d'apesanteur poisseuse, dans laquelle je me maintiens pour ne pas sombrer.

Pourquoi me raconter tout ça ? Quel rapport avec ma découverte des archives ?

Suis-je juste un déversoir ?

Car mon père est vraiment lancé. Les yeux pâles, tournés vers le passé, il est immobile sur son tabouret de cuisine et reprend d'une voix étouffée :

— Je fus aussi bon résistant que j'avais été un « honnête » milicien. Après tout, le métier était le même…

Papa voit mon expression offusquée mais poursuit, dans un demi-sourire :

— Ce revirement n'avait rien de factice. J'étais même d'une sincérité désespérée. Lorsque nous avancions, gagnant du terrain sur les nazis qui se repliaient peu à peu vers l'Allemagne, toujours je gardais en mémoire cette femme. Ces yeux brûlants d'impuissance et de désespoir…

Dans la cour d'une maison voisine, coincé sous la pluie, un chat miaule à mourir ; mais chez les Chouday, on est hors du temps.

— Comme les Anglais, les Américains et l'armée russe, nous avons participé à la libération de certains camps…

— Des camps… *de concentration* ?

Mon père pince les lèvres. Sa voix se remet à vibrer. Sa pomme d'Adam joue les ludions sous sa gorge flasque. Son menton tremble d'émotion.

— J'ai alors compris – *nous* avons compris – où étaient envoyées toutes ces familles que consciencieusement, chaque soir, j'avais conduites à Drancy.

Le colonel croise les doigts à les briser.

— Nous sommes arrivés dans une de ces zones désolées de la Pologne. Les campagnes étaient ravagées par les combats. Des cadavres de canons, de panzers, gisaient au bord de la route. Mais les cadavres, les *vrais*, étaient là, devant nous ; derrière les barbelés, au pied des miradors. Des cadavres parfois vivants, figés entre l'horreur et la mort. Ces os, ces peaux blêmes, ces yeux…

Papa soupire et je m'accroche à ma chaise.

— *Ces yeux*, surtout… Des yeux grands comme le monde, aussi profonds que l'enfer… aussi lucides que le silence de Dieu. Lorsque ma compagnie est arrivée dans ce camp du fin fond de la zone, les Allemands avaient déjà déguerpi depuis deux semaines. Mais les prisonniers n'avaient pas bougé. Ils étaient trop faibles et n'avaient nulle part où aller. La plupart étaient orphelins, seuls survivants d'une famille éradiquée dès l'arrivée au camp… Leur seule famille, c'étaient les autres prisonniers, aussi perdus, aussi désemparés, aussi faibles qu'eux…

Mon père s'interrompt, les yeux perdus. Je suis bouleversée, sans plus savoir que penser. De collabo, il est devenu résistant. Il a affronté l'horreur de ses propres convictions, de ses propres actes.

Mais cela excuse-t-il tout ?

— Nous nous sommes installés pour organiser les premiers secours. Mais c'était peine perdue… Comme s'ils avaient trop attendu, la plupart de ces hommes, de ces femmes, de ces enfants qui avaient tenu jusqu'à notre arrivée, mouraient entre nos bras. Et c'était sans compter les épidémies !

«Les charniers étaient encore à ciel ouvert, distillant leur fumet d'abattoir, cuisant lentement au soleil du dégel. Nous avions pour mission de couvrir ces immenses fosses de chaux vive, puis de les reboucher. Il fallait parfois descendre au milieu des cadavres pour… tasser. »

Je tente d'imaginer mon père trébuchant dans une décharge de corps, en uniforme militaire. Lui toujours si propre, si raide.

Mais n'était-ce pas là une forme de rachat ? Une façon d'expier ses actes ?

— Nous sommes restés là-bas pendant plus d'un mois. Tous les jours, nous organisions le rapatriement de ceux qui allaient mieux… C'est-à-dire les rares qui pouvaient tenir debout plus d'une heure… Mais la plupart mouraient à l'infirmerie, épuisés, incapables de parler.

Mon père se lève pour marcher vers la fenêtre.

— Tu permets ? demande-t-il en posant sa main sur la crémone.

Je fais « oui » de la tête et le colonel ouvre en grand. Une bourrasque s'engouffre dans la cuisine, faisant vibrer les papiers tue-mouches qui pendent du plafond. Une odeur d'humidité et de nuit lourde envahit la pièce. La pluie a encore redoublé.

J'observe alors la silhouette de mon père, qui a vécu avec son secret pendant un demi-siècle.

« Encore un qui a tout gardé, tout renfermé », me dis-je presque malgré moi, songeant à Vidkun, à Chauvier, à Rahn, à Linh… Tout le monde est-il donc condamné à sa part de mystère ? Plus ou moins avouable, plus ou moins atroce.

En comparaison, je me sens si banale.

Mais il n'a pas terminé…

— Nous devions partir à la fin de la semaine.

Notre mission était de rallier Berlin, où la guerre venait de s'achever. C'était le début du mois de mai 1945… C'est alors qu'*elle* est revenue.

— Elle ?

Marcel Chouday pose ses mains à plat sur la table, mais ne peut s'empêcher de jouer avec l'arête du bol *Anaïs*.

— Je ne l'ai pas tout de suite reconnue. Elle faisait partie des derniers déportés que nous devions encore soigner. Lorsqu'elle est apparue, à la porte de l'infirmerie, j'ai eu un étrange sentiment de « déjà vu ». Rien dans cette vieillarde ne pouvait me rappeler la jeune femme des Halles. Celle que Guillaume avait violée.

Le colonel écrase le bol entre ses mains… et le brise en deux.

— Mais j'ai reconnu *ses yeux*… Ils n'avaient pas changé. Enfoncés dans leurs orbites comme des cratères, ils étaient aussi flamboyants, aussi explosifs que la première nuit.

— Et… elle t'a reconnu ?

— Immédiatement. Lorsqu'elle m'a vu, elle s'est mise à trembler. Sa bouche s'est ouverte comme si elle n'arrivait plus à respirer. Dans la salle, les autres – soldats et infirmiers – nous observaient.

« "C'est qui ?" a demandé un médecin.

« Au même instant, elle s'est effondrée au sol, évanouie.

« Mes camarades m'ont considéré avec méfiance.

« "C'est comme si elle t'avait reconnu…" a alors remarqué un de mes compagnons d'armes.

« J'ai levé les yeux au ciel, mais n'ai laissé personne s'approcher d'elle.

« "Je m'en occupe !" ai-je crié, en soulevant ce

corps aussi léger qu'un fagot, pour l'allonger sur un lit.

« Je l'ai veillée pendant toute la nuit. Le lendemain matin, elle a enfin ouvert un œil. J'ai cru y lire plus de douceur.

« J'allais lui donner à manger, quand elle s'est mise à gesticuler, pointant un petit baraquement, de l'autre côté de la "rue".

« "*Eh bien ?*" lui ai-je demandé.

« Mais elle persistait à pointer ce bâtiment.

« Lorsqu'elle m'a vu me lever et marcher vers la sortie, elle a hoché la tête, en signe d'encouragement.

« J'ai traversé l'allée pour ouvrir la porte de ce baraquement.

« C'était une remise ; une sorte de bric-à-brac. J'allais partir quand j'ai cru percevoir un petit cri, comme un couinement animal. Le bruit provenait de derrière une cagette. "*Comme aux Halles*", me suis-je dit. J'ai crié : "*Y a quelqu'un ?*" Le couinement a redoublé, alors j'ai soulevé le cageot… »

Papa semble retrouver un peu de ses couleurs, comme si une lueur d'espoir éclairait maintenant son récit.

— Jamais je n'avais vu un bébé aussi maigre, aussi démuni. Posé sur des langes sales, au milieu de ses déjections, il semblait très affaibli, malgré la force de ses grands yeux noirs.

« Je l'ai pris dans mes bras et suis retourné à l'infirmerie.

« Lorsque les autres m'ont vu arriver, le nourrisson dans les bras, certains se sont esclaffés :

« "Oh, un jeune père !"

« Mais la plupart sont restés effarés qu'un bébé ait pu supporter la vie dans un camp.

« "C'est parce qu'elle est née ici…" a alors fait une voix très rauque, avec un fort accent hongrois, dans notre dos.

« C'est la première fois qu'elle parlait.

« Elle s'était dressée sur son lit et tendait les bras vers l'enfant. Lorsqu'il l'a vue, le bébé a émis un couinement de désir.

« J'ai aussitôt posé l'enfant contre le sein de sa mère en faisant signe aux autres de s'éloigner, car tous s'étaient approchés pour contempler cette scène si simple…

« "Quand est-elle née ?" ai-je demandé.

« "Neuf mois plus tard. Ici…"

« D'une main décharnée, dont on voyait le contour de chaque phalange sous la peau translucide, elle caressait le front de son enfant. Puis elle a dégagé une ombre de sein, que le bébé a tété avidement… »

Le colonel est toujours vissé à sa chaise.

Un long moment se passe avant qu'il ne reprenne son récit.

Voix blanche, presque inhumaine.

— Elle est morte la nuit suivante, vers deux heures du matin. Le bébé était en très mauvais état, mais les infirmières ont mis un point d'honneur à le sauver. Au moment de mourir, sa mère m'a tendu la main, comme si elle me pardonnait. Elle m'a fait signe d'approcher, et a murmuré à mon oreille, imperceptiblement : « *Judith…* »

« Je n'ai jamais su si c'était son nom ou celui de sa fille…

« Les deux, sans doute… »

— J'ai officiellement adopté Judith quelques mois plus tard. Mais dès la mort de sa mère, elle a fait partie de ma vie. Je voulais qu'elle ait la vie que sa mère aurait méritée si…

Papa s'interrompt, avec un profond désarroi.

Chavirée, je lance alors, d'une voix hésitante :

— Mais… qui est *ma* mère ?

La dureté du colonel s'amollit comme un flan.

— Judith…

Je croise les doigts, incrédule et pétrifiée.

— Je ne comprends pas. C'est ma mère, ou *ma sœur* ?

— Les deux…

En moi, l'incendie s'installe.

— Je… je ne comprends toujours pas…

— C'était si simple, si naturel, dit doucement mon père. J'ai élevé Judith comme ma propre fille, à l'abri des haines. C'est pour elle que nous nous sommes installés ici, à Issoudun, dans cette ville de garnison calme et tranquille.

Il soupire.

— Elle n'a jamais rien su de sa mère ; de ses origines réelles. Elle croyait que je l'avais adoptée dans un orphelinat pour enfants de parents déportés, à mon retour de Berlin.

Il se lève à nouveau et ferme la fenêtre, car le vent projette maintenant des flaques d'eau sur les dalles de la cuisine.

Je ne sais plus que penser… Car mon père est bel et bien un héros ! Un champion du sacrifice !

Pourtant, une seule idée me taraude.

— Mais alors tu es mon père… ou mon grand-père ?

— Les deux, répète le vieil homme, avec cette tristesse qui ne le quitte plus. Judith a été ma première vie, tu fus la seconde. Je l'ai élevée comme ma fille. Je l'ai protégée du monde extérieur. Je l'ai gardée de la haine, de la méchanceté, de la bassesse…

— Comme tu as fait avec moi… Pas d'école, pas d'amis, pas de sorties…

— Mais le monde est un enfer, ma chérie ! Un enfer dans lequel Judith était née et qu'elle ne devait jamais retrouver…

Lentement, presque péniblement, il sourit.

— Judith m'aimait. J'étais son sauveur, son père, son maître… Je l'avais élevée, mais nous n'avions aucun gène en commun… Rien ne s'opposait à ce que…

Il ne finit pas sa phrase.

— Elle est morte quelques heures après ta naissance…

Le colonel me regarde comme on contemple un nouveau-né.

— C'est elle qui a choisi ton prénom. Je n'ai jamais su pourquoi…

Mon père est épuisé.

Voilà des dizaines d'années qu'il gardait en lui son secret. Il est vidé, à bout de forces.

— Et ma tombe ? dis-je à mi-voix.

— Ma vie n'a été qu'une suite de deuils… Je pensais ne jamais te revoir…

Je l'observe, incrédule, sans plus savoir si je dois le haïr, le vomir, ou le serrer dans mes bras.

— Tu as faim ? demande le colonel, d'un timbre atrocement routinier. Il est plus de 10 heures…

Je ne réponds pas mais me sens défaillir sous une vague d'épuisement.

« Dormir ! » me dis-je, comme si les rêves allaient me protéger.

Alors je me lève, marche vers la porte à reculons et balbutie :

— Ma chambre est toujours là-haut ?

Le colonel oscille du chef, en cassant trois œufs dans une poêle froide.

Moi, je quitte la pièce.

L'escalier ; les vieilles marches grinçantes ; le couloir ; les tableaux, au mur ; les gravures militaires…

La porte de ma chambre, dans le petit couloir de l'étage.

Le lit, les meubles, les bibliothèques…

Même les draps sont en place, une peluche posée contre l'oreiller. Je me penche et respire la taie, qui embaume la lavande.

« Il doit le refaire chaque semaine », me dis-je, sans chercher à dompter mon attendrissement…

J'ai beau me faire violence, maintenant que j'ai revu mon père, maintenant qu'il m'a tout avoué, maintenant que je comprends son attitude pendant toutes ces années… puis-je encore lui en vouloir ?

Mon âme lui a déjà pardonné.

Je m'endors sans même me déshabiller.

— Ton téléphone a sonné plusieurs fois… cette nuit, me dit papa d'une voix douce et naturelle.

À croire qu'il n'a pas bougé. Je le retrouve dans la même position qu'hier soir : debout devant la cuisinière, en train de préparer des œufs brouillés.

— Tu n'as toujours pas faim ? demande-t-il sans lever les yeux sur moi.

À mon corps défendant, j'ai vraiment bien dormi. Comme je ne l'avais pas fait depuis des années ! Un sommeil épais, presque opaque. Une vase. Mais une vase douce, apaisante.

En fait, je me sens incroyablement légère, comme si tout s'était éclairci.

Mon père n'est ni un assassin ni un héros, juste un homme, désespérément humain, capable du pire comme du meilleur. Un homme seul, qui vit depuis toujours avec des cadavres. Telle est sa vie, mais ce ne sera jamais la mienne.

Je ne lui dois plus rien : nous sommes quittes.

Encore groggy dans mes vêtements froissés, je regarde l'heure à la pendule de la cuisine : bientôt 11 heures du matin.

Je m'assieds sur le même tabouret qu'hier soir.

Dehors, le temps s'est levé. Un soleil d'hiver, bas et hypocrite, offre sa lueur pâle aux toits de la ville. Les maisons luisent d'humidité. On devine un parfum de souliers mouillés.

Mais c'est une odeur de friture qui me monte au nez. Mon père vient de poser une assiette fumante devant moi.

— Je n'ai pas très faim, dis-je sans conviction, avant d'attaquer ses œufs au jambon.

Le colonel s'assied en face de moi, de l'autre côté de la table.

— Tu… tu as réussi à dormir ?

— Comme une marmotte !

— Tant mieux, dit-il d'une voix triste. Moi, je n'ai pas bougé d'ici. J'ai rangé…

Je réalise alors que la pièce est d'une propreté éclatante et sent l'eau de javel. Chaque objet est rangé au millimètre près. Seul le colonel, épuisé, hâve, semble un champ de bataille après la défaite.

— Ton téléphone a sonné…

— Tu me l'as déjà dit.

J'avise alors mon sac à main, que j'avais laissé sur la table en montant, hier soir.

— J'ai voulu l'éteindre, mais je ne sais pas me servir de ces machins…

Ma vraie vie refait surface.

Je saisis mon mobile et me rembrunis : plus de batterie ; et le chargeur est à la maison…

De toute façon, je suis de retour dans quelques heures.

J'achève mes œufs, les yeux dans le vague. La conversation de la veille me semble si loin, tout à coup.

Un timide rayon de soleil filtre à travers la vitre de la cuisine et se pose sur mon sac.

Le colonel toussote et dit d'une voix incertaine :

— Dis donc, Nanis, cette nuit, en fouillant dans ton sac pour trouver ton téléphone, je suis retombé sur ces documents des archives de l'armée…

Je ne réponds rien.

— Qu'est-ce que tu cherchais, exactement ? Tu faisais une enquête sur moi ?

— Mais non. C'est pour un boulot que je prépare.

— Ah…

Silence.

— C'est sans doute pour ça que tu as une copie du dossier de Gilles Chauvier…

Surprise, je lève un sourcil.

— Pourquoi, tu le connais ?

Papa fait un geste évasif.

— Vaguement. Je l'ai croisé, à Berlin, après la guerre…

Je repousse mon assiette. Si je pouvais envisager ça !

Le colonel retrouve un peu de son allant. Il fronce les sourcils.

— Il était gardien à Spandau, alors que j'étais jeune officier au mess du quartier militaire français. Mais on se croisait parfois dans des réceptions militaires. C'était un type très discret. On ne savait rien de lui. Il avait un gros accent du Sud-Ouest, et des manières de paysan. Et puis quelque chose de triste…

«Comme toi», me dis-je, devant ses yeux gris.

— Et tu ne sais rien de plus?

Papa fait «non» de la tête.

— Je te dis, j'ai dû le croiser cinq ou six fois. Les rares soirées où je trouvais un baby-sitter pour ta mère…

Je grogne, mais le colonel ressort la feuille du sac et la déplie en chaussant ses lunettes.

— Je ne savais même pas qu'il était devenu flic. Surtout, je ne savais pas qu'il avait été retrouvé pendu. C'est une mort étrange…

Avec un sourire las mais confiant, je susurre :

— J'ai moi-même une vie très étrange, depuis quelques mois…

Mon père n'ose relever. Il n'ose même pas poser la moindre question sur ma vie. Il prend mon assiette vide et se lève pour la ranger dans la machine.

— Tu as vu où il est mort? me demande-t-il. Près de la maison de Ravel. Petite, tu adorais le *Concerto en sol*…

Voilà bien un détail auquel je n'avais jamais pensé : le lieu de la mort de Chauvier.

Je prends alors la photocopie et mes yeux s'agrandissent.

— Mais oui! Évidemment!

Alors je me dresse et demande à mon père :

— Le téléphone est toujours dans le salon?

Avant même qu'il ait le temps de répondre, j'ai

filé dans la pièce principale, au milieu de mes propres articles, devant l'unique photo de ma mère…

Le colonel n'ose me suivre. Tout juste m'entend-il parler très fort dans ce combiné antédiluvien.

« Vidkun ? C'est Anaïs ! Je crois que j'ai trouvé quelque chose… Oui, oui, une piste concernant Chauvier, Marjolaine Papillon, tout le monde !… *La* piste, peut-être… Non, je ne peux pas vous dire maintenant, je préfère qu'on se voie… Je suis en province, mais je rentre tout de suite… Mon portable est déchargé : rendez-vous directement chez FLK à 3 heures, cet après-midi… »

— Ma petite fille… dit le colonel entre ses dents, en traînant les pieds jusqu'à la porte du salon.

Papa découvre l'autre Anaïs, celle qui écrit ses articles, celle qui vit, seule, loin de lui.

Je parle de plus en plus fort, comme si le téléphone allait rendre l'âme.

— Non, ne prévenez surtout personne ! Tout dépendra de la réaction de FLK…

Tourbillonnante, je raccroche et me rue sur mon sac. Déjà j'ai enfilé mon manteau et ouvert la porte de l'entrée.

Au dernier moment, je me retourne et pose un baiser sec sur la joue de mon père.

— 'voir p'pa… dis-je, comme si je partais pour l'école.

En quelques heures, mes origines viennent de se mêler à l'Histoire. Je deviens un personnage de conte de fées qui se serait évadé de l'imaginaire pour devenir réel. Bref, je revis. Ou plutôt : *je vis*, enfin. Et c'est la première fois !

Ce tourbillon de pensées contraires et enivrantes me saisit tandis que je monte quatre à quatre les marches de la station Mabillon.

Je me sens prête à me replonger dans l'enquête, sans plus d'états d'âme. Je veux mener à bout ce projet, comme s'il était le symbole de ma nouvelle vie. Mon baptême !

Je me sens forte, neuve. Prête à assumer ma vie, mes sentiments. Clément, petit amour, comme tu me manques ! Comme je voudrais lui raconter, lui avouer. Ce besoin de partage.

Mes pas claquent sur le macadam. Il ne pleut pas, mais le sol est encore humide. Le jour ne s'est pas levé. Paris croupit sous une cloche grise, les gens ont des faces de muraille, les magasins tentent de paraître riants, mais je me sens prête à dévorer le monde. Je fourbis mes armes… Sans le savoir, mon père a mis le doigt sur un détail qui peut s'avérer décisif. N'est-ce pas surtout la preuve que, depuis le début de cette aventure, c'est peut-être FLK lui-même qui joue les marionnettistes, tandis que Venner, sous ses airs d'éminence grise, n'est qu'un pion ?

« Rue Visconti… » me dis-je, gaillarde, en arrivant dans cette petite venelle de Saint-Germain-des-Prés.

Une silhouette fait les cent pas au pied de l'immeuble de l'éditeur : Venner.

— Anaïs ! Que se passe-t-il ? s'écrie-t-il en me voyant arriver.

Il semble soucieux. Sans répondre, je désigne l'entrée du bâtiment et pousse la lourde porte de métal.

— Mais expliquez-moi…

Refusant de prendre l'ascenseur, je crapahute dans l'escalier jusqu'au quatrième étage, celui de la direction.

La secrétaire nous voit arriver d'un œil surpris.

— M. Kramer est en réun…

Sans frapper, j'entre dans le bureau de l'éditeur.

— Debout ! La récré est finie !

FLK se dresse d'un bloc, effaré, les yeux comme des calots.

— Qu'est-ce que vous foutez là ?

Sa secrétaire se précipite dans le bureau.

— Monsieur le directeur, je n'ai rien pu faire !

Alors l'éditeur capte mon regard et peine à se rappeler la petite journaliste timide, hésitante, à qui il a fait la fleur d'un contrat mirobolant, quelques mois plus tôt.

— C'est bon, Jacqueline, laissez-nous… dit-il à son assistante.

Tandis que la secrétaire ferme la porte, l'éditeur secoue la tête pour se réveiller et nous désigne les deux chaises, face à lui.

— J'ai des journées très longues, vous savez…

Vidkun s'assied, mais je reste debout, concentrée. L'heure du duel ?

FLK déglutit.

— Que se passe-t-il, Anaïs ? À vous voir, j'ai commis un crime…

Je repère alors un chargeur de portable, posé sur le bureau.

— Vous permettez ? dis-je en y branchant mon propre téléphone.

FLK éclate d'un rire gêné :

— Mais faites comme chez vous !

Je ne me déride pas et plonge la main dans mon sac.

— Comment s'appelle votre propriété dans les Yvelines ?

L'éditeur semble abasourdi :

— Je ne vois pas en quoi…

— *Les Grands Chênes*, c'est ça ?

— Vous êtes bien renseignée.

— À Montfort-l'Amaury ?

— Affirmatif, monsieur le commissaire !

— Alors expliquez-moi ça…

Je lui tends la photocopie des archives militaires… et l'éditeur se décompose.

— Je… je… je peux tout vous expliquer…

— Mais nous expliquer quoi ? ! s'énerve Vidkun.

Je me retourne vers le Viking.

— Nous expliquer *pourquoi* Gilles Chauvier a été retrouvé brûlé et pendu, en janvier 1988, dans la propriété *Les Grands Chênes*, à Montfort-l'Amaury…

FLK est dévasté. Ses yeux sont aux aguets, comme s'il guettait un ennemi derrière les meubles, les vitres, les faux plafonds.

— Je n'aurais jamais dû lancer ce projet de livre… Maintenant, j'en suis certain… gémit-il en se prenant la tête dans les mains.

— Pourquoi nous avoir caché que cette enquête nous mènerait sur les traces de Marjolaine Papillon, qui est précisément votre auteur phare ?

L'éditeur donne un coup de poing sur son bureau.

— Parce que je n'en savais rien, bon Dieu ! C'est le hasard !

— Dans ce cas, par quel «hasard» Gilles Chauvier est-il venu se pendre chez vous?

FLK tourne son siège vers la fenêtre. Son timbre devient sombre.

— En décembre 1987, j'ai reçu un appel d'un policier de Toulouse…

— Chauvier?

— Non, son adjoint…

«Linh, me dis-je, évidemment…»

— Il avait besoin de contacter Marjolaine Papillon, au sujet d'une affaire dans le pays cathare, dont il ne pouvait rien me dire. À cette époque, Marjolaine avait sa maison dans le Sud-Ouest, mais elle passait une partie de l'année à Berlin.

— À Spandau?

FLK susurre un «oui» et poursuit :

— J'ai d'abord hésité à divulguer son adresse, car vous savez mieux que personne que mon contrat avec Marjolaine stipule une discrétion absolue concernant sa vie privée…

— Vous l'avez quand même donnée, cette adresse…

— C'était la police! Et j'ai donné son adresse en Allemagne, qui sortait du cadre de notre contrat d'édition.

— Et vous avez prévenu Marjolaine?

— Marjolaine n'a jamais eu le téléphone. Je lui ai envoyé un télégramme mais suis resté sans nouvelles pendant plusieurs semaines.

Il se retourne, encore plus pâle.

— C'est alors qu'*ils* sont venus…

— Qui?

— J'étais ici, dans ce même bureau. C'était la fin de la journée.

FLK baisse d'un ton :

— Je me serais cru dans un film américain. Une de ces histoires de mafia. Ils étaient quatre, habillés en costume noir, des lunettes de soleil sur les yeux…

À cette description, je me cabre, mais Venner me saisit le bras et chuchote : « Laissez-le finir ! »

— Ils se sont tous les quatre avancés vers le bureau. Aucun n'a retiré ses lunettes de soleil. L'un d'eux, qui avait une cicatrice au cou, s'est décalé d'un pas, et m'a dit d'une voix presque mécanique qu'il travaillait pour Marjolaine Papillon ; qu'il protégeait ses intérêts. J'ai bien sûr demandé où elle était, mais ils m'ont répondu qu'elle était furieuse contre moi, car j'avais trahi sa confiance.

J'ai eu beau me défendre, ils sont partis comme ils étaient venus ; sans un mot.

FLK déglutit, puis il se lève et se remplit un grand verre de gin.

— Quelqu'un en veut ?

Vidkun et moi faisons « non » de la tête.

— Pourquoi ne nous avez-vous jamais raconté cette histoire ?

— Parce qu'elle n'est pas finie…

FLK s'étire les lèvres, comme si elles étaient gercées. Il cherche ses mots, peinant à reprendre son récit.

— J'étais paralysé. Paralysé et impuissant. J'avais surtout l'impression que ces quatre types étaient là en permanence, qu'ils m'espionnaient. Je n'osais pas en parler à ma femme ; encore moins à mes collaborateurs. Je n'osais même pas appeler Marjolaine, alors que tout le monde ici me demandait si son nouveau roman était arrivé. Je devais mentir en expliquant que j'étais dessus et que je travaillais moi-même le texte.

Il s'interrompt et se verse une nouvelle rasade de

gin. L'alcool fait un bruit d'évier en dévalant son gosier.

— Et puis je suis allé passer un week-end dans ma maison, à Montfort-l'Amaury…

J'ouvre grand les yeux.

Son timbre devient haletant :

— Nous sommes partis le vendredi soir, en fin d'après-midi.

Nouveau verre de gin.

— J'ai été réveillé au milieu de la nuit par des voix.

— Des voix ?

— Ça venait du jardin. Ma propriété est au milieu d'une sorte de petit bois de chênes. C'était le plein hiver, comme aujourd'hui. Je me suis levé, et j'ai cru voir une lueur au milieu des arbres, pas très loin de mes fenêtres.

— Alors ?

— Je n'ai pas réveillé ma femme et je suis sorti. Malgré la fraîcheur de l'air, j'ai senti une odeur de brûlé. Alors j'ai aperçu les braises…

Les yeux de FLK fixent un point dans le néant.

— Le corps ne s'était pas détaché de la branche, ni même de la corde. Ils avaient dû le brûler en commençant par les pieds et éteindre le feu avant qu'il ne remonte trop haut. Même le visage était encore visible ; mais il était atrocement défiguré par la douleur et par les vapeurs de son propre corps en train de brûler…

— Chauvier…

FLK cligne des yeux.

— Mais… mais pourquoi *chez vous* ?

L'éditeur fait signe qu'il n'a pas terminé.

— J'ai alors vu une lumière bleue.

— Bleue ?

— Trois voitures de flics se sont garées et j'ai tout de suite reconnu les policiers de Montfort-l'Amaury. Mais ils me semblaient étranges, comme des chiens muselés. Sans prêter attention à moi, ils se sont approchés du corps et, avec des gants d'amiante, l'ont décroché avant de le mettre dans une couverture ignifugée.

— Ils ne vous ont rien dit ?

— Pas une question, pas une remarque... Mais, alors qu'ils allaient ranger le corps dans une ambulance, quatre silhouettes sont sorties de l'ombre...

Vidkun ouvre des yeux furieux. Moi, je commence à voir clair.

— L'homme à la cicatrice s'est avancé vers le colonel de gendarmerie et lui a serré la main en le remerciant chaleureusement. Puis, comme des automates, les gendarmes sont partis, en éteignant leurs gyrophares.

— C'est tout ? !

— J'étais aussi surpris que vous ! L'homme à la cicatrice s'est approché de moi et m'a demandé si j'avais compris de quoi ils étaient capables... Et sans même attendre ma réponse, ils sont repartis.

— Et le cadavre ?

— La semaine suivante, je recevais un avis de la préfecture m'annonçant qu'un dénommé Gilles Chauvier s'était introduit dans mes bois pour se suicider. La feuille était signée par plusieurs personnes, dont...

— Claude Jos... dis-je avec évidence.

FLK lève son verre, comme s'il me félicitait de ma perspicacité.

Je n'en reviens pas : FLK était au centre de tout, depuis le début, et ce salaud...

— Et les quatre types ont disparu ?

— Ce serait trop simple ! Quelques jours après le « suicide », j'ai reçu par la poste le dernier roman de Marjolaine, *Coup de foudre à Mauthausen*. Agrafée à la première page, une carte de visite professionnelle avec un mot lapidaire annonçant que, désormais, « ils » serviraient d'intermédiaires entre Marjolaine et moi.

— Mais qui, « ils » ?

— Je n'avais jamais entendu parler de cette société… un cabinet basé en Amérique du Sud…

Venner a tressailli.

— Le nom de cette société ? susurre-t-il, blafard.

— *Scoledo et fils*, à San Carlos de Humahuaca, en Argentine.

De grosses gouttes coulent maintenant sur le front du Viking, qui s'éponge les sourcils.

Puis il me brûle du regard, comme s'il me suppliait de ne pas intervenir, de laisser FLK vider son sac.

— Désormais, reprend l'éditeur, tout passe par eux. Je reçois le roman de Marjolaine chaque début d'année, par colis recommandé, posté d'Argentine.

— Depuis combien de temps ?

— Bientôt dix-huit ans. Les droits d'auteur sont directement virés à *Scoledo et fils*, par le truchement d'une banque paraguayenne.

J'en deviens outrée :

— Mais qui vous dit qu'elle n'est pas détenue par ces types, qui vivent de cette rente et la forcent à écrire un livre par an ?

FLK retrouve son air penaud et un peu lâche.

— Lorsque j'ai compris où vous entraînaient vos recherches, j'ai aussitôt envoyé un mot à *Scoledo et fils* pour me… dédouaner.

Je rugis :

— Vous nous avez… dénoncés ? !

— Pas du tout, mais je devais assurer mes arrières. Marjolaine est ma poule aux œufs d'or et vous me coûtez affreusement cher !

— Et que vous a-t-on répondu ?

— Que tout allait bien. Qu'il n'y avait aucun problème. Que cela allait « dans leur sens ».

Vidkun se cabre et répète :

— Dans *leur* sens ?

— Vous pensez que ces Argentins forment une espèce de société secrète ? dis-je à Venner, qui est de plus en plus sombre.

L'éditeur lève les yeux au ciel.

— Vous aussi faites partie de ces crétins qui croient que le 11 Septembre est une conspiration du gouvernement américain ? Ces Argentins sont juste des avocats et des notaires qui ont fait main basse sur le fonds Papillon et l'exploitent grassement. Car je peux vous dire que ses pourcentages ont triplé !

Une chose me perturbe.

— Marjolaine Papillon vit donc en Argentine ?

— Je ne sais pas où elle vit…

— Mais alors où fait-elle ses interviews avec le vieux Bertier, tous les ans ?

Vidkun prend un air las.

— Les interviews ont été filmées il y a des années, n'est-ce pas ? demande-t-il à FLK.

L'éditeur cligne des yeux, comme s'il n'avait plus rien à ajouter.

Venner reprend :

— Tout comme les romans sont écrits depuis longtemps. Marjolaine Papillon se contente de les donner au compte-gouttes, année après année.

— C'était une idée à moi, avoue FLK. Marjolaine détestait ces interviews. Je savais que ses tiroirs étaient pleins et j'ai convaincu Bertier d'enregistrer cette série, dans le plus grand secret, au début des années 1980. Il en reste encore huit…

Vidkun croise les bras.

— Et les quatre types sont également venus intimider Bertier, pour qu'il la boucle ?

FLK hoche du chef et maugrée :

— Il n'a pas eu droit au cadavre dans son jardin, lui…

Il fait presque nuit. Par la fenêtre, je constate que tous les employés sont rentrés chez eux.

« Trie, ma cocotte, trie ! » me dis-je en tentant de garder la tête froide. Mais l'épuisement me tombe dessus sans crier gare, et je chancelle à nouveau, n'ayant plus aucune idée du jour, de l'année, du siècle où je me trouve…

Pour connaître l'heure, je cherche machinalement mon portable et réalise qu'il est toujours branché au pied du bureau. Le voyant vert indique qu'il est rechargé.

« Clément : l'appeler vite ! » Mais je retombe sur sa boîte vocale.

— Et merde !

Devant moi, Vidkun et FLK ne bougent plus.

« Des vieillards ! Je suis entourée de vieillards ! » me dis-je en appelant mon répondeur pour écouter les messages de Clément.

Le premier appel est hystérique :

« Anaïs, mon cœur, je crois que j'ai trouvé ! C'est hallucinant ! Rappelle-moi vite. Excuse-moi de ne pas t'avoir téléphoné plus tôt, mais j'étais plongé dans mes lectures… »

Le deuxième message m'inquiète.

« Anaïs, putain, qu'est-ce que tu fous ! Rappelle-moi le plus vite possible… ça se complique ! »

Le ton est paniqué. Je sens monter une angoisse.

Le troisième message, laissé au milieu de la nuit précédente, tandis que je dormais d'un sommeil de plomb dans ma chambre d'enfant, est terrifiant !

Presque inaudible, Clément chuchote comme s'il était caché quelque part : « *Anaïs… Ils sont là… Ils vont me…* »

Puis ce sont des cris.

Des cris en *allemand…*

Et il raccroche…

J'essaye aussitôt de l'appeler : toujours sur boîte vocale !

Alors j'agrippe le bras de Venner.

— On y va, dis-je en saisissant avec angoisse le double des clés de Clément.

— Oh non ! Clément ? ! Clémeeent ? !

L'appartement de Clément est ravagé. Les meubles désossés, le canapé éventré, le lit retourné, des lampes sur le sol, brisées. Tout indique une lutte au corps-à-corps.

Tentant de ne pas sombrer dans la panique, j'ahane :

— Clé… Clément ?

— Il n'y a personne… fait Venner sur un ton las, en s'adossant au mur pour reprendre son souffle. *Ils* l'ont emmené…

— Mais qui ? dis-je en balançant un coup de pied rageur dans les débris d'une lampe Habitat. Pas les Sven, quand même ?

Je me sens chanceler entre les objets. Les larmes montent. Tout me revient en pleine gueule :

l'épuisement nerveux, le découragement, le manque de sommeil.

— Les Sven seraient ressuscités d'entre les morts ? Pour venir kidnapper Clément et l'entraîner de force dans l'enfer d'Halgadøm, c'est ça, votre hypothèse ?

Tout cynisme est inutile, car je me sens plus abattue que Venner. Clément était pour moi une poche de résistance intime, une botte secrète qu'on vient de m'arracher, comme on supprime un organe.

« Un organe vital… » me dis-je en cherchant instinctivement des traces de sang.

— On ne trouvera rien ici… constate Venner d'un timbre neutre.

Alors je toise le Viking, sans savoir s'il plaisante ou baisse vraiment les bras.

— Vous ne croyez quand même pas qu'on va s'arrêter là ? !

— Comme vous voudrez, mais moi aussi j'ai quelque chose à vous montrer…

Je ne l'écoute pas. Je ne *veux pas* l'écouter ! J'examine le sol, les murs, les débris, tout ce désolant foutoir.

Mon amour ! Mon amour ! Où es-tu ?

— Il *doit* y avoir des indices, des traces !

Je bute alors sur une pile de livres, près du lit de Clément.

— Regardez, ce sont les romans de Marjolaine Papillon.

— Vous lui aviez demandé de les lire, non ?

Il y en a cinq, en équilibre précaire, appuyés à la table de nuit.

Je m'accroupis pour les feuilleter et constate qu'ils datent d'époques très diverses : 1957, 1984,

1976, 1961, 1969... Je réalise alors que les livres traînant dans la chambre sont également des Papillon. Tous. Un gigantesque cimetière littéraire !

— Mais pourquoi aurait-il isolé ces cinq-là ?

— On dirait qu'il y a des pages arrachées !

Le livre semble avoir été amputé d'une demi-douzaine de feuilles.

Venner fronce les sourcils, et j'aperçois une lumière dans ses yeux, tandis qu'il en ramasse un autre, au hasard.

— Pareil pour celui-ci, rebondit-il, en léchant son index pour compter les pages de *La Fiancée du Reich* comme des liasses de billets. Il manque les pages 67 à 88... Chacun des volumes a été mutilé.

Tout est brouillé.

— Qui aurait fait ça ? Clément ou ses... ravisseurs ?

À ce mot, je reçois une décharge électrique : Clément a disparu et je joue encore au jeu de piste littéraire !

Je ne vois plus qu'une solution :

— J'appelle la police !

— À quoi bon ? Vous savez ce qui arrive dès que la police se mêle de cette affaire : les choses sont étouffées. On finit pendu et brûlé...

— On ne peut pas rester sans rien faire, bordel ! Et puis ce temps-là est fini ! Claude Jos est mort !

Venner fait alors un sourire sinistre, où se mélangent l'angoisse et l'ironie.

— Je crois que je commence vraiment à en douter...

Nous décidons de ne pas prévenir la police. Du moins pas encore… Puis nous gagnons la bibliothèque de Venner.

L'odeur de chlore, les croix gammées, les portraits d'Hitler, tout me laisse de marbre, désormais.

Nous n'avons plus une minute à perdre !

— Vous croyez que c'est Claude Jos qui aurait enlevé Clément ?

— Et pourquoi pas ?

— Vous pensez donc qu'il pourrait être encore en vie ?

— Vous avez vu son cadavre ? Son certificat de décès ?

— Mais Jos est né en 1904 : il aurait cent un ans !

— Et alors ? Certains poilus de Verdun en ont 106, 107, 108…

— *Jamais* il n'aurait abandonné Aurore…

— Aurore n'est qu'un détail, pour lui. Il a très bien pu se faire passer pour mort. Rien n'indique qu'il n'ait pas levé le camp pour aller se cacher lui aussi en Scandinavie, comme les Sven…

— Il serait aussi à Halgadøm ?

— Si une telle île existe, pourquoi pas ?

Je me sens presque violée, comme si en touchant Clément on déflorait ce que j'ai de plus précieux, de plus secret, de plus grave. Clément est devenu mon monde intérieur, mon rempart. Et il a fallu sa disparition pour que je m'en rende compte ! Car le manque est là, abyssal, insondable, mais d'une violence inouïe, qui me fait oublier les révélations de mon père. Papa, c'est le passé, presque un étranger. Alors que Clément, c'est moi, ma vie, une partie de moi-même, peut-être mon avenir…

Je repousse catégoriquement l'idée qu'il puisse lui être arrivé quelque chose de grave.

« C'est un kidnapping… pas un meurtre. »

Mais ce simple mot me glace le sang ; et qui nous dit qu'après Clément, nous ne sommes pas les prochains sur la liste ?

— Mais Linh, alors ? demandai-je.

Venner esquisse un geste évasif.

— Manipulé, lui aussi…

— Mais non ! Il a agi de son propre chef, prêt à tout pour venger son ami Chauvier ! Vous avez vu ce qu'il a fait d'Aurore Jos ?

— C'est ce qu'*elle* vous a raconté. Mais vous ne trouvez pas étrange la facilité avec laquelle il a découvert le manuscrit d'*Halgadøm* ? Et l'aisance avec laquelle il vous a retrouvée, *vous*, pour vous confier ce même texte ?

— À ce rythme-là, tout le monde est suspect.

Moue fataliste du Viking.

— La manipulation a ses hiérarchies, comme dans une société secrète. Chacun manipule à son niveau, croyant tirer les ficelles ; alors qu'au-dessus…

— Mais alors, dis-je la gorge nouée, *vous et moi* ?

Vidkun devient narquois.

— C'est la grande question. Nous pouvons aussi bien être le cerveau de l'enquête… que son gibier.

J'en ai le vertige. La mise en abyme devient effrayante. Je sens Clément s'éloigner, englouti dans ce labyrinthe sans fin.

Les yeux abattus, Venner trempe ses lèvres dans la tasse de thé et aspire le liquide tiède dans un bruit de succion.

— Souvenez-vous, Anaïs, tout est affaire de signes ; comme un rébus… Notre voyage en Allemagne et cette forêt de concordances nous ont prouvé que ma propre identité est mêlée à cette affaire. Sans compter le soi-disant roman de Leni Rahn. S'il dit vrai – ce que je redoute –, mes parents adoptifs, les Schwöll, ont joué des rôles de premier ordre dans l'aventure d'Halgadøm.

— Mais *vous* n'étiez pas dans le roman.

— Et cet enfant que les Schwöll doivent adopter ? Ce ne peut être que moi.

— Tant que nous n'aurons pas les derniers chapitres du roman, nous ne pourrons pas le savoir.

— Si de tels chapitres existent… rétorque Venner, en se levant. Car rien ne nous dit que Leni ait jamais achevé son roman…

Essuyant ses doigts gras de pâtisserie sur un mouchoir blanc, il dégage un dossier sur son bureau.

— Mais ces derniers chapitres, reprend-il en tirant une feuille au hasard, n'est-ce pas nous qui sommes en train de les écrire ?

Il me tend alors la feuille et je glapis :

— Mais… mais comment avez-vous eu ça ?

— J'en ai des centaines. Une par mois… depuis 1977.

Incrédule, je lis et relis l'en-tête de ce papier administratif.

— « *Scoledo et fils, San Carlos de Humahuaca…* »

— C'est le nom de la société argentine qui gère ma fortune depuis la mort de ma mère…

— … Et San Carlos de Humahuaca est ce village de montagne où j'ai passé mon enfance, élevé par les Schwöll…

Abasourdie par la logique de tout ça, je feuillette une à une les lettres de Scoledo et fils.

— Pourquoi n'avez-vous pas réagi, tout à l'heure, chez l'éditeur ?

— Je voulais attendre la fin du récit de FLK. M'assurer de ce qu'il savait *réellement*… Je n'ai jamais eu aucun contact avec Scoledo et fils. Comme vous le savez, je ne suis même jamais retourné en Amérique latine. Et je ne me suis – intentionnellement – jamais plongé dans l'origine exacte de cette fortune, qui me fait vivre depuis bientôt trente ans…

Il penche la tête en arrière.

— Et c'est pourtant le chaînon manquant de toute notre affaire…

J'en suis bouche bée et m'emballe :

— Cela signifie que tout devait mener à vous, depuis le début ? Que nous n'avons jamais été les auteurs de ce livre… mais son sujet ? Que ce serait Marjolaine qui aurait payé nos à-valoir, que ce sont eux qui détiendraient Clément, et non pas Jos à Halgadøm ?

— Je n'en sais pas plus que vous, Anaïs. Je vous supplie de me croire.

— Mais pourquoi *vous* ?

— Tout est lié au secret de ma naissance. On cherche à me faire comprendre quelque chose. Je vous l'avais dit dès le début : les mains, c'est un code, un rébus… Un voyage initiatique.

Sa légèreté me paraît insultante.

— Un voyage qui justifierait toutes ces morts ? Tous ces enlèvements, depuis des années ? Jusqu'à Clément ? ! Tout ça pour en arriver à…

— À *moi*…

Vidkun prend sa tête dans ses mains, comme s'il cherchait à refroidir son cerveau.

— Depuis le début, je tente de repousser cette

625

hypothèse, mais maintenant elle me paraît évidente. Vous ne savez pas de quoi ces gens sont capables. Ils ont démarché FLK en le faisant chanter. Ils lui ont soufflé la piste des quatre suicidés. Ils m'ont envoyé ces mains momifiées. Puis ils ont misé sur notre flair à tous deux pour nous plonger dans ce jeu de piste dont ils ont tiré les ficelles, des mois durant…

— Mais *qui* ?

Venner est de plus en plus trépignant.

— Claude Jos, Otto Rahn, qu'est-ce que j'en sais ?

Vidkun exhale alors un désarroi intime, celui d'Atlas découvrant un matin qu'il porte le monde. J'insiste :

— Mais pourquoi *vous* ?

— Je n'en sais rien, je vous dis…

Il donne un coup de poing dans un mur.

— Et je ne veux pas savoir !

Je suis pétrifiée par son accès de violence, mais la lucidité fait place à la frayeur.

— Bien sûr que si, vous voulez savoir. C'est même le but de votre vie entière. Un but inconscient, vers lequel tout vous a poussé…

Je désigne le décor extravagant, autour de nous.

— Ces tableaux, ces drapeaux, ces livres, cette obsession pour le nazisme, le IIIᵉ Reich, ses vétérans : tout vous y a mené, lentement, *méthodiquement*.

Venner étouffe un mouvement de panique. Il se sent traqué, et regarde de part et d'autre, comme s'il découvrait cette pièce, sa décoration, ses folies.

— Non ! je me suis construit tout seul ! Cette obsession n'a été guidée par personne. Au contraire, je me suis enfui de chez moi, j'ai renié mon passé.

Ma passion pour le nazisme est une obsession d'historien… pas d'héritier.

Devant l'effroi de Venner, mon étrange sérénité n'en est que renforcée.

— On n'échappe pas à son passé, dis-je, en me rappelant ma propre journée, commencée dans la cuisine de mon père.

« Encore moins à ses parents… »

— Comment savoir ? ahane Vidkun. Comment savoir ?…

Ses gestes sont saccadés. Autour de lui, il guigne un indice, un signe d'espoir, quelque chose. Puis sa haute silhouette s'immobilise devant la bibliothèque. Alors il fouille compulsivement sa poche pour en tirer un morceau de papier.

— Je sais !

Tandis qu'il se rue sur un rayonnage, je me redresse.

— Vous savez quoi ?

Mais Venner ne me répond pas. Il ôte plusieurs livres des planches d'acajou, et les compare aux notes qu'il a retrouvées dans son pantalon de velours.

Vidkun pousse alors des petits couinements, et arrache à chaque fois des groupes de pages.

Effarée par cette frénésie subite, je m'approche, et Venner m'agrippe le bras.

— Regardez !

Je reconnais alors les romans de Marjolaine Papillon, dans une belle édition reliée.

Mais je ne comprends toujours pas…

Le Viking me montre les pages arrachées.

— Ce sont les pages qui manquaient aux volumes de Clément…

J'en saisis une, puis une seconde, puis une troisième, et ne puis retenir un grand cri.

— Vous avez raison : tout est là !

Sous mes yeux, les noms parfois déformés de Leni, d'Otto, de Schwöll, sont mêlés à des intrigues n'ayant aucun rapport.

Venner est frénétique.

— Marjolaine a caché la fin de son roman dans toute son œuvre ! Et ce depuis… (il feuillette le volume le plus ancien)… 1952 !

— C'est-à-dire son premier roman publié !

Brusquement, tout s'emballe.

Nous tentons pourtant de garder notre calme, de classer les pages, de retrouver le fil des idées qui nous assaillent comme des flèches.

Coup de grâce : alors que nous revenons vers le bureau pour poser cette vingtaine de pages arrachées, mon portable retentit.

— Ce doit être un texto, dis-je en cherchant fébrilement le mobile au fond de mon sac.

Je croise les doigts et susurre : « Mon Dieu, faites que ce soit Clément ! »

Mais Venner ne réagit même pas. Il compte le nombre de feuilles.

Mon hurlement le fait bondir :

— C'est Clément !

Vidkun lève sur moi des yeux de feu.

— Où est-il ?

Je suis perplexe.

— « Sous le bureau »…

— Pardon ?

— C'est le texte de son texto, « sous le bureau », rien de plus…

Incrédules, nous nous regardons.

Puis, lentement, comme si nous avions peur de

découvrir l'innommable, nous laissons nos yeux obliquer vers le sol. Devant nous : le meuble d'acajou. L'ancien bureau d'Hermann Goering.

Nous ne voyons pourtant rien. Puis :

— Qu'est-ce que c'est que ça ?!

Je me courbe et distingue à mon tour, « sous le bureau », un coffret rectangulaire.

Nous nous consultons, comme deux démineurs. Très délicatement, Vidkun saisit la boîte.

C'est une boîte à chaussures, en carton beige, banale. Aucune inscription.

— Comment est-ce arrivé ici ?... dit Venner, blafard, en posant la boîte sur le bureau.

Un objet semble rouler à l'intérieur.

Un instant, tout se fige...

Mais quand Vidkun ouvre la boîte, mon propre cri me scie les tympans.

— C'est le portable de Clément... dis-je après un long silence.

Ma tête martèle une musique infernale, comme si chaque atome de mon sang était chargé de poudre à canon.

Les cinq doigts sont recroquevillés autour du téléphone mobile, pareils aux pattes d'une araignée morte. Mais, contrairement à celles des Sven, cette main n'est ni momifiée ni séchée. Des auréoles de sang couvrent la boîte par endroits, bues par le carton.

« Tranché net », me dis-je.

Au contact de l'air, l'os a viré gris, et les chairs se sont affadies.

Vidkun et moi sommes pétrifiés. Tous deux

fixons la boîte, sans oser demander à voix haute :
« À qui est cette main ? »

Est-ce celle de Clément ?

Mais je les connais, les mains de Clément. Je les ai tenues dans les miennes. Elles ont palpé mon corps. Elles sont allées là où personne d'autre…

— Ça va ? souffle timidement Vidkun.

Prenant mon courage à bras-le-corps, je me penche sur la boîte.

Venner m'observe, sans mot dire.

Je retiens ma respiration.

— Quelle horreur !

Mon nez est à quelques centimètres de la main. Je la flaire. *Ça* ne dégage aucune odeur. Nul fumet putréfié ni remugle méphitique.

— Elle a dû être tranchée récemment… dis-je sur un ton incroyablement froid, avec une rigueur de médecin légiste.

« C'est ça, ma cocotte : tu es un docteur, tu pratiques une autopsie. Des gens font ça tous les jours ! »

Ces poils sur les phalanges. Ces ongles impeccables alors que Clément les a toujours rongés.

— Ce n'est pas Clément… dis-je avec le même timbre catégorique, en hochant la tête de droite à gauche.

— Mais, et le portable ?

— Je ne sais pas…

Une petite vibration résonne alors dans la boîte.

— Je… je crois que c'est encore un message… dis-je en regardant la main et le téléphone… qui s'allume.

Je tressaille.

C'est ignoble ! C'est ignoble ! Je ne peux pas être en train de faire ça !

Pourtant, un à un, je commence à déplier chaque doigt, pour dégager le téléphone. Mais ils sont collés à l'appareil, figés par la mort des tissus. Ce qu'on appelle la *rigor mortis*, non ?

— Vous voulez que je le fasse ?

Je ne réponds pas. Je serre les dents, comme si je cherchais la combinaison d'un coffre-fort.

Inspirant comme une femme enceinte, je finis par ôter le téléphone de ces « griffes ».

L'objet continue de vibrer.

— C'est un texto.

— Encore ?

Je presse le bouton et bredouille :

— Un… texto de… Linh…

— Le Toulousain ? Mais pourquoi ?

Alors je lis et Vidkun me voit pâlir.

— Qu'est-ce qu'il dit ? insiste Venner, m'observant avec une crainte galopante.

— Un simple mot : *« piscine »*…

Vidkun baisse les yeux vers le sol et un frisson le traverse.

— Reculez-vous, Anaïs…

Venner vient d'actionner le mécanisme.

Comme lors de ma première visite, je vois le sol se dérober lentement, et disparaître par plaques coulissantes sous les bibliothèques.

Je m'attends au pire… et la vision du cadavre ne me surprend pas.

« C'est logique, tout cela est si logique ! » me dis-je d'une voix sinistre, comme si une impression de « déjà vu », une sorte de lassitude rance commençait à engoncer ma conscience, à enserrer mes muscles. Tourné vers le fond, Linh flotte comme une vieille carpe.

— Il s'est vidé de son sang, fait le Viking à mi-voix.

Projetés par les spots aquatiques sur les rayonnages et les tableaux à croix gammée, les reflets de l'eau nimbent la pièce d'une teinte orangée.

J'avise le poignet de l'Eurasien… Tranché net.

«Non, me dis-je avec un soulagement coupable, ce n'était pas la main de Clément… »

— Aidez-moi…

Venner a sorti d'un placard une gaffe télescopique, qu'il déplie comme une canne à pêche.

— Vous croyez ?

Je saisis la tige de métal à mi-parcours, et tente d'en guider le crochet vers le cadavre.

Mais nous sommes si maladroits que le crochet glisse sur les chairs et déchire les vêtements sans les attraper !

Impossible de faire revenir le corps vers le bord de la piscine !

Au bout de cinq minutes de cette gymnastique empruntée, Vidkun et moi éclatons d'un rire nerveux et presque hystérique. Le grotesque de la situation nous apparaît avec une violence agressive, et la seule porte de sortie est un rire libérateur et presque étouffant. Venner s'appuie au bureau, comme s'il souffrait des poumons.

Quant à moi, je crois n'avoir jamais autant ri. J'en perds la respiration, et dois m'agenouiller pour me tenir le ventre. Mes côtes me lancent, mon ventre se contracte. Ma tête est une bouillie informe, où tout se noie dans une sorte de brouillard animal, neutre et plat.

Puis, insensiblement, ce qui devait arriver arrive :

mon rire se transforme… Mes yeux se chargent de larmes et tout mon corps se met à vrombir, comme si je sortais d'une chambre froide.

— Attendez, mettez ça… dit Venner, qui s'est précipité pour prendre une couverture et me la poser sur les épaules.

Mais je reste piquée au bord de l'eau, comme une statue, les yeux vissés sur le cadavre, incapable de parler.

« Non, me dis-je, je ne bougerai plus ; plus jamais… Je veux être aussi silencieuse, aussi morte que ce cadavre ! »

Un instant, Vidkun m'observe, puis il reprend la gaffe et, d'un mouvement sec, réussit à retourner le corps.

Je ne réagis toujours pas. Pourtant le spectacle est ignoble : cette tête bouffie ; ces yeux exorbités, injectés de sang ; et cette bouche, grande ouverte.

Avec dégoût, Venner parvient alors à coincer le crochet sous le menton de l'Eurasien. Lentement, il le tire vers le bord de la piscine, et le hausse sur le dallage. Le corps fait un bruit de vieille éponge, et se vide de son liquide.

Je fronce alors les sourcils et pointe le doigt vers les lèvres.

— Il a un truc dans la bouche.

Venner hésite puis s'agenouille devant le cadavre.

Le contact de la peau morte, poisseuse comme un roseau, le révulse. Il plonge pourtant ses doigts dans la bouche de Linh… et en dégage une boulette de papier.

Je déglutis devant cette vision, et tente de conserver ce détachement de plus en plus factice.

Lentement, comme s'il risquait de la déchirer, Venner déplie la feuille.

— C'est une photo… Oh, bon Dieu !

Je frémis car je connais Venner ; son œil ne ment plus. Il a vu. Quelque chose d'effrayant. Quelque chose qui risque de me toucher, moi, en plein cœur ; et c'est à regret qu'il me tend le Polaroid.

Alors je vois, moi aussi…

Je bombe le torse et garde mon calme, en recroquevillant mes orteils.

— C'est comme dans les films… dis-je sans quitter des yeux la photographie.

Ficelé, bâillonné, Clément est assis sur une chaise.

« Clément ! Mon amour ! Dans quoi est-ce que je t'ai embarqué ? »

Je serre alors cette photo comme si ma vie en dépendait, mais Venner se penche vers moi.

— Retournez-la !

Lentement, je fais pivoter la photo entre mes doigts… et reconnais l'écriture de Clément.

— C'est un message ! dit Venner, sur un ton de faux espoir, comme s'il voulait me réconforter.

— C'est presque illisible… l'encre s'est diluée dans l'eau.

Je parviens pourtant à déchiffrer.

— « Dans quarante-huit heures ils me tuent. Faites vite. »

Au même instant, Fritz déboule dans l'escalier de métal.

— *Meinherr ! Meinherr !*

— Avance ! hurle une voix derrière lui.

Une ombre suit le majordome, pointant une arme sur sa nuque.

— *Aber… aber…*

— Descends !

Je ne comprends plus rien. Tout s'enchaîne trop vite !

Quant à Vidkun, il s'efforce de garder son calme, mais il est livide. Il regarde descendre les deux hommes, et dit d'une voix faussement autoritaire :

— Qui êtes-vous ?

— Tu ne reconnais pas ma voix, *Martin* ?

L'inconnu s'est immobilisé à mi-parcours, donnant à Fritz une bourrade qui le précipite au bas de l'escalier. Le majordome se recroqueville de douleur, mais Vidkun reste paralysé, les yeux figés sur l'ombre, où l'inconnu allume une cigarette.

La fumée envahit la pièce de ses volutes pâles.

J'ai alors comme un éclair. À croire qu'on vient de me redonner vie. Mon effarement fait place à une rage folle, et je hurle :

— Qui êtes-vous ? Où est Clément ? !

— Votre ami est en vie, dit doucement l'inconnu. J'étais avec lui il y a moins d'une heure…

Je respire mais me reprends :

— Mais vous êtes qui ?

Petit rire doux et diffus.

— Ce n'est pas à moi qu'il faut demander. Mais à Martin… Ou plutôt à… « Vidkun ».

À ce mot, Venner s'affale sur son bureau.

— J'aurais dû m'en douter… gémit-il.

Alors l'autre entre dans la lumière…

Je ne puis réprimer un hoquet.

— Ah non ! C'est pas vrai !

Ce vieil homme élégant ressemble trait pour trait… aux photos du docteur Schwöll !

Le même regard bleuté, la même raideur sèche, les mêmes cheveux tirés en arrière.

Le visage de moins en moins sévère, il achève de descendre l'escalier et écarte les bras.

— Martin, cela fait si longtemps…

Venner ne bouge pas. Il semble figé, mais ses yeux roulent dans leurs orbites.

— Anaïs, bredouille-t-il, je vous présente mon grand frère, Hans Schwöll…

À ces mots, je reste interdite. Ce serait lui, le cerveau de tous ces carnages ? Hans ? Hans Schwöll ? Hansi ? Le seul ami de Leni ? Me reviennent aussitôt en mémoire les passages les plus forts du roman de Marjolaine : l'expédition à Halgadøm, la sanction des Sven, l'amnésie du petit garçon…

Le jeune adolescent romantique serait ce vieillard sec et courtois, qui me baise la main.

— Depuis quelques années, les gens me connaissent sous le nom d'Adolfo Scoledo. Je suis le notaire de Martin…

Il se redresse et fixe Vidkun.

— Tu dois te demander pourquoi j'ai changé de nom, Martin…

— Après le kidnapping de papa, il ne faisait pas bon s'appeler Schwöll, c'est ça ?

Venner conserve un masque d'impassibilité. Toujours adossé à son bureau, il garde face à son frère une distance étrange. Pourtant, Hans a rangé son arme dans sa poche de veste et s'est assis sur le fauteuil de cuir.

Trop de nonchalance me révulse, car je bous.

— *Où* est Clément ? !

Sans même répondre, Hans Schwöll se relève et s'approche de la piscine. Le vieil homme s'agenouille près du cadavre de Linh et laisse ses mains caresser la surface de l'eau.

— Il a fallu faire profil bas, reprend-il. Plus un nom allemand, plus un souvenir du Reich.

Je m'apprête à hurler : « Dites-moi où il est !… », mais le notaire ne m'en laisse pas le temps.

Il retrousse la manche de son bras droit, et l'enfonce sous l'eau.

— Les Schwöll sont devenus les Scoledo, les Mengele les Mangelado, les Bormann ont choisi le patronyme de Barmonito…

À moitié penché sur l'eau, il semble palper avec application le bord du *liner*.

— Une question de survie, en somme.

Un instant, il a perdu toute douceur et retrouve une acuité de puma.

Je serais prête à l'étriper, ce vieux porc !

— Vous vous foutez de moi ? dis-je en me levant pour m'avancer vers lui. Je vous ai demandé où était Clément ? !

Venner me fait signe de garder mon calme.

Alors, j'hésite… Clément a-t-il un couteau sur la carotide ? Hans attend-il que je commette l'irréparable pour l'exécuter ?

Ravalant ma rage, je me recule.

Alors Hans s'immobilise : sous l'eau, sa main vient de saisir quelque chose.

— Mais après l'enlèvement d'Eichmann, reprend-il, et celui de papa, le pouvoir argentin nous a demandé d'être plus discrets.

Petit soupir…

— Le pays avait à l'époque de gros contrats avec l'Union soviétique, et les Russes ne gardaient pas Hess en prison pour que les Argentins laissent d'autres nazis en liberté.

Le notaire se redresse lentement, et tire son bras de la piscine. Dans sa main se débat un gros poisson gélatineux ! Vidkun et moi ouvrons des yeux effarés, car la bête est bel et bien vivante !

L'animal est même si gras, si étrange qu'il ressemble au résultat de quelque expérience génétique.

Éclaboussé mais joyeux, Hans Schwöll précise avec gouaille :

— Les Américains n'ont jamais fait autant de simagrées. La CIA a toujours été bien accueillie chez nous, car nous savions tant de choses sur les Russes et sur l'Europe de l'Est.

Hans lève son bras vers le ciel puis le rabat contre la margelle.

« Oh non, c'est dégueulasse !… »

La tête du poisson vient d'exploser à nos pieds. Des lambeaux de chair restent accrochés à la pierre, et les yeux pendent tristement des orbites.

— Mais ce n'est pas pour vous donner une leçon de géopolitique que *nous* sommes venus jusqu'ici…

— Comment ça *nous* ? ahane Venner, qui scrute brusquement la pièce, comme si des espions étaient en embuscade derrière chaque meuble.

Il n'y a pourtant personne, sinon le cadavre de Linh et ce malheureux Fritz, qui émerge peu à peu de sa chute en se massant le crâne.

Sans relâcher le poisson, le notaire revient alors s'asseoir entre Vidkun et moi. Il pose l'animal mort sur le bureau d'acajou. Puis il tire un couteau de sa poche.

— Ne joue pas les oies blanches, Martin.

Il plante sa lame dans le ventre du poisson, pour en vider les entrailles. Une odeur de marais envahit les lieux.

Mû par un réflexe nerveux, le poisson bat une dernière fois de la queue. Je crois alors voir un petit ressort métallique s'échapper du corps.

« Ma cocotte, si tu commences à délirer !… »

— Tu ne t'es jamais demandé d'où venait tout ton argent, petit frère ?

À ces mots, le notaire se renfrogne.

— Si je vis à San Carlos dans des conditions confortables, elles sont sans commune mesure avec ta propre fortune…

« Voici venu le temps des révélations », me dis-je en me plaquant sur mon siège.

Je ne peux également m'empêcher d'examiner chaque détail de la pièce, espérant y apercevoir l'ombre de Clément. Absurde !

Venner serre les dents.

— Où veux-tu en venir ?

Le notaire commence à éviscérer le poisson.

« Un dingue ! Ce sont tous des dingues ! »

— Tu es resté un enfant, Martin. Incapable d'affronter la réalité du monde. Tu vis enfermé dans ta tour de verre, dans tes lubies, dans tes souvenirs…

Venner est paralysé par le ton de son frère, qui plante ses yeux dans les siens, avec une affection cannibale.

— Tu es pur, Martin ; si innocent…

Il s'interrompt un instant, écoutant le clapotis de la piscine. Fritz se relève comme un pantin désarticulé, mais n'ose pas agir. Il tente de capter le regard de Vidkun, qui reste fixé sur le vieil homme au poisson.

— C'est pour ça qu'*ils* t'ont choisi, Martin. C'est pour ça que nous avons fait tant de sacrifices, depuis tant d'années : pour préserver cette innocence, cette pureté…

Venner devient rouge vif, et se redresse d'un bloc. Mais il est incapable de parler. Sa bouche s'ouvre sur du vide, comme un épileptique… et il se rassied, vaincu.

— Tu vois, ricane sans méchanceté le vieil Hans, tu es parfait ; tel que *nous* t'avons voulu.

Je tente de comprendre, mais tout s'embrouille.

Venner est tétanisé par la voix de son frère, ce ton onctueux, cette courtoisie de vieux brigand, et je beugle :

— Pourquoi êtes-vous ici ? Où est Clément ?

Hans se tourne vers moi.

Il a fini de vider le poisson, et en retire les écailles.

— Saviez-vous, Anaïs, que Vidkun représente l'une des plus grosses fortunes d'Argentine ?

Venner est prostré, comme s'il n'écoutait plus.

— Je vous ai posé une question, monsieur Schwöll : où est Clément ? !

— À la chute du Reich, poursuit Hans, rêveur, l'Argentine accepta de délivrer des visas à des milliers d'entre nous, à la seule condition que nous versions une partie de notre fortune à un fonds. Ces richesses provenaient généralement du... butin de guerre. Et puis, chaque année, une partie de nos impôts locaux fut reversée à ce même fonds. Lequel a fructifié...

— L'or nazi, dis-je à mi-voix.

Je me tourne vers Vidkun. Il reste fixé sur le portrait d'Hitler, derrière lui.

— Nous connaissions tous l'existence de ce capital, reprend Hans. Nul n'avait le droit d'y toucher, et certains d'entre nous le surnommaient la « Renaissance ».

Embrasé, Hans baisse d'un ton, chuchotant :

— Cette somme fut bloquée jusqu'au milieu des années 1970. Et ce n'est qu'à la mort de notre mère, Solveig Schwöll, en 1977, que nous découvrîmes son testament : Martin était le seul et unique héritier de ce capital.

Venner retrouve ses esprits.

— Tu devais le savoir depuis longtemps, puisque tu étais notaire.

À ces mots, Hans se durcit, et pour la première fois je vois en lui la marque d'un sentiment réel. Il relâche le poisson et s'essuie sur un mouchoir de soie.

— À l'époque, je n'étais pas *encore* notaire. Je vivais à Buenos Aires, je travaillais dans la finance, j'avais une famille, des amis. Mais *ils* m'ont forcé à rentrer, *ils* m'ont fait passer pour mort, *ils* m'ont obligé à gérer ta fortune. Uniquement ta fortune…

— De qui parles-tu ?

Les yeux qu'il lève sur Vidkun sont blancs comme ceux d'un squale.

— Tu ne comprends donc pas ? Moi aussi, j'avais une nouvelle vie. Mon nouveau nom m'avait permis de tout recommencer. Ma femme et mes enfants ne savaient rien de mon identité réelle ; ils me croyaient un de ces Argentins dont les origines allemandes dataient du XIXe siècle. J'avais coupé tous les ponts.

Ton fataliste :

— Mais ce n'était pas dans les plans. Dans *leurs* plans. C'est pourquoi, un matin, *ils* sont venus m'attendre à l'entrée du bureau… Et je me suis réveillé un mois plus tard, à San Carlos, dans une nouvelle maison. Ils étaient à mon chevet : précis et neutres, comme toujours.

Machinalement, Hans Schwöll reprend la manipulation du poisson.

— Ils m'ont appris que j'étais mort ; que ma famille avait même eu droit à mon cadavre, à son deuil ; que j'étais enterré au cimetière de la Recoleta, à Buenos Aires… Quant à ma mère, avec qui j'avais volontairement coupé les ponts depuis dix ans, elle venait de mourir, précipitant le suicide de Knut, notre frère, devenu fou après l'enlèvement de papa…

Vidkun est submergé par ce flot d'informations.

— Knut… Knut s'est suicidé ? Lui ? !

Hans hoche du chef.

— Ils avaient décidé que je serais notaire et je n'avais plus le droit de quitter la région… *Ils* ont été très clairs : à la moindre incartade, *ils* s'attaquaient à ma famille, à mes enfants… Alors j'ai joué mon rôle. Je suis devenu plus vrai que nature. Un vrai Schwöll !

Il semble lutter contre une certaine aigreur.

— Toute mon enfance, j'ai bataillé contre la fatalité de notre sang, mais il m'a rattrapé… au moment où je me croyais sauvé. Et tout ça… pour toi : Martin.

Vidkun est bouche bée.

— Mais… mais pourquoi ?

— Parce qu'*ils* l'ont toujours voulu ! Parce que tout était programmé d'avance.

J'enrage :

— Mais par qui ? !

— Halgadøm… répond le notaire, sans émotion. Voilà bientôt trente ans que je travaille pour eux… c'est-à-dire pour toi, petit frère.

Le Viking est sur des charbons ardents.

— Mais dans quel but ? !

Hans hausse les épaules, serein.

— Ça, ce n'est pas à moi de te le dire… D'ailleurs, je crois que j'ai oublié. Ou que je m'en moque. C'est si loin, maintenant ; et je suis si vieux…

Moi, je tente de tout ordonner sans céder à la panique.

— Mais… Halgadøm… c'est quoi ?

Nouveau sourire de Hans, qui pose sa main gauche sur le poisson.

— Aujourd'hui, Halgadøm est le nom d'une petite entreprise scandinave de congélation, dont le siège se situe près de Svolvaer, en Norvège…

Je m'apprête à répliquer, mais Hans me fait signe de me taire.

— De la congélation de *poisson*… poursuit-il.

Sous nos yeux effarés, il achève alors d'ouvrir le poisson, dont il retourne la peau, comme un gant.

— Voilà pourquoi je suis venu ici… dit-il, en lissant la paroi glaireuse pour la rendre plus… lisible.

À notre effarement, nous déchiffrons le mot « Halgadøm » tatoué à l'*intérieur* de l'animal.

— Mais… qu'est-ce que… balbutie Venner, tandis que Hans fouaille maintenant la chair de la grosse bête pour en dégager un petit étui, semblable à ceux dans lesquels on garde les cigares.

— Mission accomplie… dit le notaire d'un ton las.

— Tiens, Martin, dit Hans, tendant à Vidkun l'étui gluant.

Venner le saisit en tremblant et je ne peux m'empêcher de lire tout haut les quelques mots gravés :

— 21 juin 1944…

— C'est l'étui de son baptême, ajoute Hans sur un ton de confidence.

— De son baptême ? !

Vidkun manipule l'objet avec une sorte de frayeur sacrée, tandis que Hans s'enfonce dans son passé :

— Je m'en souviens très bien, il faisait un temps magnifique, un temps parfait pour la cérémonie.

Son ton devient nostalgique :

— Nous étions tous dans le grand réfectoire de la

maternité de Lamorlaye ; en guise d'autel, on avait recouvert une grande table de banquet avec un drapeau à croix gammée. Et les femmes avaient mis des fleurs. Toutes ces fleurs ! Si belles, sous le portrait du *Führer*... Et puis ces drapeaux noirs aux murs, ces torchères, ces soldats qui portaient l'étendard avec la devise : *« Allemagne, réveille-toi !... »*

Un instant, Hans regarde Vidkun avec une tendresse sincère, comme s'il se souvenait brusquement qu'il avait dansé sur ses genoux.

— Donne-le-moi, s'il te plaît, dit-il en prenant délicatement l'étui des mains du Viking.

Alors, sous nos yeux éberlués, il dévisse l'embout et sort un parchemin roulé.

— Écoutez, dit-il, en se raclant la gorge.

Puis il nous lit. Il nous lit ce texte insupportable. Et à chaque phrase, je vois Vidkun prendre peu à peu la teinte du poisson éventré.

Martin, deux ans et demi, est assis sur le petit trône de bois doré, au pied de l'autel à croix gammée.

Dieter Schwöll se tient debout près de l'enfant et lit la profession de foi :

« Nous croyons dans la mission de notre sang

« Qui jaillit éternellement jeune de la terre allemande

« Nous croyons au peuple, porteur de la race

« Et au Führer *que Dieu nous a envoyé. »*

Le premier parrain, Sven-Gunnar Rahn, pose sa main sur le front de l'enfant.

— Qui est allemand et sent en Allemand doit être fidèle !

Le second parrain, Sven-Olaf Rahn, pose sa main sur le front de l'enfant.

— La source de toute vie est Halgadøm. De Halgadøm viennent ton savoir, tes tâches, le but de ton existence et toute révélation.

Le troisième parrain, Sven-Ingmar Rahn, dit alors :

— Que ta mère te témoigne son amour, et qu'elle te châtie en te privant de nourriture, si tu transgresses les lois d'Halgadøm.

Le quatrième parrain, Sven-Odin Rahn, dit enfin :

— Tu es enfant et toujours tu te montreras digne des SS et de ton clan. Digne d'Halgadøm.

Alors le *Reichsführer* SS Heinrich Himmler prend l'enfant dans ses bras et conclut :

— En l'absence d'Otto Rahn, retenu dans le sud-ouest de la France ; et suivant le désir de tes parents, ainsi que m'en a chargé la SS, je te donne les noms de Martin, Albert, Thor, Hermann. Il tient à vous, parents et parrains, de cultiver chez cet enfant un vrai et courageux cœur allemand, suivant la volonté d'Halgadøm. Car c'est par lui seul, Martin Schwöll, le véritable élu, l'enfant du miracle, que notre Empire renaîtra. Bientôt, dans un demi-siècle, peut-être moins, peut-être plus, Martin Schwöll sera le *Führer* du IVe Reich !

Lorsque Hans finit sa lecture des minutes du baptême, il roule le parchemin dans l'étui et me tend une petite enveloppe.

— Chacun sa surprise… dit-il avec une acuité nouvelle.

Les mains tremblantes, je la décachette et en sors… deux billets d'avion.

— Paris-Oslo/Oslo-Bodø ? Deux allers simples ? dis-je incrédule.

Puis je relève sur le notaire des yeux tout aussi bouillants.

— Et Clément ? !

Le vieux s'impose une expression confuse.

— Vous l'avez raté de peu. *Ils* sont partis ce matin…

J'en pleurerais ! Tout me brûle ; une sensation atroce, vicieuse, irrémédiable.

— Mais qui ? Qui est derrière tout ça ? Leni ? Otto Rahn ? Qui ?

Sans chercher à masquer son appréhension, le notaire ajoute :

— Je ne suis qu'un messager, vous savez.

Devant mon expression dévastée, il reprend :

— Regardez plutôt au fond de l'enveloppe ; votre ami Clément vous a lui aussi laissé… un message.

Je distingue alors un petit objet bloqué au fond du papier.

Je retourne l'enveloppe…

Mon cri a fait bondir le notaire.

Dans un bruit mat, le doigt tombe sur mes genoux.

Ahurie, bouche entrouverte, je trouve pourtant la force de lire le message attaché autour du doigt, avec un élastique.

«Faites vite, je vous en supplie ! »

L'écriture de Clément ! Ses cercles sur les « i ».

— Il a raison, susurre le notaire, en jetant la dépouille du poisson dans la piscine. Je crois que vous devriez faire *très* vite…

Troisième partie

VIDKUN

« *Demain, le mot le plus menteur de toutes les langues.* »

Raymond Abellio, *La Fosse de Babel*.

2006

La cabine est presque vide. Je ne puis m'empêcher de soupçonner chaque silhouette. La paranoïa n'est pas un vêtement qu'on retire lorsqu'il est sale.

Et puis, qui sait ? Peut-être sont-*ils* aussi dans l'avion…

À ce train-là, tout le monde est suspect ! L'hôtesse, le pilote, les stewards, et même ce couple, trois rangs devant nous : des Scandinaves à lunettes noires qui font défiler des photos sur un appareil numérique. Ils rient sans discrétion et répètent les noms de monuments parisiens, avec un accent épouvantable.

— *Touréfêl… Pégal… Notrédam…*

Je les envie tellement ! Ils ne savent rien du monde, ne veulent rien savoir ; une vie de carte postale, qui file droit vers la mort, vers une jolie petite tombe commune, dans un cimetière lapon, où on les ensevelira sous un oubli courtois et si calme.

«Le rêve !» me dis-je en tentant de calmer mes mains qui n'ont plus cessé de trembler depuis quelques heures. Mais je m'en suis tellement pris dans la figure ! Mon père qui serait aussi mon grand-père ; ma mère qui est aussi ma demi-sœur ; Linh amputé et noyé dans la piscine ; Clément kidnappé et torturé par des ravisseurs fantômes ; Venner, Führer du IVe Reich ; et moi, qui fonce tête baissée vers l'ouragan…

J'ai beau m'efforcer de rationaliser, il y a des limites ! D'autant que j'ai l'impression de m'embarquer en solo : Vidkun n'a pas décroché un mot depuis notre départ de Paris.

Assis dans son fauteuil, Venner est une figurine de cire. Des yeux vitreux de tanche morte, un teint jaunâtre, des gestes lents, pris çà et là de saccades nerveuses.

Pourvu qu'il ne lâche pas prise avant la fin du voyage ! Car je crois que mon propre corps est en train de flancher.

« Je suis tellement épuisée… » me dis-je, en étirant mes jambes pour trouver la bonne position. Mais je n'éprouve aucun confort.

Déjà l'avion s'ébranle. Le commandant Dagestad présente ses respects aux passagers. L'hôtesse propose des coupes de champagne et du jus d'orange.

— Appelez-moi si vous désirez quoi que ce soit. Et puis essayez de dormir.

— Je ne peux pas, dis-je en tirant de l'attachécase de Venner les chapitres isolés par Clément, j'ai de la lecture. Beaucoup de lecture…

La fiancée du Reich
(extraits des chapitres XII et XIII)

— L'Allemagne… fit Elfried à mi-voix ; mon pays, enfin…

Werner était debout près d'elle, lui aussi fasciné

par le spectacle. Il l'avait entendue murmurer mais corrigea :

— Pas l'Allemagne, Elfried : le Reich !

« Le port de Hambourg », se dit-elle encore, mettant le pied sur le quai... Enfin elle quittait ce maudit sous-marin !

Ses parents et ses frères posaient sur ce nouveau monde un œil incrédule. Elfried vit alors les croix gammées. Partout ! Sur les brassards, les façades des immeubles, sur tous les bâtiments militaires.

Tandis que les voyageurs demeuraient, éblouis et groggy, sur le quai du port, une colonne de SS déboula au pas de charge.

— *Heil Hitler !*

— Nous espérons que vous avez fait un bon voyage... Si vous voulez bien nous suivre, *il* vous attend de l'autre côté du port... claironna alors un jeune militaire, le menton lancé en avant, d'un ton théâtral mais sans sincérité.

« *Qui* nous attend ?... » se dit Elfried.

Lors, leur petite troupe s'ébroua.

Elfried était fascinée. Elle ne pouvait s'empêcher de s'arrêter sur chaque détail, chaque touche de ce spectacle.

Les SS les menèrent un peu plus loin, devant un petit baraquement de bois, qui devait sans doute être la cahute d'un fonctionnaire du port.

À quelques mètres de la masure était garée une énorme Mercedes décapotable. Ses chromes et sa carrosserie noire luisaient sous le soleil du matin. Au volant, un chauffeur militaire veillait avec une raideur de statue.

— *Bitte !* fit le SS, en leur indiquant la porte de la maison, encore close.

Ils s'approchèrent.

Elfried entrevit alors l'inquiétude de son père. À l'inverse, les quatre frères semblaient confiants, comme s'ils comprenaient et se réjouissaient.

Le SS allait poser sa main sur la poignée quand la porte s'ouvrit d'un coup. Un vent de panique passa aussitôt sur la troupe. Les frères se figèrent dans leurs bottes. La mère ne put retenir un « *Mein Gott*» moins effrayé que respectueux, tandis que son époux lançait son bras en l'air en couinant :

— *Heil Hitler!*

La silhouette resta dans la pénombre de la porte.

Alors, Elfried eut comme un éclair : cet uniforme, cette raideur, cette taille indécise, ni grand ni petit.

«Oncle Oktavian!» allait-elle exulter.

Mais l'homme sortit de l'ombre et elle se pétrifia.

— *Heil Hitler!* répondit-il en pliant l'avant-bras, l'œil inexpressif.

Puis il s'avança vers eux. Toute la troupe gardait le bras tendu, sauf Elfried, qui se sentait incapable de bouger.

C'est justement en sa direction qu'il marcha, nonchalant, la moquerie ourlant ses lèvres.

— Tu dois être Elfried… dit-il de son fort accent bavarois, en faisant rouler les « r ». Oktavian m'a tant parlé de toi !

La demoiselle ne parvenait pas à distinguer de flamme dans ces yeux presque bridés, cachés par d'épaisses lunettes. Sa moustache semblait un trait au crayon, qui épousait la forme de ses lèvres lorsqu'il souriait.

Car il souriait. Un sourire sans âme, mécanique et pourtant naturel.

Elfried était immobile. Les autres s'étaient peu à peu tournés vers elle, avec une incrédulité galopante. Même Bruno l'observait avec crainte.

Mais Elfried n'aurait su dire s'il avait peur pour elle… ou peur *d'elle*.

— Nous allons faire de grandes choses, petite Elfried, reprit l'homme en frottant le verre de ses lunettes contre la manche de son uniforme noir. Oktavian a toujours eu des plans grandioses pour toi…

Un instant, il s'immobilisa, comme s'il cherchait à lire en elle ; puis il redressa la tête vers ses compagnons.

— Mais vous tous allez épouser un destin de chef, et vous le savez fort bien, d'ailleurs…

Avec sécheresse, il marcha vers le père d'Elfried.

— Fin des cérémonies ! dit-il en lui serrant la main. Je suis enchanté de vous voir, docteur. Cela fait si longtemps.

— Presque dix ans, *Herr Reichsführer*, dit le médecin avec humilité.

Le *Reichsführer* s'avança alors vers la mère et lui baisa la main. La femme du docteur rosit, et battit des paupières. Les frères étaient en retrait, impassibles.

— Mais entrez, conclut Heinrich Himmler en leur désignant à tous la porte de sa cahute, ajoutant d'un ton piquant : Nous allons faire le point sur vos affectations…

Il faisait une chaleur insupportable. L'air sentait la sueur de bois, le vieux poisson, l'algue décomposée. La maisonnette était minuscule et les soldats étaient restés dehors, en faction sur le quai.

Himmler s'assit derrière une petite table d'artisan.

— C'est aujourd'hui que votre vie commence, dit-il sans relever la tête, étalant devant lui des feuilles tapées à la machine et siglées de la SS. Jusqu'alors, vous n'avez fait qu'attendre...

Sa figure se dressa brusquement vers eux, blafarde, et il ajouta :

— Voici venu le temps de l'action !

Le chef de la SS s'enfonça dans sa chaise d'osier, et se balança sur les pieds arrière, le sourire aux lèvres.

— Je vais commencer par les jumeaux...

À ce mot, les quatre garçons bombèrent le torse.

— Messieurs, vous allez devenir l'élite de notre ordre. Car vous savez évidemment que la SS s'apparente à un ordre religieux ?

Pour rien au monde les jumeaux ne seraient allés contredire les propos de leur chef suprême. Tout juste hochèrent-ils la tête avec une expression déférente, attendant la suite.

— C'est pourquoi, reprit Himmler, je vous envoie dans les *Burgs* de l'Ordre Noir, où vous allez parfaire votre formation. Dès maintenant, vous partez pour Crössinsee, en Prusse-Orientale. J'espère que vous aimez le sport...

Les jumeaux ne savaient comment réagir.

Après un instant de silence, Himmler cingla :

— Immédiatement !

Panique chez les quatre garçons, qui poussèrent un *« Heil Hitler ! »* tonitruant et sortirent de la cahute d'un seul bloc.

Le bruit de leurs pas se perdit dans des éclats de voix, puis des crissements de pneus firent gémir le béton du quai.

Par la fenêtre de la cahute, Elfried vit s'éloigner le camion militaire qui conduisait ses frères à leur destin.

« Ils ne m'ont même pas dit au revoir », songea-t-elle avec une étrange nostalgie, comme si son enfance la quittait pour toujours.

Mais déjà Himmler tapait dans ses mains.

— Voilà pour les soldats !

Il semblait enchanté de l'efficacité de son organisation et replongea le nez dans ses dossiers.

— Passons maintenant au médecin... chantonna-t-il.

Le docteur retint un frisson. Sur les traits de sa femme passa, comme un éclair fugitif, la marque d'un doute abyssal. Mais elle bomba le torse.

— Je crois que vous allez pouvoir donner libre cours à vos rêves de jeunesse, *Herr Doktor*, lança Himmler en tendant au médecin une feuille couverte de signes typographiques.

Le docteur chaussa ses lunettes et son visage fut aussitôt barré d'extase.

— Je savais que ça vous plairait, ajouta le *Reichsführer*, tandis que la mère s'efforçait de lire par-dessus l'épaule de son époux. C'est le premier centre de médecine expérimentale du Reich. Vous y aurez... – Himmler hésita avant de poursuivre – tout le *matériel* dont puisse rêver un savant de votre envergure...

— *Danke, Herr Reichsführer*, dit le docteur, sincèrement ému.

Puis, après avoir tendu le bras et lancé lui aussi son « *Heil Hitler !* », le médecin et sa femme quittèrent la pièce.

Eux non plus ne jugèrent pas utile de saluer Elfried... leur propre fille !

Elle les observa à travers la vitre de la cahute. Une grosse voiture les attendait, en retrait.

Lorsqu'elle démarra, le docteur se retourna vers la maison, comme s'il guettait sa fille, une dernière fois...

— Il n'y a plus que toi, Elfried.

Himmler restait assis sur sa chaise.

— Tu t'en doutais, fit-il en désignant la fenêtre, je n'allais pas te mêler à la valetaille…

Elle ne comprenait pas. Il lui fit signe de s'asseoir face à lui.

Ils étaient tous les deux – Himmler et elle : en tête à tête ! – dans cette cahute puant le poisson et la marée rance.

— Tes frères vont devenir de parfaits exécutants, ton père va jouer les savants fous… Mais toi, Elfried, tu vas connaître la vie des *vrais héros*.

Qu'allait-il lui annoncer ? La jeune fille dut sembler inquiète, car il prit une expression très amicale, et retira à nouveau ses lunettes pour les nettoyer nerveusement à son uniforme.

— Oktavian te considère comme sa fille, dit-il en se levant pour marcher dans sa direction.

Himmler passa derrière le tabouret et posa ses deux mains sur ses épaules.

— Et Oktavian est un frère pour moi.

Les doigts d'Himmler caressèrent les cheveux d'Elfried. Mais elle ne ressentait aucune gêne à cela, car ces gestes étaient vraiment ceux d'un père.

Au même instant, un éclat de rire cristallin retentit au-dehors et la porte s'ouvrit en grand.

— Elle est là ? fit une voix féminine.

Elfried vit accourir une silhouette en contre-jour, qui se jeta dans les bras du *Reichsführer*.

— Oui, ma chérie, Elfried est arrivée.

Himmler reposa la petite fille, qui examina l'intruse avec étonnement.

— Mais elle est plus âgée que moi ?

— Tu as toujours rêvé d'avoir une grande sœur : Elfried va vivre avec nous pendant quelques mois.

La fillette tendit alors la main à Elfried et claironna d'un air joyeux :

— Bonjour ! Je te souhaite la bienvenue chez les Himmler… je m'appelle Helga.

Alors qu'Elfried allait répondre, Helga précisa d'un ton gourmand :

— Maintenant que tu fais partie de la famille, tu peux bien sûr m'appeler Mausi…

— Mausi, vieille carne ! Elle aussi, elle était de la fête !

Je ne peux m'empêcher de froisser les pages arrachées. Le bruit tire un instant Vidkun de son sommeil, mais il se tourne de l'autre côté en grommelant des mots indistincts.

Je saisis avec angoisse le chapitre suivant ; un chapitre pour lequel Clément risque sa peau !

« Déjà six heures de moins… » me dis-je, la gorge nouée.

Fille de SS
(extrait du chapitre IX)

Lorsque le *Reichsführer* SS Heinrich Himmler m'avait offert de passer quelque temps dans son foyer, je ne pensais pas qu'il m'adopterait. Mais au bout d'un an, je réalisai que je faisais vraiment partie de sa famille.

À vrai dire, nous le voyions assez peu. Toujours il était en voyage. Nous – c'est-à-dire Mausi, sa mère et moi – étions le plus souvent cantonnées à

Munich, dans cette maison petite-bourgeoise et exiguë, emplie d'animaux en verre.

« La grande passion de papa ! » m'avait confié Mausi, en me faisant les honneurs des lieux, le premier jour.

Tout cela était si nouveau, si étrange pour moi ! Cette vie rangée, calme et douillette. J'étais si loin de mon enfance, de mes îles, de ces milliers d'oiseaux. J'en arrivai bientôt à oublier – du moins à atténuer – mes souvenirs les plus fous.

Sans nouvelles de ma famille, je me laissai bercer par cette routine provinciale.

Les Himmler m'avaient inscrite à l'école du quartier, mais je sentais que j'y suivais une sorte de régime spécial. J'étais bien entendu désaxée par rapport au programme scolaire, et tous les contrôles me revenaient avec les meilleures notes, quel que fût mon travail. Je remarquai parfois l'expression anxieuse des professeurs sur moi, qui semblaient fuir comme la peste toute possibilité de conflit avec mon « nouveau père ».

Mais je l'ai dit, nous voyions bien peu le *Reichsführer*. Lorsqu'il revenait, tard dans la nuit, le quartier était ceinturé de Waffen-SS et il filait directement dans sa chambre, épuisé.

Mausi et moi – nous partagions la même chambre – l'entendions gravir le petit escalier de bois, et sa fille me murmurait, joyeuse :

— On va bien se régaler, demain !

Au petit matin, nous étions réveillées par une bonne odeur de charcuterie, et un petit déjeuner grandiose nous attendait.

— *Grüssgott !* disait le bon père de famille lorsque nous apparaissions, encore endormies, au seuil de la salle à manger. J'espère que vous avez faim, les enfants !

Sur la table, un festin était prêt : jambons, salami, confitures, pains en tout genre ; et du poulet, beaucoup de poulet. Himmler adorait le poulet, même au petit déjeuner. Où qu'il fût, il s'en faisait rôtir d'avance.

— Eh bien, Sophie, te fais-tu à la vie bavaroise ? me demandait-il souvent, lorsque mon nez était encore plongé dans le chocolat chaud.

Je m'essuyais la bouche et répliquais, sincèrement :

— C'est si calme…

Toutefois – je m'en doutais depuis mon arrivée ici – cette *dolce vita* n'eut qu'un temps.

C'est ainsi qu'un matin, au printemps de l'année 1942 (cela faisait presque deux ans que je vivais avec les Himmler), le *Reichsführer* SS nous convoqua dans la salle à manger.

L'odeur était la même : ronde, croustillante. Mais le chef de la SS semblait préoccupé.

— Mes enfants, dit-il, mes enfants, dorénavant, votre vie va changer…

Au même instant, *Frau* Himmler apparut dans l'embrasure de la porte. Derrière elle, deux soldats portaient des valises. Je reconnus la mienne et celle que Mausi utilisait pour les week-ends au Berghof.

De ses yeux asiatiques, Himmler nous scruta avec tendresse.

— Prenez un bon petit déjeuner, car la route sera longue.

— On part où ? exulta Mausi.

Le *Reichsführer* hésita puis répondit, sibyllin :

— En voyage…

— En voyage ? dis-je tout haut.

— Pardon ? !

J'ai dû crier, car Venner s'est réveillé en sursaut. Un instant, il avise autour de lui, incrédule. Puis il comprend.

— Ah ! vous avez commencé… dit-il avec une résignation lasse, comme s'il repoussait cette lecture depuis notre départ.

— Nous n'avons pas le choix, je crois…

Je tends le premier chapitre à Vidkun et sors de l'enveloppe le troisième.

À l'école des surhommes
(chapitre XXXI)

L'un après l'autre, ils sortent de la voiture.

L'été polonais est chaud, mais l'air semble saturé de rosée.

Ils sont peu nombreux : Mausi, son père, une demi-douzaine de soldats et Dagmar.

Les voitures fument encore, garées l'une contre l'autre, près d'un mur en ruine.

C'est une ferme, en plein milieu d'une campagne désespérément plate. À perte de vue, des champs gagnent l'horizon.

Le *Reichsführer* pose ses mains sur ses hanches et susurre :

— C'est donc ici…

Un instant, il jouit du silence. Plus personne n'ose

murmurer, ni même bouger. Chacun aspire ce calme, s'en soûle, comme s'il devait à jamais disparaître.

Sentant des doigts moites se glisser dans sa main, Dagmar tressaille, mais Mausi se serre contre elle, écrasant ses doigts dans les siens. À son expression, repentante et implorante, Dagmar comprend que la petite a peur.

— Qu'est-ce qui se passe, Dagmar ? chuchote-t-elle.

Avec une démarche de renard, Himmler s'approche de la porte de la ferme. Il remarque alors dans la terre battue un petit objet qu'il ramasse : c'est un crâne de lapin, sec et lisse. Un instant il l'observe. Puis il le laisse doucement tomber à terre et, du talon, l'écrase comme une noix.

— Allez-y... siffle-t-il entre ses dents.

Les soldats n'ont aucun mal à enfoncer la porte.

Leurs hurlements résonnent dans la maison. Bruits de verre brisé, de bottes, de meubles défoncés. Puis un cri, atroce : celui d'une femme ; bientôt mêlé aux pleurs d'un enfant.

Un bébé...

Himmler a l'air content.

— *Nein ! Neeeiiiin !* hurle-t-on dans la maison.

Mausi se resserre contre Dagmar. Un petit animal terrorisé.

Mais déjà les soldats ressortent.

Ils poussent devant eux une jeune femme blonde en chemise de nuit, les cheveux hirsutes. Elle se débat, lance des coups de griffe, prête à mordre, à crever des yeux, sans pour autant lâcher un petit couffin, qu'elle serre entre ses bras.

— Non, non… Pitié ! marmonne la mère en allemand, avec un gros accent polonais.

Alors elle aperçoit Himmler et se décompose.

— *Hallo, hallo !* ricane le *Reichsführer*.

Dès lors, plus personne ne parle.

Les soldats se reculent, comme des picadors regagnent l'écurie à l'arrivée du torero.

La Polonaise semble prise de convulsions, mais elle est incapable de bouger, plantée dans la terre battue de cette cour de ferme. Jamais Dagmar n'a vu une telle expression de dégoût !

Le *Reichsführer* avance d'un pas.

— *Nein…* répète-t-elle d'une voix étouffée, comme si elle ne parvenait plus à articuler.

Derrière elle, les soldats se rassemblent, prêts à l'encadrer si elle tente de fuir. Mais elle est là, devant eux, biche acculée au terme de la traque.

Himmler s'avance encore d'un pas militaire et lui arrache le couffin.

La mère ne pousse pas un cri. Elle se laisse faire, comme un mannequin de chiffon, puis s'effondre au sol, la bouche ouverte sur le silence, dans un cri muet. Elle dégouline de larmes.

Les soldats gardent une rigueur impassible.

À côté d'elle, Dagmar perçoit un petit couinement : les bras compulsivement croisés, Mausi pleure en silence, comme un oiseau blessé. Elle ferme les yeux, articulant à mi-voix :

— Maman… maman…

Saisie de pitié, Dagmar hésite à la prendre dans ses bras, mais la fascination reste la plus forte. Elle *doit* laisser la scène suivre son cours. La petite aussi doit s'endurcir ; après tout, n'est-elle pas la propre fille du *Reichsführer* de la SS ?

Un bruit d'ailes fait alors sursauter tout le monde :

une brassée d'oiseaux vient de s'envoler d'un arbre, planant un moment sur eux.

Au même instant, caressant la tête du bébé, blotti contre son uniforme, Himmler se retourne vers sa fille.

— Mausi ! dit-il d'un ton sec.

La fillette tremble de plus belle mais se force à ne pas ouvrir les yeux.

— *Mausi, bitte !* répète son père d'une voix blanche et étrangement bureaucratique.

La petite fait « non » de la tête, de droite à gauche. Alors, d'un mouvement du menton, Himmler fait signe à Dagmar de la lui amener. Dagmar ne réfléchit même pas, et obtempère.

Glaciale, la paume de Mausi vibre sous sa main. Dagmar sent ce si jeune pouls battre contre ses doigts. Mais la fillette se laisse faire.

Dagmar la tire puis la pousse devant elle.

Mausi n'ouvre les yeux que lorsqu'elle est immobile, recroquevillée face à son père.

Mais Himmler a perdu toute sévérité. Il caresse Mausi du revers de la main et lui montre le bébé.

— Tu as vu comme il est beau ?

Sa fille renifle, comme après un gros chagrin, et s'efforce de retrouver un air adulte.

— Oui, papa... dit-elle dans un dernier hoquet.

Le *Reichsführer* semble enchanté. Un instant, il contemple sa fille avec tendresse, puis il se tourne vers les soldats et fait un nouveau signe de tête. Alors trois SS saisissent la mère et la traînent jusqu'aux pieds de leur chef. Cachée derrière ses avant-bras, elle ressemble à un vieux sac de toile.

Mausi reperd aussitôt ses couleurs.

Himmler tend la main vers un des soldats qui, sans sourciller, y dépose un revolver.

Dagmar sursaute.

Mais le *Reichsführer* est calme. Parfaitement serein.

Sans lâcher le bébé, il pose le revolver dans la main de sa fille. Mausi recule et le laisse tomber au sol.

— Papa, je t'en supplie... hurle-t-elle en se redressant, sans pour autant s'enfuir.

— Ma chérie, c'est toi qui dois le faire, rétorque le *Reichsführer*, d'un ton affectueux mais ferme.

Les yeux de Mausi vont du revolver à la Polonaise, incapable de se figurer la scène.

Alors Himmler se tourne vers Dagmar sans avoir à s'expliquer.

Aussitôt elle se baisse pour ramasser le Mauser et, délicatement, prend Mausi contre elle.

Toutes deux s'agenouillent au-dessus de la paysanne, dont le regard croise celui de Dagmar : elle a compris.

«Faites vite!» implorent ses iris noirs.

Dagmar met le revolver dans la main de la fillette, qui se laisse faire. Elle est glacée. Lovée contre son dos, l'aînée guide l'arme sans lâcher le bras de la cadette.

— *Gut, gut...* susurre Himmler, posant une main amicale sur l'épaule de Dagmar.

Tout s'enchaîne alors avec logique, comme une chorégraphie.

Dans les bras du *Reichsführer*, le bébé respire avec douceur.

Le doigt de Dagmar presse celui de Mausi.

La détonation résonne dans la cour.

Les deux jeunes filles sont projetées en arrière, tandis que la victime s'effondre sur la terre battue.

Un nouveau vol d'oiseaux zèbre le ciel, passant devant le soleil.

Dagmar ne sait alors si elle ressent de la fierté ou du dégoût.

Tiré de sa torpeur, le bébé pousse un hurlement. Himmler le serre contre lui et lui baise le front. Le corps de la paysanne a un dernier soubresaut.

Éclaboussée de sang, Mausi s'évanouit dans les bras de Dagmar.

«Quelle horreur!»

— Mausi... dis-je, effarée, à Vidkun. Votre chère amie Mausi. C'est elle qui a tué votre...

— Laissez-moi finir mon chapitre! grogne Vidkun, sans relever les yeux.

Exorbité, il est penché sur les pages arrachées.

Moi, je suis encore bouche bée de cette scène atroce. Cette mère. Ce bébé.

Ce bébé!

— Mais... mais comment savoir ce qui est du roman et ce qui...

— Taisez-vous, Anaïs, je vous en conjure!

Mauthausen mon amour
(chapitres XIII et XIV)

Ladislas n'avait pas changé.

— Putzi, petit cœur, mon élue!

Je le croyais mort, enseveli sous les décombres, et il était là, devant moi, plus solaire que jamais! Un ressuscité.

Ladislas s'était aminci, comme s'il avait gagné en finesse et, d'une certaine manière, en beauté.

Après s'être avancé vers la portière de la traction, il désigna le couffin, posé sur la banquette.

— C'est le bébé ? me demanda-t-il.

Je clignai des yeux.

Alors, délicatement, il prit le petit couffin.

Le moment touchait à la perfection. Le décor n'existait plus, et je me croyais délicieusement prisonnière de quelque tableau des primitifs flamands, où chaque personnage occupait une place symbolique. Tous avaient les yeux vissés sur l'enfant, comme une scène de Nativité. La crèche de quelque enluminure antiphonaire.

Ladislas se redressa et marcha d'un pas mécanique jusqu'à la famille du pasteur. La mère observait l'enfant avec un mélange d'appréhension et de respect. Lorsque Ladislas le lui tendit, elle recula d'un pas, comme s'il allait la brûler. Mais son mari lui broya l'épaule et elle finit par prendre le nourrisson contre son sein.

— *Gut...* fit Ladislas, en tournant ses yeux vers moi.

Il posa encore une fois son index sur le crâne de l'enfant et y dessina une croix gammée, puis, comme pour une remise de décoration, il serra la main du pasteur avec une étrange chaleur.

— À vous de jouer, mon père.

Le pasteur eut une expression gênée, comme s'il ne se sentait pas à la hauteur de l'entreprise.

Puis l'enfant poussa un cri. Un hurlement atroce, comme si on lui perçait la fontanelle.

Tout le monde sembla sortir d'une crise de somnambulisme.

La voix du nourrisson replantait violemment le décor.

Les autres m'observaient. Sans amitié ni rancœur. Juste une sorte de courtoisie lasse et désorientée.

« Mais où suis-je ? » me demandai-je enfin, observant pour la première fois les lieux.

Il n'y avait autour de moi que quelques banales maisons résidentielles, entourées de jardinets. Des soldats et des civils marchaient d'un pas affairé, se dirigeant pour la plupart vers l'autre côté de la clairière, en direction des cheminées. Celles-ci s'élevaient plus loin, derrière un second rideau d'arbres, encore plus épais et plus haut. Je ne parvenais pas à distinguer l'édifice qui les soutenait, car tout était caché par la forêt. Quand bien même, ce n'était là qu'un détail, car les hurlements de l'enfant nous terrassaient comme la souffrance d'un dieu.

Le bébé ne cessait de pleurer.

La femme du pasteur tentait de le calmer en balançant doucement ses bras, mais ses cris redoublaient. De sa petite main potelée, il semblait désigner les hautes cheminées qui dominaient au loin la clairière. Son visage portait un masque d'épouvante. Un effroi instinctif comme jamais je n'en avais contemplé.

— Et voici ta chambre, petit cœur !

Ladislas m'intimidait avec une force étrange. L'émotion de le revoir me paralysait et je ne parvenais pas à me tirer de cette léthargie.

Gênée, je fis mine de contempler la pièce, et m'approchai de la fenêtre, que le soleil d'été frappait de plein fouet.

Elle donnait sur l'esplanade où nous étions arrivés. Par la vitre, j'aperçus les jumeaux. N'étaient leur uniforme noir et leur ressemblance, ils eussent pu être n'importe quel officier SS.

— Ils ont changé, n'est-ce pas ? remarqua Ladislas, en me rejoignant près de la fenêtre.

— Ils ne m'ont même pas dit bonjour… marmonnai-je, comme si je peinais à formuler mes mots.

La main de Ladislas caressa ma nuque.

— Ils sont comme toi, ma Putzi : ils ont grandi…

Je me retournai, Ladislas souriait. Sans me quitter des yeux, il recula, recula, et s'assit sur le lit. Son œil n'était plus le même. Il me rappelait celui de ce soldat, croisé au port de Hambourg. Ladislas lui aussi me considérait comme une femme. Après tout, j'allais avoir seize ans…

— Je sais que tu débordes de questions, dit-il en se penchant en arrière pour s'appuyer sur ses coudes. Allure ambiguë… Maintenant, nous avons le temps : je t'écoute…

J'eus la désagréable sensation que ses yeux cherchaient autre chose en moi.

— Viens ! insista-t-il à mi-voix, en tapotant l'édredon, près de lui.

Je me sentais de plus en plus mal à l'aise. Le front de Ladislas luisait. La chaleur allait être suffocante, aujourd'hui. L'air semblait se charger d'un parfum de fleurs mortes, de gazon pourrissant.

J'ouvris la fenêtre, mais une odeur encore plus forte me fouetta. Un fumet de chair putréfiée.

Ladislas vit ma grimace et sourit sans malice.

— Avec la chaleur, les odeurs remontent. Ferme donc la fenêtre et viens t'asseoir à côté de moi.

Mon beau-père avait perdu cette expression obscène qui le défigurait un instant plus tôt. Incrédule, je refermai la crémone puis, sans savoir si je me jetais dans les griffes du lynx, je m'approchai du lit.

Ladislas me prit dans ses bras, comme il le faisait parfois, il y a si longtemps. Il me fit même basculer et posa ma tête sur ses genoux, dessinant avec son pouce des arabesques sur mon front.

— Ma Putzi, ma Putzi, je suis si heureux que tu sois enfin là… Depuis la mort de ta mère, je me sens si seul…

Ladislas retrouvait le ton de mon enfance, celle de nos tête-à-tête les plus chaleureux, les plus doux. J'étais bien. Je m'offusquai intérieurement d'avoir pu lire en lui de mauvaises intentions. Ladislas était le même. J'en oubliai presque ses révélations, sa lettre, les images d'horreur. Nous étions là, l'un à l'autre, l'un *pour* l'autre.

Longtemps nous restâmes en silence, écoutant les murmures de la forêt. Il n'y avait plus un son, sinon les bruits de la grande nature, qui nous parvenaient étouffés.

Je me sentais tout à coup si bien. Cette forêt, cette maison, cette pièce, ce lit : autant de cercles concentriques me liant à la destinée, à la vie de Ladislas. Et puis sa main ! Cette main qui caressait mes cheveux, qui lissait mes mèches comme il l'aurait fait d'une poupée. Je me laissai alors couler dans la douceur. Une douceur quiète et béate. Un grand bain de jouvence, une vue à pic sur mon enfance, d'où toute nostalgie était pourtant absente, puisque Ladislas était là, pour moi, contre moi, à jamais.

— Putzi, Putzi… finit-il par murmurer.

J'aurais tant aimé qu'il se taise. Je ne voulais rien comprendre de plus ; car je savais, instinctivement, que ses réponses à mes questions m'enverraient si loin de ce moment exquis, de ces retrouvailles.

— Putzi, reprit-il cependant, passant son pouce sur l'arête de mon nez, tu ne veux pas savoir comment j'ai quitté Dantzig? Comment j'ai survécu à ces bombes, à ce carnage?

Je fis «non» de la tête et enserrai sa cuisse comme je l'aurais fait d'un oreiller. À ce geste intense, le corps de Ladislas se raidit puis se relâcha. Un frisson l'avait parcouru.

— Je dois pourtant te dire, fit-il d'une voix tremblante, il *faut* que tu saches…

Je posai mon index sur ses lèvres.

— Chut!

Il se décomposa, retrouvant cette expression si adulte, et si coupable, que je lui avais vue un instant plus tôt.

— Tu… tu ne veux pas savoir? insista-t-il sans conviction.

Mais déjà mon nez frôlait le sien.

— Vous avez écrit que j'étais l'élue… dis-je, comme si les mots sortaient naturellement de ma bouche.

Ma voix devint plus grave.

Je ne maîtrisais plus mes gestes et une sensation de plaisir intense monta dans mon corps. Quelque chose d'inconnu et de très violent, quelque chose qui semblait depuis toujours caché dans les yeux de Ladislas; une joie interdite et évidente, aussi redoutable que naturelle.

«Vous avez dit que j'étais l'élue, répétai-je, prouvez-le-moi!»

Les lèvres de Ladislas me parurent aussi sèches que du sable. N'était-ce pas pour cela – *dans ce seul but* – que Ladislas m'avait élevée, qu'il m'avait éduquée? Qu'il m'avait *créée*?

La pièce vira à l'étuve. Mon esprit bouillonna et je m'enfonçai dans le lit comme un animal s'enlise dans un marais. Ladislas n'était plus qu'un corps. Un corps contre le mien.

J'arrachai sa chemise, il déchira ma jupe.

Un son rauque sortit de sa gorge. Ses yeux semblaient injectés de sang, comme s'il allait au-delà de ses limites, comme si je le battais sur son propre terrain.

Au fond de moi, un cri de victoire hurlait de joie et de douleur. À cet instant précis, malgré son pouvoir, malgré sa puissance, malgré son rôle dans l'Histoire, c'était *moi* le maître. Ladislas n'était plus qu'un esclave, comme les bagnards. À ma façon, je vengeais toutes ses victimes!

En écrasant Ladislas de ma violence, de mon désir, de cette puissance de jeune adulte où brûlaient encore les feux de l'enfance, je rachetai ses fautes, je le mettais nez à nez avec ses fantômes. Je devenais sa conscience, son dernier reliquat de morale, de lucidité. Il n'était plus un soldat, plus un SS, juste un homme; un homme brûlant de désir, une bête dont on avait réveillé les sens, qu'on allait plonger dans la douleur et la joie.

Lorsque je pris son sexe dans ma petite main si blanche, il poussa un hurlement. Car je le serrai comme si je cherchais à étrangler un animal.

Nous avions les yeux vissés l'un à l'autre. Il cherchait dans les miens l'enfant qu'il avait faussement abandonnée sous les décombres de Dantzig, alors que tout était soigneusement huilé. Alors qu'il avait prévu de réapparaître au moment propice.

Pourtant, *ça*, il ne l'avait pas prévu...

Il ne pouvait même l'envisager, se laissant envahir par le plaisir et la colère. Ladislas n'était plus
maître de lui-même, ni de ses sensations ni de ses
sentiments.

Ses mains palpaient fébrilement mon torse. Ses
paumes couvraient mes seins si jeunes ; des seins
courts mais durcis par le désir.

Il perdait la raison.

— Putzi, mon cœur, mon amour… ahanait-il en
posant des baisers sur ma poitrine.

Je n'avais pas lâché son sexe, et l'agitais doucement.

Un instant, je tournai la tête vers le mur, de l'autre
côté de la pièce. Un grand miroir reflétait la scène.
Une vision grotesque et si pure. Ladislas était un
animal servile, dont les lèvres se perdaient sur mon
ventre, cherchant à embrasser mon pubis, puis à
descendre plus bas.

Lorsque sa bouche fut entre mes jambes, je me
cambrai, terrassée de plaisir. Puis j'écrasai son sexe
avec encore plus de force, comme si je voulais qu'il
explosât dans ma main.

Otto remonta vers ma bouche, le menton trempé.
Ses yeux étaient maintenant révulsés. Il saisit ma
tête entre ses paumes, prêt à la faire éclater, et la
força à descendre.

Je me laissai faire, sachant qu'il n'en était que
plus vulnérable.

« *Ladislas, mon Ladislas, mon maître, mon père,
mon amant !* » chantait une voix au plus profond de
moi-même. Les plaisirs se percutaient, comme les
combattants d'un tournoi : la joie de la vengeance,
des retrouvailles, de l'accomplissement, de la com-
munion, de l'affirmation…

J'étais tant baignée par ce narcissisme abyssal,

où tout semblait se régler, s'ordonner avec une vertigineuse évidence, que j'en oubliai presque Ladislas. Il n'était plus qu'un prétexte.

J'avais pourtant son sexe dans ma bouche. Ses doigts m'arrachaient les cheveux à mesure que je l'enfonçais plus profond en moi.

Il ne parvenait plus à parler, à respirer, à garder les yeux ouverts ou fermés. Ses paupières, ses cils si fins, si délicats, battaient comme s'il était en train d'agoniser.

Il hurla et le goût fut celui de l'algue. Un parfum d'eau de mer, de ressac. Ma bouche inondée.

Et son cri :

— *Putzi! Putzi! Neeeein!*

Mais c'était trop tard. Lui aussi avait passé le cap.

Nous étions de l'autre côté.

Ladislas avait fait de moi une adulte, de la plus sublime, de la plus atroce façon.

Et moi, je m'étais désenvoûtée de lui.

Son emprise, si profondément ancrée dans mon âme, s'était évaporée comme s'envolait, dans le ciel lourd, la fumée noire des grandes cheminées.

— Ça devait bien finir par arriver, me dit Vidkun, qui a lu par-dessus mon épaule.

Je suis bouleversée par cette scène ; d'autant que sa sensualité, sa sexualité brute, si inattendues chez Leni – et chez Marjolaine ! – ont laissé monter en moi une langueur presque insoutenable. Sans compter la présence de Vidkun, collé à moi pour lire à mon rythme.

Malgré mon estomac, j'éprouve une excitation très intense, proche du plaisir. Mais je réalise alors l'indécence de la chose et me redresse comme se cabre un cheval.

Plus qu'un chapitre !

« Le plus long… Le dernier… »

La clé ?

En remontant vers Oradour
(chapitres LXII, LXIII, LXIX)

Nous abandonnons le camp en février 1944. L'air est glacial et la plupart des prisonniers vont mourir de froid.

— Ce sera plus simple que de les tuer un par un… dit sèchement oncle Mark, tandis qu'il charge une dernière valise dans le coffre de sa voiture.

Voilà des semaines que je ne vais plus dans le camp. J'ai commencé à rédiger, sur de vieux cahiers d'écolier, des histoires, des contes. J'y découvre même un plaisir réel, une sorte d'échappatoire à toutes mes folies. Je ne vois presque plus personne, passant mes journées enfermée dans ma chambre, à mon petit bureau, penchée sur ces cahiers où je laisse courir mon imagination, n'ayant qu'à puiser dans mes souvenirs pour créer un monde féerique et légendaire.

Le jour du départ, je range ces cahiers au fond de ma valise et je monte dans la Mercedes.

Nous voyageons en deux voitures. Les jumeaux et moi dans l'une ; oncle Mark et les Sacher dans l'autre. Le bébé a grandi. C'est maintenant un petit être de deux ans, qui parle à tue-tête et que ses parents adoptifs ont appelé Martin. À l'heure du départ, il se débat violemment tant il rechigne à entrer dans la voiture. Est-il conscient qu'on l'arrache une nouvelle fois à son monde enfantin? Sa mère adoptive finit par le prendre dans ses bras et, fredonnant à son oreille, le fait taire.

Nous pouvons partir...

Dans les deux voitures, plus personne n'ouvre la bouche. On démarre et nul ne se retourne pour voir le camp disparaître dans la forêt.

La route est longue! Tous posent des yeux morts sur les terres désolées que nous traversons à toute allure, grâce à de grosses réserves d'essence cachées sous les bagages. Lorsque nous croisons des soldats allemands qui fuient en sens inverse, ils nous font signe de rebrousser chemin, avec des gestes de panique.

— Vous êtes fous! Il faut partir!

Chacun dans sa voiture, oncle Mark et le docteur Sacher accélèrent devant ces armées en déroute.

Je lis toutefois chez mes compagnons une peur secrète, bien cachée sous leur vernis d'insensibilité. Mais ce n'est qu'une impression fugitive. Car tous retrouvent cette impassibilité de façade. Nous nous jetons dans la tourmente. Alors que la Wehrmacht et la Waffen-SS abandonnent l'Europe de l'Ouest pour se replier, nous roulons en direction de la France, qui est couverte de ruines.

Lorsque apparaît, à l'horizon, une crête de montagnes, je grimace de lassitude.

J'ai reconnu les Pyrénées...

Le marquis Renard a terriblement vieilli.

Son visage s'est creusé, ses paupières affaissées. La région elle-même semble en deuil. La petite ville de Paulin, près du château, a été en partie rasée. Quant au château lui-même, l'une de ses tours a été décapitée. Sa charpente bée tristement dans le jour finissant, comme une carcasse de cétacé.

Épuisés par le voyage, nous sortons des voitures en trébuchant, comme des convalescents. Les jumeaux et les Sacher semblent surpris par l'endroit ; je lis une sorte de froide déception dans leurs yeux, comme si, l'espace d'un instant, ils en voulaient à oncle Mark de les avoir entraînés dans cette débâcle.

— Je suis très honoré de vous accueillir chez moi, marmotte le marquis avec une mine penaude. Hélas, tout comme vous, la guerre ne nous a pas épargnés...

Ce disant, il jette des regards soucieux autour de lui.

— Heureusement que vous êtes arrivés à l'heure dite, ajoute Renard, en posant une main affectueuse mais fatiguée sur le bras de Mark. Les résistants ont un grand rassemblement à Rabastens, à trente kilomètres d'ici. Mon gardien, ma cuisinière, leur fils, ils y sont tous... Ballarain, mon régisseur, est même le chef du plus gros réseau de la région. Et son fils Gilbert marche dans ses pas. C'est pour ça que je ne peux pas vous loger au château...

— Mais alors, où allons-nous dormir ? s'offusque Aase Sacher, qui resserre le petit Martin dans ses bras, car le vent du soir a redoublé.

Mine désolée du marquis :

— Je n'ai d'autre choix que de vous installer dans les grottes...

— Des grottes ? coupe Aase, tandis que les jumeaux tentent de garder leur calme.

Mais je lis en eux le même épuisement que celui du marquis. Seul Mark semble inflexible, avec cette raideur de Noé à l'heure de l'arche.

En lisière du bois, la lune vient d'apparaître.

Le bois est aussi impénétrable qu'une forêt tropicale. Les broussailles ont envahi les chemins, enserrant les troncs à les étouffer. Une odeur de vase flotte dans l'air, comme un parfum de monde englouti.

Nous arrivons bientôt devant l'entrée de la grotte.

— Papa! chuchote une voix féminine. C'est vous?

— Oui, ma chérie!

Un bruissement de feuilles se fait dans un chêne et une ombre saute devant nous, comme un elfe des bois. Vêtue à la garçonne, les cheveux ramenés en chignon sous une casquette de paysan, une grosse canadienne sur le dos, elle a dû faire longtemps le guet, car elle est rougie par le froid et l'humidité de la forêt.

Cette grande liane blonde nous observe avec circonspection.

Je tente de lui sourire, mais elle reste de marbre.

— Je vous présente ma fille Marianne, dit le marquis.

— Bonjour, dit-elle en me tendant une main délicate malgré sa tenue de braconnière.

Puis elle nous désigne la noire cavité au milieu des fougères, et nous entrons dans la grotte.

C'est un grand réseau de cavernes préhistoriques. Marianne et son père nous conduisent dans une vaste salle, où ils ont entassé des matelas et des couvertures de cheval.

— C'est tout ce qui me reste… s'excuse le marquis, devant la mine offusquée d'Aase qui pose son nez sur le vieux tissu et se redresse comme si elle venait de renifler un cadavre.

— Ce sera parfait, tranche Mark, en tapant dans ses mains.

— Parfait!? s'insurge Aase, en s'avançant vers Mark.

Ses yeux sont noirs et elle semble au bord de l'hystérie. À la lueur des flambeaux, sa folie rappelle celle d'un spectre dans un opéra romantique.

— Voilà vingt ans que vous nous traînez derrière vous! hurle-t-elle à Mark, qui garde sa raideur.

— Aase! crie le docteur Sacher, qui semble totalement dépassé par les événements.

— Et toi, dit-elle en se tournant vers son époux, tu n'es qu'un minable valet!

Le médecin en est sans voix. Personne ne sait comment réagir.

Mais Aase est intarissable. Elle libère ici des années d'humiliation :

— Mauvais médecin, mauvais mari, mauvais père!

— Maman! crient d'une même voix leurs enfants.

— Non mais, regarde-les, explose-t-elle en désignant ses enfants. Quelle image de la vie leur avons-nous donnée? Parce que tu crois vraiment à tes histoires de race supérieure? De peuple élu? De…

— Maman! fait alors une voix aiguë, presque féminine.

Aase se fige.

Tout le monde se retourne : adossé à une paroi, le petit Martin contemple sa mère. Sa bouche tremble et il semble trop effrayé pour oser seulement pleurer.

À cette vision, la mère perd toute agressivité et se précipite dans les bras du petit garçon, qui tient à peine sur ses jambes.

— Mon amour, mon bébé, se met-elle à sangloter, en caressant les cheveux blond-blanc du petit enfant. Toi tu ne seras jamais comme eux…

Martin ne répond pas. Il serre sa mère comme s'il voulait se fondre en elle, disparaître de ces lieux sinistres. Et je me dis que cet enfant a déjà plus vécu en deux ans qu'en une vie entière.

Enfin, le calme revient.

Personne ne cherche à relancer la polémique. Aase demeure vissée à son fils adoptif, dans un coin de la pièce, tandis que le vieux marquis nous donne ses instructions :

— Ne quittez jamais les grottes sans que je vienne vous y chercher. Chaque jour, Marianne ou moi vous apporterons des vivres ou – regard acide sur Aase – de nouvelles couvertures.

Le marquis déglutit avant d'ajouter, sans quitter des yeux la femme du médecin :

— Permettez-moi enfin de vous préciser que je risque ma vie pour vous dissimuler tous ici. Si les résistants apprennent que je cache chez moi l'un des plus grands responsables de la SS, la protection de mon régisseur sera bien inutile.

Dès lors, nous vivons en vase clos, isolés du monde.

Marianne vient chaque jour nous apporter de la nourriture.

— Bonjour tout le monde ! chantonne-t-elle d'un air guilleret.

Nous la voyons arriver avec un engourdissement d'animaux dérangés dans leur hibernation.

— Allez, debout, ne vous laissez pas abattre ! ajoute-t-elle en brandissant son gros panier, pour faire la distribution des vivres.

Mais personne ne bouge. Grelottante, Aase Sacher maudit l'univers depuis ses couvertures. Son mari passe le plus clair de son temps penché sur un petit calepin qu'il couvre d'une écriture resserrée et illisible.

Les jumeaux eux-mêmes semblent gagnés par l'apathie.

Seul le petit Martin paraît s'amuser de la situation. Lorsque arrive Marianne, il se précipite entre ses jambes bottées, car elle ne manque jamais de lui apporter un bonbon, un biscuit.

Mais le plus étrange reste l'attitude de Mark…

J'ai remarqué que, chaque matin, Marianne l'observe avec une sorte de respect craintif. Une admiration évidente, presque béate. Chaque jour, c'est un sourire, une minauderie, une cajolerie un peu enfantine mais de plus en plus sensuelle.

Je n'y prête d'abord qu'un œil méprisant… jusqu'au moment où je réalise que Mark n'est pas insensible à ces « avances ».

J'en reste sur le flanc !

Un matin – cela fait bientôt trois mois que nous sommes ici –, Marianne déboule dans la grotte, terrifiée, pour nous avertir que son père a eu une altercation avec le régisseur.

— Il nous soupçonne de cacher des nazis dans le parc…

Vague de terreur dans la grotte !

— Mais… comment se fait-il ? grommelle Mark, inquiet.

— C'est à cause de nous, avoue aussitôt un des jumeaux.

— Vous ?!

— On devient fous, là-dessous! Alors on part en expédition, à la tombée du jour. On chasse des animaux, et on les fait cuire...

— C'est de l'inconscience! Si les résistants vous attrapent, ils vous tortureront puis nous tueront; tous...

À ces mots, Aase pousse un hurlement atroce.

Tout le monde se retourne vers elle. Dressée sur ses couvertures, les cheveux en bataille, la figure maculée – depuis combien de semaines ne nous sommes-nous lavés ? –, elle ouvre des yeux de hulotte devant Mark.

— Des bêtes! Nous sommes des bêtes! Ah, il est beau le Reich de mille ans!

Sa voix atteint les limites du supportable.

Mark fixe le docteur Sacher dans les yeux. Ce dernier rougit, a un instant d'hésitation, puis il s'approche de sa femme et, comme au ralenti, lui administre une gifle retentissante.

Aase ne réagit même pas, mais le petit Martin se jette dans les bras de sa mère adoptive en couinant :

— Maman!

Il se presse contre son sein et lève sur le docteur une bouille incrédule.

— Maman! Pas mal! gémit-il, en caressant le visage rougeoyant d'Aase, qui pleure en silence.

Allons-nous devenir fous d'une manière aussi sotte, aussi banale? Les maîtres du monde sont-ils de simples forçats?

Tout le monde est figé, mais chacun cherche, au

fond de lui-même, une solution pour quitter cette prison de roche.

Nous n'avons hélas pas à attendre longtemps…

Un matin, à l'orée de notre caverne, je surprends une conversation entre Mark et Marianne.

Mark s'est levé avant tout le monde et a marché vers l'entrée de la grotte, comme s'il guettait Marianne.

Gagné par la curiosité, je me lève peu après lui pour, discrètement, le suivre.

— Il faut que vous partiez…

— Mais pourquoi? répond doucement Mark, en dessinant des arabesques sur le front de Marianne, comme il l'a si souvent fait sur le mien.

— Gilbert a tout découvert, chuchote-t-elle.

Mark se raidit.

— Gilbert? Le fils du régisseur? Mais je croyais que tu l'avais neutralisé!

Marianne blêmit.

— Gilbert est mon ami d'enfance, reprend-elle. Il est amoureux de moi depuis toujours, et il sait quand je lui cache des choses…

Elle hésite, car elle vient de découvrir chez Mark une ombre qu'elle ne lui connaissait pas : cette lueur inhumaine qui est pourtant son vrai visage. Mais je suis trop prise par la nouvelle pour me réjouir de cette déconvenue.

— Que sait-il, exactement?

Marianne baisse la tête.

— Tout…

— TOUT?!

Le cri de Mark résonne dans les cavernes, et je

me dompte pour ne pas détourner les yeux. Depuis la grotte, Martin gémit dans son sommeil.

Mark se masse compulsivement les joues.

— Quand tu dis *tout*, cela veut dire ?

— Tout, je lui ai tout avoué…

Mark reste sans voix.

La jeune femme semble désespérée. Elle guette dans les yeux de Mark un peu de compréhension, de compassion, mais il est aussi fermé qu'un bloc de marbre, échafaudant dans sa tête une nouvelle ligne de conduite.

— Mais il m'a promis de ne rien dire ! ajoute alors Marianne, d'un ton suppliant, en se jetant aux pieds de Mark.

Ce dernier a un ricanement sinistre.

— C'est ça, c'est ça…

— Oh ! Mark, je t'en supplie, tout est de ma faute…

La demoiselle est fébrile. Agenouillée devant Mark, elle enserre ses jambes.

— Mark, Mark, gémit-elle, il ne faut pas m'en vouloir !

Compulsivement, elle tente alors de dégrafer la ceinture de l'uniforme.

— Mais, qu'est-ce que tu… souffle Mark.

— Je t'aime ! Je t'aime tellement ! balbutie Marianne, tandis que Mark s'abandonne.

Moi, j'aurais voulu être loin ! À mille lieues de cette scène qui me retourne l'estomac. Je ne vois presque rien. Mais leurs soupirs, dans la nuit… Leurs respirations mêlées. Le cliquetis de leur salive…

La voix des deux hommes n'en est alors que plus terrifiante.

— Eh bien, je vois qu'on est « en intelligence avec l'ennemi »…

Le rayon de la lampe torche frappe de plein fouet les deux amants. Marianne est toujours à genoux, Mark a les yeux révulsés, le dos plaqué à la paroi de la grotte.

Ils semblent pris sur le fait, comme des amoureux derrière l'école.

— Si je m'attendais à ça… reprend le régisseur en s'avançant vers eux, d'un air carnassier.

Ballarain agrippe la chevelure de Marianne pour la tirer en arrière. Elle couine sans desserrer les dents, les yeux chargés de haine.

— Papa, je t'en supplie! fait une autre voix, plus jeune.

— Et c'est pour cette petite pute que tu ne dors plus depuis des années?!

Gilbert sort de l'ombre, tétanisé. Il regarde Marianne avec un désarroi absolu.

Mark veut bouger mais, sans lâcher les cheveux de Marianne dont la nuque prend un angle inquiétant, le régisseur sort un revolver.

— Tout doux, le Boche! ironise Ballarain, victorieux.

Je suis encore dans la pénombre, mais prévenir les autres ne servirait à rien… car ils arrivent d'eux-mêmes, alertés par les cris.

Ce sont d'abord les jumeaux, qui découvrent la scène d'une mine effarée.

— Mais il y a toute la famille, ma parole! fait le régisseur, avant de se tourner vers son fils. « Occupe-toi d'eux, mon gars… »

Gilbert reste méfiant. Aussi bien de nous que de son père, qui fait sous ses yeux souffrir celle qu'il a toujours prise pour la femme de sa vie. Cette réunion l'insupporte bien plus que de la savoir infidèle.

Il ne bouge pas.

— Je t'ai dit de t'occuper d'eux! rugit le régisseur, en tirant davantage les cheveux de la jeune femme.

Marianne pousse un hurlement de douleur.

Gilbert se mord les lèvres au sang.

— D'abord, lâche-la… dit-il tout bas.

Sa voix a retrouvé une douceur enfantine. Lentement, décomposant chacun de ses mouvements, Gilbert sort son revolver… et le pointe sur son père!

— Mais tu es fou?! grogne le régisseur, incrédule.

— Je t'ai dit de la lâcher! répète Gilbert d'un ton plus ferme.

Le père n'en revient pas. Jamais il n'avait envisagé un scénario pareil! Mais maintenant, tout valse: c'est Marianne qui est en jeu.

— Lâche-la, papa! hurle alors Gilbert, en armant son revolver.

— Mon pauvre garçon, fait le régisseur, cessant de pointer Mark pour poser le canon du revolver sur le front de Marianne.

— Non… non… gémit-elle.

Une vague d'épouvante traverse la grotte.

Nul n'ose bouger. La scène tourne au grandiose. Gilbert menace son père qui tient en joue Marianne.

— Papa, je te le répète…

— MAIS GILBERT, NOM DE DIEU!

Gagné par la panique, le régisseur perd son sang-froid. Le revolver tremble dans sa main, cognant contre le front de la jeune femme, qui écume de terreur.

Gilbert ne bronche pas. Les bras tendus, il vise son père entre les yeux, comme un éléphant.

Nous sommes tellement figés que la détonation ne fait bouger personne.

Foudroyé, le père relâche son étreinte mais s'effondre sur le corps de Marianne. De toute manière, elle s'est évanouie.

Notre séjour dans les grottes vient de trouver une fin brutale...

— C'est fini, ça s'arrête là...

Je suis vidée de mes forces. Cette lecture m'a lessivée. Vidkun a retrouvé ce teint cireux du début du voyage.

Mon estomac menace de rendre l'âme.

Je ne sais plus que penser, que croire.

Il n'y a ici aucune référence à Halgadøm. Mais tout est si réel ! Comme si je vivais le roman !

Les yeux de Venner roulent dans leurs orbites.

— Il n'y a rien d'autre ? aboie-t-il. Vous êtes sûre ?

Impuissance de Venner, ravagé de doutes et de panique. Je réalise qu'il ne me cache vraiment plus rien ; comme moi, il a tout appris aujourd'hui, dans ces pages arrachées.

Son enfance, ses premiers pas... dans ce camp ; dans cette grotte ! Cette grotte où j'étais encore il y a deux jours !

Je suis effarée, mais j'insiste quand même :

— Et... vous n'aviez aucun souvenir de... *tout ça* ?

Vidkun semble aussi épuisé que moi. Cette lecture l'a replongé si loin. Il a l'expression de ces spéléologues qui ont passé des semaines entières en isolement complet, dans le creux d'une grotte.

— Rien… Je ne me souviens de rien… J'étais trop… trop petit…

— Mais qui nous dit qu'il n'y a pas une part de roman, dans tout cela?

Venner déglutit et porte nerveusement un verre d'eau à ses lèvres.

— Franchement, je ne crois pas. Et puis maintenant, le doute est là. En fait, tout se recoupe avec mes plus anciens souvenirs d'enfance. Des détails, des non-dits… La surprotection de ma mère. Souvent mes parents parlaient d'une «caverne», où nous aurions vécu. Et puis il y a l'assassinat de Ballaran par son propre fils; voilà pourquoi Chauvier a fait disparaître le dossier militaire de Jos… Ça n'avait rien d'un cadeau d'amour; il a dû acheter le silence d'Otto Rahn.

Je frissonne.

«Un cadeau d'amour…» me dis-je avec ironie. C'est ça que j'ai fait à Clément en l'entraînant dans cette panade.

À l'heure qu'il est, comment se porte-t-il? Que se passe-t-il dans sa tête? Est-ce qu'il me hait pour tout ça? Est-il… est-il en vie?

Cette idée fait électrochoc.

«Non, ma cocotte! Ne pense surtout pas à ça! Clément est vivant; il t'attend… Quelle que soit l'issue de ce voyage.»

Je me retourne alors vers le Viking, qui se durcit, comme s'il voulait montrer qu'il n'est pas abattu par ces révélations, mais prêt au contraire à les affronter, comme pour un duel; un duel inique, violent, fondé sur l'humiliation et le secret; mais un duel que depuis toujours il repousse.

Tout cela, je le lis sur son expression, qui passe de l'abattement à la rage.

— Je veux tout savoir… Et je *vais* tout savoir ! rage-t-il. Même s'il manque des chapitres… Même s'ils n'ont jamais été écrits !

— *Enjoy your stay in Norway*, dit l'hôtesse, tandis que nous quittons l'avion.

Je bredouille un « *Thank you* » – mon premier mot depuis des heures – et rejoins Venner, qui m'attend face au carrousel des bagages.

Inconsciemment, nous n'osons nous éloigner, nous avancer. Nous ne sommes pourtant que dans un petit aéroport et je ne connaissais même pas l'existence de la ville de Bodø.

Les autres passagers récupèrent leur sac avec une bonhomie épuisée. Vidkun et moi regardons les nôtres passer plusieurs fois devant nous, sans oser les saisir, car nous venons d'être traversés par la même idée.

« Et si on repartait ?… »

Ni l'un ni l'autre n'a formulé ces mots. Mais notre lien est devenu si fort, si intime. Ce doute s'est insinué un simple instant.

Il serait tellement facile de tout abandonner. Fuir, partir, disparaître. Effacer cette odyssée.

— Mais non ! dis-je en serrant le doigt dans ma main, rouge de sang caillé.

Alors je l'exhibe à Vidkun, sinistre trophée.

Lentement, Venner hoche du chef, comme le condamné retourne au gibet après le refus de sa grâce.

— Allons-y, dit-il alors, agrippant les sacs pour les poser sur le chariot.

— Qui doit venir nous chercher ? dis-je à

mi-voix, tandis que nous sortons de l'aéroport et débouchons sur un vaste parking. La plupart des voyageurs sont déjà repartis, et nous voilà seuls.

— Comment voulez-vous que je le sache ?

L'air glacial me saisit à la gorge.

L'hiver polaire !

Il fait presque nuit. Une pendule indique 2 heures de l'après-midi, mais le ciel est sombre, comme au crépuscule.

— La lueur bleue… soufflé-je, en me rappelant les descriptions du roman de Leni Rahn.

— Vidkun Venner ?

Nous sursautons.

La voix a jailli de la pénombre, plus loin dans le parking.

Mais on ne voit rien !

— Vidkun Venner ?

Une silhouette féminine surgit du brouillard.

— Vidkun Venner ?

— C'est moi…

Elle n'est plus qu'à quelques mètres de nous, mais nous ne distinguons toujours pas ses traits. Comme si elle ne prenait aucune lumière.

Lorsqu'elle apparaît, je suis saisie par la surprise.

— Mais… mais…

La femme est étonnée.

— Vidkun Venner ? dit-elle encore, tendant sa main au Viking.

Venner serre la poigne de l'inconnue. Dans un mélange de norvégien, d'anglais et d'allemand, elle lui explique que la voiture est sur le parking.

— *It's quite a long way to the « Grosse Schwester »*…

— *Grosse Schwester*, cela signifie « grande sœur », en allemand… susurre Venner.

Mais je ne l'écoute pas. Je parviens à peine à bouger. À nouveau, tout s'embrouille dans ma tête.

— C'est pas possible ! Ça ne peut pas être elle !

— Anaïs, tout va bien ?

Je désigne du doigt cette jeune femme qui revient vers nous au volant d'une petite Volvo dont la carrosserie est siglée : Halgadøm.

— Elle… elle…

Vidkun serre les dents.

— Qu'est-ce qu'il y a ? Vous la connaissez ?

Je déglutis puis avoue, la voix incertaine :

— C'est Aurore Jos, la petite-fille d'Otto Rahn…

Voilà trois heures que nous sommes sur la route. La lumière est si faible, le brouillard si dense, que nous ne distinguons rien du paysage. Tout juste ces panneaux aux noms étranges : Harstad, Lodingen, Hennes, Fiskebol…

À travers la poix, nous apercevons çà et là des cheminées d'usine, des contours de maisons, des structures métalliques, comme autant d'ombres chinoises.

Tous les cent mètres, les lampadaires de l'autoroute projettent sur notre conductrice une lueur d'ossuaire. Je scrute son profil et repense à Aurore Jos, dans sa cuisine de Mirabel, trébuchant sur les bouteilles vides.

— Ce n'est pas elle, mais un sosie presque parfait ; plus jeune, moins… abîmée.

— Peut-être une cousine… hasarde Venner.

Il s'apprête à argumenter quand la voiture fait une violente embardée.

— Holà !

Sans ralentir, la Volvo s'engage en dérapant sur un chemin de sable.

Une odeur d'algues envahit bientôt la cabine ; un parfum marin très dense, aussi âcre que celui d'un poisson mort.

Et soudain, la mer est là…

Surgissant peu à peu du brouillard, la grande étendue opaque mais scintillante avale l'horizon. Des nuages se détachent du ciel comme des taches grises sur un voile noir.

— *Achtung !* hurle la conductrice, qui ralentit abruptement.

Je manque cogner la vitre et m'accroche à Venner. La voiture part alors à travers champs, au milieu de nulle part. Dix minutes plus tard, nous atteignons une petite crique, masquée par des arbustes et des buissons. Ici, des rochers humides luisent malgré la pénombre et l'Océan lèche le sable sans ardeur, dans un doux clapotis.

Tandis que la voiture se gare devant un dock flottant, je regarde ce paysage avec une gourmandise presque coupable ; car je ne suis pas là en vacances.

Alors je le vois.

Adossé à une planche, le pied en équilibre sur le boudin d'un hors-bord à énorme moteur, un homme nous observe sortir de la voiture. Aussitôt il tourne la clé et l'hélice vrombit joyeusement.

— *W'come !* lance-t-il d'une voix de ténor, avec un fort accent scandinave, peinant à couvrir le bruit du moteur.

Il nous fait signe d'avancer vers le Zodiac et nos pieds s'enfoncent dans le sable humide. Malgré l'épuisement, je suis saisie par le froid et l'odeur d'iode. Le parfum du fuel m'arrive en plein nez, et

691

je tousse en chassant la fumée. Au fond de ma poche, j'agrippe le doigt de Clément.

« On arrive, mon cœur ; on arrive ! »

Vidkun tente pour sa part de comprendre où nous sommes. Mais autour de nous : rien. Cette crique devient falaise, puis disparaît dans l'obscurité et le brouillard.

Lorsque l'homme se dirige vers la Volvo pour aider la conductrice à porter les bagages jusqu'au Zodiac, Vidkun et moi commençons pourtant à comprendre. Nous sommes même traversés d'un frisson qui ne doit plus rien au froid norvégien.

— Non, dis-je à voix basse, en me resserrant de peur contre Vidkun. Ce n'était *pas* Aurore Jos…

Instinctivement, Venner passe un bras protecteur autour de mes épaules, tandis que nous contemplons avec désarroi cet homme qui nous désigne le bateau en couinant « Pl'iz ! » sans articuler.

« Il n'a pas de langue ! » me dis-je avec un haut-le-cœur, en me rappelant le sort réservé aux prisonniers d'Halgadøm.

Il a beau être muet, *la ressemblance est parfaite* !

Petit mais sec et robuste ; le front haut, les yeux perçants, avec cette expression de puissance qui jaillissait lorsqu'il désirait une chose.

— C'est lui… c'est exactement lui… dit Venner, fasciné, en s'avançant vers le marin qui ne semble pas surpris de sa réaction. C'est lui tel qu'il était au début ; au début d'Halgadøm…

J'entre dans le bateau et m'assieds sur un coussin rêche, en dévisageant le nouveau sosie.

La jeune femme nous a rejoints à son tour dans le bateau, et le marin largue les amarres, poussant le dock d'un coup de botte.

Et tandis que nous nous éloignons de la rive, je chuchote, hypnotisée :

— Otto Rahn...

Alors apparaissent les Håkon...

L'ombre naît du brouillard, s'épaissit, s'impose : voilà les îles !

— La falaise... dis-je, fascinée.

Le froid me semble aussitôt plus intense. Je me recroqueville dans la grosse couverture militaire donnée par le marin, et dévore avidement le paysage.

Tout est comme dans le roman... au détail près. C'est hallucinant !

Depuis le départ de la côte, nous avons navigué dans le brouillard. Le jeune sosie d'Otto Rahn semblait se repérer aux innombrables rochers qui saillaient de l'eau. À mi-parcours, les deux Norvégiens ont d'un même geste désigné un point à notre gauche, assez loin, où l'eau semblait s'affaisser sur elle-même ; un creux dans l'Océan. Ils sont restés muets, mais exprimaient une peur indicible, comme si là se trouvait l'entrée de l'enfer.

— Le *Maelström*... a chuchoté Venner à mon oreille.

Je me suis alors rappelé les vieilles légendes scandinaves sur ce tourbillon mythique, où tant de fiers navires furent aspirés au fond des mers.

Mais, tandis que nous approchons des falaises, tout, autour de moi, semble légendaire.

Les hautes murailles, noires de roc et blanches de guano, sont plantées dans la mer comme d'immenses couperets. Des nuées d'oiseaux leur font d'étranges chevelures, mouvantes, aériennes, balancées au vent.

Il semble toutefois que le ciel se soit éclairci. La nuit polaire est moins nette. Une sorte de lueur pâle nimbe les lieux d'une ambiance de demi-rêve.

D'un violent coup de coude, le marin braque son moteur pour éviter un récif. Nous manquons tous valser, mais le pilote redresse la barre.

Devant nous, comme un mirage, le récif a disparu ! Mais il réapparaît vingt mètres plus loin et lâche un grognement sourd.

— Qu'est-ce que c'est ?… dis-je, alors que ma couverture reçoit une salve d'eau projetée par l'hélice, un instant hors des flots.

— Une orque, répond Venner.

Ses yeux bleus suivent la nageoire de la bête, qui file droit devant.

Le marin slalome entre les récifs, nargue les rochers, et nage vers une brèche entre deux falaises. Alors nous nous enfonçons dans la crevasse et le ciel disparaît.

Au-dessus, la muraille semble prête à nous écraser, avec sa raideur de gratte-ciel. Mais un gratte-ciel rugueux, noir, lourd de lichens et d'oiseaux morts.

Le passage est effroyablement étroit. Une sorte de mince chenal, qui serpente entre les murailles, comme une rivière. Mais bientôt revient le ciel. Les falaises s'espacent puis s'éloignent.

Et les trois îles surgissent…

« Yule, Ostara, Halgadøm », me dis-je. La sainte trinité des Håkon. Le berceau de Leni et des Sven. Le premier laboratoire du docteur Schwöll, la première maternité du *Lebensborn*, la racine la plus secrète, la plus occulte, la plus mystérieuse de l'ordre noir. Ici est née la SS. Ici, sur ces cailloux pelés, coupés du monde, à mille lieues de la réalité tangible, dans un décor d'opéra nordique, Otto Rahn a élaboré la plus grande conspiration de tous les temps.

Et tout est là, aujourd'hui, en cet instant précis, devant nous !…

— Voici donc Thulé, murmure Venner.

Le Zodiac dépasse les deux îles inférieures, *Yule* et *Ostara,* sans s'y arrêter. Elles sont visiblement désertes. N'y subsistent que des vestiges jamais reconstruits.

— Les serres crevées d'Ostara… Sur Yule, les ruines de la caserne SS et le palais brûlé de Nathaniel Korb, dis-je avec ce sentiment persistant de vivre un film.

Bientôt apparaît Halgadøm.

La vision est fascinante et je suis aspirée par le tableau.

Étrange caillou plat, hérissé de petits baraquements rouge et blanc, où s'affairent des centaines de personnes, passant d'un bâtiment à l'autre, les bras lourds de dossiers, d'objets de verre, de boîtes métalliques. Une vraie fourmilière !

Les silhouettes vont en tous sens, d'une démarche accélérée. Tout le monde est habillé en blanc. Les hommes sont en blouse, comme des médecins ; les femmes en tablier et cornette, comme des infirmières religieuses.

En retrait, l'opéra n'est plus qu'un souvenir. N'en subsistent que les trois énormes silos, accolés l'un à l'autre. Le silo central est surmonté d'une mince antenne métallique, comme l'aiguille d'une seringue. Tous trois sont ceinturés d'un bâtiment circulaire, de plain-pied, où se concentre l'activité de l'île. Tous les individus qui en sortent lèvent les yeux vers ces trois fusées blanches, comme on contemple une cathédrale. Hauts de cent mètres, les silos sont marqués chacun des huit lettres d'Halgadøm.

Trois immenses fusées, figées vers l'infini.

« Une entreprise de congélation de poisson ?... » me dis-je, effarée par l'ironie.

Mais l'expression de Venner m'ôte toute envie de railler ; à nouveau, il a blêmi.

Car il a vu les visages...

Ces yeux, ces bouches, ces nez, identiques, déclinés à l'infini.

Lorsque nous arrivons à l'embarcadère d'Halgadøm, quatre individus en blouse blanche nous attendent, comme au garde-à-vous. Deux hommes, deux femmes.

« Deux Aurore, deux Otto... » me dis-je, de plus en plus mal à l'aise.

J'écrase ma main sur le doigt de Clément.

Ils doivent être une cinquantaine, muets, absents, un léger sourire sur leurs lèvres diaphanes.

Le bateau accoste en rebondissant contre le dock et le pilote saute sur les planches de bois pour arrimer la corde. La conductrice sort la première, et fait signe aux « badauds » de venir nous aider.

Tout cela sans le moindre mot.

Un Otto tend son bras à Vidkun tandis qu'une Aurore me soutient. Ils nous extirpent du Zodiac, comme on accouche un enfant aux forceps. Mais nous nous laissons faire.

« À quoi bon lutter ? » me dis-je, devant ces clones aux yeux de qui nous sommes les « anormaux ».

Ont-ils déjà vu quelqu'un qui ne leur ressemblait pas ?

Lentement, ils se reculent pour faire une haie d'honneur.

— Et maintenant ? dis-je, en me tournant vers le Viking.

Mais Venner regarde droit devant lui, indifférent à tout.

J'essaye de prendre sa main, qui reste un membre mou, inerte. Seuls ses yeux expriment encore un soupçon d'humanité. Mais il les garde vissés en direction de cette silhouette qui s'avance au loin, soutenue par deux Otto en blouse blanche.

— Enfin ! fait une voix sèche et autoritaire.

Une voix de vieille femme.

— Je suis désolée de cette petite odyssée, s'exclame la femme en arrivant devant nous, toujours soutenue par les deux Otto qui l'aident à ne pas trébucher sur le chemin de caillasses. Mais je vous promets que votre périple s'achève ici…

D'un geste du bras, elle désigne les trois silos, derrière nous. « Des clones, tous des clones ! » me dis-je, avec un vertige atroce.

Car elle aussi en est un : mais plus vieille, plus marquée que les autres Aurore. Ce regard vif, ce front haut.

— Mais oui ! dis-je alors entre mes dents.

Vidkun et moi l'avons déjà rencontrée, l'année dernière, en Allemagne. Ce débris humain, croisé dans une taverne des faubourgs de Berlin, un matin de décembre. Et moi qui la croyais morte !

Lorsqu'elle pose un pied hésitant sur le dock, la vieille fait signe aux deux Otto de la laisser marcher seule.

Je m'entends bredouiller :

— Angela Brillo ?…

— Entre autres, oui, ricane-t-elle, dans un français sans accent.

Puis elle se tourne vers Vidkun avec délicatesse.

— Mais je suis bien plus que ça, n'est-ce pas, Martin ?

Venner la fixe d'un œil acide.

La vieille s'approche de lui. Elle tend une main ridée et calleuse vers la joue du Viking.

— Martin, petit elfe… Voilà presque soixante ans que j'attends ce moment…

Elle redresse violemment la tête et la tourne vers l'Océan.

— Otto serait si heureux, si fier…

Venner peine à respirer. Moi, je n'ose bouger. Je ne comprends pas l'étrange résignation qui gagne le Viking.

— Tout devait mener à toi, tu le sais bien ? demande la vieille femme en posant sa main sur Vidkun, comme une aveugle tente de lire des traits d'un visage.

Vidkun fait « oui » du chef, sans répondre.

Regard avide de la vieille femme, dont la nostalgie se fait brûlante.

— Nous nous sommes rencontrés il y a si longtemps. Tu n'avais pas trois ans. Ta voix de petit enfant résonnait dans les grottes de Mirabel. Mais Otto t'aurait tout passé, car tu étais déjà l'élu…

Je serre les poings et m'avance vers la vieille femme.

— Leni ? Marjolaine ?

À ce mot, les cinquante clones ouvrent des yeux offusqués, comme si j'avais prononcé un blasphème.

Ils se mettent à chuchoter ; d'un geste sec, la vieille leur intime le silence.

Un instant, elle sourit à Vidkun, puis tous deux se tournent vers moi en faisant « non » de la tête.

— Non, Anaïs, dit la vieille : pas Leni, pas Marjolaine…

Vidkun ouvre alors la bouche. Ses yeux sont loin, si loin dans son passé. Et sa voix, impalpable, est celle d'un fantôme :

— La fille du baron de Mazas, la fiancée de Gilles Chauvier, la rivale de Leni, la seule femme d'Otto Rahn : Anne-Marie…

Anne-Marie congédie son armée de clones blancs. Sans un soupir, chacun s'en retourne – front soucieux, mine affairée – vers l'immense bâtiment qui ceinture les trois silos. Depuis le port, les centaines de fenêtres éclairées ont les yeux d'un monstre métallique. Des prunelles jaunes et avides, qui tranchent la pénombre de leur rigueur médicale.

— Maintenant que nous sommes seuls, *en famille*, c'est à vous de m'aider, intime Anne-Marie, en levant ses coudes pour que nous la soutenions.

Je tends un bras hésitant et la vieille femme constate mon malaise.

— Vous n'avez plus à avoir peur, Anaïs. Au contraire, vous allez tout comprendre, et tout va vous sembler si évident !

— Mais… mais où est Clément ?

— Ah, vous n'allez pas commencer ! Il paraît qu'à Paris vous avez bassiné ce pauvre Hans avec ça !

J'en suis bouche bée.

— Ne soyez pas si pressée. Clément va *très* bien… Chaque chose en son temps, voulez-vous ? Maintenant, c'est moi qui commande. Profitez plutôt de la vue. Est-ce que ce n'est pas prodigieux ?

Je dompte ma haine. «Patience, patience… »

Et l'endroit est en effet prodigieux.

Dans le ciel, la lueur immobile décline ses tons de bleu, de noir, de gris, çà et là ourlés de pourpre et de violet profond. L'odeur d'algues est aussi forte qu'un étal de mareyeur. S'y mêle le parfum des lichens, des embruns, du guano. Une étrange symphonie olfactive qui agit comme un charme narcotique. Le cri des oiseaux, mouettes, macareux, guillemots, tranche le sourd et lent murmure des machines, qui vibrent du côté des silos. Plus loin, au large des falaises, près de ces hautaines « murailles aux oiseaux », je vois croiser un couple d'orques. Surgissant des flots, battant l'eau de leur queue agile, les cétacés jouent entre les récifs.

Les images du roman de Leni me reviennent à nouveau en mémoire : les balades sous la lueur, les secrets d'enfance, cette atmosphère légendaire, comme si le mythe renaissait pour nous, ici et maintenant…

Hélas, la prodigieuse poésie de cet archipel m'échappe de plus en plus. Je ne peux détacher mes yeux de cette octogénaire que tous croyaient morte et enterrée depuis vingt ans.

Anne-Marie ! La grand-mère modèle, chérie d'Aurore ; l'amour à jamais perdu du commissaire Chauvier ; la victime des complots d'Otto Rahn… ne serait autre que le cerveau de cette entreprise !

— Alors, c'est vous…

— Déçue ? rétorque la vieille femme, piquante. À qui vous attendiez-vous ? À Otto ?

Je ne sais quoi répondre.

— Mon pauvre amour aurait 102 ans ! reprend Anne-Marie, tournant sa nostalgie vers les silos, qu'elle contemple comme on se plonge dans un album de vieilles photographies. Même si tel était son rêve, Otto n'a jamais été éternel…

Son timbre vacille et je la sens presser sa main sur mon bras. Mais elle se redresse d'un bloc, chassant cette faiblesse passagère, et bombe le torse.

— Eh non, ça n'est que moi ! Moi, « la petite Française », « la petite provinciale »… « la petite Anne-Marie »…

Œil de biche.

— Vous avez bien compris que c'est une aventure dans laquelle les femmes ont leur mot à dire, non ?

Je suis désarçonnée par cette étrange confidence. Vidkun, jusqu'alors en retrait, à l'écoute, choisit ce moment pour attaquer :

— Vous êtes censée nous expliquer ; que veulent dire…

— Oui, Martin, oui ! coupe la vieille femme en levant les yeux au ciel. Tu es vraiment resté un enfant, n'est-ce pas ? fait-elle alors, en frottant son nez contre celui du Viking, lui soufflant son haleine de poisson cru.

Venner ravale son exaspération et garde un calme olympien. Il se contente de baisser le regard. Mais, brièvement, il me fait un clin d'œil. Dois-je comprendre qu'il fourbit ses armes ? Que pour amadouer Anne-Marie, il singe la docilité ?

Au-dessus de nous, un oiseau est surpris par le vent et manque s'abattre sur nos têtes. Le bout de son aile frôle mes cheveux… et je pousse un cri. Anne-Marie ricane :

— Lorsqu'il vous emmenait marcher en forêt, près d'Issoudun, votre père ne vous enseignait-il pas les noms des oiseaux, des arbres, des plantes ?

Je me fige sur le banc.

— Mais... mais... que savez-vous sur...

— Tout. Nous savons *tout*.

La vieille conserve son austérité. Derrière cette sévérité se cache pourtant une vraie douceur, comme si Anne-Marie la réprimait.

— Vous pensez bien que nous avons fait notre petite enquête ?

Tentant de reprendre ma respiration, je me retourne vers les silos.

— Parce que c'est *vous* qui m'avez choisie ? !

Anne-Marie fait « non » de la tête.

— Disons que lorsque nous avons su votre nom et votre rôle, nous nous sommes renseignés. Alors certains détails nous ont aussitôt semblé parfaits.

— Des « détails » ?...

— Vos origines familiales – vos origines *réelles*... – ne pouvaient que vous pousser vers Martin...

Je suis éberluée par l'aplomb de la vieille femme. Venner la fixe avec avidité.

— Mais alors... dis-je, vous savez vraiment tout ?

— Comme Martin, vous êtes une déracinée ; comme lui, vous découvrez vos origines à travers un voyage initiatique ; comme lui, vous faites partie d'une caste supérieure : il est de la race des seigneurs, vous êtes du peuple élu ; vous ne pouviez que vous accorder...

Je suis pétrifiée : cette femme lit en moi comme à travers un calque !

Anne-Marie ajoute dans un éclat de rire :

— D'ailleurs, si vous êtes là, devant moi, aujour-d'hui, c'est bien la preuve que…

— Je suis venue pour Clément !

J'ai hurlé. Une pierre roule jusqu'au bord de la falaise et disparaît dans le vide.

— Ta, ta, ta ! trépigne Anne-Marie. Vous savez comme moi que tout cela est tellement plus complexe.

Anne-Marie suit le vol d'un couple de guillemots, dans le creux de la falaise, devant nous.

Sa voix s'est assourdie, comme si elle économi-sait sa salive avant d'attaquer un long récit.

— Comme vous l'avez appris dans les romans de Leni, Otto Rahn est revenu à Paulin à la fin de la guerre. Le Reich s'effondrait. Enfermé dans son bunker et dans ses rêves déchus, le *Führer* devenait totalement fou. Il donnait des ordres contradictoires, se perdait dans ses propres conjectures, doutait de tous ses généraux, soupçonnait la trahison de cha-cun et les complots de tous…

Anne-Marie se tourne vers Vidkun.

— Otto, Leni, les Sven, la famille Schwöll, et toi, Martin, avez donc quitté la Pologne pour rallier la France.

Venner ne bouge pas. Ses pupilles deviennent de plus en plus brillantes. Son visage se crispe : sa vie défile devant ses yeux. Dans un cri lointain, les guillemots partent vers le large.

— À l'époque, tous les Allemands faisaient che-min inverse. Se sachant vaincus, ils préféraient lais-ser derrière eux le carnage et la désolation, comme ils le firent à Oradour-sur-Glane. Leni le raconte fort

bien dans ce livre que vous avez « recomposé » :
Otto et les siens avançaient à contre-courant, comme
s'ils voulaient se jeter dans la gueule de l'ennemi.
Mais n'était-ce pas là la meilleure cachette, la
meilleure tanière pour le loup le plus dangereux du
IIIᵉ Reich ?

Anne-Marie se redresse, rayonnante, et serre
l'avant-bras de Venner tout en soutenant mon
regard.

— Car il est un détail que Leni ne précise pas
dans son roman ; une donnée ignorée des historiens
puisque aucune archive officielle ni officieuse ne la
mentionne : Otto fut bien plus qu'une simple éminence grise du régime nazi. Il fut plus que le banal
ordonnateur du programme *Lebensborn*…

Anne-Marie guette à chaque mot nos réactions.
Vidkun est lui aussi aux aguets.

— Depuis l'arrivée d'Hitler au pouvoir, Otto
était le directeur de tout le programme d'expéri-
mentation médicale du Reich. Responsable des
euthanasies, des tests, des expériences, du choix des
cobayes… Bref, de lui dépendaient les naissances et
les morts !

À cette idée, je fronce le nez et la vieille femme
semble enchantée de cette réaction.

— Eh oui, Anaïs, Schwöll aussi bien que Mengele ou le fameux docteur Hirt, de Strasbourg, se
réclamaient de mon cher Otto. Il était leur supérieur
hiérarchique et ne devait rendre de comptes à personne. Même le *Reichsführer* SS Himmler le laissait
œuvrer en paix…

Emportée par ses mots, Anne-Marie étouffe un
sanglot.

Un instant, elle se tourne vers le large, les yeux

embués d'admiration et d'amour. Un amour en deuil.

Ce qu'elle dit ensuite achève de nous épouvanter :

— Enfin, c'est Otto qui supervisa avec tant de talent l'organisation des camps d'extermination. Aucun mémoire ne le mentionne, mais il était présent à la fameuse conférence de Wannsee, à l'hiver 1942, où furent établies les règles de la Solution finale.

— Il était *aussi* derrière ça ! feule Venner.

Anne-Marie se passe la main sur le visage et garde cette expression de sereine fierté.

— Eh oui, doux Martin, les notes proposées par Eichmann, ce soir-là, pour l'extermination systématique des juifs, Tziganes et Slaves furent rédigées par Otto, la nuit précédente, dans le train qui le conduisait d'Auschwitz à Berlin. Car Otto ne cessait de sillonner l'Europe. Il allait de camp en camp, pour constater les progrès de ses sbires, les nouvelles découvertes de ses médecins, leurs résultats les plus récents… Dans chaque infirmerie, les docteurs mettaient en place de passionnantes expériences, qu'Otto avalisait ou récusait. Jamais il ne restait plus de vingt-quatre heures au même endroit : sa tâche était si lourde !

« C'est bien pour cela qu'il avait momentanément quitté Leni, après la destruction des Håkon par l'aviation britannique. »

Anne-Marie s'interrompt un instant, pour désigner les îles d'un geste satisfait. Vidkun et moi échangeons un regard effaré. Puis la vieille reprend, plus douce :

— Confiant Leni à Himmler pendant deux ans, Otto avait eu le champ libre pour mener ses activités les plus secrètes. Quant aux Sven, ils s'en étaient allés poursuivre le traditionnel enseignement des gradés de la SS, avec interdiction de parler des Håkon, d'Halgadøm, ni même d'Otto. Car Otto Rahn était un nom connu des seuls caciques du régime : Goebbels s'en méfiait, il intimidait Goering, Bormann le détestait. Le *Führer* lui-même le craignait.

Nouveau sanglot engorgé de la vieille femme, qui bombe le torse comme si elle affrontait un ouragan.

— Otto fut l'âme la plus secrète, la plus riche et la plus visionnaire du national-socialisme.

« Une âme qui survit jusqu'à aujourd'hui, me dis-je en observant cette vieillarde si calme malgré le délire de ses propos. Otto vit encore en elle, *par* elle. »

Je me demande alors avec terreur quand Clément va apparaître. Et... *dans quel état ?*...

Je m'apprête même à parler, mais Venner, qui ne cesse de m'observer, me fait signe de rester impassible. D'abord il faut savoir, savoir tout. Même le pire.

— Vous comprendrez donc qu'en 1944, reprend Anne-Marie, sentant que les Alliés gagnaient la guerre, Otto éprouva le besoin de se cacher.

« "Mais ce n'est que la première manche ! répétait-il à mon père, lorsque nous descendions les voir dans les profondeurs des grottes de Mirabel. C'est maintenant que commence le vrai combat ; un combat souterrain, physique, organique... génétique ! Celui du sang contre le sang, des gènes contre les gènes..."

« Otto et les autres restèrent cachés là-bas pendant de longues semaines. Moi, chaque jour je descendais les ravitailler. Il fallait faire très attention, car les résistants pullulaient dans la région – surtout depuis le départ de la plupart des soldats allemands. Organisé par Ballaran, notre régisseur, le "réseau Mirabel" était même l'un des plus efficaces. »

Petite moue aristocratique.

— Par Gilles, j'eus très tôt vent des réunions que son père organisait le soir, dans les communs du château, avec d'autres paysans de la région.

Nouvelle lueur de mépris chez la vieille femme.

« Comment Chauvier aurait-il réagi s'il l'avait sue encore en vie ? » me dis-je alors.

— Pour ce qui est de ma relation avec Gilles, rappelez-vous que je vivais à l'époque dans un étrange brouillard. Je n'avais aucun souvenir d'Otto et de Leni, car les pilules amnésiques du docteur Schwöll faisaient toujours leur effet. De même, je n'avais aucun souvenir de mon mariage factice avec Gilles, dans les grottes du château. Nous étions juste attachés l'un à l'autre, comme un frère et une sœur un peu incestueux.

Anne-Marie prend un air pincé où je crois distinguer une ombre de regret.

— Tout changea brusquement en 1944… Lorsque Otto et sa « famille » arrivèrent pour se cacher dans nos grottes, mon père m'avoua ses secrets : Otto était un de ses anciens élèves de la faculté de Toulouse et ces fuyards étaient des victimes du nazisme qui devaient attendre la chute du régime pour clamer leur innocence…

« "S'ils se rendent maintenant", me dit papa, "ils risquent d'être assassinés par les résistants." »

« Je compris son raisonnement et me gardai bien d'évoquer ce secret devant Gilles. »

Anne-Marie se redresse. Sa figure de vieille femme est soudain empreinte d'une incroyable jeunesse.

— Pour la survie de nos fuyards, je dus alors prendre mes distances avec Gilles. À ma grande surprise, ce fut là un soulagement. Comme on se sépare d'un fardeau qui encombre depuis l'enfance : j'étais en train de grandir. Au contact de ces étranges invités, je devenais une adulte. Je jouais enfin un rôle. Et cela sans compter sur la fascination qu'Otto exerça vite sur moi.

Nouveau sourire nostalgique.

— Lorsque mon père décela ce sentiment, il s'en félicita.

« "Otto est un homme remarquable, me dit-il. Si jamais il m'arrive quelque chose, c'est à lui qu'il faudra te confier… et non à Gilles." »

« Dès lors, je passai de longues heures dans les grottes, à bavarder avec Otto. Nous ne parlions pas de grand-chose. Il me demandait des nouvelles du monde extérieur, me faisait parler des arbres, de la nature, des oiseaux, lui qui vivait en reclus depuis des semaines !… »

La vieille baisse d'un ton. Sa voix se fait plus rauque, plus sensuelle. Vidkun est tétanisé.

— Et lorsque Otto m'entraînait dans la profondeur des grottes, pour parler à voix basse, je remarquais les yeux que Leni posait sur nous. Un mélange de jalousie et d'ironie, de dégoût et d'exaspération. Chaque jour, elle semblait avoir pour Otto de plus en plus d'animosité. Une haine qui explosa lorsqu'il leur avoua la *vérité*…

— La… la vérité ? balbutie le Viking.

— Oui, petit Martin, *sa* vérité, dit Anne-Marie. Comme tu le sais, tout s'emballa le jour où Gilles

Ballaran tua son propre père, après m'avoir découverte dans les bras d'Otto.

Avec docilité, Vidkun fait « oui » de la tête.

— Dès lors, il fallut agir vite. On fit passer Ballaran pour une victime des derniers nazis en embuscade dans la région ; on expliqua à Gilles qu'il ne
pouvait dénoncer qui que ce fût, car il était l'assassin de son propre père ; et Otto décida que sa dernière chance était de changer d'identité.

« Dans un buisson du bois, il découvrit un uniforme de soldat caché par un fuyard. Non loin gisait
une musette qui contenait les papiers du *Feldgrau*.
Ces effets avaient appartenu à un certain Klaus Jode,
un de ces Alsaciens "malgré-nous". Otto n'eut qu'à
falsifier ces papiers pour prendre son nom. »

Anne-Marie fronce les sourcils, comme si tout se
compliquait sous ses yeux. Vidkun conserve cette
impassibilité qui m'inquiète de plus en plus. Comme
s'il se *soumettait* à cette confession, comme s'il l'ac-
ceptait, l'absorbait.

— Il fallait s'occuper des autres, poursuit la
vieille, avec des yeux de fakir, car chacun devait
continuer sa route, sa mission.

« C'est pourquoi Otto réunit toute la troupe dans
les grottes, et leur exposa son plan : sous des identités d'emprunt, les Sven, la famille Schwöll et toi,
Martin, rallieriez le nord de la France. Car vous
deviez absolument être à Lamorlaye pour le solstice
d'été et ton baptême. Ensuite, la maternité *Lebensborn* serait évacuée et ils vous protégeraient en lieu
sûr… »

— Et Leni ? demande Vidkun à mi-voix.

— C'est précisément ce qu'elle a dit, de sa petite
voix niaiseuse : « Et moi, oncle Ottooo ? » Otto lui a
alors expliqué qu'il avait pour elle des projets.

— Des *projets* ?

— C'est *précisément* ce qu'ont dit les Sven, piqués de jalousie.

La vieille prend un air de mystère.

— Toutes les recherches médicales qu'il menait depuis des années, toutes ces expériences, tous ces cobayes, toutes ces naissances pilotées n'avaient qu'un seul but.

— Lequel ? dis-je presque malgré moi, car Anne-Marie a laissé un blanc, comme si elle attendait mon intervention.

— Vous le savez très bien, vous l'avez lu dans le roman de Leni. Le but était la race future, l'homme parfait, tels que les avaient rêvés les plus grands esprits ! Mais à cette race il fallait des racines, des ferments… et ils étaient ces ferments, ses enfants.

— Mais qui étaient les ferments ?

— Les Sven et Leni.

« "Vous êtes les premiers enfants, leur a dit Otto, *mes* premiers enfants. Ma semence vous a produits, tous les cinq. De cinq mères différentes ! De vous doit découler la future humanité. Vous êtes les pionniers, les premiers élus ! Mais ce n'est que le début… Bientôt nous n'aurons plus besoin de mères porteuses, bientôt la semence se reproduira d'elle-même ! Et toi, Leni, tu seras à mes côtés, première reine de la ruche !" »

À ce récit, Vidkun devient blafard. Se rappelle-t-il la scène ?

— J'étais fascinée, reprend Anne-Marie. Je buvais les paroles d'Otto, comprenant ses visions, approuvant ses rêves, car il voyait si loin, et si juste.

« En revanche, si vous aviez pu voir le dégoût de Leni. Incapable de parler, elle s'est retournée vers le mur de la grotte pour vomir.

« "Tu y viendras, tu y viendras…" a alors dit Otto, sans perdre sa face de voyant. Hélas Leni n'y vint pas. Elle n'y vint jamais… »

Anne-Marie prend à ces mots une mine hargneuse qui renforce mon malaise. La haine et la jalousie sont sa vraie nature.

— Depuis des mois, Leni s'était laissé engluer dans son dégoût pour Otto. Lui-même savait qu'en lui offrant le trône, il lui offrait sa dernière chance. Mais elle refusa…

Mine catastrophée de la vieille.

— Le lendemain matin, Leni avait disparu de la grotte, et nous n'entendîmes plus parler d'elle…

— Pendant longtemps ? demande Vidkun.

Anne-Marie renforce son œil haineux.

— Plusieurs années. Jusqu'à ce que sa figure apparaisse dans une revue littéraire, à la page des « romans populaires »… avec cette légende : « Marjolaine Papillon, une nouvelle voix romanesque ».

« C'est si logique ! » me dis-je.

— Une semaine après cet article, Otto reçut une lettre. Par un ultime pied de nez envers son père et mentor, Leni avait romancé son enfance sous le titre *L'Archipel maudit*, et menaçait de le publier…

Anne-Marie devient pincée.

— Nous lui avons tous conseillé de l'éliminer…

— Éliminer qui ?

— Leni…

— Eh bien ?

Silence. Anne-Marie étouffe un regret.

— Otto a refusé… Je crois qu'il avait gardé pour elle une affection étrange, comme une blessure jamais refermée. De nombreuses fois, dans les années qui suivirent, les Sven proposèrent d'aller

711

enfin régler son compte à Leni. Mais toujours Otto l'interdit…

Anne-Marie fait maintenant une grimace désapprobatrice.

— Leni devenait pourtant embarrassante. Car, si elle ne publia jamais *L'Archipel maudit*, ses romans à succès avaient tous trait à la Seconde Guerre mondiale et, pour qui savait les lire, ils restaient le parfait cryptogramme des aventures d'Otto Rahn.

La vieille agite les mains, comme on chasse un mauvais souvenir.

— Mais revenons à 1944… Leni partie, Otto se replia sur moi ! Stratégiquement, ce choix était logique : j'étais française, bien implantée dans la région, je portais un nom intouchable et j'avais l'âge de Leni.

« Otto put ainsi faire son entrée sur la scène résistante… »

Anne-Marie devient carnassière.

— En tant que *fiancé* de la petite Mazas, Claude Jos fut le plus féroce des épurateurs. Il profita de son pouvoir pour supprimer ceux qui auraient pu connaître sa véritable identité, ou ceux qu'il avait croisés lors de ses précédentes visites à Mirabel. C'est ainsi que « maman Chauvier » mourut dans un providentiel accident de voiture.

Je glapis :

— Vous l'avez tuée ?

Anne-Marie hausse les épaules.

— Ça ne suffisait pas, il restait Gilles…

La vieille semble retrouver sa jeunesse.

— Faisant jouer les sentiments et le chantage sur le meurtre de son père, j'exploitai notre vieille passion enfantine pour qu'il blanchisse définitivement

Otto. Ce pauvre Gilles ne pouvait rien me refuser ; dernier acte d'amour : il obtempéra.

« Vous connaissez la suite : Claude Jos devint l'homme le plus influent de la région, Gilles fuit son passé en se trouvant une nouvelle famille : l'armée, puis la police.

« Débarrassée de Gilles, nous eûmes alors champ libre pour mettre en place cette "seconde manche" dont parlait Otto.

« Grâce à la complicité de mon père – au courant des rêves d'Otto depuis leurs premières rencontres à l'université de Toulouse –, le château de Mirabel devint le lieu d'expérimentations génétiques révolutionnaires.

« Les laboratoires furent installés *sous* le château, dans les grottes. Sitôt rentré de ses obligations municipales, de ses fêtes du veau gras, de ses foires aux volailles, de ses vins d'honneur, de ses kermesses paroissiales, Claude Jos redevenait Otto Rahn et descendait dans les profondeurs du château, pour rejoindre les Sven qui passaient leurs journées penchés sur des éprouvettes, des tubes à essai, des bouillons de culture… »

— Les Sven étaient encore là ?

— Ils étaient revenus dans la région peu de temps après l'armistice. Otto les avait fait passer pour d'innocents Scandinaves, pauvres orphelins de guerre que la famille Mazas avait pris sous son aile. Mais comme il fallut bien leur trouver une raison sociale, Otto créa son entreprise de tourisme ésotérique, L'Étape cathare.

Sourire nostalgique.

— Les quatre garçons étaient même devenus de vrais savants. Ils portaient la blouse, le masque stérile, les gants, et pouvaient des heures durant garder un silence concentré, pour manipuler des semences et des germes. Vous vous en doutez, Otto et les Sven fondaient leurs expériences sur les comptes rendus issus des camps de concentration allemands, sur les notes laissées par le docteur Schwöll à la fin de la guerre... et sur celles qu'il n'avait cessé de leur envoyer d'Argentine.

— Mais... mais sur quoi travailliez-vous ? dis-je, peinant à comprendre.

Comme si je venais de l'insulter, Anne-Marie contient sa rage.

— Taisez-vous, mademoiselle ! Je n'ai pas terminé ! Je dois maintenant parler d'Aurore, ma... « petite-fille »...

La vieille femme soutient mon regard avec une morgue étouffante.

— Je sais que vous l'avez rencontrée à Mirabel la semaine dernière. Je sais également que depuis la mort d'Otto, elle vit en recluse, à demi sauvage, refusant tout contact avec le monde extérieur. Mais Aurore a toujours été hypersensible, et c'est bien pour cela que nous l'avons *abandonnée*.

Nouveau silence. Comme si la vieille prenait son élan.

— Aurore n'était qu'un *prototype*. Une première expérience qui ne fut, hélas, qu'une semi-réussite. Conçue en 1967 sur mon modèle génétique, elle n'a jamais été à la hauteur de nos espérances. Mais comme elle était la première, Otto insista pour la garder en vie.

« Il avait conservé ce vieux fond de sentimentalisme allemand, et il tenait au symbole de cette première créature artificielle, fût-elle inachevée. La couveuse était encore trop imprécise, les données trop hasardeuses, toutes choses qui n'arriveraient plus aujourd'hui, à l'heure de l'informatique et de l'Internet.

Mine désolée de la vieille femme.

— Il faut dire à notre décharge que nous travaillions dans des conditions déplorables. Malgré leur ampleur, les laboratoires restaient des grottes naturelles. Des pièces humides, soumises aux mouvements de terrain, aux changements de saison…

« "Je sais pourtant quel serait le lieu idéal…", rêvait presque chaque jour Otto, en se rappelant sa jeunesse.

« Voilà bientôt trente ans qu'il essayait de racheter l'archipel des Håkon, au large de la Norvège. Propriété du milliardaire Nathaniel Korb jusqu'à la Seconde Guerre mondiale, ces îles n'avaient plus de propriétaire légal, Korb n'ayant pas eu d'héritier. L'État norvégien n'entendait toutefois pas les récupérer, et ces îles restaient un lieu abandonné…

« Combien de fois vis-je Otto élaborer des montages financiers, des plans arachnéens, pour racheter ce paradis ?

« "Cette affaire te rendra fou", lui disais-je lorsqu'il se tournait et se retournait dans son lit, le soir, m'empêchant de dormir.

« "Il doit pourtant y avoir un moyen !"

« Ce moyen, il le trouva. Tout simplement. Jusqu'au milieu des années 1980, l'État norvégien exerçait une véritable emprise sur les entreprises de la région. Mais la chose se relâcha peu à peu et, sous couvert d'une petite société de congélation de morue, basée à Svolvaer, Otto acquit les Håkon pour une bouchée de pain. Connu pour la richesse de ses pêches, l'archipel devint le siège d'une société écran, qui exporterait du poisson. Et Otto lui donna un nom tout trouvé : Halgadøm.

« C'était en 1986. Otto avait quatre-vingt-deux ans ; j'en avais cinquante-neuf ; les Sven soixante… Pour nous, la vie recommençait… »

Anne-Marie est haletante.

Nous sommes pendus à ses lèvres.

— Il fallut être très prudents. Comme Claude Jos ne pouvait abandonner ses responsabilités municipales, ce fut à moi de jouer les fantômes.

« "Ma chérie, c'est bien simple : tu vas mourir !" a plaisanté Otto, tapant de joie dans ses mains.

« Durant deux mois, alitée, fébrile, écumante, j'ai singé les grands malades. Aucun médecin ne vint à mon chevet, mais le pays n'avait qu'une nouvelle à la bouche : *"Mme Jos est au plus mal."* »

Anne-Marie retrouve de son piquant, et susurre d'un ton presque comique :

— Mon cancer du rein m'emporta en quelques semaines. Le jour même de mon enterrement, j'embarquai dans un avion de la Scandinavian Airlines, en direction d'Oslo puis de Bodø.

« Ma mission était passionnante et titanesque : réaliser aux Håkon ce que nous avions ébauché à Mirabel.

« "D'apprentis sorciers, nous allons devenir des dieux !" m'avait dit Otto, caché derrière ses lunettes noires, à l'aéroport de Blagnac, avant de filer au cimetière. Nos prototypes, artisanaux et bancals, devaient se muer en une humanité produite à la chaîne, jusqu'à l'obtention de cet être parfait, dénué de tares, tel que l'avait rêvé Otto. »

Je suis atterrée par l'évidence de tout ça.

Du clonage ! Une putain d'histoire de clonage !

— Le rêve était enfin possible, car nous avions l'outil idéal, un prodigieux dispositif mis en place par Otto et le docteur Schwöll dans les années 1930, un système miraculeusement épargné par les bombardements, et que personne n'était allé explorer, le prenant pour de banals silos agricoles.

« Nous avions les cuves… »

— Les cuves ? dis-je, la tête bourdonnante comme après un marathon.

Anne-Marie fronce les sourcils et se redresse en désignant les silos. Hagards, Vidkun et moi nous tournons vers les trois fusées blanches. Plantées dans la roche, immenses obus d'ivoire, elles rappellent ces sinistres ossuaires de la Première Guerre mondiale, à jamais perdus sous la grisaille de l'Est.

— Suivez-moi, dit Anne-Marie.

Un petit chemin serpente jusqu'au pied des silos : elle l'attaque d'un pas gaillard, oublieuse de ses mollets hésitants.

« Elle sait qu'elle a gagné ! » me dis-je en voyant cette vieille femme trottiner sur les caillasses, la figure levée vers les silos. Clément serait là-dedans. A-t-il été… cloné, lui aussi ?

Je chasse cette idée grotesque et nous emboîtons le pas à Anne-Marie…

Ces révélations ne m'ont pas réellement surprise. Tout suit si logiquement la trame tressée par Leni dans son roman.

Quand nous parvenons devant les bâtiments circulaires, brusquement, c'est la cohue. Des dizaines de personnes en blouse blanche tournoient et nous bousculent. De tous âges, ces « Otto » et ces « Anne-Marie » démultiplient à l'infini le couple Jos. Un cauchemar ubiquiste, plus angoissant qu'un labyrinthe, car aucun d'eux ne semble surpris de cette gemellité. Tout est *normal*.

— Ces hommes et ces femmes incarnent la seconde phase d'Halgadøm, reprend Anne-Marie. Une phase de transition, de travail, de réflexion. Ils sont les ouvriers de la ruche, les bâtisseurs de la cathédrale. Ce sont eux qui vont ouvrir le monde à la réalité d'Halgadøm. Ils sont mes enfants… Ils sont mes…

Anne-Marie s'interrompt. Avisant un groupe de blouses blanches qui passe non loin, elle les pointe de l'index.

— … Ils sont mes lieutenants… ajoute-t-elle en tendant le bras.

« Heil Hitler ! » glapissent-ils d'un timbre suraigu en la voyant. Puis ils reprennent leur route.

La vieille s'approche de Vidkun avec tendresse.

— On ne t'entend pas beaucoup, Martin…

Elle prend son bras, et fait mine de le soutenir, comme s'il était le vieillard.

Venner se racornit. Son être, son âme, son corps, sa peau, ses organes semblent prêts à se replier en eux-mêmes, à la façon d'un hérisson. Mais Anne-Marie lui caresse la joue.

— Ne t'inquiète pas. Tout va bien se passer. Car c'est pour toi, tout ça ; tu l'as compris ?

Sur ces mots, elle sort une clé et ouvre une petite porte blindée.

— Et maintenant, vous allez entrer dans les cuves !

Il me faut une bonne minute pour habituer mes yeux à la lueur artificielle. D'un jaune tirant sur le vert, presque fluorescente, elle provient d'immenses néons qui courent le long des parois, en rigoles de lumière.

Nous sommes dans un long boyau de plastique transparent, qui serpente à l'intérieur des cuves. Un couloir d'air libre, comme ceux de certains aquariums. Et ce que je découvre de l'autre côté de la paroi translucide me tétanise…

Je déglutis. C'est de la folie ! De la folie pure !

Ma main cherche celle de Venner, que j'agrippe à la broyer.

— Ah non ! s'offusque la vieille femme en séparant nos deux mains d'une poigne agressive. Finis vos enfantillages !

Mais elle retrouve aussitôt sa bonhomie.

— Voyez plutôt comme c'est beau. Comme *ils* sont beaux…

Je tente de ne pas sombrer dans le cauchemar ; de me concentrer sur la dimension purement scientifique du tableau. Mais est-ce encore de la science ?

Je m'efforce d'observer les actions de ces savants, de l'autre côté de la membrane de plastique. Engoncés dans des scaphandres blancs, ils ont ces gestes lents des cosmonautes. Au ralenti, ils se passent des éprouvettes, des fioles, des stylos. Leurs visages sont invisibles, car la paroi qui les couvre est un miroir sans tain, reflétant l'intérieur de la cuve, sa lumière de fête foraine et ses cocons.

« Oui, ce sont bien des cocons… » me dis-je, la gorge serrée, essayant de les compter, de les dénombrer ; mais cette simple idée même me semble insurmontable. Car ils sont partout ! Poussés de façon anarchique, certains sont fichés aux parois de la cuve, et ne s'atteignent qu'au moyen de petits escaliers. D'autres pendent côte à côte depuis de grandes barres métalliques, comme des essaims. Mais la plupart sont à même le sol, gisants, amoncelés.

« Une immense matrice ! » me dis-je, observant ces savants qui passent d'un cocon à l'autre avec virtuosité, n'hésitant pas à s'appuyer sur ces étranges parois molles pour palper les embryons, tâter l'avancée du fœtus, introduire leur main gantée à l'intérieur de l'organisme afin de faire des prélèvements de glaire, de mucus…

— Bienvenue dans le monde des vivants… chuchote Anne-Marie en nous poussant vers la paroi translucide.

Nous sommes pétrifiés. Le Viking est bouche bée, incrédule, refusant d'accepter ce spectacle.

Je tente de maîtriser mon souffle, mais mes oreilles bourdonnent et l'écœurement monte en flèche.

— Je sais, concède Anne-Marie d'un ton blasé, la première fois ça impressionne…

Le sol même de la cuve est meuble. Tous les savants portent des bottes, qui s'enfoncent jusqu'aux chevilles dans une matière gluante, dont ils se tirent avec difficulté.

— Mais qu'est-ce que c'est ? demande Vidkun en désignant le sol.

Anne-Marie est aux anges.

— Bonne question, petit ! C'est là le génie de ce projet. Le plan fabuleux prévu par Otto et par ton père adoptif, Dieter Schwöll. C'est là la supériorité d'Halgadøm sur tous les instituts de clonage du monde entier, sur toutes les banques de sperme : nous sommes une *structure vivante*.

— Vivante ?

Malgré la douleur, je crois avoir compris.

— Il n'y a pas *plusieurs* cocons, dis-je en me redressant, mais un seul…

Anne-Marie me regarde avec un soupçon d'estime.

— Absolument… Halgadøm est un être vivant, une structure moléculaire, qui génère ses propres enfants sans avoir besoin d'être à nouveau fécondée. Comme une plante qui donnerait éternellement des fruits…

— … ou des graines ?

Anne-Marie me considère maintenant avec hésitation, et se retourne pour désigner l'autre partie de la cuve.

— Les graines sont ici…

Je constate alors que nous sommes passés dans la seconde cuve. Un gros bubon mouvant, rosâtre, ciselé de veinules, comme une varice, saille de la paroi. En jaillit une infinité de tuyaux qui tous rejoignent un ordinateur central, devant lequel trois scaphandriers tirent de petites éprouvettes pleines de liquide blanc.

— Voici la semence d'Halgadøm, explique Anne-Marie, d'une voix exaltée. Ici est tiré un sperme vendu dans le monde entier, sous une infinité de bannières…

Elle fronce les sourcils et suit les gestes si précis des officiants.

— Il va de soi que ces enfants seront d'essence inférieure, puisqu'ils seront fécondés dans des matrices étrangères ; et non dans le giron d'Halgadøm, comme les *vrais* humains.

Sa folie brute glisse de cocon en cocon, avec une gourmandise assassine.

— Mais notre humanité future aura elle aussi

besoin de ses esclaves. C'est dans ce but que cette semence a commencé son tour du monde…

Vidkun s'approche de la cloison transparente qui nous sépare de la cuve, et pose ses mains sur la membrane. Ses doigts laissent un instant leur empreinte dans cette paroi molle, puis le couloir redevient lisse.

Ses yeux roulent dans leurs orbites. Il tente de tout remettre en perspective, de tout assimiler, de tout maîtriser. Il reste toutefois un détail qui le perturbe. Un élément de poids manque à ce qu'il croyait être la logique de ce plan d'apocalypse.

— Mais… mais… bredouille-t-il, incapable de formuler son objection, tandis qu'il scrute l'immense matrice sans découvrir ce qu'il pensait y trouver.

— Quelque chose te chiffonne, mon Martin ?

— Où sont les momies ? les momies des Supérieurs inconnus ?

À ces mots, la vieille femme toise le Viking comme une maîtresse un cancre.

— Oh non ! Pas toi, je t'en prie !… Ne va pas me dire que tu as cru à ces absurdités !

— Absurdités ? dis-je d'une voix lente. Parce qu'ici nous ne nageons pas dans l'absurde ? !

Anne-Marie serre les dents. Tout son être exhale une rage sourde.

— Les momies ne sont qu'un fantasme de romancier ; une conspiration imaginaire née de l'esprit de cette petite grue de Leni.

— Mais, objecte Venner, son roman les décrit si précisément…

— Je n'ai jamais contesté les qualités *littéraires* de Marjolaine Papillon, grogne Anne-Marie, non sans jalousie. C'est bien là ce qui la rendait dangereuse…

La vieille femme redevient sous leurs yeux l'adolescente acide, jalouse et capricieuse ; la « petite Anne-Marie ».

— Avec ces momies, Leni a symbolisé le pouvoir dormant du Reich et la menace d'Halgadøm. Rien de plus…

— C'est tout ?

Anne-Marie se décompose d'agacement. Elle inspire profondément, pour retrouver son calme.

— Les gens voient du fantastique partout, des extraterrestres, des conspirations, des complots, des sociétés secrètes. Ils sont prêts à avaler n'importe quoi !

— Une mode n'explique pas tout…

— Le terrain était prêt, dit Anne-Marie en tournant les yeux vers les éprouvettes pleines de liquide blanc. Il n'y avait plus qu'à planter la graine.

Je frissonne.

— Voilà des années que Leni gardait dans un tiroir ce roman dans lequel elle avait inventé cette fameuse légende des momies. Elle en a fait circuler l'unique copie parmi les milieux initiés. Une copie que toujours elle récupérait, entérinant ainsi la légende d'un manuscrit maudit !

Je commence à comprendre et complète :

— C'est ainsi que David Guizet a pu écrire son article dans *Planète* sur « Les Momies de l'autre monde »… avant de se terrer pendant vingt ans dans un monastère parisien.

Anne-Marie cligne des yeux et reprend :

— Cet homme constitue même l'attaque la plus frontale que Leni ait lancée à l'encontre d'Otto. Elle a fourni à Guizet une copie de son roman, de faux articles de presse, des racontars locaux, des photos falsifiées.

« Mais grâce aux réseaux d'Otto, nous avons eu vent de la publication du *Planète* avant sa sortie en kiosque et réussi à la faire interdire. Le lendemain, les Sven montaient à Verrières-le-Buisson, près de Paris, et tuaient toute la famille du journaliste… »

— Et pourquoi ne pas l'avoir tué ?

— Parce que sa peur était contagieuse, et qu'elle a fait écran malgré elle. Nous ne l'avons pas tué, nous l'avons… *neutralisé*.

Anne-Marie vient de prononcer ces mots avec une tranchante neutralité, sans haine ni plaisir.

« Une vraie SS », me dis-je devant l'immobilité de cette vieille femme, pour qui l'horreur n'est que pragmatisme.

— Après la neutralisation de Guizet, nous avons pu vivre tranquilles pendant des années. Des années de travail, de recherches, d'expériences… jusqu'à mon arrivée ici, en 1986…

Devant elle, trois scaphandres s'affairent autour d'un cocon. L'un d'eux a tiré un scalpel et l'enfonce doucement dans la paroi glaireuse, comme si son bras y était aspiré. Les gants palpent le fœtus.

— Je suis restée aux Håkon un an, presque seule, à tout installer. Otto venait de temps à autre, prenant garde de ne pas attirer l'attention sur ses voyages en Norvège.

« Puis, au printemps 1987, tout lui a semblé en place.

« "Nous allons pouvoir commencer", m'a-t-il dit en me serrant contre lui, ici, dans cette même cuve.

Mais à l'époque, elle était encore vide. Les moteurs n'avaient jamais tourné, et les cocons n'avaient pas encore éclos.

Sur ces mots, Anne-Marie s'agenouille pour se mettre au niveau des scaphandres, de l'autre côté de la paroi translucide. Un à un, les savants caressent le front du fœtus, palpent sa fontanelle, suivent le tracé du cordon qui le relie au cocon.

— C'est alors qu'Otto a commis sa première erreur ; la seule, mais la plus grave.

— Une erreur ?

— L'âge venant, Otto éprouvait une nostalgie de sa jeunesse, de ses premiers combats, de la naissance du Reich. Décidé à lancer son grand projet d'Halgadøm, il lui a semblé naturel – « courtois », a-t-il dit – d'aller lui-même avertir de ses projets le dernier grand nazi encore en vie.

— Rudolf Hess… susurre Venner.

Anne-Marie approuve d'un hochement du menton.

— Comme vous le savez, Hess était en prison à Spandau depuis le procès de Nuremberg. Dès 1941, il avait rompu avec Otto, Hitler et les SS, tentant de trouver asile en Angleterre, mais les Alliés l'avaient aussitôt emprisonné. Depuis un demi-siècle, il croupissait en prison, préférant se faire passer pour fou qu'avouer ses secrets : les desseins réels du IIIe Reich. *Les desseins d'Otto Rahn.*

Anne-Marie se passe une main sur le front, comme si elle souffrait d'un violent mal de tête.

— Durant sa captivité, la seule personne avec qui Hess pût parler librement de ce qu'il savait, c'était Leni. Elle avait même pris l'habitude de venir lui rendre une visite mensuelle. Nul ne s'expliqua jamais cette entorse au règlement de Spandau, mais

725

d'aucuns supputèrent qu'elle aurait su prodiguer des faveurs secrètes aux directeurs de la prison. Toujours est-il qu'une fois par mois, Leni et Hess s'entretenaient du passé, d'Halgadøm, des rêves d'Otto…

« Ces dialogues permettaient au vieux de tenir, de formuler ce qui le hantait. Il aurait sinon sombré dans la folie.

« À chaque rencontre, Hess implorait la romancière de dénoncer ouvertement Otto ; de ne plus se contenter de truchements, comme David Guizet, ou de romans cryptés. De dévoiler au monde ce grand projet d'humanité artificielle, d'Aryens de synthèse, de race supérieure… Mais Leni avait les mêmes réticences qu'Otto. Elle ne pouvait se résoudre à trahir celui qui pour elle fut tout : un mentor, un père… »

Comme une hyène, Anne-Marie retrousse les lèvres et examine l'accouchement, devant elle.

Le spectacle est effarant ; les six mains ont commencé d'extraire le fœtus. Le cocon semble pourtant résister, comme si la bouche allait se refermer pour ravaler le bébé. Des filets de matière gluante suintent de l'enfant, des bras des savants, et coulent sur les scaphandres.

Je retiens un haut-le-cœur et Anne-Marie repart dans ses souvenirs :

— Malgré le lien qui unissait Leni et Hess, Otto trouva donc « loyal » d'aller prévenir Hess qu'Halgadøm était enfin prêt. Persuadé qu'il allait être libéré, il voulait lui proposer de venir finir ses jours ici, à Halgadøm, avec nous ; pour que Rudolf Hess retrouve ses premiers combats, sa première raison de vivre…

« Hélas, Rudolf Hess refusa. Vieil autiste buté, il rejeta tout en bloc.

« Otto vint pourtant le voir trois jours de suite, mais le vieux fou l'écouta avec des yeux furieux, comme si on lui proposait l'enfer.

« Il ne comprenait plus ; il était trop vieux, trop gâteux. La prison avait eu raison de sa conscience, et il ne pouvait imaginer les implications infinies d'Halgadøm. Le génie de ce plan le dépassait.

« Il argua qu'il avait trop souffert pendant cinquante ans pour cautionner quoi que ce fût qui pût replonger le monde dans un "délire" comme celui déchaîné par le nazisme. Il traita même Otto d'assassin…

Les yeux d'Anne-Marie se bordent de rouge ; voile de compassion, sincère et brûlante.

— Mon pauvre Otto revint profondément atteint. Hess l'avait blessé, c'était comme si un parent l'avait renié. Il était déçu. Frappé au cœur… Mais Hess alla plus loin que le mépris : la semaine suivante, Leni vint lui rendre sa visite habituelle et le vieil homme lui raconta son entrevue avec Otto. Avec bien plus de persuasion que jadis, il la supplia de dépasser son vieux respect pour Otto, afin de mettre à bas ses projets. Anéantie par la révélation, Leni lâcha un « oui » timide, comme on se dédouane, mais sortit de la prison ravagée de contradictions. Toute la nuit, elle fut hantée par ses souvenirs d'enfance, par son amour pour Otto, par son admiration rentrée pour ce maître de vie. Le lendemain matin, lorsqu'elle se réveilla, les Allemands n'avaient qu'une nouvelle à la bouche : Rudolf Hess s'était pendu dans sa cellule !

« Nul ne sait si Hess se suicida pour pousser Leni à agir au plus vite, ou s'il fut supprimé pour avoir trop parlé, mais Leni décida de publier son roman. Les Sven furent toutefois plus rapides que leur sœur de sang. Avant qu'elle ne prenne contact avec son éditeur pour organiser la publication d'un texte "plus personnel, plus autobiographique", ils s'introduisirent dans son appartement en pleine nuit.

« Quinze heures plus tard, les Sven étaient à Mirabel. Ils avaient sous bonne garde la copie unique du fameux manuscrit… ainsi que son auteur. »

Un éclair de vengeance traverse alors les yeux d'Anne-Marie, mais j'y lis également une frustration rentrée, une revanche jamais accomplie.

— J'étais pour ma part ici, aux Håkon, et je ne sais comment se passèrent réellement les retrouvailles de Leni et Otto. Mais je sais qu'elles furent émouvantes pour les deux. Voilà des années qu'ils ne s'étaient vus… Les Sven eux-mêmes n'eurent pas droit d'assister à l'entrevue.

Elle s'arrête un instant, traversée par la jalousie.

— Otto et Leni, le père et la fille…

Après un nouveau silence, elle poursuit :

— Otto et Leni restèrent enfermés pendant une nuit entière dans l'ancien bureau de mon père. Les Sven m'ont dit avoir entendu des éclats de voix, des cris, des larmes. L'un et l'autre s'insultaient puis se demandaient pardon. Des meubles étaient déplacés, des verres étaient brisés. Mais Otto avait défendu aux Sven d'intervenir.

« Obéissants, ils restèrent donc à proximité de la pièce, guettant la fin du duel.

« Mais ce fut un match nul…

« Otto et Leni en sortirent vidés, épuisés, chacun campant sur sa position.

« Dans un ultime sursaut, en présence des Sven, Otto brandit, furieux, le manuscrit de *L'Archipel* à Leni en hurlant : *"Une dernière fois, dis-moi où sont les autres chapitres ?!"*

« Mais Leni fut inflexible, expliquant qu'ils étaient cachés ailleurs, dans toute son œuvre. À la merci de tous, pour qui saurait lire entre les lignes…

« Lors, pour la première fois, Otto eut peur. Pourtant, qu'est-ce que ce livre aurait changé au destin d'Halgadøm ? Qui serait allé décrypter l'œuvre entière d'une romancière de gare ?

« Mais pour Otto, cela tournait à l'obsession : il lui *fallait* ces chapitres. Plus profondément, Otto réglait enfin ses comptes avec celle qui l'avait renié.

« Leni persistait à garder son secret ? Qu'à cela ne tienne ! Il est des méthodes toujours efficaces pour extirper des informations ; fût-ce au prix de la douleur… »

Anne-Marie est gorgée de haine.

« Pendant deux semaines, Leni fut torturée par les Sven, dans les grottes de Mirabel qui avaient été rendues à leur état de cavernes depuis mon départ pour Halgadøm. Les Sven se vengeaient ainsi de toutes ces années d'humiliations, où Leni avait été la favorite.

« Au crépuscule, lorsqu'elle n'était plus que sang et plaies, Otto descendait la voir. Attachée à la stalle, Leni ne disait rien. L'un et l'autre étaient trop épuisés pour se haïr, et mon pauvre Otto remontait dans son bureau remâcher ses angoisses, avec au fond de lui-même une immense fierté pour le courage et la ténacité de sa fille.

« Hélas ! Leni avait déjà soixante ans et sa résistance n'était pas sans limites. Et ce qui devait arriver arriva : son cœur lâcha… De leur propre aveu, la mort de Leni frappa les Sven bien plus intimement qu'ils ne l'eussent cru. Après tout, Leni n'était-elle pas leur sœur ? Leur compagne d'infortune et de douleur ? L'une de leurs raisons de vivre – et de craindre – depuis un demi-siècle ?

« Lorsqu'il apprit la nouvelle, Otto refusa de sortir de sa chambre. Il ne voulait surtout pas montrer son trouble à Aurore, notre "petite-fille".

« Surtout, il était dévasté par le chagrin.

« "Faites disparaître le corps… demanda-t-il aux Sven, sans ouvrir sa porte. Et qu'il n'en reste rien ! Pas même de la poussière…" »

La vieille Anne-Marie retrouve un air fataliste.

— Deuxième impair, dit-elle d'un ton tranchant : au lieu d'enterrer le corps au fond du parc, ils obéirent à ce vieux rituel SS de la crémation, et immolèrent le corps de Leni en pleine nuit, à la lisière du bois, pour qu'Otto puisse le voir depuis ses fenêtres du château.

« La cérémonie achevée, ils remontèrent se coucher, pensant revenir au petit jour pour se débarrasser de la dépouille carbonisée.

« Mais ils n'avaient pas pensé à l'ouverture de la chasse… »

Haletante, la vieille s'interrompt pour reprendre son souffle. Vidkun et moi sommes pendus à ses lèvres, oubliant presque le décor, et l'atroce « accouchement » qui achève de se dérouler devant nous.

— On devrait toujours se méfier des chasseurs ! grogne Anne-Marie, les yeux vissés sur le fœtus.

« Vous le savez aussi bien que moi : c'est à ce moment de l'histoire que Gilles Ballaran, enfin Gilles Chauvier, est revenu sur les lieux de son enfance.

« Je me rappelle la colère d'Otto, au téléphone, lorsqu'il m'annonça ces nouvelles : "Les Sven sont des imbéciles. Ils n'ont pas décroché le corps et maintenant j'ai la police chez moi ! Et quelle police : Gilles ! *Ton* Gilles !"

« Otto dut faire très vite : les Sven me rejoignirent aux Håkon, et Otto fit jouer ses contacts à la préfecture pour faire classer le dossier en "suicide". Mon pauvre amour restait pourtant aux prises avec celui qui avait reconnu en lui son plus vieux rival. Car, n'ayant plus rien à perdre, Gilles comptait bien creuser l'affaire.

« Une fois de plus, Otto sut admirablement piloter les faits.

« Par trois fois les Sven reviennent en France, pour jouer les anges exterminateurs : après la mort de Leni, ils suppriment Guizet et Chauvier ; ils récupèrent les inédits de Marjolaine Papillon, intimident son éditeur et chargent Hans Schwöll de leur publication annuelle… »

Anne-Marie s'est interrompue, vidée.

Devant nous, l'enfant est né. Il pousse un hurlement strident, étouffé par la paroi du couloir.

— Et ensuite ? fait Venner à mi-voix, sans pour autant détourner ses yeux du bébé que les scaphandres allongent dans un linge.

Anne-Marie devient étrange, presque désincarnée.

— Ensuite, le jeu de piste a commencé…

Je sais que la révélation suprême est pour maintenant.

— Quel jeu de piste ?

Anne-Marie parle comme on récite une prière, sans battre les paupières, avec une raideur de somnambule.

— Selon le testament secret d'Otto, ses créatures devaient le suivre dans la tombe. C'est pourquoi les

731

Sven se suicidèrent, quelques jours après la mort de mon mari.

Elle rougit mais poursuit :

— Il y avait pourtant une clause à ce testament : leur mort devait être un message…

— Un message ? répète Venner, de plus en plus mal à l'aise, car la vieille s'est approchée de lui et parle contre son oreille.

— Tout comme était un message l'apparition d'Angela Brillo, mon sosie, qui la première vous a parlé de Claude Jos ; tout comme était un message votre périple en Allemagne, à Lamorlaye, à Paulin ; votre rencontre avec Linh, votre voyage en Argentine, votre arrivée ici, aujourd'hui, à la recherche de votre pauvre ami… Clément, c'est bien ça ?

Je frémis et Anne-Marie désigne violemment l'enfant, derrière eux, qui vagit dans les bras des scaphandres. Je contemple cette bouche énorme, noirâtre, sur ce corps rose aux yeux plissés.

— Mais un message pour qui ? ! frémit Venner, qui a évidemment compris.

— Mais pour toi, Martin. Toi : le chaînon manquant, le nouveau maître, le nouveau…

Anne-Marie hésite. À ce moment, l'enfant se tait, comme s'il avait compris. Il ouvre de grands yeux, et je découvre des iris turquoise.

Anne-Marie reprend alors, à voix basse :

— Toi, notre nouveau *guide*…

Les minutes du baptême me reviennent en mémoire.

« Car c'est par lui seul, Martin Schwöll, le véritable élu, l'enfant du miracle, que notre Empire renaîtra.

Bientôt, dans un demi-siècle, peut-être moins, peut-être plus, Martin Schwöll sera le *Führer* du IVᵉ Reich ! »

Ces mots solennellement prononcés par Himmler lui-même ! Par le chef de toute la SS ! Avec déférence et componction.

— Le *Führer* du IVᵉ Reich ? répète Venner, doucement, presque étonné d'entendre sa voix prononcer avec tant de calme une aussi hallucinante perspective.

— Oui, Martin : c'est bien toi…

Anne-Marie le considère avec un amour brûlant. Comme une mère retrouve un fils qu'elle croyait perdu à la guerre.

Je branle du chef de droite à gauche.

« Non ! Non ! Non ! »

Ma tête devient une bouilloire ! Je voudrais me réveiller maintenant, là, tout de suite, dans mon lit, à Paris, mon chat assoupi sur l'édredon. Je voudrais aller déjeuner avec Léa, écouter ses jérémiades sur le fascisme rampant, manger un tagine ranci. Je voudrais rédiger une de mes innombrables piges de complaisance, sur un livre que je n'aurais ni aimé ni lu. Je voudrais sentir l'odeur du métro, de la pollution, des Mc Do, respirer le bon parfum de graisse et d'asphalte du quartier Saint-Michel. Je voudrais voir la mine morose des commerçants parisiens, la trogne de mon postier, de ma boulangère. Je voudrais apercevoir le clochard assis au coin de ma rue, avec son écriteau « *j'ai faim* ». Je voudrais regarder la « Star Academy » en mangeant des tomates farcies de chez Picard. Je voudrais même être à Issoudun, petite fille, sous la coupe de ce brave tyran qui malgré tout me protégeait et m'aimait. Je voudrais voir ma mère, tout lui raconter, tout lui avouer, et qu'elle me prenne dans ses bras, qu'elle me dise que tout ira mieux, bientôt, tout de suite, à jamais...

« Être ailleurs, par pitié ! Ailleurs ! »

Mais je suis là, dans ce boyau de caoutchouc, dans cet aquarium génétique qui serpente au milieu de cocons poisseux, dont chacun renferme un embryon...

« Et bientôt, un homme, une femme... »

Pour Anne-Marie, je n'existe plus. Elle n'a d'yeux que pour sa « créature ».

— Tu as agi comme Otto l'avait désiré, Martin, comme il l'avait rêvé... reprend-elle, en saisissant doucement la main de Vidkun pour en caresser les phalanges.

« Notre première mission était de t'envoyer les mains. »

Venner, les yeux au sol, hoche du chef.

— Ensuite, ce fut ce livre, cette enquête. Nous n'avons pas forcé FLK à engager ce projet, mais nous avons su donner les bonnes inflexions, mettre le train sur ses rails ; et tout a fonctionné...

— Oui, *tout*... dis-je entre mes dents, sentant que je pourrais fort bien m'évanouir.

La vieille femme bombe à nouveau le torse puis courbe sa nuque en arrière.

— Mon Dieu ! Mon Dieu ! Je ne réalise pas encore que tout s'est accompli. Que tu as enfin achevé ton voyage...

Venner se contracte. Il tente de retrouver ses esprits, de faire abstraction du lieu, du décor, de la présence de ces scaphandriers...

— Mais... où suis-je né ? Ici ? Dans un de ces cocons ?

Anne-Marie semble assaillie par l'épuisement.

— Tu es têtu, sais-tu ? Les minutes du baptême

sont pourtant exactes : tu es né en Pologne, à Kodzk-low, le 18 octobre 1942.

— Et je ne m'appelle pas Martin Schwöll...

— Disons que pendant un an tu t'es appelé Aloïs Sosinka, comme Hannah, ta mère.

— Qui était juive...

— Évidemment !

— Comment ça, « évidemment » ?

Anne-Marie joint les mains en prière et les pose contre ses lèvres, comme si elle tentait de garder son calme.

— Parce que tu *devais* incarner le sang le plus fort, le plus pur... La synthèse entre le peuple élu et la race des seigneurs... Un accouplement, une fécondation, et te voilà bientôt au monde !

— Mais *qui* était ma mère ?

— Hannah Sosinka ? Une petite juive d'un « shtetl » polonais, soigneusement choisie. C'est Otto, Himmler et Schwöll qui l'ont sélectionnée, parmi un cheptel de milliers de femmes, continue Anne-Marie. Elle réunissait toutes les qualités du peuple élu, tout en étant aryenne.

Vidkun est traversé d'un éclair glacial.

— Et mon père ?

— Tu as lu les minutes de ton baptême : « père inconnu ».

Venner sent sa tête exploser. Il ne parvient plus à maintenir ses idées en place.

— Vous venez de parler d'accouplement ! De fécondation !

La vieille femme se tourne un instant vers moi, et m'adresse un clin d'œil complice, comme on peaufine un canular.

— Pourquoi crois-tu que l'ensemble des anciens nazis réfugiés en Amérique latine a accepté de payer

735

un impôt en ton nom ? Pourquoi Himmler serait-il venu en personne te chercher, pour te confier au plus grand scientifique du Reich ? Pourquoi Otto a-t-il surveillé ta croissance, ta jeunesse, ta vie, pendant plus d'un demi-siècle ?

Vidkun secoue la tête compulsivement, incapable de répondre.

— Mais parce que tu es l'héritier, tartine ! Le *seul* héritier…

La bouche de Venner s'ouvre sur une phrase muette. Moi, je viens de comprendre.

— Bien sûr, Eva Braun n'en a rien su. Voilà des années qu'elle essayait d'avoir des enfants, mais que toutes ses tentatives se soldaient par des échecs…

Je dévisage Venner, comme si je cherchais en lui une ressemblance.

« Et s'il portait la mèche, la moustache, le même nez busqué ? »

Alors je reconnais ses yeux…

« Oui, me dis-je, *ils ont les mêmes yeux…* »

Ce regard électrique, azuré, incisif et pourtant si humain.

Les yeux d'Hitler…

— Voilà, mon Martin, conclut Anne-Marie, avec une étrange simplicité. Tu sais tout. Tu connais ta mère, ton père, ta vraie famille…

Vidkun reste amorphe. Son visage n'exprime plus rien. Il me semble juste qu'il s'est raidi, comme un soldat en faction.

Que se passe-t-il dans sa tête ? Va-t-il s'effondrer ? Se jeter sur Anne-Marie ? Exploser de joie, de haine, de folie ?

Mais non. Rien. Le fils d'Hitler oscille doucement du torse, avec une atroce neutralité.

— C'est donc ça… finit-il par dire à mi-voix. C'est tout simplement ça…

Anne-Marie le scrute avec un demi-sourire, guettant elle aussi chacune de ses réactions.

— D'où crois-tu que te viennent ta passion pour le IIIe Reich, ta fascination pour la croix gammée, ton obsession pour les vestiges de l'Allemagne nazie ?

Elle lui caresse la joue du revers de la main.

— Tu as ça dans le sang, petit ange ! C'est ton âme, ton identité !

Instinctivement, Vidkun se recule ; puis il se ravise et retrouve sa rigidité de statue.

— Tout simplement… tout simplement… répète-t-il comme un mantra.

Anne-Marie se tourne vers moi comme si elle cherchait un témoin.

— J'imagine que cette réaction est normale.

Mes yeux font la navette entre ce sexagénaire statufié et cette octogénaire cinglante, habitée.

Je suis anéantie…

De l'autre côté de la membrane translucide, les scaphandriers ont depuis longtemps emmené l'enfant. Mais je constate qu'une ombre rose est à nouveau apparue au sein du cocon.

« Qui est le plus fou de nous trois ? » me dis-je alors, sentant ma raison s'envoler à tire-d'aile !

Toutefois, tentant de garder un semblant de lucidité, je me plante devant Anne-Marie.

— Et quel est le but de tout cela ?

— De tout quoi ?

— À quoi va vous servir Vidkun ?

Anne-Marie semble choquée.

— Mais c'est *nous* qui allons le servir. Il est le

nouveau guide, l'élu. À partir de maintenant, nous sommes à ses ordres…

Nous tournons instinctivement nos yeux vers Venner, hagard, qui n'a pas bougé.

— Qu'attendez-vous *précisément* de lui ?

Anne-Marie retrouve son œil piquant et désigne les cocons. Dans cette lueur phosphorescente, chacun d'eux semble respirer, vibrer, comme bat un cœur, comme vibre un organe.

— Je vous ai dit qu'il était le sang le plus pur…

— Eh bien ?

— Nous avons *besoin* de ce sang…

La vieille femme se retourne et me désigne maintenant le grand ordinateur d'où sort la semence d'Halgadøm.

— Nous n'avons aucun problème avec les enfants nés des cocons. En revanche, le sperme que nous diffusons dans le monde n'est pas… parfait.

— Pas parfait ?

— Ce sperme, élaboré grâce à la semence de milliers d'officiers SS, soutiré dans les maternités du *Lebensborn* durant dix ans, s'est… *affadi* avec le temps, et donne de piètres résultats.

Je ne comprends pas où m'entraîne Anne-Marie.

— Soixante-dix pour cent des enfants fécondés avec la semence d'Halgadøm naissent anormaux…

Je commence à saisir.

— C'est pourquoi vous kidnappez ces enfants…

Anne-Marie opine du chef.

— Nous voulons comprendre, c'est légitime.

Avec appréhension, je demande :

— Et… vous en faites quoi ?

— Ils passent des tests.

La remarque sort presque malgré moi :

— Au moins vous ne les tuez pas tout de suite…

— Mais nous ne sommes pas des criminels ! explose-t-elle. Nous faisons cela pour le bien de l'homme, pour l'élévation de son âme. Nous cherchons à le purifier, à le rendre meilleur, plus apte à gouverner dans la paix et dans la raison… C'était là le rêve d'Otto ! Un monde parfait, affranchi des maladies, des tares physiques. Un monde où tous les hommes seraient heureux, en harmonie. Libres, égaux… et frères ! Nous sommes de vrais socialistes !

— Un monde parfait… chuchote Vidkun, qui semble se réveiller et nous sourit.

Et ce sourire me glace : il est serein, apaisé. Un sourire affectueux ; *familial*.

— Absolument ! rétorque Anne-Marie avec soulagement, en venant se blottir contre Vidkun comme si c'était désormais à lui de la protéger. C'est bien pour cela que nous t'avons… créé, Martin. C'est toi le premier homme de la nouvelle humanité, l'Adam de la nouvelle ère !

Je suis épouvantée par ce tableau ; par cette trahison si évidente. Vidkun accepte son sort : il s'en réjouit ! J'en vomirais de rage, de haine ! Mais ma colère est brusquement giflée par un nouveau tableau : quatre ombres blanches viennent d'apparaître à l'orée du couloir de plastique.

Je tressaille : les médecins enserrent une silhouette boiteuse, trébuchante, épuisée.

— Anaïs… gémit une voix d'outre-tombe.

Mon cœur est près d'exploser.

— Clément !

Le visage tuméfié, couvert de balafres, de croûte-lettes ; les yeux cernés et jaunâtres ; les cheveux hirsutes, poisseux de sueur et de crasse ; le teint cadavérique, tenant à peine sur ses jambes, Clément n'est plus qu'un mort vivant.

— Mon amour ! Mon amour ! dis-je en m'élançant vers lui.

Aussitôt les sbires en blouse blanche esquissent un mouvement de défense.

— C'est bon, laissez... dit Anne-Marie.

Je m'arrête à quelques mètres de lui, comme si je craignais de le briser, de l'achever, en arrivant trop brutalement. Je tends vers lui ma main ; doucement, si doucement ! Mes doigts caressent les pommettes, les joues, les paupières, le front. Une géographie que je connais si bien et que je tente de retrouver derrière ces blessures, ces hématomes. Cette vision me déchire l'estomac, mais je dois être forte. Aujourd'hui plus que jamais ! Je suis pourtant folle de rage.

— Quel... quel besoin aviez-vous de le mettre dans cet état ?

Retenant mes larmes, je chuchote à Clément :

— Je suis là, maintenant ; tout va bien...

Hagard, il lève une main bandée, au pansement rouge et moisi, et la brandit sous mon nez comme un trophée tragique. Il essaye de sourire, mais ne peut que grimacer. Sa lèvre est fendue en plusieurs endroits, et il peine à articuler :

— A... Anaïs...

— Oui, mon amour, oui ! Je suis là. N'aie plus peur...

Je sens au fond de ma poche le doigt coupé. Puis je prends Clément dans mes bras et, presque timides, nous nous enlaçons.

Il essaye alors de parler.

— Non... tais-toi, mon amour... tais-toi...

Anne-Marie nous a observés en levant les yeux au

ciel. Puis elle tapote du talon par terre pour réveiller Vidkun.

— Mes enfants, j'ai bien peur que pour vous l'histoire s'arrête ici…

Je n'ai pas le temps de hurler que je suis à mon tour ceinturée. Deux blouses blanches m'immobilisent, tordant mes bras au point de me faire tomber à genoux.

Clément étouffe un gémissement plaintif. Moi, j'ai le souffle coupé par la douleur.

— Mais… mais…

— Désolée, Anaïs, reprend Anne-Marie en s'avançant lentement au-dessus de moi, mais après ce que vous avez vu, vous comprendrez bien que…

Elle n'achève pas sa phrase, mais me fixe avec une expression de regret très sincère.

Ma respiration est coupée. Mes yeux sont embués par la sueur et les larmes. Les mots d'Anne-Marie me proviennent à travers un brouillard de plus en plus épais.

— Je suis d'autant plus désolée que Martin semblait sincèrement attaché à vous…

Elle se retourne vers Vidkun.

— N'est-ce pas, Martin ?

Le Viking n'a pas bougé d'un millimètre. Le regard blanc, inexpressif, il tourne pourtant ses yeux vers moi. Atroce sensation de fixer un cadavre !

— Oui, dit-il d'une voix atone, c'est vraiment dommage.

Après un effort surhumain, je parviens à articuler :

— Mais… mais vous n'allez pas nous abandonner… pas vous… pas comme ça… vous ne…

Ma phrase s'achève dans un hurlement de douleur. Anne-Marie a fait signe à mes tortionnaires, qui ont resserré leur étreinte.

Mon épaule est presque déboîtée.

Pourtant, malgré ma souffrance, j'ai cru voir un éclair d'humanité dans les yeux de Venner, comme s'il cherchait à secrètement me donner du courage.

Mais ce ne devait être qu'un mirage… car le Viking s'avance vers Anne-Marie, d'un pas mécanique, et passe un bras autour de ses épaules.

— Que va-t-on faire d'eux ? demande-t-il avec une sobriété de SS.

Anne-Marie hausse les épaules.

— Comme pour les mongoliens : les jeter aux orques…

Clément étouffe un hurlement et je m'effondre.

— Mais c'est pas possible ! C'est pas possible !

— Bien sûr que si, c'est possible, dit la vieille femme en se penchant à moitié vers moi, comme on regarde un enfant dans un berceau. Vous ne croyez quand même pas que je vais mettre en péril un demi-siècle de travail pour une greluche et son giton…

Clément et moi sommes abasourdis. Mais déjà Anne-Marie fait un signe nonchalant aux blouses blanches, qui commencent à nous tirer en arrière.

— Non ! hurle Clément, comme s'il brûlait ici ses dernières forces.

Son cri me fait vaciller de chagrin, mais je ne cherche même plus à me débattre.

La voix de Venner tombe alors comme un couperet :

— Arrêtez !

— Pardon ? s'offusque Anne-Marie, qui se tourne vers le Viking avec incrédulité.

Mais, mus par un respect ancestral, un respect *génétique*, les sbires ont obéi.

— Ils ont entendu, et toi aussi tu as entendu, réplique Venner à la vieille femme. Je leur ai dit d'arrêter…

Anne-Marie fixe alors Vidkun avec une crainte grandissante. Dans ses yeux, elle vient de lire quelque chose de nouveau. Quelque chose qu'elle ne lui connaissait pas ; une lueur mise en sommeil depuis son arrivée à Halgadøm, comme s'il la cachait. Moi, j'ai reconnu cette lumière : c'est celle de notre soirée au Berghof, celle de notre nuit à Berlin, celle du Viking !

Une bouffée d'espoir me traverse de part en part, mais je tente de me dompter.

— Je suis chez moi, désormais, non ? reprend Venner avec une douce sérénité.

La vieille femme ne sait que dire. Elle halète, perdue. Brusquement, elle porte son âge comme un fardeau.

Surtout, elle ne parvient plus à capter le regard des blouses blanches. Tous fixent Vidkun, comme s'ils reconnaissaient en lui un parent parti depuis long-temps ; ils lui sourient, lui font allégeance.

— Relâchez-le… dit doucement Venner.

— Mais Martin, tu…

Anne-Marie n'a pas le temps de finir sa phrase. Tandis que les sbires lâchent nos membres endolo-ris, Venner la prend dans ses bras, comme une vieille maîtresse.

— Mon amour, chuchote-t-il, mon cœur…

La vieille est tétanisée, mais elle n'ose pas se débattre. D'ailleurs elle ne le pourrait pas, car le Viking lui bloque les bras dans une camisole de muscles.

— Mon amour, reprend-il, avec une douce ironie, c'est *ta* route qui s'achève aujourd'hui…

— Mais… Martin… ahane la vieille femme, de plus en plus rouge.

Son visage tressaute. Ses yeux roulent dans leurs orbites. Anne-Marie étouffe. Le Viking est en train de la broyer comme un roseau.

Personne ne bouge. Clément a pris ma main, ainsi qu'il l'aurait fait dans une salle de cinéma.

Moi, je ne ressens ni plaisir ni pitié. Comme les quatre blouses blanches, nous attendons que le nouveau maître ait fini son office.

Et quand, après un dernier craquement, le corps d'Anne-Marie glisse doucement sur le sol, Vidkun se tourne vers moi et me sourit avec sa plus profonde tendresse.

Halgadøm s'éloigne dans la brume.

La silhouette des trois silos n'est déjà plus qu'une ombre pâle sous la lueur bleue.

Le sillage du Zodiac donne à ce tableau des airs d'adieu au monde.

— Qu'est-ce qu'il t'a dit, au moment de partir ? me demande Clément, sa tête posée sur mon épaule encore douloureuse.

Je prends entre mes doigts sa main bandée et réponds d'un ton évasif :

— Peu importe… C'est fini, maintenant…

— Tu as raison.

Ce qu'il m'a dit ? Je n'en sais rien, je n'ai pas compris. Son choix, sans doute.

Posant mes lèvres sur le front de Clément, je crois

baiser le crâne d'un vieillard. Le pauvre ! Elle sera longue, la convalescence.

Il ne me semble pourtant pas si mal en point. Sa mine est certes moins rose et vaillante que celle de notre pilote, qui zigzague entre les récifs, mais il garde bonne figure, mon Clément.

— Tu crois qu'il va rester là-bas ? reprend-il, en tournant ses yeux vers Halgadøm.

Sur la grève, on distingue encore la masse des blouses blanches, le bras tendu devant Vidkun.

Je hausse les épaules, fataliste.

— C'est son monde, après tout. En ce sens, Anne-Marie avait raison : toute sa vie était faite pour finir ici. Pour aboutir ici ; c'est son destin… Maintenant, il peut tout détruire… ou tout continuer. Ça ne dépend plus que de lui. Il est le seul maître, désormais. Le nouveau… *guide*.

Six mois plus tôt, un tel discours m'aurait horrifié. Mais là, tandis que le bateau s'engage dans la crevasse, entre les deux falaises de granit, la destinée de Vidkun m'apparaît dans toute sa plénitude.

Je ressens alors une bouffée de nostalgie. Avouerai-je à Clément que Vidkun va me manquer ? Qu'il me manque déjà ?

Mais Clément le devine aussitôt.

— Tu penses à lui, n'est-ce pas ?

— Oui…

— Moi aussi, dit-il avec cette même ombre dans les yeux, comme si lui aussi, à sa façon, malgré son chemin de croix, regrettait le Viking.

Nous venons de quitter le chenal.

L'Océan est devant nous. Les murailles aux oiseaux vont, elles aussi, s'estomper dans les brumes, comme vont s'apaiser les détails les plus atroces de cette aventure. Après, ce sera le monde, le *vrai* monde. Bientôt – je le sais, je le sens – ne resteront plus que des images lumineuses, grandioses, qui hanteront ma mémoire. J'ai beaucoup vécu, en six mois. Une, deux, trois vies peut-être ? J'ai beaucoup appris, beaucoup grandi. Et je suis toujours là, vivante malgré tout. Un peu plus adulte, j'imagine.

Tout s'engouffre dans mon esprit et une vague de tendresse me saisit. Et là, c'est de l'amour. Ça aussi je le sais, je le sens.

Je me penche vers Clément. Il me sourit.

Tout paraît si simple, brusquement. Si évident.

Et, tandis qu'il pose ses lèvres sur les miennes, tandis que le vent du large fouette notre baiser, tous deux pensons au dernier cri poussé par les clones, sur la grève d'Halgadøm. Un cri instinctif, abyssal, issu de la nuit des temps pour exploser avec une intensité monstrueuse : « *Heil Venner !* »

Paris, Senlis, Caromb,
Buck Point, Cannes, Vancouver,
Bucarest, New York, La Baule, Lyon, Bergen.
Septembre 2004 – décembre 2006.

Remerciements

Ce roman n'aurait pu voir le jour sans des lectures de tous ordres dont je cite pêle-mêle les auteurs :

Raymond Abellio, René Alleau, Robert Ambelain, Jean-Michel Angebert, Elizabeth Antebi, Henri Azeau, Philip Aziz, Michael Baigent, Jean-Pierre Bayard, Pierre Benoît, Jacques Bergier, Christian Bernadac, Will Berthold, Héléna Blavatsky, Christian Bouchet, André Brissaud, Edward Bulwer-Lytton, Louis Charpentier, Robert Charroux, Aleister Crowley, Arkon Daraul, Olivier Dard, Marc Dem, Alexandre Dumas, Guy Dumur, Umberto Eco, Dennis Eisenberg, Julius Evola, Ladislas Farago, Joachim Fest, Jean-Claude Frère, Charles Gabel, Werner Gerson, Joscelyn Godwin, Leon Goldensohn, Nicholas Goodrick-Clarcke, John Michael Greer, René Guénon, G.I. Gurdjieff, Bruno Happel, Socrate Helman, Joe Heydecker, Marc Hillel, Serge Hutin, Joseph Kessel, Francis X King, Anton LaVey, Norbert et Stephan Lebert, Johannes Leeb, Eliphas Lévi, Henry Lincoln, Jean-Paul Lippi, Paul Louvet, Jean Mabire, Maurice Magre, Pierre Mariel, Bernard Marillier, Jean Marquès-Rivière, Pierre Milza, Jean Moura, Ferdinand Ossendowski, Papus, Louis Pauwels, Jean-Charles Pichon, Robert N. Proctor, Otto Rahn, Philippe Randa, Hermann Rauschning, Trevor Ravenscroft, Sylvain Reiner, Philippe Renoux, François

Ribadeau-Dumas, Pierre A. Riffard, Jean Robin, Michel Roquebert, Theodor Roszak, Jérôme Rousse-Lacordaire, Saint-Loup, Saint-Yves d'Alveydre, Jean Saunier, Denis Saurat, Édouard Schuré, Rudolf von Sebottendorff, Gérard de Sède, Jean Sendy, William Shirer, Albert Speer, Otto Strasser, Pierre-André Taguieff, Yves Ternon, André Ulmann, Dominique Venner, Jacques Weiss, Simon Wiesenthal...

Mentionnons également les revues *Historia*, *Historama*, *Enquête sur l'histoire*, *Dossiers de l'histoire mystérieuse* et – bien entendu ! – *Planète*...

Merci à Bernard Fixot pour sa confiance téméraire ;
à Caroline Lépée pour sa virtuosité au scalpel ;
et à toute l'équipe de XO.

Merci à ma famille, pour sa patience devant mes obsessions ;
à mes amis, pour leur tolérance face à mes cingleries ;
à Charles Rostand, pour son mauvais esprit ;
à Amélie, pour son œil de lynx et de miel ;
à ma mère, pour à peu près tout.

Collection Thriller

Des livres pour serial lecteurs

Profilers, détectives ou héros ordinaires, ils ont décidé de traquer le crime et d'explorer les facettes les plus sombres de notre société. Attention, certains de ces visages peuvent revêtir les traits les plus inattendus... notamment les nôtres.

Vos enquêteurs favoris vous donnent rendez-vous sur www.pocket.fr

TÔT OU TARD
QUE JUSTICE SOIT FAITE

Pour en savoir plus : www.pocket.fr

John KATZENBACH ▶
L'affaire du lieutenant Scott

1942, un camp de prisonniers en Bavière.
Trois mille aviateurs alliés et... un seul Noir
américain : le lieutenant Scott devient la cible
des injures racistes de ses codétenus.
Bedford, trafiquant officiel du camp, est
de loin le plus virulent. Aussi, quand on le
retrouve brutalement assassiné, tout accuse
Scott. Pourtant, Tommy Hart, jeune avocat
dans le civil, va braver les préjugés et prendre sa défense…

Pocket n° 13270

◀ Michael GRUBER
Les rivages de la nuit

Tout semble indiquer qu'Emmylou est la
meurtrière d'al-Muwalid, abattu puis tombé
du dixième étage de l'hôtel Trianon. Mais,
sous le choc, ânonnant ses prières, la jeune
femme nie le crime. Sur des cahiers d'éco-
liers elle confesse ses péchés hallucinés et
n'a de cesse d'invoquer des voix de saintes
qui s'adressent à elle. Jimmy Paz va tenter de
faire la lumière sur cette affaire à la frontière
de la foi, de l'amour et des miracles…

Pocket n° 13700

Pour en savoir plus : www.pocket.fr

Maxime CHATTAM ▶
Prédateurs

En pleine guerre, sur une base de GI's, un soldat est retrouvé pendu à des crocs de boucher, la tête remplacée par celle d'un bélier.
L'enquête du lieutenant Frewin de la police
militaire l'amène à s'intéresser à la troisième
section de la compagnie Raven, des durs qui
se définissent comme une secte. Un deuxième
meurtre survient alors que le conflit est immi-
nent, cette fois la victime a été forcée d'in-
gérer un scorpion. Vivant. Pour pousser le
tueur à la faute, Frewin va devoir se mettre en
danger…

Pocket n° 13910

◀ David HEWSON
Une saison pour les morts

Sara Farnese, spécialiste de l'église primitive,
étudie dans la salle de lecture de la bibliothèque du Vatican, lorsque surgit son ancien
amant, le professeur Rinaldi. Comme fou,
celui-ci la menace avant d'être abattu par les
gardes suisses. Quelques heures plus tard,
on retrouve le cadavre de sa femme dans une
petite église romaine près de celui d'un
homme écorché vif. Au mur, une inscription
peinte en lettres de sang : « Le sang des martyrs est la semence de l'Église. »…

Pocket n° 13190

Pour en savoir plus : www.pocket.fr

◀ E. GIACOMETTI & J. RAVENNE
La Croix des Assassins

Ils font partie d'une loge sauvage de la franc-maçonnerie, la loge Kadosh Kaos. Ils sont l'élite ; ils ont abandonné toute humanité pour briguer le pouvoir suprême ; ils sont patrons de multinationales, hommes politiques ; ils ne connaissent plus la douleur, ni physique, ni morale. Ce sont des Assassins... Les héritiers d'une secte musulmane qui a disputé aux Templiers, dans le feu et le sang, un terrible secret. Pour les arrêter, Antoine Marcas va devoir suivre la Croix des Assassins...

Pocket n° 13760

Thierry CARMES ▶
Le chant des arcanes

Les arcanes du tarot de Marseille se réveillent au prix de sacrifices humains : une carte, un meurtre. Quand Matthias quitte Paris, il ne se doute pas qu'il a été choisi comme atout majeur pour contrer l'ennemi. Après une escale au Chili, il part en quête d'une solution pour empêcher l'apocalypse. Prochaine étape, l'Australie, tandis que sur l'île de Pâques le croupier infernal se prépare encore à frapper...

Pocket n° 13185

Pour en savoir plus : www.pocket.fr

Composé par Nord Compo
à Villeneuve-d'Ascq (Nord)

Imprimé en Espagne par Liberdúplex
à Sant Llorenç d'Hortons (Barcelone)
en **janvier 2010**

POCKET – 12, avenue d'Italie – 75627 Paris cedex 13

N° d'impression : 16226
Dépôt légal : octobre 2009
Suite du premier tirage : janvier 2010
S18109/02